语文阅读经典丛书·第七

金银岛

文质 改编

江西教育出版社
JIANGXI EDUCATION PUBLISHING HOUSE
·南昌·

图书在版编目（CIP）数据

语文阅读经典丛书. 第七辑/文质改编. — 南昌：江西教育出版社，2020.9

ISBN 978-7-5705-2002-2

Ⅰ. ①语… Ⅱ. ①文… Ⅲ. ①世界文学–作品综合集 Ⅳ. ①I11

中国版本图书馆 CIP 数据核字（2020）第 159626 号

语文阅读经典丛书 · 第七辑
YUWEN YUEDU JINGDIAN CONGSHU · DI-QI JI　　文质 改编

出 版 人： 廖晓勇
策划编辑： 杨　柳　张　龙
责任编辑： 朱　丽
出版发行： 江西教育出版社
地　　址： 江西省南昌市抚河北路 291 号　　**邮编：** 330008
邮　　箱： jxjycbs@163.com
网　　址： http: //www.jxeph.com
电　　话：（0791）86705643
经　　销： 各地新华书店
印　　刷： 湖北嘉仑文化发展有限公司
规　　格： 880mm × 1230mm　1/32　24 印张
版　　次： 2020 年 9 月第 1 版
印　　次： 2020 年 9 月第 1 次印刷
书　　号： ISBN 978-7-5705-2002-2
定　　价： 148.80 元（全 6 册）

赣版权登字 -02-2020-403

MULU

目录

第一部

比尔船长

第一章　不速之客

特里劳尼先生、利弗希医生和其他几位绅士让我把有关金银岛的事情详细地写下来，他们都是些乡里的头面人物。不过，他们嘱咐我不要写明该岛的位置，因为岛上还有许多宝物

没被挖掘出来。提笔在手，我仿佛又回到了我父亲经营本堡将军客栈的年代。当初，那个皮肤黝黑、脸上有一道刀疤的老水手就住在我家客栈里。

记得那一天，他拖着沉重的步伐来到我家客栈门口，一个仆人在他身后帮他推着一只笨重结实的大皮箱。老水手身材高大，看起来十分健壮。他扎着一条辫子，辫子上满是油污，蓝色的外套脏兮兮的。他的两只手十分粗糙，上面布满了伤痕。饱经风霜的脸上，一道刀疤特别引人注目。

他吹着口哨，扫视了一下店外不远处的小海湾，然后扯开喉咙唱起了一首水手歌谣：

十五个汉子争抢死人的皮箱，

嘿哟哟，一瓶朗姆酒，快端上！

接着他拿起手杖，重重地敲着店门。我父亲刚打开店门，他就大声嚷嚷着要我们赶快给他倒一杯朗姆酒。我手脚麻利地给他倒了一杯酒，他却又不急着喝了，只是像个品酒师似的慢慢啜饮着。他悠闲地望了望四周的山峰，又看了看客栈的招牌。

“这酒店位置不错，最近客人多吗？”他开口问道。我父亲告诉他，最近店里的生意很清淡，没有什么客人。他听了似乎觉得很满意，决定住下来。他转身朝他的仆人喊道：“我就住这里了，伙计，把我的箱子搬进来。”

他对我父亲说道："我这人不难伺候，只要每天给我一杯朗姆酒、几片熏猪肉和几只鸡蛋就行了。闲着的时候，我就在附近的山顶上望望过往的船只。"最后他扔下三四枚金币，说道："你可以叫我船长，这点儿钱花完后你再来找我要。"他说这话时，就好像自己是一位威风凛凛的指挥官。

他虽然穿着破旧的衣服，说话也很粗鲁，看上去却和普通的水手不一样。他确实像个船长，不但喜欢发号施令，有时还动手打人。他不怎么喜欢说话，每天不是带着一架铜制望远镜在海湾边转来转去，就是登上附近的小山向远处眺望。晚上，他总是一个人坐在客厅一角的壁炉旁，不停地喝着酒。有人和他搭讪，他总是爱理不理的，所以我们和常来店里的客人渐渐地也不再搭理他了。

只要有像水手的人到本堡将军客栈来投宿，船长就会先躲在门帘后窥视一番，然后才走进客厅。这其中的缘由只有我清楚。

因为有一天，他曾把我叫到一个偏僻的地方，许诺在每月初给我一枚四便士（1便士≈0.0877元人民币）的银币，条件是让我时刻留心一个独脚水手，只要看到这个人，就马上向他报告。可是月初我找他要钱时，他立刻变了脸，用眼睛恶狠狠地瞪着我，吓得我转身就跑。过了一星期，他却又来找我，交给我四便士的银币，叮嘱我千万要留心那个独脚水手。

从那以后，我经常做噩梦，梦见那个独脚水手。在一个个狂风暴雨的夜晚，他一次次出现在我的梦境中，不断地变幻着他的狰狞面目。有时我看见他缺了半条腿，有时看见他缺了一

条腿,最可怕的一次是我梦见他用一条腿连蹦带跳地向我追来。

大家见了船长都战战兢兢的，十分害怕，可我倒不像他们那样怕他。有几个晚上，他喝多了，发起酒疯来，强迫店里的其他客人听他讲故事，或者跟他一起合唱那些粗俗狂放的水手歌谣。他在讲故事的时候，不允许任何人离开客栈，所以一直要到他喝得昏昏沉沉，趴在桌子上，客人们才得以脱身。他总是喜欢讲一些让人毛骨悚然的故事，内容都是关于绞刑、决斗、海上风暴、加勒比海盗和他们的巢穴等。他讲的故事和他讲故事时用的那些言语可把我们这些老实的乡下人给吓坏了。

他住了好长一段时间，预付的那点儿房租早就花光了，但我父亲从来都不敢伸手向他要房钱。每次父亲一提到房钱，船长就会从鼻子里发出雷鸣般的响声，像是在咆哮一样，同时两眼直瞪着我父亲，我父亲每次都被他这么吓退了。我觉得，这是后来我父亲得病早逝的原因之一。

从船长住进我家客栈的那天起，我就没有看见他换过衣服。他在楼上的房间里把那件上衣补了又补，到了最后，那件衣服上全是补丁。他从不与人交谈，除非是喝醉了酒。至于他带来的那只大皮箱，我们谁也没见他打开过。

从来没人敢顶撞他，除了利弗希医生。那时我的父亲已经病入膏肓，气息奄奄了。一天下午，利弗希医生为我父亲看完病后，由于天色已晚，就在我家吃了一顿便饭。吃完饭后，我们请他去客厅里抽一斗烟，等着别人把他的马从村里牵来（我家的客栈里没有马厩）。忽然，船长又扯开他的破锣嗓子唱起那首他经常唱的水手歌谣：

十五个汉子争抢死人的皮箱，
嘿哟哟，一瓶朗姆酒，快端上！
其余的被酒和魔鬼夺去了小命，
嘿哟哟，快端上，朗姆酒一瓶！

利弗希医生第一次听到这种歌谣，因此感到很好奇，不过我看得出他对这首歌没什么好感。他生气地扭头看了船长一眼，然后继续向花匠老泰勒介绍一种治疗风湿病的新方法。这时，船长越唱声音越大，甚至开始用手猛拍桌子。我们都明白他是在让所有人保持安静，听他唱歌。利弗希医生好像没听见似的，仍在继续着他的谈话。船长恶狠狠地瞪着他，又猛地一拍桌子，开口骂道："那边的混蛋听着，马上给我住嘴！"

"您是让我住嘴吗？先生。"利弗希医生问道。船长又骂了一句并大声吼道："正是！"

"我给你一个忠告，先生，"医生回答说，"如果你继续这样酗酒的话，世上很快就会少一个肮脏无比的恶棍！"

船长听了这话勃然大怒。他跳了起来，抽出一把水手用的折叠刀。他拉开折叠刀在手上比画着，威胁说要用这把刀把利弗希医生钉在墙上。

利弗希医生镇定自若地转过头来，一字一顿地对船长说：

“如果你不立刻把刀子收进你的口袋，我发誓，在下一次巡回审判时，一定把你送上绞架。”说这话时他提高了声音，以使全屋的人都能听见。

接着，他们互相怒视着对方，就这么僵持着。最后，船长屈服了。他收起了折叠刀，像只挨了打的狗，退回到自己的座位上，嘴里还在不停地低声骂着。

“你听着，先生，”利弗希医生继续说，“我不但是个医生，而且是本地的治安官，这里是我的辖区。从今天起，我会日夜盯着你。只要有人起诉你，哪怕你只是做像今晚这样的无礼举动，我都会采取措施，把你抓起来，然后赶出本地。”

过了一会儿，医生的马被牵到了门口，他骑着马离开了。当晚，船长变得安静多了。接下来的几个晚上，他也没像以前那么吵闹。

第二章　黑狗

没过多久，客栈里又发生了一连串的事情。船长最终丢了性命，这使我们得到了解脱。不过，由他引起的麻烦却没完没了。

那年的冬天出奇的冷，地上铺满白霜，屋外寒风凛冽。我父亲的病越来越重，看样子是熬不到春天了。父亲一病不起，我和母亲挑起了经营客栈的全副担子。我们整天忙个不停，根本没时间顾及那位不招人喜欢的客人。

在一个滴水成冰的早晨，船长比往常起得早了很多，他照例带着铜制望远镜到海边去了。我看见他一边走，一边喘着气，嘴里不断喷出白色的烟雾。我还听见他鼻子里不断发出带着怨恨的呼哧声，似乎仍然对那天受到医生的训斥感到不满。

我母亲在楼上照顾病重的父亲，而我正往餐桌上摆放早餐，等着船长回来。

突然，客厅的门打开了，一个陌生人闯了进来。他苍白的脸上泛着蜡黄，左手少了两根手指，腰里佩着一柄短刀，脸上

的表情看起来还算和善。

这些天来，我一直观察着来往的客人，对水手模样的人更加留心。这个人却使我纳闷，他看起来不像个水手，可身上却有着一股海水的咸腥味。

他要了一杯朗姆酒，正当我要去客厅拿酒时，他却在餐桌旁坐下来，打了个手势要我过去。

"这桌子上的早餐是为我的朋友比尔准备的吗？"他问。

我告诉他，我不认识什么比尔，这桌早餐是为本店的一位客人准备的，我们都叫他船长。

"船长？"他说，"没错，比尔确实很像船长。他脸上有道刀疤，喝醉了酒的样子很可爱。你说的那位船长脸上一定也有一道刀疤，而且是在右脸上。好了，现在告诉我，我的朋友比尔在他的房间里吗？"

"船长出去散步了。"我说。

接着他又问我船长什么时候出去的，大概会在什么时候回来，他还问了我其他几个问题，我都一一回答了他。

"我的朋友比尔回来见到我，一定会很高兴。"他说。可是他说这话的时候，却看不出一丁点儿高兴的样子。这位陌生的客人在客栈门口踱来踱去，眼睛老盯着拐角，像只守候老鼠的猫。一旦看见我向店门外走去，他就立刻大声叫我回来。要是我稍有犹豫的话，他就用脏话骂我并命令我进来。只要我一回来，他就又变得和气起来，半是巴结、半是嘲笑地拍拍我的肩膀，说我是个好孩子。

“你和我儿子差不多大，”他说，“你们长得非常像，他是我的骄傲。你知道吗，对于男孩子来说，最重要的是要听话，你懂吗？要听话！你要是出过海，在船上待过，刚才我叫你过来时，你就不会站在那里一动不动，绝对不会。刚才我叫了你两遍，你才过来。比尔叫人从来不叫第二遍，和他一起出海的人也都是这样。看哪，我的朋友比尔回来了，胳膊底下还夹着那副望远镜呢，除了他还能有谁呢？小伙子，让我们回客厅吧，我们躲在门后边，等他进来后给他一个小小的惊喜，看到我他一定会高兴坏的。”

说完，他立刻躲在店门后，并命令我站在他背后，这样开着的门就把我俩全都遮住了。我感到非常不安，而当我注意到这个陌生人看起来也相当害怕的时候，我的不安就又多了一分。他握着刀柄，把刀身在鞘里活动了一下。在我们等着船长进门的时间里，他不断地咽着口水，好像喉咙里有什么东西似的。

终于，船长大步走了进来，砰的一声顺手把店门带上，径直穿过房间，向放着早餐的桌子走去。

陌生人冲着船长喊了一声：“比尔，你好啊！”船长立刻一个转身，然后看见了我们。他褐色的脸庞刹那间变成了灰白色，鼻子发青，就好像大白天见了鬼一样。他的样子看起来既苍老又虚弱，让我都有点儿替他难过。

船长低吼了一声：“黑狗！”

“你终于认出我来了。”陌生人回答道，口气显得轻松了

许多，“黑狗专程前来拜望他的老朋友比尔。比尔老弟，自从我失去了两根手指头后，我们可都吃了不少的苦头啊！”说着，他举起了那只缺了两根指头的手。

“既然你们找到了这里，”船长说，“我就不用跑了，说吧，你们到底想怎么样？”

“别发火嘛，”黑狗回答道，“你还是那个脾气，动不动就发火。不过我们确实应该好好谈谈。还是先让这个乖巧漂亮的孩子给我倒一杯朗姆酒来，然后咱们再坐下来慢慢聊，就像咱们当水手的时候那样，把话挑明了谈。”

当我把朗姆酒端来的时候，他们已经都坐在那张放着早餐的桌子旁边了。黑狗坐在靠近门的那边，应该是为了挡住船长的退路，也是为了给自己留个后路，我认为黑狗就是这么想的。

黑狗让我进里间去，并提醒我不要关门，他说这样我就不必从锁孔中偷看了。我赶紧退回到里间，在里面听着外面的动静。

刚开始，只听见他们在低声地争论着什么，后来，两人争吵的声音越来越大。

船长大吼道："废话少说，我就一句话，要死大家一起死！"

又过了一会儿，外面爆发出一阵恐怖的咒骂声和刀剑的撞击声。只听见一声惨叫后，黑狗从屋里夺门而逃，左肩还流着血。船长提着刀追了出去，追到门口的时候，船长一刀向黑狗砍去，幸好本堡将军客栈的大招牌挡了一下，不然黑狗肯定会被劈成两半。

黑狗虽然受了伤，却跑得飞快，不到半分钟就消失在山背后。船长怔怔地看了下酒店的大招牌，转身进了屋。一进屋，他就嚷着："酒，快拿酒来。"然后身子一晃，幸好他用一只手扶住了墙，才没有倒下。

"你受伤了？"我惊恐地叫道。

"酒，"他又喊道，"快给我拿酒去！"我赶紧去取酒，没过一会儿，就听到客厅里传来一声巨响。我急忙跑过去，只见船长仰面倒在了地板上。这时，母亲也听见了叫喊声和打斗声，跑下楼来看发生了什么事情。我们一起扶起他的上半身，只见他双眼紧闭，脸色看起来很吓人。

一时间，我们都不知所措。最后我干脆拿着酒，试着往他的喉咙里灌，但他牙关紧咬，嘴巴闭得紧紧的。这时，店门突然被打开了，利弗希医生走了进来，他是来给我父亲看病的。

我们大喜过望，仿佛看见了救星。"医生，快来看看吧，"我大喊道，"这人受伤了，我们不知道该怎么办。"医生看过后告诉我们，船长没有受伤，他是中风了。医生让我去拿个盆过来，当我把盆取来时，医生已撕开了船长的衣袖，露出他文

着刺青的手臂。他的手臂上刺着许多字，如“福星高照”“一帆风顺”“比尔·博恩斯的至爱”等。在他的肩膀上还刺着一幅画，画的内容是一个人正在绞刑架上受刑。

在我看来,给他刺这图案的那个人简直称得上是位艺术家。

医生让我端着盆，开始用手术刀给船长放血。在放了许多血之后，船长终于睁开了眼睛，迷迷糊糊地望着四周。他认出眼前的医生后，皱了皱眉头，接着他又看到了我，似乎松了一口气。

突然他脸色大变，挣扎着想爬起来，叫道：“黑狗呢？”

“什么黑狗？”医生说，“你酒喝得太多了，所以才会中风。听我的忠告，赶快戒酒吧，不然你活不了多久的。”

我们费了好大力气,才把他弄到楼上房间里的床上躺了下来。然后，医生让我领着他去看我父亲。

“不碍事，”退出船长房间的时候，他轻声对我说，“我给他放了血，没有一个星期他起不了床的。这对你和他来说都是好事，不过他要是再中一次风的话，那就死定了。”

第三章 黑券

中午的时候，我拿了些饮料和药去船长的房间。他依然躺在床上，只是把枕头垫高了一些，看起来还是很虚弱。

“吉姆，你现在是这里我唯一信任的人，”他有气无力地说，“这些日子我可没亏待过你，每个月都给你四便士的银币，你还记得吧？现在，我的身体垮了，没人来照顾我，我只能靠你了。我求求你，去帮我拿一小杯朗姆酒，就一小杯，我求求你了，亲爱的小吉姆。”

我刚开口说医生不允许他喝酒，他立刻破口大骂起来，情绪显得很激动。

“那个狗屁医生对我们水手一点儿都不了解，”他说，“我到过天气热得像滚烫的柏油一样的地方，水手们都得了黄热病，一个个全都倒下了；我还遇到过地震，大地就像海上的波浪一样上下起伏。那个医生他去过这些地方吗？他什么都不懂。我们这些水手，全靠朗姆酒活命。对我来说，酒就像阳光和空气一样，一天都少不了。如果没有酒，我就会变成被风浪

掀翻后搁浅在岸上的破船；没有酒，我的生命就会葬送在你和那个混蛋医生手里。”

他接着又痛骂了一阵，然后说道：“吉姆，你看看我的手，它在不停地发抖，我根本没办法控制。我今天一滴酒都没碰过，你别信那个混蛋医生的鬼话，赶快去给我拿杯酒来吧。”

看见我依然不肯去，他用哀求的语气对我说道：“求你给我一小杯酒吧。只要你去给我端一杯酒上来，我愿意给你一枚金币，你听见了吗？如果没有朗姆酒，我的病就会立刻发作的。我的病一发作就没法控制自己，我会大吵大闹，乱砸东西，你知道吗？”

我害怕他这样会惊扰到我父亲，因为父亲的病需要静养。再说船长酒量很大，喝一小杯应该无妨，于是我给他端了一小杯朗姆酒。

他一见到酒，顿时两眼放光，马上抢过去一饮而尽。

“唉，现在我好受多了。小老弟，医生说我这病得躺多久？”他问。

“最少一星期。”我答道。

“一星期！”他叫起来，“不到一星期他们就会给我送黑券过来。他们四处打听我的行踪，就是想抢走属于我的东西。他们想得美，我这就走，让他们什么也得不着。”

他一边说着，一边吃力地从床上挣扎着坐起来。他双手用力抓着我的肩膀，疼得我眼泪都快掉出来了。最后他终于费力地在床沿上坐了下来。我正想去扶他，他却已经倒在床上，躺着不动了。

过了好一会儿，他才开口问我："吉姆，那个水手今天来过吗？"

"你是说黑狗吗？"我问。

"没错，"他说，"那个坏蛋，他是来抢我的皮箱的。吉姆，要是黑狗他们给我送来了黑券而我没能逃掉的话，你就去找那个该死的利弗希医生，让他召集附近所有的治安官，把老弗林特一伙一网打尽。我曾是老弗林特船长的大副，那地方只有我知道。你现在先别去，除非他们给我送黑券来，或者你发现了黑狗和那个独脚水手。记住，要特别小心独脚水手。"

"黑券是什么东西，船长？"

"黑券是一种最后通牒。如果他们送来了，我会让你看一下的。吉姆，如果过了这一关，我要把我的财产分你一半，我说话算话。"说完这些后，他嘴里又不停地咕哝着，声音越来越低。我给他喂了一些药，他吃过药后，又咕哝了一句："我是唯一需要吃药的水手。"然后就睡着了，我随即离开了他的房间。

当晚，我可怜的父亲突然去世了。我强忍着悲痛，一边料理着丧事，一边打理客栈的生意，忙得我根本没有时间想船长的事。

第二天一大早，船长竟然自己下了楼，像往常一样吃着早餐。他吃得不多，却喝了不少朗姆酒。他直接到酒柜里去拿酒，我根本不敢阻止他。在我父亲下葬的前一天晚上，他又喝

得酩酊大醉。船长的身体一天不如一天，走路都要靠手扶着墙支撑身体，呼吸又短又急，脾气也越来越坏。虽然他的身体十分虚弱，但是我们依然都很怕他。唯一不怕他的利弗希医生自从我父亲死后，就再也没来过店里了。

他喝醉了酒以后，总喜欢拔出刀子来，放在桌子上面，这让我们所有的人都感到十分恐惧。他现在看起来和以前大不相同，经常一个人坐在那里若有所思。最让我们吃惊的是，他不再唱那些粗俗的水手歌谣，而是唱起了一首乡村情歌。我想，这应该是他很小的时候学会的。

父亲下葬后的一个浓雾弥漫的下午，大约三点的时候，我正站在客栈门口，怀念着我死去的父亲。突然，我看到一个人朝客栈走了过来。他应该是一个盲人，因为他手里拿着一根手杖，边走边用它探路。他穿着破旧的水手外套，相貌丑陋，我从没见过这么丑的人。他在客栈门口停下，高声喊道："哪个好心人能告诉我这可怜的盲人，这里是什么地方？"

"先生，这里是黑山湾的本堡将军客栈。"我说。

"好心的年轻人，你能带我进店里去吗？"他用温和的语气恳求我说。我伸出手来，准备把他带进店里去。谁知他立刻用他那钢钳一般有力的手抓住了我。我吓得拼命挣扎，但那个盲人只是稍一用力就把我拉到了他身边。

"带我去见船长，不然我拧断你的胳膊。"他冷笑着威胁道。

"先生，船长是个可怕的人，他现在坐着时都不忘把刀放在跟前，我……"

“少废话，赶快领我去。如果他看见我，你就说：‘比尔，你的老朋友来了。’如果你不照做，我就像这样……”说着他把我的手用力一扭，疼得我几乎昏了过去。

我只得推开客厅的门，用发抖的声音向船长喊道：“比尔，你的老朋友来了。”

船长这时酒全醒了，他脸色铁青地盯着那个盲人。他努力地想要站起来，但最

后还是坐了下去。盲人命令我走到船长跟前，然后拿出一件东西放在船长手里。船长接过那东西后，把它紧捏在掌中。

“行了，事情办完了。”盲人说着，突然放开了我，然后拄着手杖敏捷地离开了客厅。

他走了好一会儿，我和船长才回过神来。船长缩回手，迅速地看了一下掌中捏着的东西。

“十点！”他叫道，“还有六个钟头，我们能对付他们。”说着他跳了起来。

他还没站稳，忽然身子摇晃了一下，用一只手紧紧扼着自己的喉咙，发出一声怪叫，然后整个身体扑倒在地板上——船长突发脑溢血死了。这是我有生以来第二次接触死亡，虽然我一向很讨厌船长，但突然觉得悲从中来，止不住泪如泉涌。

第四章　船长的皮箱

看到船长死了，我赶紧把自己知道的关于船长的事情都告诉了母亲。母亲认为，船长欠了我们不少店钱，他留下的钱——假如他有的话，我们有权拿一部分。但他的那些同伴们肯定不会理会这些，他们会把船长留下的东西全拿走的。看着客厅里船长的尸体，想到那个面貌丑陋的盲人随时可能回来，我和母亲都感到十分害怕。船长说过，让我去找利弗希医生求援，但是如果我走了的话，店里只剩下母亲一个人，这让我放心不下。

现在看来，我和母亲都不能留在店里了。店里的每一点儿响声都让我们觉得心惊肉跳。事不宜迟，我们决定赶快去临近的村子里求救。

我们要去的村子离这里很近，只有几百码（1码＝0.9144米）路，有个小伙子说他愿意骑马去向利弗希医生报告，但仍然没人愿意同我们一起回去保卫客栈。

我们再次踏上回客栈的路，我的心跳得很厉害。直到进了客栈并关上大门后，我们才总算松了一口气。

我马上把门闩插上。店里很黑，船长的尸体还在那里。母亲在酒吧间里找了根蜡烛，我们拿着点燃的蜡烛，互相搀扶着走进客栈的大厅。

母亲让我把百叶窗拉下来，去船长身上搜皮箱的钥匙。“钥匙肯定在他身上，我们得先找到钥匙，我现在真是不想碰他一下。”母亲说着，忍不住哭了起来。

我立刻跑到船长的身边。在离船长手不远的地方，我发现了一张小字条，字条的一面被涂成黑色，这应该就是所谓的黑券。我捡起来一看，只见另一面写着一行字：今晚十点，最后期限。

我强忍着恶心，撕开船长的衣领，在他的脖子上发现一条细绳，上面挂着一把钥匙。我用小刀割断了绳子，把钥匙取了下来。我们毫不犹豫地上了楼，进了船长的房间，准备打开那个皮箱，箱子自从他搬进来后就一直放在屋里没动过。

母亲用钥匙把箱子打开，我们立刻闻到一股浓烈的烟草味和柏油味。我们发现一个用油布包着的一本画册一样的东西，还有一个帆布包，用手一碰，竟发出好像金币互相撞击的叮当声。

母亲打开帆布包，只见里面装着各个国家的金币，有法国金币，有英国金币，还有西班牙金币，有的钱我也叫不出名目来。母亲开始准备数出他欠我们的房钱，她只想拿回属于我们的那一份，不肯多拿人家一个子儿。当我们数到大约一半的时候，我突然听到外面传来一阵手杖点在地面上的声音，这声音可把我们吓坏了。

我说："妈，咱们把这钱全拿上赶快走吧。"母亲虽然吓得不轻，但还是执意只拿属于我们的那一部分，不肯多拿，也不肯少拿。我跟她争论起来。我们正在争论的时候，突然听见从远处的山上传来一阵很轻的口哨声,这使我们立刻停止了争论。

"我把已经数好的钱带走！"母亲赶忙站起来说。

"这个包就算抵偿剩下的数目了。"我抓起那个油布包说。

我们不敢拿也顾不上拿蜡烛，摸索着走下楼来，打开店门就赶快往外跑。浓雾正在散去，明亮的月光照耀着大地。走到离村子还有一半路程的时候，我们听到一阵急促的奔跑声。我们回头一看，只见一束灯光正前后摇晃，朝我们疾冲而来。

母亲说："我跑不动了，你拿着钱快跑吧。"我觉得这下我们完了。这时我们已经到了一座小桥边，我扶着母亲来到河岸。我不知哪来的一股劲儿，把母亲连扶带扯地拖下河岸。我们躲在小桥下，听着从客栈那边传来的声音。

第五章 盲海盗死了

也许是因为年轻，我的好奇心战胜了恐惧。我不甘心就这么在桥下待着，于是爬到岸上，在一丛金雀花后面隐蔽起来，向我家客栈那边张望着。我刚藏好，就看见七八个人沿着大路拼命跑着，拿着提灯的那个跑在最前面，其中有三个人是手拉手一起在跑，虽然有雾，但我知道，三个人里，肯定有一个是盲人。很快，他的声音证实了我的判断。

“把门给我撞开！”他大叫着。

“是！”两三个人立刻冲向本堡将军客栈的大门，提灯的人紧跟在后面。随后我看到他们停了下来，在那里嘀咕着，似乎对大门是开着的感到吃惊。

过了一会儿，盲人又开始发布命令了。他的声音越来越高，似乎感到非常愤怒。

“给我冲进去！”他一边喊一边骂那些人行动太慢。有四五个人冲了进去，还有两个陪着盲人站在大路上。接着屋里传来一阵惊叫，有人喊道：“比尔死了！”

“你们这些饭桶，留两个人搜他的身，其余人上楼找那个箱子！”他一边怒骂一边命令道。我甚至能听见海盗们快速跑上楼梯时发出的咚咚的脚步声，那声音把客栈震得直颤。过了一会儿，又传出一声惊叫，船长房间的窗户被砰的一声打开了，碎玻璃哗啦啦地乱响。一个人探身出来，向站在大路上的盲人报告。

“皮尤，我们晚了一步，箱子被人动过了！”他喊道。

“那东西还在吗？”盲人皮尤怒吼着。

“钱还在。”

“你这个混蛋，我说的是弗林特的那包东西！”盲人皮尤骂道。

“我们没找到。”那人答道。

“喂，楼下的，比尔身上有吗？”盲人皮尤又叫道。

听到盲人皮尤的问话，楼下的一个家伙走到客栈门口说：

“比尔身上已经被人搜过了，什么东西都没留下。”

“肯定是客栈里的人干的，是那个孩子。我要把他的眼珠子挖出来！”盲人皮尤叫喊着，“他们刚才还在这儿，我刚才来时门还是关着的。分头去找，把他们找出来。”

“他们没走远,蜡烛还在楼上亮着呢！”窗口的那个海盗说。

“分头找！把这房子好好搜一遍！”皮尤不停地叫嚣着，用手杖敲打着路面。

我家的客栈遭受了前所未有的浩劫。海盗们开始了野蛮的搜索，砸家具、踢门窗的声音惊天动地，巨大的声音在山谷里回响。最后，这帮人来到了大路上，向盲人皮尤报告没有找到我们。就在这时，恐怖的口哨声再次在黑夜里响起，这次是连吹了两声。

“德克发信号了，”一个海盗说，“两声，赶紧撤吧！”

盲人皮尤一听这话勃然大怒：“谁让你撤了？德克是个胆小鬼，别理他，赶快找到那小子！”只有两个人开始在砸烂的家具堆里四处寻找，其他人则站在大路上没有动。皮尤骂道：“你们这些笨蛋，找到那包东西，你们能一辈子享受荣华富贵，那东西就在这里，你们却不肯去找。你们胆小如鼠，没有一个人敢去见比尔，还是我这个瞎子出面，才把黑券交给了他。我的计划全被你们这些笨蛋破坏了，我本来可以吃香喝辣，坐着漂亮的马车周游全国。可现在却像个叫花子一样，整天靠喝朗姆酒打发日子。如果你们这些孬种手脚麻利一点儿的话，我们本来可以抓住那个臭小子的。”

其他海盗们听了他的话，开始跟他对骂起来。

“皮尤，不要再叫了，我们已经搞到不少金币了。”一个海盗说道。

“不一定是那个孩子拿走的，也许是比尔把那东西藏起来了。”另一个海盗说，“皮尤，你就别再闹了，等会儿我们会分几个金币给你的。”

盲人皮尤听了这话，勃然大怒，拿起手杖向他们打去。他把手里的棍子左右挥舞着，打在几个海盗身上。他们于是去夺盲人皮尤的手杖，不过没有夺到。

他们的窝里斗救了我们。正当他们互相打斗时，一阵马蹄声从邻村的山顶上传来。接着，有人开了一枪，枪声显然是最最紧急的信号，海盗们立刻分头四面逃窜。不到半分钟，所有的海盗都逃得无影无踪，除了盲人皮尤。海盗们抛弃了他，他落在最后面，在路上来回狂奔着，边跑边喊：“约翰尼、黑狗、德克……好兄弟，别扔下我！”但是他转来转去弄错了方向，经过我的身边朝邻村跑去。

四五个骑马的人顺着山坡疾驰而下，马蹄声越来越近。盲人皮尤这才觉得不妙，他惊叫了一声，转身向路边的沟里跑去，结果滚了下去。他急忙爬上来，想继续跑，却正好撞在飞驰而来的一匹马的马蹄上，四只马蹄从他身上踏过。盲人皮尤一声惨叫，倒在地上一动不动了。

我跳出来向骑马的人打招呼，他们勒住了马缰。这时我认出了他们，队伍最后面的正是那位从邻村去找利弗希医生求援

的小伙子，其余的都是缉私队员。小伙子在半路上遇见了他们，于是立刻带着他们朝这边赶来。原来本地的督税官丹斯先生发现基特海口出现了一只海盗船，于是立即带人前来缉拿海盗。由于他们的到来，我们母子才逃过一劫。

皮尤死了，再也不能大喊大叫了。我母亲虽然被吓得不轻，倒也没什么大碍，只是一个劲儿地后悔着没能把账结清。

此时，丹斯先生带着人继续赶往基特海口。当他们到达海边时，海盗的帆船已经离开海岸，海盗们从船上向岸上的人开火，子弹差点儿打中丹斯先生的肩膀，于是他们只好放弃了追赶。

我陪同丹斯先生回到本堡将军客栈，屋子里的东西基本上全被砸烂了。海盗们只拿了船长的钱袋和客栈钱柜里的一些银币，其他的什么都没拿。看着酒店的惨样，我知道我们破产了。

“他们似乎是在找什么东西。”丹斯先生说。

“他们要找的东西在我身上。”我说。

“是吗？孩子，也许我可以帮你保管那个东西，如果你愿意的话。”丹斯先生说道。

“我觉得应该把它交给利弗希医生。”我说。

“也对，”丹斯先生说，“利弗希先生是本地的治安官，为人正直。如果你愿意的话，我想带你一起去利弗希先生家里。”

我同意了，并向丹斯先生表达了谢意。跟母亲打过招呼后，我们骑着马，乘着夜色，顺着大路朝利弗希医生家赶去。

第六章　一张地图

我们一路上马不停蹄地赶到了利弗希医生的家，他家房子前黑乎乎的。医生家里的仆人对我们说，他正在乡里的头面人物特里劳尼先生家吃晚饭。

医生家和特里劳尼先生家隔得不远，不一会儿我们就到了。经过通报后，一个仆人带着我们走过一条长廊，来到一间宽敞的书房。书房的四面全是书橱，上面摆着一些半身塑像。特里劳尼先生和利弗希医生正手持烟斗坐在火炉边谈话。

我是第一次从这么近的地方看着特里劳尼先生，他身高在六英尺（1 英尺＝ 0.3048 米）以上，身材很魁梧，看得出他是个十分豪爽的人。

特里劳尼先生和医生向我们打过招呼后，督税官开始向他们讲起事情的详细经过。这两位绅士听着丹斯先生的讲述，身体向前倾着，连烟都忘了吸。

丹斯先生讲完后，特里劳尼先生夸奖道：“丹斯先生，你确实是个勇敢的人。你们撞死了那个凶残的盲人，真是干了一

件大快人心的好事。小吉姆,你也很不错,是个勇敢的好孩子。”

“吉姆，这样说来，”医生说道，“他们要找的东西，是被你拿走了？”

“是的，先生。”我赶紧答应道，然后把油布包递给了利弗希医生。

那包东西被缝得严严实实的,利弗希医生只得打开他随身带着的医疗箱，用手术剪剪开线。包里装着两件东西：一本薄薄的小册子和一卷密封的纸。小册子前面几页上胡乱涂着许多字，就好像人无聊时在纸上乱写乱画时留下的东西。上面写着一些“比尔·博恩斯的至爱”“不准再喝朗姆酒”“他在棕榈岛得到了他该得的东西”诸如此类的话，还有许多让人看不懂的单词。接下来的第十页至第十二页记着一些很奇怪的账目。这本账记了差不多二十年的时间，时间越往后，账上的金额数目就越大。有几笔账目还标出了地名，或者写着经纬度。账本最后列了一个总数，后面写着“博恩斯的收入”这几个字。

利弗希医生看不懂这些,特里劳尼先生认为这是博恩斯的账本,账上的数目是他当海盗的分赃所得。这本小册子的最后几页记着几处地点的方位，还有一张法国、英国和西班牙三国货币的换算表。

看完小册子，利弗希医生小心翼翼地拆开那卷密封纸的封口。那里面有一张小岛的地图，上面标有经纬度、海水深度以及山丘、海湾和小港的名称。图上还详细地写明了在哪里停泊最安全，停泊时需要注意哪些事项等。这座岛长约九英里（1英里＝

1.609344 千米），宽约五英里。岛上还有两个避风良港，岛中央是一座名为“西贝格拉斯”的小山。图上有三个醒目的红十字记号：两个标注在岛的北部，一个标注在岛的西南部。岛的西南部的那个红十字旁边标着一行小字：藏宝最多的地方。地图的反面加注着以下文字：

大树，西贝格拉斯山坡。东北偏北。骷髅岛，东南偏东。十英尺。

财宝藏在北部的地窖中，沿东边的小山的斜坡向前，正对着黑岩，南面十英尺处。

武器在北部港口小岬北面的沙丘中，正东偏北四分之一处。

杰·弗

这些东西我看不懂，但特里劳尼先生和利弗希医生却欣喜若狂。特里劳尼先生激动地说他明天就去布里斯托尔，在十天之内搞到全英国最好的船和水手。他说我可以到船上当侍应生，利弗希当随船医生，由他来当总管。他还要带上家仆雷德拉斯、乔伊斯和亨特等人一起去寻找宝藏。

“利弗希，”特里劳尼先生说，“你就别再做什么医生了，跟着我一起干吧。到时候我们坐船出海，全速前进，直抵金银岛，挖出宝藏。那堆积如山的金币，可就全是我们的了。”

“好的，我跟你一起去，”利弗希医生答道，“我也同意带吉姆去。我会尽职尽责地当个好医生的。不过，我对一个人不

太放心。”

“是谁？”特里劳尼先生问道，“你对谁不放心，说出来让我听听，如果真的不能带他去的话，我会考虑的。”

“不是别人，就是你！”利弗希医生对特里劳尼先生说，“因为你这人一向都不会保守秘密。知道宝藏的不只是我们，那些袭击客栈的海盗逃跑了，肯定还有其他海盗也知道。这些人都是亡命之徒，出海前我们不能单独行动。吉姆跟着我，你带着乔伊斯和亨特去布里斯托尔。记住，千万要严守秘密，不要把我们出海的目的告诉任何人。”

“放心吧，我一定守口如瓶。”特里劳尼先生说。

第二部
前往金银岛

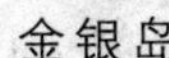

第一章　布里斯托尔港

俗话说世事难料,我们的出海准备时间比起先估计的要长得多。利弗希医生去了伦敦，他要找一名医生来顶替他；特里劳尼先生在布里斯托尔忙得不可开交;我则住在特里劳尼先生家，和雷德拉斯待在一起。

雷德拉斯是特里劳尼先生家的猎场总管,是个严厉的老头子。他整天把我看得死死的，就好像我是个囚犯一样。我整天都在胡思乱想着，希望我们能早日出发，登上那座藏着金银财宝的岛屿，把所有的财宝都挖出来，然后满载而归。

几个星期后的一天,我们收到一封由特里劳尼先生写给利弗希医生的信，信封上写着：

要是医生不在的话,此信由汤姆·雷德拉斯或小吉姆折阅。

于是我们打开信，只见信上写道：

亲爱的利弗希：

因为不知你现在是在我家还是在伦敦，所以我把这封信分别寄往两处。

船已买到，并准备齐全，可随时出海。这是一条纵桅船，叫希斯帕诺拉号，载重两百吨，很容易驾驶。

我是通过老友勃兰特里的关系买到这艘船的。他是个好人，任劳任怨地为我工作，一句抱怨的话都没说过。这里的人听说我们要去金银岛，都很乐于为我工作。

"利弗希医生肯定会生气的，"我对雷德拉斯说，"特里劳尼先生到处跟人家说我们要去金银岛的事情。"

"看来还是让医生说中了，"雷德拉斯说道，"特里劳尼先生忘了医生的嘱咐。"

我接着继续念信：

希斯帕诺拉号是勃兰特里亲自挑选，并以极低的价格买下的。在布里斯托尔，有些家伙十分讨厌勃兰特里，他们诽谤说，勃兰特里不是好人，为了钱什么事情都做得出来。他们甚至还说，希斯帕诺拉号本来就是勃兰特里自己的船，他买船的时候只花了很小一笔钱，却高价卖给了我。我不相信那些人，对于这条船的优点，没有一个人能否认。

目前为止一切都很顺利，唯一的麻烦是安装帆樯绳索的人干活速度太慢。

最令人头疼的是关于船员的问题，我一开始只招募到六个

人，但这远远不够。我希望能招募到二十个人，这样即使遇到了土人或者海盗，我们也可以抵抗他们。后来，我在码头遇见一个经营酒店的老水手，他是我命里的福星。全靠他的帮助，我才能招满二十个人。

他是我在码头偶然认识的，个头很高，缺一条腿，名叫约翰·西尔福。他说他认识布里斯托尔所有的水手。他听说我们要出海，就请求我让他到希斯帕诺拉号上当一名厨师，因为他很怀念以前在海上的日子。他说他之所以选择住在海边，就是为了能每天闻到海水的味道。我听了他的话，十分感动，马上答应了他的请求。我不仅得到了一个好厨师，还找到了一个好帮手，西尔福几天内就帮我招募到一批有经验的老水手。虽然那些水手们长得不太好看，不过一看就是久经风浪的航海好手，是些意志坚定的男子汉。

西尔福还帮我从以前招的六个人里剔除了两名水手，他认为那两个人只在内河干过水手，并不能适应大海。让他们出海去探险，真是太难为他们了。

我现在一切都好。但是，只有等到船儿开始起锚扬帆出海，我才能真正安下心来。我仿佛已经看见了大海的壮美。利弗希，你快回来吧，一刻都别耽误，我们一起出海，去寻找那些宝藏吧！

约翰·特里劳尼
一七××年三月一日
写于布里斯托尔海船旅店

又及：勃兰特里还给我找了个经验丰富的船长。这个船长除了脾气倔点儿外一切都好。他还答应若是我们在八月底还没有返回，就派另一艘船来找我们。西尔福还帮我找了个叫亚罗的人当大副。西尔福是个有钱人，在银行有账户，他让他妻子在他走后帮他打理酒店，他的妻子是个黑人。

约翰

再及：可以让小吉姆在出发前去他母亲那里住一夜。

约翰

第二天一大早，我和雷德拉斯一起回到本堡将军客栈。我母亲的身体和精神完全恢复了。那个曾把我们的客栈弄得鸡犬不宁的比尔船长不在了，我们的小店又开张了。特里劳尼先生

出钱帮我们把客栈重新装修了一遍，还为母亲雇了一个学徒，帮助她料理店里的事情。

在家里住了一夜后，第二天吃过午饭，我告别了母亲，告别了门前的那个小海湾，告别了亲爱的本堡将军客栈，和雷德拉斯一起出发了。我又想起了比尔船长，想起他脸上的那道刀疤，想起他夹着望远镜，在海边不停地走来走去的样子。

黄昏时分，我们在乔治国王旅店附近的荒原搭上前往布里斯托尔的邮车。我上车没多久就睡着了，醒来时发现我们的车已经到达布里斯托尔。

特里劳尼先生住的旅店离码头不远，这方便他随时监管船上的工作。我们徒步向那里走去，一路上我们见到许多式样各异的各国船只，水手们一边干活一边唱歌，这里的一切都让我感到新鲜。虽然我从小在海边长大，却从没见过这样的景象。

现在，我也要坐着大船出海了，就像那些水手一样。而且我会和许多水手一起，驶向那个神秘的小岛，去寻找埋在地下的宝藏。一想到这些，我就感到特别兴奋。

我们在一家大旅店门前遇见了特里劳尼先生，他微笑着从门口走过来喊道："欢迎你们，利弗希医生昨夜已经从伦敦到了这里。这下人都到齐了，真是太好了！"

"那什么时候出发呢？先生。"我问。

"明天，明天就开船出海！"他答道。

第二章　西尔福的酒店

特里劳尼先生在早饭后交给我一张便条，命我送给西贝格拉斯酒店的老板约翰·西尔福。他告诉我，沿着码头走，可以看到一家用铜制大望远镜作招牌的小酒店，那就是西贝格拉斯酒店。一想到又可以看到那些船舶和水手，我就感到十分高兴。

我兴冲冲地出发了，在来来往往的人群和货包之间不停地穿梭着。费了一番周折，终于找到了那家酒店。

酒店在拐角的地方，有两扇大门分别通往不同的街道。酒店的大厅很宽敞，里面烟雾腾腾。店里的顾客大多都是水手，他们在里面吵吵嚷嚷，吓得我不敢入内。

这时，一个人从侧面一间房走进大厅，我一看就知道他是约翰·西尔福。他的左腿从臀部以下全被截去，左肩拄着拐杖，走起路来却灵活自如。他看起来心情不错，吹着口哨在桌子之间不停地走动。一看到熟悉的客人，他就走上前去打招呼，说几句笑话，拍拍人家的肩膀。

老实说，在看特里劳尼先生那封信时，我就怀疑他是比尔

船长一直要我留意的独脚水手。看到西尔福本人后，我却打消了怀疑。他看起来非常和善，而且斯文有礼，根本不可能是海盗。

我鼓起勇气，向他走了过去。

“您就是西尔福先生吧？”我递过便条问道。

“我就是，小伙子，你是谁？”他接过便条看了后，似乎很吃惊。

“哦，你应该就是我们船上的侍应生吧，见到你很高兴。”他握着我的手大声说。

一个坐在角落里的客人突然站了起来，向门外溜去。这反常的举动引起了我的注意，我认出了他。他就是去找过比尔船长，并且和他打起来，最后逃走了的那个人。他缺了两个指头的左手特别显眼。

“快抓住那个人，他是黑狗！”我大叫起来。

“我不管他是黑狗白狗，他还没付账呢。哈里，抓住他！”

门口有个人立刻跳起来追了出去。

西尔福问我：“黑狗是谁？”

“特里劳尼先生不是跟你说了海盗的事情吗？他就是其中一个。”

西尔福恨恨地说道：“这个坏蛋竟敢来我店里，本，你去帮哈里抓住他。摩根，黑狗是跟你一起来的吧？你过来！”

那个叫摩根的走了过来。

西尔福厉声问道：“告诉我，那个黑狗叫什么名字？他刚才跟你说了些什么？”

“我以前没见过他，不知道他叫什么，刚才我们说的都是些无关紧要的事情。”摩根回答道。

“你给我老实说，”西尔福说道，“他刚才到底跟你说了什么？是不是关于航海、船只、船长的那些事？”

“我真的不记得我们谈了些什么，我也确实不认识他。”摩根说道。

“滚回去吧，以后你再和那种人来往，就别到我的店里来。”西尔福对他说道。

摩根走开后，西尔福凑近我耳边说：“摩根是个笨蛋，不过心肠不错。那个黑狗，以前我好像看见他同一个盲人来过。”

“那肯定是皮尤！”我大叫道。当我喊出皮尤的名字时，西尔福变得兴奋起来，“皮尤，没错，是叫皮尤，他们一看就不像好人。要是抓到黑狗的话，我一定好好教训他一顿。”

本来看到黑狗出现在西贝格拉斯酒店之后，我又对西尔福起了疑心，但听了他现在这一番话，看着他义愤填膺的样子，我很快打消了对他的怀疑。

过了一会儿，那两个追赶黑狗的人气喘吁吁地回来了，报告说黑狗钻进人群里溜走了，西尔福把他俩痛骂了一顿。这进一步加深了我对西尔福的信任。

“你看看，小吉姆，这事真是倒霉透了。”他说，“要是特里劳尼先生知道有个海盗在我店里喝酒的话，他会怎么想？你及时认出了那个黑狗，可我竟然让他在我眼前给溜掉了。吉姆，你虽然是个小孩子，但聪明能干，像个大人似的，你一进

门我就看出来了。你得在特里劳尼先生面前给我说句公道话。”

接着他又说道：“要是我的另一条腿还在的话，那个黑狗绝对跑不了，我一把就能把他抓住。”

突然，他停了下来，好像想起了什么似的。“酒钱啊！”他大声嚷道，“最可恨的是他还没付酒钱呢，三杯朗姆酒啊！哎呀，我怎么给忘了！”

说着，他大笑起来，笑得眼泪都流出来了。我也忍不住一起笑了起来，虽然我觉得这并不那么可笑。

我们到了旅店，看见特里劳尼先生和利弗希医生正在一起喝啤酒，他们准备待会去船上检查一下，看看都准备好了没有。

西尔福把在酒店里发生的事详细地向他们二位说了一遍，他还不时地对我说：“当时是那样的吧，吉姆？”我只得点头称是。

对于黑狗的逃走，两位先生都感到很遗憾，但他们都认为西尔福已经尽力了。在受到一番称赞后，西尔福起身告辞了。

“这个约翰·西尔福看起来很不错，我很满意，特里劳尼先生。”利弗希医生望着他的背影说道。

“他确实是个人才。”特里劳尼先生说道，“好了，现在我们该到船上去看看了。吉姆，你跟我们一起去。”

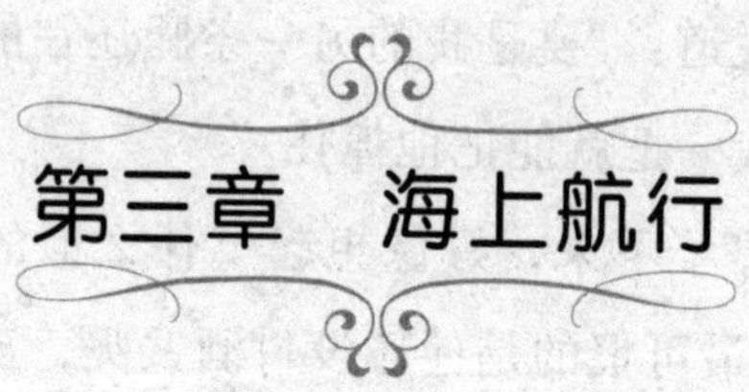

第三章　海上航行

我们花了一整夜才把所有的东西安顿好，我在本堡将军客栈时都没有这么累过。第二天天刚亮，水手们就开始在甲板上忙碌着，准备起锚。

这时，有个水手提议让西尔福给大家唱个歌提下神。西尔福拄着拐杖，唱起了那首我十分熟悉的歌：

十五个汉子争抢死人的皮箱，
嘿哟哟，一瓶朗姆酒，快端上！

所有的水手立即跟着他唱起来，这熟悉的歌和激动人心的场面，让我又想起死去的比尔船长。不一会儿，铁锚被拉起来，挂在船头。船渐渐离开码头，陆地和其他船只离我们越来越远，我们前往金银岛的航程正式开始了。

总的来说，一路上还算顺利。这条船性能十分优良，水手们也很卖力，船长更是尽职尽责。不过，在抵达目的地前，船上也发生了一些不大不小的事。

头一件就是，大副亚罗先生很不称职。他管不住任何水手，他们也根本不听他的。开船还没两天，他就开始喝酒了，谁也不知道他从哪里搞到的酒。船长训斥过他几次，但他每次都辩解说自己除了清水什么都没喝。我一直想知道他从哪里弄到的酒，可始终没有解开这个谜团。有时我们当面质问他，他就哈哈大笑。有一天晚上，风大浪急，他突然不见了，我们找遍整个船都没找到他。他失踪了，不过没人感到惊讶或是惋惜。

“肯定是不小心掉到海里去了，”船长说道，“不过这样也好，免得我们用铁链子把他锁起来。”

没了大副，船长只得在水手中选一个代替。船长任命水手长约伯·安德森做新的大副，其实他早就兼管大副的工作了。副水手长伊斯雷尔·汉兹是个经验丰富的老水手，他是西尔福的好朋友。

船上所有的水手都对西尔福毕恭毕敬，他和每个人都谈得来，水手们都叫他老伙计。

“老伙计可不是个普通人，”伊斯雷尔·汉兹对我说，“他年轻的时候读过书，说起话来有

条有理，头头是道；要是说到勇敢，他敢和狮子搏斗。我曾见他赤手空拳地和四个人搏斗，把他们打得落花流水。”

船上的人不但尊重西尔福，而且很听他的话。他对不同的人用不同的方式说话，每个人都对他充满了感激。而且他对我很不错，每次在厨房见了我都显得很高兴。那个厨房被他收拾得很整洁，他把盘子擦得干干净净，然后挂起来。他还带了只鹦鹉上船，把它关在角落里的一个笼子里。

他告诉我这只鹦鹉叫“弗林特船长”，他说“弗林特船长”跟他说过，这次航海一定会取得成功。然后他对着鹦鹉问道：“我的宝贝，你是这样说的吧？”

那鹦鹉就不停地大叫：“八个里亚尔！八个里亚尔！八个里亚尔！”西尔福用一块布罩住笼子，它才不再大叫。

“这只鸟有两百岁了呢，小吉姆。”他说道，“它到过非洲的马达加斯加，印度的马拉巴，还有南美的苏里南，北美的普罗维登斯。它还见过打捞失事的沉船，就是在那儿，它学会了说‘八个里亚尔’。”

“你看，它多漂亮啊。”西尔福说着从他的口袋里拿糖给它吃。那鹦鹉却不理他，并开始骂一些难听的脏话。西尔福说道：“它听了太多骂人的话，所以学坏了，孩子。现在它骂起人来可以说是天下无敌了，即使当着牧师的面，它也不会停嘴。”说到牧师时，西尔福总是虔诚地行个举手礼，这使我更加相信他是个好人。

途中，我们遇到过几次坏天气，不过对希斯帕诺拉号并没

有造成任何伤害，可见这条船确实很不错。不过那些水手们的表现我就不敢恭维了。他们放纵着自己，随便找个理由就开始喝酒，不时还能吃到水果布丁。特里劳尼先生对他们也不错，他听说有个水手要过生日了，就拿出一大桶苹果，放在甲板上，让所有的人享用。

“这样对他们没什么好处，”船长对利弗希医生说，“他们被宠坏了，只会变得越来越堕落。”

不过要是没有那桶苹果，我就不会得知那场阴谋，也许我们都会被哗变者干掉。

事情是这样的：

我们日夜兼程地向金银岛驶去，最多只剩下一天的航程，我们就能见到金银岛了。此时海上风平浪静，希斯帕诺拉号正稳稳地前行。所有的人都感到十分兴奋，因为我们终于快到达目的地了。

太阳刚刚落下，我做完了所有的事，正准备去睡觉，忽然想吃一个苹果，于是上了甲板。此时瞭望员正全神贯注地注视着前面，副水手长正一边掌舵，一边吹着口哨。

我钻进苹果桶里去找苹果，这才发现一个苹果都没有了。苹果桶里黑黑的，加上船身轻轻地摆动，我不知不觉地在里面睡着了。这时，一个人扑通一声靠着桶坐下来，把我弄醒了。我正想跳出来，这个人开始说话了，是西尔福。只听了几句，我就明白了我的处境。我不能暴露自己，现在船上所有好人的性命都得靠我去挽救。

第四章　大阴谋

“您是那条船的船长吧？”一个声音问道。

“我不是，”西尔福说，“弗林特才是船长。我因为少了条腿，只能去掌舵。在一次海战中，我被炸掉了一条腿，老皮尤被炸瞎了双眼。给我做手术的是个有名的大夫，他学识渊博，精通拉丁文，不过后来被吊死了。我刚开始跟着英格兰干，后

来跟了弗林特，现在我要自己干。我曾见过弗林特的海象号满载而归，船上沾满鲜血，金子都快把船压沉了。”

“弗林特真了不起。”听声音，说话的应该是船上那个最年轻的水手。

“戴维斯也算是个人物，不过我没跟着他干过。我跟英格兰干时攒了九百英镑（1英镑≈8.7694元人民币），后来跟弗林特干又攒下两千英镑，全都安全地存在银行里。这些钱都是我好不容易省下来的。英格兰的部下都逃散无踪了，弗林特的人大部分在这条船上。他们看来很开心，因为他们中有的人曾沦为乞丐。失明的皮尤真是可怜，不过他活该。他曾经一年花掉了一千二百英镑，就像自己是个财主。他要过饭，偷过，抢过，还杀过人,结果怎么样？还不是经常饿肚子。最近听说他死了！”

“看样子干这行最终还是不会有好下场。”那个年轻的水手说。

“我跟弗林特干的时候，有些人怕皮尤，有些人怕弗林特，但弗林特却怕我，我给他干活是他的荣幸。不是我吹牛，我还在当舵手时，弗林特手下的老海盗见了我都服服帖帖的。小伙子，跟我干，不会亏待你的。”西尔福说。

“我干了，”那小伙子答道，“你跟我说这话之前，我一点儿都不喜欢干这行，现在，咱们握手为定，算我一个吧！”

“你果然是个勇敢的年轻人，而且很聪明。”西尔福一边说，一边热烈地跟他握手，弄得木桶都摇晃起来。

听到这些我才明白，所谓的“冒险客”，就是指海盗，刚才西尔福正在劝说那个年轻人入伙。接着，西尔福轻轻地吹了声口哨，一个人走了过来，坐在他们的旁边。

“迪克同意入伙了。”西尔福说。

“我就知道他会同意，”说话的竟然是副水手长伊斯雷尔·汉兹，“他是个聪明人。我只关心我还得在这破船上待多久，我受够了斯莫利特那个老家伙，这个天杀的！我巴不得现在就住进他们的舱房，把他们的泡菜和葡萄酒统统抢过来，把所有的好东西全都抢过来。”

“别冲动，伊斯雷尔，”西尔福说道，“我没发话前，你老老实实地和水手们待在一起，好好干活，少喝点儿酒。记住，要听话。”

“我什么时候不听话了？”汉兹有点儿愤愤不平地说道，“我就想知道什么时候动手。”

“什么时候干我说了算！”西尔福叫道。

“为什么要让斯莫利特帮我们驾船，我们船上不是有水手吗？”那个叫迪克的年轻人插嘴说。

“你懂什么！”西尔福说道，“我们只不过是一群普通的水手。我们是能驾驶这条船，但谁能准确地按航道行驶，找到正确的方向？你们从不用脑子想问题，这也是你们经常失败的原因。照我看来，只有等船到了赤道附近时，我们才能准确地判定航向。我知道，每次不让你们喝酒，你们就不高兴。说真的，不是为了那些财宝，我才不愿意和你们这些人一起出海呢。一旦找到财宝，我们就……”

“到时候你会怎么处置他们呢？”迪克问道。

西尔福说道："我这人心地宽厚，不会折磨他们的。一旦时候到了，就把他们全都处死，来个斩尽杀绝！"

"迪克！"他停了一下，突然说，"你去给我拿个苹果，让我润润嗓子。"

这句话让我陷入巨大的恐惧之中！当时我要是还能动的话，肯定会马上跳出去逃命。可是我那时大脑和四肢都吓得没有知觉了，我听到迪克已经站起来准备过来了，汉兹说道："算啦，别吃那些烂苹果了，西尔福，咱们还是喝酒吧。"

"迪克，"西尔福说，"我信得过你。你去放酒的地方倒一小桶酒端上来，拿着，这是钥匙。"

听到这我明白了，亚罗先生的酒一定也是他给的，最后那酒要了亚罗的命。

迪克出去后，伊斯雷尔和西尔福开始小声交谈，我只听清了其中的一句，伊斯雷尔说："还有几个人拉不过来。"这么看来，船上还有几个人没有加入他们。

迪克很快就回来了，他们三个人端起酒杯一杯接一杯地喝上了。这时，月亮已经升起来了，照在我的身上，照得桅杆的顶部闪闪发亮。突然，从瞭望哨传来一声欢呼："陆地，我看见陆地了！"

我听见那三个人跑了过去，我还听见许多人跌跌撞撞地从舱房和水手舱里跑出来的声音。我飞快地从苹果桶里爬出来，钻到前桅帆的下面，然后跑到船尾，再从那里上了甲板。在甲板上我正好遇见亨特和利弗希医生，于是我们一起跑到了船头。

第五章　紧急会议

我们的前方是一座小岛，在岛的西南方，我们看到有两座低矮的小山，相距大约两英里，它们后面耸立着一座更高的山，峰顶云雾缭绕。这三座山全都是圆锥形，应该是火山喷发后形成的。

看着这一切，我仿佛在做梦一般，因为我还没从刚才的恐惧中缓过神来。接着我听见斯莫利特船长问："有谁见过前面的这块陆地？"

"我见过，先生，这里就是金银岛。"西尔福说，"当年我曾在一艘商船上做厨师，在那儿取过淡水。"

"南边那个小岛的后面应该可以下锚，是吧？"船长指着金银岛旁的另一个小岛问道。

"没错，它叫骷髅岛，据说曾有海盗出没。金银岛北面的那座小山叫作前桅山，从北向南的三座山依次叫作桅山、主桅山和后桅山，先生。主桅山有时也被叫作西贝格拉斯山。"

斯莫利特船长从怀里拿出一张地图，问西尔福是否就是这

个地方。我看见西尔福接过这张图时，两只眼睛突然一亮，不过很快又黯淡下来。原来，这只是一张精心绘制的藏宝图副本，上面没有红十字标记和附注。

“就是这里，先生，”他说，“绝对错不了，这地图相当准确。如果想进那个港湾休整一下的话，要在这里下帆，这一带的水域最适合进入港湾了。”

“多谢你了，兄弟，”斯莫利特船长说，“等会儿我还会向你请教的，现在你可以走了。”

斯莫利特船长、特里劳尼先生还有医生正在后甲板上商量事情，虽然我心急如焚，却不敢去打断他们的谈话，向他们报告，因为我怕其他人听见。正当我无计可施时，利弗希医生叫我过去。他把烟斗落在舱房里了，想让我去帮他拿过来。我走近利弗希医生，低声说道：“医生，我有紧急的事情要禀报。先让船长和特里劳尼先生到下面舱房里去，然后您再找个借口让我下去。”

医生的脸色微微一变，但他很快就恢复了常态。

“吉姆，谢谢你，”他大声说，“你回答得很不错。”就好像他刚才问了我个问题似的。

接着，他转身又和另外两位先生谈起话来。尽管他们全都不动声色，说话的声音依然平静，但我知道医生已经把我的话转告给他们了，因为没多久船长就命令水手长约伯·安德森把全体水手叫到甲板上来。

斯莫利特船长向他们宣布，我们已经抵达目的地，特里劳尼先生对他们的表现很满意。为了对他们表示感谢，特里劳尼先生准备了好酒，让大家痛饮一番。一听这话，水手们立刻爆发出一阵欢呼，这欢呼是那样的热烈和热情，我很难相信，就是这些人想把我们全都干掉。

三位先生趁他们欢呼的时候下到舱房里去了，不一会儿就有人传话，说他们让侍应生吉姆前去伺候。

我立即尽可能简短地向他们报告了西尔福他们三人谈话的全部内容。他们听我讲着，眼睛一直盯着我，一动不动，直到我把话全讲完。

“过来坐，吉姆。”利弗希医生说道。

他让我挨着他们在桌边坐了下来，还给我倒了杯葡萄酒，

又往我手里塞满了葡萄干，向我表示感谢，并为我的健康、好运和勇敢干杯。

“原来这一切都是西尔福策划的，”医生说道，“看来他确实是个不同寻常的人。”

“现在我们该怎么办呢？”特里劳尼先生问道。

“我觉得我们应该这样，”船长提出了他的建议，“首先，我们必须继续行进，不能返航。一旦我们返航，他们肯定会马上造反的；其次，在找到宝藏前，他们不会杀死我们，所以我们还有时间；第三，不是所有人都背叛了我们。我的想法是，静待时机，然后出其不意地解决他们。”

“想想这些人，我真想把这艘船给炸了！”特里劳尼先生低声怒吼道。

“好啦，先生们，”船长说，“我没什么可说的了。我们一定要保持冷静，假装什么事都没发生。同时，要保持高度的警惕。现在敌我难分，所以我建议大家暂时忍耐，同时见机行事。”

“吉姆立了大功，”医生说，“我们还得继续靠他帮忙。那些人不会怀疑他的，况且吉姆是个聪明的小家伙。”

“小吉姆，我相信你能行。”特里劳尼先生接着说道。

听了这话，我觉得很惶恐，因为我一向认为自己是个无足轻重的小人物。但是后来，由于机缘巧合，我竟然成了改变所有人命运的关键人物。

现在的情形是，整条船的二十六个人中，我们这一边只有七个人，而且我还是个孩子，我们的对手却有十九个之多。

第三部

岛上历险

第一章　登上金银岛

第二天一大早，我走上甲板时，发现海岛和我昨天看到的有些不同。我们的船此刻停在海岛的东南方，离海岛约有半英里。海岛的表面大部分覆盖着灰白色的树林，中间隔着几片黄沙地，还夹杂着一些高大的松树。每座山的山顶上都布满了赤裸裸的岩石。全岛最高的山主桅山——也叫西贝格拉斯山——外形最为奇特：它的每一面山坡都很陡峭，但是顶部却十分平坦，好像一座巨大的平台。

希斯帕诺拉号慢慢前行，船身不断地摆动，排水孔几乎没到了水下，船舵左碰右撞，砰砰作响。整个船身剧烈地颠簸着，我紧紧抓住帆缆，觉得眼前天旋地转。以前我从没晕过船，但这时却忍不住吐了两次。

那天早上，我们做了许多事情。由于没有风，我们只得把小船放下去，每条船若干人，用绳索把大船沿岛角牵引了三四英里，穿过一条狭窄的海峡进入骷髅岛背后的港湾。

我跳上一条小船，想在那里帮帮忙。当时天气十分炎热，水手们一边干着活，一边大声发着牢骚。大副安德森也在小船上，但是他不但不制止那些人，反而高声叫骂道："这活我算是干够了。"

这是个不祥之兆，因为在此之前，这些水手们干起活来都十分卖力。可是，一看到金银岛，他们似乎就再也没有心思干活了。

水手们从小船回到大船上后，他们的行为让我感到胆战心惊。他们全都聚集在甲板上，大声地吵嚷着，谁也叫不动，也不听任何命令。即使勉强听命做了一点儿事，也是一副不情不愿的样子，马马虎虎地应付一下。那些最老实的水手也受了影响，没有一个人肯听别人的话。一种不祥的气氛笼罩着全船。

那时，船长和我们正在舱房里商讨着对策。船长说："现在的情形大家都看到了，他们不再服从任何命令。如果我们再让他们干活的话，全体水手很可能一起来攻击我们。局面已经失去控制，他们越来越放肆了。如果我们放任不管的话，西尔

福肯定会看出问题的。现在，我们只能希望西尔福能先安抚住那些水手，看来他也想那么做。我建议，让西尔福带着水手们统统上岸。那时，我们就能守在船上，就算他们上岸后造反，我们也可以依靠大船来作战。如果他们无法靠自己找到财宝，那他们就会回来求我们的。”

我们商议已定，由船长去发布我们的决定。

“各位，今天大家工作很努力，我决定放你们半天假，你们可以上岸去玩玩。傍晚的时候我会放炮通知大家回来的。”船长说。

那些人以为到了金银岛上就能找到财宝，个个兴高采烈，发出一阵欢呼。他们的叫喊声在小岛的山谷中回荡，惊得岛上的海鸟四处飞起，在天空中不停地鸣叫。

船长宣布完决定就走开了，他知道剩下的一切西尔福自会去安排。

果然，西尔福马上开始做决定了，就像他是船长一样。他命令六个人留在船上，自己则带着十二个人坐着小船上了岸。

我突然冒出一个大胆的念头，这是个近乎疯狂的念头，但正是这个念头最终救了我们。因为老奸巨猾的西尔福在船上留了六个人，所以我们无法夺船，于是我决定跟着他们上岸，看看他们到底想干什么。

我翻过船舷，跳上了一只小船。谁也没注意到我上了小船，只有前面划船的那个人说：“是你啊，吉姆，把头低一下。”西尔福在另一条船上，听到他的话后问：“是谁上了船？

是吉姆吗？”听到西尔福的声音，我开始后悔起来，我觉得我这么做确实是太鲁莽了。

我们分乘两艘小船上岸，西尔福和我不在同一条船上。我坐的小船最先到达岛上，船头刚一靠岸，我就纵身一跃跳上岸去，然后钻进了附近的灌木丛，此时西尔福的船还在我身后一百码的地方。

“吉姆！你干什么？”我听见他在喊。

我假装没听见，飞快地向前跑着，直到筋疲力尽，才停了下来。

第二章 目击惨案

甩掉了西尔福他们，我开心极了。休息片刻后，我兴致勃勃地开始了在岛上的探险之旅。

穿过一片长满杨柳、芦苇和其他植物的沼泽地后，我看到一片约一英里长的沙地。这里除了少量的松树长得笔直外，其他的树都长得歪歪扭扭的。不远处，耸立着一座双峰小山，两个峰顶在阳光的照耀下闪闪发光。

这是我有生以来的第一次探险，而且是单独一个人。

我继续前行，走进一片长长的灌木林，这片灌木林从一个沙丘顶上延伸下来，越往下树就长得越高，一直长到了长满芦苇的沼泽边缘。沼泽在烈日的照射下雾气腾腾，远处的西贝格拉斯山仿佛在这雾气中微微抖动着。

突然一只野鸭嘎的一声从芦苇丛中飞了起来，接着又是一只。没多久，整个沼泽地上空就到处飞着野鸭。我知道，肯定是西尔福他们正向这边走来。果然，很快我就远远地听到一个人说话的声音，这声音越来越大，越来越近。

我害怕极了，赶紧躲在附近的一棵矮橡树下，竖着耳朵仔细地倾听着。

是西尔福的声音，他滔滔不绝地讲着，偶尔有另一个声音打断他一下。他们在认真地，甚至可以说是在激烈地交谈着，不过由于隔得有点儿远，我没听清他们谈的具体内容。

我悄悄地向他们所在的地方爬了过去，想听清楚他们的谈话，这也正是我上岸来的目的。我决定利用树木作为掩护，小心地接近他们，听听他们到底在谈些什么。

我手脚并用，慢慢地向他们爬过去。最后，我离他们已经很近了，于是停了下来。我从隐身的树林中抬头望去，看到在沼泽地旁的一小块低谷上，西尔福和另一个水手正面对面地站在那里谈话。

阳光照在他们身上。西尔福把帽子扔在旁边的地上，他红光满面，正对着一个人在说话，听起来似乎正在努力地想说服他。

"听着，汤姆，"他说道，"我喜欢你，因为你是个人才，不然我不会告诉你这些的。事情已成定局了，我跟你说这些是为了让你保住性命。如果被那帮不要命的家伙知道，他们会怎么对付我，你知道吗？"

"西尔福，"另一个人涨红着脸，声音嘶哑地说，"我知道你是个正派人，你年纪不小了，也很有钱，不像那些穷水手。我看得出来，你是个敢作敢为的人。莫非你想说，你愿意向那些泼皮无赖们屈服吗？不，就算砍掉我一只手，我也绝不做违

背自己良心的事情……”看来，这位正直善良的水手不愿意参与他们所做的一切。

突然，一阵喧闹声打断了他们的谈话。在沼泽地的那边传来一声愤怒的叫喊，接着是一声可怕的、拖得老长的惨叫，这惨叫在山谷中不断地回响，惊得沼泽地里的野鸭再次成群地飞起。过了好长时间，那惨叫声仍然在我脑海中盘旋。终于，周围又恢复了寂静。

汤姆听到惨叫声，立刻跳了起来，但西尔福却连眼皮都没眨一下。他表情轻松地站在原地，注视着他的同伴。

“西尔福！”那个叫汤姆的水手急切地问道，“求求你告诉我，那边发生了什么事情？”

“那边吗？我看可能是艾伦出了点儿什么事情。”西尔福面带微笑地答道。

听了西尔福的话，汤姆声音激动地说道：“艾伦？愿他的灵魂得到安息！他是个正直的人，是个真正的水手。至于你，西尔福，我一直很敬重你，不过以后再也不会了。你们已经杀死了艾伦，是吧？那么把我也杀了吧，我不会和你们同流合污的！”

说完，这个勇敢正直的小伙子转身向岸边走去。这时，我看见西尔福攀住一根树枝，然后把他的拐杖像一只标枪一样，对着汤姆的后背扔了过去，正好击中他两肩中央的地方，然后汤姆就倒在地上，一动不动了。

等我回过神的时候，看见这个魔鬼像什么事情都没发生一样，戴好帽子，把拐杖夹在胳膊下，然后抓过一把草开始擦拭他那把带着血的刀。太阳仍然炙烤着大地，沼泽地上冒着蒸气。我简直不敢相信，就在几分钟前，就在我的面前，一个人被残忍地杀死了。

我得立刻逃命！我屏住呼吸、蹑手蹑脚地向林中的开阔地带爬过去。爬了好长一段路后，我站起来，开始拼命地拔脚狂奔起来，怎么办？我边跑边想。要是我回到船上去的话，他们看到我，会不会杀了我？如果我不回去的话，他们会不会怀疑我发现了他们的所作所为？看来，将来我不是在这个荒岛上饿死，就是被那些水手们杀死。

我就这么跑着想着，不知不觉来到了那座双峰小山的山脚下。这里长着一片更广阔的野生橡树，中间夹杂着几株松树，看起来就像一片森林。这里的空气比下面的沼泽地清新一些，就在这里，我遇到了另一种新的危险。

第三章　岛上怪人

从陡峭多石的山坡上掉下来许多碎石子，砸得树叶簌簌作响。我本能地向那个方向看了一下，只见一个身影飞快地向一棵松树的树干后面跳了过去，它看上去黑乎乎、毛茸茸的。是猴子？是熊？抑或是人？我吓得立刻停下了脚步。

那个黑影又出现了，而且绕了一个大弯，准备拦住我的去路。他跑起来的样子很怪，跑的时候腰弯得很低，几乎贴着地面，不过他像人一样用两条腿在跑。我确信，那就是一个人。

他躲在一棵树的树干后面，仔细地观察着我。看见我走过来，他向前走了一步，然后犹豫了一下，又向后退了一步。最后，让我大吃一惊的是，他突然走上前来，跪在地上，双手交叉向前伸着，好像在哀求什么。

“你是谁？”我停下脚步问道。

“本·冈恩，”他答道，他的声音听起来像生锈的锁一样，既沙哑又生涩，“我是可怜的本·冈恩，整整三年没跟人说过话啦。”

现在我看清楚了，他也是个白人，长得不算难看。他身上裸露着的皮肤都被太阳晒黑了，连他的嘴唇都是黑的。他穿着用旧帆布和防水布的碎片做成的衣服，腰间系着一条旧的带黄铜扣的皮带——那是他全身上下唯一比较结实的一样东西。

“哦，对了，你叫什么名字，我的朋友？”他接着问。

“我叫吉姆。”我告诉他。

“吉姆，我跟你说，”他压低了声音，轻声说道，“上帝他老人家又开始重新眷顾我了。我发财了！发财了！我跟你说，第一个找到我是你的幸运！”

正说着，他好像想起了什么，脸又变得阴沉起来，他抓着我的手急切地问：“吉姆，你得跟我说实话，那船是弗林特的吗？”

一听这话，我就知道，这个人可能会成为我的盟友。我回答道：“不是弗林特的船，弗林特已经死了。不过船上许多人都是弗林特的部下，而我们这些人是他们下手的对象。”

“那有没有一个缺了一条腿的人？”他声音有些发抖地问。

“你是说西尔福？”

“西尔福！”他说，“没错，就是他！”

“他是船上的厨子，是那些坏蛋的头。”我回答道。

他本来握着我的手腕，听了我的话，他用力地扭了一下我的手说道："如果你是西尔福派来的，你就死定了，还好你不是。你们现在的处境怎么样呢？"

于是，我把我们出海前来金银岛的经过和我们现在的处境都告诉了他。他津津有味地听完后，拍了拍我的脑袋说："吉姆，你是个好孩子。你们现在遇到了大麻烦，不过我很愿意帮助你们。你说船主特里劳尼先生是个慷慨的人，如果我把岛上的财宝给他，他会不会分给我一小部分，比如说一千英镑。"

"会的，而且他会给我们每个人都分一份的，特里劳尼先生是个慷慨的人。"我说。

正说着，我突然听见一声炮响，全岛立刻响起一阵大炮轰鸣的回声，这时离傍晚还有一两个钟头。

"他们打起来了！"我喊道，"跟我来。"

我立刻朝着大船停泊的地方跑去，本·冈恩也跟着我跑了起来，他跑得非常快。

"左边，"他冲我喊道，"朝左边跑，吉姆！往树底下跑！"

我拼命地向前跑着，顾不上回答他。炮声响过很久，突然又传来一排枪声。

接着一切都安静下来。又过了很久，我看到在我前面四分之一英里远的地方，一面英国国旗在树林上空迎风飘扬着。

第四部

坚守木寨

第一章　保卫木寨

本·冈恩看到国旗后停下了脚步，拉着我的胳膊让我先坐下来。

“你看，你的朋友们一定在那边。”他说。

“你怎么知道，也许是那帮海盗呢？”我问道。

“不可能是他们，”他说，“如果是西尔福那帮家伙，他们肯定会挂骷髅旗而不是国旗。他们刚才肯定是打了起来，我估计你的朋友们占了上风。

看来他们都已经上岸了，而且进入了那个木寨。木寨是弗林特亲手建造的，十分坚固。说起弗林特，我不得不承认，他是个有勇有谋的人，而且什么都不怕。比起他来，西尔福显得斯文和气多了。”

“你说得很对，”我说道，“我要去找我的朋友，和他们一起战斗，我们过去吧。”

“别急，我的朋友，”本·冈恩说道，“我可不傻。虽然你是个好孩子，但毕竟还是个孩子。谁也别想把我骗到那地方去，我得亲自见到那位船主并得到他的保证，才会跟你们一起走。你回去后别忘了向那位船主表达我的敬意。”说着，他又拧了我一把。

“知道怎么找我吗？如果你们想见我，就去今天你见到我的地方找我。记住，来的时候只能一个人过来，而且，手里得拿一样白色的东西，你听明白了吗？”

“好的，我记住了。”我说道，“你想给我们提供一些线索，你希望见一下船主或者是利弗希医生，如果我们要找你，就去我今天遇见你的地方，就这些吗？”我转身准备走。

“别急，我们还没有约好时间呢。”他说，“记住，见面时间是下午十二点到三点之间。”

“好吧，我都记住了。现在我可以走了吧？”我说道。

突然，一声巨响打断了他的话，一颗炮弹落在离我们不到一百码的地方，我们吓得立刻朝着不同的方向拔脚就跑。

整整一个小时的时间，炮弹不停地落在丛林里。我一边

前进，一边躲闪着炮弹。我不敢马上去木寨那里，因为炮弹正不停地向那边飞去。我向东绕了一圈后，悄悄地来到岸边的丛林里。

我看见希斯帕诺拉号仍然停在那里，只是它的桅杆顶上挂起了一面骷髅旗。突然，红光一闪，接着又是一声巨响，一颗炮弹呼啸着向木寨飞去，这是今天的最后一次炮击。

我觉得我应该回木寨里去了，于是站起身来。这时候，我看见一堵孤零零的岩壁，它在低矮的灌木丛中，显得很高，颜色特别白。我想这可能就是本·冈恩说的那块白色岩石，那条小艇应该就藏在它的下面。看来，如果将来我需要一条小艇的话，去那边找准没错。

然后，我就沿着树林的边缘往回走，一直走到木寨的背后，很快找到了我的同伴们。

我讲完自己的经历后，便开始打量起这座木屋来。木屋是用松树的树干钉成的，包括屋顶、四壁以及地板全都是这样。门口有个门廊，门廊下有一股清泉，泉水流入一只用铁壶做的人工蓄水池里。

寒冷的晚风从木屋的每一个缝隙里钻进来，沙子也被风卷进了屋子里。我们的眼睛里是沙子，牙齿里是沙子，饭里也是沙子。我们的烟囱是屋顶上的一个方洞，由于设计得很不合理，它只能排出一小部分烟，大部分烟留在屋子里，呛得我们一边咳嗽，一边流着眼泪。

葛雷的脸上缠着绷带，他在逃出来时挨了一刀，而死去的老汤姆·雷德拉斯，直挺挺地靠墙躺着，身上盖着一面英国国旗。

船长把所有的人召集到自己面前，让我们轮流值班守卫。医生、葛雷和我是一组，特里劳尼先生、亨特还有乔伊斯是另一组。分好组后，他又派了两个人去砍柴，两个人去为雷德拉斯挖墓。医生负责做饭，我在门口放哨，而船长则不停地鼓励我们，哪里忙就去哪里帮一把。

有一次，利费希医生跟我谈起了本·冈恩，他问："那个本·冈恩到底是个什么人？"

"我也不知道，他看起来不太正常，先生。"我回答道。

"这正是我担心的，"医生说，"他一个人在荒岛上待了三年，还能像正常人一样吗？我看不太可能。对了，你说他想吃干酪？"医生问道。

"是的，他说过他想吃干酪。"我说。

"虽然我从不抽烟，但我却带了一个鼻烟盒，你知道这是为什么吗？因为我是个很讲究吃的人，我在鼻烟盒里放了一块意大利产的上好干酪，既然本·冈恩想吃，那就送给他吧！"医生说道。

晚饭前，我们在沙地上埋葬了雷德拉斯。我们脱去帽子，在他的坟前默哀了片刻。柴火弄回了不少，可是船长还是摇了摇头，然后对我们说明天得再多弄些回来。

我们吃了点儿腌肉当晚饭，每个人又喝了杯上好的白兰地。吃过晚饭，三个领头的人便聚在角落里商讨着下一步该怎

么办。

那天我累坏了，一倒下便睡着了。

第二天，当其他人早就起来，吃过了早饭，还抱了一大堆柴火回来后，我才被一阵吵闹声惊醒。

“白旗！”我听见有人说。

接着，又听见一声惊叫：“是西尔福！”

听到这里，我马上爬起来，使劲揉了揉眼睛，扑到墙上的一个射击孔前向外看去。

第二章 谈判

木寨外来了两个人，一个挥舞着一块白布，而另外一个正是西尔福本人，他不动声色地站在旁边。

“大家小心点儿，”船长警告我们，“小心这是他们的诡计。”然后船长冲他们喊道：“你们来干什么？马上站住，不然就开枪了。”

“我们可是打着白旗的。”西尔福说道。

船长看了一下后，对我们说道：“利弗希，你带着人守住射击孔。你守北面，吉姆守东面，葛雷守西面，其余的人准备好弹药。大家留神点儿，不要轻举妄动。”

然后他对着那两个人喊道："你们打着白旗来，到底想干什么？"

"西尔福船长想跟你们谈判，先生。"那个随从喊道。

"西尔福船长是谁？我可不认识他！"船长叫道。

"是我，先生。"西尔福终于自己开口了，"这些可怜的孩子在你们弃船逃走后，推举我做了船长。我想和你们谈判，如果你们不想谈的话，希望在我们离开之前，你们不要开枪。"

"西尔福，"斯莫利特船长说，"我和你没什么好谈的，你想说什么只管进来说。至于搞暗算，这种事情只有你们那种人才做得出来。"

"好，有你这话我就放心了。我就知道你是个正人君子。"西尔福高声喊道。

我看到西尔福朝木屋走过来，那个打白旗的家伙似乎想阻止他，但西尔福却大声地嘲笑他，似乎在说他的顾虑是多余的。接着他走到木栅前，先把拐杖放过去，然后把一条腿伸了过来，敏捷地翻过了栅栏。

西尔福走到船长面前，用标准的姿势向船长行了个礼，然后逐一地和我们打起了招呼："你好船长，啊，吉姆也在这里啊！医生，我向你致敬……"

"有什么话就赶紧说吧。"船长说道。

"好吧，那我就不进去了。"西尔福一边说着，一边在木屋外的沙地上坐了下来。"现在该我说了，你们昨晚干得可真漂亮，这我并不否认。我的手下们被打了个措手不及，这就是我上这儿来谈判的原因。但是你记着，船长，决不会再有第二次了，以后我会加强岗哨的，并且不许他们随便喝酒。也许在你们看来，我们都是酒鬼。可是我要告诉你，我当时并没有喝醉，我只是太疲倦了。要是我早醒来一秒钟的话，我就会当场抓住你们。因为我去看那个被你们打伤的人时，他还没咽气呢。"

"唔，是吗？"斯莫利特船长不动声色地说，虽然他没听懂西尔福所说的话。

但是我却有点儿明白了。我想起了本·冈恩说的话，他说过只要有可能，他会在适当的时候给海盗们来个偷袭。昨晚肯定是他在海盗们喝醉后趁机打死了他们中的一个，然后逃走了。如此一来，我们的敌人又少了一个，只有十四个了。

西尔福继续说道："坦白说吧，我们想得到岛上的宝藏，而你们想要活着离开。你们手里有张藏宝图，是吧？"

"也许是有那么张地图。"船长说道。

"肯定有，我知道。你的态度别这么生硬，这对你们没好处。我只想要那张地图，并不想伤害你们。"西尔福说道。

"你死了那条心吧，我们是不会答应你的。"船长说道。

"别这么快回答，听我说，"西尔福继续说道，"我的要求很简单，你们把藏宝图给我，不再伤害我的手下。如果你们答应的话，等找到财宝后，我会带你们一起乘船离开，我用人格担保，会找个安全的地方让你们上岸。如果你们不愿意和我们一起离开，我们离开时会给你们留下足够的食物，然后把你们的消息告诉我们遇见的第一条船，请他们来这里把你们带走。"

说着他提高了声音，“这话不只是对船长说的，也是对木屋里的所有人说的。”

“你说完了吗？”船长问道。

“说完了，”西尔福说道，“如果你们拒绝的话，下次和你们谈话的可就是滑膛枪了。”

“既然你说完了，那就该我说了。你们如果肯放下武器投降，我发誓会把你们安全地送回英国接受公正的审判。如果你们不这样的话，我就把你们统统送进地狱。你们是找不到宝藏，也打不过我们的，你们五个人都没有拦住葛雷一人。我也告诉你，这是我最后一次给你忠告，下次如果遇见你的话，我会用子弹打断你的脊梁骨。现在你滚吧，滚得越远越好！”

“呸！”西尔福恶狠狠地说，“你们就等着，不出一个钟头，我会把你们的老木屋打得稀巴烂。”

他又怒骂了一阵，这才拄着拐杖，艰难地往回走去。这一次，他在摔了四五次跤后，才在打白旗的人的帮助下越过了栅栏，然后他们一起消失在树林中。

第五部

夺回大船

第一章 冈恩的小艇

谈话结束后西福尔果然向我们发动了进攻，我们在船长的安排下，严防死守，终于将他们打跑了。

那些海盗们没有再回来，树林里的枪声也停了下来。我们开始仔细察看伤员，并准备在屋外做午饭，虽然外面很危险。在屋外，我不时听到屋内传来痛苦的呻吟声。

在这次战斗中，双方共有八人死伤。我们这边乔伊斯死了，亨特和斯莫利特船长受了伤。亨特的伤很重，虽然我们想尽了办法，但亨特还是没能苏醒过来。他的肋骨被打断了，跌倒后颅骨又受了伤，终于在夜里去世了。

船长的伤虽然也很重，但没有大碍。他挨了约伯·安德森一枪，子弹伤到肺部，但并不严重；他的小腿上也中了一枪，不过只有部分肌肉受到损伤。医生看了后说，他过几个星期就可以复原。但这段时间里，他不能走动，也不能剧烈运动，甚至连长时间说话也不行。

我在混乱中被割伤了手指，利弗希医生给我贴了块膏药，对我说问题不大。午饭后，特里劳尼先生和医生围在船长身边，开始讨论下一步该怎么办。他们谈完没多久，就看见医生拿起他的帽子和手枪，带上弯刀，翻过北边的栅栏，很快消失在树林中。

我和葛雷坐在木屋的另一边，不知道他们都谈了些什么。利弗希医生的行动使葛雷很吃惊，他不知道医生干什么去了，但认为医生现在出去太冒险了。我认为他肯定是去找本·冈恩了，事后证明我猜得不错。

我趁没人注意的时候，往上衣口袋里塞满了干面包，然后拿了两只手枪，带了一筒火药和一些子弹，全副武装后准备出发。

我打算到昨天傍晚发现白色岩壁的地方看看本·冈恩说的小艇是不是藏在那里。我知道船长他们肯定不会让我离开

木屋的，所以我只能趁人不注意，偷偷地溜出去。

这是我第二次做傻事，而且比前一次更任性，因为木屋里只剩下两个没受伤的人，他们还要照顾受伤的船长。幸运的是，我这次莽撞的行动又一次救了所有的人。

我朝着小岛的东岸跑去，准备沿着拐角靠海的一边下去，以避免被大船上的人发现。这时已经是下午了，太阳还没下山，天气仍然很热。

我背对着大海，前面就是大船停靠的地方。海面上风平浪静，希斯帕诺拉号就停在镜子般的水面上，桅杆上的海盗旗清晰可见。

我跑到洼地里，掀开帐篷的一角，看到了一条小艇。这是一条非常简陋的小艇，制造得很粗糙，船架上包着一块块羊毛朝里的山羊皮，船上还配备了一支双叶划桨。小艇小得可怜，我坐在里边都觉得很挤。不过这也是它最大的优点——十分轻巧，移动方便。

找到小艇后，我突然冒出了一个大胆的念头。我计划驾着小艇，趁着天黑，割断希斯帕诺拉号的缆绳，让它漂到岸边来搁浅。那些海盗在上午受到沉重的打击后，也许会驾着大船逃跑。如果我能阻止他们逃跑，那就太好了。

我观察了一下，发现大船旁边没有小船，看来没多大危险。而且现在已经起雾了，天色也越来越黑，正是我实施计划的好机会。

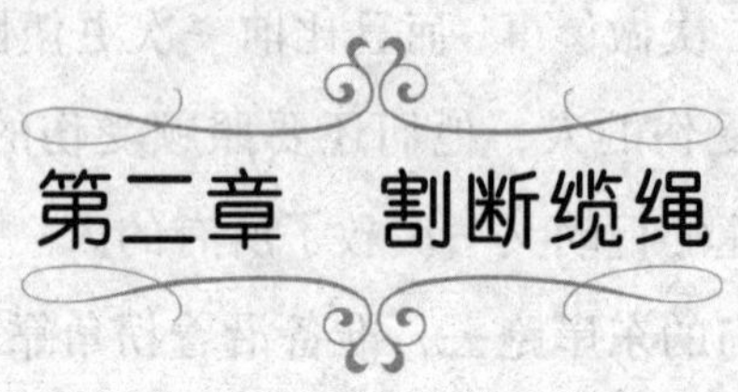

第二章　割断缆绳

我对这条小艇不了解，完全控制不了它。它四处打转，就是不肯朝大船那边移。要不是有潮水帮助，我可能这辈子也没法接近大船。幸好我运气不错，潮水把我的小艇不停地往下冲，正好冲到了希斯帕诺拉号旁。

离大船越来越近了。当小艇接近缆绳时，我一把抓住了它。这时我只要砍上几刀，没有缆绳固定的希斯帕诺拉号就会被潮水冲走了。缆绳绷得紧紧的，我拿出刀来正准备砍时，忽然意识到，砍断绷紧的绳索是十分危险的，它断裂时的弹力还有大船剧烈的晃动会把我的小艇撞沉的。想到这儿，我停下了手。

正在我犹豫不决的时候，一阵海风吹过，把希斯帕诺拉号吹得晃动起来，我感到手中紧绷的缆绳松了下来。我喜出望外，赶紧掏出水手刀，把绳索一股一股地割断。粗粗的缆绳在还剩下最后两股的时候，又绷紧了。于是我停了下来，等着下一阵海风使缆绳松弛下来，以便割断最后两股。

终于又等来了一阵海风，我感觉手里的缆绳松了一下，于是赶快把最后的两股缆绳割断了。

缆绳断了后，希斯帕诺拉号开始在潮水的带动下慢慢旋转，我的小艇差点儿被它的船头撞翻。

我拼命地划着桨，以免大船撞到我的小艇，但小艇似乎根本不听使唤。于是我划船朝着大船船尾前进，以便摆脱它。这时，我的双手突然碰到了从大船后舱上垂下来的一根绳子。我一把抓住了它，在好奇心的驱使下，我开始顺着这根绳子往上爬。

绳子的上方就是舱房，我抓着绳子爬上去后，从窗口向里面望去，只见汉兹和他的同伴正互相卡住对方的喉咙，都想置对方于死地。

我只看到了这一幕，因为我的手快抓不牢绳子了。就在快落水的时候，我及时地跳到了小艇上。

这时，潮水的流速突然加快了，大船也开始不停地摇晃，而我的小艇还是没有摆脱大船。我回头看了一下，顿时吓得魂飞魄散。那篝火的火光就在我身后，原来潮水把大船和我的小艇都冲到靠近海盗们的岸边来了。

接着，我听到大船上发出一阵阵的叫喊声和急匆匆的脚步声，我想，那两个家伙应该清醒过来并停止打斗了。我不知道那些海盗是否发现了我，只能趴在小艇的底部听天由命了。我不知道什么时候会打来一个巨浪，把我的小艇打翻。我并不怕死，但这么无助地等待死亡的降临，让我感到比死还难受。

我就这样躺了好几个小时，潮水带着我的小艇在大海上漂荡，浪花打湿了我的衣服，我感到越来越疲倦，最后竟然睡着了。在这条不停摇晃的小艇里，我做了个梦，梦到了我的家乡，梦到了本堡将军客栈。

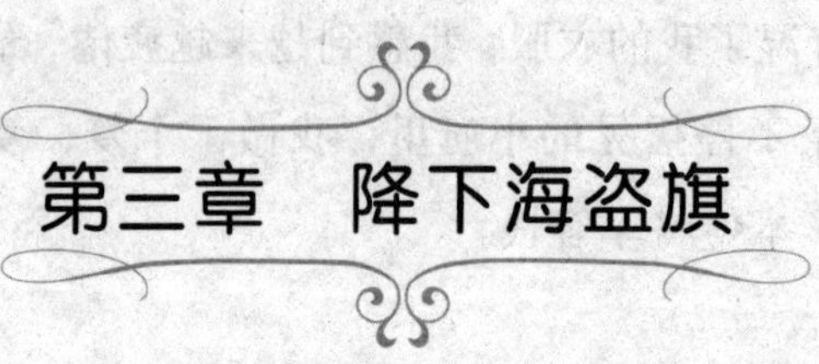

第三章　降下海盗旗

我醒来的时候发现天已经亮了，现在离海岸只有四分之一英里，我使劲划着，可是海边的巨浪让我无法登陆。快接近松林岬时，我看见在我正前方不到半英里的地方，希斯帕诺拉号正在海上打转，我突然冒出一个大胆的念头：我要把船夺回来，交给莫斯特船长。

我抓着三角帆，正准备上船，突然一阵海风吹来，所有的船帆都鼓满了风，大船的船身开始震动起来。这一震，差点儿把我震得掉下海去。我急忙顺着斜桅又向前爬了几下，然后翻身落在了前甲板上。

船上一个人影也没有，甲板上留着许多凌乱的脚印。自从他们夺走这条船后，就再也没有冲洗过甲板。

我正准备向前走，突然看见在后甲板上赫然躺着两个海盗。一个是伊斯雷尔·汉兹，他靠在船舷上坐着，两腿伸得笔直，耷拉着头，双手张开了平放在甲板上，脸色苍白；另一个戴着一顶红睡帽，龇着牙、咧着嘴，伸开两条胳膊，仰面躺在

甲板上。他正是昨天晚上和汉兹吵架的那个人。

大船忽然像喝醉了酒一样，开始左右摇晃起来。船每晃动一下，那个戴红睡帽的家伙就跟着船左右摇摆。更让人感到害怕的是，他的姿势和表情，并没有随着船的摆动而改变。而汉兹看起来也像撑不住自己的身体一样，开始慢慢向下滑动。

这时，我发现他俩身边的甲板上到处都是血迹。看来他们一定是喝醉酒后又开始自相残杀，最后同归于尽了。

我必须抓紧时间先找点儿吃的喝的，补充一下体力。

我找了半天，才在一只酒瓶里发现残存的小半瓶白兰地，并打算把它拿给汉兹喝，毕竟他快要死了。然后我又找到了一些干面包、几块果脯、一大把葡萄干和一块乳酪。我把这些东西拿上甲板，放在汉兹够不着的地方。接着我来到淡水桶旁喝了个饱，最后才把那点儿白兰地递给汉兹。他接过去一口气喝了一大半，然后才放下酒瓶子。

“啊！”他叫道，“这下我感觉好多了。”

我在角落里坐下来，边吃东西边问他：“伤得厉害吗？”

“我运气不好，才会伤成这样，至于他嘛，”他指着戴红睡帽的人说，“他已经死了。喂，你上这儿来干什么？”

“我是来接管这艘船的，汉兹先生，现在我是船长了。”我答道。

他轻蔑地看了我一眼，没有说话。他的脸上渐渐有了些血色，不过看起来还是很虚弱。

“现在，”我继续说，“这船不能再挂海盗旗了，汉兹先生，我要把它降下来。”说完我跑到旗索前，降下了黑色的海盗旗，然后扔进了海里。

汉兹的头一直低着，他用狡猾的目光注视着我。“吉姆船长，我们谈谈条件如何？”终于，他开口说话了。

“好啊，你继续说。”我答道。接着我又回到放食物的地方开始吃喝起来。

“这家伙叫奥布赖恩，”他指着死去的海盗说，“是个爱尔兰人。我们本打算把船开回去，现在他死了，没人开船了。如果你给我弄点儿吃的，再帮我包扎下伤口，我就教你怎么驾驶这艘船。没有我的指点，你开不了这艘船。”

我觉得他说的很有道理，于是答应了他的条件。不一会儿，我就驾驶着希斯帕诺拉号起航了。我希望能在涨潮前驶抵北部海湾，然后趁涨潮时冲上浅滩，等退潮后再登陆上岸。

我固定好船舵后，跑回舱房找了块丝帕，给汉兹包扎了一下他大腿上仍在流血的伤口，又给他找了点儿吃的东西。他看起来恢复了不少体力，身体坐得更直了，说话也开始变得清晰起来，嗓门也越来越大。

不过有一点让我很不舒服：汉兹老是用那种讥讽的眼神打量着我，不管我走到哪里他都这么盯着我，脸上还露出一种让人不安的古怪笑容。

第四章　放哨的鹦鹉

天遂人愿，这时海上刮起了西风，在汉兹的指挥下，船马上就可以靠岸了。就在这时，汉兹手握小刀，朝我猛扑过来，我迅速拿出身上的两把手枪开了火。当时我并没有刻意瞄准汉兹，不过仍然打中了他。汉兹的手松开了软梯，发出一声怪叫后落入了大海。我坐在桅顶的横桁上向下望去，看见他从海水里浮了起来，海水被鲜血染红了，随后他就慢慢地沉了下去。

海水渐渐平静下来，我看见他缩成一团，躺在海里，有几条鱼在他身边游着。他本来就受了伤，又中了枪，就算想爬也爬不上来了。他本来想杀死我，结果自己却送了命，成了海里鱼儿们的口中食。

确定他死了以后，我开始感到一阵剧痛，热血正从我的背后和胸前流出来。我本想把那把刀拔出来，但在打了个寒战后，则不得不松开了手，我有点儿力不从心。这个寒战却意外地让我获得了自由。因为那把刀其实只扎穿了我的一层皮，我一哆嗦就把这层皮扯断了。尽管我的血流得更厉害了，但我终于可以自由活动了。

我忍着痛从桅杆顶上爬回了甲板，然后进入船舱，想找点儿东西包扎一下伤口。虽然肩膀痛得厉害，但由于只伤到一层皮，所以我的胳膊还能活动。

海风开始吹起来了，我必须赶快行动。我迅速地降下船帆，把它扔到甲板上，然后掏出刀子割断了升降索。我受了伤，只能做到这个程度了。现在，希斯帕诺拉号的命运只能由大海和老天决定了。

我爬到船头上看了一下，船周围的水已经很浅了。于是我用手抓住断了的缆绳，小心地翻到船外，下到水里——水才刚到我的腰部。

总算又从海上回到了陆地，我恨不能立即飞回木寨里夸耀我的功劳。也许他们会责备我擅离职守，但夺回了希斯帕诺拉号，足以将功补过了。我这样想着，开始朝木屋所在的方向进发。

月亮越升越高，我终于来到木寨所在的林中空地边上。

我停下了脚步，感到十分纳闷。船长十分节约柴火，从不许我们烧这么大堆的篝火。我开始担心起来，难道是在我离开的这段时间，这里发生了什么变故？

这时，我已经爬到了门口并站了起来。屋里黑乎乎的，什么都看不清楚。除了震耳欲聋的呼噜声外，我还听到一种奇怪的响动，好像是什么东西在扑腾着翅膀，我也不知道那是什么声音。

我摸索着进了木屋，打算躺到自己的位置上睡一觉。我心中暗想，如果他们明天早上醒来看见我睡在这里，会是怎么样的一种表情啊！

忽然，黑暗中响起一片尖叫声。

“八个里亚尔！八个里亚尔！八个里亚尔……”

声音持续不断，没完没了。原来是西尔福的那只鹦鹉！我刚才听到的是它扑腾翅膀的声音。它正在放哨，通过不断地叫唤，向它的主人发出警报！

所有的人都被鹦鹉刺耳的叫声惊醒了，我听到西尔福那可怕的声音响起，他厉声问道：“是谁？”

我拔腿就跑，但撞到一个人身上。我刚向后一退，又撞进了另一个人的怀里，他立即紧紧地抱住了我。

“迪克，拿火把来！”西尔福命令道。很快就有个人从木屋里走了出去，然后举着一支火把进了屋。

第六部

西尔福的手段

第一章　成为人质

火把把木屋照得一片光明，我终于看清了屋子里的情况。木屋里的白兰地、猪肉和干面包都放在原处，我的伙伴们却一个都不在。他们也许都已经遇害了，我感到深深的自责，为自己没有在最危险的时候和他们在一起感到内疚。

屋内有六名海盗，其中五人站着，还有一人正用胳膊支撑着身子坐起来。他头上缠着绷带，上面还有血迹，应该就是昨天枪战中逃回去的那个人。

那只鹦鹉正蹲在西尔福肩上，用嘴啄着身上的羽毛。西尔福的脸色看起来更加苍白，也显得更加严肃。

“原来是小吉姆，”他说，“欢迎光临，你可真是稀客啊，你能来真让我高兴。”

他悠闲地抽了几口烟后，又开始说道：“既然你到这里来了，我就跟你说实话吧。你是个聪明漂亮的小伙子，很像年轻时的我。我一直想让你入我们的伙，等找到财宝后共享荣华富贵。我不否认那个斯莫利特是个不错的船长，但他太严厉了，总说什么‘要尽忠职守’之类的话，你现在却撇下他们一走了之；那个医生也很生气，说你是个忘恩负义的小流氓。现在他们不要你了，我看你也不用去他们那里了，你最好还是加入我们，跟我们一起干吧。”

从他的话里，我知道我的朋友们都还活着，这让我感到十分欣慰。

“你应该明白你的处境，吉姆，你现在落入了我们的手里。”西尔福继续说道，“我这人最喜欢讲道理，从来不强迫别人。你如果想跟我们一起干，现在就可以入伙；你要是不想干，只管跟我说，我也决不会勉强你。你应该相信我，这世界上恐怕没有人比我更公道了。说吧，你到底想怎么样？”

“我必须现在回答吗？”我声音发抖地问道。我觉得死神正向我逼近，心开始剧烈地跳动着。

“这个倒不急。没人会强迫你的，你会发现跟我们在一起

是件愉快的事情。不过，你可要想清楚了。”西尔福说道。

我渐渐冷静下来，决定先弄明白到底这里发生了什么事情，于是开口说道：“既然你们想要我入伙，总该告诉我，你们是怎么来这里的，我的朋友们又到哪里去了。”

“你想弄清楚这里发生了什么吗？我们也想知道发生了什么事。”一个海盗说。

“闭上你的臭嘴！”西尔福打断了他的话，然后对我柔声说道：“昨天一大早，利弗希医生就打着白旗来找我们。他说，西尔福船长，你的手下背叛了你，自己开着船跑了。我承认，我们当时一直在喝酒唱歌，根本没发现船开跑了。我们跑去一看，船真的不见了，于是全都傻了眼。然后医生要求和我们谈判。最后我们讲定，我让他们安全地离开这里，而屋里的一切补给，包括白兰地，还有你们劈好的柴火，统统得留给我们。至于他们去了哪里，我就不知道了。”

他悠闲地吸了几口烟后，继续说道：“而且，我们在谈判中还提到了你，当时医生说：‘我们一共有四个人要离开，还有一个受了伤。至于吉姆，我们也不知他跑哪儿去了，我们懒得管他，想起他我们就生气。’医生当时就是这么说的。”

“那么现在该我做出决定了，是吗？”我问道。

“对，现在就做决定。”西尔福说。

“那好吧，”我激动地说道，“你们想把我怎么样，我不在乎。但有几件事我要提醒你们：首先，你们不但没有找到财宝，而且死了几个人，现在是人财两空。你们知道为什么吗？

因为那天我在苹果桶里听到了你和汉兹的谈话，并报告了船长他们。那条船也是我弄走的，我割断了缆绳，杀掉了你们留在船上的人，然后把它开到了一个没有人找得到的地方。我不怕死，怎么处置我随你们的便。现在你们也可以做决定：要么杀了我，什么也得不到；要么把我放掉，也许将来我会在法庭审判你们时帮你们说几句好话。”

我歇了一口气，继续说道：“如果我死了，西尔福先生，请你把我是怎么死的告诉医生。”

“放心吧，我忘不了。”西尔福说。他说这话时的语调让我捉摸不透，不知道他是被我打动了，还是在嘲笑我。

“那就宰了他！”摩根拔出一把刀来，恶狠狠地说道。

“站住！”西尔福怒喝道，“汤姆·摩根，还轮不到你来发号施令，你要弄清楚，现在谁是船长。三十年来，跟我过不去的人没一个有好下场。怎么，你不信吗？摩根！”

没有一个人敢动弹，也没有人说话了。

“看看你们那副熊样，”他把烟斗重新叼在嘴里，接着说道，“既然不敢出来较量，那就得听我的！是你们选我当船长的，我既然能当你们的船长，就说明我比你们高明。我很喜欢这个孩子，他比你们这群胆小鬼更像个男子汉。我倒要看看，谁敢碰他一下？”

“你们有什么话想说吗？”西尔福吐了一口痰，继续说道，“有话只管说出来，不然就都给我住嘴。”

一个相貌丑陋，眼珠发黄的海盗站了起来，说道：“我们

都对你很有看法，因为你没有遵守我们这一行的一些规则。但是我们仍然承认你是船长，不过按照你自己定下的规矩，船员们可以聚在一起谈话。我们现在想到外面谈会儿话，你不会反对吧？”说完，他向西尔福敬了一个水手礼，率先走了出去。

“没错，我们这是在按规矩办。”一个海盗说道。

“我们要好好商量一下。”摩根也说。最后，其他人也都像那个黄眼珠的海盗一样，向西尔福敬了个礼，然后走了出去。

屋子里现在只剩下我和西尔福。他把烟斗从嘴里拿了出来，说道：“你都看见了，如果不是我保护你的话，你早被他们杀死了。而且他们不会让你痛痛快快地死，他们会先折磨你很长时间。本来我不想救你的，不过你刚才的那番话打动了我，我觉得你这人可以信赖。现在他们想推翻我，我的处境很难。寻宝看来是没指望了，将来没准还会被送上断头台。如果今天我救了你的话，你将来真的肯在法庭上为我做证，帮我说上几句好话吗？”

“这么说，你是认输了？”我问。

“是啊，我现在是彻底输了。船也不见了，宝藏也没找到，这些人又全靠不住。我一定会努力保护你的，只是希望你将来能在法庭上为我讲几句好话，保住我这个老头子的性命。”他说。

我有点儿不敢相信自己的耳朵。这么一个海盗头子，竟然会对我说这样的话。

“如果是真的话，将来我一定会为你做证，尽我所能帮助你。”我说道。

西尔福听了我的话，似乎很高兴。

说完，他从酒桶里倒了些白兰地，开始自斟自饮。喝了几口之后，他开口问我："吉姆，有件麻烦事我想问你，你知道医生为什么肯把藏宝图给我吗？"

我感到非常诧异，还没等我回答，他又说道："他确实把地图给我了，不过肯定是有什么目的。我也不知道这是好事还是坏事。"

他又喝了一大口酒，然后摇了摇头，好像预感到有什么祸事即将发生。

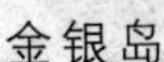

第二章　医生的忠告

第二天清早，一个清脆爽朗的声音把我们从睡梦中惊醒。

“里面的人听着，利弗希医生来了。”

是医生的声音，听到这声音我感到欣喜万分，但又十分惭愧。我私自离开了他们，现在又落入敌人手里成为人质，真是没脸再见他了。我跑到射击孔前向外看去，只见医生正站在栅栏外。

“你来了，医生！”西尔福满脸笑容地和医生打着招呼，“这里的病人现在都很好，一个个生龙活虎的，精神着呢！我还准备向你介绍一个讨人喜欢的小家伙，他昨晚就睡在我身边。”西尔福说。

利弗希医生这时已经跨过栅栏，走近木屋。

“你是说吉姆？”他的声音有点儿变了，并且停下了脚步。

“没错，正是吉姆。”西尔福说。

“这事等会儿再说，”医生再次开了口，“还是先让我看下那些病人吧。”

他随即走进了木屋，面无表情地向我点了下头，然后向他的病人们走去。他对那些人很和气，就像个家庭医生一样。

“你的气色好多了。”他对着一个头上缠着绷带的海盗说道，“乔治，你的脸色看起来不太好，吃过药了吗？”

“他吃过药了。”摩根代他答道。

“迪克有点儿不舒服，医生。”一个人说。

“哦？”医生说道，“迪克，你过来让我看看。伸出舌头，对，看来你也染上了黄热病。”

“这是他的报应，”摩根说，“他把自己的《圣经》撕坏了。”

“你们这些笨蛋，”医生说道，“这和《圣经》根本没关系。你们连瘴气是怎么回事都不知道，你们一直在沼泽地里宿营，是吧？西尔福，你是这伙人中最聪明的人，居然连最起码的卫生常识都不懂。”

医生挨个给他们发了药，他们在接药时的样子十分温顺，一点儿也不像杀人不眨眼的海盗。

“好了，”医生说，“今天就这样了。如果你们没意见的话，我想和那个孩子谈谈。”

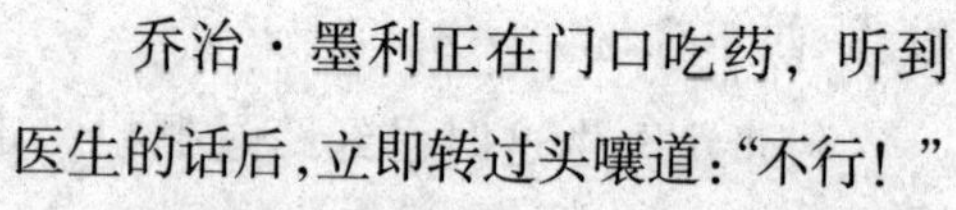

乔治·墨利正在门口吃药，听到医生的话后，立即转过头嚷道：“不行！”

“你给我住嘴！”西尔福猛地在酒桶上拍了一巴掌，对着乔治大吼道。

接下来，他又用温和的口气对医生说：“我们很感激你，医生，我也正想让你们见下面。不过，小吉姆，我

相信你是个守信用的人，我希望你能先发誓你不会逃跑。”

“我保证不会逃跑。”我答道。

“那就好，医生，”西尔福说，“请你先到栅栏外面等着，等会儿我会带着这孩子到你那儿去，你们可以隔着栅栏好好谈谈。”

医生刚一出屋，海盗们的不满一下子爆发了。他们说西尔福这么讨好医生，就是为了给自己留条后路，这是在出卖他们。看到这种情况，我实在想不出西尔福还有什么办法应付。但是，西尔福利用昨天晚上取得的胜利，又一次压服了他们。西尔福先用自己能想到的骂人的话把他们痛骂了一顿，然后说道：“不答应医生的要求是不行的。现在我们还不能和医生翻脸，你们明白吗？我们得等待时机。”

那些人虽然不服气，但一时哑口无言。西尔福于是扶着我，拄着拐杖，向屋外走去。

走到门外后，西尔福对我说：“你走慢点儿，吉姆，如果你走得太快，他们会冲过来的。”

走到医生站着的栅栏边后，西尔福停了下来，对医生说：“医生，为了救这个孩子，我差点儿被他们赶下台，不信你可以问这孩子。我希望将来我受审时，你能为我说句公道话。”

“你害怕了？西尔福。”医生问道。

“我可不是胆小鬼，”西尔福说道，“但真的面对绞架时，有几个人能不害怕呢？好了，现在你可以和吉姆单独聊聊，别忘了，这是我做的又一件好事。”说完，他开始往回走。走了一段距离后，他在一个树桩上坐下来，边吹着口哨边往我们这边看，偶尔也看下木屋那边的海盗们。他们正忙着生火，准备做早饭。

“唉，吉姆，”医生心情沉重地说，“你搞成这样子，完全是自作自受。我本不想责备你，但你趁斯莫利特船长受伤的时候逃跑，这是懦夫的行为。”

我一下子哭了起来。“医生，”我抽泣着说，“是我错了，我感到很内疚，求您别再责怪我了。西尔福说得没错，要不是他护着我，我早就没命了。医生，请您相信，我不怕死，但如果他们拷打我，我不知道自己能否坚持住……”

“吉姆，”医生打断了我，“我不能眼看着你受苦，你快跳过来，我们一起跑。”

“不行，”我说，“我发过誓了。”

“我知道，”他激动地说，“别管那么多，吉姆，那些指责和非难我会承担下来，赶快跳过来吧，不然就来不及了。”

“不，”我拒绝道，“我们不能这么做，我向西尔福保证过，所以我必须回去。您听我说，是我把船弄走的，我把它停在了北部海湾南面的海滩上。”

“是你弄走了船？”他惊讶地喊道。

我简短地向他说了这两天的经历，他静静地听我讲完，然后说道："一切都是上帝的安排，每次都是你救了我们的命。你发现他们的阴谋，你找到了本·冈恩，你把船弄走藏了起来，你为我们做了这么多，我们不能丢下你不管。西尔福！"他叫了一声，"我有话跟你说。"

西尔福走了过来，医生对他说道："我奉劝你一句，千万别那么着急去挖宝藏。"

"这我恐怕做不到。"西尔福说，"如果找不到宝藏，我和这孩子都会没命的。"

"既然如此，"医生说，"那我就提醒你一句，不要被鬼魂的叫喊声吓破了胆。"

"医生，"西尔福说，"我想问一下，为什么你们要离开木屋？为什么要把那张地图给我？希望你能跟我讲真话。"

"这个，"医生想了一下，说道，"恕我不能奉告，因为这不是我一个人的事情。能跟你说的我已经都说了，为了这，船长还责备过我！但是我保证，如果我们都能活着离开，将来我一定会尽力为你开脱，只要是在法律的范围内。"

西尔福高兴地说："我相信你，先生，你对我可真是太好了。"

"那么，你得答应我，"医生说，"时刻保护这个孩子，我现在就去想办法帮你们离开这里，我会说到做到的。吉姆，再见了。"

医生隔着栅栏和我握了握手，对着西尔福点了点头，然后走进了树林中。

第三章　奇怪的骨架

医生走后，西尔福对我说：“吉姆，你是个守信用的孩子。刚才医生让你逃跑我听见了，我也听见你拒绝了他。现在我们得互相配合，而且要时刻小心，这样我们才能保住自己的性命。”

这时，一个人对我们喊着，说早饭已经弄好了。我们坐在沙地上，吃着干面包和煎咸肉。这些海盗们吃起东西来一点儿也不知道节省，他们每个人都拿了大量的食物，然后把吃不完的东西扔进火里；他们也不节约柴火，把火堆烧得又大又旺，这完全没有必要。像他们这么糟蹋东西，我看他们坚持不了多久。

西尔福坐在一边独自吃着饭，那只叫“弗林特船长”的鹦鹉蹲在他肩上。他没有责备那些人，这也正是他老谋深算的地方。

“听着，伙计们，”他说，“我已经打听清楚了，船确实在他们手上，只要一找到宝藏，咱们就进行全岛大搜索，肯定能找到那艘船。况且，我们手里还有两只小船，我们赢定了。”

他似乎想用这种办法给同伙打气，以得到他们的信任。

“至于这个小家伙，”他接着说道，“我想这次是他和那些人最后一次交谈了。我们去挖宝的时候，得先把他捆起来。等船和宝藏都到手后，我们再和他算总账，让他为自己干的事情付出代价。”

听了他的话，我犹如掉进了冰窖，而那些海盗们则十分兴奋。西尔福，这个两面派、大骗子！显然，如果能带着金银财宝离开这里，他才不会管我的死活呢。就算西尔福想保护我，一旦那些人翻了脸，他缺了一条腿，而我是一个小孩，怎么能对付得了他们呢？

还有些问题让我感到困惑。我的伙伴们为什么放弃木寨？为什么要交出地图？医生对西尔福的警告是什么意思？我的头脑里一直想着这些问题，根本没有心情吃早饭。

吃过早饭，海盗们开始出发去找宝藏了。他们个个全副武装：西尔福身上挎着两支步枪，腰间挂着一把大弯刀，衣服两边的口袋里也各放着一把手枪。那只鹦鹉照例蹲在他的肩上，不时学那些人说一两句话。其他人带的东西则各不相同，有人扛着铁锹和镐头，有人扛着猪肉、干面包和白兰地。而我的腰间则被拴了一条绳子，跟在西尔福的后面，活像马戏团里给人拴住的狗熊。

走了一段时间后，我们来到停着那两只小船的岸边。两只小船上都沾满了泥巴，一只船的座板被砸断了，看来他们曾在船上打斗过。接着，我们上了船，向目的地出发了。

在划船的过程中，他们开始讨论藏宝的地点。由于地图上的红十字画得过大，所以具体地点根本无法确认，而背面的文字说明又含糊不清。那些文字是这样的：

大树，西贝格拉斯山坡。东北偏北。骷髅岛，东南偏东。十英尺。

大树是最明显的标记，所以我们得先找到那棵大树。我们坐在船上，向山坡那边看去。山坡上的大树很多，船上的每个人都指点着自己认为是标记的大树。西尔福耸了下肩膀，决定先上了山坡再说。

我们在一条小河的河口上了岸，然后向着山坡进发了。最开始的一段路满是泥泞，我们用了很长时间才走完。后来，我们走到山脚下，这里的石块很多，高大的树木星星点点地散布在山坡上。

海盗们大声叫着跳着向前跑去，而西尔福和我落在了队伍的最后面。突然，有个人发出几声惊叫，其他人纷纷向他那边跑了过去。

“应该不是发现了藏宝地，”摩根说道，“现在还没到山顶呢。”

我们走过去，看到在一棵高大的松树下，躺着一具死人的骨架，地上还残留着一些碎布片。

“看来是个水手，”乔治·墨利走上前查看了一下衣服的碎片后说，“因为他穿的是水手服。”

“应该是个水手，”西尔福说，“不过这骨头架子的姿势真怪，看着很不自然。”

确实，骨架摆放的姿势很怪。他笔直地躺着，脚指向一方，手却像跳水时那样举过头顶，指着另一个方向。

西尔福说："我有个想法，把罗盘拿过来，那边是骷髅岛，把罗盘放在骨架和骷髅岛之间的线上，测一下方位。"果然，罗盘指针上指明的方向正好是东南偏东。

"果真如此，"西尔福叫道，"这骨架就是个标记。肯定是弗林特干的，当初他带了六个人上岸，然后把他们全都杀了，接着把这个人拖到这里当标记。瞧，骨头长长的，还有黄头发，肯定是阿拉代斯。你记得阿拉代斯吗，摩根？"

"怎么不记得，"摩根回答，"他上岸时把我的刀子带走了，而且他还欠我一笔钱呢。"

"刀子？"一个海盗叫道，"他身上没刀子啊！弗林特不会搜他的身的，他不是这种人。难道被鸟叼走了？"

"这话说得有理！"西尔福说道。

"他身上什么也没留下，"墨利在骨架旁搜寻了一会儿，说道，"连一个铜板都没留下，也没有烟盒，看来不大对劲儿。"

"确实不对劲儿，"西尔福表示同意，"六个人跟着弗林特上了岛，一个都没回来，我们现在也是六个人。如果他还活着，我们也会像他们一样只剩下一堆骨头。"

"他死了，我亲眼看见的，"摩根说，"是比尔带我进去的，他躺在那里一动不动。不过，不知道他的灵魂会不会还到这里来。"

"他临死前真是烦死人，"另一个说，"动不动就发脾气，

一会儿要朗姆酒，一会儿唱歌，他一辈子就会唱那首《十五个汉子》，打那以后我就开始讨厌那首歌了。”

“算了，”西尔福说，“别提那些陈年旧事了。弗林特确实死了，就算有鬼魂，也不可能在大白天出来游荡。不要再疑神疑鬼了，咱们得抓紧时间。走，挖宝藏去！”

听到他的话，海盗们又重新出发了。不过，这次他们不再乱跑乱叫了，而是聚在一起往前走，连说话的声音都小了许多。看来他们确实很怕那个弗林特船长，一提到他就让他们胆寒。

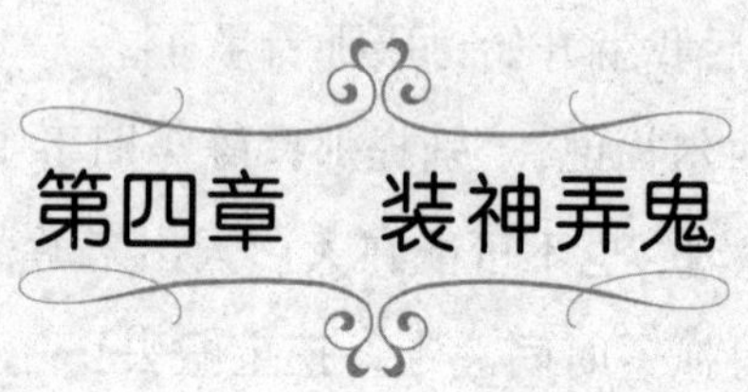

第四章　装神弄鬼

可能是刚才太紧张了，那些海盗们想休息一会儿，所以他们一登上坡顶，就坐了下来。

我们坐的地方视野开阔，岛上的景色被尽收眼底。四处望去，岛上看不到一点儿人烟，海面上也没有船，让人倍感孤独。

西尔福坐下来，拿出罗盘开始测量起方位来。“从骷髅岛到那边的直线上，一共有三棵大树，”他说，“西贝格拉斯山坡应该就是那块低地，看来，我们很容易就能找到宝藏了，我们还是先吃点儿东西吧。”

“我不饿，”摩根小声说道，“一想起弗林特我就什么也不想吃。”

“没错，乖孩子，他不死你可要倒霉了。”西尔福说。

“他死的时候脸色铁青，就像个魔鬼。”一个海盗说着，还打了个寒战。

“那是他喝多了朗姆酒，他死的时候脸看着确实很吓人。”墨利插话道。

他们越说越害怕，声音也越来越小，树林里开始变得安静起来。

突然，从前方的树林里传来那首我十分熟悉的歌，一个又尖又高的声音唱着：

十五个汉子争抢死人的皮箱，

嘿哟哟，一瓶朗姆酒，快端上！

这歌声把海盗们吓得魂飞魄散，他们一个个面如死灰，有的跳了起来，有的紧紧抓住身边的人，摩根吓得趴在了地上。

“是弗林特的声音！”墨利的声音在发抖。

歌声突然消失了，就像它突然响起一样。今天的天气十分晴朗，阳光也很明媚，歌声在山谷中回响，显得十分悠扬动听，我不明白为什么他们会如此害怕。

“镇静一点儿，”西尔福总算说了句话，他的嘴唇已变成紫灰色，“害怕是没有用的。这事是有点儿怪，我不知道是谁唱的。不过，可以肯定是个大活人唱的，也许是有人想吓唬我们。”

其他的人听了他的话，情绪慢慢稳定了下来。突然，那个声音又响了起来，这回没有唱歌，而是在呼喊着。

“达比·麦克格劳！”那声音像鬼号一般，“达比·麦克格劳——达比·麦克格劳——”这样喊了几遍后，那声音稍微提高了点儿，说了一句脏话后，接着喊道：“达比，去拿朗姆酒来！”这声音在山谷里不断地回响着。

海盗们如同被钉在了那里一样，一个个翻着白眼，像掉了魂似的。那声音消失了很久以后，他们还站在原地呆呆地望着前方。

“这还有什么可说的，这就是他的声音！”一个海盗喘着粗气说，“咱们快回去吧！”

“那确实是他死前说的最后一句话。”摩根低声叫道。

迪克则取出那本残破的《圣经》，开始祈祷。他在当海盗前，读过几天书。

西尔福的牙齿虽然也在上下打战，但他似乎并没有被吓倒。

“伙计们，”他大声喊道，“我们是来找宝藏的，不管是人还是鬼，都别想把我吓跑。就算弗林特还活着，我也不怕他。在我们身边，埋着价值七十万英镑的财宝。身为冒险客，难道还怕一个老酒鬼——况且他已经死了！”

这话不但没有鼓起他们的勇气，反而加深了他们心中的恐惧。

“别说了，西尔福！”墨利喊着，“别冒犯弗林特的鬼魂。”

听了他的话，其他人吓得连话都不敢说了。他们都向西尔福靠拢过来，似乎想从他那里获得一点儿勇气。

西尔福则比他们镇静多了。

“鬼魂？也许是吧。”他说，“但这声音有回声，鬼魂既然没有影子，那么鬼叫也不应该有回声，你们说对吗？”

我觉得这理由有点儿可笑，但是乔治·墨利似乎相信了。

“西尔福说的有理，”他说，“那声音听起来是有点儿像弗

林特，但并不完全一样，更像另一个人的声音，更像——”

“更像本·冈恩的声音！”西尔福喊道。

“没错，就是他，”一直趴在地上的摩根用膝盖撑起上身，“确实是他的声音！”

“那还不是一样，”迪克说道。

“本·冈恩也死了。”那些见多识广的老海盗们笑了起来。

“谁也不怕本·冈恩，”墨利说道，“不管他是活着还是死了。”

说来也怪，他们突然间都恢复了常态，苍白的脸上也有了血色，并且又开始大声说起话来。又过了一会儿，他们扛起工具重新出发了。墨利拿着西尔福的罗盘走在前面，以确保他们走的方向始终与骷髅岛形成一条直线。

迪克仍然捧着他的《圣经》，胆怯地向四周张望着。

“我说过什么来着，”西尔福说，“你把《圣经》弄坏了，再用它来祈祷是不会灵的，鬼魂也不会怕它。”说着，他还打了个响指，表示他很鄙视迪克。

迪克看起来情况不妙。本来就得了黄热病，加上炎热的天气和疲惫，后来又受了一场惊吓，他的体温升得很快，脚步开始慢了下来。

我们继续前行，寻找着那几棵大树。我们很快找到了第一棵大树，但经过测量方位，证明不是这棵。第二棵也是这样。第三棵大松树约有两百英尺高，深红的树干有小屋那么粗，它完全可以作为航标标注在地图上。

但是，他们对这棵树并不感兴趣，他们关心的是树下埋着的价值七十万英镑的金银财宝。

西尔福一瘸一拐地朝前走，鼻子不停地抽动着。他拽着那根拴住我的绳子，不时地回头恶狠狠地瞪着我。

我明白了，宝藏就要到手，他再也不用掩饰自己了。我相信，只要他挖到宝藏，然后找到希斯帕诺拉号，他会把我们这些好人全部杀死，然后驾船和他的同伙们远走高飞。

想到这里，我的脚步不由得慢了下来。西尔福则使劲拽着绳子，眼睛满含杀气地盯着我。

迪克本来落在了后面，现在赶了上来。他一个人在那里念

念有词，一会儿在祈祷，一会儿在咒骂着。看着这情景，我忽然想起发生在这里的惨剧。弗林特当年就是在这片树林里杀死了他的那几个同伙,我仿佛听见了那些人临死前发出的惨叫声。

“快过来，伙计们！”这是墨利在喊，所有的人全都跑了过去。

但跑了没几步，我就看见他们停了下来，西尔福拄着拐杖，拼命地向前跑着。很快，他和我都赶到了那里。

我们看到了一个大土坑。这是个旧土坑，坑底长着青草。土坑里还有个断镐把，几块货箱的箱板，上面还烙着三个字“海象号”——这正是弗林特船长的船名。

价值七十万英镑的财宝统统不见了。很显然，有人先来了一步，并且挖走了宝藏。

第五章　西尔福垮台

望着那个空空如也的土坑，六个海盗全都呆住了。过了一会儿，西尔福回过神来。刚才他还在想着宝藏，但这会儿立刻明白，他得改变计划了。

“吉姆，”他低声对我说，“拿着这个，准备自卫。”说着他偷偷地递给我一把双筒手枪。

接着，他若无其事地向北移动了几步，这样土坑就把我俩和他们五个隔开了。然后他对我点了下头，看着我，眼光显得十分友好。

他这种反复无常的态度让我很反感，我低声嘀咕了一句：“又开始变脸啦。”

西尔福没有回答我。那些海盗叫骂着全都跳下坑去，用手胡乱地扒着土。摩根发现了一枚金币，他连声叫骂着把它拿在手上，然后传给其他海盗看。

“这就是你说的价值七十万英镑的财宝吗？”墨利向西尔福扬了扬手中的金币，叫嚷着，“这就是你做的好交易吗？你

这愚蠢的老东西！”

“继续挖吧，没准儿你们还能挖出几颗土豆呢。”西尔福用嘲讽的语气说道。

“伙计们！”墨利尖叫道，“你们听见啦，他早就知道是这样，他的表情说明了一切！”

“墨利，”西尔福说道，“你又想当船长啦？”

这一次，所有的人都倒向了墨利，他们爬出土坑，站在土坑的另一边，用愤怒的眼光瞪着我和西尔福。

我们就这样对峙着，谁也不敢先动手。西尔福拄着拐杖直挺挺地站在那里，盯着他们，神情和平时一样镇定。他确实是个胆气非凡的人，这谁也没法否认。

最后，墨利发话了，他叫嚷道："一个是欺骗我们的老瘸子，一个是坏我们好事的小坏蛋，还等什么，我们……"他举起枪来，准备带头攻击我们，突然，只听"砰！砰！砰！"三声枪响，就看见墨利一头栽进土坑里，头上缠绷带的那个家伙转了个圈后也跟着掉下坑，手脚抽动了几下就断了气，其余三个吓得掉头就跑。

紧接着，西尔福对准还在土坑里挣扎的墨利补了两枪，墨利临死前一直用眼睛瞪着他。"乔治·墨利，"西尔福说，"你终于肯闭嘴了。"

我看见利弗希医生、葛雷和本·冈恩从树林中向我们跑过来，手中的滑膛枪还冒着烟。

"快追！"医生喊道，"我们必须拦住他们，不能让他们把小船带走。"

我们一起飞也似的奔向海边，西尔福则拄着拐杖拼命想跟上我们。

"医生，不用着急！你看那边！"他喊道。

确实不用着急，我们看到那三个幸存的海盗还在沿着他们开始跑的方向跑着，我们已经跑到了他们和小船之间。原来，他们全被吓坏了，压根儿就没有想到要驾船逃跑。

于是我们四人坐了下来，西尔福也慢慢地跟了上来。

“非常感谢你，医生，”他说，“不然我和吉姆肯定没命了。哦，是你吗，本·冈恩？”他说，“嗯，你干得很漂亮。”

“是我，本·冈恩。”他答道，似乎感到十分窘迫，隔了好长时间他才问，“你好吗，西尔福先生？”

“本，”西尔福自言自语地说，“原来是你干的好事。”

医生让葛雷去捡了一把海盗们逃跑时扔下的镐头，然后我们一起慢慢地向停着小船的地方走去。

一路上，医生向我们讲起了最近发生的一些事情，故事的主角正是被放逐到岛上的傻小子本·冈恩。

原来，被放逐到岛上后，本·冈恩长期一个人在岛上转来转去。他发现了那副骨架，并把骨架身边的东西全拿走了。同时，他还发现了藏宝地，然后把金银财宝全都挖了出来，坑里的那个断镐把就是他留下的。他在希斯帕诺拉号抵达前两个月，就已经把所有的财宝都安全地运到了自己藏身的山洞。

在海盗们进攻木寨的那天下午，医生从本·冈恩口中得知了这些秘密。第二天早晨，医生发现大船不见了，就去找西尔福。医生同意把已经没用的地图给他，还把补给品留给了他，因为本·冈恩早已在洞穴里贮存了大量的山羊肉。最后，他们安全地撤离了木寨，并向双峰山转移，本·冈恩藏身的山洞就在那里。

“我们不是不管你了，吉姆，”医生说，“我们必须得照顾那些坚守岗位的人，你私自跑了出去，我们当时也没法通知你。”

今天早上，他们发现那些海盗准备去挖宝藏。医生本来打算让海盗们白跑一趟，空欢喜一场。但他发现他们还带上了我后，立即派跑得最快的本·冈恩去骚扰他们，把他们拖住。然后他留下特里劳尼先生照看船长，自己带着葛雷，直奔大松树那边。本·冈恩于是利用那些海盗们的迷信心理来吓唬他们，他这招很管用，终于使葛雷和医生赶在海盗们抵达之前埋伏了下来。

“这么看来，”西尔福说道，“幸好我和小吉姆站在一起，不然也会被你们乱枪打死了。”

“没错，我们确实想这么做。”医生大声回答他说。

这时，我们到达了停小船的地方。医生用镐头先把其中的一只小船砸破，然后我们所有人登上另一只船向北部海湾划去。经过双峰山时，我们看见一个人正拿着滑膛枪站在洞口，那是特里劳尼先生。我们向他挥手致意，并大声欢呼着，西尔福也和我们一样高声叫喊着。

又划了三英里左右，我们进入了北部海湾的入口。一进去我们就看到希斯帕诺拉号正独自漂在海上。原来潮水已经把它冲离了浅滩，幸好它没有遇到大风和急流，不然的话，它也许会被带离这里，或者触礁，那样我们就再也找不到它了。

我们取来另一只锚扔入水中，固定好大船后，坐着小船向岸边划去。上岸后，我们让葛雷一个人回到希斯帕诺拉号看守船只，其余人则前往本·冈恩的藏身洞。

我们走上洞口前一段比较平坦的斜坡，特里劳尼先生早

就在那里等着我们了。他对我很和蔼，压根儿没有提我私自逃跑的事。而当西尔福恭恭敬敬地向他行礼时，他却厉声喝道："西尔福，你这个大骗子。有人让我不要为难你，好吧，我放过你，但那些被你害死的人是不会饶了你的！"

"谢谢您的宽恕。"西尔福答道，说着又向他敬了个礼。

"我不接受你的感谢！"特里劳尼先生喝道，"滚进洞里去吧！"

我们进入了山洞，发现这地方既宽敞又通风，洞里还有一小股清泉和一个小蓄水池。斯莫利特船长躺在一堆篝火边，火光隐约照到远处的一个角落。那里堆着大量的金银币和金条。这就是我们不远千里前来寻找的宝藏，许多人还为此送了命，这些财宝凝聚了多少人的血和泪啊！

"过来，吉姆，"船长说，"虽然你是个好孩子，但是下次我决不会再带你出海了。你过于任性，这我没法容忍。约翰·西尔福，你来这儿干什么？"

"我回来干我原来干的工作，先生。"西尔福答道。

"是吗？"船长说道，此后他就再也没说什么了。

这天晚上，我和朋友们一起吃了晚饭，这是我吃得最香的一次！本·冈恩的腌羊肉，还有从希斯帕诺拉号上拿来的陈年葡萄酒，让我胃口大开。西尔福坐在远离我们的地方，也在开怀大吃。看到其他人需要点儿什么，他就马上跑去取来。总之，他又变成了那个热心勤快的厨子。

尾声

第二天早上，一吃完早饭，我们就开始干活了。我们的首要工作，就是把所有的财宝都搬到大船上去。我们得先在陆地上走将近一英里，再坐小船划三英里水路才能把这些东西运到希斯帕诺拉号上去。我们人太少，所以干得很慢。我们并不担心逃脱的那几个海盗，但我们还是在山顶上留了一名岗哨，以确保他们不会对我们来个突然袭击。

我们是这样分工的：葛雷和本·冈恩负责划着小船来往于陆地和希斯帕诺拉号之间，往船上

运财宝；其余的人则把财宝从山洞里搬出来堆在岸边；我因为力气小，干不了重活，就留在洞中，帮着把金银币和金条装进袋子里。

这些金银币跟比尔船长箱子里的一样，什么样子的都有，不过种类更多，面值更大一些，整理这些钱币真是一件人生乐事。我不停地弯着腰，手不断地分拣着这些钱币，一天下来弄得我疲惫不堪。

日子就这么一天天过去，我们每天都把大量的财宝运到船上。在这段日子里，我们没有发现那三个海盗的任何行踪。

大概是第三天晚上，我和医生一起漫步登上一座小山，突然听到一阵像是哀号又像是唱歌的声音，过了一会儿，这声音又听不见了。

“愿上帝宽恕他们，”医生说，“是那些幸存的海盗们。”

“他们又喝醉了，先生。”西尔福在我们身后说道。

西尔福现在很自由。尽管每天遭到白眼，但他好像一点儿也不介意。他努力地讨好着我们每一个人，但没人搭理他。只有本·冈恩对他还算客气，因为他看起来好像仍然很畏惧这位独脚海盗。

“喝醉了？也许是在说胡话吧。”医生反驳道，“我敢说他们至少有一个人在发高烧。也许我应该离开这里，尽一个医生的责任，去看看他们。”

“恕我直言，先生，”西尔福说，“如果你真的这样做的话，你会没命的。你对我有恩，所以我才提醒你。山下那帮家伙说话从来不守信用，他们不会相信你的。”

“没错，”医生说道，“你倒是个守信用的人，我们都领教过。”

后来，我们曾听到远方传来枪响，估计是他们在打猎。我们经过商议后，决定把他们留在这个岛上。我们留下了大量的弹药，一大堆腌羊肉和一部分药品，以及其他的生活必需品，还给他们留了一张多余的帆和十来英尺的绳子。根据医生的提议，还给他们留了一袋烟草。

我们在岛上的工作全部完成了。财宝已经全部装上了船，又贮备了足够的淡水，带了许多山羊肉。在一个清晨，我们终于起锚，驶出了北部海湾。船长还在船上升起了一面国旗，就是他曾在木屋上升起的那一面。

那三个家伙其实一直在注意着我们的行动。当船通过海峡时，我们看到他们跪在陆地上，举起双手向我们哀求着。我们也不忍心把他们留在这里，但是我们更不能再冒险把他们留在船上。就算他们能回国，结局也不过是被送上绞架。医生向他们喊话，说我们已经给他们留下了许多东西，并说明了放东西的地方。可他们还是苦苦哀求着，希望我们带他们离开。

最后，他们看到船没有停下来的意思，其中一个就大喊一声，朝我们开了一枪。一颗子弹擦着西尔福的头顶飞过，把主帆打了个洞。

我赶紧躲了起来，等我再次探出头来时，已经看不见他们的踪影了。中午时分，金银岛的最高峰也消失在视线之外，这

让我感到既兴奋又激动。

由于我们的人手太少，因此船上的每一个人都有忙不完的事。只有船长因为伤势刚刚好转，不能行动，所以躺在一张垫子上发号施令。我们向西班牙在美洲最近的一个港口驶去，准备在那里补充一些水手和必需品。到达那个港口时，我们全都快累趴下了。

当我们抵达那个景色优美的海港，并在那里下锚时，太阳已经落山了。许多小船围住我们的船，向我们兜售水果和蔬菜。医生和特里劳尼先生准备带我上岸去玩一个晚上。在城里，他们遇见了一艘英国军舰的舰长，并和他聊了起来，还到他的军舰上去玩了会儿。等我们回到船上时，天都快亮了。

本·冈恩站在甲板上迎接我们。我们刚一上船，他就向我们报告：西尔福跑了，是他故意放走的。他请求我们饶恕他。他说，这样做是为我们好，把西尔福留在船上，总有一天他会把我们全部干掉。后来我们才发现，西尔福逃走前还凿穿舱壁，偷走了一袋金币。我们大家都为摆脱了西尔福而感到高兴。

在这里招募了几名水手后，我们一路平安地返回了英国。当我们抵达布里斯托尔时，勃兰特里先生正在着手准备组织一支后援队前去接应我们。当初随着希斯帕诺拉号一起出海的人，只有五个人活着回来了，正像那首水手歌谣里唱的那样："其余的被酒和魔鬼夺去了小命。"不过，比起另外一首歌里说的——"七十五人随船去远航，只有一个活着归故乡"，我们已经算是很幸运了。

我们每个人都分到了一份丰厚的财宝。至于对这笔钱的花法，则各不相同。

斯莫利特船长决定退休，不再出海了。而葛雷不仅没有乱花他的钱，还开始用功钻研航海技术。他现在是一艘装备优良的大商船的股东兼大副，已经成家立业并当了父亲。本·冈恩分到了一千英镑，不到二十天他就变成了一个乞丐，因为他只用了十九天就把钱全花光了。特里劳尼先生后来给他谋了一份看门的差事。他至今还活着，每逢礼拜天和教会的节日，总会去教堂里唱赞美诗。

最后说一下西尔福。我们此后再也没听到任何关于他的消息，我们总算彻底摆脱了这个可怕的独脚海盗。不过，我相信他一定找到了他的黑人老婆，还带着那只名叫“弗林特船长”的鹦鹉。他也许正在过着逍遥的生活，就让他再逍遥几年吧，到了最后审判来临的那一天，他肯定会下地狱的。

我知道，还有一些财宝和武器至今仍留在金银岛上，不过我可再也不愿去那个可怕的小岛了。我还会经常做噩梦，梦见海浪拍击峭壁的轰鸣声。有时我会从梦中突然惊醒，仿佛听见那只叫“弗林特船长”的鹦鹉在叫喊着：“八个里亚尔！八个里亚尔！”

语文阅读经典丛书·第七辑

彼得·潘

文质　改编

江西教育出版社
JIANGXI EDUCATION PUBLISHING HOUSE
·南昌·

图书在版编目（CIP）数据

语文阅读经典丛书. 第七辑/文质改编. — 南昌：江西教育出版社，2020.9

ISBN 978-7-5705-2002-2

Ⅰ. ①语… Ⅱ. ①文… Ⅲ. ①世界文学–作品综合集 Ⅳ. ①I11

中国版本图书馆 CIP 数据核字（2020）第 159626 号

语文阅读经典丛书 · 第七辑
YUWEN YUEDU JINGDIAN CONGSHU · DI-QI JI
文质 改编

出 版 人：廖晓勇
策划编辑：杨 柳 张 龙
责任编辑：朱 丽
出版发行：江西教育出版社
地 址：江西省南昌市抚河北路 291 号 邮编：330008
邮 箱：jxjycbs@163.com
网 址：http: //www.jxeph.com
电 话：（0791）86705643
经 销：各地新华书店
印 刷：湖北嘉仑文化发展有限公司
规 格：880mm × 1230mm 1/32 24 印张
版 次：2020 年 9 月第 1 版
印 次：2020 年 9 月第 1 次印刷
书 号：ISBN 978-7-5705-2002-2
定 价：148.80 元（全 6 册）

赣版权登字 -02-2020-403

MULU

第一章　拒绝长大的孩子

每一个孩子都将长大,孩子们自己也迟早都会意识到这一点。然而有一个孩子，他对成长似乎并不看好，也不自知。

温迪懂得这些是在她两岁的那一年：某天，她正在花园里玩耍，摘了朵花跑向妈妈，花在手中衬着她那张明媚童真的小脸。我想，那个时候，她的样子肯定是很惹人疼爱的。因为她的妈妈——达林太太将手放在胸前陶醉地说："如果你一直只有这么小就好啦！"达林太太的脸上洋溢着幸福的表情。

从那时起，温迪便知道自己是无法停留在这一刻的，迟早都将长大的。人过了两岁就会逐渐明白，自己是要成长的。两岁对孩子们而言，在某种程度上既是终结，也是开端。

那所挂着十四号门牌的房子，是他们一直居住的地方。在温迪出生之前，达林家的主角当然是讨人喜爱的妈妈。她的嘴巴很甜，也很爱开玩笑，特别是那满是奇思妙想的脑袋，实在是叫人琢磨不透，就如同来自神秘东方的百宝箱，充满了神秘和新鲜，永远无法将它完全猜透。而她的嘴角，更是挂着一个就算是被视她为宝贝的温迪，也一直无法得到的吻。

达林太太是如此受欢迎:在她很小的时候身边就有许多男孩子围着她团团转了。待他们长大之后又争先恐后地向她表露爱意，全都涌进她家里向她表白甚至求婚。

在这些求爱者当中，达林先生虽不算最特别的，但他却是最坚定的。他租了辆马车最先跑到达林太太家里，最终成功获得了她的芳心。

在他们结婚之后，达林太太将自己的一切都给了他，除了她那百宝箱最里面的那一个盒子，以及那个挂在嘴角的明晃晃的亲吻。

达林先生甚至根本不知她还有那么一个百宝箱，渐渐地，对那个亲吻，他也失去了兴趣。也许只有拿破仑那样的人，才有可能得到那个吻，温迪是这么觉得的。但如果认认真真地去推测拿破仑会如何得到那个亲吻，结果很有可能是他气冲冲地失望而归。

达林先生是一个喜欢自吹的人，他经常和温迪说她的妈妈，也就是可爱的达林太太，对他的感情除了爱，更多的还是敬重。因为他是个学识渊博的人，懂得很多人一辈子都搞不明白的股票、红利之类难懂的东西，而且像是很懂门道的样子。他总会一本正经地说什么，股票又在涨啊，红利又在跌啊之类的话。他讲得有板有眼的，那神情，就好像是在宣称谁都应该欣赏他、崇拜他。

新婚没多久，达林太太总是会细心地、兴致勃勃地记录好

家里的每一笔开支，那种感觉就像是在做游戏一般。哪怕只是一丁点儿开支，她也不轻易放过。

后来渐渐地，你会发现有些账目被不知不觉地遗忘了，账面上开始出现一些模糊的小孩子的脸。在本该写上账目总结的地方，也被重复地画着这些小孩子们的图像。隐隐约约，她有种感觉，他们或许就快要来了。三个孩子中，温迪是最先来的那个，第二个是约翰，而排在最后的是迈克尔。

就在温迪刚出生的那几个星期里，达林夫妇觉得十分困惑，他们并没有把握是否能喂饱这多出来的一张小嘴，这让他们的心里很没底。

事实上达林先生因为温迪的到来，虽然心里是很开心的，可他偏偏又是太过实在的人，所以他才会坐在太太的床边，在她的面前，一笔笔地、仔仔细细地计算着开销。他的太太费解地注视着他，她觉得完全没有必要这样一笔一笔地算。可达林先生在这一点上却与他的夫人意见分歧很大，他只顾一个人闷着头在那里自顾自地算起来。如果被打断了，他又会重新再算一遍。

“好了，别说话啦！我终于算出结果了！”达林先生长长地舒了一口气，“一共是九镑九先令七便士！”说到这儿，他的眉头又皱了起来。“我把所有额外的开支都省去了，包括我最心爱的咖啡，加起来也就这么点，我们能靠它凑合过一年吗？”达林先生问道。“当然，乔治，我们肯定能！”达林太太为了温迪大声地叫道。但达林先生的话并没有结束，“小孩子难免会生病，比如腮腺炎，得花个一镑，严重的话估计还得多花三十先令；风疹算半个几尼，麻疹算一镑五先令，百日咳算十五先令，加到一起是两镑三十先令六便士。”他接着往下再算别的。可让他恼怒的是，每次算的结果都不一样。

温迪最终还是熬过了那段不太顺利的日子，可怕的腮腺炎也由一镑降到了十二先令六便士，还有那提前被预计出的风疹、麻疹，也都一次性就解决了。这类似的状况，在约翰和迈克尔出生时，也遇到过，虽然很艰难，但他们也像姐姐一样坚强地挺了过来。

时间过得飞快，转眼他们就已经到了跟着保姆去福尔萨姆小姐的幼儿园上学的年纪了。

达林先生对于目前的生活似乎不是特别满意，这一点与达林太太大为不同，他喜欢与左邻右舍比较。经过一番思考和讨论，达林先生觉得自己家也应该有个保姆，但跟那些邻居比起来，他们的确很穷。孩子们又太小，还要买很多牛奶给他们喝，以此来补充营养。所以与左邻右舍不同的是，他们家的保姆是一只名叫娜娜的纽芬兰大犬。

在此之前，娜娜只是一只流浪狗，多数时候它都出没在肯辛顿公园，那也是它和达林一家相识的地方。被雇佣前，它因为没事做，总是在公园闲逛。它喜欢看睡在摇篮车里的婴儿，也常常会跟着他们回家，因此那些保姆很讨厌它，因为它的出现意味着她们的照顾是那么的不负责任，居然会有一只流浪狗跟着孩子回家，这着实让她们难堪。

娜娜真的是一个难得一见的好保姆，它会认真地给孩子们洗澡，还会警觉地给孩子们守夜。孩子们睡觉时哪怕只是轻哭那么一声，它也会以最快的速度起身，冲到被照看的孩子身边。

它的狗舍被达林夫妇设在孩子们的房里。聪明的它知道哪种咳嗽是应该引起重视的，并且它还会用煮大黄叶等老套的方法来给孩子们治病。它相信无论在孩子们身上出现哪种新病菌，这些方法总会屡试不爽。就算是护送孩子们去上学，它也会让人大开眼界。当你看到它安静地独自走在一边时，那表示孩子们那天还算乖巧；反之，如果孩子们那天很闹腾，称职的娜娜就会将他们拉进队列，让他们规矩地行走。

约翰有段时间迷恋上了踢足球，细心的娜娜总会为他带上球衣，它担心若不帮约翰带，他自己就会忘记。下雨天，它也不会忘记给孩子们带上雨伞。

福尔萨姆小姐的幼儿园有一个专门为那些等候孩子放学的保姆们准备的地下室。所有的保姆中，只有娜娜是最特别的，等待的时候其他保姆都在一旁的长凳上坐着，只有娜娜是趴着的。那些保姆觉得自己地位比它要高，因而看不起它。事实上，娜娜才不屑于她们之间那些喋喋不休、无聊透顶的闲谈呢。

达林太太的那些朋友经常会来孩子们的房间看望他们，这让娜娜感到很不舒服。但如果她们真的来了，它仍然会麻利地给迈克尔换上那件带蓝穗的漂亮围裙，然后再去抚平温迪的衣裙，做完这些之后，还会为约翰整理下头发。就这样，它会把每个孩子都打扮得漂漂亮亮地呈现在达林太太的朋友们面前。

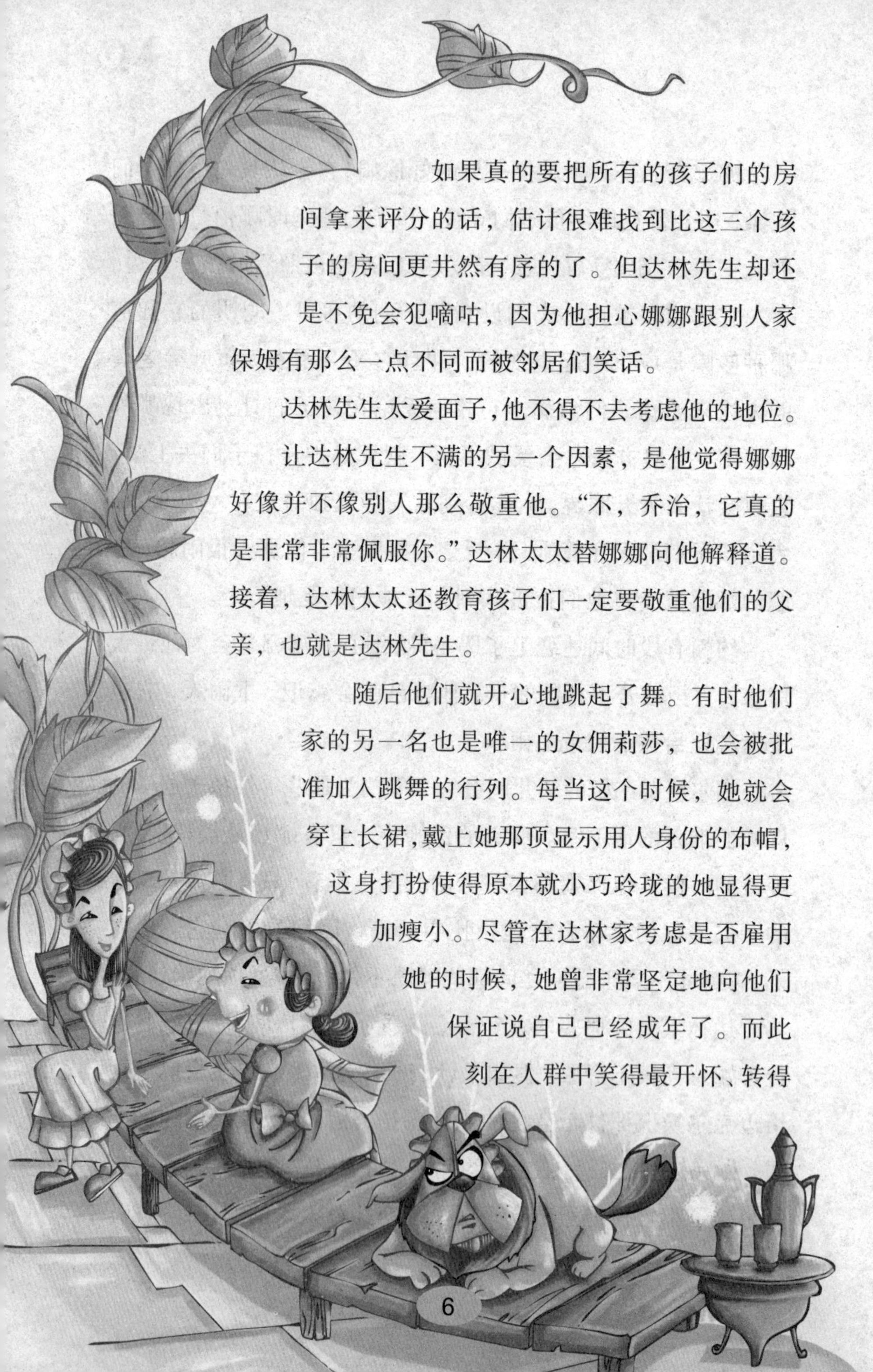

如果真的要把所有的孩子们的房间拿来评分的话，估计很难找到比这三个孩子的房间更井然有序的了。但达林先生却还是不免会犯嘀咕，因为他担心娜娜跟别人家保姆有那么一点不同而被邻居们笑话。

达林先生太爱面子，他不得不去考虑他的地位。

让达林先生不满的另一个因素，是他觉得娜娜好像并不像别人那么敬重他。“不，乔治，它真的是非常非常佩服你。”达林太太替娜娜向他解释道。接着，达林太太还教育孩子们一定要敬重他们的父亲，也就是达林先生。

随后他们就开心地跳起了舞。有时他们家的另一名也是唯一的女佣莉莎，也会被批准加入跳舞的行列。每当这个时候，她就会穿上长裙，戴上她那顶显示用人身份的布帽，这身打扮使得原本就小巧玲珑的她显得更加瘦小。尽管在达林家考虑是否雇用她的时候，她曾非常坚定地向他们保证说自己已经成年了。而此刻在人群中笑得最开怀、转得

最疯狂的人，无疑是开心的达林太太了。在她跳舞的时候，我们已看不清她那张洋溢着欢乐的明亮脸庞，只能看到她那挂在右嘴角上的那个明晃晃的吻。倘若有谁恰巧在这个时候过去，很有可能会幸运地获得那个亲吻。

在彼得·潘出现之前，没有人比他们更幸福的了。

彼得·潘第一次出现在达林太太的身边，是在达林太太整理孩子们的心思时。

通常每个好妈妈，都会在孩子们睡下后，为他们收拾好弄乱的东西，审阅他们的心情，为第二天做好准备。如果夜晚你睡着后再次醒来的话，就会发现你的妈妈在为你做这些事。不过你应该是没看到过的，因为她通常不会给你这个机会，让你看到她在为你做这些事情。如果能的话，你一定也会觉得那是非常有趣的。她那个时候的神情，就跟在收拾柜子、抽屉一样。她跪在那里，看里面的东西，可爱的、不可爱的、凌乱的、整齐的，她也会欣喜地去拿起其中的一件东西，把它贴上自己的脸颊，放下后，再拿起另一件。往往等你醒来，那些奇怪的念头和那些所谓的小脾气，已经被她收起来了；而那些美好的会让人愉快的东西，也已经整整齐齐地摆放在最上面，供你挑选。

不知道你有没有看过关于人心理的那种地图。医生们有时会把你身体某处的图样，以绘画的形式展现出来，非常有趣。如果刚好看到他们所画的关于孩子心理的图（虽然他们几乎不会那么做），那你是很幸运的。

你可能会发现，那些毫无章法的、会绕圈的、曲折的线条，也许就是某个岛上的路。这是个颜色明亮耀眼，有着漂亮的彩绘，新鲜的空气，还有那说不完的惊奇和欣喜的小岛。那里的海面上漂浮着各种各样的小船，并且会看见美丽的珊瑚礁露出海面。岛上住着许许多多的原始人，有多半是当裁缝的小土神；有王子，还有他的哥哥们；有长鹰钩鼻的老太太；有荒凉破败的茅屋；有数不清的野兽洞；有各种各样的、形形色色的岩洞；还有会穿过岩洞的河流。若只是这些的话，那也并不难画出来，寥寥几笔就能带过。但是，那里还有第一次去学校看到的带喷泉的水池；长着尖尖塔顶的教堂；事事为你着想、对你关怀备至的父母；不算很难，但要很细心的针线活；可怕的绞刑；好吃的巧克力布丁；终于会数到九十九，而不是简单地数着“一、二、三”的笨孩子们；离奇曲折的案件；甚至乖乖拔牙就会被奖三便士的法律，等等。

总而言之，这些全都是零零散散的、毫无章法可言的一些图形。因为没有什么是永恒静止的，所以那些线条才开始无休止地纠结。

那个岛就是属于每个人的永无乡，当然每个人的永无乡又都是不同的。就像约翰的永无乡，有一个飞着许多红鹤的湖，在他的永无乡那儿，他可以不被约束地去射红鹤。迈克尔跟约翰的状况看起来是相反的，因为他那儿只有一只红鹤，不过天空上面本该是红鹤飞舞的地方，现在却飞着许多湖泊。约翰和迈克尔分别住在沙滩上翻扣的船里和印第安人的皮棚里。温迪

则是单独住在由树叶做成的小屋中。她的那间小屋非常精致，很多树叶被巧妙缝合着，看起来很是温馨。约翰也是一个人住着，在那儿他似乎是没有朋友的。温迪也没有来探望她的亲友，但有一只被遗弃的小狼崽。迈克尔比较不一样，在晚上经常会有亲友去他那儿串门。

达林太太偶尔会到孩子们的心思里散步。孩子们的思想总让她感到很费解，特别是有一天她在他们的思想里发现了“彼得”这个名字。她确定自己并不认识这个人，但这个名字却在约翰跟迈克尔的心里存在着，温迪的心里更是多得泛滥。更让她困惑的是，这名字连笔画都显得那么傲气，达林太太怎么看都觉得奇怪。

于是她便问温迪这个人是不是很傲气，竟得到温迪的承认：“是，他的确有些傲气。”

“可他到底是谁呀？”她更加费解了。

“彼得·潘。其实你应该知道的。妈妈！”温迪斩钉截铁地大声告诉她，就好像母亲原本就应该认识这个叫彼得的人。

起初达林太太不知道他，也觉得困惑不解，但回忆童年时，她记起了他。据说他是个同仙子们住在一起的人。当然，在那段记忆里，有许多关于他的故事。比如别人告诉她，彼得也只是个孩子；还有人告诉她说，如果有小孩子死了，彼得会陪那小孩走一段黄泉路，因为他担心他们会因为孤单而害怕。在那个时候，她相信彼得的存在，甚至觉得彼得肯定会出现，带她去那个叫作永无乡的有仙子的地方。可达林太太现在已经长大并结婚了，于是她开始怀疑到底有没有彼得这个人。

当每个人还是孩子的时候，都会多多少少地遇到些奇怪的事情，但他们并不会害怕。温迪也是如此，她也不觉得那有什么好害怕的，所以对于房间地板上那几片前一天睡前还没有的树叶，她虽然有点困惑，可也只是漫不经心地说给妈妈听，就像在讲听来的事儿。但对听者而言，那可真是叫人不能安心的话语啊！对这事儿，达林太太也觉得奇怪，甚至是有点恐慌。温迪却淡淡地说了一句："估计又是彼得干的。"

"这是什么意思？"达林太太对她没头没脑的话疑惑起来。

"真讨厌，玩够了就走，也不知道把地板打扫一下。"很爱干净的温迪说完无奈地叹气道。

那几片让人心慌的树叶，的确是在窗户不远处被发现的。达林太太不知所措。她决定好好检查一下孩子们的卧室。于是她便趴在地上，举着一支蜡烛，一点点地摸索查找，并努力辨认着，看有没有陌生人来过的痕迹。捅烟囱、敲墙，能找的地方全找遍了，她甚至去测量窗户到地面的高度，三十英尺（1 英尺 = 0.3048 米）的高墙并没有可攀登之处。于是，她确定她的女儿肯定是在做梦。可是就在第二天晚上，发生的事却偏偏要为温迪证明，那并不是梦。

那天娜娜休假，达林太太给孩子们洗完澡之后又把他们都哄睡着了。

看着身边的一切都是那么的安宁，达林太太开始嘲笑自己，笑自己那多余的担心。随后她靠近火炉边坐着，做起了新

衣服。这件新衬衫是为迈克尔准备的生日礼物。

灯光很柔和，炉火也暖暖的，达林太太融入这气氛里，不一会儿就睡着了。

达林太太居然做了一个关于永无乡的梦。梦中，永无乡离她的家很近，还有一个陌生的小男孩在里面。但她并不觉得诧异，因为她似乎是见过他的，从很多人的脸上蒙眬地见过他。

她默默地注视着那个陌生的孩子，看他慢慢地揭开掩住永无乡的帘幕的一角。然后她突然看到她的三个孩子，竟然也正在向里面张望着。

本来，只是个梦

而已，可就当她还在梦里时，房间的窗户忽然开了，一个小男孩伴着月光落了下来，那晃来晃去的光影惊醒了她。

她看到那个男孩，尖叫了一声，跳了起来，他穿的衣服是树叶做的，与温迪在永无乡中的小屋一样的精致。达林太太突然就明白了，他就是那个傲气的孩子——彼得·潘。

他非常可爱，有一口漂亮的乳牙，很像她的那个吻。

彼得·潘见达林太太并非小孩，冲她咧开嘴露出迷人的笑。

第二章　彼得快来吧

对着突然冒出来的陌生人，达林太太叫出声来，虽然对方只是个小孩。紧接着出去游玩刚刚回来的娜娜推门冲进来，直接奔向那孩子。那孩子见到娜娜，轻轻一跃就跳出了窗外。这一切发生得太过突然，吓得达林太太尖叫着跑到街上，去寻找他的踪迹，她以为他已经摔死了。可街上空空荡荡的，什么也没有。她抬起头看着窗口，也没有人影。这时的夜空，达林太太好像看到有流星划过。

跑回家的达林太太发现娜娜嘴里居然叼着那孩子的影子。原来是因为那扇窗关得太快，孩子的身体虽然已经逃出去了，可他的影子却还没来得及逃，所以被扯了下来。

她仔仔细细地检查着那影子，希望能从它的身上发现点什么蛛丝马迹。可那只是个普通的影子，给不了她想要的任何答案。

娜娜觉得应该把那个影子挂到窗户的外面，理由是这样不会惊吓到温迪他们，而丢了影子的彼得，也迟早会回来取的。

于是那影子便真的像一件没有晾干的衣服被挂在窗户外面飘荡着，可这样很显然会破坏房子的美观，于是达林太太想到应该去找达林先生来看看这个影子。而此刻的达林先生正头顶一条湿毛巾，他打算借这样的方式来保持冷静，以便更准确地计算出约翰他们新冬衣的开销。如果这时候跑过去打断他，他肯定又会埋怨说："真不该用娜娜来当保姆。"

所以现在达林太太只好自己决定，她把影子小心地叠起来藏进抽屉。她想，等找个合适的时机，一定要告诉达林先生这件事情。机会终于来临，但那已经是一个星期之后了，那是个让人刻骨铭心的星期五。

再后来，达林先生总会听到达林太太说："早知道我们就应该当心每个星期五才对。"

"不，这责任在我。"达林先生说，"这都怪我乔治·达林。"接受过古典文学教育的他常常一个人喃喃自语。

他们整夜整夜地坐在孩子的房间里，回想那个星期五，回忆那天的每一件事，每一个细节。直到所有的情节像在放映幻灯片一般，在脑海里一遍遍地滚动。

那一天，娜娜像往常一样为迈克尔倒好了洗澡水。

"不，娜娜，还早着呢。"迈克尔冲娜娜撒着娇，"娜娜，我不要这么早睡，不嘛——不嘛——"

达林太太这时已经换上了为晚会准备的白色晚礼服，她优雅地走了进来，戴着乔治送的项链，还有温迪借给她的那只手镯，这只镯子温迪十分喜欢。

约翰跟温迪在做游戏,他们扮演着温迪出生那天的达林先生和达林太太。

约翰说:“我很荣幸地告诉你,你已经是个做妈妈的人了。”他扮的是达林先生。

温迪雀跃着,很是欣喜的样子,脸上闪耀着明媚的神情,仿佛那一天的达林太太也应该是这样兴奋。

约翰也出生了,“达林先生”为他的出生眉飞色舞,也许是因为生了个男孩,当然,这是约翰自己认为的。

这时迈克尔进来了,他刚刚洗完澡,“哦,约翰,还有我,还有我”。迈克尔也要求要“生下他”,然而约翰很不礼貌地对他说:“有两个孩子就足够了,不想再要小孩了。”

“我是没人要的孩子。”迈克尔委屈得快要哭出来了。此时,达林太太看不下去了。

“我要呢,我还想再要一个孩子呢。”她一把抱住了迈克尔,轻抚着他的头发对他说。

迈克尔小心翼翼地问:“是男孩吗?”

“当然。”达林太太开心地回答说。

迈克尔听到妈妈肯定的回答,紧紧搂住了达林太太的脖子。这似乎只是一件小事,但因为这是他们在房间里的最后一晚发生的事,所以也就并不算是小事情了。

“我就在这时冲了进来,对吧?”达林先生问。那时候,他的确像一阵飓风刮了进来。

其实他那样是有原因的。原本他也在为参加晚会打扮着,

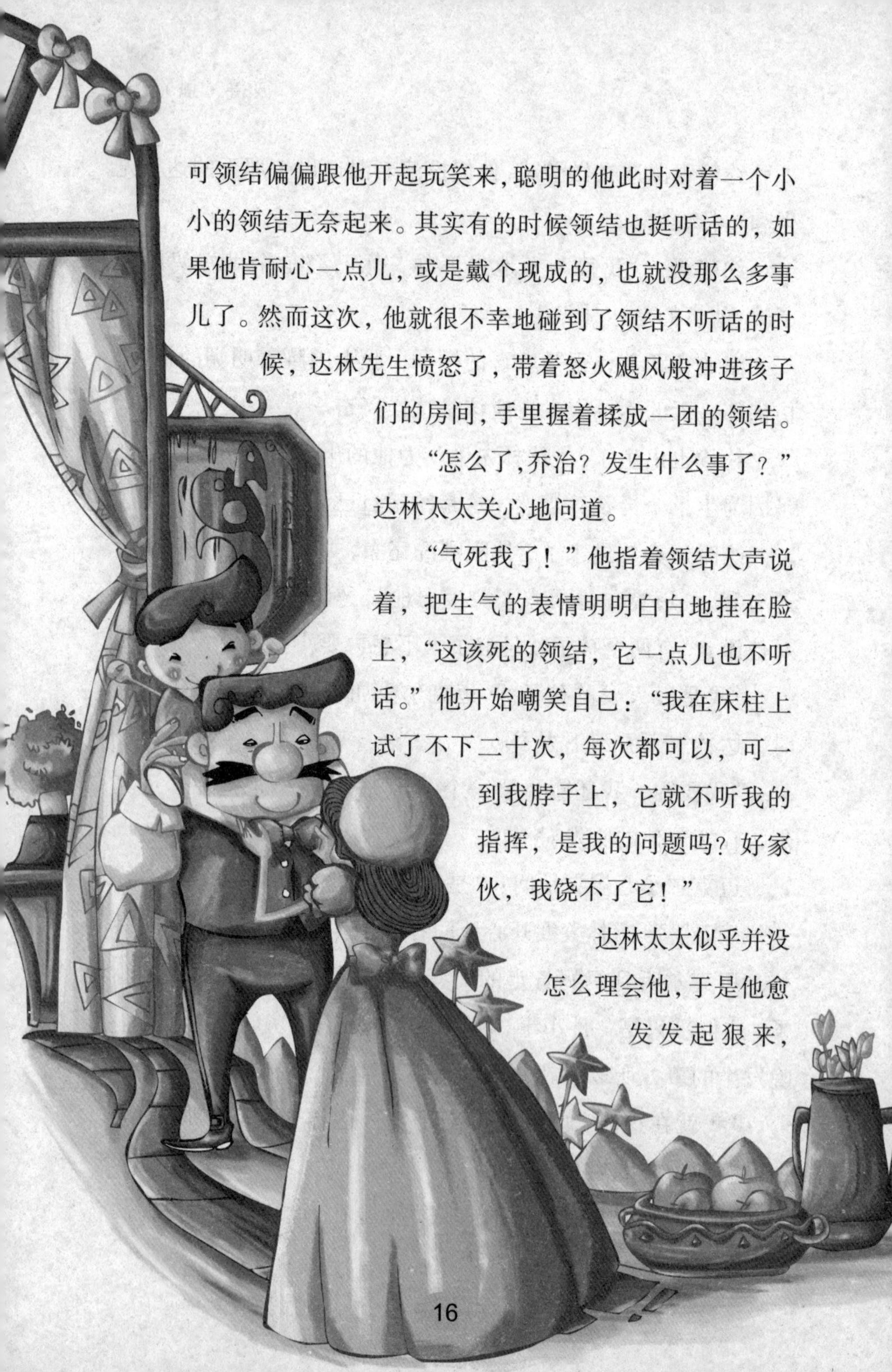

可领结偏偏跟他开起玩笑来，聪明的他此时对着一个小小的领结无奈起来。其实有的时候领结也挺听话的，如果他肯耐心一点儿，或是戴个现成的，也就没那么多事儿了。然而这次，他就很不幸地碰到了领结不听话的时候，达林先生愤怒了，带着怒火飓风般冲进孩子们的房间，手里握着揉成一团的领结。

“怎么了，乔治？发生什么事了？”达林太太关心地问道。

“气死我了！”他指着领结大声说着，把生气的表情明明白白地挂在脸上，“这该死的领结，它一点儿也不听话。”他开始嘲笑自己：“我在床柱上试了不下二十次，每次都可以，可一到我脖子上，它就不听我的指挥，是我的问题吗？好家伙，我饶不了它！”

达林太太似乎并没怎么理会他，于是他愈发发起狠来，

“今天如果系不好它，我就不去参加晚会，从明天开始也不去上班了！你，你们，还有我自己，我们大家，统统都要饿死，要去睡马路！”

“来吧，让我来试一下。”达林太太不慌不忙地走过去，接过他手上的领结，灵活地为他系上了领结。

这正是达林先生想要的结果。于是他不再发脾气，随口对达林太太道了声谢，然后背起迈克尔玩了起来。

想到这儿，达林太太不禁感伤地说：“那个时候，我们玩得多开心啊。”

“可那是最后一次了。”达林先生看起来很沮丧的样子。

“对了，那个时候迈克尔还问我是怎么认识他的，记得吗，乔治？”

“我当然记得了。”

“他们是那么讨人喜欢。”

“那三个孩子，是属于我们的，可是现在他们不在了。”

他们继续回忆起来。那时一家人正在嬉闹，后来娜娜进来了，达林先生不小心撞到了娜娜，于是他第一次穿的新背带裤便沾上了一裤子的狗毛。虽然达林太太后来为他清理干净了，但他忍不住又开始抱怨不该找娜娜来看孩子。

“这可真的不是它的错，它是个宝贝啊，乔治！”

“可是很多时候我还是担心它把我们的孩子们当小狗，这点让我觉得不放心。”

“当然不会，娜娜肯定明白他们不是小狗。”

“那可不一定。”达林先生似乎很不放心。

达林太太趁机对他讲了彼得的事，可达林先生却以为她在讲故事，听完只是一笑了之。可当他看到达林太太拿出的那个影子后，沉默了，并开始思考起来。

“这不像是什么好人。”顿了一下，他继续说，“也不像是我们所认识的人。”

“也就在这个时候，娜娜进来了，还带着迈克尔吃的药，是这样吧？”他回忆着，像是在自言自语，又像是在对娜娜讲，“你以后千万别再把药叼在嘴里了。”

达林先生一向是个勇敢骄傲的人，没怕过什么，但对吃药，那就另当别论了。可他自己却并不这么觉得，甚至他还认为自己吃药也是很勇敢的。比如那个时候，他就斥责起扭捏着不肯吃药的迈克尔来：“迈克尔，吃药有那么可怕吗？男子汉可不会害怕吃药的！”

“不要，我不要吃药。”见迈克尔还在闹，达林太太便去拿巧克力来哄他。可达林先生并不赞同这种做法。

“嘿，可不能太宠着他。”他对太太嚷道，又转过脸对迈克尔说：“爸爸在你这个年纪，吃药一直都很自觉的，每次生病吃完药后，我还会对父母讲‘谢谢亲爱的爸爸妈妈，吃了药我的病才会好得快一些’。”

谎话说得太顺口，就连说谎的人自己都相信了那番话。而已经换好睡衣的温迪，显然对她父亲的话确信无疑，于是她问道：“那么，爸爸你平时吃的那药，应该比这难吃多了，是吗？”

“当然。可惜那药被我弄不见了，否则我现在就给迈克尔做个榜样。”达林先生装出很认真的表情。

但他显然不知道，他那忠心耿耿的唯一的仆人莉莎，早就把他藏在柜顶的药瓶子放回床头了。

“我去拿，我能找到它。”温迪兴冲冲地跑了出去。达林先生莫名地打了个寒战。

“哦，不，那东西恶心死了，约翰，那东西又甜又腻又稠。”一想到要吃药，达林先生立马就像泄了气的皮球，甚至还有那么点绝望。

“闭着眼吞下去就是了，很快就好啦。”约翰鼓励着爸爸，温迪也跑着将药拿了过来。

“我回来了，爸爸，我是跑去跑回的，一刻都不敢停哦。”温迪气喘吁吁地说道。

“你简直就像闪电。”达林先生无奈地赞赏她，又执拗地要迈克尔先吃药。

“不行，要爸爸先吃我再吃。”迈克尔害怕上当。

“不行，那样我肯定会吐的。”达林先生说。

他们互相推搡，都要对方先吃。

“爸爸，还是你先吃吧。”约翰忍不住说。

“没你的事儿。”约翰一不小心就被责备了。

看到这儿，温迪突然有点儿明白了，问道：“爸爸，你是不是也怕吃药呀？”

“当然不是。”达林先生狡辩道，“只是我觉得一点儿也不公平，你们看，我这儿的药，跟迈克尔的比起来，要多很多，这让我觉得不公平。”他快要崩溃了。

“爸爸。”迈克尔的声音听起来有那么点儿冷，“我可还在等着你呢。”

“我也等着呢！”达林先生反驳说。

“爸爸，原来你是胆小鬼，没骨气。”

“你才是。”

“我不是，我可不怕。”

“是吗，我也没说怕啊。”

“那你吃啊。”

“那你先吃啊。”

“你先。”

“你先。”

……

“可以一起吃呀！”目睹两人的争执，温迪想到了一个两全其美的办法。

“哎，这主意不错。”达林先生称赞道，“那迈克尔，你准备好了吗？”

“一、二、三！”温迪为他俩数数。但达林先生并没遵守约定把药吃下，而是将它藏在了身后。

吞下药的迈克尔愤怒了，发出一声吼叫。温迪也吃惊地叫了出来。

“你这是什么表情？嗯？什么意思啊？”达林先生不满地

问，“叫什么呀！别叫，我本来是打算吃来着，可是我忽然想到一个更有意思的事，所以才没吃。”听到爸爸的解释，孩子们用怪怪的眼神看着他，都觉得他是个说话不算数的人。但他似乎并没发觉这小小的变化，还自以为幽默地对孩子们说：“来，我们跟娜娜开个玩笑吧。”那个时候的娜娜刚好走进浴室。“来，我们把药倒给娜娜吃，我敢打赌，它肯定以为那是牛奶。”

孩子们心里满溢着悲伤，失望地注视着他。他们看着自己的爸爸把有着牛奶颜色的药，一股脑儿全倒进娜娜的食盆里。“你们看，很好玩是不是？”达林先生一个人在那儿自言自语，装作很高兴的样子，然而他心里却是忐忑不安的。孩子们虽然气愤，但也不敢把这事告诉已经回了房间的妈妈，还有可怜的娜娜。

“嘿，娜娜快过来，过来喝牛奶吧。”达林先生抚摸了一下娜娜的头。

于是娜娜高兴地跑过去喝“牛奶”。喝了一口后，它哀怨地看了达林先生一眼，眼角还掉下一滴大大的泪珠，接着它爬回了狗舍。那情景，任谁看了都会为它心疼。

这眼神让达林先生心里抖了一下，但好面子的他却不可能为此表现出一点儿歉意。在大家的沉默中，不解的达林太太去闻了下娜娜的食盆。“哦！不，”她吃惊地说道，“不，乔治，这不是牛奶而是你的药！”

“只不过是开个玩笑罢了，至于吗？”他用大声嚷嚷来掩饰他在那一刻的心虚，“我不过是想逗大家开心一下。”但大家看起来并不领情。因为达林太太忙着安慰约翰和迈克尔，而温迪则跑过去抱住了娜娜并安抚它。

“去吧，去抱它吧，我算什么呀！我养活你们都是应该的，不用宠我！去宠着它去吧！我不算什么，是吧？凭什么呀！”达林先生满带醋意地吼道。

“别这样。用人们会听到的。”达林太太压低声音去求他。

也不知道从什么时候开始，他们喜欢称莉莎为“用人们”。虽然除了娜娜，她是家里唯一的女佣。

“听见就听见呗！我才不怕被笑话，就算地球人全都听见了我也不怕，但是，我再也不能忍受娜娜在这儿了，哪怕一秒钟也不行！”他不顾一切地嚷嚷着。

他的举动把孩子们吓坏了，于是他们全都哭了起来。娜娜过来求情，这场景又让他觉得自己了不起了，开始骄傲起来。他霸气地挥挥手对娜娜说：“你给我到院子里去，你本来就该被拴在那儿的。”

“乔治，别这样，我跟你提到的那个彼得，你可别忘记了。”达林太太小声地提醒着。

但这个时候的达林先生根本什么也听不进去。他见叫不动娜娜，于是抓住它，硬生生地把它拖进后院并拴了起来。做完这些，他走进过道，在那儿坐着，用手遮住了眼睛。其实他也并不是真心想要这样对待娜娜的，但他太自大，太想让孩子们明白，他才是这个家的主人，大家都得敬重他。

达林太太也没闲着，她点上夜灯，把孩子们哄上床。这时屋外隐隐约约传来娜娜的叫声。约翰认为娜娜肯定是因为被拴在院子里觉得难受了，但温迪并不这么认为。

“娜娜不开心时可不是这种声音，怕是它发现了什么，让它感觉到危险吧。”

“真的吗？温迪，你确定？”

“是的，我确定。”

达林太太有点儿害怕了。窗户是关着的，并没什么不同于往常的地方。此时，天上挤满了星星，它们争先恐后地看过来，透过窗，向里面张望着并讨论着。

迈克尔看到妈妈很担心的样子，觉得很诧异，他不知道她在担心什么。于是他带着蒙眬的睡眼问：“妈妈，不是点了夜灯么？没有什么能伤到我们吧？”

“当然，”达林太太回答说，“没什么能伤害你们。”

然后她给他们唱歌。迈克尔过来搂住她，撒娇说：“妈妈，我爱你。”多么动听的话呀！仔细想想，这句话也可以算是母子之间的最后一句对白了。

举办晚会的那家，离达林家并不远。但由于刚刚下过小

雪，路还很滑，还是要小心地走，不然会弄脏鞋子和裤脚。他们那么小心地注意着脚下，所以当然不知道，在空荡荡的街上，他们正被满天的星星注视着。

别看星星们平日里沉默寡言,其实这些缄默的家伙也是爱开玩笑的，比如今晚，它们全都打算帮助彼得，决心要看这场热闹。虽然平日里，他们并不真正喜欢彼得，因为彼得太调皮，常常捉弄它们，还会对它们做些奇怪的事。但现在，它们兴致勃勃地看着达林先生带着他太太走进举办晚会的那户人家，门刚刚关上，星系里最小的那颗星星已经忍不住尖声叫了出来："快点，快点，彼得！快来吧！"

第三章 试飞

夜灯依然明亮地点在孩子们的床边，达林先生和太太去参加宴会也有一段时间了。

正在这时，温迪床边的灯忽明忽暗地闪了一下，接着，其他的两个灯也相继闪了一下，然后，它们一起进入了梦乡，昏暗的房间里顿时被一片睡意笼罩住了。

也不知什么时候，黑暗的房里闪进一道光，那光比起夜灯温暖的光芒要亮上许多倍。那道光穿梭于房间的每一个角落，抽屉、柜子、房顶，甚至是衣服的口袋。原来它是在寻找那个被锁起来的影子——彼得的影子。如果它能飞得慢一点或是在哪里稍微停留，你就会发现，那道光其实是个仙女，她穿着由精致的树叶制成的衣服，她的名字叫叮克铃。她实在是太小了，只有巴掌那么点大，尽管她还在长大中。她那精致的小衣服衬托出她美妙的身姿，她衣服的领口很低，呈方形。

不一会儿，彼得也出现了，因为他和叮克铃一起飞来，所以他的手上沾了不少仙尘。

确认孩子们都熟睡后，彼得便轻声唤着叮克铃。最后他从罐子里找到了正玩得高兴的她，她待过很多地方，但从来没试过待在罐子里。

“嘿！快出来，弄清他们把影子藏哪儿了吗？”彼得有点儿焦急地问。

“影子在那个带抽屉的大柜子里。”她用她那特殊的银铃般的让人觉得有那么点儿熟悉的声音告诉彼得。

于是彼得赶忙把抽屉打开，翻了起来，东西撒了一地。很快，他找到了影子。他一高兴，顺手关上了抽屉，却忘了叮克铃还在里面。

彼得原以为人只要与影子一接触，它们便会自动连在一起，就像从来就没有分离过一样。但结果似乎并不是想象中的那样，即使他从浴室找来了肥皂粘影子，也还是没能把它和自己粘到一起。这种情形让他感到害怕极了，居然坐在地上哭了起来。

温迪被哭声吵醒，一抬头，便看到坐在地板上正在哭泣的彼得。温迪并没有因为突然看见一个陌生人而感到害怕，反而觉得很有意思。

“你在哭什么呢？”温迪温柔地问。

彼得向温迪非常优雅地鞠了一躬，那是他从仙子们的盛会上学来的。温迪见他非常有礼貌，于是在床上也很优雅地回了礼。

“你叫什么名字？”彼得好奇地问。

温迪很喜欢自己的名字，流利地答道：“我叫温迪·莫伊

拉·安琪拉·达林。那你呢？”看得出来，对于自己的名字，她有那么点儿骄傲。

“我是彼得·潘。”他简短地回答说。

原来这就是那个彼得！温迪终于见到他了，除了开心，更多的是惊讶，特别是他的名字，竟然真的这么短。

“只有这些？”温迪有点怀疑地问道。

“对，就这些，只有这些。”彼得的声音开始有点儿奇怪。

然后温迪又问他家的地址。

“沿着右手边的第二条路，向前一直走到天亮。”

“真是个奇怪的地址。”

“不，一点儿也不奇怪。”

看着温迪惊讶的表情，彼得第一次觉得这个地址奇怪，不禁有点沮丧。

“那给你写信的人在信封上就填这个地址吗？”温迪温柔平和地问着。

“我可没收过什么信。”彼得没好气地说。

“就算你没收过，你妈妈总会收过信吧？”温迪继续追问。

“我没有妈妈。”彼得冷冰冰地说。虽然他没有，但他并不难过，他也一点不想要那个所谓的妈妈，他可不在乎这个，他觉得母亲被大家看得太重了。

“难怪你会哭。”她跑到他面前，怜惜地看着他。

“什么啊！我哭是因为我的影子粘不上，才不是因为没有妈妈。”彼得显得有点生气，想了想，他又辩解道，“而且，我根本没哭。”

“粘不上吗？”

“嗯。”

温迪一开始笑彼得用肥皂去粘影子，可又看看地板上彼得那脏兮兮的影子，着实为他难受。

“看来，要用手缝才可以。”研究了一会儿，温迪为他出了个主意。

可彼得听后却有点茫然。

他问温迪：“什么是缝啊？”

“你连缝都不知道，可真是够笨的。”

“才没有，我一点儿也不笨。”

“没关系的，小家伙，让我来帮你缝吧。”然后她找出针线，开始帮彼得缝影子。

“可能会疼的哦。”她提醒他说。

“放心，我可不会哭的。”彼得咬牙坚持着。很快，影子就被缝上了，只是稍微有点儿皱。

看到影子连上了，彼得欣喜若狂。虽然温迪还在想，是否该帮他把影子熨平整呢。但彼得看起来一点也不介意，看着那个有点皱的影子，他开心得又叫又跳，完全忘了这快乐是谁给的。“我可真厉害啊！”他欣喜地叫道，好像影子是他自己连上的。

他的傲气正是他讨人喜欢的地方，然而事实上也的确没有比他更自大的人了。

这让温迪有点儿不知所措，她说：“当然，我又没做过什么。你这自大的家伙，都是你自己的功劳。”

“不，你也做了那么点儿。”彼得跳着舞，很随意地回答道。

“那么点儿！”温迪提高声音，“好吧，就当我不存在吧。”她赌气地回到床上，用被子蒙住了脸。

于是彼得假装要离开，他以为这样温迪会看他，但他失败了。于是他凑过去，轻轻地踢着温迪。“温迪，温迪，你可别真的不理我呀，温迪，我就是这样，一开心，就什么都忘了，就开始骄傲了。”温迪竖起耳朵听他讲，但就是不理他。接着，

彼得温柔地对她说："温迪，二十个男孩子都比不上一个女孩子，真的。"那温柔的声音任哪个女孩子都抵抗不了。

听了这话，温迪忍不住去看他。

"是真的。我一直都这么认为。"彼得见温迪开始看他，于是再次强调了一遍。

"你真可爱，彼得。"温迪高兴地说，"如果你愿意，我想给你一个吻。"彼得听了很开心，立刻伸出手看着温迪，显然他并不懂吻是什么。温迪诧异了："你不知道什么是吻吗？"

"你不给我，我怎么会知道呢！你给我，我就知道了。"彼得不甘示弱，他可不想承认有他不知道的事。温迪不想让他受打击，于是把刚刚缝影子用的顶针给了他。

"那么，我也给你一个吻吧。"看了看手中的顶针，彼得对温迪说。"那请吧。"温迪边说边把脸凑近他，那模样看起来实在不是很矜持。她有点紧张，但事实上彼得只是塞了粒橡子给她。温迪退了回去，认真地对彼得说，她要把他的吻戴在脖子上，然后她真的那么做了。

按常理来说，人们在认识之后，肯定会相互问年龄。可这对彼得而言，却有些莫名其妙。所以当温迪问他到底多大时，他有点不安。"嗯，不清楚。反正我还小。"彼得忐忑地回答着。他的确是不知道的，但他想了想，对温迪说出了他心里的猜测："也许，出生的那天，我就逃了。"

彼得说得很认真。对此温迪感到诧异，更多的则是兴奋。她告诉彼得，他可以坐得离她近点儿。"因为我听到父母在为我的将来讨论着，他们在讨论我未来会成为什么样的人。”彼得刻意压低了声音，听得出对此他是有些气愤的。“我才不要长大呢，于是我就逃离了那个家，在肯辛顿公园与仙子们一起住，我只想做个孩子，可以无忧无虑地生活。”

彼得看着温迪一脸羡慕的表情。温迪羡慕他可以认识仙子，可彼得却认为温迪羡慕的是他从家里逃走的壮举。

温迪觉得与仙子相识，比起乏味单调的家庭生活，要有趣得多。于是，她跟彼得之间的对话，也迅速从彼得的年龄转到了仙子们的身上，开始绕着仙子打转了。温迪的变化之快，让彼得有些吃惊。那些仙子们虽然讨人喜欢，可有的时候还是会去坏他的事，这点让彼得很不愉快。

但他还是继续跟温迪讨论着他们，“仙子是从婴儿的第一次笑声里生出来的。”彼得这样对温迪说，“那些笑声分裂后碰撞着，于是就有了仙子。”

对普遍人而言，这些话一定会让他们觉得无聊。但温迪却觉得很有意思，她的大部分时间不是在幼儿园，就是在家里。出门不多的她，对这些听得也很少，所以很感兴趣。

“每一个孩子，其实都有一个仙子。”彼得柔声说。

“啊？你说的是真的吗？”

“在以前是这样的，可现在的孩子们从很小就学会怀疑了，经常会说一些令人厌恶的大人的语言。当一个孩子说不相信有仙子的时候，就会有一个仙子坠落死去。”

关于仙子的话题他们讨论了许久，彼得突然意识到，似乎有很长时间没看见叮克铃了。“也不知道她去哪儿了。”彼得自言自语，并四处看着，然后大声叫着叮克铃。

温迪在一旁激动起来。“彼得，这里，有仙子？是真的吗？”温迪激动地抓住彼得问。

“对啊，刚刚还在的。你能听见她的声音吗？”彼得有点烦了。他们安静地听着声音。

“彼得,真的呢！有一个叮叮的声音。”

“那就是她，我也听到了，她在说话。”彼得快活极了，他发现声音来自抽屉。

“温迪，叮克铃被我锁在抽屉里了。”

彼得悄声说道，依然咯咯地笑着。

彼得一打开抽屉，愤怒的叮克铃便冲出来朝彼得乱吼。“我又不知道，对不起啦。”彼得为自己辩解着，“我不是故意的。”

温迪这时却兴奋不已，她大声朝彼得喊着：“如果她能停下来就好了，那我就能看看她了。”

“这很难。”彼得告诉她，“让仙子们停下来通常都很困难。”

但就在叮克铃落在钟上的那一刻，温迪还是很幸运地看到了她，尽管当时叮克铃还在生着气，但温迪还是觉得她非常可爱。

“叮克铃，温迪希望你能给她当仙子。”彼得很和气地对她说。

可能是被关太久了，叮克铃粗鲁地拒绝了他。

温迪不懂，只好问彼得，叮克铃说的是什么意思。

彼得有点无奈。“她不肯，她太不懂礼貌了，她说你是大孩子，她只做我的仙子。”

彼得跟叮克铃继续争论着，理由是他是男的，叮克铃不可以做他的仙子。

气愤的叮克铃懒得再跟他争辩，转身飞进浴室里，进去前，还回头骂了彼得一句。“别理她，温迪，她只是最普通的那类仙子，她是个补锅匠，所以叫叮克铃。”彼得回过头对温迪解释着。

他们越聊越起劲，于是坐上扶手椅，两个人挤在一起。

“那你现在还住公园里吗？我怎么从来没在那儿见过你

呢？”温迪继续向彼得发问。

“我只是有的时候在那儿，其他的时候都跟走丢的男孩们在一起。”

“走丢的男孩？他们都是些什么人呢？”

“他们是从婴儿车里掉出来，保姆没有发现的孩子。他们掉出来后，如果过了七天还没被人领走，就会被送到永无乡，在那儿，我可是队长。”

“听起来很有意思。”

“对呀，只可惜那里没有女孩子，很多时候，我们还是挺孤独的。”

“只有男孩子吗？为什么没有女孩子啊？”

“对啊，只有男孩子，你想啊，女孩子都那么聪明，又怎么会从婴儿车里掉出来呢！”

“我可真高兴啊！就那边那个家伙，他叫约翰，他看不起女孩，天天说女孩子是没用的。”温迪不服气地说。

彼得听后什么也没说，而是径直走了过去，把约翰连人带被子，一脚从床上踢了下来。虽然温迪也明白，彼得这么做是替她出气，并没有恶意，可她还是觉得彼得这样对约翰似乎有些鲁莽。还好在地板上躺着的约翰依旧睡得挺安稳的，温迪也就不打算管他了。“也许你能给我个吻。”温迪转身对彼得说。

显然，她一时忘了彼得不懂吻是什么。彼得看了一眼手里的东西，显得有些沮丧，“我一开始就知道，你肯定会把它要回去的。”说完，他就把顶针还给了温迪。

“不是啦！我不是说顶针，彼得。”温迪解释说。

“顶针又是什么？”彼得听糊涂了。

“‘顶针’就是这个。”温迪给了他一个吻。

“真好玩，温迪，那我也给你个‘顶针’吧。”彼得一本正经地说。

“如果你愿意。”经历了之前的状况，这次温迪可没把脸凑过去。

彼得吻她的同时，她突然大叫一声。

“你怎么了？”

“我的头发，好像被人扯了。”

“可能是叮克铃吧。”彼得说，“这家伙什么时候变得这么坏了！”

彼得猜得对极了。的确是叮克铃，她在四周飞着，还在谩骂着。

彼得仔细去听她在骂什么，然后更生气了。

温迪着实不解。

“叮克铃，你为什么这么做？”彼得问道。

结果可想而知，彼得再度被骂。彼得把叮克铃的话解释给温迪听，原来她在要挟彼得，如果他再给温迪“顶针”，温迪一定会很惨。这下，温迪懂得叮克铃欺负她的真正原因了，尽管彼得仍然不懂。

彼得告诉温迪：“其实，我过来这里，是来听故事的。”这话多多少少有些叫温迪失望。

“在我们那里，没人会讲故事。”彼得的话听起来又有点可怜。

“哦，真是不幸。”温迪由衷地感叹道。

“温迪，你知道吗？那些在屋檐角落里做巢的燕子们，其实也是为了听故事，所以才住在屋檐下的。你妈妈上次讲的那个故事，实在是太吸引人了。”

“我妈妈讲过很多故事呢。你说的是哪个？”

“就是那个姑娘丢失水晶鞋，王子找不到她的那个。”

“哦，那个丢失水晶鞋的姑娘，她是灰姑娘。彼得，他们后来很幸福，因为她终于被王子找到了。”温迪很乐意告诉他结局。

彼得知道了结局，兴奋地站起来就往窗口跑。“等一等，彼得，你去哪儿？”温迪叫住他。

“我得赶紧回去告诉他们结局。”

“别走，彼得，你别走。”温迪有点儿舍不得他，温迪告诉彼得，她还会讲别的故事。

她的话显然诱惑了彼得。

彼得带着贪婪的表情退了回来，他那神情居然没有吓到温迪。

“我可以给你讲很多故事。”温迪接着说。

彼得再也忍不住了，抓住她向窗口走去。

“把我放开。”彼得粗鲁的动作让她感到很不愉快。

“好温迪，跟我回去给我们讲故事，好吗？”彼得恳求着。

“我不能去呀！再说我也不会飞啊！”温迪觉得为难，虽然受到邀请让她很开心。

“我可以教你飞呀。”

“如果可以飞，那可真棒！”

“我可以教你乘上风的翅膀，然后就可以飞了。”

“真的吗？”温迪动心了。

见温迪动摇了，彼得继续说道：“其实你还可以去跟星星讲话呢。可你却在这儿睡觉，那些星星非常有趣的。温迪，我们还可以一起在天上飞。”

“在天上飞！”温迪欣喜着。

“温迪你知道吗，我们还可以去看人鱼哟。”

“是真的人鱼吗？有尾巴的？”

“嗯，是真的人鱼，有很长很长的尾巴呢！”

“呀！我从没见过人鱼呢，真想去看看！”温迪情不自禁地说。

“而且，我们还会很敬重你，温迪。”

温迪为难了，她矛盾地扭着身体，看起来像是想和地板粘在一起。

彼得看到她的样子，继续引诱着。

“温迪，”彼得狡黠地说，“我想你应该会为我们把被子盖好吧。”

“没人给你们盖被子吗？”

“从来都没有过，我们总是把被子踢不见。”

“哎！”温迪怜惜地想去抱住他。

“我们也没有衣兜。也许你会给我们缝衣服，再给我们做些口袋。”

“听起来真有意思，彼得，那你可以带上约翰和迈克尔吗？”温迪忍不住了。

“如果你高兴的话。”彼得一点儿也不在乎。这时温迪赶紧去喊醒他们，“快起来，快起来，彼得要教我们飞了。约翰！迈克尔！快起来！”

约翰和迈克尔赶紧爬了起来，他们看起来很精神，兴奋地跃跃欲试。但此时的彼得，却让他们安静下来。整晚都不消停的娜娜，突然听不到声响了。于是他们乖巧地保持安静，静静地听着声音。

“快把灯熄了，藏起来。”约翰命令道。他从来就没有像现在这样果断、明智过。

于是房间在顷刻间暗了下来。接着，娜娜跟着莉莎进来了。如果仔细听，还能听见温迪他们发出安稳的呼吸声。但你一定想不到，这其实是他们躲在窗帘后面装出来的声音。

莉莎本来是在厨房做布丁，那是为圣诞节准备的点心。但是娜娜实在是吵得不行，于是她只好先放下手里的活儿，决定亲自带娜娜来孩子们的房间看一眼，让娜娜放心，自己也可以得到安静。有点生气的她并不知道，有粒调皮的葡萄干粘在了她的脸上。

“你看吧，他们睡得多安稳，你看你，太多心了吧，别再吵了。”莉莎将娜娜训斥了一顿，丝毫不顾及娜娜的颜面。

迈克尔对自己的表演很满意，因此更加卖力了。娜娜发觉有点不对劲，努力想挣脱链条。

但莉莎很快将它从房里拉了出来，她可并不觉得这与平常的夜晚有什么不同。“娜娜，你少来了，再叫，我就去告诉主人，看他们不抽你。别吵了，娜娜，你最好快点给我安静下来！”

可怜的娜娜，再一次被拴住了。其实此刻的它巴不得达林先生跟太太马上回来，所以它继续叫着。这个忠诚的保姆，就算自己挨打也无所谓，只要它看管的孩子们安全就好。

莉莎回到厨房，继续做她没完成的工作去了。娜娜用力挣脱链条，既然得不到莉莎的帮助，它就只能靠自己了。

终于，它成功了，它冲了出去，奔入晚会现场，冲到达林夫妇的面前，朝他们举起前爪。聪明的达林夫妇刹那间就明白

了，家里出事了，还是很紧急、很可怕的事情。他们来不及跟主人辞别，就冲了回去。

这边的温迪他们，已经在窗帘后躲了十分钟。这足够彼得·潘做不少事儿了。

“已经安全了。”约翰说着又回过头去问彼得，“你真的会飞？”

彼得径自在房间里绕着圈飞，还顺手将壁炉架抓起。他用行动回答了约翰。

“真带劲。”

“棒极了！”听到大家的赞叹彼得又开始翘尾巴了。

于是剩下的人也学着彼得的样子，他们也想尝试着飞起来。他们从地板到床上不停地试，但就是没办法让自己上升，只是一直往下坠。

“到底怎么飞的？”约翰问道。和其他人一样，他的膝盖也摔疼了。

彼得伸出他那只沾满了仙尘的手，往他们身上各吹了点儿仙尘，其实这才是最重要的步骤，因为没有沾上仙尘，任谁也不会飞的。

“你们可以像我这样做。”然后彼得教他们怎样去摆动肩膀。

迈克尔是第一个飞起来的，他并没预料到自己能飞起来，他很快就飞上房顶了。

他兴奋地叫嚷着，为了他的成功。

接着约翰也成功了，他还在浴室旁撞见了温迪，她也在

飞着。

这时约翰说："不如我们飞出去看看吧。"

这话对彼得而言正中下怀。

兴奋的迈克尔也想尝试一下，他想知道要花多少时间，他才能飞完十英里（1英里＝1.609344千米）。

但在温迪看来，好像还是有什么事情使她犹豫不决。

"温迪，可以去看人鱼哟。"彼得见温迪迟疑，又开始诱惑她了。

"啊！人鱼呢！"

"对了，不只是人鱼，还有海盗哟！好温迪，那儿有许多美妙的东西。"

"是真正的海盗吗？啊！太棒了，走吧，走吧。"约翰激动地抓上他周末才买的帽子。

我们再来回头看看这边的情况吧。

达林夫妇跟娜娜已经退出了晚会，他们站在街上注视着自己家的窗户。

孩子们的房间依旧亮着灯，可让人毛骨悚然的是，那印在关得紧紧的窗户上的影子，并非平常夜灯的投影，而是那三个小家伙穿着睡衣浮在半空的影子。似乎他们还在不时地绕着圈圈，而且显现出很欢快的样子。

不，不是三个，仔细数数，居然有四个飞行的身影。他们都快贴近天花板了。

于是楼下的达林夫妇心慌了，但达林太太还算理智，她嘱咐丈夫脚步要轻一点儿。而此时的达林先生充斥着焦急的情绪，正要迫不及待地往上冲。

也许，他们是来得及赶到的，又或许，来不及了。如果说他们来得及的话,那么我们该如何让这故事继续呢？继续说平凡的达林一家和娜娜的故事吗？那似乎会很乏味哟。反正就算是来不及，曲曲折折地绕上一圈，事情也终会画上一个圆满的句号。

其实，如果只是算时间的话，达林夫妇还是来得及的。但在这之前，我们也说过，今夜的星星可全都是站在彼得这边的，所以，当初那颗呼唤彼得的小星星，又一次为彼得开了窗，冲彼得大声喊："快走吧，彼得，快呀！"没有时间去浪费了，彼得很清楚这一点。"跟上我。"彼得下了命令，说完便钻进了夜幕，他毅然决然地带着那三个小家伙飞了起来。

达林夫妇推开门时，他们已经飞走了。看起来，晚了那么一步。

第四章　永无乡

似乎是预感到了彼得的归来，永无乡又重新有了生机，像是刚刚从长久的冬眠里被唤醒了一样。彼得喜欢说它苏醒了。

彼得不在，岛上就会相对冷清许多。仙子们相比平时，会多睡上一个小时；孩子们跟海盗即使相遇，也只是吮着拇指，彼此看着，不会再有进一步的动作；那些印第安人也不再警戒，而是无休止地大吃大喝；只有兽类，依然看管着幼兽。这种安宁，彼得可受不了，所以，他一回来，这里便洋溢起了勃勃生机，到处都开始沸腾了，不再安静。

这一晚，岛上的部署终于分明起来。彼得，被孩子们守望着；孩子们，被海盗盯上了；海盗，又被印第安人盯上了；而野兽，则盯着印第安人。他们像食物链一样，一环一环紧紧相扣，相生相克。凑巧的是，他们的速度算起来却都是一样的。所以相互之间，彼此守望追逐，却不会碰见。

孩子们今天是来迎接彼得的，他们脚步稳健，穿着自己亲手制作的兽皮衣服，看起来全都是胖嘟嘟的。彼得不允许他们的样子和他有哪怕一丁点儿的相似。

带头的那个，名叫图图，他是这些孩子中最谦逊的那个，因为他的运气实在是不算好，冒险的次数很少。通常他在的时候，战争还没开始，一切太平，等他转一圈回来时，别人已经在清理战场了。叮克铃也认为他是最好骗的那个，可怜的图图，但愿别撞进叮克铃设的那个陷阱。

真希望他能知道这样的事，但事实上他只是咬咬手指，走了过去。

接着过来的是那个有礼貌的尼布斯。跟在他后面的那个是自大的斯莱特利，他正在跳舞，还吹着树枝做的哨子。他之所以自大，是因为他还记得那么点儿习俗、礼节。大家都不喜欢他的自以为是。第四个是叫卷毛的调皮鬼，他常常搞些小破坏，也经常被训话，被吼得太多了，再听到彼得问是谁做的时，无论是不是他，他总会站出来说是他，都有点儿条件反射了。最后出场的是对双胞胎兄弟，大家都分不清他俩。彼得不懂孪生的意思，而他不懂的，别人也不许懂。所以，他们兄弟俩自己也不清楚谁是谁。但为了让别人满意，他们也只能一直在一起。

孩子们的身影刚刚隐入黑暗不久，可恶的海盗们就已经跟来了。我们还未看见人影，就已经听到他们那恐怖的歌声：

拴牢缆绳，嘿哟，抛锚停船。

我们去打劫！

就算是被炮弹击中，

我们依旧会在深海里碰头！

这是群穷凶极恶的歹徒。带头的是切科，这个有着好看轮廓的意大利人，曾在加奥用血在典狱长后背刻他的名字，这是件非常残忍的事情。此刻，他裸露着双臂，耳朵上挂着几枚八比索的西班牙金币，他非常喜欢用它们做饰品，他不时地在地面聆听；跟在他后面的那位黝黑的汉子，他先后换过很多名字，但最恐怖的还是他最初用的那个，因为那个名字至今还被圭乔木河沿岸的那些人用来恐吓自家那些不听话的孩子们；然后是浑身刺青的比尔·鸠克斯，他曾在“海象号”船上被弗林特砍了七十二刀，那个时候他很固执，直到中了七十二刀之后，才丢下手中的金币袋；还有没被证实的，传闻是黑默的兄弟的库克森；曾做过助理教员的斯塔

奇；还有不信教的爱尔兰人斯密；喜欢把手背在身后的努得勒；另外还有很多恶名昭著的歹徒，他们在西班牙都是些臭名远扬的家伙。

这群人中，最为心狠手辣的，还要数他们的头儿，也就是那个让所有人都畏惧的家伙——詹姆斯·胡克。与一般的海盗不同，胡克身上有一种高贵的气质，他总是叼着那个他自己设计的、能同时抽两支雪茄的烟斗，或许是因为早年有人说他长得有些像斯图亚特君主查理二世，所以他有些模仿那位君主，甚至将自己的名字也写作詹·胡克。

胡克唯一感到恐惧的时候，就是看到他自己那种浓稠的、不同寻常的血液时。除此以外的任何一刻，他都是个什么都不怕的狂徒。即使是最亲近的手下，他也从不将他们当人看，这反而为他树立了高高在上的威慑力，如果哪天他突然礼貌起来，温柔地同大家说上几句话，估计大家会觉得更恐怖呢。

当然，最让大家觉得毛骨悚然的，还是他右手上的那个铁钩。

现在，让我们看看他是多么凶残的一个人。

在大部队行进时，有个叫“天窗”的家伙偷偷摸摸地凑到胡克跟前，摸到了胡克有花边的衣领。

这时，只听到一声惨叫，“天窗”就已经不省人事，而胡克的雪茄还叼在嘴里。

他与彼得的战争，谁会是最后的赢家呢？

暂且，让我们先来猜测一下。

在海盗后面悄悄跟来的是印第安人,他们精神抖擞地穿过那些不易察觉的小径。带着武器的他们,脖子上挂着象征胜利的头皮,身上的油彩发着光。这群印第安人不属于软心肠的德拉华或休伦族,他们是皮卡尼尼族的。骁勇的小豹子是领头者,他脖子上的战利品沉得他快爬不动了。骄傲的虎莲公主走在队伍的最后。身为武士们的梦中情人,她是个天生的尤物,但她的斧子为她挡住了许多追求者。印第安人发出沉重的呼吸声。因为彼得不在的日子里,他们大吃大喝,所以都有些发胖,这是危险的,但他们的行进并不受影响,依旧可以没有声息迅速地来去自如。

随后,那些没有队列的动物们也来了。这些食肉动物显然都已经饿坏了,弱小的野兽们在它们前面疯狂逃窜。

最后,来了一只鳄鱼,它移动着巨大的身躯也在追逐着它的目标。

在鳄鱼之后出场的,又是孩子们。这些不同的队伍永不会相遇,始终这样依次循环地追逐着彼此。除非是有某一方停顿,或改变速度,或是怎样,然后造成了相遇,这样他们之间才会爆发战争。

真正的危险总是从背后扑过来的,可他们谁也没意识到这个问题,都只顾着警惕前方了。

孩子们带头破坏了这条"食物链",他们在离家不远的地方躺下了。

"如果彼得现在就回来该多好呀!"虽然他们都比彼得魁

梧，但他们没有他骁勇。

不讨人喜欢的斯莱特利开口了："我可不怕海盗，但也巴不得彼得快回来，这样的话，他就可以接着给我们讲灰姑娘的故事了。"

然后他们聊起了灰姑娘。图图觉得他的母亲应该是像灰姑娘那样的女人，至少有点像。

彼得在的时候，他们可不能谈到母亲，那是被禁止的，因为彼得不喜欢。

"我记得我妈妈常说，她想有个支票本。"尼布斯说，"虽然我搞不懂那是什么，如果说我知道并有的话，还真想给她一个，我记得她对我爸爸提了太多次。"

交谈中，他们听到了来自海盗们的歌声：

嘿哟，嘿哟，海盗生涯，
旗帜飘满森森的白骨，
缆绳一条，快活一时，
哈罗，大卫琼斯。

顷刻间，孩子们全藏了起来。

除了尼布斯要侦察敌情，其他的孩子全跑回家了。他们的家在地下。可是地面上是怎么都找不到入口的，那么那些入口在哪儿呢？原来呀，那里有几棵空心的树干，每棵树干下都有个通往入口的洞。忙活了几个月的胡克，会找到只有孩子们身

体大小的入口吗？

眼尖的海盗斯塔奇看到逃跑的尼布斯，他正准备有所行动，一只铁钩拦住了拔枪的他。

“船长，放开，别抓着我。”他请求胡克。

“放好手枪。”胡克冰冷的声音胁迫着他。

“我可以打死他，为您解解气的，船长。”

“但你想让印第安人听到枪声，然后奔过来取走你的头皮吗？”

“那我去可以吗？不用枪，就用约翰开瓶钻跟他玩可以吗？”斯密也跑来凑热闹。斯密这家伙总是有不少奇怪的行为，比如他会给他的东西取上些好听的名字，或是在伤人后不理会工具，而是擦眼镜。那个所谓的约翰开瓶钻，也不过是把短弯刀，他喜欢用它伤害别人。

“它可不会发出声音。”他继续说。

“暂时不用，我们要把他们一网打尽。”

于是他们分头去找孩子们，树林这儿，只有斯密跟胡克留下了。也不知胡克是怎么想的，居然叹了口气，然后跟他的水手长讲起了他自己的过去，尽管斯密根本就不懂他在讲什么。

终于，他从胡克嘴里听到了彼得。

“我跟他没完，抓住他就让他跟这钩子亲密接触一次，我要扯烂他！”胡克异常激动，一想到彼得令他失去了右手，他就十分生气。

“你不是说这个钩子干起家务来能抵二十只手吗？”

“那是事实，如果我是个当妈妈的人，我会希望孩子一出生就有这玩意儿，而不是那种普普通通的手掌。”他蔑视地看看他那只好手，又对他的钩子得意了一阵，之后，这个凶神恶煞的人又皱起了眉头。

“彼得那混蛋，他把我的手喂给了一只鳄鱼。”胡克想起来还觉得心惊胆战，“彼得砍下它时，那只该死的鳄鱼刚好路过。”

“你的确好像是有些害怕鳄鱼。”斯密说。

“不。”胡克解释着，“我只怕那一只。我想，它是喜欢上我的味道了，所以从那以后，它才一直跟着我，虎视眈眈地想把我全吞了。”

“这也算是种夸奖，头儿，你的肉都比常人的味道更好。”斯密说。

“所以我更要干掉他——彼得，是他叫鳄鱼品尝了我。”胡克恶狠狠地吼道。

“斯密，如果不是那只鳄鱼无意间吞下了一个钟，钟在它肚子里嘀嗒作响，我才不可能每次听见嘀嗒声后就能逃走。”胡克干笑了几声，坐到了一只大蘑菇上。

“那万一哪天那钟不走了，你不就察觉不到它了吗？”斯密提出他的疑问。

“是啊！我现在常常在担心这个问题。”胡克心神不宁地舔了一下他发干的嘴唇。

“斯密，这东西是热的。”胡克跳了起来，那只蘑菇太烫了。

就这样，孩子们在地下的家被他们发现了。孩子们通常会在敌人来临时，用蘑菇掩住自家的烟囱，以免被敌人发现他们

安全的小窝。

接着，可恶的胡克他们还听到了孩子们的交谈。听了一会儿之后，他们把蘑菇重新盖上，转了一圈，随后便发现了那七个树洞。

“彼得·潘不在。”斯密压低声音，兴奋地把玩着他的约翰开瓶钻。

胡克隐隐地笑着，一个人沉默了好半天，斯密实在忍不住了：“船长，说说你的打算吧。”

“先回去，做一只漂亮、精致的蛋糕，还要涂上很厚、很甜腻的奶酪和黄油，然后放在他们常去的礁湖那里。他们不会懂，吃掉又油又甜又香的蛋糕是多么的危险，就像他们并不知道，他们只有一个家，并不需要每人一个出口。”胡克说完开怀大笑。

斯密听完对他佩服得五体投地。

“这真是个好主意，太完美了！”斯密赞赏着，然后他们高兴地又跳又唱：

拴紧缆绳，我快到来，
叫他们恐惧得发抖；
握握胡克的铁钩，
你的手只剩下骨头。

他们的歌声被另一个声音打断了，那声音越来越清晰，是

“嘀嗒嘀嗒”的时钟在响！

胡克浑身颤抖，有些僵硬地立在那儿。

“是那只鳄鱼。”他一刻都不敢停下来，转身就跑。斯密赶紧跟上他。

这会儿，孩子们又从地下跑了出来，尼布斯正被一群狼撵着跑向他们。

“快帮帮我，救命呀！”忽然，尼布斯摔倒了。

“怎么办？我们该怎么办呢？”

他们想到了彼得，在这么危急的时刻想到他，应该是一种赞美吧。

“如果是彼得，他会怎么做呢？”

“我想他可能会俯身从两腿间看它们。”

“那我们试一试吧！”

这是种奇怪的方式，但对驱赶狼群却很有效，于是我们看到那些狼全都逃走了。

尼布斯盯着某处站了起来，但并不是在看狼群，尽管同伴们以为他在看狼群。

“嘿，快看，那边有只奇怪的白鸟，在向我们这儿飞呢！”尼布斯大声说。其他人全都聚过来看。

“是只什么鸟呀？”

“不清楚，但它似乎很累，还喃喃地念叨着‘倒霉的温迪’。”

“倒霉的温迪？”

“对了，有种鸟就叫温迪！”斯莱特利说。

“嘿，它过来了，就在那儿。”此刻，温迪几乎就在他们正上方。叮克铃撞着、掐着温迪，温迪痛苦地呻吟着。叮克铃的声音听起来特别尖锐。“嘿，是叮克铃。”孩子们看见了叮克铃。

“彼得命令你们射杀她。”叮克铃告诉他们。

他们从不怀疑彼得的命令。

“那就照做吧！”

“快去拿箭吧！”孩子们七嘴八舌地说。

图图的弓箭正好在手上，被叮克铃看到了。

“图图，快，想想他，你完成了他的命令，彼得会多么欣

赏你呀！”叮克铃诱惑着他。

图图上当了，他将箭搭上弓然后射向了温迪。叮克铃随着图图的叫喊声让到了一边。胸口中了一箭的温迪，像鸟儿一样往下坠落。

第五章　温迪的小屋

当别的孩子们把弓箭拿来的时候,被骗的图图却已经沉浸在胜利的欣喜中了。

“已经被我射下了，彼得一定会为我高兴的，你们晚了一步。”图图自豪地说。

叮克铃在他们上面，嘲讽地骂了一句便躲起来了。这一次,斯莱特利是那群围观温迪的人中第一个发表意见的:“嘿,兄弟们，我怎么不觉得这是只鸟。我觉得她倒像是个姑娘。”

“一个姑……娘……？”图图的声音颤抖了起来。

“可她被我们杀死了。”尼布斯惊恐地说道。

他们脱下帽子，全都安静了下来。

“我想她是彼得为咱们带回来的。”卷毛悲伤地说，滑坐到地上难过起来。

“终于来了个小姑娘,可她却被杀了。”双胞胎中的一个说。

他们伤心欲绝，为图图，也为自己。他们不再搭理图图。

图图表现出前所未有的严肃，脸色非常难看。

“是我的错。我也曾幻想能有个姑娘来这儿，可她却被我杀了。”图图悲痛地说。

他缓缓走开。

“别走，图图。”他们不舍地挽留他。

“不，我必须走。我不知怎么面对彼得，我一定得走。”他吓得声音都发抖了。

在这紧张的时刻，他们突然听到彼得熟悉的声音。

“彼得！”他们听到彼得的信号声，彼得每次回来都会发出那种声音。

他们用身体挡住温迪,但图图垂头丧气地立在一旁不过来。

“你们好，孩子们。”彼得对他们说。他们只是象征性地向彼得问好，接着又继续安静着。

彼得不是很满意他们的表现。

“为什么没有欢呼？不欢迎我回来吗？”彼得看起来有点生气了。可他们依旧发不出来声音，沉浸在悲伤中。但彼得却并没注意到他们的失落，因为他迫切地想要告诉他们一个好消息。

“你们肯定想不到，我给你们带了个母亲回来了！”彼得欣喜地叫喊着。

图图跪了下去，大家一片沉寂。

“难道还没看到吗？你们没人看到吗？”没看到温迪在他们中间，彼得有些焦虑。

有人叹气，也有人轻叹倒霉。

“彼得，”图图异常冷静，“也许该让你看看她，让开，让彼得看看。”

于是他们让出温迪，让彼得能看见她，良久，彼得也不知道该怎么办。

“她死掉了吗？”彼得心神不宁。

如果彼得逃开这儿不看温迪，我相信，其他人也会跟着走掉。

可是彼得没有，他为温迪拔下箭，看着他们。

“这是谁干的？”彼得冷冰冰地问。

“抱歉，彼得。”图图再次跪下。

彼得气愤地抓着箭，假装那是把剑。

图图拉开衣服亮出胸口，说：“彼得，朝这儿刺吧！”

“来吧，彼得。”图图说得很坚决。

彼得两次都没能刺出。“好像被什么束缚了，我刺不下去。”他吃惊了。

别的孩子也吃了一惊，尼布斯无意中看到了温迪。

“看，是她举起了手。”尼布斯喊道。

真的是温迪。尼布斯谦卑地蹲过去听她讲话，“也许她是说‘别这样’。”

她并没有死，彼得得出了结论。

“她还活着，她没有死。”斯莱特利马上开心地叫了起来。

彼得跪在她身边，然后看到那颗被温迪戴在脖子上的橡子。

“原来是我的吻救了她。箭没伤到她，而是射中了这个。”

彼得说。

“对，是的，那的确是个吻。我都想起来了。”斯莱特利接着说。

彼得只希望温迪快些好，只要她好了，他就带着她去看人鱼。可温迪还是迷迷糊糊的，她现在还很虚弱，连话都说不了。这时，他们听到头顶上方有哭声，那是很悲伤的哭声。

“是叮克铃，因为温迪没有死，她在哭。”卷毛说。

然后他们告诉彼得整件事情的经过，彼得的脸很快沉了下来。

“叮克铃，离我远点儿，我不想再和你交朋友了。”彼得冲叮克铃喊道。

叮克铃飞上彼得的肩膀讨饶，想得到他的原谅，但却被他推开了，直到温迪也为她求情，彼得才松了口：“好吧，但也得整整一个星期不许靠近我。”

叮克铃因此更加记恨温迪，彼得清楚仙子们的怪异行为。

此时，温迪还没有恢复。

“要不我们把她带回房子吧。”卷毛说。

“嗯，是该这样。”斯莱特利说。

“别碰她，这样对她太失礼了。”彼得说。

“对，我也是这样认为的。”斯莱特利接着说。

“不，我们不能就让她这样躺在这儿，我们可以给她盖个房子。”彼得有主意了。

“快，”彼得喊道，“快回去找，搬空房子，也要把最好的

东西找来！”

孩子们高兴了，很快就忙碌起来。他们搬来了被子、柴火和其他一些用品。正忙得不可开交，约翰跟迈克尔一步一拖、迷迷糊糊地走过来了。

“约翰，快醒醒。娜娜跟妈妈在哪儿？她们在哪儿呢？”迈克尔问约翰。

约翰睡眼蒙眬，喃喃地低声说道：“我们的确会飞。”

直到见到彼得，他们才真正松了口气。

“嗨，彼得。”

“你们好。”彼得在为温迪量身高，看房子要造多大，当然，还要有能放桌椅的空间。他们看着彼得，可彼得几乎已经忘了他们了。

“温迪在睡觉？”

“对。”

就在其他孩子正忙着给温迪造房子的时候，迈克尔却向约翰建议说要让温迪起来给他们做饭吃。

“他们在干吗？”迈克尔不解地问道。

“卷毛，过来。你带他们两个过去盖房子。”彼得俨然像个队长。

“是，先生。”

“盖房子？”约翰大吃一惊。

“对，为温迪盖的。”卷毛回答。

“什么？为温迪盖？为什么？她只是个女孩。”约翰很不理解。

“就是因为她是女孩，所以我们才是她的用人。统统都是。”卷毛说。

“什么？你们？她的用人？”

“是，也包括你们！”彼得说。

吃惊的他们还没回过神来，就已经被其他孩子拉去锯木头了。

彼得在一旁指挥：“做好桌椅，摆好位置后再围着它们盖房子。”

“对极了。是的，我想起来了，房子就是应该这么盖。”斯莱特利说。

“去找个大夫，斯莱特利，要快，温迪很虚弱。”彼得很细心体贴。

“好的。”于是斯莱特利戴上约翰的帽子过来了，他知道彼得的命令是不能违抗的。

“先生，你是医生吧？”彼得过去问他。

彼得认为，假装的和真实的其实是一码事。这点总是让孩子们很为难，因为有的时候，他们只能假装吃过饭了。

如果他们不像彼得命令的那样，装得跟真的一样，就会被彼得敲关节。所以斯莱特利不敢轻视这项任务，他小心应付着，因为他已经被敲裂一些关节了。

“麻烦了，医生，因为有位姑娘病得不轻。”

虽然温迪就在脚边，但斯莱特利不得不装作没看到。

“病人在哪儿呢？”

“喏，就在那边的草地上。”

“我想我该把一个玻璃器皿放进她的嘴巴。”斯莱特利装腔作势地说着，然后还真就假装那样做了。一切就像是真的，彼得在一旁焦急地等待。

“医生，病人怎么样了？”

“嗯，她已经好了。”

“是吗？我可真高兴呀！”

“但我今晚还会再来，因为我要用只带嘴的杯子给她喂些牛肉茶。”完成任务后，他脱下帽子还给约翰，如释重负地吐了口气。

此时，盖房子的一切材料都准备就绪了，全堆在温迪旁边。

“我们得知道她喜欢哪种房子。”

“她动了。”

“她说话了，真可爱呀！”

“温迪，唱吧，在梦中告诉我们你喜欢哪种房子。”彼得说。

温迪情不自禁地唱道：

我想有一间小小的房子，
漂亮的，小巧精致的，
它有可爱的小红墙，
屋顶上有着美丽的绿苔。

他们听了都笑了起来，他们的运气可真是好呀！在他们采集来的树枝上，有着黏稠的红汁，而那绿油油的苔草到处都是。他们边唱边为温迪造着她想要的房子：

造完了小墙和屋顶，
还有一扇小木门，
温迪妈妈，
可有别的要求？
告诉我们吧！

温迪提出了新的要求：

还有什么呢？
让我想一想。
四周要有漂亮华美的窗，
有玫瑰在偷窥室内，
婴儿在四处张望。

他们击掌后用大叶子来做百叶窗，但到哪儿去找玫瑰？

“要玫瑰！”彼得命令道。他们立即装作在墙上栽满了玫瑰。

至于婴儿嘛，他们怕彼得要婴儿，于是又唱道：

玫瑰已经开花在门外，
婴儿也已来到门前，
我们都从婴儿走来，
所以不用再变。

房子做得很棒。彼得认为这都是他的主意，温迪也应该会住得很舒适。

彼得检阅造好的房子，他仔细查看每一处，嘱咐收工前的最后修整。

“门怎么能没有拉环！”

孩子们有些不好意思。于是图图用他的鞋底做了个拉环。

“还少个烟囱。”彼得又发现问题了。

“烟囱当然要有一个。”约翰说。想了一下，彼得又有了新想法，他敲掉了约翰的帽顶，然后往屋顶上一扣，就成了漂亮的烟囱。

这下，是真的收工了。

“打扮一下你们自己，第一印象可不能马虎。”彼得吩咐大家。

还好没人问他第一印象的意思，因为他也回答不上来。于是他们各自去打扮了一下，很快便又回到小屋前。

彼得有礼貌地去敲门，可除了叮克铃的嘲笑声，没有一点儿声音。

孩子们紧张地等待着接下来会发生的事情。

温迪打开门走了出来，他们脱下帽子站在那儿。

她恰到好处地惊讶，就像他们预想中的那样。

“这是哪儿？”温迪问。

“这是你的房子，亲爱的女士，这是我们为你盖的。”斯莱特利抢先回答。

“瞧一瞧这房子，然后告诉我们，说你喜欢这房子。”尼布斯说。

“是的，我喜欢，这儿可真够漂亮的。”温迪说的话正是他们想听的。

“我们，都是你的孩子。”双胞胎齐声说着。

于是他们跪下，恳求温迪做他们的母亲。

“可以吗？可我也只是个小女孩。”温迪掩饰不住脸上的笑意。

“没关系，我们需要一个像母亲那样亲近的人。”彼得说，似乎他懂得很多。

“也许我就是那个人。”温迪说。

“就是的，你就是那个人。”他们异口同声。

“就是的，我就是那个人。”温迪说。

“好吧，孩子们，快来，让我给你们讲灰姑娘的结局。”温

迪说。

按照常理，一个小小的房间，怎么可能容纳下那么多人。可在永无乡就可以，如果你愿意，还可以装下更多的人。

温迪给他们盖好被子，彼得在外面巡视站岗。海盗跟狼群一样，都还在活动着。夜幕下的小屋，烟囱缓缓冒着烟，透出祥和与安宁。

不一会儿彼得也睡着了。晚归的仙子们轻轻捏着他的鼻子，很是宠爱的样子，然后就从他身上飞过去了。假如是被别的人挡了去路，仙子们可不会像这样善罢甘休，肯定会狠狠地捉弄他们一番。

第六章　礁湖

现在让我们紧闭眼睛，认认真真地去辨别。也许你会在那黑暗中，首先看见一片颜色浅浅的、没有形状的、几乎是透明的水。眨眨眼，再去看时，它便开始有了色彩，形状也开始变得分明起来。再后来，它的颜色，愈发鲜艳起来，有了明亮欢快的色彩。于是，你便能从那片耀眼的色彩中，发现那一片礁湖，这可是它最真实的一面。如果你能再看清楚些，你说不定能在那一片浪花声中，听见人鱼那优美的让人迷醉的歌声。

炎夏太漫长，孩子们喜欢在礁湖嬉戏游泳，那样会让闷热离得远一点。孩子们也会去玩那些人鱼们常玩的游戏。温迪从没见过人鱼对他们有多友善。人鱼们常常在阳光下梳洗，靠在岩石上晒太阳。她每次都是远远地看着，若是离他们太近而被发现，人鱼们会毫不客气地甩她一身水，然后游回水里。

人鱼们似乎并不喜欢人类介入到她们的游戏中，所以孩子们一旦加入，他们便钻回水底，但他们也许会在水底悄悄地看着孩子们玩。

一天，温迪照旧坐在他们身边，她在忙着做些针线活。孩

子们乖巧地、安安静静地躺在一边睡觉。就像他们在床上那样，紧紧挨着，因为这岩石其实比他们的床大不了多少。他们偶尔也会偷偷推搡一下，闹一下，但也还算老实地睡着觉。

突然，天暗了下来，暗到温迪已看不清手上的针线，礁湖上有了阴影，不再像有太阳时那么友好了，湖水开始泛起寒意。

温迪忽然想到流囚岩的传说，据说，那些被抛弃在岩石上的水手，在海水涨潮时，被困在岩石上逃离不了，他们也没有办法解救自己，只能眼睁睁地看着不断升高的水位把他们吞没。

温迪很矛盾，她希望身边有谁是醒着的，可以一起商量，但她又觉得应该按规矩来，让他们睡够。虽然正确的做法应该是立刻叫醒孩子们，不让他们睡在变冷的石头上。本来睡在变冷的石头上，对他们也并不会有什么好处。可温迪没有这么做，她压抑着内心的恐惧，坚持守在他们身边。即使她隐约听到了划桨声，也并没有去叫醒他们。

还好有个时刻能分辨危险的人。那就是彼得。他叫醒了孩子们，发出警戒的叫声。

他仔细聆听着。“有海盗。”彼得脸上浮现出奇怪的笑意。孩子们围过来等待他的命令，温迪则有点害怕。

“潜入水里！”命令干脆利落。

于是一眨眼的工夫，水面上只剩岩石自己突兀地立在那儿，看起来有些荒凉。

海盗的小艇载着三个人过来了。那是斯文的斯密、斯塔

奇，还有虎莲公主。别诧异，正是她，美丽的印第安公主虎莲，此刻被结结实实地绑着，成为他们的俘虏。他们要把她丢在那岩石上自生自灭。

在她的族人看来，这无疑是种没有未来的死法，是最残酷的刑法。在印第安人眼里，要到达幸福的猎场，是不可以经过水域的。这一点，也明明白白地记在他们一族的书上。即使如此，在虎莲公主脸上，仍然看不到丝毫恐惧，她十分平静。她是骄傲的公主，就算死，也要像个公主。

虎莲本想偷袭海盗，可没想到，才登上海盗船她就被抓了。其实船上平常没人看守，胡克常说，他的名气就足够护卫他的船了。不过虎莲真不走运，她偷袭的那天正好遇到几个海盗在甲板上聊天，所以才被抓住了。

忽然，听到“砰”的一声，他们的船撞上岩石了，因为在黑暗中，他们并没有发现岩石。

“蠢货！”斯密骂骂咧咧的，“就是这儿，快点儿，我们把她丢在那石头上就行了，正在涨的潮水会带她走的。”

淹死一个女孩，想来应该算是件残忍的事，但虎莲公主毫不畏惧。她的傲气让她不屑做任何徒劳的事，所以她也并没有挣扎和反抗。

此刻，彼得跟温迪就在离岩石不远的地方，温迪为可怜的虎莲公主而哭泣，这也是她第一次看到这样的惨事。彼得则是见得多，早就麻木了。唯一让他生气的是海盗居然是两个人欺负虎莲一个人，于是他才决定去帮她。其实他完全可以等海盗走了再救她，这是最稳妥的办法，但彼得不喜欢这种方式。

彼得假装自己是胡克，并发出了胡克的声音。

“蠢货。”他模仿得非常到位。

“胡克船长！”他们吃了一惊。

斯塔奇找不到他的船长，“也许他是游到这边来的”。

“我们正准备把她放到岩石上，船长。”斯密冲那看不见的船长喊。

“让她走。”这答案令他们诧异。

“放……放掉她？”他们不确定地问。

“对，把她的绳子解开。”

“但……”

“没长耳朵吗？还是想尝尝铁钩子的味道？”彼得装出生气的样子。

“这可真怪呀！”斯密难以置信。

“那，那我们照做就是了。”斯塔奇有些害怕了。

“好的。”斯密边说边为虎莲割断绳子。虎莲从斯塔奇膝间钻了出去，一闪而过。

温迪知道，彼得肯定会为自己的成功而感到高兴。而他高兴时，总喜欢尖叫几声。如果放任他那样做，就会功亏一篑了，于是她想去捂住他的嘴。

可彼得没有叫嚷，而是吹了声口哨。那声音多少有那么点奇怪。

此时湖面上再次传来胡克的声音。

温迪知道，这次是真的胡克。

胡克的手下举着一个灯笼为他照明，正是在这片光亮的指引下，他才快速地游向小艇，很快他的铁钩子就搭上了艇沿。他爬上去时，温迪看到了他的脸，害怕了起来，可彼得却不肯走，而是扬扬自得地对温迪说了些自夸的话，温迪虽承认那些，但还是希望彼得能收敛点儿。

彼得示意温迪注意听。

胡克有些忧伤地坐在那儿不声不响，尽管斯密他们很想知道他过来干嘛。

"没事吧，船长？"

"唉——"回答他们的只是胡克的一声长叹。

胡克接二连三地叹气。

"出什么事儿了吗？"他们问得小心翼翼。

胡克终于开口了，他显得很气愤。

"他们找了个母亲，害我失败了。"他愤愤地说道。

温迪既害怕又欣喜。

斯塔奇大叫："他们真是太过分了，太坏了！"

可斯密却有些不解，"什么是母亲啊？"

"不会吧！"温迪大声叫嚷起来。难道说那个海盗，竟然不知道什么是母亲！她突然有个想法，要是哪天想养海盗玩，她就挑斯密。

"什么声音？"胡克惊声问道，温迪被拉回水下。

"什么也没有。"斯塔奇搜寻湖面时发现了那只孵蛋的永无鸟。

“喏，现成的例子，它的巢掉入水里，但它不愿抛弃它的蛋。”胡克指着永无鸟，对斯密解释说。

胡克沉默了，他也想起了一些柔软的小感动，可他又突然挥挥钩子，像是在推开什么。

斯密感动地注视着那只随巢渐渐漂远的鸟，他心软了。但生性多疑的斯塔奇却在怀疑，那个鸟妈妈是否是在为彼得他们打掩护。

胡克说：“我也担心这个。”

斯密呼唤他的头儿。

“船长，把他们的母亲抢过来吧！”顿了一下，斯密接着说，“咱们抢了他们的母亲，让她来给咱们做母亲，那样他们就没有母亲了。”

“真是个好主意，斯密。我要让他们走跳板淹死他们。”胡克心里有了计划。

最后，胡克记起那个印第安公主。这个时候他们已经站上了那块岩石。

“那个女人呢？”胡克问得太突然。

斯密和斯塔奇认为船长又开始跟他们开玩笑了，胡克常会突然地跟他们开些玩笑逗乐。

“放心，已经照你的吩咐放了。”斯密回答他。

“什么？放了！谁借你的胆？”胡克变得可怕起来。

“是照你的吩咐呀。”斯密战战兢兢地说。

“是你还在水里时下的命令呀！”斯塔奇解释着。

“开什么玩笑！我可没做过这种决定！”但见他们一本正经的模样，胡克明白，他们是不敢骗他的。于是心里也有些发虚。

“不是吧！那么怪！”斯密吃惊地说道。

他们都开始心神不宁了，连声音都有些发抖。

与此同时，彼得大声地问其他孩子：“你们都准备好了吗？”

“准备好了。”声音此起彼伏。

“开始攻击海盗！”彼得发出号令。

于是战争开始了，约翰让斯塔奇流血了，他是带头让海盗受伤的。失去了弯刀的斯塔奇也在追赶孩子们。

彼得呢？也许有人要问了。他也没闲着，他忙着抓那条“大鱼”。

胡克的铁钩帮他建立了一个安全地带，他在那儿乱挥着，孩子们都不敢靠近。

但彼得却想靠近那儿。

他们在水里并没有找到对方。后来两人都想爬上岩石，岩石很滑，只能慢慢爬。

他们不停地摸索能抓的地方，一不小心，抓上了对方的手，两个人终于碰面了。

高手交锋，总会静默那么一小段时间。这是那些在电影、武侠小说里，出现频率最高的、演烂了的场景。但彼得此刻异常兴奋，这就是他的不同之处。他拔掉了胡克的刀，突然，他发现自己的地理位置较高，于是他想把胡克拉上来点，为了公平。

可没想到，胡克咬了他一口。

彼得愣在那儿，觉得这不公平，就像每个孩子在遭受不公平待遇之后一样，他就在那儿愣住了。其实他常遇到不公平的事，只是他比别的孩子忘得快一些。但在这个时候，在不公平的事件发生时，他愣住了。

随后，他又挨了胡克两钩子，却依然在为那刻的不公平不知所措。

这场打斗不知过了多久，孩子们看到胡克面色惨白地往小艇游去。在他的身后，那只鳄鱼死死地跟着他。孩子们心里很

高兴，但没有在那儿看热闹，更没有欢呼，因为他们还有更重要的事要做，他们要去寻找消失的温迪和彼得。

可他们找了很久也没有找到。也许他俩先回去了吧，孩子们乐观地想，因为他们相信彼得是绝对不会出事的，他们一直都那么相信彼得的能耐。不过看来今天要睡得晚了，这可不是他们的错。

被他们的笑声打破的湖面重新泛上了冷清，又夹杂了细弱的求救声。

有两个纤细的身影在靠近岩石，他们都太累了，只能一点点地前行，终于他们靠岸了。此刻湖水还在涨，一点没有停下来的意思，但他们也无能为力。

温迪在下滑，这惊醒了彼得，他从人鱼手里拉回她。他觉得需要告诉温迪现在的情况。

“温迪，我们现在在流囚岩上，它快被淹没了。”

可是温迪似乎没有理解他的话。

“那我们走吧。”温迪说。然后她又问彼得，是用游的还是飞的方式。

彼得实在是太累了，他问她：“你认为你自己能做到吗？”

温迪这才想起她也已经筋疲力尽了。

彼得发出难受的声音。

温迪很为他担心，焦虑地上前问道：“你没事吧，彼得？”

“胡克打伤了我，我没有力气，帮不了你，温迪。”

“你的意思是咱们都完了？”

“水还在飞涨着呢。”

他们闭上眼，有点绝望地坐在那里。突然有什么东西掉到了彼得身上，还停在了那里。

是迈克尔飘走的那只风筝的尾巴。

“风筝。”彼得不屑地瞟了一眼。想推开它，但又突然把它拉过来。

“它能带你走，温迪，它曾拉起过迈克尔。”彼得灵机一动。

“太好了，那我们两个人一起走，彼得。”温迪激动地说着。

“它只能带走一个人。迈克尔他们试过，带不动两个人的。”

“那我们抓阄儿。”

由不得温迪，彼得坚决地将风筝与温迪绑在一块儿。虽然温迪抱住了他，但还是被他推离岩石，然后迅速地被风筝给带走了。

岩石越来越小。月光没了朦胧的柔美，换上了苍白的脸色，一切景象都透露出伤感。悲剧即将发生，人鱼们也将为这悲剧忧伤地歌唱。

虽然彼得也感到害怕，但他依旧带着胜利的笑容，高傲地站在那儿，仿佛只是要去参加冒险一般。海浪不安分地拥挤碰撞着，激起千层浪。

第七章 欢乐小家

彼得独自站在礁湖上，永无鸟用自己的巢救了彼得，彼得顺利上岸了，并且跟温迪差不多同时到家。

礁湖战争后，孩子们跟印第安人结成了同盟。

虎莲带着她的勇士们，整夜整夜地为彼得他们守卫，对于他们的事，更是乐此不疲地提供帮助。因为彼得曾救了她一命，让她摆脱了可怕的厄运。而现在，海盗们的进攻，已经迫在眉睫了。于是，那些印第安人，即使是在白天，也会在附近守卫，等候海盗们来临。

这一天，一切都非常祥和。孩子们在吃饭，印第安人还在站岗。彼得想知道几点了，于是去找那只鳄鱼，因为那只钟在鳄鱼的肚子里。

这时温迪听到了脚步声。

“去接你们的父亲吧，我听到他回来了。”

印第安人恭恭敬敬地欢迎着彼得。

“加油，我的勇士们。”彼得对他们说。

接着，他跟着快乐的孩子们一起回到了地下的家。

他带回了准确的时间，还给孩子们带了些糖果。

“你这样可是会宠坏他们的。”温迪傻笑着。

“知道啦！老太婆！”彼得一边说一边挂好他的枪。

“管母亲叫老太婆，是我教的。”迈克尔低声对卷毛说。

但这个小秘密马上被卷毛给告发了。

双胞胎过来说：“父亲，跳舞吧。我们来跳舞怎么样？”

“当然可以，只要你高兴。”彼得说。

“那你也要加入我们哟！”

彼得佯装惊讶，其实，他是这些人中最会跳的，“哎呀，我都一大把年纪了。”

“还有温迪妈妈，你也要一起跳哟！”

“都是当妈妈的人了，还同孩子们一起跳舞，多不好意思呀。”温迪说。

“但今天是周六呢。”斯莱特利说。

他们并不清楚日期，这是他们为自己找的借口，为了做点儿特别的事。

“彼得，今天是周六。”温迪动心了。

“可是温迪……”

“只是自家人。”

“那好吧。大家一起跳吧！”

于是跳舞的申请被批准了，条件是孩子们必须先把睡衣换上。

于是孩子们去换睡衣了，而温迪则继续在补袜子，彼得过来说："累了一天，回家能跟你和孩子们有一个这么愉快的夜晚，这可真是件惬意的事儿。"

"很幸福，对吗？"温迪觉得心里暖洋洋的。然后他们讨论了一会儿孩子们长得像谁。

再后来，他们躺在床上听温迪讲故事，讲他们最爱听的那个故事。彼得不喜欢这个故事，每次听到都会走开，但今天他居然安安静静地坐在那边的小凳子上，没有丝毫要走开的意思。如果他像往常那样走开，说不定这个故事还会在永无乡，就这样平平淡淡地继续下去。

第八章　突然的战争

胡克他们对印第安人发起了突袭，但他显然没部署好，考虑得也不够周全。

印第安人属半开化民族，在他们眼里，自己才是适合突袭的攻方。因为他们会在白人作战低迷的拂晓前，对他们进行突袭。他们等在水源那儿，因为白人常在水的附近安营扎寨。他们会学狼叫，而且能学得惟妙惟肖，那音调还此起彼伏，而那些听到兽类嗥叫的白人们，多少会提心吊胆地度过那一晚。当然，如果白人富有作战经验，也就不会在意这些。他们在草丛里行进时，可以是悄无声息的，就像鼹鼠钻进沙里后，那沙地又会平整得像什么都没有发生过一样。他们中的老手，甚至可以不用再去戒备白人，而在那儿安心睡到天亮。可见他们对这些突袭是多么熟悉。

而久经沙场的胡克当然也清楚这一切。

所以在这一夜，印第安人依旧按照他们用了那么多年的准则行事。他们侦察了这片土地的每个角落，在海盗们踩响第一根枯树枝时，印第安人就已经了解他们的动向。在这儿，只有一座山的山脚有一条河。海盗们刚到河边，作为信号的狼叫声便响了起来。一切部署完毕之后，印第安人就裹好毯子静守着，他们毅然决然地为孩子们守卫着，等待着战斗开始的那一刻。

他们心中暗喜着，甚至幻想在黎明时分如何拷问胡克，但狡猾的胡克并没有按照常理出牌。他并没等待在那河水边，而是选择了直接地、不间断地作战。在他的突袭方案里，并没有“等”这个字，只有立马动手。这一下，原本精通战术的印第安人却傻眼了，他们并没料到胡克有此一招。更糟糕的是，他们在发出第一声狼叫时，就把自己暴露了。当然，这是从那场劫难里逃脱的一个印第安人自己说的。

只有十二名剽悍的勇士留在虎莲身边。他们没有全部聚集，组成牢不可破的方阵，因为那是不符合规则的。如果不能在黎明时收拾掉胡克，那么，就在此刻好好地狩一次猎吧！他们的族里，还有一条规定，就是不允许在白人面前露出胆怯。所以在海盗们出现的刹那，印第安勇士们依然保持着男子汉的镇定，没有一个人退缩，显现了他们种族的勇敢。在那之后，他们才开始吹响震耳欲聋的号角声。但这一切，又似乎晚了点，不，应该说是太晚了。

无论怎么看，这分明都是场屠杀，根本就谈不上战争，一切来得太过突然。

印第安人因此牺牲了许多优秀的武士，只有豹子、虎莲及小队人马杀出了重围。

回头来说说胡克吧。以他的智商能想出这么一个奇招，使我们不得不佩服。如果他告诉对方战略有变，那他也不会有这样的战绩。如果他也像其他人那样守在河边，说不定还会全军覆没。

其实，海盗们很想知道，胜利的那一刻，胡克到底在想些什么。然而想归想，却没有人真的敢靠近他。大家都巴不得离得远远的，比如此刻他们就坐在远处各自擦拭着武器。

仅仅从脸上，根本无法看出这个远离人群的家伙内心有多欢喜。

当然，战争还远远没有结束，这仅仅只是个开头而已。胡克最终要得到的，并不是那如同飞出巢穴的蜜蜂般的印第安人，而是巢里那甜美的蜜汁。所以，他对这场胜利并不太在意，一心只想抓到彼得·潘。

很难想象，胡克会对一个孩子如此记仇，如果仅仅是因为彼得拿他的手去喂了鳄鱼，那他复仇的心理未免来得太过强烈了。那应该是种复杂的、丰富的情绪，也并不仅仅是因为彼得害得他被那鳄鱼纠缠。那么，究竟是为了什么呢？思来想去，好像还是彼得身上有叫他抓狂的特质。究竟是什么？他的笑？自由？还是他的勇敢呢？让我们仔细地来推测一下，一一排除，到最后，剩下的是什么？原来，是彼得天生的傲气。

这傲气就是让胡克浑身难受，连睡觉都不得安宁的真正原因。胡克被这种让人无奈、发狂的情绪紧紧包围，那感觉就像

有只鸟儿，不停地在狮子笼里飞进飞出。狮子看着眼馋，可再暴躁，也还是抓不到那鸟儿。

当前的问题就是树洞，也是最大的难题。于是胡克把目光投向自己人，他想尽可能地从他的手下中挑选瘦小的人。他的目光使他们很不自在，甚至有些害怕，因为他们明白一旦被选中，胡克真的会强行把他们像塞瓶塞似的直接塞进去。

直到这么危险的时刻，孩子们还是对他们会遭遇什么，或者说将遭遇什么毫无所知。起初，他们还在伸着手恳求着彼得，求他别抛下他们，但此刻，他们也不再表示什么了，只是安静地立在那儿。

孩子们听到地面已经重归于安静了，便开始猜测谁是胜利的一方。

狡猾的海盗们则聚拢过来，在洞口偷听孩子们的交谈。从地下传来的声音里，有孩子们不安的提问，也有彼得坚定的回答。

“印第安人说过的，他们会在胜利时敲响他们的战鼓。”彼得解释说。

“别指望它会响了。”斯密得意地自言自语着。因为那鼓此刻正被他拿来当凳子坐着。但让他诧异的是，胡克居然命令他敲响它。他怎么也想不明白这样做的原因，难道胡克傻了吗？半晌，他才明白了胡克的用意。愣了一下之后，他对他们的头儿前所未有地崇敬起来，斯密觉得，胡克可真是聪明啊！

斯密随后欢欢喜喜地把鼓敲了两遍。

“嘿，鼓声，印第安人果然胜了！”鼓声刚停，便能听到彼得欣喜的叫嚷声。

彼得的叫嚷让孩子们莫名地开心起来。孩子们的喜悦似乎也感染了海盗们，他们看起来比孩子们更高兴。只是他们的高兴多了那么点肮脏和卑鄙。

胡克从未那么果断地下过命令。他立即吩咐他们排成一排，间距两码，把每个树洞口都看守起来。

第九章　孩子们被抓了

那些孩子中，卷毛是第一个从树洞中出来的。他一出来就被切科抓了，然后又被切科丢给身后的斯密，那动作既迅速又麻利，像是演练过很多遍，就为这一刻做的准备一般。斯密又把卷毛丢给他身后的斯塔奇，斯塔奇也继续这一动作，于是卷毛又相继被丢给了比尔·鸠克斯、努得勒，直到被丢到胡克脚下。紧接着，所有从树洞中出来的孩子们，都不幸地经历了这一流程。有时他们还被抛得很高，像货物一样在半空画了个弧线。

最后出来的温迪，面对这幅场景，居然没有被吓哭，那个卑鄙的海盗头子，竟然文质彬彬地过来迎接她，显得很有礼貌。他挽着她的胳膊，带她去跟其他孩子会合。

熟睡的彼得并不知道孩子们的遭遇。也不知道彼得到底睡了多久，直到他听见从树上传来敲门声。

彼得握紧了他的刀。那敲门声虽然轻柔，可搁在这样一个不太平静的晚上，无论怎么听，都显得不那么友善。

“谁在那儿？”

没有人回答，继而又传来敲门声。于是这样的情节又重复上演了几次。

彼得像在做游戏般兴奋，这是种奇怪的情绪。他跳下床，来到门前。从他的门缝看不到外面，因为它跟树洞紧密连在一起。

“你要不说，我就不开门。”

“彼得，是我。”末了，叮克铃发出她那特有的、好听的声音。

彼得为她开了门。她浑身是泥，激动地闪身进来。

“出什么事儿了？”

“你绝对想不到的，猜猜。”

彼得猜了三次也没能猜出来，于是有些恼了。叮克铃这才一股脑地、没间断地用不合逻辑的语言讲出了事情经过。

他们被俘了，温迪被带上了海盗船。热爱生活的温迪，怎会遭此不幸，彼得心跳得很快。

“我要去救温迪。”

彼得飞离地面，原本飞得很低，但没想到，月光把他的影子投到树上，那些鸟儿受到突然的惊吓都飞了起来。如果可以选择的话，我想，他肯定不愿在这样一个夜晚飞出去。

也只有在这个时候，彼得才意识到给鸟起奇怪的名字是个错误。因为此刻它们变得非常难接近，只会吸引敌人发现他的行踪。

他只好学印第安人那样匍匐前行。他也曾教过孩子们一些关于丛林的知识，那是虎莲和叮克铃教给他的。所以他们应该会给他留点记号什么的，但在地面上却什么也发现不了，因为一场小雪为那场战争清理了现场。

除了有只鳄鱼路过，彼得再没听到什么声响，然而他知道，危险无处不在。

“胡克，我要与你决一死战。”彼得恶狠狠地宣誓。

一直像蛇一样爬行的彼得，突然站了起来，兴奋地跑过一小段被月光照耀的草地。他准备好了。

第十章　鳄鱼来了

胡克那艘即使不用桅灯，不打旗帜，也能在海上横行霸道的罗杰号，现在就泊在离海盗河口不远的基德山涧。这艘充满杀气的船，亮着一盏幽绿的桅灯，阴森森地泊在那儿。

胡克独自在甲板上来来回回地踱步。现在，除了他的死对头彼得·潘之外，彼得的余党已被他一网打尽了。一切都那么顺利。此时他就算得意扬扬地在这儿踱步，那也是正常的，并不会显得太过骄傲，谁叫他取得了最了不起的一次战绩呢！

可他的步子却传达出他内心的郁闷。

“全都给我安静，否则，我的钩子可不会放过你们！”船上顿时鸦雀无声。胡克接着说：“别让那些孩子跑了，锁好他们没？”

“锁好了。”

“带他们上来。”

孩子们被带上来后，胡克却对他们不加理会，只是自顾自地玩牌，或是哼唱上几句，显得很是悠然自得。雪茄的火光在他脸上忽明忽暗。除了温迪之外，那些不幸的孩子在他面前站成一排，等待他们未知的命运。

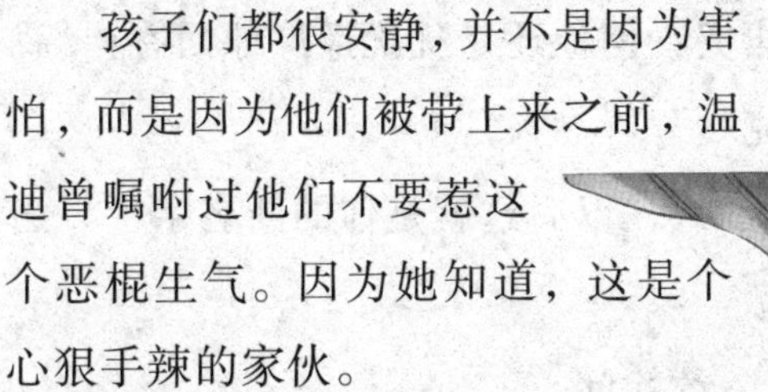

孩子们都很安静，并不是因为害怕，而是因为他们被带上来之前，温迪曾嘱咐过他们不要惹这个恶棍生气。因为她知道，这是个心狠手辣的家伙。

终于，胡克开口了：“你们里面，我可以留下两个做跟班，其他的全要去走跳板，现在，你们谁愿意留下呢？”胡克直白地问道。一向温和的图图走了出来，他虽然有点笨，但还是想到将责任推给并不在场的却愿意为他承担的母亲。

图图小心翼翼地告诉胡克：“先生，我想说的是，我的母亲并不希望我做海盗。你觉得你的母亲会同意你做海盗吗，斯莱特利？”

说完他便回过头去冲斯莱特利眨了眨眼睛。斯莱特利心领神会，立即用忧伤的语调说：“她肯定是不会同意的。双胞胎，你们的母亲呢？”

“她当然也不会同意。”双胞胎里大的那个说，“尼布斯，你呢？”

“住口。”胡克突然打断了他们。“你想过当海盗吗，宝贝儿？”他突然问约翰。

虽然约翰也觉得太唐突，但他还是犹犹豫豫地回答："我以前想过要叫'红手杰克'。"

"很不错嘛，只要你加入，以后这就是你的新名字了。当然，如果你喜欢的话。"

"那你呢，迈克尔？"约翰问。

"你们会叫我什么呢？"

"黑胡子乔，怎么样？"

"听起来很神气，你是怎么想的，约翰？"

他们互相问着，都指望对方做决定。

"那海盗算好公民吗？"约翰问胡克。

"我想，你们得改口说'反对国王'了！"胡克一字一句地说。

于是约翰做了让人想夸奖他的事儿。

"这样的话，我可不加入。"他用力捶向木桶。那木桶就摆在胡克面前。

"那我也不要！"迈克尔跟着喊。

卷毛带头呼喊起祝福国家的话。

胡克暴跳如雷。孩子们被打了嘴巴。"准备跳板，带他们的母亲上来！"

跳板被搬出来时，孩子们的脸都"唰"的一下白了。他们终究只是孩子而已，面对这样恐怖的场景，又怎会真的不知道害怕呢。但温迪被带过来的时候，他们还是抛开软弱，摆出了一副英勇无畏的样子。

温迪瞧不起这些海盗，打心眼里瞧不起。她嫌他们实在是太邋遢了，整条船上到处都堆积着厚厚的灰尘。温迪已经在好几个舷窗上用手指划开灰尘，写下鄙夷的话了。

虽然在男孩子眼里，海盗还是有些诱人的地方，但此刻，孩子们都主动地围在她身边，她也在担心他们。

“小美人儿，你的孩子们要给你表演走跳板了。”胡克像在说着讨好的话。

胡克发现温迪在看他被食物弄脏了的衣领，他想赶紧遮住，却没来得及。

“不就是死么。”温迪高傲地说，看胡克的眼神也是蔑视的，这使得胡克十分生气。

“当然。来吧，让我们听听一个母亲对孩子的诀别词。”胡克落井下石地说道。

这一刻的温迪，神情庄重、严肃。“亲爱的孩子们，我想，你们真正的母亲，如果此刻在这里的话，也会和我说一样的话，那就是，‘我希望，我的孩子们，就是死，也要像个真正的英国绅士’。”

这话着实令人精神大振，就连海盗们也开始敬重她了。“我会照母亲的意愿去做。”图图大声喊道，“尼布斯，你呢？”

“照母亲的意愿去做。双胞胎，你们呢？”

“我们也是。你是吗，约翰？”

“把她给我抓起来。”胡克发狂地喊道，这一幕让他吃惊。完全跟他预想的不一样。

“如果你肯做我的母亲，温迪，我发誓我会救你。”把温迪绑上桅杆时，斯密偷偷地对她说。

但温迪坚决不肯，就算对方是斯密也不行。“那我宁愿没有孩子。”

孩子们没顾得上去看温迪，这实在叫人心寒。他们死死地盯住那开始晃动的板子，并不知道自己是否能英勇地去走那几步，虽然刚刚他们是英勇的、大无畏的。

胡克幸灾乐祸地走向温迪，他要她亲眼看着孩子们走跳板。那会让他心里舒坦，有种征服感。但有个声音在他接近温迪前响了起来。

那是钟表从鳄鱼身体里发出的声音。

这下，所有人都看向胡克，孩子们的角色转变了，不再是弱势的那一方了。

胡克顿时没有了之前的邪恶，他恐惧地蜷缩起来。

那声音越来越近。他们都知道那鳄鱼就要爬上来了。

胡克此刻只想离那声音越远越好。他挪动起已经瘫软的身躯，尽量向前爬。海盗们给他让了一条路。“快找个地方，快把我藏起来。”他爬到船舷上用颤抖的声音喊道。

于是海盗们将他藏了起来。他们也不敢去看即将爬上来的东西，没人想玩命。

孩子们则跑去找那只鳄鱼。让他们吃惊的是，来的居然不是鳄鱼而是彼得。

彼得不让他们发出声音，而他自己则继续惟妙惟肖地模仿那只钟。

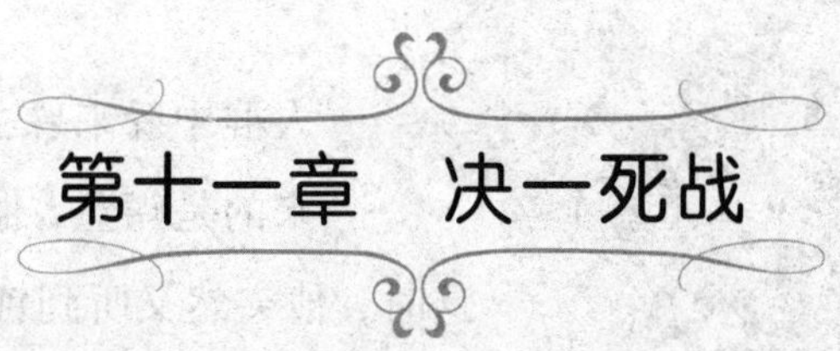

第十一章 决一死战

之前也说过了，彼得在赶来的路上，除了有只鳄鱼路过之外，再没有遇到任何东西。问题就出在这只鳄鱼身上，它身体里的那只钟不知怎么回事居然不响了。刚开始的时候，彼得并没觉得有什么不对劲。走了一段路，才觉得有什么地方很怪异。再后来，他突然反应了过来，是因为那只钟没有了声响。鳄鱼没有带着那钟声，也许是钟坏了，也许是钟的发条已经停止了。

于是彼得便开始学那只钟的声音，这样的话别的兽类以为他是鳄鱼，就不会来侵扰他了。但他忘了顾及那只鳄鱼的心情，它失去了那嘀嗒的钟表声，本来是有些失落。可谁知又听到了钟表声，自然开心得很，于是它跟着彼得，说得透彻点，它其实是跟着那钟声，它可能以为那声音还是来自体内。

彼得心里自始至终只有一个想法，那就是跟胡克决一死战。原本他打算不声不响地爬上去，与海盗们好好打一场。

可上船后他却发现海盗都拼命避开他，胡克更是在纷乱的

人群中躲来躲去，好像爬上来的是鳄鱼，他也诧异了。这时，他突然又听到钟的声音，可他看了一圈也没见着鳄鱼。之后他突然醒悟过来，那声音是他自己发出的。虽然这是歪打正着，但他还是觉得自己非常聪明。

这时，有个刚从前舱出来的舵手往这边走来，那可怜的舵手立即被孩子们抓住了，还被约翰堵了嘴。他连呻吟都来不及，就被彼得干净利落地推进了海里。

在他落海之后，一切又归于平静。

斯莱特利帮彼得计着数。

钟声消失了，几个胆大的海盗开始张望，他们急促地喘着气。彼得则像闪电一样闪进船舱里。

“它已经不在了。”斯密擦着眼镜说。

胡克探头听了一会儿，果然没了声音，于是他又恢复了凶恶的面目。

“现在你们该表演走跳板了。”胡克担心孩子们看到了他恐惧的样子，为了掩饰，他开始唱歌。

嘿哟，嘿哟，木板跳动，

往前走，往前走，

板子跟人一起掉落，

到深海去找大卫·琼斯。

唱完恐吓的歌，他又问孩子们：“你们想不想尝尝九尾鞭的滋味呢？”

“不，不想。”孩子们吓得跪了下来，海盗们狰狞地笑着。

“鸠克斯，去船舱里把鞭子拿过来。”

孩子们面面相觑，因为此刻船舱里躲着彼得。

鸠克斯愉快地领命进了船舱，步伐轻快、稳健。孩子们的眼光追随着他，他们在担心彼得，也就没在意胡克在唱什么了。

那只会抓人的猫，

长了九条尾巴，

假如它的尾巴落在你身上……

“啊！”一声哀号震荡着空气，冲击着每个人的耳膜。接着又传来了一声欢喜的尖叫，那声音让海盗们觉得后背发凉。

“第二个了。”斯莱特利很负责地记下。

那个名叫切科的海盗想去看看发生了什么事，但很快他便脸色蜡黄地退了回来。

“怎么了？他在搞什么把戏？”胡克咬牙切齿地问。

“他死了。”切科用一种低沉的声音说。

“什么？”海盗们的脸全失了血色。

“那儿好像有什么恐怖的东西，黑乎乎的，什么也看不到。”切科声音颤抖，害怕起来。这下，胡克心里不痛快了，脸色也阴沉下来。他可不想继续看着他泄气的手下，以及满脸兴奋的孩子们。

“赶紧去把那东西抓上来，切科。”他厉声说。

切科几乎口齿不清了，“别，船长”。但胡克的铁钩也举了起来，“切科，你是在说不去吗？”他的话语，充满威胁。

切科只好垂头丧气地下去了，接下来发生的情形跟鸩克斯一样。

甲板上一片寂静。只有斯莱特利还在郑重地计数。

“切科是第三个。”

“谁去抓那东西？”胡克几乎是在咆哮。

斯塔奇嘟囔了一声：“先等他上来吧。”其他人也认为他说得对。

“斯塔奇，你是在毛遂自荐吗？”

“我发誓我没有！”

“但它却觉得你有！”胡克再次举起他那恐怖的铁钩。

“我死也不下去。”斯塔奇再次得到海盗们的支持。

“你是想造反吗？”胡克问。

斯塔奇吓得颤抖起来，哀求胡克。

但胡克还是冲他伸出了钩子。

这次没人敢再站在斯塔奇那边了。胡克逼近了他，于是斯塔奇绝望地跳了海。

“第四个。”斯莱特利心情很好。

“还有谁想造反吗？”胡克环视一周，抓了盏灯，亲自下了船舱。

斯莱特利认真地听着动静，巴不得现在就为他计数。

但胡克很快便丢了灯跑了出来。

“怎么了？”他的海盗们问他。

“我的灯被什么吹熄了，切科他们死了。”

胡克也不敢再贸然地下到船舱，海盗们想要造反的心蠢蠢欲动。“传说，船上如果来了奇怪的东西，就会变得不幸，变成不祥的船只，船上的人也要倒霉。”他们彼此说着那些听来的迷信话。

“那东西长尾巴没，船长？听人说那东西迟早要来的，它是什么样子的？”

“听说那东西长得像船上最凶恶的那个人。”说话的人瞟了一眼胡克。

看着海盗们的狼狈样，孩子们欢欢喜喜地叫了出来。没想到这一出声，使得原本沮丧的海盗们心生一计。

“让他们去对付那东西！不管哪方败了，我们都没什么坏处。”胡克兴奋了。

他们照做了，孩子们假装推搡了一会儿，就被恶人们推了进去。

温迪盯着那扇门，她在等待，等待彼得现身。除了她，海盗们都不敢看那扇门。

彼得终于出现了，他先替温迪解除了束缚，并穿上了她的外套，假装是她。温迪听从他的话，去船舱和其他孩子躲在一起。随后，彼得还找到了钥匙，给他们开了锁。他们也各自找了可用的作战武器，当一切准备就绪之后，彼得再次发出他惯有的、兴奋的尖叫。

海盗们吓成一团，他们认为是那东西战胜了孩子们，于是全都恶狠狠地看着胡克。

“兄弟们，这儿有个约拿（圣经《旧约·约拿书》中提及：约拿躲避耶和华，登上一艘船，耶和华使海中起大风，船上的水手知道灾难因约拿而起，便把他抛进海中，海便平静了）。”胡克想先稳住他们。现在他们对他来说也是危险的。

“是啊！还带着钩子吧！”海盗们咆哮起来。

“不，不是。是因为船上有个女的。传说海盗船上出现女人就会倒霉，只要她走了，船上就太平了。”

的确。弗林特也曾讲过类似的话，于是他们打算试一试。

“把她扔进海里！”胡克喊道。

“没人救得了你了。”马林斯怪声怪气地对温迪说。

“不，还有一个！”

“谁？”

“彼得·潘。”

假扮温迪的彼得，一把扯掉身上的外衣。彼得现身了！海

盗们终于明白那东西是什么了，胡克吓得半天都说不出话来。

末了，他终于叫了出来，虽然已经没有多少信心了。“宰了他！”

“冲呀，孩子们！”彼得发出喊声。海盗们慌了，手忙脚乱地不知所措。他们分散开来，自顾自地跑开，于是孩子们像是做游戏一般去选择，要去解决哪一个。斯莱特利跑来跑去，拿灯照着那些躲起来的海盗，以便其他孩子们能方便地抓住他们。除了兵器声、惨叫声，只剩下斯莱特利兴奋的数数声。哦，还有那些，被迫跳海的海盗的落水声。很快，都数到十一了。

胡克不愧是恶人头子，他总是有能耐叫孩子们无法靠近他。混乱中，他甚至抓了个孩子当挡箭牌。他一次次地打退围上来的孩子们。这时彼得过来加入了战斗，他刚刚才解决了马林斯。

“这个人由我来对付！”彼得说。

于是孩子们围成一圈，把彼得和胡克围在了中间。

他们对视良久。

“是你在作怪？”胡克有些发抖。

“当然，是我干的。”彼得显得很严肃。

“狂妄的人，受死吧！”胡克喊道。

“该受死的是你这个残暴的家伙！”

起初，他们不分胜负。彼得剑法好，但苦于身材比胡克小，总是不能一剑刺到位，而胡克用武力压制着彼得，他们斗得不分上下。胡克想用巴比克的方法，可总不能得手，于是想

到用铁钩抓，但被彼得躲开了，彼得还顺势向前一步，刺中了胡克。胡克受伤了，血流了出来，流在地面上实在太吓人了，连他自己都觉得恐怖。可怜的胡克已经吓傻了。连手上的剑也掉到了甲板上。

孩子们为彼得喝彩。彼得却一挥手，让他去拾剑。胡克看到彼得的风度，心中一阵悲凉。

胡克心里的疑问泛滥了。

“彼得·潘，你究竟是个什么？”胡克抓狂。

“我是出笼的鸟儿，快乐的少年。”彼得又开始胡诌了，他总喜欢随口回答。

但胡克此刻并不认为这是胡诌。他看到的，是顶好的风度，这是他最不能够容忍的。“受死吧！”胡克乱挥着剑，但彼得灵巧地躲闪。

胡克现在无心恋战，他胡乱地舞着剑，只想看彼得做出有失风度的事儿，不想看到这天生的气质存在于他身上。他发疯一样地跑去火药库，在那里点了火。但彼得很自在地在火药库出入，把那些已经被点着了的炸药纷纷丢进大海。

胡克这辈子，太在意风度，在意得甚至有些偏执了。那些丰富的感情，快把他折磨疯了，但他还是遵守了规则。此刻他趴在甲板上，眼光游离、涣散，任由孩子们谩骂、踢打。他似乎看到早年光鲜、明亮的日子，那是多么的单纯、安宁。

詹姆斯·胡克要消失了。

他跳了海。他跳之前还特意看了看举剑的彼得。胡克示意彼得用脚踢他，彼得满足了他。

胡克终于看到了他想看的，没有风度的彼得，于是心满意足地、义无反顾地往下跳。但他没料到的是那只尾随彼得来的鳄鱼正等在下面。

斯莱特利高高兴兴地唱："第十七个。"其实他数错了，有两个逃掉了。

跳海的斯塔奇，被活捉去为印第安人带孩子，对海盗而言，这样的结局，似乎也是比较悲惨的。

那个戴眼镜的很有风度的斯密，则是到处流浪。他的结局，听起来似乎更让人觉得心酸。他告诉别人，那个凶残的海盗头子——人人害怕的胡克，实际上只怕他，以此换点果腹的食物。

一切归于平静，孩子们兴奋着。温迪听迈克尔讲他抓海盗的事，兴奋得有点儿发抖。她的视线一直追随着彼得，直到她发现已经一点半了，离睡觉的时间已经过去太久了。温迪安排孩子们睡上了海盗们的床铺，彼得则在甲板上来回走动。再后来，睡在大炮旁的彼得又做梦了，还在梦中哭了很久，陪在一旁的温迪紧紧地搂着他。

第十二章　温迪回家了

当清晨的钟第二次响起的时候，温迪他们已经开始忙碌了。孩子们穿着改过的海盗服，爬上了甲板，很勤劳的样子。图图握着缆绳，神气地、美美地客串了一把水手长。

大副、二副分别是尼布斯和约翰，彼得自然是船长，剩下的都是水手。他们的船目的地只有一个，就是英国。其间，他们有一次简单的训练。彼得要他们像真正的水手一样尽职。

彼得估计六月二十一号才能到达亚速尔群岛，这是他根据天气和航海图做的判断。只要到了那儿，他们离家就不远了。

在船上，大家都有种新鲜的感觉。他们中有的希望这依然是海盗船，有的却不这么认为。但服从命令，无疑是最聪明、最有效的办法，否则，肯定会被惩罚。比如斯莱特利，因为被命令测水时他表现出犹豫，于是就被罚了。

彼得让温迪改了一件衣服，虽然温迪不是太乐意，但还是这样做了，因为那是胡克生平穿过的最邪恶的一件衣服。衣服改好的那天，彼得学着胡克的样子，独自在船舱里待了很久。

他们甚至怀疑，彼得在那之前的老实，是否只是为了打消温迪的顾虑。现在，彼得坐在那儿，穿着胡克的衣服，叼着烟斗，当然，那也是胡克的烟斗，甚至还伸出一只手假装那是铁钩子，并举起它做出吓人的动作，那情形就像是真正的胡克坐在那里。

现在，我们再来看看达林家的情况。我们忽略他们太久了，如果我们早一点儿来探视，达林太太说不定还会说她没事，搞不好还叫我们回去招呼孩子。就因为母亲们的这种态度，孩子们才有了流连在外的借口，甚至还觉得心安理得。

我们替温迪他们看一眼他们的房间吧，顺便告诉达林夫妇，记得在那晚早些回家，别在外待得太晚。免得孩子们回到家时，父母又都度周末去了，被子也没提前晒过，那该多不好啊，对吧？

也许我们该告诉他们，下周四他们就能见到孩子们了，让他们提前安心一下。不过，那样的话，他们说不定就不会太惊喜，达不到孩子们预想的效果。温迪他们可是打算让父母吓一跳的。如果这样的话，达林太太说不定也会怪我们扫了孩子们的兴。

“数一数，还有十天，现在知道的话，不就可以少痛苦十天了？”

“话虽那么说，但是，孩子们那十分钟的快乐，不就没有了吗？”

“你怎么这样看问题？”

“不这样看又该怎样？”

这对话，叫我们顿时对她失了语言。索性还是再来看看这房间吧。我们的担心似乎是多余的，达林太太早已收拾好一切，就像孩子们从未离开过一样。她也没有出门，就开着窗在那儿守候着。

那自傲的达林先生，自从孩子们飞走后，就开始懊恼。他钻进狗舍，思前想后，甚至觉得，连娜娜都比他聪明。无论达林太太怎么劝，他就是不出来，他要用这种方式，狠狠地惩罚自己。

他现在，什么都听娜娜的，除了固执地不让娜娜进狗舍这一点。

达林先生原本是爱面子的人，但他现在不在乎这些了。就连上班，他都是让人把狗舍一起搬去，下班了再搬回来。可想而知，他承受着多大的压力。但他是坚强的，他能镇定地面对那些对他指指点点的人们，也不介意被他们指责、观望。若是有人向狗舍里看，他还会优雅地取下帽子，向对方致意。

后来，事情的原委被公开了，人们被他的行为所感动，认为他是伟大的。有人来找他签名，追随他的狗舍。媒体、报社也找上了他，还有些上流家庭会专程请他坐着狗舍去拜访。

而此时，那个因为失去孩子们而憔悴、忧伤的女人，已在椅子上睡着了。她的手还放在胸口上，似乎那儿一直在疼痛着，而且没办法让那疼痛停止一样。那颓唐的样子，真是叫人怜惜。她在等丈夫乔治回家。

她突然醒了，叫着孩子们的名字，四下里看，可屋子里除了她自己，只有娜娜。

娜娜搭上她的膝头，听她讲，讲她的梦，听她讲梦见孩子们回来了的种种情形。这时乔治也回来了，他从狗舍里探出头，亲切地给他可怜的太太一个吻。比起以往，现在的他温和了许多。

小巧的莉莎瞧不起他的这种行为，蔑视地接过他递来的帽子，帮他挂起来。此刻他还有不少追捧者在屋外，他们呼喊着乔治的名字。

“真让人感动。”

“都是些没头脑的孩子。”莉莎讽刺他们。

“有大人呢。”乔治红了脸，但他没有责骂

莉莎，出名之后他更加温和。如果搁在以前，他肯定要好好奚落这用人一番。达林太太之前还一直担心他出名之后会忘乎所以，但现在看起来那是没必要的担心。

“还好我足够坚强。”他说。

“可你还在懊恼不是吗？”

“是啊。所以我住在狗窝里惩罚自己。”

“是吗？你保证你不是觉得这样好玩才待在那里的？”

“你这是什么意思？”

然后达林太太认错了。后来，达林先生累了，便在狗舍里睡下。

“可以去为我弹首催眠的曲子吗？顺便把窗户关了，有风。”

“乔治，窗户不可以关，得为孩子们开着！”

达林先生开始认错，而达林太太则去弹起钢琴来。就在达林先生睡着的时候，有人飞了进来。是温迪他们回来了吗？真叫人欣喜。

事实上，来的并不是温迪他们，而是彼得跟叮克铃。

“把窗关了，叮克铃，这样，温迪他们以为自己被遗弃了，就会跟我回去。”

难怪他没有立即回岛，原来他还有这么一个计划。天哪！可怜的温迪。此时此刻，在归途中的温迪、约翰，还有迈克尔，离家也不算太远了。窗户被关上了。彼得觉得很开心，他欢喜地跳跃，又去看弹琴的是谁。然后他偷偷告诉叮克铃：“那位漂亮的女士，就是温迪的妈妈，但她没有我母亲漂亮，嘴角的‘顶针’也没我母亲多。”

他虽对他的母亲一无所知，也不喜欢提到母亲，但他偶尔也会夸夸她。达林太太弹的是一首名叫《可爱的家庭》的曲子，彼得不知道这些，但他也还是明白，这曲子是在呼唤着温迪。“别指望啦，窗户已经关上了。”彼得美滋滋的，为自己的杰作而开心。

琴声停了，彼得又看了一眼，这次，他看到达林太太脸上挂着两滴泪。随后，达林太太默默地关上了琴箱。

“我才不开窗呢。”

再看，新的泪珠又代替了原来那两滴。他讨厌起她来，总不能两个人都要温迪吧，虽然他们都喜欢温迪。彼得玩了起来，可他一停下来，达林太太就爬上了他的心间。

“叮克铃，我们走。”最终，彼得还是开了窗，他有些气愤地飞走了。

温迪他们到家时，窗子自然是开的。还未被母亲遗忘，这让他们很开心。可让人替他们脸红的是，迈克尔居然忘了这个家。

“约翰，我是不是来过这儿？”

“当然，那不是你的床吗？”

“看起来是。”

约翰看到狗舍，然后跑过去看。

“有个男人。”

“啊，是父亲。”温迪说。

“让我看一眼。”迈克尔也挤了进来。

“还没我抓的海盗块头大。”看到那个此刻睡在狗舍里所谓的父亲，迈克尔颇有点儿失望。还好达林先生睡着了没听见。如果他是醒着的，肯定会泪流满面的，因为在孩子眼里，他居然是这样的形象。

看到睡在狗舍里的父亲，温迪跟约翰疑惑了。

“他一直都睡在那儿吗？”约翰很迷茫，怀疑起自己的记忆。温迪也因此犹豫起来。

他们觉得后背发凉。“妈妈居然没有在这儿等我们。”约翰说。此时，达林太太的琴声飘了出来。

“妈妈。”温迪欣喜地偷看着。

“真的呢。”

“这么说来，温迪你真的不是我们的妈妈？”迈克尔问。听他这么讲，真想让人把他敲醒！

“也许我们该早点儿回家的。”温迪有点儿后悔了。

“我们可以悄悄捂住她的眼睛。”约翰说。

“我们去床上躺着，就像我们一直在这儿一样。”温迪想了个好办法。

当达林太太来看达林先生是否睡着时，也看到了她的孩子们，但因为她做过太多次这样的梦，所以她并没太在意，甚至都不去看他们，只是以为自己又做梦了。

所以她并没有欢喜，只是坐上常坐的那张椅子。温迪他们都觉得奇怪，满头雾水。

“妈妈！”温迪喊了出来。达林太太先后认出了他们三个，

但以为自己仍在梦里，直到他们过来拥抱她，直到她抱着真实的他们，她才肯定这并不是梦！

她喊醒了乔治，娜娜也起来了，他们拥抱在一起分享这一刻的快乐。他们有一个观众，他可以感受所有的快乐，却无法理解眼前这一种。一扇窗，把他隔在了外面，远远地脱离了这种快乐。

第十三章　温迪长大了

也许，你会想起图图他们。现在，他们都脱了帽子，沿着楼梯在达林太太面前站成一排，温温顺顺的样子。唯一不足的是，他们身上穿的依旧是改过的海盗服。他们看着达林太太，却忘了旁边还有位达林先生。

达林太太很明确地表示，愿意留下他们。但达林先生却阴沉着脸，并没有发表任何言语。孩子们认为，他大概是觉得六个人多了些。

“你不要多管闲事。”达林先生对温迪说。他声音平淡，表情冷漠。敏感的双胞胎立刻觉察出他是有气在冲着他们发作。

“先生，如果你嫌我们人多，我们可以走。”双胞胎中的老大说。

温迪叫了板着脸的达林先生一声。

“我们挤挤没问题的。”尼布斯立刻说。

“乔治，你……”显然，达林太太也认为丈夫现在的表现实在不够体面。

达林先生委屈得直掉泪。“我同意，可你们也问问我呀，别当我是个隐形人。”

“我没觉得他是隐形的，你说呢，卷毛？”图图大声说道。

“没觉得呀，你呢，斯莱特利？”

“不觉得，你们呢，双胞胎？”

他们一个接着一个问着，到最后，并没有人认为他是隐形的。这时达林先生高兴了，也心满意足了。他说如果可能的话，他将把他们安置到客厅。

“当然可以。”孩子们回答他。

达林先生带着孩子们在客厅里找寻合适的位置，直到他们最后全找到了合适的地方。

彼得临走前来看过温迪一次，那时候温迪开窗叫住了他。

彼得向她告别，温迪还想要挽留他。可无论她怎么说，彼得就是不同意留下。

这时，达林太太来了，她也表示可以收留彼得，她一直在注意温迪的一举一动。

“你会送我去上学吗？”

“当然，每个孩子都得上学。”

“然后工作，接着快速长大？”

“一点儿也没错。”

“我可不愿意！我不想长大，更不要一觉起来发现自己已是满脸胡子。”

“彼得，就算你真的有了胡子，我也依然爱你。”温迪保

证说。达林太太想拥抱他，但被他拒绝了。

“谁都不能让我长大！”

“那你准备去哪儿呢？”

“我吗？我要回到给温迪造的小屋，跟叮克铃一起住在那里。住在树上的仙子们会将它抬到树上去的，那会很有趣的。”

“真有意思。”达林太太立马抓住兴奋的温迪。

“我还以为仙子都不存在了呢。”达林太太说。

“会有新的仙子生出来的。”温迪开始解释仙子的出生。她还告诉妈妈，仙子喜欢住在树上。如果是白色，就是女孩；是黑色，就是男孩；而蓝色的话，则是比较笨一些的，不好辨别男女。

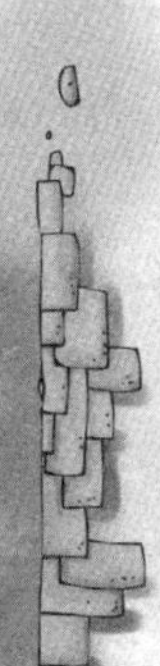

“我有好多好玩的事可以做。”彼得偷瞄着温迪，感觉是在诱惑她。

“但一个人的晚上会很孤单的。”

“还有叮克铃陪我一起。”

“可有的事儿她也做不了。”

“只会在背后说人坏话的讨厌鬼！”叮克铃突然冒出来。

“不会的，叮克铃很能干！”彼得接着说。

“你对我来说很重要，彼得！”温迪说。

“那你跟我一起去好不好？”

于是温迪请求妈妈同意她跟彼得一起走，刚得到女儿的达林太太怎么可能同意呢。最后，架不住温迪的苦苦央求，达林太太决定，每年可以让温迪去住一周，顺便帮他做做春季大扫除。温迪心里清楚得很，彼得对时间并没有概念，而春天又太远了。温迪担心彼得会忘了她，尽管彼得一再表示他肯定不会。

彼得带着达林太太嘴角的那个吻飞走了，达林太太的那个决定让他很开心。

然后，孩子们真的被送进了学校，除了斯莱特利从第四班换到第五班之外，其他人都在第三班。没有人进到了最好的那个第一班。刚开始还不到一个星期，他们就觉得很无趣，并且为离开永无乡后悔了。但渐渐地，他们也就没那么多不满了。有时，他们也会假装从公交车上掉了下来，但慢慢地，他们意识到这样会受伤，还会因此损失一顶帽子，因为风把它吹跑时，他们没办法飞出去抓住它。起初，他们认为是太久没练习飞行的原因。娜娜刚开始还会在夜间绑住他们的脚，怕他们飞走。但后来，他们都不会飞了，也慢慢不再相信那些了。

迈克尔始终还相信自己会飞，所以别的孩子总是讥笑他。彼得第一次来找温迪时，他还和温迪在一起。温迪有点不大自在地穿上在永无乡做的衣服，那衣服已经显得短小了许多。还好，彼得只顾讲他的冒险，没注意那衣服穿在温迪身上已经短了许多。

彼得已经不记得那些冒险的往事了。

当温迪跟他提起胡克时，他居然兴致勃勃地问“那是谁”，他根本就不记得胡克是谁了。

“你一点儿也记不起来了吗？你忘了你当初是怎样战胜他的吗？”

“早就忘记了。”

温迪又希望叮克铃会乐意见她，但她不敢肯定。因为叮克铃对她总是显得不那么友善。结果彼得问她：“谁叫叮克铃？”

这叫温迪诧异得不得了。她解释着，可再怎么讲，彼得也还是记不起来。

“她应该已经不在了吧，仙子太多了。”彼得说。

仙子的寿命很短，但再短的时间，对于他们自己而言，也还是很长的。

在温迪眼里，过去的一年真漫长，而彼得感觉，那只是昨天而已，这多少叫她有些失落。还好，彼得还是那么讨人喜欢。于是他们欢欢喜喜地，开开心心地为树梢上的小房子做了大扫除。

第二年，温迪穿了件新衣等在那儿，但彼得却没有来。

“他是不是生病了？”迈克尔安慰她。

“他从来没有生过病，你也知道的，不是吗？”

“温迪，他真的存在吗？”迈克尔哭了，他有些胆怯了。温迪自己也想哭。

第三年的时候，彼得又来了，但他并不知道他中间空了一年没来。

这是做姑娘的温迪最后一次见他。后来，温迪觉得自己对彼得不忠，因为她在常识课拿了奖。她尽力使自己忘掉那些，让自己不那么悲伤。再后来，彼得一直忘记来接她，她等不到他了。等他再来时，此时的温迪已长成大姑娘了，并且已经结了婚，有了孩子，她完完全全地把彼得尘封起来了。

迈克尔现在是个火车司机；图图做了法官；斯莱特利做了勋爵，因为他娶了个贵族姑娘；卷毛、尼布斯、双胞胎他们，则都规规矩矩地在办公室上班；而约翰，成了一个长着胡子，还从不给孩子讲故事的男人。

温迪结婚那天，穿了件有粉红丝带的白色婚纱。再后来，她生了个女儿。

她给女儿起名叫简。那是个有很多问题的可爱小姑娘。但她的问题，涉及得最多的话题，还是彼得。于是，温迪把她能记起的那些关于彼得的故事，一一讲给她听。而讲故事的地方，就是她当年的房间。这里，现在已经是简的房间了。在温迪他们长大后的日子里，达

林太太去世了，达林先生老了，也不愿爬楼梯了，他以百分之三的价格将这里卖给了简的父亲。

这里摆着简跟保姆的床。娜娜也老死了，在她最后的那几年里，她非常非常的固执。她认为只有自己才能照看好孩子，因此非常难与别人相处。

温迪每周都会陪简一晚，因为她的保姆被批准每周有一次假期。简很喜欢这个时候，每到这晚，简就拿床单蒙上两个人的头，假装是在帐篷里。然后她们悄悄讲些话，玩点小游戏。

“你能看见什么，妈妈？”

“什么都看不见。”温迪想，如果娜娜在，肯定要她们睡觉，不许交谈了。

“不，你肯定能看见，在你小的时候。”

“那都是好久以前的事情啦。”温迪叹了口气，“时间过得可真快呀。”

“嗯，像你会飞的时候那么快吗？”

“是的，但我总在想，我真的飞过吗？”

“你肯定飞过。”

“可是那也都过去了。”

“那你现在怎么不会了呢？”

“因为我是大人了呀，长大了，就忘记怎样飞了。”

“为什么会忘记呢？”

“因为长大了就没那么快乐了，人顾忌得多了，也就忘了怎么飞了。”

“那我如果一直快乐的话，我也能飞了，是吗？”

“也许吧，又或许，是因为这个房间吧。”温迪突然有了这个想法。

“有可能呢！妈妈，你接着说。”

于是温迪从彼得找影子的事儿开始讲起。

“他找到了影子，发现粘不上，于是他就拿肥皂粘，真是好笑啊。那个傻小子，粘不上就哭了，于是我醒了，还给他缝了影子。”

“不对，他哭的时候，你应该有说什么吧？”简似乎更清楚那一晚的情形。

“我问他，‘你为什么哭呀？’那个时候，我还坐在床上。”

简松了口气。

“再后来，他教我飞。然后，他带我去了有仙子、人鱼、海盗、野兽、岩洞、流水、印第安人的永无乡，还有他们为我建的小房子跟地下的家。”

“这些当中你最喜欢什么？”

“我想是地下的家吧。”

“我也是，那彼得跟你讲的最后一句话是什么？”

“他说：‘只要你愿意等我，就会听到我的叫声。’”

“嗯。”

“但他好像已经忘了我了。”温迪淡淡地笑着。

有一天，简突然问到彼得的叫声。于是，温迪照着记忆学给她听。

但这被简反驳了，她也学了一次，居然比温迪学得像多了。温迪很吃惊。

“你从哪儿知道的？”

“我在睡梦里总会听见啊。”

“嗯，很多人是会在睡着的时候听到，但我却是真实地听到过。”

“妈妈，你可真幸运啊！”简很羡慕。

后来，在某个春天的晚上，温迪在壁炉旁补袜子，简睡着了。突然窗户开了，她听到彼得惯有的叫声，接着彼得便进来了。

彼得还是满口的乳牙，没有一丁点儿变化。

但此刻温迪已经长大成人了。她缩在壁炉旁不敢动弹，觉得很尴尬。

彼得同她打招呼，他并没觉得有什么不同，他总是这样漫不经心。不过也有可能，他把温迪身上的那件白衣服，当成了之前穿的那件睡衣了。

“你好。”温迪此刻真想变回当年的她，可她能做的，只是用力地蜷缩着。

“约翰呢？他不住这儿了吗？”彼得环视着，发现只有两张床。

温迪应了一声表示回答。

“迈克尔也睡着了？”他看到了床上的简。

“对。”但她又马上否认了那是迈克尔。因为她突然意识到自己在撒谎。

“是个新孩子吗？”彼得看了一眼。

“嗯。”

“是男孩子？”

“不，是个女孩。”

彼得没在意这事儿，本来他也只是随口问问而已。“你是来接我的吗，彼得？”温迪心虚地问道。

“这可是春季大扫除的时间啊！你把它忘了吗？”彼得严肃地说。

“对不起，可是我已经不会飞了。”温迪知道，他并不清楚他又隔了多少年才来。

“我现在就可以教你。”

“彼得，别，别浪费仙尘了，我不能飞了。”说着温迪站起身。

“这是怎么了？”彼得受到了惊吓。

“我开灯给你看。”温迪说。

“别，别开灯，温迪，不要开灯。”彼得有些不知所措，他害怕了。

温迪怜爱地抚摸他的头发。她的眼眶湿润了，但还是微笑着，她不再是那个小姑娘了。

温迪还是去开了灯，彼得痛苦地呻吟。她想要抱他，却被他躲开了。

“这是怎么了？”

“我长大了，彼得。我都二十多岁了。”

“可你说过的，你说过你不会长大的。”

“我也没有办法，彼得，还有我已经嫁人了。”

“不，不会的，这不是真的。”

“彼得，这是真的，那边的孩子，就是我的女儿。”

“不，温迪，她不是。”

彼得举着他的剑走了过去。看了一会儿，他觉得，也许这的确是温迪的女儿。

彼得跌在地上哭了起来。温迪想去安慰他，可她现在是个大人，她已经不能做到像以前那样安慰他了。所以，她走了出去。

简被彼得的哭声惊醒了，她看着他，一点儿也不害怕。“你为什么在哭呀？”

彼得起来对她行礼，简也优雅地回了礼。

打过招呼之后，彼得告诉她：“我是彼得·潘。”

“我知道是你。”

“我是来接我的母亲回永无乡的。”

“我一直在等你。”

温迪再次回到房间的时候，简已经会绕着房间飞了，彼得在床沿上兴奋地叫着。

“现在，简是我的母亲。”彼得告诉温迪。简的目光向着彼得，流露出欣赏。她站在他身边。

“他得有一个妈妈。”简说。

“对，这个我很清楚。”温迪显得很悲伤。

“再见了！温迪。”彼得带着简飞向了空中。

“不！彼得。”温迪追到窗前。

“彼得说，要我去帮他做春季大扫除。”

“真希望我也能一起去。”温迪有些失落。

“但是你已经忘了怎么飞呀！”简说。

最后，温迪只好看着他们远去的背影，越来越小，越来越小。当温迪再次出场的时候，她已经很老很老了。简也会讲故事，彼得也会很认真地去听，虽然讲的都是有关他的。再后来，简也长大了，还有了个叫玛格丽特的女儿，她也成了彼得的妈妈，她也会跟彼得讲关于他的故事。再继续下去，玛格丽特也有了女儿，她的女儿将是彼得的新妈妈，于是故事就这样一直延续下去。

其实结局是怎样，又有什么关系呢？只要那些孩子，是无忧无虑的，天真的，快乐的，就足够了。

语文阅读经典丛书·第七辑

柳林风声

文质　改编

江西教育出版社
JIANGXI EDUCATION PUBLISHING HOUSE
·南昌·

图书在版编目（CIP）数据

语文阅读经典丛书. 第七辑/文质改编. —南昌：江西教育出版社，2020.9

ISBN 978-7-5705-2002-2

Ⅰ. ①语… Ⅱ. ①文… Ⅲ. ①世界文学—作品综合集 Ⅳ. ①I11

中国版本图书馆 CIP 数据核字（2020）第 159626 号

语文阅读经典丛书·第七辑

YUWEN YUEDU JINGDIAN CONGSHU · DI-QI JI

文质 改编

出 版 人：廖晓勇

策划编辑：杨 柳 张 龙

责任编辑：朱 丽

出版发行：江西教育出版社

地 址：江西省南昌市抚河北路 291 号 邮编：330008

邮 箱：jxjycbs@163.com

网 址：http: //www.jxeph.com

电 话：（0791）86705643

经 销：各地新华书店

印 刷：湖北嘉仑文化发展有限公司

规 格：880mm × 1230mm 1/32 24 印张

版 次：2020 年 9 月第 1 版

印 次：2020 年 9 月第 1 次印刷

书 号：ISBN 978-7-5705-2002-2

定 价：148.80 元（全 6 册）

赣版权登字 -02-2020-403

MULU

第一章 河岸

一大早，鼹鼠就开始了春季大扫除。他先是拿扫帚扫地，接着用掸子掸灰尘，然后爬上短梯，踩着台阶，站在椅子上粉刷四壁。这场劳动害得他的喉咙和眼睛进了沙子，一身乌溜溜的毛皮被溅得到处都是白石灰水，手也酸，背也疼。春意在头顶上方的空气中吹拂，在脚底的土地里游动，在他周围飘荡，就连他那昏暗低矮的小屋内，也弥漫着春日满盈盈的希望和渴望的气息。这也就难怪他会突然把刷子往地板上一摔，直嚷着："好烦哪！""讨厌死了！""去他的春季大扫除！"随即他连外套也来不及穿，就迫不及待地冲出屋外，仿佛有什么东西在急切地呼唤他。

鼹鼠三步并作两步赶往通向碎石车道的峭直小地道，这条车道属于那些住得更靠近空气和阳光的动物们。他一面用他的小爪子又挖又刨，边摸索边挤，再挖再刨，再摸索再用力挤；一面喋喋不休地唠叨："上啊！上啊！快上前吧！"最后终于"噗"的一声，他的口鼻钻进了阳光里，身体在暖洋洋的青草上连打了好几个滚。

“好棒啊！”他自言自语道，“这比粉刷墙壁好多啦！”阳光暖烘烘地照在他的毛皮上，微风柔柔地吹拂着他那被晒烫的额头。在与世隔绝的地洞里蛰居那么长的一段时间后，鼹鼠的听力迟钝了。鸟儿们快乐婉转的歌声，在他耳里听来活像大呼小叫。在生气勃勃的喜悦和免除大扫除的欢愉中，他四肢同时弹跃，蹦蹦跳跳地跑到了草地另一头的树篱前面。

一切似乎都好得不像真实的。他劲头十足地在大草地上四处逛，顺着灌木树篱，穿过一丛又一丛的矮树，处处看到鸟儿在筑巢，花儿在吐蕊，树叶儿也一叶叶地舒放开来——万事万物都是那么快活忙碌、欣欣向荣。他丝毫不觉得良心在鞭策着他，对他细声叮咛：“快粉刷墙壁啊！”而是感到在这一大堆忙个不停的居民间当个懒骨头是多么快活啊！

他坐在青草地上隔着河向对岸望，看见就在河水边上有个暗暗的洞。他开始出神地想象，对于一只没有什么需求又喜欢在河滨居住的动物来说，只要不会被水淹，又远离尘嚣，那就是相当舒适的住所啊！正当他凝望着那个洞穴时，似乎有个明亮的小东西在洞穴的中心一闪而逝，紧接着又像颗小星星一样再度闪闪发亮。但此时此地，那不可能是颗星星，而若是只萤火虫的话，却又显得太亮了。鼹鼠正在朝它凝望时，那东西对他眨了眨眼，令他明白那是双眼睛。渐渐地，一张小脸就像图画四周的框一样，围绕它的四周成形。

一张长了胡须、棕色的小脸。

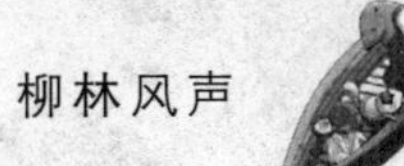

一张庄严的脸，眼睛里闪着光——就是一开始吸引他注意的那种光。

一对小巧玲珑的耳朵，一身浓密光滑的毛。

那是只老鼠！

两只动物站在那里，小心谨慎地打量着对方。

“嗨，鼹鼠！”老鼠先打招呼。

“嗨，老鼠！”鼹鼠也喊道。

“你要过来吗？”老鼠问道。

“哼，说说倒容易。”鼹鼠冲口而出。河流、河滨生活，还有河滨生活的方式对他来说都很新奇。

老鼠什么也没说，只是弯下腰解开一段绳子用力拉，然后轻巧地跨入一艘鼹鼠早先没注意到的小船里。小船的外壳漆成蓝色，里面是白色的，大小只容两只动物搭乘。鼹鼠虽然不完全明白它的功用，但是整颗心却当即对它充满了向往。

老鼠干净利落地把船划到这边岸旁系牢，鼹鼠战战兢兢地往小船里跨，老鼠则老练地伸出前爪。“扶稳喽！”他说，“好啦，来，轻一点儿跳进来！”接着鼹鼠便喜出望外地发现自己真的坐在一艘真正的船只的尾部了。

鼹鼠快活得来回摇动他的脚趾，心满意足地扩张胸肌，长吁了一口气，然后喜滋滋地靠在软软的坐垫上。“我将拥有多么美好的一天啊！”他说，“咱们快快出发吧！”

“嘿，稍等一下！”老鼠把缆绳穿过栈桥上的一个环，打个结扣住，然后爬到码头上面自己的洞穴里，不一会儿工夫又

顶着一个装满了东西的柳条点心篮，摇摇摆摆地出来了。

“把这个推到你脚底下去。”他把篮子递下船，关照鼹鼠放好，然后解开缆绳，再度摇起双橹。

“那里头装了些什么？”鼹鼠好奇地扭动着身子问。

“里头有冷鸡肉，”老鼠一口气回答道，“冷舌头、冷火腿、冷牛肉、腌小黄瓜、沙拉、法国卷饼、水芹、三明治、罐装肉、姜汁、啤酒、柠檬汁、苏打水——”

鼹鼠一个字也没听进耳朵里。他全神贯注于眼前展开的新生活；陶醉在那闪闪的波纹、涟漪、阳光里，还有种种气味、声音里；一只手伸进水中拖曳，做起长长的白日梦来。

好心的老鼠也强忍着不去打扰他，从从容容地划着小船。

他们离开主流，将船划进一个乍看之下像是被陆地封锁的小湖。湖的两侧都是青草坡，平静的水面下能看到像蛇一般蜿蜒曲折的褐色树根。而他俩的前方则是一座矮坝，旁边并立着一轮滴答不停的水车车轮，车轮转动间又显现出一座砌着灰色三角墙的磨坊。眼前的画面是如此美妙，鼹鼠不由得高举两只

前爪，喘着气声声赞叹："哎呀！哎呀！哎呀！"

老鼠把船荡到岸边系牢，又把笨手笨脚的鼹鼠扶上岸，同时将午餐篮子甩上来。

鼹鼠央求着准许他亲自打开餐篮，老鼠非常乐意满足他的愿望。于是他伸展四肢躺在草地上休息，让他那兴奋的新朋友去抖开桌巾铺好，一一取出所有神秘的小包包。鼹鼠每拆一个包包就为里头意想不到的东西轻呼，并将所有的东西全部摆设妥当。待一切就绪后，老鼠便招呼道："来吧，老兄，痛快吃！"鼹鼠欣然从命。因为他就像大伙儿可能有的作风一样，一大清早就开始春季大扫除，中间也没吃东西没喝茶。而从那个在如今感觉仿佛经过许多天的遥远时刻到现在，他又已经历过好多事情了。

"你在看什么？"老鼠问。这时，两人稍稍止饥，鼹鼠的眼睛已经可以暂离食物四处张望了。

"我在看——"鼹鼠说，"那一连串沿着水面移动的水泡。我觉得那怪有趣的。"

"水泡？噢！"老鼠放开胸怀、殷勤地吱吱畅笑。

堤岸边缘露出一张闪着水光的大嘴巴，水獭冒出身来，抖掉毛皮上的水珠。

"两只贪吃鬼！"他打量几眼，朝着那些食物走来，"为什么不邀我一起啊，老鼠！"

"这是临时起意的。"老鼠解释，"顺便向你介绍——我的朋友鼹鼠先生。"

“认识你是我的荣幸。”水獭说着，两只动物从此成了朋友。

“到处都好喧闹哇！”水獭接着又表示，“整个世界好像都在今天到河上来了。我特地跑到这个地方来想要清净一下，结果却碰上你们这两个家伙！至少——嗯，很抱歉，我压根儿不是那个意思。”

后方的树篱传来沙沙声，这树篱还浓浓密密覆满去年的老叶。一颗长条纹的脑袋钻出来窥望他们，脑袋后面耸着一副高高的肩膀。

“来吧，老獾！”老鼠高喊。

獾朝前迈出一两步，随后嘀咕一声：“哼！一群人。”便转过身去，消失无踪。

“他就是这样，”老鼠耸耸肩，“非常讨厌交际！今天我们是不会再见到他啦。喂，告诉我们，还有谁在河上露面？”

“癞蛤蟆，”水獭回答，“乘着他那崭新的竞赛艇，穿着新上衣，样样都是新的！”

“有一阵子，他死心塌地地迷上了驾驶帆船。”老鼠说，“后来他觉得腻了，又开始喜欢上撑船，每天从早撑到晚，否则就不快活，搞出许多乱子来。去年他热衷的是以船为家，我们全都去他的水上住家陪他住过，还得装作很喜欢的样子。那时，他打算后半辈子都在那船宅中度过。不管他喜欢上什么都一样，总是要不了多久，喜新厌旧的老毛病就又犯了。”

“他也是个好家伙，”水獭若有所思地说，“只是没定性——特别是在船只方面。”

从他们所坐的地方，可以越过分离水道的小岛瞥见河的主流。就在这时，一艘赛艇快速驶入他们的视野中。艇上的划船手——一个矮矮胖胖的人物，被溅得浑身是水，身体摇晃得厉害，却仍拼了老命地卖力划船。老鼠站起来向他打招呼，但是蛤蟆——艇上坐的正是他，却摇了摇头，坚决地继续向前划。

“他这样摇来晃去，要不了一分钟工夫保准滚下船去。”老鼠说完，又坐了下来。

“那是一定的。”水獭笑呵呵地接着说，“我告诉过你蛤蟆和水闸管理员的故事没有？事情是这样的：蛤蟆……”

一只漂游的蜉蝣，受到蜉蝣们初见世面时那股青春活力的影响，陶然逆着水流飘忽不定地斜穿过来。忽然水面上卷起一个旋涡，接着就再也见不着蜉蝣的踪影了。

水獭也不见了。

鼹鼠低头凝视。话声依然在耳，可是他刚刚张开手脚躺过的那块草地上却空空如也。遥望远远的地平线，看不到一只水獭的影子。

然而河面上又冒出一连串的泡泡来。

老鼠轻轻哼起一支小调，鼹鼠也想起根据动物礼仪，无论什么时候，不管是有原因还是没有原因，都不得对朋友的突然离去发表任何评论。

“好啦，好啦，”老鼠说，“我想咱们该走了。我们两个由谁来收拾餐篮比较好呢？”他的口气一点儿也没有迫不及待想抢着做这件差事的意思。

“哦，拜托让我来。”鼹鼠说。老鼠当然满足了他的要求。

收拾餐篮并不如打开餐篮那么好玩。一点儿也不！不过鼹鼠一心一意享受着做每件事的乐趣。他刚把篮子装好，捆得牢牢的，就看见青草地上还有个餐盘在望着他。等他把盘子装好后，老鼠又给他指出一把谁都应该看到的叉子。瞧！最后，还有那个他一直坐在上头却浑然不知的芥末罐——不过，事情最后总算完成了，鼹鼠也没怎么不耐烦。

下午的太阳渐渐西沉了，老鼠带着梦幻般的心情，轻柔地摇着船回家，一路喃喃自语地吟诵些诗句之类的东西，不大理会鼹鼠。而鼹鼠呢，午餐吃得饱饱的，加上内心扬扬得意，颇为自满，对于摇船又已经很熟悉（他是这么认为的），开始显得有点儿不耐烦。于是，这会儿他开口了：“老鼠老兄！拜托，我想划船，就是现在！”

老鼠微笑着摇摇头。

“朋友，现在还不行，”他说，“等你学过几门功课再说。划船并不像表面上看起来那么简单。”鼹鼠安静了片刻，马上又对摇橹摇得轻松有劲儿的老鼠嫉妒起来。于是他的傲气开始悄悄煽风点火，说他也能划得和对方不相上下。他冷不防地跳起来抓住双橹，让正盯着河水吟诵诗句的老鼠大吃一惊。老鼠被撞得摔了个四脚朝天，而得意的鼹鼠却占住他的位置，信心十足地抓稳船橹。

“笨蛋，快住手！”老鼠躺在船底大叫，“你办不到的！

你会害我们翻船的。”

鼹鼠夸张地把双橹往后一荡，又用力朝水里一铲，结果不但根本没有碰到河面，两腿还甩过头顶摔了个倒栽葱，压在平卧于船底的老鼠身上。他惊慌失措，赶紧抓住一边船舷，紧接着——“扑通！”

船翻啦，鼹鼠掉进河中挣扎着。

噢，天哪，河水多么冷啊！水在他的耳中嗡嗡作响，身体一直往下沉，沉，沉！他一边咳，一边喷着水冒出河面。这时，太阳看起来是多么耀眼，多么讨人爱呀！当他绝望地往下沉时，突然一只坚定有力的爪子揪住他的颈背。是老鼠！他显然正哈哈大笑——鼹鼠可以感觉得到他在笑。他的笑从他的手臂，经由他的爪子传入鼹鼠的颈背。

老鼠抓到一支船橹，塞在鼹鼠的胳臂下，然后在他另一只胳臂下也塞上一支。老鼠自己则在后面游着泳，把这无助的动物推到岸边，拖出水来，把他这一团软绵绵、湿答答的可怜东西安置在岸上。

老鼠帮他稍做按摩，抹掉身上的一些水，说：“喂，好了，老兄！现在尽可能在小路上大步来回疾走，直到全身再度干爽、暖和起来。我也要潜到水底捞餐篮去了。”

于是外表湿透、内心羞惭的鼹鼠沮丧地快步走来走去，直到身上全部干透。而与此同时，老鼠也再度跃入水中，把船翻过来扶正、系牢，将漂流的财物逐一捞回来放在岸边。最后又成功地找到午餐篮，奋力把它拖上岸。

等到一切就绪，可以重新出发了，四肢无力、垂头丧气的鼹鼠便坐回他在船尾的老位置。船划离岸边后，他用一种激动到沙哑的声音低低地说："老鼠，我宽宏大量的朋友！我真的很为刚刚忘恩负义的愚蠢行为抱歉。我一想到自己差点儿把那漂亮的午餐篮搞丢了，心里就难过得要命。真的，我知道，我是只十足的蠢驴。这一次你能不能不要计较，让一切都像先前一样？"

"老天，这没什么！"老鼠开心地回答，"一点点湿对老鼠哪算一回事？大部分日子里，我在水里的时间比在外面的时间还多。千万别再把这件事放在心上了。喂，听着！我真的认为你最好来跟我一块儿小住一段时间。我家很简陋——哦，一点儿也不像蛤蟆的府邸。然而，我还是可以让你住得舒舒服服的。我会教你划船、游泳，不久你对水就会像我们所有人一样，可以应付自如了。"

鼹鼠被他亲切的谈话态度感动得说不出话来，忍不住用掌背抹掉一两滴泪珠，但是老鼠却好心地把眼光移到别的方向。

很快地，鼹鼠重新鼓舞起精神，甚至当两只红松鸡互相窃笑他那副落汤鸡模样时，他还和他们顶起嘴来。

到家之后，老鼠在客厅里生起熊熊的炉火，替鼹鼠取来

晨袍和拖鞋，把他安置在炉前的一把摇椅上。老鼠告诉他许多河上的故事，一直说到吃晚饭时间。对于像鼹鼠这样一只陆居的动物，这些故事同样十分精彩刺激。内容包括什么水坝啦，突如其来的洪水啦，会跳跃的梭子鱼啦，还有会乱抛瓶子的汽船——至少瓶子的确是被抛出来的，而且是从汽船上，可想而知，是被汽船抛出来的；另外还谈起苍鹭，以及他们谈话的对象有多特别；提到和水獭一块儿进行过的排水沟历险记与夜间捕鱼，和獾一同去野外远足。晚餐对鼹鼠来说是最最愉快的一餐饭。不过才刚吃饱饭不久，鼹鼠就困倦极了，只好由体贴的主人送到楼上最好的寝室去。一进房间，他马上极其安详惬意地把头靠到枕头上。此时，他新发现的朋友——大河——正拍打着他的窗棂。

对于获得解放的鼹鼠而言，这天不过是一连串相似日子的第一天。随着万物渐趋成熟的夏季的逐渐到来，白天一天比一天长，一天比一天更富有乐趣。他学会了游泳和划船，可以深入到河流的欢畅地带。他朝芦苇丛里竖起耳朵，间或听到风在芦苇秆儿间不断地轻诉低语。

第二章 大道通衢

“老鼠，”一个晴朗的夏日早晨，鼹鼠突然表示，“如果你愿意，我想请你帮个忙。你难道不带我去拜访蛤蟆先生吗？我听说了那么多关于他的事，真的好想结识他。”

“噢，当然好。”好脾气的老鼠跳起来。“快把船撑出来，我们这就去拜访蛤蟆，任何时间都不会不妥。早去晚去他都是一个样儿。永远好脾气，永远高兴见到你，永远临近告辞就难过！”

“他一定是只很好的动物。”鼹鼠说着登上小舟，拿起双橹，老鼠则舒舒服服地坐到船尾去。

“他确实是只最棒的动物。”老鼠回答，“那么单纯，那么好性子，又那么重感情。也许不是很聪明——我们不可能全都是天才，也许他既爱吹牛又自负，不过他也拥有某些极好的优点——以现今的标准而言。”

他们绕过一个河湾，迎面望见一座美丽气派的老宅第。它有着色泽柔和的红砖墙。屋旁精心维护的草坪，一直延伸到

河畔。

"那就是蛤蟆的家，"老鼠介绍，"左边那条竖着块招牌、声明'私人河道'的小溪通往他的船库，待会儿我们就在那儿下船。马厩在右边那头。你现在看到的是宴会厅——年代非常久远了。蛤蟆非常富有，而这也是附近最好的宅第，只是我们从不当着蛤蟆这样说。"

他们溯溪而上。当小船划进一座大船库的阴影里时，鼹鼠收起双橹。在这里，他们看到许多漂亮的小船，有的悬吊在横梁下，有的停在码头上，但没有一艘是下了水的。整个地方弥漫着一股被人遗弃的荒凉之感。

老鼠环顾四周，说："我懂啦，船已经成为过去时。他玩腻了，不再碰这些东西。不晓得他又迷上了什么新玩意儿。随我来，咱们拜访他去。马上我们就会知道全部详情啦！"

他们离船上岸，信步穿过万紫千红点缀其间的草坪寻找蛤蟆，不一会儿便看见他一脸悠然神往地躺在柳条凉椅上，膝头摊着一张大地图。

"好哇！"他一见他们俩便跳起来大叫，"太棒了！"他热情地与他俩握手，不等老鼠引见鼹鼠，便绕着他们手舞足蹈起来。"太好了！我正想派艘船去接你，不管你在做什么都要把你接来。老鼠，我太需要你——你们两位了。先来吃点儿什么吧？到里头来吃点儿东西！你们不知道自己正巧在这时候出现，是件多么多么幸运的事情啊！"

"我猜想，大概是有关你划船的事吧。"老鼠一派真诚地说，“你虽然还是会溅起一大片水花，不过已经渐渐划得很不错了。只要有足够的耐心，充分的训练，那就一定会——”

“噢，呸！划船！”蛤蟆打断他的话，厌恶地说，“幼稚无聊的娱乐，我老早就不干啦，那游戏只会浪费时间。看到你们那样漫无目的地耗费掉所有精力，简直让我难过死啦！你们应该更懂事些的。不，我已发现了真正的事，唯一可以作为终身职业的正事。我打算把后半辈子全贯注在这件事情上，唯一可叹的只是过去那么多年的岁月，全白白浪费在无谓的琐事上了。随我来吧，亲爱的朋友们。只要走到马厩外，你们就会看到要看的东西了。”

说完，他在前面带路，后头跟着满脸不信任的老鼠和鼹鼠。到了马厩外，他们看到一部崭新的、金光闪闪的吉卜赛篷车，车身由车房延伸到外面的空地，车身漆成淡黄，用绿色衬托，车轮是红色的。

“瞧！”蛤蟆跨立在车边，自吹自擂地嚷着，“坐在那部小货车里头，这才叫真正的生活。尘沙飞扬的高速路、石南遍野的荒地、公有地、灌木树篱，还有起起伏伏的丘陵！营地、村庄、小镇、大城！今天在这里，明天启程到别处去！旅行、变化、兴趣、亢奋！整个世界都在你眼前，还有一条随时改变的地平线！另外，听着，这是有史以来同类车子中造得最好的一辆，绝对没有任何疑问。你们上来瞧瞧内部的布置——全是我亲自设计的。真的！”

鼹鼠情绪亢奋，兴冲冲地随他踩上踏板，进入篷车内部。

老鼠却嗤之以鼻，两手深深插在口袋里，留在原地。

车里的确布置得相当精巧舒适——几张小小的卧铺、一张小桌靠着车厢壁折叠起来、一只烹饪火炉、几排小橱柜和书架、一个关着一只小鸟的鸟笼，还有各式各样的锅、盆、壶、罐。

“应有尽有！”蛤蟆得意地拉开一个小橱柜，“瞧！饼干、罐装龙虾、沙丁鱼——要什么有什么。这是苏打水，那边是烟草、信纸、熏肉、果酱、纸牌和骨牌。你们会发现，等我们今

天下午出发时，什么东西都没遗漏。”

一切准备就绪后，眉飞色舞的蛤蟆领着他的两名同伴来到牧圈，要他们捕捉老灰马。由于蛤蟆不经商量就派他在这趟远征中担任最易招致满身尘沙的工作，老灰马正万分恼火。他显然宁可选择留在牧圈，所以，鼹鼠和老鼠费了不少工夫才抓到他。趁着这段时间，蛤蟆又搬来不少必需品，把那些橱柜塞得更挤，又在篷车底下加挂许多饲料袋、干草束等。最后他们终于捉住老灰马，套上鞍辔出发了。大家七嘴八舌地闲聊，有时还凭自己的一时兴起，或跟在车旁徒步行走，或坐在车杠上。这是个黄金般的下午，他们扬起的尘土飘着肥沃而令人满足的味道；鸟儿们在夹道的茂密果树梢上对他们愉快地啼唱；擦身而过的路人亲切地向他们问好，或者停下来夸赞他们漂亮的马车；而坐在自家门口的兔子也纷纷举起前爪惊叹。

到了晚上，这三只又累又快乐、已经离家好几里地的动物将车停在一块偏僻地上。老灰马被放去吃草了，他们三人则坐在车旁的青草地上吃着简单的晚餐。在蛤蟆自吹自擂地大谈未来几天的行程时，四面八方的星星越来越大，越来越繁密，一轮明月不知从哪里悄悄跑出来和他们做伴，倾听他们的交谈。最后，他们回到车里的小卧铺上。蛤蟆把腿伸出被子外，睡意浓浓地说：“喂，晚安了，两位！这才是真正的绅士生活！闲话你的老河流去吧！”

“我不是闲话我的河流。”耐心的老鼠回答道，“你知道我不是，蛤蟆。我是想着它，”他用低低的声调，感怀地说明，

“我想着它——随时想着！”

鼹鼠从毯子底下伸出手爪，在黑暗之中摸到老鼠的爪子，紧紧握了一下。“只要你喜欢，我愿意为你做任何事情，老鼠，”他轻声说道，“我们要不要明天一早就溜掉？一大早——非常非常早——回到我们可爱的河上旧洞穴。”

“不，不，我们要进行到底。”老鼠低声回答，“万分感谢。但在这趟旅行结束前，我们都应该陪在蛤蟆身边，扔下他一个对他来说不安全。不会很久的，他向来只有五分钟热度。晚安了！”

谈话的结束时间当真比老鼠预料的更快。

在吸过那么多野外空气、尝过那么多兴奋之后，蛤蟆睡得非常熟，隔天早上再怎么摇也摇不醒他。于是，鼹鼠和老鼠便转而果断地安静做起事来。

这时，忽然听到后方遥遥地传来微弱的警报声，就像远处的一群蜜蜂在嗡嗡鸣响。他俩回头一望，只见一小片飞扬的尘沙之中夹带着一团黑黑的物体，以不可思议的速度朝他们疾奔而来，尘沙外传出一阵微弱的“噗噗”声，像是一只痛楚的动物在难过地哀号。他们不以为意，扭过头来恢复原来的交谈。就在刹那间，安详的景象全变了。一股劲风加上一阵声浪，促使他们往最近的水沟里跳。那团黑东西是直冲他们而来的！那“噗噗”声像只大喇叭，震耳欲聋。他们一眼瞥见闪闪发亮的平板玻璃和珍贵的摩洛哥羊皮坐垫。驾驶人紧张地抱住方向盘，那一瞬间他便控制了整片土地和空气。

黑色汽车卷起的漫天飞沙迷住他们的眼睛，裹住他们的身体，紧接着又在远方渐渐消失成一个黑点，变回蜂群似的嗡嗡鸣响。

老灰马拉着的篷车猛摇一下，接着发出一阵令人心碎的哗啦啦的碰撞声响——那淡黄色的篷车，伴着他们的骄傲和欢乐，一齐躺在深沟里，成了难以补救的残骸。

老鼠气得在马路上跳来跳去，发泄胸中的狂怒。“你们这些流氓！”他挥舞着双拳大吼大叫，“恶棍！拦路大盗！鲁莽自私的司机！我要控告你们！要你们上遍所有的法庭！”他的思乡病倏地一扫而空。眼前的他成了这艘淡黄色“船舰”的舰长。船舰因对方船员横冲直撞而搁浅，他正拼命回想过去都是用哪些尖锐的语言，去骂那些把汽艇开得太靠近河岸，害得他家地毯泡水的船主们。

蛤蟆直挺挺地坐在尘沙弥漫的马路中央，两腿向前伸直，眼珠子死盯着汽车消失的方向。他呼吸急促，脸上带着一抹静谧满足的表情，间或发出含糊不清的“噗噗”声。

鼹鼠忙着安抚老灰马，花了一段时间总算让他平静下来，然后鼹鼠走上前查看侧躺在壕沟里的篷车。这真是令人心酸的画面！篷车车身的壁板和车窗都被撞得稀烂，轮轴扭曲得根本没法修理。一个车轮飞走了，沙丁鱼罐头散落满地，笼子里的小鸟哀哀啜泣，啼叫着要人放他出来。

老鼠过来帮忙，但是结合两人之力仍然不能够将车扶正。“嗨！蛤蟆！”他俩齐声地大喊道，“过来帮个忙！”

蛤蟆没有搭腔，坐在马路上动都没动一下，于是他俩走过

去看看他究竟出了什么事。他们发现他脸上挂着快乐的笑容，两眼依然直勾勾地看着前面尘土飞扬的地方，盯着肇事车辆行驶的方向，一脸恍恍惚惚的神情，偶尔还会喃喃地吐出一声："噗——噗！"

老鼠摇晃他的肩膀，严厉地逼问着："你到底来不来帮我们，蛤蟆？"

"辉煌壮丽！撼动人心！"蛤蟆呢喃呓语，丝毫没有移动之意，"运动之诗！真正的旅行之道！唯一的旅行之道！今天在这里——明天已到一星期后的里程外！掠过村庄，跳过市镇——总是在新的地方——噢，乐呆了！噢，噗——噗！噢，天哪！噢，天哪！"

"我们拿他怎么办才好？"鼹鼠问老鼠。

"什么都甭做。"老鼠果断地表示，"因为事实上一点儿办法也没有。唉，鉴往知来，我对他太了解了。他现在已经着了魔，产生一股新的狂热。每次他刚被什么东西迷住时，总是那个样子。接下来好几天他都会继续维持那样的状态，像只走在梦中的动物，对于所有实际的目标都提不起劲儿。别理他，咱们去看看该怎么处理那部篷车。"

经过仔细检查后，他俩发现就算他们能够自行搬正篷车，也没办法再让它行驶了。车轴扭曲得根本无从修起，脱落的轮子更摔得四分五裂。

老鼠把缰绳收到老灰马背上打个结，走在他的头旁边，一手牵着他，一手提着鸟笼，笼里的小鸟仍在狂躁地鸣叫着。"来吧！”他对鼹鼠正色相告，“最近的城镇距离此地有五六英里（1英里＝1.609344千米），咱们得走路过去。越早出发对我们越好。”

“那蛤蟆怎么办呢？”出发之时，鼹鼠忧心忡忡地问，“我们不能丢下他。像他那样魂不守舍地独自坐在大马路中央，不安全。万一有另外一辆那东西开过来呢？”

“噢，烦人的蛤蟆，”老鼠粗暴地说，“我跟他之间彻底完蛋啦！”然而他们并没有走多远，便听到后面噼噼啪啪的脚步声追来。接着蛤蟆的两手分别插进他俩的臂弯里，他的呼吸依然急促，两眼仍旧茫然地瞪着前方。

“喂，听着，蛤蟆，”老鼠厉声吩咐，“等我们一走到镇上，你必须马上到警察局，去看看他们对那部汽车是否有所了解，它的主人是谁，还要对它的主人提出控诉。接着你得去找个铁匠铺或轮匠铺，安排将篷车拖去修理好。虽然这得花点儿时间，不过车子还没被撞坏到完全无法修理的程度。与此同时，鼹鼠和我会去找个客栈，订几个舒服的房间，好在篷车修好前让大家住，也让你紧张的神经完全从震惊中恢复过来。”

“警察局？”蛤蟆喃喃呓语，“要我控告那屈尊降贵光临我眼前的漂亮迷人的汽车？修理那篷车？不，我从此再也不要马车了，也不想再看到那部篷车。噢，老鼠！你不知道我有多感激你答应参加这趟旅行！没有你我就不会出发了，恐怕也永远见不着那——那天鹅、那阳光、那霹雳！听不着那迷人的声音，闻不着那醉人的味道！这一切都多亏你们，我

最好的朋友！”

老鼠失望地掉过头去，隔着蛤蟆的头告诉鼹鼠：“你看到啦？他已经不可救药。这事儿我不管了。等一到镇上，咱们立刻去火车站，运气好的话说不定能搭上一班让我们今晚就可以赶回河岸的火车。今后包你不会再看到我陪这个惹人生气的家伙出门游乐了！”他冷哼一声，沿路只对鼹鼠发表高论，走完剩下的疲惫路程。

一到镇上，他们马上前往火车站，把蛤蟆安置在二等候车室，付两便士（1便士≈0.0877元人民币）给行李搬运工，请他盯牢蛤蟆。接着他们把马交托在一家客栈的马房里，尽可能交代清楚如何处理篷车和车上的东西。

最后，一列慢车将他们载到离蛤蟆府不太远的车站。鼹鼠和老鼠把痴痴迷迷、仍然像在梦游一样的蛤蟆带回他家，指示他的管家填饱他的肚皮，替他更衣，带他就寝，然后他俩到船库取出自己的船，顺流而下返回家中。等到他们坐在自己温馨的河畔客厅用餐时，时间已经很晚了，不过老鼠却是万分惬意、欢喜。

隔天傍晚，晚起的鼹鼠在度过闲散的大半个白天后，正坐在河岸上钓鱼。这时老鼠已经拜访过许多朋友并结束了谈天说地，正轻快地沿路走来，看到了鼹鼠。

“你听说了吗？”他说，“整个河岸，这是唯一的话题。蛤蟆今天早上搭早班火车进城去了，他已经订购了一辆非常昂贵的大汽车。”

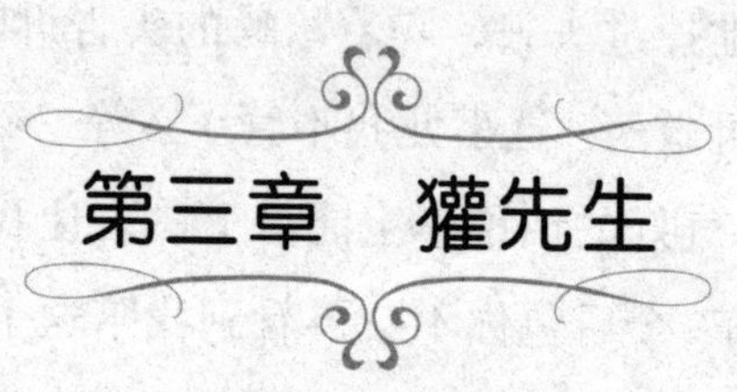

第三章　獾先生

鼹鼠渴望去见獾，便下定决心，要和老鼠一起去野树林找獾先生。经过重重困难，他们终于找到了獾先生的家，并敲响了门铃。

随着拔出门闩的响动，洞门开了几寸，足够露出一只长鼻子，以及一双困得快要睁不开的眼睛。

“喂，下一次再有这种情形发生，”一个粗暴多疑的声音说道，“我一定狠狠地发脾气。这一次又是谁在三更半夜扰人清梦？快说！”

“噢，獾，”老鼠高喊，“拜托让我们进去。是我——老鼠，还有我的朋友鼹鼠，我们在风雪中迷路了。”

“怎么？是老鼠，我亲爱的小家伙！”獾一改原先的口气，叫着，“快进来，两位，快。哟！你们一定累死了。”两只小动物跌跌撞撞、争先恐后地挤入洞内，安心快活地听着门在他们背后砰的一声关闭。

好心的獾把他俩推到一把高背长木椅上烤火，以便他们烘

干身体，好不容易他们总算彻底烤暖了全身，獾立即把他俩唤到餐桌旁，让他俩享用他忙忙碌碌准备好的餐饮。他俩原本早就饿昏了，可是看到那么丰盛的晚餐，却又不知道该先享用哪一道菜。一时之间他们根本无暇交谈，等到慢慢恢复谈话了，却又美中不足地因为塞着满嘴食物而讲得咿咿唔唔。

晚餐终于真正结束，两只小动物都觉得肚皮撑得鼓鼓的，而且很安心，用不着为任何事或任何人而提心吊胆。主客三个围坐在大壁炉炽热的木炭周围，想着能够熬夜到这么晚，这么酒足饭饱，无拘无束，是多么开怀的事情。在大家天南地北地闲聊一阵后，獾热诚地提出："赶快，告诉我一些你们那片天地的消息。蛤蟆老弟近况如何？"

"噢，越来越糟糕了。"老鼠凝重地表示，坐在长椅上享受温暖火光的鼹鼠也四足高举过头，试图流露出一脸痛心的表情。"上周才又撞过一次车，而且撞得很严重。嗯，他老是坚持亲自开车，偏偏又完全无法胜任。要是他肯雇只稳重正派、训练有素的动物，付给他优厚的薪水，把所有事情交给他去办，那么一切自然不成问题。偏偏他不要，他深信自己是天生的司机，谁也教导不了他什么，于是种种问题自然也就层出不穷了。"

"他到底有过多少次？"獾闷闷不乐地问。

"是撞车？还是车子？"老鼠问，"嗯，算了，反正碰上蛤蟆——数目都一样。这是第七辆了。至于前面那些——你晓得他那座车库吧？喏，早已层层堆积，全是不比你帽子大的汽车碎片残骸！总共是六部——若是能够计数的话。”

“他已经进过三次医院，”鼹鼠插嘴道，“至于必须缴纳的罚金，光是想想就吓死人！”

“不错，那也是一部分的困扰。”老鼠接着往下说，“蛤蟆很有钱，这点我们大家都知道，但他并非百万富翁。加上他是个技术拙劣透顶的司机，又完全漠视法律和秩序，送命或破产——两样他迟早会碰上一样。獾！我们是他的朋友，难道不该采取点儿什么行动吗？”

獾绞尽脑汁想了想，终于相当严肃地开口：“喂，听着！你们当然知道，目前我什么都没办法做！”

两位朋友默默同意，完全理解他的说法。按照动物界的规律，在冬季里，根本别想指望任何一只动物去从事什么英勇豪迈、全力以赴，甚至只是温温和和、普普通通的活动。大伙儿全都昏昏欲睡——有的当真睡熟了。每只动物或多或少都会受到气候的限制，会在休息中度过艰辛的日日夜夜。这期间，他们身上的每块肌肉都受到严格的考验，每一分精力都维持极度的紧绷感。

“很好！”獾接着声称，“但，一旦换上新的年头，夜缩短了，不到天亮人就醒来，心浮气躁地盼着天亮，甚至天没亮，就想起来做点儿什么——你们知道！”

两只动物郑重其事地点点头。他们知道！

“嗯，到时候，”獾继续往下说，“我们——就是你、我和我们这位朋友鼹鼠——我们要认真管管蛤蟆，不许他再做一点

儿糊涂事。我们要让他恢复理智。必要时，就算使用武力也在所不惜。我们要令他成为一只有理性的蛤蟆。我们要——你睡着了，老鼠！”

“我没有！”老鼠猛一挺身醒来。

“从吃晚餐到现在，他已经睡着两三次啦！”鼹鼠哈哈大笑。他觉得自己却相当清醒，甚至精神振奋，只是不明白原因何在。这自然是因为他天生就是地底下的动物，又在地下成长，獾的家园正符合他的天性，让他感到轻松自在。而老鼠习惯每晚睡在窗户正对凉风习习的河流并且敞开的寝室，自然觉得周遭空气凝滞而有压迫感。

“哦，这会儿大家都该上床了。”獾说着，起身端起浅平烛台，“来吧，两位，我带你们到各自的寝室。明早用不着拘束，随你们高兴什么时间吃早餐都行！”

他领着两只小动物来到一个看上去半是寝室、半是贮藏室的房间。獾囤积过头的东西随处可见，占去半个房间，但架设在其余地板上的两张小床看起来是那么柔软又讨人喜欢。床上铺的床单布料虽然粗糙却很洁净，闻起来有股芬芳的熏衣草香。鼹鼠和老鼠不到三十秒，便脱掉身上的衣服，高高兴兴地、心满意足地钻进被窝里。

这两只小动物依照好心的獾的指示，隔天早上睡到很晚才下来吃早餐，发现厨房里生着熊熊的火，两只小刺猬坐在桌旁的长板凳上，吃着木钵里的麦片粥。看到他们进来，刺猬放下他们的汤匙站起来，恭敬地鞠了个躬。

“行啦，坐啊，坐啊，”老鼠愉快地招呼道，“继续吃麦片粥。你们两个打哪儿来的？是在雪地里迷了路吧？”

“是的，先生。”两只小刺猬中较大的那个很有礼貌地说，“我和这位比利想觅路上学——即使天气这么坏，妈妈也要我们去上课。我们自然迷路了，先生。比利年幼又胆小，吓得大哭起来。好不容易，我们终于误打误撞地碰到獾先生家的后门，于是放大胆子敲了门。因为众所皆知，獾先生是位好心的绅士——”

“我了解。”老鼠边说边从一块熏肉上替自己切下几片薄片，鼹鼠也打了几个蛋在一只煎锅里。“呃，外面天气究竟如何？还有，你用不着频频称呼我为‘先生’。”

“噢，坏透了，先生，雪深得吓死人。”刺猬回答道，“像你们这样的绅士们，今天可别出门。”

“獾先生哪里去了？”鼹鼠拿着咖啡壶到壁炉前去将咖啡加热。

“主人进他的书房去了，先生。”刺猬答道，“他说他今天早上将会特别忙碌，不愿受到任何打扰。”

在场的人自然都对这个解释心知肚明。实际情况正如前面所说，当一个人在一年之中过了六个月活动紧凑的生活，另外六个月相形之下（或者实际上）便显得很贪睡。而在这嗜睡的六个月里，若是有人来了或有什么事待做，你也不能老是拿睡觉当作推托之辞——这个借口太过公式化了。几只小动物都心知肚明，獾一定是痛痛快快地吃饱了早餐，退到书房，跷起二郎腿安坐在摇椅上，脸上盖着一张红棉布手巾，像每年这个时节一样地“忙碌”着。

前门门铃当当作响，沾了满嘴油的老鼠派遣鼹鼠和小刺猬比利前去看看来者何人。大门处响着一大片重重的脚步声，比利旋即领着水獭进门。水獭扑上前来拥抱老鼠，热情地高声打招呼。

“快放手！”老鼠满嘴的食物四下喷溅。

“我想应当能在这儿安然无恙地找到你们。”水獭开心地说，“今天早上我到河岸边时，他们全慌成一团。老鼠彻夜未归，鼹鼠也一样。他们说，一定是出了什么可怕的事。当然啦，白雪又掩埋了你们所有的脚印。但我知道，人们一陷入困境通常会去找獾，不然就是獾不知怎么得知那件事，所以我马上冒着风雪、穿过野树林来到这里。噢！在红日初升时走过雪地，棒极啦！当你在寂静中走着，一团团的白雪不时忽然从树梢啪嗒一声坠下，叫你猛然吓得跳起来落荒而逃，找个地方躲避。一夜之间凭空出现了雪堡和雪窑，以及雪桥、雪廊、雪壁垒，如果有时间，要我留在那儿陪它们玩上几个钟头都行。地上到处可见被沉重的积雪压断的大树枝，知更鸟儿趾高气扬地站在那上面蹦蹦跳跳，仿佛那是他们自己弄断似的。但一路上我却没碰到一个聪明人可以打探消息。半途中，我遇见一只坐在树桩上、用爪子清洁他那张笨脸的兔子。当我悄悄走到他身后，用我的前掌搭在他肩头时，可把他吓得魂飞魄散呢！我不得不对着他的头揍了一两拳，才使他稍微恢复镇定。最后我好不容易从他口中逼问出，昨天晚上他们之中有只兔子在野树林见过鼹鼠。他说，那是树洞之间的话题，有人提到老鼠先生的挚友鼹鼠境况有多惨！他迷了路，他们纷纷跑出来追他，把他赶得团团转。‘你们何不想点儿办法照料他？’我问。‘什么？我们？想办法？我们兔子？’他光会说这些，于是我又揍了他一拳，离他而去。除此之外，我能拿他怎么办？不管怎么说，我已能晓得某件事。倘若运气好再遇见‘他们’之中的任何一个，我就会多知道一点儿了。”

“难道你一点儿都不——呃——紧张？”一提到野树林，鼹鼠昨日的惊恐又有一部分重回心中。

“紧张？”水獭张嘴大笑，露出一口白得发亮的牙齿，“要是他们之中有哪个想对我怎么样，我才会让他们紧张。喂，鼹鼠，请你帮我煎几片火腿吧。我简直饿昏了，而且有一箩筐的话要跟老鼠说。我将近一年没见到他啦！”

于是鼹鼠温顺地切下几片火腿，叫两只小刺猬煎熟，然后回到原位吃自己的早餐。水獭和老鼠则头靠着头，热烈地大谈河上的行当，滔滔不绝地说个没完，就像潺潺的河水一样永不停歇。

一盘火腿刚刚吃完，正想送回盘子多添些时，獾打着哈欠、揉着眼睛进来了，以他安静而简单的方式，加上亲切的询问，向在场每个人打招呼。“想必快到午餐时间了，”他告诉水獭，“最好留下来和我们一道用餐。这种寒冷的早上，你一定饿啦！”

“饿惨了！”水獭朝鼹鼠眨眨眼，“光瞧见这两只小刺猬拿煎火腿填饱肚子，就让我感到饥肠辘辘。”

一吃完麦片粥就卖力替人煎火腿的小刺猬们，又觉得肚子饿了，怯怯地望着獾先生，却又羞怯得说不出话来。

“喂，你们这两只小家伙最好快快回家找妈妈。”獾和蔼地说，“我会派个人帮你们带路。我断定，你们今天不用再吃午餐啦！”

他给了他们每人六便士，拍拍他们的头。他们毕恭毕敬地挥挥帽子，举手碰碰额头行礼，离开了獾的家。

厨房里，大伙儿马上坐下来吃午餐。鼹鼠的座位就在獾先生旁边，水獭和老鼠还在一个劲儿沉迷于河流话题。于是鼹鼠趁机告诉獾，他觉得这里有多么舒适，多像家一样。“一旦进入地底下，”他说，“你就会彻底安心自在。不会出任何事情，也不会有任何东西逮着你。你完全可以自作主张，用不着和任何人商量，也不用管他们怎么说。头顶上的万事万物照常运行，你只要任其发展，用不着去挂念。随时想上去就可以上去，一切都在等着你。”

獾对他露出和煦的笑容。“我的看法正是如此。”他答道，“除了地下，没有一个地方是安全、宁静的，或安定的。再说，要是你有意扩充和扩大——只要刨刨挖挖就行啦！要是仍觉得自己的房子大了些，不妨封掉其中一两个洞口，就又称心如意啦！没有建筑师，没有工匠，没有人爬到墙头上对你发表高论，也没有天气因素作怪。喏，瞧瞧老鼠。只要洪水涨个几尺高，他就得搬进出租公寓里。既不舒服，环境又不好，而且贵得吓死人。再说蛤蟆吧。我对蛤蟆府没什么异议。就房子而言，它是这一带最好的房屋。但万一失火了，蛤蟆怎么办？如果屋瓦被刮走，或者墙壁塌了、龟裂了，蛤蟆怎么办？如果房间里冷风吹来吹去——我本身讨厌透风，蛤蟆怎么办？虽说到地面上去四处走走，找点儿东西糊口谋生是很不错，但终归要回到地下来——这就是我的家庭观！”

鼹鼠由衷赞成，最后獾待他亲切得不得了。“吃完午饭

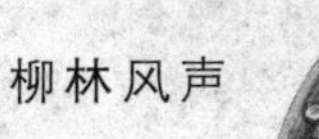

后，”他说，“我带你到我这小地方四处逛逛。看得出来你会欣赏它。你懂得家居建筑应该怎么设计，真的。”

因此，午餐过后，趁另外两只动物坐到炉角唇枪舌剑时，獾点了一盏提灯，吩咐鼹鼠随他走。他俩穿过大厅，走入一条大隧道，摇曳的灯光明灭不定地照亮两旁大大小小的房间。有的只有橱柜大，有的像蛤蟆家的餐厅一样宽敞。一条右转的狭小走道引领他们走上另一道走廊，同样的格局又重复一遍。鼹鼠不禁为这种大小、规模、四通八达瞠目结舌。阴暗走道的悠长，拥挤仓库的坚固圆顶，遍布四处的砖石建筑、梁柱、拱门和人行道路面都叫他惊奇。“怎么做的，獾？”最后他问，“你是怎么找到时间和力气完成这一切的？太惊人了！”

“倘若全是我一个人完成的，”獾直言，“的确很令人吃惊。但事实上我什么也没做，只是清理出自己需要的走道和房间。它的规模还远不止于此，周围尚有许多没使用到的。看得出来你听不明白，我必须向你解释说明。很久很久以前，今天的野树林所在处，以前是一座人类的城市。就在我们现在所站的地方，他们生活、走路、谈话、睡觉，从事他们的营生。他们在这里养马、摆酒宴，从这里骑马出门打仗或驾车出去做生意。他们是个强大的部族，他们很富裕，他们是伟大的建筑师。他们建造持久的建筑——因为他们认为自己的城市将会永恒长存。”

“但是，他们后来都怎么了？”鼹鼠追问。

“谁晓得。”獾说，“人们来了，他们逗留一阵，兴盛繁荣，建造东西，然后走掉，这就是他们的习性。听说，在多年以前

——那时还没有建造那座城市，这里有很多獾。现在这里又住着獾了。我们是个坚忍的族群。我们可以暂时搬出去，但是耐心地等着，终有一日会再回来。以往如此，以后也将是如此。”

“哦，那么等他们终于走了以后呢？我是指那些人类。”鼹鼠问。

“等他们走了，”獾接着说，“强风和不断的雨水立即无止无休、年复一年地掌管这一切。城市被夷为平地，消失了。接着，这片土地长出了幼苗，幼苗拔高成森林大树，荆棘、蕨类植物也攀爬匍匐着助势。腐殖土壤慢慢堆高，湮没了一切。冬季里暴涨的溪流挟带着泥沙和土壤淤积在此地，日积月累，为我们备妥了家园。于是我们搬进来了。在我们头上的地表上，发生了同样的事情。动物来到此地，看中它的风貌，各占地盘定居下来，扩张领域，兴盛繁衍。他们懒得费心研究过往，他们太忙了。这地方有点儿起起伏伏、高低不平。自然而然，到处是坑洞，不过那是个极大的便利。他们

也不操心未来。未来也许人类会再搬进来住上一段时间——很有可能。如今野树林里有不少种族群居在此。好的，坏的，不好不坏的，就和一般的聚居地一样，我叫不出他们的名字来。一个世界，需要有各式各样的东西才能够组成。不过，我想目前你自己对他们应该有些认识了吧。”

“正是。”鼹鼠微微一颤。

“没事，没事，”獾轻拍他的肩膀，“喏，这是你第一次和他们遭遇。他们并非真的那么坏。我们全都必须生活，也必须让人生活。不过明天我会传个话出去，以后你应该就不会再遇上麻烦了。在此地，我的任何一位朋友都可以通行无阻。如若不然，我一定会追究原因！”

回到厨房后，他们发现老鼠正坐立不安地走来走去。地底下的气氛正压迫着他，让他越待越紧张。他似乎真的害怕若不回去看管，河流会溜掉似的。因此他早已披上外套，把手枪插回腰带上。

“来吧，鼹鼠，”一见到鼹鼠，他便焦急地说道，“我们得趁着天色明亮时回家，我可不想再在野树林里逗留一夜。”

“不会有问题的，我的好兄弟，”水獭说，“我陪你们一块儿走，就算蒙上眼睛我都能认得每一条小路。要是有哪个家伙欠揍，你们大可以安心交给我去揍他一顿。”

“老鼠，你真的用不着忧心忡忡，”獾淡淡地说道，“我的通道比你想象的要长得多。另外，我还有很多通道通向好几个方向的林子边缘，不过我并不在乎大家知道这些。等你真的非走不可时，我给你指一条捷径离开。而在此之前你尽管放轻松，安心坐下来。”

老鼠还是一个劲儿急着要赶回去照料他的河流。于是獾再次提起灯笼，领着大伙儿走进一条闷湿的地道。这条地道蜿蜒曲折，骤转直下，部分造成拱状，部分削穿了坚硬的岩石，走得让人骨酸脚麻。好不容易，阳光终于透过走道出口顶上交错的植物缝洒下，獾和他们仓促地道别，赶紧把他们推出门外，再用爬藤、灌木和枯枝败叶尽可能将一切恢复成自然面貌，然后返身往回走。

熟悉路径的水獭负责带队，抄捷径赶到远方的出入口，然后暂停脚步回头一望，看见一整片野树林浓浓密密、阴森骇人地坐落在周围辽阔的皑皑白雪上。他们同时转身快步往回家的路上赶，赶回去看看炉火和被火光照亮的熟悉事物，聆听窗外河流轻快的水声。不管这条河的情况如何，他们都很了解、都很信任，河流从来不会叫他们吃惊或害怕。

就在鼹鼠匆匆赶路、焦急地盼望着早点儿回到家中，和熟悉喜爱的事物在一起时，他清楚地认清自己是只属于耕作地和树篱的动物，紧紧依附于犁过的田园、常见的牧场、黄昏漫步的小径与栽培作物的庭园地。

至于伴随未经开发的大自然的那些严酷的条件。所需的坚忍的耐力，或者同大自然进行实际抵触的冲突，都是为别人而存在的。他必须放聪明，谨守自己愉快的本分。这里头，自有够他一生经历的冒险活动和奇遇。

第四章　温馨家园

就在两只小动物谈笑风生、兴高采烈地加紧脚步走过时，整群绵羊挤成一团冲撞着栅栏。

在和水獭外出长长的一整个白天后，老鼠与鼹鼠准备穿越田野返家。暮色渐渐笼罩，他们却还有好一段路要走。他俩慌不择路地走过耕地时，早已听到羊群的声音，因此朝着他们的方向走去。这时，他们发现由羊栏往外延伸有条被踩踏出来的小径，因此脚步也轻松多了。他们凭着所有动物天生具有的那种嗅觉，一概斩钉截铁地回应："对，丝毫不错，这正是回家的路。"

"看来我们好像要进入某个村庄了。"鼹鼠有点儿迟疑地放慢脚步。因为原来的羊肠小径后来变成了小路，小路越来越宽，现在又把他们引上一条用碎石铺成的大路了。动物们可不喜欢村庄，那些村庄里的大道，东一条，西一条，完全不顾什么教堂、邮局、酒店，等等，总是想通往哪里就通往哪里。

"噢，没关系，"老鼠说，"每年到了这个季节，村民都是安稳地围在炉边，足不出户。我们可以不受任何打扰，不惹任何不快，悄悄通过这村子。”

刚过村子，农舍一下子全没了，由于四周已是一片漆黑，而据他所知这又是一个自己完全陌生的乡村，因此他乖乖跟在老鼠的背后，把向导工作全部交给他。至于老鼠呢？他依照平日习惯稍微走在前面一两步外，弓着肩膀，两眼盯着面前笔直的灰色马路，以至于当鼹鼠突然意识到声声召唤、浑身恍如触电般猛然一震时，老鼠并没有注意到。

在黑暗中蓦然飘出来的缥缈的神秘呼声，纵然尚未能够让鼹鼠忆起那是什么，但声声熟悉的呼唤却令他激动不已。他完全停下脚步，鼻子到处嗅来嗅去，努力重新捕捉那细细如丝，如触电般强烈触动他的讯息。不一会儿，他又捕捉到它了。这一次，回忆如洪水般一涌而至。

家！那就是这些讯息透露的意义。那些抚慰的呼声，那些空气中拂过的轻柔碰触，还有那些拉拉扯扯、看不见的小手，一路上召唤他回家！噢，此时此刻他必定离家很近了。自从他在那个晴空万里的早晨逃走之后，便始终沉迷在他的新生活里，一心一意享受它的乐趣、它的惊奇，以及它的新鲜和扣人心弦。此刻，在黑暗中，伴着如泉涌而至的回忆，它是多么清晰地矗立在他眼前！不错，它是很寒酸，又很小，装潢很简陋，但那还是他自己的——是他亲手为自己建造的家园，每天工作完后都很高兴回去的家。而那个家显然也很高兴和他在一起，而且正思念着他，盼望他回去，并且正透过他的鼻子这么

告诉他，幽幽地、责备地，但不带半点儿怨恨和怒气，只是清清楚楚地提醒他，它就在那里，盼着他回去。

那呼声好清晰，好明白。他必须马上听它的，回去！“老鼠！”他欣喜若狂地大喊，“停下，回来！快！”

“噢，走啊，鼹鼠！快走！”老鼠爽快地答复，仍旧一个劲儿地快步赶路。

“求求你停下来！”可怜的鼹鼠央求，“你不明白！是我的家啊，我的老家！我刚刚闻到它的气味了，就在附近，真的很近！噢，回来啊，老鼠！拜托，拜托你回来！”

这时老鼠已经遥遥领先一大段路，远得听不清他在喊些什么，也听不出他语气中深刻的痛苦味道。他整颗心都悬在天气问题上，因为他也闻到一股气息——一股疑似大雪将至的气息。

“鼹鼠，目前我们不能停下来，真的！”他回头大喊，“不管你刚刚发现的是什么，我们明天再去找。不过现在我真的不敢停下来——天色已经很晚，而且雪又要下来了，况且我不敢确定该走哪一条路！我需要你的鼻子，鼹鼠，快赶上来吧，好兄弟！”老鼠不等他回答便加紧脚步向前走。

可怜的鼹鼠孤零零地站在马路上，心都碎了。一股哽咽不知沉在体内的何处，凝聚再凝聚，他知道，就快激烈地迸发出来了。

鼹鼠愀然地退到一根树桩上坐下，努力控制自己的情绪，因为他感觉它快要决堤了。交战了那么久的哽咽，不肯臣服于他，一再高涨，高涨，拼命想要纵情流露；一波接一波，冲得又急又激烈。终于，可怜的鼹鼠放弃挣扎，不能自已地放声痛哭起来。他知道一切就要完了，他已然失去几乎要找到的东西。

老鼠为鼹鼠这突如其来的激烈的悲伤情绪而大感震惊，茫然不知所措，半晌都不敢开口说句话。终于，他满怀同情，细声细语地探问：“怎么啦，老弟？究竟出了什么事？把你的苦恼说出来，让我来看看有啥办法。”

可怜的鼹鼠胸口急遽起伏，好不容易一句话刚要说出口，马上又被下一波抽泣哽回去了，几乎无法言语。“我知道它是个——破旧、肮脏的小地方，”终于，他一面饮泣，一面断断续续地吐露，“不像你——那温馨的地方，或蛤蟆漂亮的宅邸。但那是我自己小小的家——我喜欢它。我离开了，把它忘得一干二净——刚刚我忽然闻到它的气味——在马路上，我叫你而你不听时，老鼠——所有事情一下子涌回心头——我要它——噢，天！噢，天哪！而你不愿回头，老鼠——我只好离开它；虽然始终都闻到它的气味——我想我会心碎。我们本该回去看它一眼啊，老鼠——只是一眼——它就在附近——可是你不肯回头，老鼠，你不肯回头。噢，天哪！噢，天哪！”

回忆带来阵阵新的悲伤，鼹鼠再度泣不成声，无法继续说下去。

老鼠直愣愣地盯着前方，一句话也没说，只是轻轻拍着

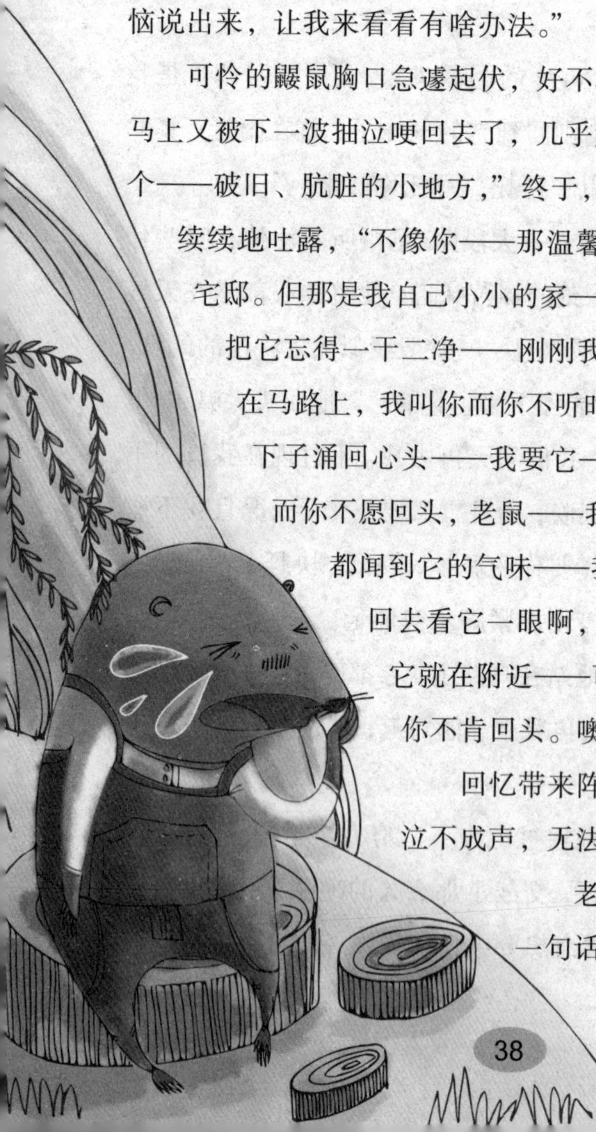

鼹鼠的肩膀，过了好一会儿才愁眉苦脸地低声埋怨自己："现在我全明白了！我多蠢啊！蠢猪——那就是我！一头蠢猪——不折不扣的蠢猪！"

他一直等到鼹鼠的呜咽渐渐规律，不再那般歇斯底里；等到哽咽只是陪衬，大声抽鼻子变成主调，这才站起来，轻描淡写地说句："好了，老兄，现在咱们真的得赶紧走啦！"然后，他们朝着刚刚辛辛苦苦走过的来时路往回走。

"你究竟要（嗝）去哪里（嗝），老鼠？"鼹鼠不解地仰起头，泪汪汪地喊着。

"我们去找出你的家。"老鼠愉快地说，"所以你最好赶快跟上来，那可有得找啊。我们需要你的鼻子。"

"喂，回来啊，老鼠，回来！"鼹鼠站起来匆匆追上前去，嚷着，"没用的，我告诉你！时间太晚了，天色也太暗啦，那地方又太远了，况且眼看就快下起雪啦！我——我根本没打算让你知道我那种感受——那全是意外，是个错误！想想河岸！想想你的晚餐！"

"去他的河岸！去他的晚餐！"老鼠情绪激昂地说，"告诉你，我现在要去找出这个地方，就算彻夜留在户外也在所不惜。开心一点儿吧，老弟，挽着我的手，咱们很快就会回到原处的。”

还在抽泣的鼹鼠，一路哀求着，勉勉强强被他那果断的朋友拖着往回走，听他谈些愉快的话和奇闻趣事来鼓舞自己的精神，让累人的路程走起来感觉短了一点儿。终于，老鼠觉得他俩一定离鼹鼠刚刚“滞留”的路段很近了，于是他说：“喂，现在别再闲聊啦。办正事！用你的鼻子，专心去做。”

他俩静悄悄地移动一小段路，老鼠突然经由和鼹鼠相挽的手臂，感到一股如电流般的微弱刺激流遍好友的全身。他立即松手，后退一步，全神贯注地等着。

讯号传来。

鼹鼠纹丝不动地伫立原地，仰起鼻子微微合张，嗅着空气中的气息。

接着他箭步往前冲出一小段路——不对——煞住——回到原地，然后稳健地、满怀自信地缓缓前进。

激动万分的老鼠紧紧跟随，而鼹鼠却有点儿像在梦游似的，跨过一条干沟，爬过一片树篱，在暗淡的星光下嗅着路，越过一片光秃秃的、没有人迹的空旷田野。

这时，他突然毫无预兆地猛往下钻，但老鼠一直警惕留神，忙跟着他钻下地去，来到被鼹鼠那忠实敏感的鼻子引导而来的地道。

地道既挤又不通风，还带着强烈的泥土味儿。老鼠觉得自己仿佛走了大半天才到通道尽头，总算能够挺直腰板，伸展四肢，抖动一下身体。鼹鼠擦亮一根火柴，老鼠借着火柴光看出

他们现在站在一块空地上。这里经过仔细打扫，脚下铺着沙子，正对面是鼹鼠家小小的前门，一旁的门铃拉索上以歌德体的字漆着“鼹鼠终站”四个大字。

鼹鼠伸手取下挂在墙边一枚钉子上的灯笼点亮，老鼠左顾右盼，看出这该是个前庭之类的地方。门的一侧摆着一张花园凉椅，另一边有部滚路机。因为鼹鼠在家时是只爱整洁的动物，受不了别的动物把他的土地踢出几个土坡来。四面墙边挂着不少只盛着野蕨的铁丝篮，搭配着数个托着石膏像的托架，以及众现代意大利英雄人物雕像。前庭的一侧设有一座九柱戏场，沿着它旁边摆了些长椅和小木桌，桌上留着一个个像是啤酒杯制造的圈痕。中央有圆形的小池塘，里头养着金鱼，边缘嵌着扇贝壳。池子中央耸起一座包着许多扇贝壳的奇异东西，顶端嵌着一颗银色大玻璃球，每样物品投射在那玻璃球上都映出扭曲的形象，制造出十分逗人喜爱的效果。

鼹鼠一看见这些亲密的东西立即眉开眼笑，连声催促老鼠进屋，并在大厅里点了盏油灯，环顾一眼他的老家。他看见每样东西上都蒙着一层厚厚的灰尘；看见这长期无人看顾的房子一副凄凉荒芜相，还有它那狭小贫乏的腹地，以及破旧寒酸的家具什物——他两只前爪捣着鼻子，颓然倒在大厅座椅上。“噢，老鼠！”他沮丧地大叫，“我为什么要这么做？为什么偏要在这样一个夜晚把你带到这又冷又寒酸的小地方。这时候你本来大可以待在河岸，在熊熊的炉火前烘暖你的脚趾头，身旁围绕着属于自己的美好的东西！”

老鼠全然不理会他伤心的自责，自顾自地跑来跑去，打开各扇门，详细察看每个房间和橱柜，点亮许多油灯、蜡烛，四处摆放。“这座小屋真是棒极了！”他开心地高呼，“这样小巧！设计这么周详——样样东西都有，样样都摆在最合适的地方——咱们今晚一定会过得很快活——现在，我们首先需要烧一炉旺旺的火，我来负责——我一向知道什么东西要上哪里找。喂，这就是客厅了吗？好棒啊！凿入墙壁里的那些睡铺是你自己的点子？真棒！喏，我来搬些木头和煤炭。鼹鼠，你去拿把掸子——餐台的抽屉里可以找到一把——想办法把屋里弄得整洁些。来吧，老弟！”

鼹鼠被老鼠一激励，马上站起来痛快地东掸掸、西擦擦，卖力打扫。老鼠则一遍遍抱着木头、煤炭来回跑，烟囱里很快就响起噼里啪啦的烈焰奔窜声。他把鼹鼠拖到炉前取暖。可是，才一会儿工夫对方又颓丧起来，心灰意冷地坐在角落里的一把长凳上，把脸埋在手中的鸡毛掸子里。

“老鼠，”他唉声叹气地说道，“你的晚餐怎么办？你这又冷又饿又累的可怜东西。我什么东西也没法给你——没有——连块面包屑也没有！”

“你怎么这么容易认输啊！”老鼠责备他说，“嘿，我刚刚才在厨房的碗橱里看见一把沙丁鱼罐头的开罐器，看得一清二楚，明明白白的。大伙儿都知道，那就表示这附近一定有沙丁鱼罐头。振作起来吧！打起精神，陪我一块儿去找找吧。”

他往地窖门那边走去，不一会儿工夫两爪各抓着一瓶啤

酒，两臂再各挟一瓶，有点儿灰头土脸地回来了。“鼹鼠，我看你真像个住在金银窝里的乞丐。”他说，“别再看轻自己啦。这里真的是我平生所见最令人愉快的小地方！喂，你那复制画究竟打哪里挑来的？真的，让这地方看起来好温馨啊！难怪你会喜欢它，鼹鼠。”突然，胸口还为刚刚紧绷的情绪而起伏喘息的鼹鼠开始叙述——一开始还带着点儿羞赧，后来谈得兴起，便越说越率性——这是怎么设计，那是怎么构思；这是怎么从某位姑妈那儿意外得来，那又是怎么个惊奇发现而后廉价购入；而另外这件则是辛苦积攒加上东省西省才买下来的。他的精神终于恢复了，还拿了盏油灯向他的客人一一展示，并详细说明它们的特点，压根儿把他俩都亟须饱餐的事情给忘了。饿得发慌却还竭力掩饰的老鼠一本正经地猛点头，蹙着眉头仔细观赏，偶尔轮到他发表意见时，更频频夸道：“棒极了！”“真出色！”

最后，老鼠总算把鼹鼠诱回餐桌，刚要全力以赴地打开沙丁鱼罐头时，前庭屋外传来种种声音——一些像是小脚在石砾上拖着走的声音，还有一些杂乱的细语交谈声。他们听到几个断断续续的句子——“来，大家排成一列——汤米，把灯笼提高一些——先清清你们的喉咙——等我喊一、二、三后就别再咳嗽——小比尔哪里去了——喂，过来，快，我们大家都在等着——”

“怎么回事？”老鼠停下手中的动作询问道。

“我想一定是田鼠。”鼹鼠带着几分神气回答道，“每年这个时节，他们都会固定地到各处去报佳音。他们在这一带是相当出名的团体，而且从来不会疏漏掉我这里——鼹鼠终站是他们最后一处会来的地方。而我总是会请他们喝些热饮，遇到请得起时还外带晚餐呢！我能再次听到他们的歌声，感觉一定会像回到往日时光。”

“咱们现在就来见见他们！”老鼠嚷着便一跃而起，奔向大门。

门一打开，迎面所见的是幅美丽的画面，符合时令的画面。借着一盏角制灯笼朦胧的光线，他们看见前庭站立着八到十只小田鼠，排成半个圆圈，脖子上围着红色的长羊毛围巾，前爪深深地插在口袋里，两脚轻轻地跳来跳去好保暖，亮晶晶的圆眼珠滴溜溜地互相瞟来瞟去，嘻嘻窃笑，不时吸吸鼻子，用袖口去擦。门一打开，提着灯笼的一只较大田鼠就开口道：“好啦，一、二、三！”他们尖锐的小嗓音在空气中回响，唱出一支古老的颂歌。那是他们的祖先在霜凌雪欺的休耕地里，或者在被大雪困于壁炉边时创作的颂歌之一，而后代代相传，每到圣诞季节便在泥泞的街头被人歌咏。

歌声停歇，带着微笑的腼腆的歌手们，互相斜递着眼色，然后是一片沉默——但只是一下子。接着，遥远的钟铃敲出欢欣热闹的叮当声，化为微弱悦耳的嗡嗡鸣响，从上头远远的地方钻入他们才刚走过的地道，传入他们的耳中。

“孩子们，唱得真好！”老鼠由衷地大喊，“现在，大家快进来，到炉边来取取暖，吃点儿热东西！”

“对，快进来，田鼠们，”鼹鼠热情地叫着，“全跟往日一模一样！进来后把门带上，再将那把高背长椅拉到火炉边。好啦，你们稍等一会儿，等我们——噢，老鼠！”他绝望地大叫一声，噙着泪水，一屁股重重地坐在座位上。“怎么办？怎么办？我们没有东西可以招待他们！”

“只管交给我来办。”老鼠一把揽下来，“喂，提着灯笼的那个！快来这边，我有话要对你说。来，告诉我，晚上这时间可有哪家商店还开着？”

“当然有了，先生。”田鼠恭恭敬敬地回答，“每年的这个时候，我们的商店都是全天候营业。”

“那么，注意听！”老鼠说，“你马上提着灯笼出门，帮我——”

接下来是一大段唧唧咕咕的交谈，鼹鼠只听到其中的几个小片段：“新鲜的，记住——不，一磅（1 磅＝0.907 斤）正好——务必要挑巴金氏的，因为别的我都不要——不行，只要最好的——要是那里买不到，就去别家试试——嗯，当然要家庭制的，不要罐装的——行了，尽你所能吧！”最后，叮叮当当的硬币由一只手爪传到另一只手爪，小田鼠又接下一个供他购物用的大篮子，提着灯笼匆匆忙忙地走了。

这时门闩咔嗒一声，大门应声而开。提着灯笼的田鼠拖着沉重的篮子，摇摇摆摆地走进来。

不到几分钟，晚餐已经准备妥当。鼹鼠像在做梦似的坐上首席，看着方才还稀稀落落的桌面，转眼间已经摆满了美味可口的佳肴；看着他的小朋友们无不眉开眼笑，毫不迟疑地埋头大吃，然后自己跟着尽情享用——因为他的确饿坏了——这些像变魔术般出现的美食。他心想：这次回家的结果是多么快乐啊！

最后田鼠们满怀感激，说着数不清的祝贺佳节的话语，外套口袋里塞满了带给家中小弟妹们的东西，叽叽喳喳地告辞了。等终于送走他们，关上大门，叮叮当当的灯笼铃声渐行渐远后，鼹鼠和老鼠把火拨旺，把椅子拉上前，再为自己温杯睡前酒，谈论这漫长的一天内的种种事件。最后老鼠打个大大的哈欠，说：“鼹鼠老弟，我准备躺下来了。困死了！那边那张是你自己的睡铺，对吗？很好，那么，我睡这边。这幢小屋子真妙！每样东西都好便利啊！”

他爬上睡铺，把自己裹在毛毯里，就像被收割机抱入机臂的整片大麦束一样，马上进入了梦乡。

疲惫的鼹鼠也很乐于立即上床，马上就快快活活地、心满意足地把头靠到枕头上。但在合上双眼之前，他又环视了一遍

在炉火光辉映照中呈现柔和色彩的老房间。

这里所有亲切熟悉的东西，长久以来已经不知不觉成为他的一部分，而今正无尤无怨地、笑吟吟地迎接他归来。上面的世界太有力量啦，即使回到下面它仍声声呼唤他，而他也知道自己一定会再回到那片更大的舞台。但想到能有这个地方可回，真的好窝心。

第五章　蛤蟆先生

那是个万里无云的初夏早晨，河流已恢复它往常在堤岸的流速，酷热的太阳仿佛要将所有绿色的、丛生的、尖尖长长的东西全部拉向它，就像绑着绳子拉扯那样。鼹鼠和老鼠打从天色微亮，就为有关船只以及船季展开的诸多事务忙得团团转，粉刷、上光、修理船橹、整修船上的坐垫、找寻不见踪影的长篙，等等。然后他们在小客厅里边讨论当天计划，边吃早餐，忽然听到一阵重重的敲门声。

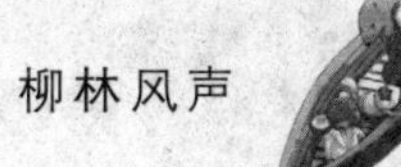

“劳驾！”老鼠净顾着吃鸡蛋，说，“鼹鼠，既然你都吃饱了，当个好人，去看看是谁吧！”

鼹鼠走过去应门，老鼠听见他发出一声惊讶的大叫，随即推开客厅门，郑重宣布：“獾先生驾到！”

这的确是件了不得的大事。獾先生竟会正式拜访他们，或者形容得确切点——拜访任何人。通常就算你急得要命想见他，也得选在清早或傍晚，趁他悄悄窜过树篱时当面拦截才成；或者一路寻觅他那位于野树林中央的住处，而那可是一件粗心不得的大事呢！

獾跨着重重的大步伐进入屋内，一脸肃穆地站在那儿盯着两只小动物。老鼠张着嘴巴，手中的吃蛋小汤匙不知不觉掉到桌巾上。

“时刻到啦！”终于，獾郑重万分地宣布。

“什么时刻？”老鼠不安地瞄瞄壁炉架上的时钟。

“谁的时刻？你该这么问才对。”獾答道，“哼，蛤蟆的时刻！蛤蟆的时刻！我说等冬天完全过完后，我会尽快好好管教他。今天我就要过去把他带在身边管教啦！”

“蛤蟆的时刻，那当然！”鼹鼠开心地嚷着，“好啊！现在我想起来了！我们这就去教他当只明智的蛤蟆！”

“就是今天早上，”獾坐到一把摇椅上，接着往下说，“因为昨晚我听说，又有一部超大马力的新汽车将要送抵蛤蟆府。说不定，就在此时此刻，蛤蟆正忙着将他视为心肝宝贝的那些其丑无比的礼服穿上身，使他由一只好看的蛤蟆，变成一只任何正经动物见了都会火冒三丈的怪物。我们必须趁无法挽救以前，赶紧采取必要的行动。你们两个马上陪我前往蛤蟆府，一定要完成挽救的任务。”

“你说得对！”老鼠嚷着，立即站起来，“我们要挽救那只倒霉的可怜动物！我们要改变他，他将会成为一只与尚未接受咱们改造前相比，有一百八十度转变的蛤蟆！”

他们由獾带队，踏上这趟慈善任务之行。他们排成一路纵队，而不是分散开来横在路上，因为那样忽然遇上了危险或麻烦的时候就难以互相支援。

正如獾刚刚预期的，他们一到蛤蟆府的车道就看见一部闪闪发亮、漆成大红色（蛤蟆最喜爱的颜色）的崭新大汽车，停在正屋的前面。他们走近敞开的大门，全身软帽、护目镜、长筒松紧靴、超大大衣打扮的蛤蟆一面拉上他的长手套，一面大摇大摆地走下门阶。

“哈啰，快过来，各位！”他一看见他们便很快活地高呼着，“你们正好及时赶上与我同乐——与我同——呃——同乐——”

当他看见三名沉默的朋友那冷漠严厉的表情，热烈的语气变得结结巴巴起来，邀请的话也没敢说完。

獾大步跨上台阶，厉声吩咐两名同伴：“把他带进去。”然后，在蛤蟆被硬往门里推，挣扎着抗议的同时，他转身告诉负责新汽车的司机：“恐怕今天不需要你的服务了。蛤蟆先生已经改变心意，用不着那辆车子了。这是最后的决定，不用再等了。”然后他继三人之后进入屋内，砰的一声关上大门。

“好啦，你听着！”四人全站在大厅后，獾告诉蛤蟆，“首先，把你这一身可笑的东西脱掉！”

“偏不！”蛤蟆气呼呼地回答，“你们这般凶神恶煞是什么意思？我要求你们立即解释。”

“喂，你们两个，把他那些鬼玩意儿给我脱掉。”獾干脆直接下令。

他们不得不把蛤蟆压倒在地，任他挥拳蹬腿、骂尽所有粗话，才动手展开这工作。接着老鼠骑到蛤蟆的身上，鼹鼠逐一剥掉他的全套汽车装。除去了那一身行头的蛤蟆，气势好像也矮了半截。现在他再也不是什么公路煞星，纯粹只是只蛤蟆，两眼带着哀求地从这个望到那个，软弱地赔着笑，看来他已经完全明白自己眼下的处境了。

“你知道事情迟早会走到这一步的，蛤蟆。”獾沉着脸说，“你对我们给予你的警告全然置之不理，任意挥霍令尊留给你的金钱。同时因为你横冲直撞地飞车、撞车、和警察吵架，使得我们动物在这一带的名声越来越坏。我们动物绝不容许自己的朋友胡闹得太过分，而你实在闹得太不像话了。嗯，你在很多方面都不错，我也不想太过苛责你，我会再尽一次力让你明白事理。你随我到吸烟室里来，听听一些有关于你自己的事实。我们再看看，从那里头走出来的蛤蟆是否和进去前一个样儿。”

他拉着蛤蟆，把他带进吸烟室里，随即将门关上。

“没用的！”老鼠轻蔑地说，“单和蛤蟆谈谈永远治不了他的毛病。他有一大堆理由好说。”

他们舒舒服服地坐到摇椅上，耐心地等着。透过紧闭的房门，他俩只能听到獾起起落落的说教声。不久，他们注意到训诫声音开始不时被长长的呜咽声打断。这呜咽之声显然出自蛤蟆的胸臆。他是个心肠软又易感动的家伙，十分容易——就此刻来说——因任何观点而来个一百八十度的转变。

约莫三刻钟后，那扇门开了，獾把垂头丧气、没精打采的蛤蟆牵了出来。

蛤蟆的皮肤松垮垮地垂在身上，两腿站都站不稳，脸上挂满了被獾那番动人谈话勾引而出的泪水。

“蛤蟆，到那边坐下。”獾指着一把椅子说。“朋友们，”他接着表示，“我很高兴地通知两位，蛤蟆终于认识到他的错误了。他真的很为自己过去误入歧途的行为感到难过，也已担保从今以后永远不再碰汽车了。我已要他郑重立誓保证。”

“那真是个天大的好消息！”鼹鼠庄重地说。

“哦，的确是个很好的消息。”老鼠将信将疑地表示，“只要——只要——”

他边说边十分认真地打量蛤蟆，不得不认为从对方那依然满含悲伤的眼神中，隐约还透露出一点儿闪烁的味道。

“现在只剩下一件事要做。”獾满意地吩咐，“蛤蟆，我要你把刚刚在吸烟室里对我全盘招认的话，郑重地在你这两位朋友面前重复一遍。第一，你是否后悔过去的所作所为，了解到那有多愚蠢？”

一阵长长的、长长的缄默。蛤蟆一脸绝望地望向他们，而他们则肃静地等着。终于，他开口了。

“不！”他的口气虽有点儿窒闷，但却十分强硬。“我不后悔，而且那一点儿也不愚蠢！它光荣极了！”

“什么？！”獾既震惊又愤慨地大吼，“你这堕落的动物。你刚刚不是才告诉我，就在那——”

“噢，对，对，在那里！”蛤蟆不耐烦地说，“在那里我什么话都会说出口。你的话是那么滔滔不绝，亲爱的獾，你又是那么感人，那么具有说服力，把你的每个观点都说得好的吓死人——你知道，在那里你可以爱拿我怎样就怎样。但在那之后我扪心自问，把事情又反复想了一遍，就发现其实我一点儿也不后悔难过，所以就算嘴巴上那么说也没半点儿用。喏，对不对？”

“那么你不保证，”獾问，“以后不再碰汽车喽？”

“绝不！”蛤蟆郑重强调，“相反的，我真心发誓，只要让我看见第一辆车，‘噗噗’，我马上坐了就跑！”

“早告诉你了，不是吗？”老鼠对鼹鼠表示。

“很好，那么，”獾站起身来，坚定地说，“既然你不听劝，我们只有动用武力了。我一直担心会走到这一步。蛤蟆，过去你常邀我们在你这栋漂亮的屋子里住上一段时间，现在我们就决定住下来。等将你彻底改造成功之后我们自会告辞，但在那之前绝不离开。你们两个，带他上楼，把他锁在他的卧房里，然后咱们来安排各自的任务。”

“蛤蟆，你知道，这全是为了你好。”老鼠一面和颜悦色地说，一面和鼹鼠把拼命踢腿挣扎的蛤蟆往楼上拖。“想想，等你完全克服这——这阵令人痛苦的突发病症后，我们大家会一块儿过得多快活，就跟以往一样。”

“在完全治好你的毛病之前，我们会很用心地为你照料一切的，”鼹鼠说，“而且还会负责让你别像原来一样乱花钱。”

“再也不会发生那些和警方扯上关系的遗憾事件了，蛤蟆。”老鼠边说边协力将蛤蟆推入卧房。

“也不会再一连住院好几个礼拜，听候那些女护士指挥了，蛤蟆。”鼹鼠补充一句，并锁上了门。

他俩走下楼梯，蛤蟆透过钥匙孔对他们大声叫骂，而三位好友则接着针对眼前的情况开会共商大计。

“这件事情可有得耗了，”獾叹着气说，“我从没有见蛤蟆态度这么坚决过。总之，我们还是会解决的。蛤蟆一分一秒都需要有人看守着。咱们得轮流陪伴着他，直到他体内的‘毒素’完全排除为止。”

于是他们排班看守。每天晚上轮流由一只动物到蛤蟆房间过夜，白天则划分时段轮值。一开始，蛤蟆显然令这三位用心良苦的守卫吃足了苦头。当他的毛病突然剧烈发作时，他会用卧室里的椅子拼成汽车形状，然后蹲伏在最前面一把椅子上，两眼定定直视前方，发出粗鲁可怕的声音，直到达到最高潮。然后翻个三百六十度的筋斗，最后，趴在那堆椅子残骸间。这一刻，他显得十分满足。然而，随着时间的流逝，这些痛苦的

发作也渐渐不再那么频繁了，而三位好友更全心全意致力于将他的心思引导到新的方向。只是他对其他事务似乎并未恢复兴趣，人也显得越来越颓丧消沉了。

为了逃跑，蛤蟆整出生病的样子骗过了老鼠，趁老鼠外出请医生的时刻，蛤蟆偷偷溜走了。

这个时候，无拘无束、乐得开怀的蛤蟆正在离家好几里外，快活地沿着大马路走着。最初他走的是迂回偏僻的小路，越过许多田野，更改了好几次路线，以防后面有人追捕。但现在，他感觉已经没有再被捉回去的危险了，阳光又在对他朗朗地微笑，整个人自然地唱着一首颂歌，附和着他在内心唱给自己听的自夸曲。踌躇满志、得意非凡的蛤蟆，简直要沿着马路跳起舞来啦！

“真是件杰作！”他笑呵呵地自我评论，“脑力对付蛮力，脑力大获全胜——天生注定的。可怜的老鼠！天！不到獾回来，他还不会明白呢！老鼠，一个可敬的朋友，有许多优点，可惜没啥智慧，又不曾受过教育。改天我可得照应照应他，看看能不能让他成点儿器。”

他装满了一肚子诸如此类的自负想法，脑袋里胡思乱想地一路昂首阔步来到镇上。看到“红狮”的布招牌在对街的大路中央迎风招摇，他这才想起今天还没吃早餐。再加上走了这么长的一段路，肚子早就饿扁了。他走进客栈，从立刻能够上桌的菜色中点了最好的来，坐在咖啡厅里享用这一餐。

饭菜刚吃到一半，一阵熟得不能再熟的声音从街上渐渐靠近，令他猝然一跃而起，再浑身战栗地坐下。那“噗噗”之声越来越近啦！他听出车子绕进客栈的车场停下，非得紧紧抓住桌腿才能掩饰他那无法自控的激动。不一会儿，轿车上的一群人拥进了咖啡厅。蛤蟆全神贯注地竖着耳朵，热切地听了好一阵子，终于再也忍不住了。他悄悄地溜了出来，到柜台结完账，一出大门马上悄悄快步绕到客栈的车场。“我只是看看它，”他心中暗想，“不会出什么差错的！”

轿车停在场地的中央，完全没人照料，管车的助手和其他食客都在吃午餐。蛤蟆缓缓绕着它走，边细看，边评论，边沉思默想。

“我怀疑，”他立即自言自语，“我怀疑这种车子可能不容易发动……”

紧接着，他发现自己已经鬼使神差地握住方向盘，正在转动它。那熟悉的声音一响起，往日的热情马上捉住蛤蟆并且主宰了他，彻底支配他的身体和灵魂。他发现自己像在做梦一样，莫名其妙地坐上驾驶座，拉下排挡杆，把车绕着院子开出了拱道。然后，仿佛在梦中似的，所有是非对错的观念，所有对于不妙下场的恐惧，似乎全都暂停了。他加快车速，当汽车冲过整条街，在大马路上风驰电掣地穿越开阔的田野时，他只意识到自己又是蛤蟆了，处于至佳至上境界的蛤蟆、凶神蛤蟆、交通的统治者、荒凉小径之王。在他面前谁都得乖乖地让路，否则就会被撞得一命呜呼，永远不见天日。他边飞驰边哼歌，车子也发出响亮的呜呜声响与之呼应。他飞也似的冲过一

里又一里，只顾满足本能，贪图一时之快，既不知道、也不理会将会落入什么下场……

“依我看，”首席法官愉快地评断，“这件案子的案情已经十分明朗了。唯一的难题是，该怎样判决这个怙恶不悛的无赖、冷酷无情的流氓，才算够严厉。我来瞧瞧，依据最明显的证据，显示他有以下罪行：第一，偷窃一部名贵汽车；第二，危及公共安全的驾驶；第三，对乡间警察无礼莽撞。书记先生，请告诉我们，对于这些罪行，我们分别能施以哪种最严厉的刑罚。当然，用不着再假设嫌犯无罪，因为已罪证确凿了。”

书记官用他的钢笔搔搔鼻子。“有些人认为，”他表示，“最严重的罪行是偷车，事实也是如此。但刑罚最重的无疑是侮辱警察这一项，而这也是应该的。我们假设偷窃判刑十二个月，这是薄惩；飙车监禁三年，这是相当宽厚的；至于蛮横无理判决十五年——根据证人陈述，就算只听信其中十分之一，也是极为严重的侮辱行为。这些数字，如果正确地加起来，总计十九年。”

“好极啦！”主席说。

“因此经过慎重考虑，最好判他个二十年。”书记官总结。

“非常棒的建议，”法官嘉许道，“犯人！打起精神来！起来肃立站好！这一次判你坐二十年的牢！记住，要是下次你再因任何控诉出现在我们面前，我们绝对从重量刑！”

于是凶狠的警察们一齐朝倒霉的蛤蟆扑来，给他铐上手铐、脚链，拖着一路尖叫、哀求、抗议的他离开法庭，穿过市场，一直来到位于最里面的那座监狱中心——最阴森的地牢门口，终于在这个地方停下脚步。一名年迈的狱卒正坐在那儿，用手指拨弄着一大串钥匙。

“天哪！”警官摘下头盔，指指额头，“快起来，你这老傻瓜，接下我们手中这个万恶的蛤蟆——一名无恶不作、诡计多端的罪犯。使出你所有的看家本领看牢、关好他。听清楚了，灰胡子，万一出了什么大麻烦，你的脑袋可就得替他赔上——两颗脑袋都不够赔！”

狱卒沉着脸点点头，把一只皱巴巴的手搭在可怜兮兮的蛤蟆肩头。生锈的钥匙在锁孔里咔嚓一响，巨大的牢门在他们身后砰的一声关上了。于是蛤蟆就成了整个快乐的英格兰国土上最坚固的一座城堡里、守备最森严的一座监狱里、最深邃的一间地牢里一个永无翻身之日的囚犯。

第六章 蛤蟆历险记

当蛤蟆发现自己被幽禁在一座阴湿恶臭的地牢里，知道这座中世纪古堡所有的阴森黑暗全然阻断他与外面充满阳光的世界和质地高级的大马路后，他躺在地上，流着伤心的泪水，自暴自弃地陷入绝望中。

“一切都完啦！”他说，“至少蛤蟆的生涯完啦！像我这样一个被以充分理由监禁的人，怎能指望会有重获自由的一天。因为我是如此大胆地偷了一部那么漂亮的车子。因为我对一群脸红得像猪肝的胖警察施予了那么惊人而又富有想象力的侮辱！”说到这里他哽咽了。

“我是只蠢动物！”他说，“如今我必须被幽禁在这座地牢里，直到那些以自称认识我为傲的人都忘了我的一天——噢，睿智的老獾！噢，聪慧机灵的老鼠和明白事理的鼹鼠！你们拥有多么完美的判断力，多么丰富的人际知识啊！噢，孤单凄凉的蛤蟆！”

他就这样日夜哀叹，悔恨地度过好几个星期，不肯吃饭，也不吃三餐之间的点心。纵然那严峻老迈的狱卒知道蛤蟆口袋里面塞满了钞票，三天两头地对他明白指出可以安排很多舒适豪华的东西从外面送进来——只要肯出高价。

这名狱卒有个心地善良的女儿，时常帮她父亲分担些职务上轻便的工作。她非常喜爱动物，自己还养了一只金丝雀、几只杂色的老鼠和一只整天转个不停的松鼠。这位好心的姑娘怜悯蛤蟆悲惨的处境，便对她父亲说："爸爸，我真不忍见到那只可怜的小东西这么不快乐，变得这么消瘦！请你把他交给我负责。我会让他从我手中吃东西、坐起来，做各种事情。"

她的父亲当然是求之不得，他对蛤蟆的愠怒、傲慢、粗俗、卑鄙早就烦透啦！于是当天她便在慈悲之心的驱使下，来到蛤蟆牢房外敲门。

"喂，打起精神来吧，蛤蟆。"她一进去便连哄带劝地对他说，"来，坐起来把眼泪擦干，还有，试着吃几口东西。瞧，我替你带了些刚出炉的自己的午餐来呢！"

这是土豆烧卷心菜，它冒着热气，香味弥漫在整间狭窄的牢房里。香喷喷的味道钻进伤心地仰卧在地板上的蛤蟆鼻子里，一时间让他想到，或许生活并不像他想象中的那样绝望。但他仍哀哀号泣，踢着双腿，不肯接受安慰。因此，这聪明的女孩便暂时退下。不过，浓浓的菜香仍然遗留在牢房中。蛤蟆抽泣着，一面吸鼻子，一面思量，开始慢慢产生一些鼓舞人心的新念头：想到英雄豪气、诗艺精神，还有许多尚待完成的事业；想到阳光之下，辽阔的草场上面随风翻飞的草浪，以及点

缀其间嚼食的牲口；想到自家的果园、菜圃、药草花床，遭蜜蜂包围的热情的金鱼草；还想到蛤蟆府中摆放在餐桌之上的那些餐盘清脆悦耳的碰撞声，以及每个人将自己座椅拉近桌子时，椅腿摩擦地板的声音。狭小的牢房现出淡淡的光明色彩，他开始想起自己的朋友们，想着他们一定能够使点儿什么力；想到律师，想着自己竟然蠢到没有聘用几个律师；最后，他想到所有事情只要自己多动动脑筋就能做到，于是，他的哀伤悲痛几乎彻底痊愈了。

几个小时后，那位少女回来了，手上端着一杯冒着热气的香茶，还带来了极热的奶油吐司。那奶油吐司的香味简直像在对蛤蟆说话。它对他提起温暖的厨房；提起冬天黄昏舒适的客厅壁炉旁，散步归来的人们将穿着拖鞋的脚搁在壁炉的炭栏上；提起心满意足的猫咪打呼噜的声音，爱困的金丝雀们的啼啭。蛤蟆终于坐挺了身子，擦干眼泪，啜饮香茶，大口大口地咬着吐司，很快便开始谈起他自己，谈起他所居住的房子，他的作为，还有自己的身份和朋友。

狱卒的女儿看出这个话题对他的帮助和茶一样大，于是鼓励他继续往下说。

“告诉我那些关于蛤蟆府的事吧，”她说，“它听起来好像很美丽呢！”

“蛤蟆府，”蛤蟆骄傲地说道，“是座独一无二，最适合名流士绅居住的府邸。它建造于十四世纪，但所有现代化的设施应有尽有。距离教堂、邮局、高尔夫球场都只有五分钟路程，适合于……”

“老天，要命的动物，”女孩笑哈哈地说道，“我又不想搬到那里去。告诉我一些和它相关的实际东西吧。不过，先等我再替你拿些茶和吐司过来。”

她轻快地走开，不一会儿便又端着另一盘食物回来。蛤蟆狼吞虎咽地埋头大吃吐司，已经完全恢复平日的心境，开始对她高谈船库、鱼池，以及围着老墙的果园兼菜圃；谈论猪圈、马厩、鸽房和鸡舍；谈论牛奶棚、洗衣房、瓷器柜与熨斗；谈论府中的宴会厅，还有当其他动物围坐桌边，蛤蟆使出浑身解数唱歌、说故事、展现各项才艺时，大家在那里所得到的欢乐。这时她又想了解一下他的动物朋友们。她对于他告诉她的有关他们的一切，比如他们如何生活，如何消磨时间都听得津津有味。当然啦，她并没有说出自己对动物的心态是喜欢宠物的那种喜欢，因为她知道，那将会使他大为恼火。当她说晚安时，蛤蟆早已恢复往日那种乐天自信、骄矜自恃的德行了。他唱了一两首以往常在宴会中唱的小曲，缩在干草铺上，做着无数好梦，痛痛快快地歇息了一夜。

从此以后，他们常在一起闲聊许多有趣的话题，度过一个个乏味的日子。狱卒的女儿渐渐为蛤蟆感到难过，心想只为一桩芝麻绿豆般的罪行，就把他关在牢房里，真是个莫大的耻辱。而虚荣自负的蛤蟆自然认为她对他的兴趣是出于与日俱增的柔情，因为她是一位那么漂亮的小姑娘，而且显然非常爱慕他。

有天早上，小姑娘显得心事重重，答起话来心不在焉的。在蛤蟆心目中，更在意她对自己的如珠妙语和隽永言论是否足够专注。

“蛤蟆，”没有多久，她说，“请你注意听，我有位阿姨是洗衣妇。”

“好啦，好啦，”蛤蟆亲切温柔地表示，“不要再去想她了。我自己也有好几个阿姨都应该去当洗衣妇才对。”

“拜托安静一下，蛤蟆。”女孩说，“你的话太多了，那就是你最大的毛病。我正在想事情，你却吵得我头痛死啦！正如我刚才说的，我有位阿姨是个洗衣妇，这座城堡里每一座监狱的衣服都归她洗——你知道，我们尽量让自家人包揽下所有这类可以赚钱的事。她每周一早上来把该洗的东西收出去，周五

晚上送回来。今天是周四。喏，这让我想到一个主意：你很有钱——至少你一直是这么告诉我的——而她非常贫穷，我想若是能好好地贿赂她，这样你们可以达成某种协议，让她把自己的服装、软帽等给你穿戴，你就可以扮成一个洗衣妇逃出去。你们在许多方面极为相似——尤其是身材。”

“才不像。”蛤蟆气愤地说，“我的身材优美极了——就我们癞蛤蟆而言。”

“我阿姨也是，”女孩回答，“就她们洗衣妇而言。不过随你自己高兴吧。你这讨厌、骄傲、忘恩负义的动物！我是这么一心想要帮助你，你却如此不知好歹！”

“好了，真的非常感激你。”蛤蟆赶紧表示，“听我说！你绝不能要蛤蟆府上的蛤蟆先生扮成一个洗衣妇到处走！”

“那么，你尽管留在这里当你的癞蛤蟆好了。”女孩气呼呼地回答，“我看你大概还想乘着四人大轿出去呢！”

率直的蛤蟆向来勇于认错。“你是一位聪明善良的好姑娘，”他说，“而我确实是只既傲慢又愚蠢的癞蛤蟆。请你大发慈悲把我介绍给那位可敬的阿姨，我深信我和她一定能够谈得拢某些让双方都很满意的条件的。”

隔天傍晚，女孩领着她的阿姨进了蛤蟆的牢房，身边还带着一包用大毛巾裹着的蛤蟆的一周换洗衣物。老妇人事先早已为这次会面做好准备，见到蛤蟆经过慎重考虑放在桌上的金币后，她拿出了一袭棉布长装，一件围裙，一条披肩，以及一顶褐色圆软帽交给他。这位老妇人唯一的要求是：必须塞住她的

嘴巴，把她捆起来丢在墙角。她解释道——尽管样子看起来可疑，但她希望凭着这套并不十分具有说服力的把戏，加上自己天花乱坠、添油加醋的本领，能够保住自己的饭碗。

蛤蟆对于这个建议很开心。这可以使他被形容成一个可怕至极的人物，英名未损，风风光光地离开监狱。他几乎要出手帮助狱卒的女儿，把她阿姨弄成一副在无力反抗的情况下，遭人制伏捆绑的样子。

“现在该你了，蛤蟆。”女孩说，“脱掉你的大衣和背心，你本身已经长得够胖啦！”

她动手将棉布印花长装罩到他身上，把披肩照洗衣妇的方式整理出褶裥，然后把圆软帽的两条带子拉到他下巴底下打个结。

“你跟她简直像同一个模子印出来的。”她咯咯地笑着说，“只是我相信你这一生中,看起来从没有过她一半高雅的样子。再会啦，蛤蟆，祝你好运。顺着你来时的路直走出去！万一有人对你说什么——男人嘛,很可能会的——你自然可以回敬一两句玩笑话。不过千万记住，你的身份是孤苦伶仃地活在人世间、顾惜名声的寡妇。”

蛤蟆虽忐忑不安，但仍鼓足勇气跨出坚定的第一步，小心翼翼地展开这段看似最危险的旅程。然而，他却惊喜地发现一切竟然都是那么顺利，只是想到有助于他受到欢迎的性别，其实都是别人的，又不免感到有点儿抬不起头来。那洗衣妇裹在棉布长袍里头的矮矮肥肥的身材，仿佛就是通行证，即使当他因为不确定该转哪个弯时，也因为下个门口的守卫急着要去用茶点，招呼他快快通过，而让他轻易地摆脱了困境。遇到针对他而说的玩笑和俏皮话，蛤蟆自然是飞快地做出有力的回应，而这些玩笑话实际上也构成他危险的最主要的成分。因为蛤蟆是只十分看重自己威严的动物，而玩笑和俏皮话绝大多数都是(他认为) 庸俗轻薄的，缺乏幽默感。尽管如此，他仍竭力控制自己的脾气，使用符合洗衣妇身份和她性格应有的话反唇相讥。

在回绝来自最后一间警卫室的苦苦相邀，躲掉最后一名守卫带着假装出来的热情、展开双臂哀求的临别拥抱后，他总算听到大门的边门在背后砰的一声关上，感觉外面世界的清新空气吻上他焦虑的额头，他知道自己自由了！

大胆的冒险行动成功了。蛤蟆乐陶陶的，加紧脚步迎着城镇的光明走去，一点儿也不知道下一步该做什么。唯一确定的就是他得赶紧离开这附近。因为那个老洗衣妇在这里太受欢迎，又有太多人认得她，再不快走就会被识破。

他正边思索边走时，注意力突然被一小段路外的红绿灯所吸引，耳边传来引擎“噗噗”地喷气声，转辙的货车车厢发出轰隆的声响。“哈！”他暗想，“真幸运！此时此刻，就数火车站最符合我的需要！更棒的是我用不着通过整个小镇才到达，也不用借由巧妙应对来掩饰这个丢脸的身份。那虽然非常有效，却无助于一个人的自尊心。”

于是他朝车站走去，查明时间表，找出一班大略朝他家方向行驶、预计半个钟头内开动的列车。“更幸运了！”蛤蟆说着，立即打起精神，走到售票处去买票。

他说出距离蛤蟆府所在的那个村庄最近的站名，然后习惯地将手指插到背心口袋的位置，但是那袭棉布长袍，这会儿挡在中间，像是陌生的怪物按住了他的手，不但害他使出的力气全化为乌有，还不住地嘲笑着他。而后面大排长龙的其他旅客，全都不耐烦地等着，提出各种多少有点儿价值的建议，发出种种大致算得上中肯有力的批评。最后，他终于冲破障碍，到达目标，摸着那个永远是背心口袋所在的位置，发现——不仅没有半毛钱，连装钱的口袋也没啦！甚至连缝着口袋的背心也不见啦！

他惊慌失措地回想起自己把大衣和背心全留在牢房里了，那里头有他的皮夹、金钱、钥匙、手表、铅笔盒——所有让生活过得有意义的东西。

在窘境中，他拼命想要成功应付整件事。于是，摆出过去那种土财主与高官权贵的派头——大声地说道："喂，听着！我忘了带钱包啦。先把那张票给我，明天我会把钱寄过来。我在这一带很有名气的。"

售票员盯着他和黑褐色的软帽端详了一阵，然后放声大笑。"我想，要是你三天两头跑来耍一套这把戏，确实会在这一带大大出名。"

"够啦，请离开这个窗口，老太太，你妨碍到后面的乘客啦！"一名站在后面好几分钟的老先生一把将他推开，更糟的是竟还称他为"老太太"，这是今天最叫他生气的事了。

蛤蟆像只斗败的公鸡，茫然地来到火车停靠的月台，泪水顺着鼻梁两边流。他心想："眼看就要平安脱险甚至到家了，却因为缺少该死的区区几先令（英国旧辅币单位，1先令＝12便士），再加上遇见几个性情多疑、吹毛求疵的小公务员而告吹，真是倒霉透顶！很快的，狱方就会发现他逃脱，出动人马来追捕。他会被抓住，受到辱骂，镣铐加身，重新被拖回监狱过白水面包加稻草的岁月。再说，噢，那小姑娘将会如何奚落他呀！怎么办？怎么办？"就在深思熟虑间，他发现自己已走到火车头旁，养护车头的司机是个粗犷的男子，正一手拿着油罐，一手拿着团棉球在替它擦拭，轻轻抚遍整部机器。

"哈啰，老嬷嬷！"司机招呼道，"有什么困难吗？你看起来好像闷闷不乐哟！"

"噢，先生！"蛤蟆又哭了，"我是个不幸的可怜洗衣妇，把身上的钱给弄丢了，连张车票都买不起。可是我今晚必须回家，噢，天哪！我该怎么办？"

"那的确是要人命，"司机沉思着说，"掉了钱——回不了家——我敢说，一定还有几个孩子在等着你，对吧？"

"而且是一大群呢！"蛤蟆哽咽着回答，"他们一定会挨饿！会玩火柴，还会打翻油灯啊，这些什么都不懂的娃儿！会吵得天翻地覆。噢，天哪！天哪！"

"喂，我来告诉你我要怎么做。"好心的司机说，"你说，你是干洗衣妇那一行的。很好，那就对了。你看得出来，我是个司机，这真是个脏得要死的工作。老是穿脏一大堆衬衫，搞

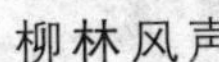

得太太洗它们洗得烦死了。要是你肯在回家之后替我洗几件衣服，再给送过来，我就让你在火车头里搭个便车。”

悲哀的蛤蟆霎时欣喜若狂，迫不及待地爬上了车头。当然啰，他这辈子从未洗过一件衣服，就算有心要洗也不会，况且他根本没打算动手去洗。但他自忖：“等我平安回到蛤蟆府，就寄一笔足够请人洗一大堆衣服的钱给司机，意思也是一样的，说不定还更好呢！”

管车员挥动行车旗帜，司机也按响汽笛回应，火车就这样驶离车站。随着车速加快，蛤蟆看到两旁田地、树林、树篱、牛羊都像飞一般掠过，想着每过一分钟他都距离蛤蟆府、朋友、口袋之中叮当作响的钱币越来越近；有柔软的床可睡，美味的食物可吃，还有无数的羡慕、赞美在等着他叙述自己的冒险经历和惊人的计谋，于是开始跳上跳下、大呼小叫、唱着支离破碎的歌曲，听得司机大感错愕。

火车已经奔驰了好远好远，蛤蟆都开始考虑回到家要吃些什么晚餐了，忽然注意到司机神情古怪地侧贴着引擎，吃力地俯耳倾听。接着他爬到煤炭堆上，越过车顶眺望，然后回头告诉蛤蟆："好奇怪啊！我们这班车是今晚这条路线上的末班车，可是我敢对天发誓，明明听到后面还有一辆车跟来！"

蛤蟆马上停止他疯疯癫癫的举动，变得满脸懊恼，神色颓丧，脊骨下半段隐隐泛起疼痛，连带蔓延到大腿。他很想坐下来，努力试着别去想那种种可能的后果。

这时光已经朗朗地照耀着大地，火车司机稳稳地站在煤堆上，可以望见后方极远的距离。

他马上叫了起来："现在看得很清楚啦！是个车头，以极快的速度行驶在我们这条铁轨上，看起来好像在追缉我们！"

可怜兮兮的蛤蟆趴在炭屑上，抱着黯淡的希望，绞尽脑汁想办法。

"他们正以飞快的速度朝我们追来！"火车司机嚷着，"而且引擎那边还挂着一大票世上最古怪的人！有挥舞着战戟的人，像是古代的狱吏；有头戴钢盔的警察，摇动警棍；还有些要着手枪、挥动手杖、头戴高帽、衣着寒酸的人，即使相隔这么一大段距离，也可以毫无疑问地认出是群便衣警探，各个都在挥杖舞棍，都在高喊同一句话：'停车，停车！'"

这时，蛤蟆跪在煤堆上，双掌紧紧合着，哀哀恳求着："救我，救救我，好心的司机先生，我会坦白招出一切！我不

是表面上看起来的那个平平凡凡的洗衣妇！我是只蛤蟆——一只名声又大又受欢迎的蛤蟆，是个地主。我刚靠着自己高人一等的胆量和智慧，从一座恶心的地牢里逃出来！若是再让那部车上的人把我抓回去，我就得再度过着与手铐脚镣、开水面包为伍的悲惨日子了！”

火车司机低头狠狠地瞪着他，说：“现在，把一切实情说给我听，你是为什么坐牢的？”

“没什么大不了的原因嘛！”可怜的蛤蟆顿时面红耳赤，“我只不过在某部车的车主用餐时借走了他的车，那段时间他们根本不需要它。我真没打算偷车，只是人们——尤其是那些执法者——对于我这思虑欠周到的勇敢行为却是处罚得那么严厉。”

司机神情十分严肃，说：“恐怕你真是一只恶蛤蟆，按理说为了维护公理我该把你交出去。不过显然你万分颓丧和苦恼，因此我不会弃你于不顾。一来，我本身并不赞同汽车；二来，我不喜欢在开火车的时候受人指挥。再说看到一只动物泪水涟涟的，总会叫我觉得心软。所以，打起精神来吧，我会尽全力帮助你，我们还可以打败他们！”

他俩堆起更多煤炭，卖命地铲煤！火炉轰隆轰隆，火星四散激飞，引擎蹦跳摇晃，然而追逐者还是慢慢逼近了。火车司机叹了口气，抓着一大团棉球擦擦额头，说：“怕是不管用了，蛤蟆。你瞧，他们车子轻，跑得快，引擎也比较好。我们只有一条路可走了！那也是你唯一的希望，你要小心翼翼地照我的交代做。在我们前头不远处，有条长长的隧道，出了隧道另一头马上经过一片浓密的树林。听着，当我们通过隧道时，我会尽可能加足马力全速行驶，但另外那些人因为怕出车祸，自然会稍稍放慢速度。等我们一过隧道，我会熄掉蒸汽，尽量刹车，你必须趁这可以安全跳车的一刻，赶紧往下跳，前往树林里躲好。然后我会再全速向前行驶，要是他们爱追我就尽管追好啦，要追多久、追多远都随他们高兴。好，注意啦，先准备好，等我一叫你跳，你就跳！”

他们堆起更多煤炭，火车像箭一般射入隧道，引擎轰隆轰隆地推进，终于，他们从隧道的另一头冲入新鲜的空气与祥和的月光中，看见两边沿线都是有利于逃脱的黑压压的树林。司机关掉蒸汽机，踩下刹车，蛤蟆走下车门口台阶，就在车速慢得接近步行速度时，司机大叫一声：“好，跳！”

蛤蟆往下一跳，滚到一小段路基外，毫发无伤地站起来，爬进林子里藏匿好。

他远远地望着自己所搭乘的那班列车再度快速行驶，消失在远方。紧接着那部追缉车头鸣着汽笛，呼啸着自隧道口冲出，车上大半乘客都在挥舞形形色色的武器，声声吼叫：“停车！停车！”等他们冲过之后，蛤蟆立即开怀大笑——自他入狱以来第一次如此开怀。

不一会儿他便停止笑声，想到自己置身在一片陌生的林子里，身边既没钱也没机会吃到晚餐，并且远离自己的朋友和家园，而在火车的轰隆声响远离后，四周死寂的气氛更是让他心

底发毛，他不敢离开树木的遮蔽，只好抱着尽量远离铁道的想法往林子里头走。

在经过那么多礼拜的禁锢生涯后，他觉得树林既陌生又怀有敌意，甚至认为它有意作弄他。夜莺发出单调呆板的声音，渐渐朝他围拢。一只猫头鹰无声无息地猝然袭来，用他的翅膀扫过他的肩，吓得蛤蟆以为那是一只手，慌忙跳起来，然后他便像蛾一般振翅飞去，嘴里发出低沉的“呵呵呵”的笑声，蛤蟆听在耳里，觉得聒噪极了。他曾碰到一只狐狸，对方停下脚步，带着讥讽的味道上上下下打量他，喊道：“哈啰，洗衣妇！这个礼拜少了一只袜子还有一个枕头套！记住别再发生这种事了！”然后唱着歌，走开了。蛤蟆环顾四周想找颗石子掷他，结果却连一颗也找不到，他气得七窍生烟。终于，又饥又寒又疲惫的他找到一段中空的树杈做庇护所，尽其所能地利用枯枝败叶替自己铺了张舒舒服服的床，然后沉沉地一觉睡到大天亮。

第七章　蛤蟆历险记续篇

树洞的大门开向东方，因此蛤蟆一大早就被唤醒了。部分是因为不断洒在他身上的阳光，部分是因为他的脚趾头极度的冰冷。这让他梦见自己正处于一个寒冬的夜晚，睡在家中那有着都铎式窗户的房间里，所有的被单、被褥、毯子等都已醒来，抗议再也受不了寒冷，纷纷奔下楼到厨房的火炉边取暖，而他也光着脚板一步又一步地跟在后头穷追不舍，又是争吵，又是哀求地要他们讲讲理。倘若不是他已有好几周时间都睡在石板地的干草堆上，几乎忘了全身裹着厚厚毛毯的那股舒适感，说不定早已醒来大半天了。

他翻身坐起，先揉揉眼睛，再搓搓大发牢骚的脚趾头，一时间搞不清自己身在何处，东张西望地找寻一堵熟悉的石墙，或者小小的铁栅窗。这时，他心头蓦然一震，想起了一切——他的越狱，他的逃亡，他的遭受追捕；想起最重要也是最棒的一件事——他自由啦！

自由！单是这个名词和这个念头就值五十条毯子。想起外

面的欢乐世界，他由头顶温暖到脚底，他抖抖身子，用手指把沾在头发上的枯枝败叶梳掉。随即大步迈向令人舒畅的朝阳，身上虽然寒冷却颇有自信，腹中虽然饥饿却满怀希望，所有昨日的紧张、恐惧在经过一夜休息和眼前热情大方的阳光洗礼后，全都一扫而空。

在那初夏的早晨，整片天地都是他一个人的。当他穿行其间，那露珠点点的林地幽深而寂静，紧接而来的青翠田园随他爱拿它们怎么办就怎么办！等他走到马路上，整条马路孤孤单单，就像一条走失的流浪狗，焦急地寻找有谁来做伴。然而蛤蟆寻找的却是一个可以开口说话的东西，好告诉他该往哪里去。当然，他心情愉快，头脑清醒，又没人到处搜查准备把他拖回牢房，不管天南地北、任凭马路通往哪里就去往哪里的走法确实很惬意。可蛤蟆的心里真的忧虑得很！在这一分一秒对他都无比重要的节骨眼上，他只差没因马路那无用的沉默而踢它一脚。

不一会儿，一条运河状的害羞小兄弟就来加入沉默不语的马路行列，亲密地与它手挽着手从从容容并肩漫步，只是这条运河同样不言不语，对陌生人摆出一副三缄其口的态度。“烦死人啦！”蛤蟆自言自语道，“不过，无论如何，有件事情很清楚。它俩必定来自某处，也将会去向某处。你不能就这样作罢，蛤蟆，好兄弟！”于是，他又继续耐心地沿着河畔走去。

就在运河的某个转弯处，一匹孤苦伶仃的马匹疾驰而来，垂着头，仿佛在焦急地寻思什么。系在他项圈上的挽具后拖着一条长绳，绷得紧紧的，只在每一跨步间垂下，长绳的后段滴着晶莹剔透的水珠。蛤蟆任那马匹撒腿奔去，站在一旁等着，看能交上什么运道。

一只平底船滑过平静的水面，掀起一阵轻快的旋涡，色彩鲜艳的船舷和纤路比肩齐高，船上只有一名戴着亚麻布遮阳帽的粗壮妇人，一只结实的手臂搁在舵柄的旁边。

“多美好的早晨啊，太太！”船划到与蛤蟆隔岸相对的位置，妇人对蛤蟆招呼着。

“绝对是的，太太！”蛤蟆沿着纤路，与那妇人维持平行地走着，客客气气地回答，“我敢说除了像我这样愁得不知如

何是好的人，这绝对是个美好的早晨。喏，我有个嫁了人的女儿急匆匆地派了人要我马上去看她，所以我只顾担着最坏的心来啦！太太，假使你也是位母亲的话，一定就会明白。况且我还丢下了正事——你想必晓得，我做的是替人洗洗烫烫衣服这行——又把孩子留在家里让他们自己照顾自己。而天底下再也找不出比他们更顽皮、更会闯祸的小鬼头了。偏偏我又丢了钱，迷了路，至于我那嫁人的女儿究竟出了什么事，噢，我想都不愿去想，太太！”

“你那嫁人的女儿住在哪儿啊，太太？”船妇问。

“她住在离河不远的地方，”蛤蟆回答道，“靠近一座叫作蛤蟆府的宅子，就在这一带附近！也许你听过这地方。”

“蛤蟆府？噢，我正要朝那方向去。再过几里路，这条运河就会在蛤蟆府上游一点点的地方汇入河流，再接下来的路就好走喽。你上船来和我一道儿去吧，我顺路载你一程吧。”

她把船划近岸边，蛤蟆又是恭敬，又是感激地再三称谢，这才动作灵活地上了船，沾沾自喜地坐下。“又是蛤蟆的运气！”他想着，“我总是能交上好运！”

“这么说来你是干洗衣这一行的啰，太太？”驳船滑过水面，船妇客气地问道，“容我冒昧地说，你一定做得出色极了！”

“全郡里最好的。”蛤蟆不假思索地说，“所有的上流人家都来找我——就算付钱给他们，他们也不往别处去！他们太了解我啦。喏，我精通这工作，而且一切亲自打理。洗衣、熨衣、上浆，打点绅士们晚会穿的上好衬衫——全都两眼盯着！”

“但你一定不至于自己一人包办这所有工作吧，太太？”船妇肃然起敬。

“噢，我雇用女孩们，”蛤蟆轻率地表示，“二十来个女孩，整天在工作。你晓得是什么样的女孩，太太！轻佻的小姑娘们，我是这么称呼她们的！”

“我也是。”船妇热烈附和，“不过我敢说你一定能把那帮懒惰的姑娘调教好！你非常喜欢洗东西吗？”

“我喜欢，”蛤蟆说，“我简直爱极了！当我把双手泡在洗衣桶里，那种快乐什么也没得比。不过，话说回来，这对我来说太容易啦！我向你保证，这是绝绝对对的乐趣！”

“遇见你是多么幸运啊！”船妇若有所思地表示，“对我们来说都是个好运气！”

“喂，你的意思是——”蛤蟆紧张了。

“嗯，来，看看我，”船妇回答，“和你一样，我也喜欢洗衣服。说到这个，不管我喜不喜欢，自然还是得像这样边驾着船到处去，边做完所有的分内之事。而我的丈夫呢？又是这么个爱逃避自己工作的人，把整艘船全丢给我，让我腾不出一点儿时间来做自己的事情。照理说不管是掌舵还是照料马匹，现在他人该在这儿才对！幸好那匹马够聪明，懂得自己该怎么做。结果呢？他反倒是带着一条狗跑出去了，去看看到哪里能抓只兔子当午餐，说是会在下一个水闸赶上我。唔，或许会吧——我可不信任他。只要他一带那条狗出去，天底下就没人比他更差劲儿了。不过，话说回来，这下子我要怎

么洗衣服呢？”

“噢，别管洗衣服的事啦！”蛤蟆不喜欢这话题，“试着把你的心思集中在那只兔子上。我相信，保证是只肥肥胖胖的兔子。有洋葱吧？”

“除了待洗的衣物，我什么都不想。”船妇说，“倒是你，眼前有这么开心的事情等着你，真奇怪你怎么还能谈到兔子上去。你可以在船舱的某个角落，找到我的一堆衣物。要是你肯趁我们的船前进时从里头挑一两件最需要的那种——在像你这样一位女士面前，我不敢斗胆详加描述；不过你只要瞧上一眼就必定能分辨得出——放进洗衣桶里。如此一来，正如你所说的，对你将是一大乐事，对我呢？也是一大帮助。你可以随手找到一个木桶，一块肥皂，炉子上有只茶壶，再拿个吊桶从运河里汲水上来。到时候你就会乐在其中，不会再无聊地坐在船上，伸长了脖子看风景伸得脖子都快断了。”

“喂，你把船交给我驾驶吧！”这会儿蛤蟆真的吓得魂都飞了，“这样你就可以照自己的方式清洗你们的衣物了。说不定我处理的方式不合你的意。我本身比较习惯洗绅士们的东西。那是我的专长。”

“让你驾驶？”船妇哈哈大笑，“想要驾好一艘驳船先得费点儿工夫练习。再说，这是个沉闷的工作，而我希望你快乐。不，你还是做你热爱的洗衣工作，我则坚守自己了解的驾驶岗位。请千万别剥夺我让你高兴的乐趣。”

蛤蟆真的走投无路了。他寻求脱身之道，结果发现离岸太远，不可能纵身一跃逃走，只好悻悻然听天由命啦！“倘若当真走到这步田地，”他绝望地想着，“我想大概每个傻瓜都能洗吧！”

他从船舱里拿了木桶、肥皂，还有其他必需品，随便挑选了几件衣服，尽力回想在洗衣店窗口无意瞥见的情况，然后使劲地洗起来。

长长的半小时过去了，蛤蟆一分钟比一分钟显得更暴躁。哪怕他用尽各种方法，也无法取悦那些衣服或者收到什么效果。他试着好言相劝，试着用力拍打，试着拿棍棒去戳去拨，而它们却带着固有的罪恶躺在桶里，不改其乐地对他笑脸相向。其间他曾一两度紧张兮兮地回头看看那船妇，不过她好像一直正视着前方，专心驾驶着她的船。他腰酸背痛，而且惊慌地注意到自己的两只爪子正开始变得皱巴巴。噢，蛤蟆一向很以自己的爪子为傲呢。他暗地里低声抱怨，嘀咕一些绝对不该出自任何洗衣妇或蛤蟆口中的话。同时，第十五次掉落肥皂。

一阵爆笑惹得他直起腰杆，左顾右盼。那名船妇正仰着头笑个不停，眼泪沿着两颊流。

“我一直在注意你，”她喘着气说，“你想必就是个吹牛大王。好一个洗衣妇哇！我敢打赌，你这一辈子至多只洗过像抹布之类的东西吧。”

蛤蟆拼命压抑了好一阵子的脾气，这会儿已经火大到了顶点，再也克制不住自己。

“你这低俗、卑贱的肥船妇！”他大吼，“你好大的胆子，

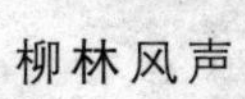

敢这样对比你有身份的人说话！什么洗衣妇！我叫你知道我是一只蛤蟆，一只名声响亮、人人尊敬、高贵杰出的蛤蟆！目前我或许受到一点儿磨难，不过我可不受一个船妇的嘲笑！”

妇人凑上前来，目光凌厉地仔细端详那张遮在圆帽下的面孔。“啊，你果然是！”她大叫大嚷，“噢，天哪！一只恐怖、龌龊、令人毛骨悚然的蛤蟆！竟跑上我干净漂亮的驳船上来！这才是我绝不允许发生的事。”

她立即放开舵柄，两只大手臂猛然抓向蛤蟆的一只前肢，另一只手紧紧抓着蛤蟆的一只后腿。接下来一阵天旋地转，驳船似乎轻快地掠过天空，风在蛤蟆耳朵里呼啸，他发现自己正凌空飞去，边飞身体边打着旋。

等他终于“扑通”一声落到水里，河水冷得叫他受不了，只是那股凛冽却还不足以浇熄他的傲气、抖落半分他的暴怒。他气急败坏地呛着水珠冒出水面，抹掉沾在眼前的浮萍，首先映入眼底的就是那船妇站在渐行渐远的船尾，回头望着他哈哈大笑。他又咳又呛，高声诅咒一定要报复她。

他奋力游向岸边，但棉布长袍大大阻碍了他的努力。等到他好不容易碰到陆地，又发现在没有助力的情况下很难爬上陡峭的堤岸。好不容易上了岸，他先得休息个一两分钟好恢复正常的呼吸，然后把湿淋淋的裙子高高拉到手臂上方拎好，开始健步如飞地追逐那艘驳船。

当他追到与船平行时，船妇还在哈哈大笑。“把你自己放到轧布机轧平吧，洗衣妇，”她高喊，“然后烫好你的脸再打打皱褶，你就称得上是一只相当漂亮的蛤蟆啦！”

蛤蟆没有停下脚步反驳。虽然他是有几句话想一吐为快，不过心里想的单单只有一个复仇的念头，而不是口头空泛、不值几文的胜利。他看见自己要的东西就在前方，于是快速奔驰追上马匹，解开拖缆抛掉，轻盈地跳上马背，猛踹马腹催促他撒开大步奔驰。他背离纤路朝着开阔的田野跑，掉转马头冲向一条乡间小路。中间他一路扭头回顾，看见驳船搁浅在运河的对岸，船妇疯狂地捶胸顿足，大叫：“停下，停下，停下！”

“这一套我早就听过啦！”蛤蟆放声大笑，继续用马刺踢着风驰电掣中的马匹，要他更加卖力。

拖船的马匹没有办法从事任何持续太久的劳力，他的疾驰很快就减缓为慢跑，慢跑又渐渐降为悠闲的漫步，不过蛤蟆心知无论如何总是在移动中，而驳船却是动弹不得，对这他已经万分满意了。他心满意足地在阳光下悠然地骑着马匹徐徐前进，充分利用每条僻径和供人骑马的小路，试着遗忘自从上次

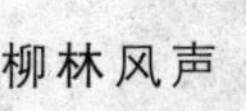

饱餐一顿到现在已有多久时间，直到将运河遥遥抛在身后。

他和他的马匹已经奔波好几里，正当感觉在烈日下晒得昏昏欲睡时，马匹忽然停下脚步，垂下头开始吃青草，而蛤蟆也蓦然清醒，正好及时凭一番功夫使自己免于摔下马背。他环顾四周，发现自己身在一块辽阔的公有地上，极目所见，处处都点缀着一小片一小片的金雀花和覆盆子花田。在他附近停着一部脏兮兮的吉卜赛拖车，拖车旁边有个男人坐在倒扣的水桶上，正忙着抽烟、凝视广大的天地。近旁是堆燃烧柴枝的火堆，火堆上方吊着一个铁锅，锅中冒出咕嘟咕嘟的沸腾声，以及隐隐约约的烟气。另外还有些味道——温暖、丰富的味道——它们互相缠绕、纠结、拧扭，最后形成一股令人食欲大增的味道。蛤蟆现在深深了解了自己以前从未真正饿过。今天稍早的那种感觉充其量不过是一小阵晕眩而已。他仔仔细细打量那吉卜赛人一番，微微纳闷是要和对方打上一架，还是用甜言蜜语哄骗他比较容易。于是他坐在马背上一口一口吸着那香味，同时盯着那个吉卜赛人看，而那个吉卜赛人也坐在那里一口接一口地抽着烟，并瞅着他看。

没多久，吉卜赛人取下烟斗，以一种漫不经心的口吻问：“想卖掉你那匹马吗？”

蛤蟆当真吓了好大一跳。他并不知道一般吉卜赛人都非常热衷于马匹买卖，从来不肯错失一次机会，也没有深思过拖车随时都在移动，需要大量的拉车工作。他事先想都不曾想到过要拿马匹换现金，不过吉卜赛人的提议似乎为他迫切想要的两样东西铺上了坦途——现金以及扎扎实实的一餐。

“什么？”他说，“让我卖掉我这匹年轻漂亮的马？噢，不，以后每个礼拜谁来载送清洗的衣物到我的顾客们家里去？再说，我太喜欢他了，而他也深深地爱着我。”

“不妨试着去爱驴子吧！”吉卜赛人建议说，“有些人会的。”

“你似乎不明白，”蛤蟆又说，“我这匹好马要比你那些全加起来都强。真的，他算得上匹纯种马，当然，不是你看到的这一部分——是另一部分。而且在他正风光的时候，曾经得过赫克尼奖——那是在你认识他以前的事情。不过，要是你对马匹真有那么一点儿内行的话，绝对可以一眼分辨得出来。不过，还是请教请教，像我这样一匹又漂亮又年轻的马匹，你大概会出多少钱买呢？”

吉卜赛人细细察看那匹马，然后同样小心地上上下下打量蛤蟆，再盯着马匹，撂下一句：“一条腿一先令。”说完转身又抽起烟斗，试着凝视，好分辨出广大世界的容貌。

“一条腿一先令？”蛤蟆嚷道，“要是你愿意，我必须花点儿时间算算，看看结果是怎样。”

他爬下马背，放他吃草，坐到吉卜赛人身旁扳着手指头算了算，终于开口道：“一条腿一先令？噢，那么总共是整整四先令，一个子儿也不多。噢，不。我不能想象只收四先令，就卖掉我这匹又年轻又漂亮的马。”

“好吧，”吉卜赛人说，“我来告诉你我的办法。我愿意加到五先令。这已经比那牲口的身价高出三先令六便士了。这是

我的最后决定。”

蛤蟆坐在那儿深思熟虑良久。因为他现在肚子又饿，又身无分文，离家还有好一段路——他不知道究竟有多远要走，而敌人又很可能还在搜寻他。对于一个处在这种境况的人而言，五先令看起来该是笔非常大的数目了。反过来说，对一匹马而言这似乎不算高价。不过，话又说回来，这匹马得来不费他一分一文，所以不管卖多少钱，他都是净赚。最后，他断然表示：“听着，吉卜赛人！我来告诉你我的想法，而且这是我的最后决定。你得付我六先令零六便士，现金。除此之外，你得供应我一顿早餐，从你那飘着香喷喷的诱人味道的铁锅里舀取，随我吃多少给多少。相对的，我会把我这匹精力充沛的小马交给你，连带他身上所有漂亮的挽具、系缰一概免费附赠。要是你觉得条件对你不够优厚，那也不妨直说，我骑了马就走！我认识这附近一个人，他想要我这匹马已经想了好几年啦！”

吉卜赛人喋喋不休地抱怨了半天，声称若再多做几趟这种买卖他准会破产。不过最后他还是从长裤口袋深处扯出一个脏兮兮的帆布袋子，数了六先令零六便士交到蛤蟆爪中。接着他钻进拖车里头不见人影，不一会儿，便拿着一个大铁盘、一副刀叉和一把汤匙出来。他抓开盖子，一阵丰盛热焖肉的浓浓气息嗤嗤地自盘中蹿起。不错，这的确是全天下最美味的焖肉，材料包括松鸡、野鸡、家鸡、野兔、家兔、雌孔雀、珍珠鸡，还有另外一两样东西。蛤蟆把盘子放在大腿上，差点儿没哭出来，他拼命往嘴里塞、塞、塞，还不断要求再一盘、再一盘。

吉卜赛人倒也不吝啬，心想他保准是一辈子都没吃过这么好的早餐。

蛤蟆直吃到觉得肚子再也撑不下为止，这才站起来向吉卜赛人道别，同时装模作样地向马匹说再会，而对河域相当熟悉的吉卜赛人也向他详细地指明了路径，于是他便神采奕奕地重新踏上旅程。太阳高照，他那湿淋淋的服装已经全干透了，口袋里再次装着金钱，距离家园、朋友和安全都已不远，更棒的是他刚刚饱食了一顿又热又营养的大餐，感觉自己高大、强壮、无忧无虑、志得意满。

他愉快地大步前进，心里想着自己的几度冒险和脱险，以及每到山重水复疑无路之际，却又总能柳暗花明又一村，于是胸中的骄傲和自负开始膨胀起来。“呵呵！”他边走边昂着头自言自语，“我是多么聪明的一只蛤蟆啊！世上绝对再没一只动物比得上我啦！我的敌人把我禁锢在牢里，四周全是守卫，日夜都有狱卒紧盯着，但我凭着卓绝的能力和无比的勇气，把他们全都抛诸脑后。他们开着火车头、带着警察、配着手枪来缉拿我！我全不把他们当回事，我哈哈大笑，转眼就消失得无影无踪。我很倒霉，被一个心肠恶毒的肥婆扔进运河里。结果呢？我游泳上岸，抓走了她的马，得意驰骋，卖了马匹，换到满满一口袋钱和一顿棒极了的早餐！呵呵！我是蛤蟆，英俊潇洒人缘好、功成名就的蛤蟆！”他是如此自我膨胀，于是边走边做了一首自夸自赞的歌曲。尽管除了他根本没人能听到，他还是扯开最大的嗓门一路高歌。这首歌，说不定是所有动物创

作的歌曲中，空前绝后，最自大的一首歌了——

世上诚有许多大英雄，一如史书之上所证明，但从未有过一人的声誉堪与蛤蟆相抗衡！

牛津学府聪明人通晓所有应知的事情，但其中无人见识之广博可以赶上睿智的蛤蟆先生的一半！

动物们坐在方舟里哭，他们的泪水溶在洪水里奔腾。是谁开口说“前方就是陆地啦”？振奋人心的蛤蟆先生！

大队军人皆致敬，正当沿着马路大步行。是陛下？或者基陈纳将军？不，是蛤蟆先生！

皇后还有她的侍女们坐在窗口旁边做女红。她大叫：“瞧！那位英俊男士是何人？”她们答道：“蛤蟆先生。”

另外还有许许多多类似的词句，只是实在自吹自擂得吓死人，让人不好意思写下来。这些还算其中比较委婉的段落呢！

他边走边唱，越来越自以为了不得。只是才不过短短的工夫，他的骄傲就遭到一个无情的打击。

在乡间小路上走了好几里后，他来到大马路上。放眼望去，在白色的长路上蛤蟆看见一个小斑点渐渐朝他接近，不久变成一块大斑点，再转变成一个圆团，最后化为某样十分熟悉的东西，紧接着，两声熟得不能再熟的警告声音钻进他的耳朵。

“这好极啦！”兴奋的蛤蟆说，“这又是真正的生活啦，又一次面对我怀念已久的大世界啦！我要向他们打招呼，我的大亨兄弟们。我要告诉他们一则迄今为止最成功的故事，而他们自然也会顺道载我一程，到时我会再多告诉他们一些。说不定，运气好的话，我甚至能够开着车子直达蛤蟆府！到时候，獾就要刮目相看啦！”

他满怀自信地举步走到马路中间，招呼那部汽车。车子悠悠闲闲地开过来，在靠近小路旁边时放慢了车速。突然间，他面如死灰，心往下沉，膝盖抖颤难以站立，一股说不出的苦闷令他弯下了腰，整个人都崩溃了。倒霉的动物，难怪他会崩溃啰！因为那部渐渐逼近的汽车，正是那天他从红狮旅社的车场偷出并由此揭开所有麻烦的那部！而坐在车里的那群人，也正是他在咖啡厅里吃午餐时看见的那几个！

衣衫褴褛的他可怜兮兮地一屁股坐在马路上，心灰意冷地喃喃自语：“完啦！这下全都完蛋啦！又要面对警察、枷锁啦！又要坐牢啦！又得啃干面包配白开水啦！我为什么要在田野里到处大摇大摆，唱自吹自擂的歌，还大白天地在大马路上招呼他人，而不安安分分等到天晚，再悄悄地从罕有人迹的乡间道路溜回家！噢，多么不幸的蛤蟆！噢，多么歹命的蛤蟆啊！”

可怕的汽车缓缓地愈靠愈近，终于在他面前短短几步路外停住。车上下来两位绅士，他们走到这凄凄惨惨倒在马路上发抖的东西旁，其中一人说：“噢，老天！好惨啊！是个可怜的洗衣妇——晕倒在马路上呢！也许是受不了这炎热，真可怜！可能是今天连一口食物都还没吃。把她抬到车上，载到最近的村庄。那里一定有她的朋友吧。”

两人动作温和地把蛤蟆抬上车，用几个软垫撑着他坐稳，继续往前行驶。

蛤蟆一听到他们用那么好心、怜悯的态度谈话，就知道自己没被认出来，他的勇气开始恢复，先小心翼翼地睁开一只眼睛，再睁开第二只。

“瞧！”一位绅士说，“她已经好多了。清新的空气对她有帮助。你觉得怎么样，太太？”

“多谢你的好心，先生。”蛤蟆声音虚弱地说，“我觉得好多啦！”

“那就好，”绅士说，“现在安安静静坐着别动，还有，最重要的，千万别勉强支撑着开口说话。”

“我不会的。”蛤蟆表示，“我只是在想，要是我能坐在前座那边，司机旁的位置，就能够吸到迎面而来的清新空气，应该会很快完全就好起来。”

“多聪明的妇人啊！”绅士说。于是他们又小心地扶着蛤蟆坐到前座的司机旁边，然后再度上路。

这会儿蛤蟆差不多完全恢复正常了。他坐挺身子东张西望，试图打倒战栗，还有那不断纠缠他、完完全全占据他的渴望。

“是上天注定！”他暗自想着，“何必抵抗？何必挣扎？”然后他扭头对身旁的司机说：“拜托，先生，但愿你能好心让我开一下这车子。我一直仔细观察你的动作，看起来好容易又好有趣啊，我真希望能告诉朋友们说我曾经开过一辆汽车。”

司机一听，笑不可遏，惹得绅士探问是怎么回事。听完原因，他做出令蛤蟆开心的回答："真勇敢啊，太太！我喜欢你的精神。"然后，他对司机说："就让她试试看吧！小心看着她。她不会闯什么祸的。"蛤蟆迫不及待地爬上司机挪出的位置，假装谦虚地聆听指导，开动车子，只是一开始时开得很慢很小心，因为他已决心要谨言慎行。

后座的绅士们鼓掌喝彩，蛤蟆听到他们说："她开得多棒啊！想想看，一个洗衣妇初次开车就能开得这么好！"这话扰乱了他的心神，他开始失去了理智。

司机试图插手，蛤蟆却拐他一肘，打得他跌下座位，并且将车开到高速。迎面扑来的气流，嗡嗡作响的引擎声，还有身体底下车子轻微的弹跳，迷醉了蛤蟆脆弱的神经。"洗衣妇，真是的！"他猛地大吼，"哈哈！我是蛤蟆，抢夺汽车，破坏狱政，总是能够逃脱的蛤蟆！坐稳啦，你们将会见识到什么才叫真正的开车，因为你们是在名闻遐迩、技术高

超、不知害怕为何物的蛤蟆手上。”

车上掀起一片惊骇的叫声，大家纷纷朝他扑来。“抓住他！”他们大叫，“抓住该死的蛤蟆！这偷窃我们汽车的卑鄙动物——绑住他、铐住他，把他拖到最近的警察局！打倒不顾死活的、危险的蛤蟆！”

蛤蟆将方向盘转了半个圈，让车子笔直撞破成排立在路边的矮树篱。一个猛力的弹跳，一阵激烈的撞击，汽车的四轮翻起一摊饮马池中厚厚的烂泥。

蛤蟆在强劲的上冲力挟带下凌空飞跃，画出如燕子飞行般优雅的曲线。他喜欢这动作，心头正开始纳闷它是否会持续到自己生出双翼，变成一只蛤蟆鸟，就砰的一声，背部着地，摔落在一片草场柔软的茂草上。他翻身坐起，仅能望见那汽车在水池里快要完全淹没！

几名绅士和司机受到长大衣的拖累，正在水中无助地挥舞四肢，拼命挣扎。

他赶紧站起身来，铆足全力奔过田野，爬过树篱，跳过沟渠，冲过田地，直到累得半死、上气不接下气，这才放慢速度，转为闲适的散步。等他稍微喘过气来，能够平静地思考，便开始咯咯地窃笑，再由窃笑转变成大笑，笑得不得不捧腹坐在一排树篱下。

“呵呵！”他自鸣得意，大叫，“又是蛤蟆！一如平常，表现最优异！是谁叫他们载他一程？是谁拿清新空气当借口，设法坐到前座去？是谁说服他们让他试着驾驶汽车？是谁把他们全都弄到饮马池里头？是谁幸免，毫发无伤地凌空飞翔，把那些心胸狭窄、满怀怨恨、胆小如鼠的旅行者全丢在他们活该去的烂泥里？噢，当然，是蛤蟆，聪明的蛤蟆，伟大的蛤蟆，好棒的蛤蟆！”

于是他又冲口歌唱，提高了嗓音：

汽车行驶“噗——噗——噗”，当它沿着马路驰骋。是谁把它开进池塘里？足智多谋的蛤蟆先生！

“噢，我是多么机灵啊！多么机灵，多么机灵，多么多么机——”

遥远的背后一阵细微的嘈杂声，促使他扭头回顾。噢，可怕！噢，惨啦！噢，绝望！

大约隔着两片田地远，一名脚穿皮革长筒靴的私人司机、两名高大魁梧的警察身影清晰可见，他们正铆足劲儿朝着自己飞奔而来！

可怜的蛤蟆一跃而起，整颗心跳到喉咙口，连忙又撒开腿就跑。“噢，天哪！”他边气喘如牛地奔逃，边轻呼，“我是多么笨啊，是多么狂妄自大、冲动莽撞的笨驴……又昂首阔步啦……又大吼大叫地唱歌啦……又静静地坐着胡扯啦！”

他回头一瞄，发现他们逐渐要追上他了。他一面不顾一切地拼命奔跑，一面频频回头望，看见他们仍持续不断地逐渐追上来。他尽了全力，偏偏自己是只肥胖的动物，仍旧一步一步

让他们追近了。现在，他可以听出他们就在自己背后不远。他只顾疯狂盲目地奋力奔跑，扭头望着那些此刻正威风凛凛的敌人，猝然间，脚下没踩着泥土，他伸手向空中乱抓，“哗啦”一声，一头栽进深流急湍里。水流挟着难以相抗的力量载着他往前冲，他发现自己已在盲目的恐慌中径直奔入河里。

他竭力浮出水面，奋力抓住生长在堤岸下、水流边缘的灯芯草梗，可是流水的力道是那么强劲，很快又将他的爪子和草梗冲散开。“噢，天哪！要是我没有又去偷车就好了！要是我没有又唱狂妄自大的歌就好了！”紧接着，他便沉入水底，不久又喘着气、呛着水浮上来。不一会儿，他发现自己正逐渐接近岸边的一个大黑洞，洞口就在头顶上方。趁河水载着他冲过之际，蛤蟆连忙一爪攀住洞穴边缘，死死抓紧，再缓缓将身体撑出水面，直到两个手肘终于能够靠在洞口边。然后他气喘吁吁，停留在那儿休息几分钟，因为他实在筋疲力尽了！

就在他长吁短叹、气喘如牛、瞪着两只眼睛直往黑漆漆的洞里瞧时，一个小小亮亮的东西发出光辉，在洞穴的深处闪烁，朝着他这个方向移动。等那团光芒慢慢靠近后，周遭渐渐浮现出一张脸，是张十分熟悉的脸！

小小的，棕色的，长着胡子。

庄重滚圆，有着一双小巧的耳朵和光滑的毛。

是老鼠！

第八章　他的泪如夏雨滂沱

老鼠伸出一只干净的小棕爪，牢牢抓住蛤蟆的颈背使劲一提。蛤蟆缓慢但安稳地升到洞口边缘以上，最后终于平安无事地站立在洞里，湿淋淋的身上自然都是泥草。

“噢，老鼠——”他嚷着，“自从我上次和你见面到现在，碰上好多事情啊，你连想都想不到！关在牢里——当然，跑出来喽！被丢进运河——游上岸啦！偷了匹马——卖了好大一笔钱！欺骗每个人——骗得他们每个人都如我所愿地去做！噢，我是一只机灵的蛤蟆，绝对错不了！你猜我最后一项辉煌成就是什么？先别说，等我来告诉你——”

“蛤蟆，”老鼠郑重而果断地说，“你马上上楼，脱了那一身洗衣妇的破旧棉布装，把你自己彻彻底底地洗干净，可能的话，尽量让自己看来像位绅士一样下楼。现在，别再吹牛争辩，上去！等一下我还有话要跟你说！”

最初蛤蟆真想留在那儿对他回嘴，他在监狱里已经听够了命令，这会儿，情况显然又要全部重演啦！而且还是出自于老

鼠！然而，他在帽架上方的镜子里看到自己的模样，黑褐色的圆软帽歪靠在一只眼睛上方，于是改变心意，急忙跑到楼上老鼠的化妆室去。他从头到脚仔细沐浴梳洗一番，换好衣服，站在镜子面前照了大半天，心想那些曾一时误当他是洗衣妇的人根本全都是白痴。

午餐席间，蛤蟆告诉老鼠自己所有的冒险事迹，重点落在自己的聪明才智、危急时候的从容镇定，以及紧要关头的机警狡猾上，并且郑重强调自己经历了一段多彩多姿的愉快生涯。但他越是自吹自擂说个不停，老鼠越是变得严肃缄默。

好不容易蛤蟆总算谈自己谈到告一段落，接下来是一阵沉默，老鼠随即开口："够了，蛤蟆，在你已经吃过这么多苦后，我实在不想让你难受。可是说正经的，你难道看不出你把自己搞成个多么不像样的傻瓜了吗？根据你自己的供认，你被上过手铐，关过牢房，挨过饿，遭过追捕，险些送掉性命，受过侮辱，挨过嘲笑，还被不光彩地抛进水里——况且对方还是个妇人！这里头有什么愉快的成分？有什么乐趣？而这一切全都因为你非得去偷一辆汽车。你知道自从你第一次看到汽车，整天除了为汽车闯祸外就没有别的。可是就算你一定要和它们搅和在一起——就像你平时那样，五分钟热度——又何必去偷？假设你是为了找刺激，撞个缺胳膊断腿随你！若非如此，而是你一心一意非要它不可，撒大把钞票搞得破产也行，但何必选择当个罪犯？你要到什么时候才会懂事明理，想想自己的朋友们，你该努力让他们以自己为傲。比方说，你想想看，当我四处走动，听到动物们说我就是那个与罪犯为伍的家伙，会有什么快乐吗？”

嗬，蛤蟆是只好心透顶的动物，天生就有容易相处的个性，从来不介意被自己真正的朋友斥责。即使是在为某件事被批评得狗血淋头的时候，也总是能够看到问题的另一面。因此，尽管老鼠讲得这么郑重其事，他仍然不断默默地对自己说：“可是，真的是很好玩嘛！好玩得要命！”喉咙里还发出各种压抑下来的奇怪声音，然而当老鼠的话全说完后，他却发出一声长长的叹息，乖乖顺顺地说：“对极了，老鼠！没错，我完全明白，我一直是只自以为是的大笨蛋！但是现在我准备当只好蛤蟆，绝不再犯错了。我们来喝个咖啡，抽个烟，闲适地聊聊，然后我就一路优哉游哉地走回蛤蟆府，穿上自己的衣服，着手让一切恢复旧貌。我已经冒险够了。我将去过平静、安定、受人尊敬的生活，在我的产业里四处闲逛并且改善它，偶尔做点儿小小美化环境的园艺工作。”

“优哉游哉地走回蛤蟆府？”老鼠激动莫名地大叫，“你在说什么？难道你的意思是你还没有听说？”

“听说什么？”蛤蟆霎时脸色发青，“说啊，老鼠！快！别瞒着我！我没听

说什么？”

“莫非你打算告诉我，”老鼠握着拳头重重捶击桌面，大吼，“你没听到任何有关白鼬和黄鼠狼的事？”

“什么，野树林族？”蛤蟆浑身颤抖，嚷着，“不，别说了！他们做了些什么？”

“你不知道，他们强占了蛤蟆府？”老鼠又说。

蛤蟆的手肘支在餐桌上，双爪托着腮，两边眼睛各涌出一颗豆大的泪珠，泪珠溢出眼眶，“啪嗒”一声掉在桌上。

“说下去，老鼠，”他立即嘤嘤呜呜地说，“全都告诉我吧。最糟糕的已经过去了。我缓过劲儿来了。我可以承受。”

“在——你——卷进——那麻烦时，”老鼠一字一字、严肃地说，“我是说，当你因为有关——呃，一部汽车——的误会，暂时——从社会上消失时——”

蛤蟆只是点点头。

“嗯，这里自然到处议论纷纷，”老鼠继续往下说，“不只是沿着河畔一带，甚至在野树林里也是。和往常一样，动物们各自偏向一方。河岸居民支持你，说你受到不公平的对待，还说如今国内根本没公理。但野树林里的动物却说了好多刻薄话，还说你是自作自受，现在该是这种事情终止的时候了！他们目中无人，到处说你这次完蛋啦！你永远，永远，永远不会再回来！”

蛤蟆再次点点头，保持沉默。

“像他们那种小畜生就是这个样子。”老鼠接着说，“但鼹鼠和獾却不顾艰难，始终不渝地为你辩护，说无论如何，你一定会很快归来。他们不确定你用何种方式,但一定会回来的!”

蛤蟆再度挺身坐正,微微牵动嘴角。

“他们根据案例争辩,”老鼠又叙述道,“说有史以来,从未见过像你这种有财有势、厚颜无耻、外表看起来有模有样的人被判刑。因此他们设法将自己的东西搬进蛤蟆府,睡在那里,保持房屋通风,随时准备好一切等着你出现。当然,他们猜不到往后会发生什么事,但野树林的动物仍抱持自己的疑虑。现在我要说这个故事中最痛苦、最悲哀的一段了。一个月黑风高的晚上——天色非常暗,狂风呼呼地吹,街上只剩猫和狗——一支黄鼠狼队全副武装,悄悄爬上通往前庭的马车道。在同一时间里,一支奋不顾身的雪貂队通过果菜园向前挺进,占领了后院和办公间。另一支善战的白鼬队伍则畅行无阻地占据了温室和弹子房,敞开向着草坪的落地窗。

“鼹鼠和獾正坐在吸烟室里的壁炉前谈天说地,丝毫没起疑心,因为那凶狠好斗的恶棍是选在一个不适合任何动物外出的夜晚,跑出来拆掉好几扇门板,从四面八方团团围攻他们。他俩全力奋战,但因手无寸铁,又是意外遭到攻击,再说双拳不敌四手,两只动物又怎可能抵抗数以百计的大军。他们手持棍棒凶狠地殴打那两个忠心耿耿的可怜家伙,把他们赶到又湿又冷的户外,还对他俩施以无数的侮辱和唐突无礼的咒骂。”

狼心狗肺的蛤蟆听到这里竟然爆出一阵窃笑声,然后恢复镇定,力图表现出一副特别严肃的样子。

“从此以后,野树林族就住进蛤蟆府里了,”老鼠表示,

“并且迷恋上那儿了！白天，有大半天赖在床上，随时可以吃早餐，整个地方搞得乱七八糟，简直不堪入目。吃你的食物，喝你的饮料，对你恶意嘲弄，净唱些含沙射影的歌，内容是些——呃，是些有关监狱、地方法官、警察等的。全是惹人厌恶的人身攻击的歌曲，没有半点儿幽默可言。而且他们告诉那一片所有的人——他们要永远永远地住在那里。”

“哦，他们要？”蛤蟆站起来抓住一支长棍，“我倒很乐意立刻料理此事——”

“没用的，蛤蟆！”老鼠望着他的背影高喊，“你最好回来坐下！这样跑去只是自找麻烦而已！”

可是蛤蟆已经走了，喊也喊不住。他飞快地大步走到马路上，肩上扛着棍棒，怒气冲冲地边冒火边嘀咕，一直走到自家大门附近，忽然间从篱笆后面跳出一只提着枪的黄色雪貂。

“来者何人？”体型长长的雪貂厉声问道。

“废话！”蛤蟆气得暴跳如雷。

“你是什么意思，竟然敢这样对我说话？马上报上你的姓名，否则我——”雪貂住口不语，把枪架到肩膀上。

蛤蟆机灵地卧倒在地。砰！一颗子弹自他头顶呼啸而过。震惊的蛤蟆慌忙爬起，健步如飞地沿着大马路逃之夭夭！他跑的时候还听那只雪貂在背后放声大笑，而其他可恶的微弱笑声也随之响起。他如丧考妣地回到老鼠家，接着把经过情形告诉了对方。

“我告诉你什么来着？”老鼠说，“没用的。他们有卫兵站岗，而且个个全副武装。你就先等一等吧！”

然而，蛤蟆还是不打算马上投降，于是取出船只，立即沿着河流往上划，来到蛤蟆府前的河滨花园。

到达可以看见老宅的地方，他靠在桨上，仔细打量陆地。一切似乎非常宁静而荒芜。他可以看见整个蛤蟆府的正面在夕阳下熠熠生辉，鸽子三三两两栖身在屋顶笔直的边缘；看见花开似锦的花园，看见通往船库的小溪和横过溪流的小木桥。一切都很安静，不见半个人影，显然是在等候他归来。他自忖：“首先尝试进入船库。”他小心翼翼地运桨朝溪口划去，正要通过桥下方……轰！

一颗大石头从上方掷下，砸穿小船的船底。河水涌进船中，小船下沉了，蛤蟆落在深水中挣扎。他仰头一看，两只白鼬倚在小桥栏杆旁，兴高采烈地探头望着他，大叫：“小蛤蟆，下次砸的就是你的头啦！”蛤蟆气愤地游泳上岸，而两只白鼬就站在桥上大笑不停，都差点儿笑岔了气。

蛤蟆身心俱疲地回来，再度向老鼠述说他失意的经验。

“哼，我告诉你什么来着？”老鼠暴躁万分地说，“好啦！你给我听着！瞧瞧你干了什么好事！白白毁了我那么喜爱的一艘船，这就是你干的好事！连我借给你的那套漂亮的衣服也给报销啦！说真的，蛤蟆，全世上的恼人动物里就数你最让人头痛——我怀疑你很难留住任何一个朋友！”

蛤蟆立刻了解到自己的表现有多么愚蠢。他坦承自己的错误和刚愎自用，并为毁坏老鼠的小船和衣服道歉，同时使出一

向能解除朋友对自己的批评、使他们回心转意支持自己的老招数，说：“老鼠兄，我知道我一直是只冥顽不灵的蛤蟆——相信我，从今天起我一定会谦卑听话，没有你的忠告和全盘赞同绝对不轻举妄动！”

“如果真是这样的话，”好脾气的老鼠已经平息了怒气，“我建议，既然时间已经不早了，你就坐下来吃马上要上桌的晚餐，还有千万要有耐心。因为我确信在我们见到獾和鼹鼠，听到他们带回来的最新消息，并针对这难题开会，听取他们的建议之前，我们什么也无法去做。”

“噢，对，当然，獾和鼹鼠。”蛤蟆应付地说，“那两个亲爱的家伙，现在到底怎么样啦？”

“问得好！”老鼠带着责备的口吻说，“当你坐着昂贵的汽车到处跑，得意扬扬地骑在纯种马背上驰骋，大吃豪华奢侈的午餐时，那两只忠实的可怜动物就不分晴天雨天、刮风下雪地在外面的旷地上扎营。白天粗茶淡饭，晚上连躺都躺得很不舒服。他们监视你的房子，在你的边界巡逻，不断留意那些黄鼠狼和白鼬，筹思、策划、图谋如何为你夺回产业。蛤蟆，你实在不配拥有这么忠心的真朋友！真的不配。总有一天，你会后悔没有趁拥有他俩时更加珍惜他们！”

“我知道，我是个忘恩负义的畜生。”蛤蟆流下难过的泪水，“咱们到外面去找他们吧，分担他们的辛苦，试着证明——等一下！我清清楚楚听到杯碟在托盘上碰撞的声音！终于可以吃晚饭啦，万岁！快啊，老鼠！”

老鼠想起可怜的蛤蟆吃过好一段时日的牢饭，也就宽容地体谅他了，于是跟在他后头走到餐桌旁，还在他狼吞虎咽地补偿自己过去这段日子所失去的口福时，殷勤地鼓励他多吃点儿。

他们刚吃完晚饭，回到摇椅上闲坐，门口便响起重重地敲门声。

獾和鼹鼠回来了，他们很开心见到了蛤蟆，并告诉蛤蟆："那些白鼬处处戒备，守卫之严世上无处可比。想要进攻那地方，根本是痴人说梦。他们太强大了，不是我们能抵抗的。"

"那就全完了。"蛤蟆抽抽搭搭，倒在坐垫堆里大哭，"我得去应征当兵，永远也见不着我亲爱的蛤蟆府啦！"

"喂，振作点儿，蛤蟆！"獾说，"相比于强取豪夺地霸占一个地方，取回一个地方的方法更多！我还没把话说完呢！现在我要告诉你一个天大的秘密。"

蛤蟆缓缓地坐起身来，擦干眼泪。秘密对他始终具有莫大的吸引力，因为他从来无法保密，又喜欢享受在郑重发誓不说出去之后，却跑出去告诉别的动物那种带着罪恶感的刺激。

"地下有条通道，"獾郑重地强调，"是由河岸挖过去的。应该就在这附近，直通到蛤蟆府的正中央。"

"噢，獾，你胡说！"蛤蟆不假思索地回答，"你一定是在附近酒店里听到人家凭空杜撰情节。蛤蟆府里里外外每一寸地方我都了若指掌。我保证，根本没那种事情！"

"小朋友，"獾庄重肃穆地说，"令尊，一只可敬的动物——比我认识的其他不少动物可敬得多——是我的至交，告诉了

我好多他不想告诉你的话。他发现那条通道——当然，不是他所建造的。那条地道在他住进那儿的好几百年前就已经建好——他心想万一日后有什么危险或麻烦，说不定它可以派得上用场，于是重新整修并清理好，同时带我去看过。‘这件事别让我儿子知道。’他说，‘他是个好男孩，只可惜个性毛毛躁躁、反复无常，而且无法保守机密。万一他果真身陷困境，而秘密地道又能有助于他的话，就告诉他好了，但在那之前千万别透露。’”

另外两只小动物紧紧地盯着蛤蟆，看他对獾的话会做何反应。最初蛤蟆本想大发脾气，不过才一下子工夫他又眉开眼笑，恢复平常那副热诚亲切的样子了。

“好吧，”他说，“也许我是有点儿大嘴巴。像我这么有人缘的人——朋友们时时围绕在身边——叫我怎么有办法守口如瓶。我曾听说过我该去开个沙龙，天晓得那是什么玩意儿！别放在心上。往下说，獾！这条通道要怎样帮我们的忙？”

“近来我探听出一两件事情。”獾表示，“我叫水獭乔装成一个扫烟囱的工人，扛着扫把走后门谋得一份工作。明晚那里将举行一场宴会。有人过生日——我相信，是黄鼠狼头目——所有黄鼠狼都会齐聚在饭厅，不带半点儿疑心地吃吃喝喝、大吵大闹。没有枪支，没有刀剑棍棒，没有任何的武装！”

“但岗哨还是会照站不误。”老鼠认为。

“正是，”獾说，“那也是我的重点所在。黄鼠狼群将会百分之百信任他们优秀的步哨，而我们却是借由那条地道进入。

它一直通到紧临饭厅的餐具室底下，便利极啦！”

“啊！餐具室里那块老是吱吱叫的板子！”蛤蟆惊呼道，“现在我终于明白啦！”

“我们要悄悄爬进餐具室——”鼹鼠嚷着。

“——带着我们的枪、剑和棍棒——”老鼠高喊。

“并且冲上去攻打他们。”獾说。

“还要打垮他们，打垮、打垮、打垮他们！”蛤蟆欣喜若狂地绕着房间，跳过一张又一张椅子，满室飞奔。

“很好。那么，”獾恢复平日那种庄重冷淡的态度，“我们的计划就这样决定了，你们都别再争论。好啦，时间已经很晚，大家通通马上去睡觉。明天早上，我们再来把一切必要的安排都弄好。”

次日早上，蛤蟆睡到日上三竿才起床，下楼时发现另外三只动物都已吃完早餐好一会儿啦！鼹鼠不知溜到哪里去了，并没有告诉别人他的行踪。獾坐在摇椅上看报，对于晚上将发生的事毫不在乎。相反的，老鼠却在整个房间里跑来跑去，抱着各式各样的武器，逐一分成四小堆放在地板上，边跑边轻声念叨：“这把剑给老鼠，这把剑给鼹鼠，这把剑给蛤蟆，这把剑给獾！这把手枪给老鼠，这把手枪给鼹鼠，这把手枪给蛤蟆，这把手枪给獾！”就这样，四小堆武器规律而有节奏地一再扩充。

吃完早餐的蛤蟆拿起一支结实的棍棒，虎虎生威地挥舞着，重击假想中的敌人。“我要学他们偷我的房子！”他嚷着，“我要学他们！我要学他们！”

“不要说‘学他们’，蛤蟆。”老鼠震惊万分，“措辞不当。”

“你为什么老爱找蛤蟆的碴儿？”獾相当不满地说，“他词用得好不好有什么关系？我自己还不是那么说的。对我够好，对你而言就该够好！”

“很对不起，”老鼠谦卑地说，“只是我认为应该要‘教训’他们，而不是‘学’他们。”

“但我们并不想教训他们，”獾答道，“我们想要学他们——学他们，学他们！不只如此，我们更要做到。”

“噢，随你们怎么说吧。”老鼠自己都给搞糊涂了，退到一个角落里嘀嘀咕咕念个不停。“学他们，教训他们；教训他们，学他们！”直到獾厉声呵斥他住嘴才作罢。

不久鼹鼠跌跌撞撞地进来了，显然心中正得意非凡。“我玩得痛快极啦！”他立刻开口，“我着实戏弄了那些白鼬一顿！”

“但愿你——你非常小心吧，鼹鼠？”老鼠忧心忡忡地问。

“但愿。”鼹鼠自信满满地说，“我是在进厨房去注意一下蛤蟆早餐食物的保温时想到那主意的。我发现他昨天穿回家的旧洗衣妇装挂在火炉前的毛巾架上，于是穿上了它，戴上软圆帽，披好围巾，然后胆大包天地跑到了蛤蟆府。哨兵自然仍是小心戒备，扛着枪，喝问：‘来者何人？’我毕恭毕敬地说：‘早安，各位先生！今天有什么要洗的吗？’”

“他们趾高气扬地打量着我，神气地冷哼数声，说：‘滚开，洗衣妇！我们站岗的时间不洗任何东西。’‘还有其他任何时候，不是吗？’我说。呵呵！我很有意思吧，蛤蟆？”

“可怜，轻浮的动物！”蛤蟆傲慢地说。事实上，他对鼹鼠的举动嫉妒得要命。若不是早没想到又睡过了头的话，他恨不得亲自去做这件事。

“部分白鼬听得脸红脖子粗，”鼹鼠接着又说，“主管的巡官当下简短地对我说：‘快跑，好妇人，快跑开！别让别的手下在值勤中松懈下来，和人谈天。’‘跑？’我说：‘再过不了多久，要跑的人可就不是我啰！’”

“噢，鼹鼠，你怎么敢？”老鼠惊慌地追问。獾放下手中的报纸。

“我看到他们拉长耳朵，面面相觑，”鼹鼠继续叙述，“巡官吩咐他们：‘别理她，她不知道自己在说什么。’”

“‘哦！是吗？’我说，‘好吧，就让我来告诉你们吧。我的女儿，她是替獾先生洗衣服的。这样你们就晓得我知不知道自己在说什么啦，而且你们很快便会晓得！今天晚上，一百只骁勇善战的獾将会扛着他们的猎枪，取道牧圈进攻蛤蟆府。整整六船的老鼠将手持他们的棍棒和弯刀溯河而上，在花园成功登陆；而另一支由蛤蟆组成，号称死士或宁死不屈蛤蟆军的队伍则将高喊复仇口号，势如破竹地冲入果园，除非你们趁现在还来得及快快撤退，否则必定被他们扫荡一空。话一说完，我拔腿就跑，跑到他们看不见的地方后马上躲起来，偷偷顺着壕沟往回爬，然后透过树篱窥视他们。那些白鼬全都紧张兮兮、慌成一团，立刻四散奔逃，互相挤来绊去，摔得满地都是，个个都在发号施令，没有一个在听别人的指

挥。巡官一支接一支地派遣白鼬到领土的边陲去驻守，然后又派别的成员去把他们找回来。我听到他们彼此议论纷纷，说：‘那就是黄鼠狼的作风。他们自个儿舒舒服服地待在宴会厅，吃大餐、烤炉火、放声高歌、饮酒作乐，而咱们却得在冷飕飕的黑天暗地里巡逻站岗，最后还落得被能征善战的獾剁成碎片的下场！’”

“噢，鼹鼠，你这笨蛋！”蛤蟆大叫，“把事情全搞砸了！”

“鼹鼠，”獾仍旧是持重的口吻，“我发觉你那小小的指掌间，有比某个脑满肠肥的动物更多的计谋。你棒极了！从现在起，我对你抱有很大的期望。聪明的鼹鼠！”

蛤蟆嫉妒得发狂，尤其就算他把脑袋想破了，也想不出鼹

鼠的所作所为凭哪一点儿让人这样捧上了天。不过，算他幸运，在他还来不及为獾的讽刺而表示不满或大发雷霆前，午餐铃已经响了。

这是顿简单而扎实的午餐——火腿、蚕豆，外加一钵通心粉布丁。

等他们全吃饱后，獾坐到摇椅上，说："好啦，晚上行动的前期作业我们已经准备齐全了，也许会到很晚才顺利办完整件事，所以我要趁现在还可以的时候打个盹儿。"说着掏出一条手帕盖在脸上，才一会儿工夫便打起鼾来。

焦急又勤快的老鼠赶紧重拾他的准备工作，开始在四小堆东西间跑得团团转，嘀嘀咕咕地念着："这条皮带给老鼠，这条皮带给鼹鼠，这条皮带给蛤蟆，这条皮带给獾……"他一样一样地往上加，仿佛永远没完没了似的！于是鼹鼠挽起蛤蟆的手臂，把他带到外面的空地上，推到一把柳条椅上坐好，要他把他所有的历险事迹从头到尾说给自己听，蛤蟆自然是一百个愿意。鼹鼠是个好听众，而蛤蟆在没人对他的陈述加以诟骂或煞他风景的情况下，更是畅所欲言，讲得好起劲。事实上，他所说的内容大半是"要是我早想到而不是十分钟后才想到，事情就会那样发生"。那些一向都是最棒最惹人心动的历险故事，何不就让它们取代真正发生过而偏偏却又太差劲的故事，真的成为我们的历险记呢？

第九章　荣归故里

天色渐暗，老鼠既兴奋又神秘地把他们召唤进客厅，让他们各自站到自己那堆武器旁，着手替他们为即将到来的长征装束妥当。他做得非常认真彻底，花了很长一段时间。

首先，他给每只动物腰间各系上一条皮带，每条皮带各插一把长剑，再在另一侧的腰间插把弯刀以保持平衡。接下来是一对手枪、一把警棍、几副手铐、几条绷带和绊创膏，以及一只扁水壶和一个三明治盒。獾放声大笑，说："好吧，老鼠！这既让你开心又于我无害。可我将只用这根棍子办完所有该办的事。"但老鼠说："拜托，獾！你知道我只是不愿你事后怪我疏忽了任何东西！"

一切就绪后，獾一手提着昏暗的提灯，一手握紧他的大棍棒，说："好啦，随我来！鼹鼠排第一个，因为我对他非常满意。老鼠次之，蛤蟆最后。注意听着，蛤蟆！不许你像平常那样唠唠叨叨，否则铁定把你赶回去！"

蛤蟆怕被排除在外，一颗心悬在半空中，因此一言不发地乖乖站在指定位置，四只动物即刻出发。獾带领他们沿着河边走上一条小路，突然间，自己纵身一跃，没入一个仅高于河面少许的洞口。鼹鼠和老鼠一见也默默跟着一跃而入，但轮到蛤蟆时，虽然他使尽了吃奶的力气却仍旧滑了下来，于是他还在失声惊叫之中就哗啦啦地跌入了河里。两名好友将他拖了上来，匆匆擦干他的手脸，拧干他的衣服，还安慰一番，并扶他站起来！但獾震怒异常，告诉他若是再闹笑话，必定扔下他先走不可。他们终于进了秘道，一场有计划的长征就此展开啦！

地道又黑又冷又潮湿，而且又矮又狭窄，可怜的蛤蟆半是害怕，半是因为浑身湿透，开始猛打起哆嗦来。提灯立在遥远的前方，而昏暗中，他又不可避免地落后了一小段路。这时他听到老鼠警告地喊着："快呀，蛤蟆！"一股怕被孤单地抛弃于黑暗中的恐惧揪住了他，他赶快往前一冲，便撞上了老鼠，老鼠撞上了鼹鼠，鼹鼠撞上了獾，一下子大家乱成一团。獾以为遭人从背后攻击，而窄小的地道不容施展棍棒或弯刀，于是拔出手枪，朝蛤蟆的方向开了一枪。等他弄清楚真相之后，他当真气坏了，说道："这回真的该扔下蛤蟆了。"

但蛤蟆呜呜悲泣，另外两只动物又立誓愿为他的行为负责，最后獾终于平下心来，整个队伍继续前进，只不过这次换由老鼠殿后，并且牢牢握住蛤蟆的肩膀。

于是他们一行竖起耳朵，爪子搁在手枪上，一路摸索着拖着步子移动，最后獾说："我们应该就在蛤蟆府附近了。"

忽然间他们听到一种仿佛很遥远，却又显然就在头顶上方

的凌乱细碎的声音，那声音像是人们在大喊大叫，以及快乐地重重踩着地板、捶打桌面。

蛤蟆的紧张惊恐一下子全又袭来，不过獾却镇定自若地判断：“他们正在进行宴会，那些黄鼠狼们！”

地道开始和缓地往上斜升，他们再摸索向上走了一小段路，那声音又传了过来。这次听起来十分清晰，而且几乎就在头顶上。他们听到“加油——加油——加油——加油……”之声不绝于耳，还有小脚重重踩着地板、拳头重重捶打桌面时玻璃器皿叮当碰撞的声音。“他们玩得多痛快啊！”獾说，“上吧！”他们沿着秘道加紧脚步，直到前方再无去路，发现自己就在通入餐具室的活门底下。

宴会厅里传出的声音响亮惊人，他们的行动不太可能有被听到的危险。獾一声令下：“快，孩子们，一起出力！”四只小动物齐齐用肩膀顶住活门，将它往上推，他们四个同时钻出秘道，置身于餐具室中，和宴客厅间仅有一门之隔，一无所知的敌人们正在那里狂欢呢！

在他们冒出秘道的一刹那，喧闹声真是震耳欲聋。终于，加油声、捶打声慢慢平息，他们听到某个声音在说：“嗯，我不打算耽搁各位太久。但在我重新落座以前，我想说一段有关我们那好心房东，蛤蟆先生的话！善良的蛤蟆，规矩的蛤蟆，诚实的蛤蟆！”伴之而来的是阵阵喝彩声、欢呼声以及哄堂大笑。

“瞧我逮着他！”蛤蟆龇牙咧嘴地嘀咕。

“忍耐一下！”獾奋力制止他，“各位，准备好啦！”

“——让我来为各位唱支小曲，”那声音继续下去，“是我以蛤蟆为主题创作的。”语音未落，又是一阵经久不衰的鼓掌喝彩之声。

黄鼠狼头目——正是他——开始尖声唱出——

蛤蟆出门找乐子
快快活活走在大街上——

獾逼近门后，扫视同伴们一眼，高呼：

“是时候啦！随我来！”

他猛然踢开大门。

整个宴会厅里一片惊叫、尖叫、厉叫声！

黄鼠狼们吓得不是钻进桌底下，就是疯狂地跳上窗口；那些雪貂发了疯似的往壁炉内冲，结果全都绝望地挤在烟囱里——当四名英雄杀气腾腾地大步跨进厅里，顿时桌子翻，椅子倒，玻璃杯和瓷器全哗啦啦地摔到地上——伟大的獾，吹胡子瞪眼，手中的短棍舞得呼呼响；又黑又可怕的鼹鼠挥动他的长杖，高喊着他那恐怖的战争口号：“鼹鼠来啦！鼹鼠！”老鼠的皮带上琳琅满目地插着各个年代的各式武器；自尊受创的蛤蟆，几近发狂地将身体鼓胀成平时的两倍大，跳到半空中，怒吼着，吓得他们毛骨悚然！“蛤蟆出门找乐子！”他大吼，“我要找他们的乐子！”随即直奔黄鼠狼头目。他们总

共只有四名成员，但在吓破了胆的黄鼠狼群眼中，却像满屋子都是灰、黑、褐、黄的庞大动物虎虎生风地挥舞巨大的棍棒。他们在惊惶的尖叫声中溃散奔逃，有的跳窗子，有的爬烟囱，只要哪里棍棒打不到就往哪里冲。

战局没有多久便结束了。

四只动物绕着整座厅堂大步走，抡着棍棒朝每个冒出脑袋的动物重重打去，没几分钟，宴客厅里便扫荡一空啦！破碎的窗户外头，吓得魂不附体的黄鼠狼们尖叫着冲过草坪逃命，声音越来越微弱。地板上趴着十来个坏蛋，鼹鼠正忙着为这些降兵败将铐上手铐。獾拄着他的棍棒，擦去脸上的汗水。

“鼹鼠，”他说，“你是最棒的一个！到外头去料理你那些鼬哨兵吧，看看他们在做什么。我认为，多亏有你，今晚我们才省掉很多来自他们那边的麻烦！”

鼹鼠立即穿窗而出，不见踪影。獾吩咐另外两只动物将餐桌抬起扶正，从满地残骸碎片中收拾起刀叉杯盘，看看能否找出什么可以充当晚餐。“我想要点儿吃的，真的。蛤蟆，动作快点儿吧，两眼睁亮点儿！我们为你夺回了府邸，你却只招待我们一份三明治。”獾还是平日那副庄重冷淡的口气。

蛤蟆十分伤心。獾并不像对鼹鼠那样和颜悦色地对他说话，也不夸他表现得多棒，仗打得多威风。因为他对自己直奔黄鼠狼，一棒打得对方从桌上飞过去的战技满意得不得了。不过蛤蟆还是勤快地工作着，老鼠也是，很快地两人就在一个玻璃盘上找到些果冻，还找到一份冷鸡肉、一条几乎没被动过的猪舌、少许松糕、相当丰富的龙虾沙拉。除此之外，他们又在餐具室发现一篮法式甜甜圈和大量的乳酪、奶油，以及芹菜。他们正准备坐下来，鼹鼠又抱着一大把枪支，乒乒乓乓地从窗口爬进来。

“一切都结束啦。”他报告道，“我看得出来，原本已经惊慌失措的白鼬们，一听到满屋子乱哄哄的尖叫和大吼，一些马上扔下长枪逃命去，另外一些坚持得久一点儿，可是当黄鼠狼朝着他们冲出去时，他们还以为自己被出卖了，于是抓住黄鼠狼扭打，而黄鼠狼也拳打脚踢地希望找出一条脱身之路。于是

他们扭打成一团，然后一直滚啊，滚啊，滚得绝大多数都掉进河里了！总之，现在他们全都不见踪影啦，于是我收取了他们遗留下来的枪支，所以，一切都圆满收场啦！”

“真是一只大有功劳的优秀动物！”獾嚼着满嘴的鸡肉和松糕，说，“现在，鼹鼠，在你坐下来和我们一道儿吃晚餐之前，我还有一件事要你去做。要不是我信任你必定会把一件事办好，也不会麻烦你的。但愿我对所认识的每只动物都能这么说。倘若老鼠不是位诗人，我会改派他。我要你将地板上那几个家伙带上楼去，让他们打扫几间卧房，要彻底打理整洁，弄得舒舒服服的。留意让他们清扫床底下，换上干净的被单和枕头套，把床罩的一角朝下翻，这个你知道该怎么做。另外，每个房间还要添一个热水罐、几条干净毛巾、几块新肥皂。接下来，如果能够让你觉得满意一点儿的话，不妨把他们每只揍一顿，然后把他们从后门赶出去。我想我们永远不要再看见他们了。然后你过来尝点儿这个冷舌头。风味绝佳哟！鼹鼠，我很欣赏你——”

好脾气的鼹鼠拿起一支棍棒，要地板上那群战俘排成一列，他下达命令：“快步前进！”然后带队上楼。过了一段时间后，他带着微笑回来了，宣称每个房间都已准备妥当，干净整齐，一尘不染。“还有，我用不着揍他们，”他补充道，“我想，大致上，今天晚上那些黄鼠狼已经被打得够惨了。当我对他们指出这一点，他们完全同意，并且说他们不愿麻烦我。他们十分内疚，并表示对自己过去的所作所为非常后悔，但那全是黄鼠狼头目和白鼬们的错，任何时候要是有用得着他们做任何事情好赎罪的话，我们只要开个口就行了。于是我给他们每人一个甜甜圈，让他们从后门离开，他们全都铆足全力，飞一般地跑了。”

接着鼹鼠把自己的椅子拉到桌边，埋头大啖冷舌头。而蛤蟆也表现出绅士风度，把所有的醋意全抛开，由衷表示：“谢谢你，亲爱的鼹鼠，谢谢你今晚不辞劳苦，不畏麻烦，更谢谢你今早的机智！”獾听了很是开心：“我勇敢的蛤蟆说得好！”于是他们痛痛快快、心满意足地吃饱了晚餐，马上各自就寝，在他们以无可匹敌的锐气、完善的战略和精湛的棍技夺回的蛤蟆祖宅内，安定稳稳地睡在洁净的被单上。

第二天早上，像平常一样老是晚起的蛤蟆，下楼吃早餐时已经晚得好丢脸。他在桌上发现许多空蛋壳，一些又冷又硬的吐司片，一壶已经喝去一大半的咖啡。想到这里毕竟是他自己的家，再看看眼前那画面，他的情绪可很难好得起来了！从早餐室的落地窗望去，他看见鼹鼠和老鼠正坐在外面草坪里的柳条椅上，时而哈哈大笑，时而抬起他们的小短腿在空中乱踢乱蹬，显然正在天南地北地相互聊天。

獾呢？坐在摇椅上埋头看报纸，当蛤蟆进来时，他只是抬起眼皮，朝他点个头。但蛤蟆深知他的为人，于是坐下来，尽可能替自己弄顿像样的早餐吃，一心却只顾思量着迟早要和另外两只动物扯平。等他快吃完早餐时，獾抬起头来简短有力地表明：“很抱歉，蛤蟆，我想眼前你有件相当吃重的晨间工作

要做。你知道，我们真的应该马上举办一场宴会，以便庆祝这件事。那是你理当做的——事实上，这是规矩。”

“噢，没问题！”蛤蟆一口答应。“但凭吩咐。只是我实在想不通，你究竟为什么会想在早上举办一场宴会。但你知道我活着并非为了让自己开心，而纯粹是为了弄清朋友们的愿望，然后设法为他们安排，亲爱的老獾！”

“你已经够蠢了，用不着再装得更笨。”獾暴躁地回答，“也别一讲话就口沫横飞，往你的咖啡里头喷一大堆口水。我的意思是，宴会当然要在晚上举行，但邀请函则应该在早上写好，马上送出去。好啦，坐到那张桌边去——那边有叠信纸，顶上已经以金、蓝二色写好‘蛤蟆府’三个字——快写好邀请函给我们所有的朋友吧。要是你一直认真地写，午餐以前我们就可以把帖子发出去了。另外我也会助你一臂之力，尽到我的职责。我会安排好宴会事宜。”

“什么？！”蛤蟆大叫，“这样一个晴朗宜人的早晨，我正想把所有的人与事整顿就绪，大摇大摆地享受一番乐趣，你却要我待在屋内写一大堆蹩脚信！绝不！我要——我要让你——不过，嗯，等一等！噢，当然，亲爱的獾！我一个人的乐趣或便利和其他人的相比较算什么呢？你要我办，我就办。去吧，獾，去安排宴会事宜，你爱怎么安排就怎么安排。我为友谊和责任的祭坛，奉献出这个完美的早晨。”

獾满腹狐疑地盯着他，但蛤蟆那坦率爽直的神情，让人很难猜测到这态度的转变有任何卑劣的动机。他由厨房方向退出早餐室，背后的门才刚关上，蛤蟆立即匆匆坐到写字台边。他要写邀请函，他要特别提到自己在这一仗中所居的领导地位，还有他如何撂倒黄鼠狼头目。他一定要将这一段得意生涯公告大家周知，同时在扉页上面他将列出今晚的余兴节目表——他在脑中构思着，大概是像这样子：

演讲 **演出者**：蛤蟆

（晚间蛤蟆将会有另几次讲话）

演说 **演出者**：蛤蟆

大纲：我们的狱政制度——老英国的水路——马匹交易与交易手段——产业，它的权利与义务——重返家园——一位典型的英国乡绅。

歌曲 **演唱者**：蛤蟆

（本人亲自填词作曲）

其他创作曲 **演唱者**：蛤蟆

晚会间穿插演出，由…… **演唱者**：蛤蟆

这念头让他快活极啦！他俯首疾书，在近午时分将所有信件写完。就在此时，据报有个满身泥泞的小黄鼠狼来到门口，怯生生地问几位绅士可有需要他效劳之处。蛤蟆走到门口，发

现原来是昨晚的俘虏之一，正恭敬地急着取悦他们。他拍拍黄鼠狼的头，把一整束邀请函塞入他的掌中，吩咐他赶紧到处投递，尽快分送完。倘若能够在傍晚以前办好这件差事的话，说不定会有一先令赏他，不过也不一定。可怜的黄鼠狼似乎真的感激涕零，迫不及待地奔出去办事去啦！

午餐刚一吃完，蛤蟆便将双爪深深插进口袋里，吊儿郎当地表示："喂，尽情地玩吧，各位！想要什么尽管说。"然后趾高气扬地朝花园走去，想在那里为即将到来的演讲构思一两个点子，这时老鼠过来抓住他的手臂。

蛤蟆相当怀疑他究竟想干什么，便使尽全力想要挣脱，但当獾坚定有力地抓住他另一只手臂时，他知道游戏结束啦！两只动物左右挟持，把他们带进房门向着门廊推开的小小吸烟室，砰的一声关上了那扇门，将他推到一把椅子上，然后双双站在他面前。而蛤蟆则闷不哼声地坐在椅子上，带着满腹疑云，心情恶劣地打量着他俩。

"喂，注意听着，蛤蟆，"老鼠说，"关于这场宴会的事情，非常遗憾我必须像这样和你说话。不过我们希望你明白，晚会时将不会有任何演讲或歌唱。你要了解这个事实，这一次我们不是在跟你争论，而是通知你。"

"就为他们唱一支小曲也不行吗？"他可怜兮兮地哀求。

"不行，一支小曲也不行。"尽管老鼠一见可怜的蛤蟆失望得嘴唇发抖，有些不忍，仍断然表示，"没用的，蛤蟆老弟。你明知道自己唱的都是些自夸、虚荣的歌曲，你的演说都是自卖自夸，而且——粗俗夸张得不得了，而且——”

“而且全是垃圾。”獾一针见血地说道。

“这是为你自己好，蛤蟆。”老鼠接着表示，“你知道你迟早必须展开新生活，而现在似乎正是开创它的绝佳时机，这可是你人生的转折点。其实说这些话时我比你更难过。”

蛤蟆沉思良久。最后他抬起头来，带着一脸激动莫名的表情。“你们赢了，我的朋友。”他声音哽咽地说，“坦白说，其实我所要求的只是一件小事——只求能再有一晚的灿烂与夸耀，让我尽情地聆听那对我而言似乎永恒无尽的如雷鸣般的喝彩声——设法激发我的优点。然而，我知道，你们说得对，我错了。从今以后我将会做一只改头换面的蛤蟆。朋友们，你们将永远不用再为我脸红了。只是，噢，天哪，天哪，这真是个严酷的世界！”

随即，他用手帕蒙住整张脸，踉踉跄跄地走出吸烟室。

“獾，”老鼠说，“我觉得自己像个冷血动物，不知道你是什么感觉？”

“噢，我懂，我懂，”獾说，“只是这件事情非做不可啊！这善良的孩子必须在这儿生活，必须保持适当水准，受人尊敬。难道你愿意让他成为别人的笑柄，任由白鼬和黄鼠狼们调侃、奚落吗？”

“当然不愿意。”老鼠说，“还有，提到黄鼠狼，幸亏我们凑巧在那小黄鼠狼正要发送蛤蟆的邀请函时撞见他。从你告诉我的话里我就怀疑里头大有文章。我仔细看了两封邀请函，真

是丢脸哟！我把原来那批全没收了，这会儿鼹鼠正坐在蓝色房间里重新填写简单、朴实的邀请函呢！”

终于，宴会展开的时刻接近了，离开大家后，蛤蟆回到自己房间还满脸心思。他一手支着额头，陷入漫长的沉思。渐渐地，他一扫愁容，露出缓缓的、长长的微笑，接着扭扭捏捏，害臊地发出窃窃嬉笑声。

最后他站起来，锁上房门，拉上窗帘，把房里所有的椅子拉过来排成半圆形，站到它们的正前方，鼓胀起肚皮，然后一鞠躬，轻咳两声，对着想象之中清晰可见的狂欢听众，尽情地引吭高歌：

蛤蟆的最后一支小曲

蛤蟆——回家啦！客厅里慌成一团，走道上一片哀叹，牛棚里声声长号，马厩中阵阵尖叫，就在蛤蟆——回家时！

就在蛤蟆——回家时！窗户撞个粉碎，门板砰的一声倒下来，晕倒在地板上的是恃强凌弱的黄鼠狼，就在蛤蟆——回家时！

砰！鼓声响起！号兵吹起喇叭，士兵在致敬，他们发射霰弹枪，呼呼开着汽车跑，正当——英雄——来到时！

高呼——万岁！让每一个群落试着喊出响彻云霄之声，向一只你们深深引以为荣的动物致敬，因为这是蛤蟆——伟大——的日子！

他的声音洪亮，唱得津津有味，痛痛快快发泄了一场。唱完之后，又从头到尾再唱一遍。然后，他吐出一声沉沉的、长长的叹息！他把自己的发梳浸入水瓶里，将头发中分，上发膏，梳得一丝不乱、油油亮亮的贴在脸颊两侧。他打开门锁，悄悄地下楼迎接想必都已聚集在客厅的来宾。

当他进入厅中，所有的客人无不鼓掌欢呼，围拢过来恭喜他，对他的勇气、聪颖和战斗才华大加赞扬！但蛤蟆只是带着淡淡的笑容，轻声嘟哝着：“没有的事！”或者有时变化一下，说：“绝非如此！”正站在壁炉毡上向一圈仰慕者们描述倘若自己在场，将会如何处理大局的水獭走上前来，伸出一只粗壮的手臂揽住蛤蟆的脖子，想要带着他以胜利的步伐绕场一周。但蛤蟆却以令他觉得相当怠慢的温和态度，委婉

地推辞了。“獾才是首脑人物，鼹鼠和老鼠在战斗中一马当先、冲锋陷阵，我只是参与其事，做得很少，甚至可以说没有。”在场所有的动物全被他这出乎意料的态度吓了一大跳，而当蛤蟆应酬着一位位客人并做出谦逊的回应时，他自己俨然已成为吸引全场关注的焦点。

獾把所有事情全安排得棒极啦，整场宴会非常成功！动物之间话声不断、笑声满堂、互相开玩笑，而蛤蟆却始终垂着头，没有对两旁的动物说任何一句诙谐的俏皮话。偶尔，他会偷偷斜溜一眼獾和老鼠，每次总是看见他俩张着嘴巴，望着对方，同时对他的表现大表满意。有些比较年轻活泼的动物随着时间渐渐晚了，彼此附耳低语，说今晚不像他们往日来时那般好玩！有些动物敲打着桌面大叫：“蛤蟆！演讲！蛤蟆发表演讲！唱歌——蛤蟆先生唱歌！”但蛤蟆只是轻轻摇头，抬起一只手爪推却，借着不断要客人们多吃些点心，借着针对某个特定主题的小小谈话，借着殷勤地询问客人们家中年纪太小、还无法出席社交场合的成员近况，设法向大家传达这场餐宴是严格地依照传统方式进行的。

他的确是只改头换面了的蛤蟆！

经过这阵高潮后，四只动物重拾被激烈战斗破坏的生活，他们快快乐乐、惬意安详，不再遭受任何造反、攻击的困扰。蛤蟆在和朋友仔细磋商之后，挑了一组镶着珍珠的漂亮金项链、金手镯，附带一封连獾看了也认为写得很谦虚、充满感激之意的信寄去送给狱吏的女儿。对于火车司机，蛤蟆则给予适度的感谢，并弥补了他所受的一切痛苦和麻烦。在獾的严厉逼迫下，就连那船妇也被费了一番工夫找到，并谨慎估计给予赔偿马钱——尽管蛤蟆对此极力反对，认为自己不过是受了命运女神的差遣，去惩罚有眼无珠的胖女人——至于总额并非太高，经地方上的估价员证实，那吉卜赛人的估价还是极为公道的。

有时候，在漫长的夏日黄昏里，几位好友会结伴前往他们认为如今相当驯服的野树林散步。看到他们如何受到林中居民的尊敬与欢迎，当真是一件令人快活的事。黄鼠狼妈妈带着她们的小娃儿来到洞口，说："瞧，小宝贝！那位是伟大的蛤蟆先生！和他并肩的是英勇豪侠的老鼠，一位可怕的战士！远远走来的是你父亲常常告诉你的那位，大名鼎鼎的鼹鼠先生！"万一她们的宝宝性情乖张易怒、难以管教的话，她们就会威胁孩子说要是再不安静下来，可怕的灰獾就要来抓他们喽，这样孩子必定马上乖乖静下来。这对獾实在是非常不公平的中伤。因为他虽然素性不爱与人交际，却相当喜欢小孩子，不过这一招的效果从来不曾打折过呢！

语文阅读经典丛书·第七辑

青鸟

文质　改编

江西教育出版社
JIANGXI EDUCATION PUBLISHING HOUSE
·南昌·

图书在版编目（CIP）数据

语文阅读经典丛书. 第七辑/文质改编. — 南昌：江西教育出版社，2020.9

ISBN 978-7-5705-2002-2

Ⅰ. ①语… Ⅱ. ①文… Ⅲ. ①世界文学—作品综合集 Ⅳ. ①I11

中国版本图书馆 CIP 数据核字（2020）第 159626 号

语文阅读经典丛书 · 第七辑
YUWEN YUEDU JINGDIAN CONGSHU · DI-QI JI
文质 改编

出 版 人：廖晓勇
策划编辑：杨 柳 张 龙
责任编辑：朱 丽
出版发行：江西教育出版社
地 址：江西省南昌市抚河北路 291 号 邮编：330008
邮 箱：jxjycbs@163.com
网 址：http: //www.jxeph.com
电 话：（0791）86705643
经 销：各地新华书店
印 刷：湖北嘉仑文化发展有限公司
规 格：880mm × 1230mm 1/32 24 印张
版 次：2020 年 9 月第 1 版
印 次：2020 年 9 月第 1 次印刷
书 号：ISBN 978-7-5705-2002-2
定 价：148.80 元（全 6 册）

赣版权登字 -02-2020-403

MULU

目录

第一章

樵夫的小屋

奇尔奇尔和米琪儿

这是一间没有任何装饰，看起来非常寒酸的樵夫小屋。

壁炉里，燃烧过的柴火仍在冒烟。

旁边的橱柜里陈列着一些厨具，橱柜的前面，有和面包粉用的大碗和纺车。

墙上的时钟“嘀嗒、嘀嗒”地走着。

桌子上有一盏灯。

狗和猫都在橱柜下，将鼻子埋在尾巴里，缩成一团睡着了。而在猫与狗之间，放着一根用蓝白相间的条纹纸包起来的糖棒。

墙上挂着一个鸟笼，里面养着一只鸽子。

小屋里还有两扇窗户，内侧的百叶窗紧闭着。

左边有个入口，入口的门上挂着大钩环，而右边也有入口，可以看见通往屋顶的梯子。

右边摆着两张儿童床，而左边的椅子上则摆放着叠好的干净整洁的衣服。

奇尔奇尔和米琪儿两个人正在小床上睡觉。

奇尔奇尔的妈妈打开门，悄悄地走了进来。

她为两个孩子把被子盖好，弯下身来看着他们，凝视他们熟睡的姿态。过了好一会儿，她才用手势对奇尔奇尔爸爸做出暗号。

爸爸从半开着的门外探出头来。

妈妈把手指放在嘴边，暗示爸爸不要出声。然后蹑手蹑脚悄悄地从右边的门走了出去。

小屋里霎时变得一片黑暗，不一会儿，户外的光渐渐地从百叶窗的缝隙中透了进来，小屋里变得忽明忽暗。

令人感到不可思议的是，桌上的灯突然亮了起来，使得小屋里又恢复了光亮。

奇尔奇尔与米琪儿也醒了，他们从床上坐了起来。

“米琪儿。”

“什么事啊，哥哥？”

“你睡着了吗？”

“哥哥呢？”

“没有，睡着的话，怎么能和你说话呢？”

“今天是圣诞节呢！”

“还没有到，今晚是平安夜。不过，圣诞老人今年大概不会为我们带礼物来了。”

“为什么？”

“妈妈说她没有空到城里去请圣诞老人来，可是明年一定会来的。”

“明年不是还有很久吗？”

“是呀！不过今天晚上他会去有钱人家的孩子那儿。”

“真的吗？”

“是啊！哎呀,妈妈忘记把灯关上,太好了！那我们起来吧。”

于是兄妹俩从床上起来，走到窗边，爬上窗台，打开了百叶窗。

“啊！好亮啊！”

“是庆祝节日的灯光！”

“哪里在庆祝啊？”

“就在对面，在有钱人的孩子家里！”

“开始下雪了！你看,有两辆由六匹马拉着的马车来了！”

“好像有十二个男孩从马车上下来了哟！”

“傻瓜，全部是女孩啦！你看见那棵树了吗？”

“什么树啊？”

“圣诞树啊！应该是吧！”

“怎么那么吵，那些孩子们在做什么啊？”

“在播放音乐啊。”

“挂在树上的那些亮晶晶的是什么东西啊？”

“有玩具、军刀、军队、大炮……”

“啊！还有洋娃娃呢！”

“洋娃娃？这东西有什么好玩的。那些孩子们对这些玩具可能一点也不感兴趣呢。”

“咦，桌上有些什么东西？”

“有点心、水果，还有奶油馅饼！”

“我吃过一次奶油馅饼！”

“我也吃过啊！比面包好吃呢！”

“哇！好多哟！桌上摆满了食物，大家都会吃吗？”

“当然啰。”

“为什么不立刻吃呢？”

“他们大概肚子还不饿吧。”

米琪儿吓了一跳。

“肚子不饿？为什么？”

“因为那些小孩想吃东西时，随时都有得吃啊！”

“那些小孩会给我们东西吃吗？”

“不可能的！不可能的！他们根本不认识我们。”

“如果我们去向他们要呢？”

“我们不可以这么做。”

对面那户人家里，穿着漂亮衣服的孩子们在那儿笑着、跳着、唱着。

奇尔奇尔和米琪儿也感到很高兴，在窗台上手舞足蹈了起来。

“啊！真有趣！真有趣！”

“啊！他们给我点心吃了！”

“啊！真好吃！真好吃！”

“连小孩子也给了我好几个点心呢！”

“嗯，真棒！真棒！”

兄妹俩想象着。这时，不知是谁突然“咚咚咚”地敲着小屋的门。

“啊！怎么回事？”

兄妹俩突然鸦雀无声，好像很害怕地互相看着对方。

变魔术的老婆婆

这时，不可思议的事情发生了。门上的钩环自动打开，接着门被推开了。一个穿着绿色衣服、系着红色头巾的老婆婆拄着拐杖走了进来。

她驼着背、跛着脚，一只眼睛已经瞎了，长长的鼻尖还垂到了下巴。她的长相配着这一身装扮，让人一看便觉得她是一位会变魔术的老婆婆。

老婆婆用嘶哑的声音问道："这个家里有没有会唱歌的草或青鸟？"

"有草，但它不会唱歌。"奇尔奇尔说。

"哥哥养了鸟。"米琪儿也说。

“可是，我不会把鸟给您的，它可是我的宝贝！”奇尔奇尔补充了一句。

“是吗？那只鸟在什么地方？”

“在那个鸟笼里。”

老婆婆把眼镜垂挂在鼻梁上，仔细地打量笼里的鸟。

“这只我不要！我要的是青鸟，你们愿不愿意去为我找只青鸟啊？”

“可是，我们并不知道青鸟在哪里。”

“我也不知道，所以才要你们去找啊。找不到会唱歌的草没有关系，但是青鸟一定要找到。我的小女儿生了重病，为了她，我一定要找到青鸟。”

“您的女儿怎么了？”

“我也不知道。反正自从生了病以后，她就一心想要得到幸福，想得不得了！”

“真是奇怪的病！”

“是很奇怪。哦，对了，你们知道我是谁吗？”

“您和隔壁的贝尔兰格老婆婆有点像，可是……”

这时，那个老婆婆突然变得很生气，打断道：“像什么像，一点儿也不像！我是会变魔术的贝莉伦娜。那么你们可以帮我去找青鸟吗？”

“当然可以，您会和我们一起去吗？”

“不行。我的汤还放在炉子上煮着，如果不守着，恐怕它就会煳了。”

说完，她依次指着天花板、烟囱和窗户说道：“你们准备从哪儿出去呢？从这儿，还是从那儿呢？”

“从门口出去就可以了。”

这时，老婆婆又生气地说道：“绝对不可以从门口出去！从窗户出去好了。还在这慢吞吞的干什么，赶快去准备准备吧。”

奇尔奇尔和米琪儿慌忙地穿上了衣服。

“可是我们没有鞋子。”

“这有什么问题！我把会变魔术的帽子给你好了。你们的爸爸妈妈在哪里呢？”

“他们在那边的房间里睡觉。”

“还有其他人吗？”

“没有了，爷爷奶奶都已经去世了。”

“还有三个弟弟、四个妹妹也都死了。”米琪儿在一旁伤感地补充道。

“想不想见见他们啊？”

“嗯，想见！想见！现在就想见他们！”

“我又不是把他们放在我的口袋里，说想见，就能见！不过，有一件好事情。你们在寻找青鸟的途中，会经过‘回忆之国’，在那里，你们可能会见到他们。”

“啊！太好了！”兄妹俩欢呼起来。

“嘘！小声点。我问你们，刚才我敲门的时候，你们在做什么？”

“我们正在分享对面那户人家的欢乐。”奇尔奇尔说着，将老婆婆拉到窗边，让她看对面那户富人家里的情景。

“那些孩子的家里都很有钱，他们的家都好漂亮啊！”米琪儿自顾自羡慕地说道。

“你们的这间房子也很漂亮啊。”

“可是我们家又黑又窄，什么都没有。”米琪儿疑惑地反驳道。

“你说什么？这房子一点也不窄，只是你们的眼睛没有看见而已。”

“我的眼睛可好着呢，连教堂里时钟上的数字都能看得清清楚楚！”

这时，老婆婆不屑地说道：“你们能看到什么？你们是不是觉得我是个弯腰驼背，鼻子垂到下巴，瞎了一只眼睛的可怜老太婆？唉！人的眼睛根本没有办法看到物质背后的精灵！真是可怜！我这儿可是有好东西呢。”老婆婆说着，从怀里掏出了一个东西。

不可思议的钻石帽子

老婆婆怀里的东西，使得奇尔奇尔的眼睛都瞪大了。

“呀！好漂亮的帽子啊！”

“这是一顶能够让人类的眼睛看见真正的东西的钻石帽子。只要戴上这顶帽子，把钻石由右向左转，什么都可以看得清清楚楚，例如面包精灵、砂糖精灵、胡椒精灵……再转一下，就可以看见以前的事情。再转一下，就可以看见未来的事情。”

说完，老婆婆便把帽子戴在了奇尔奇尔的头上。

“爸爸会不会把帽子拿走呢？”

“他看不到的，只要帽子戴在你的头上，任何人都看不到，不信你试试。”

奇尔奇尔转动钻石，突然发生了不可思议的事情，所有的东西都改变了。

会变魔术的老婆婆立刻变成了一位美丽的公主，而小屋的墙壁则变得闪闪发光，镶满了宝石。原本简陋的家具现在全都变得光彩耀眼，粗糙的桌子竟变成了全白色的大理石桌子。时钟上的数字高兴地笑着、摇晃着，而时间则手牵着手配合着美妙的音乐，在那儿跳起舞来。奇尔奇尔用手指着时间们，惊讶地叫着："那些可爱的女孩到底是谁啊？"

"那就是你一生的时间精灵。现在，她们都自由了，而且能够被人类看见，所以都感到很高兴呢。"

这时候，如魔术般的变化又发生了：从和面粉的大碗中跳出了面包精灵，他穿着和面包皮同样颜色的衬衫，整个身体都沾满了面粉，正在桌子上跳着打转；从壁炉中跳出了穿着红、黄颜色衣服的火精灵。他像在追赶面包精灵似的，在那儿跑着。

本来在橱柜下睡觉的狗和猫，在发出巨大的叫声后，便掉落在地板上消失了。然后，他们又在同一个地方出现了。不过，他们此刻除了脸还保持原状外，其他部分都跟人无异。狗跳到奇尔奇尔的身边，不断地舔着他。猫则拿着梳子梳理着自己身上的毛，并整理着胡须。

狗一面叫着、跳着，一面对奇尔奇尔

说：“主人，你早！你早！”

“这个脸长得像狗的男人是谁啊？”奇尔奇尔询问已经变成公主的老婆婆。

“你不知道吗？他就是因为你而重获自由的狗，奇洛精灵啊！”

猫精灵靠近米琪儿，向她打了个招呼。米琪儿以微笑作为回应，然后，她侧着头问老婆婆：“这个女人是谁啊？”

“哎呀！你也不知道吗？这就是猫精灵，奇雷特啊！你可以亲亲她。”

魔术又再度出现了。放在角落的纺车开始不断地转动，还纺出了发光的线来。水龙头一面发出高音在那儿唱着歌，一面流出闪耀着光辉的水，形成了珍珠和绿宝石夹杂的瀑布。如天使般的水精灵披散着湿湿的头发，满眼含着泪水出现了。

这时，牛奶瓶滚动起来，从桌上掉落下来摔碎了。在湿了一地的牛奶中，突然有个全身素白的女人站了起来。

“那个白色的女人是谁？”

“那是牛奶精灵啊！因为瓶子破了，所以她得到了自由，跑出来了。”

糖棒渐渐变大，渐渐长高，终于冲破了糖纸。不久，他来到米琪儿的身边。

“这不就是砂糖精灵吗？”

这时，灯从桌上掉落在地上，燃起了红色的火，而在火光中出现了一位闪耀着光芒的少女。

“啊！”奇尔奇尔大叫一声。

“别怕！她是光精灵。”

奇尔奇尔和米琪儿对于眼前发生的一连串事情都感到非常不可思议。这时候，响起了“咚咚咚”的敲门声。

“啊！是爸爸！”

“赶快转动钻石！”

奇尔奇尔慌忙地转动帽子上的钻石。

“啊！不可以转那么快！”老婆婆想阻止奇尔奇尔，但是已经来不及了，糟糕的事情发生了。美丽的公主又变回原先那个丑陋的会变魔术的老婆婆；闪耀着光辉的墙壁也消失了；时间精灵又钻回到时钟里；纺车也停止了转动；火精灵找不到烟囱，急得在屋里直打转；面包精灵掉了队，吓得哇哇大哭；狗、猫、水精灵和牛奶精灵都不能再回到原先的地方去了，也急得团团转。

“哎呀，安静点！你们这些又傻又胆小的家伙。既然回不去

了，你们就陪着两个孩子，一起去找青鸟吧。”变魔术的老婆婆说。这时，又响起了一阵急促的敲门声。

“是爸爸。”奇尔奇尔这次听得很仔细。

“那么，就从窗户出去好了，大家先到我家去，我为你们准备准备。面包精灵，你拿着装青鸟的笼子，走快点，别慢吞吞的。”

窗户突然像门一样打开，大家全走出去以后，窗户又“砰”地关上，恢复了原状。小屋里瞬间变暗了。爸爸妈妈把门打开了一点，窥探里面的情形。看到孩子们安静地睡着，两个人又悄悄地关上了门。

第二章

魔术师之家

陪伴的精灵

会变魔术的老婆婆贝莉伦娜所住的地方，是一座非常漂亮的宫殿。在明亮的大厅入口处，有用金和银装饰的大理石柱子和楼梯，以及有好几根柱子的走廊和栏杆。

打扮得漂漂亮亮的猫、砂糖、火等精灵，从老婆婆的衣帽间走了出来。

猫穿着红色的洋装，高贵得像个公主。砂糖穿着蓝色的丝质上衣。火披着有金色衬里的红色披风，头上还装饰着色彩鲜艳的羽毛。

猫把大家聚集在走廊里，说道：“大家听我说，我对这个宫殿非常了解……奇尔奇尔、米琪儿和光都去探视魔术师老婆婆的女儿了，趁着这个时候，我们要好好地商量一下。都到齐了吗？”

“狗才从衣帽间出来呢。”砂糖说。

“我们最好全部躲到栏杆后面去，那家伙是不能相信的，我们商量的事情最好别让他听见！”猫说。

“不行！他一定会闻到我们的气味……啊！水也一起出来了。”砂糖又说道。

这时，穿着灰姑娘的马夫制服的狗，还有穿着蓬蓬裙的水，以及穿着土耳其服装、佩挂短剑、手提青鸟鸟笼的面包都走出来了。

猫看了他们一眼，又开始说话了：“各位，我有重要的事情要和你们商量。我听魔术师老婆婆说，这次旅行结束以后，我们大家的生命也要跟着终结了。时间不多了，所以我们要尽可能把这次旅行延长才行。”

“是啊！是啊！”大家都附和起来。

面包拍了拍自己的大肚子说：“大家仔细听好，人类没有办法感受到我们的心灵，而且我们不被重视。如果青鸟被人类找到，他们就能够知道一切，看见一切了。到时候，我们就必

须按照人类的吩咐去做，所以我们要用尽各种办法，不让他们发现青鸟，就算会危及孩子们的生命，也是无可奈何的事。”

狗听完之后，很生气地叫道：“你这个家伙，究竟在说什么呀？我们必须遵从人类，听从人类的吩咐去做才行。除了人类以外，没有谁认同我们。人类万岁！无论我们是活着还是死了，全都是为了人类，人类是神！”

“安静！安静！”猫狡猾地说，“各位，仔细地想想看，你们谁没有被人类欺负过？如果这个世上没有人类，我们就不必担心任何事，可以自由地到处走动了。啊，他们来了，大家快装作若无其事。”

这时候，魔术师老婆婆和光过来了，奇尔奇尔和米琪儿跟在后面。

魔术师老婆婆看着大家的脸，问：“你们全都聚集在角落里，是在商量什么坏事吗？好啦，该出发了。光是你们的领导，你们都要听从她的吩咐。魔杖就交给光了。

“奇尔奇尔和米琪儿今晚要到‘回忆之国’去见死去的亲人，其他人都得乖乖地在这儿等着，为明天的旅程做准备。这可是一趟很长的旅程呢。

“啊，对了！面包，你把鸟笼交给奇尔奇尔，也许青鸟就隐藏在‘回忆之国’呢。”

这时，奇尔奇尔和米琪儿突然紧张起来，都叫唤起饿来。面包精灵马上从身上割下两片面包给他们，砂糖精灵也掰下了两根手指给他们吃。

“折断手指不疼吗？”米琪儿吃惊地问。

“不会的，不久它们就会再长出来，这样我的手指就总是新的。”

奇尔奇尔和米琪儿这才放心地吃起来。

“光能和我们一起去吗？”

“今晚只有你们两个自己去。”

“我们怎么去呀？”

“就从这儿去呀。现在我们已经在‘回忆之国’的入口了，只要转一转钻石，就可以看见一棵挂着牌子的大树，那便是‘回忆之国’了。”

“但是，你们两个人在八点四十五分以前一定要回来，如果忘记这一点，会发生很糟糕的事情哟……快去吧！”

于是，奇尔奇尔和米琪儿向大家告别，然后提着鸟笼朝着‘回忆之国’出发了。

第三章

回忆之国

怀念的歌

四周烟雾弥漫，透过乳白色的光，两人果然看见一棵大橡树，树上挂着一块牌子。奇尔奇尔沿着树根向上爬，抬起头来看见牌子上写着四个字：回忆之国。

“这儿就是‘回忆之国’了吧。不知道爷爷奶奶在什么地方。”米琪儿说道。

“大概在浓雾的对面吧……很快就会知道了。”

“我什么都看不见，好冷呀……我想回家了。”米琪儿抽抽搭搭地哭了起来。

“不要像水一样爱哭嘛。你已经是大孩子了，这样是很难为情的——你看！雾渐渐散开了，现在可以看清楚对面了。”

的确如此，雾已经逐渐散开，变淡，四周明亮起来了。在光亮之中，可以看见一户小小的农家。屋顶上有蔓草在攀爬，蔓草上还有一些绿叶。窗户和入口的门都大开着，屋檐下有两三个蜂巢，窗台上排列着九个盛开着花朵的花盆。鸟笼中有一只黑色的鸫鸟正在睡觉。在入口旁的长椅上，有一对年迈的农

家夫妇正在打盹。

“咦？是爷爷和奶奶！”奇尔奇尔察觉到这一点后，立刻大叫道。

“啊！对啊！”米琪儿高兴地拍起手来。

“但是，爷爷和奶奶真的还能动吗？我们先去观察一下吧。”

于是他们躲在树荫后面。不久之后，奇尔奇尔奶奶睁开了眼睛，抬起头来，伸了伸懒腰，叹了口气，然后一直看着奇尔奇尔爷爷。奇尔奇尔爷爷也慢慢地张开了眼睛。

“我觉得我们那活着的孙子们会到这儿来，我的眼中充满了欢喜的泪水。”奶奶说。

“不，他们一定还在远方。我现在还是没有精神呢。”爷爷说。

“我真的觉得他们已经来了。”

听到这些话，奇尔奇尔和米琪儿再也忍不住了，赶紧从藏身的大树背后跳了出来。“我们在这儿！爷爷！奶奶！是我们！”

“啊！奇尔奇尔！米琪儿！你们……真的来了！”爷爷和奶奶高兴地抱着他们。

“你们为什么不常常来看看我们呢？我们看到你们会特别高兴的。但是……好久了，大家似乎都已经忘记我们了，所以我们没有办法见到任何人，我们真的是非常寂寞啊。”

“我们也很想来，可是没有办法来呀。今天是借魔术师老婆婆神奇的帽子，才能够到这里来的。”奇尔奇尔解释道。

“我们一直待在这儿，等待着见到活着的人。其实，只要你们想一想我们，我们就能够清醒，能够见到你们了。”

“什么，只要回忆你们就可以了吗？这真是神奇啊！”奇尔奇尔惊讶地说道。

爷爷则笑着说：“是啊。只要回忆就可以了，虽然一直躺在这儿睡觉很好，但是有时候也想要睁开眼睛。这是很快乐的事啊。”

“可是，爷爷，你们不是已经死了吗？”

“咦，你说什么？你怎么会说一些我不知道的字眼呢？这是不是新发明的字啊？”

“啊？你不知道‘死’这个字吗？”

“是啊。这个字是什么意思？”

“就是人已经不能再活着啦。”

“那边的人真是太蠢了。”

“在这儿生活得好吗？”

“还不错啊。”爷爷回答道。

“如果你们能够经常到这儿来的话，就更好了。奇尔奇尔，你还记得吗？每次只要我做了苹果馅饼，你都会吃很多，甚至吃坏肚子呢。”奶奶说。

“可是，从去年开始我就再没吃过苹果馅饼了，今年更是连一个苹果都没采收到。”

“你在说什么蠢话啊！这里一年四季都有苹果。什么都没有改变啊！”

听见奶奶这么说，奇尔奇尔看了看爷爷，又看了看奶奶，真的，他们并没有变得更老。不仅如此，这儿的一切都还是和以前一样。奇尔奇尔以前经常爬的那棵梅树，仍和当年一模一样，结着青涩的果实。门上依然留着奇尔奇尔和米琪儿量身高时画的记号。已被奇尔奇尔折断了长针的时钟，现在仍在那儿“嘀嗒、嘀嗒”地走着。

“原来的那只黑鸫也在这儿，它现在还会唱歌吗？”当米琪儿这么说时，原本睡着了的黑鸫醒了过来，高兴地叫起来。

奇尔奇尔看到这一切，不禁吓了一跳，因为那只鸟原本羽毛是黑色的，现在竟然变成青色的了。

愉快的晚餐

“啊！青鸟，这就是我们要替魔术师老婆婆找的青鸟啊！这只鸟真的是青色的。爷爷，这只鸟可不可以送给我呢？”

“好好好！反正它在这儿也只会睡觉，根本不愿意再唱歌了。”

奇尔奇尔将黑鸫放进他带来的鸟笼里，说道：“相信魔术师老婆婆看到了一定会很高兴。光也会很高兴的。”

这时，爷爷却说道：“我不敢保证这只鸟在另一个嘈杂的世界里是否能活下去。”

奇尔奇尔和米琪儿又想起了死去的弟弟妹妹们。就在这时，七个可爱的孩子们从屋子里一边叫着，一边蹦蹦跳跳地跑了出来。

“啊！皮埃罗，你还是像以前一样，想要和我打架吗？哎呀！罗贝尔，你好啊！约翰，你还拿着那个陀螺啊！还有玛德莱娜、佩蕾特、波莉娜和丽盖特，你们全都在这儿啊！”

大家都牵着奇尔奇尔和米琪儿的手，在那儿跳舞，连小狗奇奇也汪汪地叫着，高兴地跳着。

“铛、铛……”时钟敲了八下，八点整了。

“啊！我们必须在八点四十五分之前回去，这是我们和魔术师老婆婆约定好的。”

当奇尔奇尔慌忙地准备跟大家告别时，奶奶悲伤地说：“唉，应该来得及吧！晚餐已经做好了，有美味可口的白菜汤，还有好吃的梅子馅饼哟。吃了再走吧。”

庭院里的桌子上，摆着大大小小的盘子，并且点着灯。孩子们都高兴地跑过去，在那儿叫着，笑着，吃着大餐。

奇尔奇尔感到非常高兴，一面喝着汤，一面敲着盘子。

孩子们喧闹起来，爷爷有些不高兴。奇尔奇尔一不小心打翻了面汤，爷爷当即给了他一巴掌。但奇尔奇尔一点儿也不难过，因为爷爷打他的样子还和以前一样。

“你看，时钟已指着八点半了。”

“啊！时间到了，不回去不行了呀！”奇尔奇尔说着，丢下了汤匙。

“不能再多待一会儿了吗？我们已经好久好久没有见到你们了！”奶奶说。

“不！不行！我们已经和魔术师老婆婆约好了。米琪儿，我们走吧。”

奇尔奇尔拿着鸟笼，慌忙跟大家亲吻告别。“再见了，爷爷、奶奶。再见了，大家……奶奶不要哭，我们以后会经常来的。”

“每天都要来哟。”

“嗯，我尽可能每天来。”

“记住！只要回忆起我们，大家就能够见面了。每天都能见到你们，我会感到很高兴的。”

“再见了！”

“再见了！奇尔奇尔。再见了！米琪儿。”

大家不停地挥着手，目送着奇尔奇尔和米琪儿踏上了回去的路。

浓雾又再度弥漫四周，奇尔奇尔和米琪儿来到大橡树下。

“米琪儿，就是这儿了。”

“哥哥，光在什么地方呢？”

“对啊！光到底在哪儿呢？”

奇尔奇尔说着，又看了看鸟笼中的鸟，突然被吓了一大跳，大声叫道：“啊！这只鸟已经不是青色的了，又变成黑色的了！”

雾变得更浓了，四周什么也看不到了。米琪儿哭着说：“哥哥，牵着我，我好怕，好冷啊。”

第四章

夜之宫殿

守护秘密的夜女王

在阴森、庄严的“夜之宫殿”，美丽的夜女王穿着黑色的长礼服坐在二楼。她凝视着阶梯，用严厉的声音问道：“谁在那儿？”

猫倒在大理石阶梯上，用悲哀的声音说道：“是我。夜女王……我已经不行了……”

“你怎么了？”

“出大事了！事关我们的秘密，我们就快完蛋了。我为了通知您，所以偷偷地溜到这儿来，但是已经来不及了！”

“到底发生了什么事？”

“先前我告诉过您的，那个拿着魔法钻石的樵夫之子奇尔奇尔，终于来找青鸟了。”

“那个孩子还没有找到青鸟吗？”

“还没。但是我想，不久之后他就会找到了。光这个背叛者做了这些孩子的领导者。原本只能在月光下生存的梦之青鸟，现在也可以在阳光下生存了。而且光说真正的青鸟就在您这儿。

因为她不能进入您的宫殿，所以便叫这些孩子们来了。现在，您已经无法阻止人类去打开秘密之门了。您认为到时候情况会变成什么样呢？当这些孩子们得到真正的青鸟以后，我们就必须完完全全地消失了。”

“人类究竟想知道什么？他们已经夺走了我们三分之一的秘密，恐惧们已经怕得躲在家中不敢出门了，而幽灵们也都逃走了，疾病们现在也都奄奄一息了。”

“说得也是，女王。现在，我们在这个世界上已经生存得很艰难了，而我们却还要忍受人类的宰割！”

“啊！他们来了。我们把青鸟藏起来吧。绝不能打开大门，我想，只要让他们看看洞穴中的秘密，他们就会害怕了。”女王竖起耳朵倾听，“好像来了很多人呢。”

这时候，奇尔奇尔和米琪儿带着面包、砂糖、狗一起战战兢兢地走了过来。

猫连忙走到奇尔奇尔的身边，用谄媚的声音说：“主人，请到这儿来！我已经把您到这儿来的目的告知夜女王了。但是，她感到很抱歉，因为她的身体不太舒服，所以不能亲自前来迎接您。”

奇尔奇尔打了个招呼：“午安。夜女王。”

但女王却生气地说：“什么是‘午安’？我从来不知道这个字眼，我只会说晚安！”

“对不起！我不知道这一点。”

“我刚才听猫说，你是为了找青鸟而来的？”

“是的，青鸟在哪里，您愿意告诉我吗？”

“我不知道，我从来没有见过青鸟。”

“可是光说青鸟在这里,能不能请您把大门的钥匙给我？”

“这么重要的钥匙，我怎么可能轻易交给初次见面的人呢？我是守护这一切自然秘密的人，我必须要负责任的。”

“主人，我们去抢吧。”狗说。

“住口！安静点！真没规矩！”奇尔奇尔怒斥着狗,依然恳求着女王。

“女王，请您把钥匙借给我吧。”

“你应该是带着信物来的，信物在什么地方呢？”

奇尔奇尔将帽子捧在手上，说：“请看这颗钻石吧。”

打开门的钥匙

这时，夜女王已经没有办法再拒绝他了，因此勉强说道："钥匙可以给你。这把钥匙可以打开任何门，但是它是否会让你遭遇不幸，我就不知道了。"

"里面会发生危险的事吗？"面包问道。

"在这扇青铜门的后面，有个很深的洞穴，洞穴里面存在着一切罪恶、灾难、疾病、恐惧，等等。这些使人类痛苦的所有秘密都在里面，如果让其中的任何一个逃走，你想，会发生什么事呢？"

面包插嘴道："那让我保护孩子们进去吧。女王，我还有一件事情想要请问您——如果遇到危险，往哪儿逃才是正确的呢？"

"无路可逃。"

但是就算如此，奇尔奇尔也不在乎。他拿着钥匙，一边爬上第一道楼梯，一边说："在这扇青铜门的后面，究竟有些什么东西呢？"

“可能是幽灵吧。这个门已经很久没有打开过了，也没有任何东西从里面出来过。”

奇尔奇尔将钥匙插进钥匙孔中，然后对面包说：“装青鸟的笼子带来了吗？”

面包牙齿打战地说：“我……我并不害怕，我……我一点儿也不害怕。但是，在还没打开这道门之前，是不是应该先从钥匙孔中偷看一下里面的情形呢？”

“何必多此一举！”奇尔奇尔生气地说。

这时，门被打开了，里面跳出了五个形态各异的幽灵。面包吓了一跳，丢掉手中的鸟笼，连忙朝着大厅逃走了。夜女王一面追赶幽灵，一面对着奇尔奇尔大声叫道：“快点，快点！把门关起来！如果全部都逃走的话，就再也追不回来了！”女王挥舞着鞭子，将幽灵赶向洞口。

“快来帮忙啊！在这里。啊，那儿也有！”奇尔奇尔大叫着，“面包到哪儿去了？”

“我在这儿，我在门口守着，不让幽灵逃走。”面包的声音从大厅传来。但是，当一个幽灵靠近他时，他却大叫一声赶忙跑开了。夜女王终于抓住了三个幽灵的衣襟，把他们关入洞中，而狗也抓住了另外两个幽灵。

奇尔奇尔又来到下一道门的门口问：“这里面有些什么呢？”

“打开看看吧。关在这里面的可不是小角色哟。他们是疾病。”

奇尔奇尔悄悄地打开门，但是并没有任何东西从里面出来，原来疾病全被人类的医生压制住了，现在变得提不起精神来了。

奇尔奇尔看了看洞里的情形，立刻说：“青鸟不在这儿。”

这时，一个穿着睡衣，戴着睡帽的小疾病跳了出来，在大厅中跑来跑去。

“呀，这家伙跑出来了！那是什么呀？”

“那是感冒，他是疾病里最无聊的一个。”

夜女王抓住了感冒，再把他关回洞中。感冒不停地咳嗽，然后消失在洞中。

紧接着，奇尔奇尔来到

第三道门前问："这里有什么呢？"

这时，女王紧张地大叫："小心一点！这里面关的可是战争！万一不小心让其中的任何一个跑掉，我可不知道将会发生什么可怕的事情。"

奇尔奇尔小心翼翼地把门打开一条缝，立刻从里面涌出一股相当强大的力量。

"快点，快点！用力撑住！那些家伙好像看到我了，大家好像都想跑出来，大概是想把门撞破吧！"奇尔奇尔大叫着，"来！大家一起用力推吧！再用力一点！"

这时，女王、狗和面包一起上去帮忙，大家同心协力地用力推，终于把门给锁上了，这才松了一口气。

"战争竟然有这么大的力量，这地方真是太危险了。你都看见了吧？"

"嗯，这真是个又大又可怕的家伙！这些家伙所住的地方应该不会有青鸟。"

"说得也是。即使有的话，也早就被吃掉了。好了，你已经看够了吧。这里没有你想要的东西，你了解了吗？"

"不，不，我必须得全部都看过才可以。光是这么对我说的。"

洞穴里有什么

奇尔奇尔又来到了另一道门前说道："呀，这里好黑啊！里面有些什么呢？"

"这里有很多秘密，如果你真的很想看，也可以把它打开，但是你不可以进去。和你看战争的时候一样，得先做好准备，而且要立刻把门关上才行。"

奇尔奇尔把门开了一道缝，战战兢兢地把头伸进去："呀，好冷啊！眼睛好痛。快关起来吧。来，大家一起推门。"

夜女王、狗、猫、砂糖一起用力地将门关上了。

"啊，我看见了！那是什么我不知道，好像有一个没有眼睛的妖怪要抓住我似的，那个好大的家伙是什么啊？"

"可能是沉默吧。他是这道门的守护者，看来，你一定觉得很可怕吧。看你的脸都吓得发青了，而且身体还在不停地发抖呢！"

"嗬，我可是头一次看见这种东西。你们看，我的手都冻僵了。"

“如果你再不停止，恐怕还会有更悲惨的遭遇呢。”

但是，奇尔奇尔还是来到下一道门的前面，他问道：“这里面还有更可怕的东西吗？”

“不，这儿有很多美丽的东西，你可以慢慢地看。有星星，有夜晚的芳香和夜莺之歌，还有像我们的身体一样会发光的东西，例如萤火虫、夜露……”

“星星、夜莺之歌……那么，青鸟也应该在这儿喽？”

“快打开，快打开看看！反正里面并没有什么可怕的东西。”

奇尔奇尔把门打开了。这时，化身为美丽少女的星星闪闪发亮，她穿着五彩缤纷的裙子跳了出来，在大厅的柱子周围及楼梯上绕着圈呢。夜晚的芳香和散发出如珍珠般白色光芒的夜露也出来了，正和星星一起跳舞呢！这时候，夜莺之歌从洞中传出来，响彻了整个“夜之宫殿”。

“呀，好美啊！好香的味道啊！”米琪儿沉醉在其中，一直拍着手。

“呀，你看。好棒啊！歌也很好听呢。还有那个，那个看不清楚的东西是什么啊？”奇尔奇尔问。

“那是影子的香气。”女王说道。

“那个用玻璃线组成的又是什么东西呢？”米琪儿接着问道。

“那是原野和森林的露水。够了，够了！他们跳得这么开心，不知道什么时候才会停止呢。”夜女王拍拍手，“快点进去吧。否则阳光会把你们带走哟。”

这时，星星和夜晚的芳香吓了一跳，赶紧钻入洞穴中。在跳进洞穴的同时，夜莺之歌也停止了。

“接下来看正中央最大的这道门。”奇尔奇尔刚说完，夜女王就用严厉的声音阻止道：“这道门不可以打开！”

“为什么？难道青鸟就在这儿？”

女王接着用妈妈责备孩子似的口气说：“你给我听清楚，先前我一直像慈母对待孩子一样温柔地对待你，让你看到那些从不让人看见的秘密。那是因为你是个孩子，我觉得你很可爱，所以很喜欢你。现在，请你相信我所说的话，不要再继续找下去了。这道门是绝对不可以打开的。”

“但是，为什么呢？”

“因为无论是谁，只要稍微打开这道门，就会死去。在这个洞穴里的东西，是地球上最可怕的东西都无法比拟的。只要人类的眼睛偷窥了洞穴，那个可怕的东西就会跳出来。如果你坚持一定要打开它，我只好先到没有窗户的塔里去藏身了。你一定了解我所说的话了吧？请你仔细想一想吧。”

米琪儿听到这番话后，感到非常害怕。她一边哭，一边拉

着奇尔奇尔想要逃走。女王和大家一起跑开，躲到大厅柱子的后面，只有奇尔奇尔和狗留在大门前。

“主人，我一点儿也不怕！我会留在您的身边。”狗忍住心中的恐惧，一边呼呼地喘着气，一边打起嗝来。

“很好！奇洛。你看，现在只剩下我们两个人了，加油啊！”奇尔奇尔摸了摸狗的头。然后，他准备把钥匙插入了钥匙孔中。

这时，从大家躲藏的大厅角落里，突然间发出了“啊”的叫声。

梦花园，梦之鸟

钥匙还没插进去，大门却自己打开了。一座美丽的花园出现在视线中，那是在夜的黑暗笼罩下，不可能见到的一座巨大的梦花园。

在星星的围绕下，一只神奇的青鸟用它的羽毛去碰触花园里的东西。这些东西一经它的碰触，就会闪耀出光芒。青鸟看了便会很高兴地在那儿跳起来。

花园里有几千只青鸟在飞翔，就好像风精灵似的，又好像是青空精灵似的，有时则好像是神奇的花园精灵一般。

耀眼的光芒使得奇尔奇尔的眼睛几乎要睁不开了，他大声地呼唤大家过来帮忙捕捉青鸟，而自己早已迫不及待地跳入群鸟之中了。

青鸟一点儿也不害怕人类。它们停在奇尔奇尔的手上、肩上以及头顶上，尽情吮吸着月光。

米琪儿等人都跑了过来。只有夜女王和猫没有跟进来。

米琪儿在青鸟的围绕下，高兴地叫着："我已经抓到七只

了！呀，它们不断地拍打着翅膀呢。我都快抓不住了！”

“我也是啊。抓得太多了……啊！跑掉了……又回来了……它们好像要飞到天上去似的。好了，我们快走吧。光在等我们呢，她看见青鸟一定会很高兴的。大家从这儿走，从这儿走！”

在奇尔奇尔的指挥下，大家抓住不断挥舞着翅膀的鸟，走出了花园。留在后面的夜女王和猫，一面担心地看着花园，一面说道：“那些鸟，真的是青鸟吗？”

“不！青鸟还留在月光中呢。因为它在高处，所以大家都

够不着呢。”

奇尔奇尔一行人来到了光所在的地方。光担心地问他们：“你们找到青鸟了吗？”

“是啊，是啊！我们抓到好多只呢，花园里还有好几千只。你看！”奇尔奇尔很得意地将抓到的鸟拿给光看。但是，不知道发生了什么事，那些鸟竟然全都有气无力地垂着脑袋。

“啊，怎么回事！死了？米琪儿，你的也是。奇洛，你的也一样啊。”奇尔奇尔生气地将死去的鸟丢掉了，“哼，真是太过分了！到底是谁杀了它们？我好伤心啊！”奇尔奇尔将整个脸埋在手臂中，颤抖着身体，哭了起来。

光像一位母亲似的，拍拍奇尔奇尔的肩膀，安慰着他：“好孩子，不要哭。你要抓的，是在日光中也能够生存的真正的青鸟，它一定是躲到别的地方去了。但是，你一定可以找到它的。快拿出勇气来，展开找寻青鸟之旅吧。”

狗瞪着死去的鸟，喃喃自语：“这些鸟，大概不能吃吧。”

第五章

危险的森林

奇洛和奇雷特

现在已是夜晚了，微弱的月光罩着森林。这是一片巨大的森林。九百年来，橡树、山毛榉、榆树、白杨、冷杉、针叶树、菩提树、七叶树等各种树木，一直在此生长着。

猫来到这里，向森林里的树木打招呼："大家晚上好！"

树干和叶子都喧闹地摇晃着，向她打招呼："晚上好！"

"各位，今天是一个很不寻常的日子，你们的敌人要窃取你们的精灵，以换取自己的自由。那个孩子叫作奇尔奇尔，也就是以往总欺负你们的那个樵夫的儿子。"

"那个孩子是来找那只自世界形成之时，就和大家一样躲起来不愿被人类看见的青鸟的，也就是知道我们秘密的青鸟。"树叶们在那儿吵闹地讨论起来。

"现在在说话的是白杨树先生吧。是的，那个孩子拥有能够使我们的精灵获得自由的钻石，所以他能够从我们的手中得到青鸟。可是这么一来，我们就必须要按照人类的意思去做了。"

这时，树叶们又开始不断地摇晃起来。接着，橡树发出了

低沉的声音："哦，是的，不能够再犹豫不决了，一定要干掉他们才行。"

树叶们叽叽喳喳地议论起来。

"哟，狗也一起跟来了，可惜我无法把他赶走。还有火、砂糖、水和面包也一起跟来了，不过放心，他们都是我们的伙伴。"猫看了一眼从远处渐渐走近的几个身影，说道，"只有光是人类的伙伴，她不会来这儿，我是趁着光睡觉的时候，瞒着孩子们偷偷来到这里，特地和你们商量商量的。"

树叶们又在耳语了。

"哦，那是山毛榉先生的声音吧。嗯，是的，一定要通知森林中的动物们才行。兔子先生，你在这儿呀。那太好了！你赶紧敲起大鼓叫大家集合吧。孩子们就要来了。"猫紧张地发号施令。

兔子一面敲着大鼓，一面蹦蹦跳跳地朝森林深处跑去了。当声音逐渐远离时，奇尔奇尔和米琪儿带着狗来了。猫立刻走到他们的身边，恭敬地低着头，谄媚地

对他们说："主人，你们来了！在你们来以前，我已经提前来拜托森林中的树木们。一切都进行得很顺利，这一次一定能抓到青鸟了。为了修桥铺路，我们要召集森林王国中的动物们，现在正拜托兔子在那儿敲大鼓呢。"

正如她所说的，从森林的各个角落，许多动物——公牛、猪、马、驴等的声音传了过来。

猫将奇尔奇尔叫到一旁，小声地对他说："不过，你为什么要带狗来呢？那个家伙和大家都相处得不好，有他在，恐怕什么事都办不成了，我真的很担心呢。"

于是，奇尔奇尔做了一个恐吓的动作，对奇洛说："喂，你跟来做什么？讨厌的家伙，到那边去！"

"谁？我吗？为什么？我做错了什么？"狗看到奇尔奇尔的表情突然变了，吓了一跳。

"我之所以叫你到那边去，只是因为我不想再看见你的脸而已。"

"我什么都没说啊。而且，我从老远的地方一路陪

你来到这儿。”狗沮丧地垂着尾巴说。

这时，猫又对奇尔奇尔耳语道：“主人，您看，这个家伙是多么任性啊。你怎么可以原谅他呢？一定要好好地教训他一顿才行。真是个令人难以忍受的家伙！”

奇尔奇尔一面打着狗，一面说道：“你还不给我乖一点吗？”

“呀，好痛啊！汪汪！”狗一面叫着，一面扑向奇尔奇尔，讨好地舔他、亲他。

“啊，够了！够了！到那边去吧。”

米琪儿看见这个情形，说道：“不，不行！我希望奇洛留在这儿，没有奇洛在身边，我会害怕的。”

“啊，主人。你真是太美丽、太温柔了！我好想亲你哟。”狗高兴地跳了起来，像要把米琪儿扑倒似的，一直不停地舔她。

猫看在眼里，说道：“我现在才知道，他是个多么蠢的东西。主人，不能再犹豫了，赶快转动钻石吧。”

橡树大王

奇尔奇尔开始转动帽子上的钻石。这时候，森林里所有树的树枝和树叶全都喧闹地摇晃起来，形态各异的树精灵们从树干中间钻了出来，全都围到奇尔奇尔和米琪儿的四周来了。

白杨树精灵首先大叫道："人类！是人类之子！各位，我们不需要保持沉默了。这些孩子是从哪儿来的？他们是谁呀？"

七叶树精灵一面矫揉造作地调整眼镜，一面说道：

“是呀，他们是谁呀？这些孩子看起来就像乡下贫穷人家的孩子一样。”

穿着木鞋的柳树精灵说道：“哎呀，哎呀。是不是又要来砍下我的头，拿回家当作柴火烧了呢？”

白杨树精灵大声地说道：“安静，安静！橡树大王从宫殿里出来了，今天晚上可别让他把身体气坏了。他的年纪已经很老了，到底是多少岁了呢？虽然常听他自己说有四千岁了，可是我想大王可能说得夸张了些。安静，他好像有话要说了。”

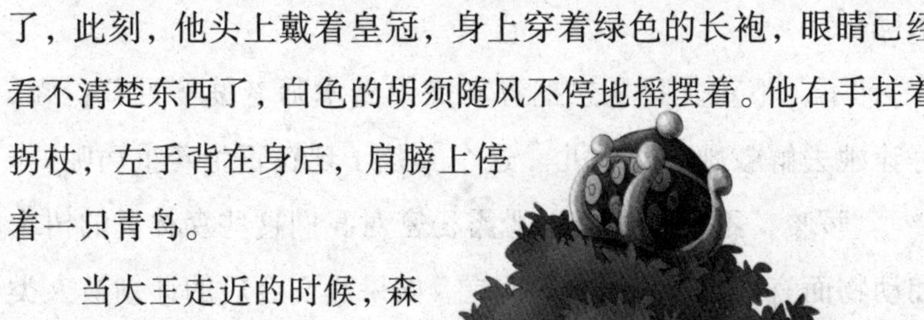

橡树大王慢慢地走了过来。看上去他的年纪已经非常大了，此刻，他头上戴着皇冠，身上穿着绿色的长袍，眼睛已经看不清楚东西了，白色的胡须随风不停地摇摆着。他右手拄着拐杖，左手背在身后，肩膀上停着一只青鸟。

当大王走近的时候，森林里的树木们全都恭恭敬敬地向他行着礼。

奇尔奇尔看了，大叫：“青鸟在他身上！快点，快点把鸟给我吧！”

“你是谁啊？”橡树大王问道。

“我是樵夫的儿子奇尔奇尔。”

“哦,你的父亲对我们这些森林里的树木可是相当残忍啊!光是我们一族，子子孙孙不知道有几万棵被你父亲杀死了。”

“关于这个我可不知道啊。不过，我想他一定不是故意杀他们的。”

“你到这里来做什么？”

“我来找青鸟。”

“嗯，关于这件事情我也知道。青鸟守护着一切自然和幸福的秘密。现在，你发现它了，是不是也要对我们做出可怕的事呢？”

“不，不对。我是想把青鸟交给魔术师老婆婆贝莉伦娜，好让她去解救她的小女儿。这个女孩子现在正生着重病呢。”

“啰唆，不要再说了！泄露秘密对我们这些森林里的树木和动物而言，是非常严重的问题。如果我们今后的计划被人类知道了，他们一定会对我们进行可怕的报复。所以，我们一定要团结才行。”

这时候，牛、马、狼、山羊、猪、公鸡、绵羊、熊等精灵，都跟着兔子陆陆续续地走来。

橡树大王等大家都靠近后，说道：“各位，相信大家已经知道发生了什么事，这两个孩子拿着有魔力的钻石来找青鸟。如果这个森林中最重要的青鸟被带走了，我们的秘密会变成什么样子呢？相信大家已经了解得非常清楚了吧。所以，趁还来得及，把这些孩子们干掉吧！”

“你说什么！”奇尔奇尔感到不可思议。

狗露出牙齿，在大王的四周打转，不停地吠叫着说：“这位大叔，你没有看见我的牙齿吗？”

“不可对大王无礼！”山毛榉精灵生气地制止狗，说道。

“那是狗呢。大家快把他赶走！在这里不允许他欺负我们的同伴。”大王大叫着。

猫附耳于奇尔奇尔，小声地说：“主人，赶快把狗赶走吧。别惹他们生气了。一切事情都交给我来办吧。看这情形，要平息他们的怒火，非得把那家伙赶走才行。”

于是奇尔奇尔怒斥奇洛：“安静一点！到一旁去！”

“好，好。我到那边去，但是若发生任何事，我一定会飞扑过来的。”

猫又附耳怂恿说：“还是把他绑起来好了，否则，不知道他什么时候又会恶作剧了呢。”

“常春藤先生，请你把他绑起来吧。”奇尔奇尔听完猫的建议，转身向常春藤精灵请求道。

常春藤精灵战战兢兢地靠近狗。

“奇洛，趴在地上让常春藤先生绑住你，要乖一点才行，否则的话……”奇尔奇尔命令狗。

狗被绑住以后，一直在那儿呻吟着：“主人，这个藤蔓缠住了我的脖子和脚。”

“没办法啊，因为你自己不乖。安静点，乖乖地待在那儿。”

“可是，主人，你错了，他们一定会做坏事的，你千万要小心一点。啊，这些家伙要堵住我的嘴了，我什么话都说不出了……”

森林里的审判

狗被常春藤的藤蔓绑着拴在橡树上。

橡树大王看了看狗，然后对大家说：“这就是讨厌而又烦人的家伙的下场。我们就遵循着正义和真理好好地商量一下吧。现在，我们先来审判人类，让人类知道我们的力量。一直

被人类欺负的你们，应该知道该怎么判决吧？”

森林里的树木和动物们全都大叫道：“是啊！是啊！要处以绞刑，死刑！我们受到他们种种卑劣、粗鲁的对待已经够久了！揍扁他！就是现在，现在就揍扁他！”

“怎么回事，为什么大家都这么生气呢？”奇尔奇尔问猫，他不知道大家在说什么。

“不用担心。因为春天来得太迟，所以他们有点焦躁。把一切都交给我吧。一切都会很顺利的。”猫回答道。

橡树大王继续说：“我相信各位一定会赞成的，接下来的问题是要确定什么样的处罚方法才是最好的。如果让人类在森林里发现小孩子们的尸体就糟了，所以我们必须掩埋证据。但是什么方法最适合呢？”

奇尔奇尔感到越来越不安了，他焦急地说道：“到底他们在说什么？我不管了，既然那个人有青鸟，我要赶快去把青鸟抓来。”

这时，公牛精灵上前一步说道：“最有效且最实际的方法，就是用我的牛角刺进他的心窝。这件事就交给我来做吧。”

“让我来勒他的脖子好了。”常春藤精灵说。

“我可以做小棺材用的四块板子。”冷杉精灵说。

“最简单的办法就是把他丢到河里淹死，这事就交给我来办好了。”柳树精灵说。

“哎呀，怎么可以做这么残忍的事呢？他们只是小孩子呀。我看把他们关在篱笆里不让他们出来就可以了。”菩提树精灵说。

橡树大王责备地说："刚才那些话是谁说的？居然这么宽容，你真是我们树木中的叛徒啊！"

"我们先前就一直想吃那个小女孩，她看起来又软又好吃，一定非常美味。"贪吃的猪精灵说，一双小眼睛不断地打转。

"那家伙在说什么啊？"奇尔奇尔变得更加不安、更加焦躁了。但是，听不懂他们在说些什么，他自己也无可奈何。

橡树大王生气地说道："安静一点！你们只知道在那儿不断地吵闹、说话，根本没有商量出一个解决的办法来。我们首先必须决定的，是由谁负责去干掉这些家伙以保护我们的名誉？"

"那就是您啊！我们的大王，值得尊敬的大长老，就是您啊！"冷杉精灵说。

"遗憾的是，我的年纪已经这么大了，眼睛又看不清楚，没有办法自由地活动我的手臂。还是拜托你好了，冷杉先生。"

"大王，谢谢您的赏识。但是，我认为山毛榉先生拥有比我更强壮的棒子，如果由他来做，您觉得如何呢？"

这时，山毛榉精灵说：

“很遗憾，大王。您也知道，最近我被虫蛀了，棍棒也没有办法发挥作用了，还是让榆树先生来做最适合了。”

“这真是一件光荣的事啊！但是昨天晚上我的脚趾被鼹鼠咬伤了，你们还是问问白杨树先生好了。”

这时，轮到白杨树精灵说话了：“请你们仔细想想，我的身体比孩子们更加柔软，而且不知道怎么回事，我发烧了，身体不断地发抖，可能是今天早上感冒了吧。”

大王终于生气了，他说：“你们都害怕人类。就连这么小的孩子也莫名其妙地害怕。长久以来，你们一直被人类视为笨蛋，才会造成今日的局面。我已经无法忍受了，就由我一个人来吧。”大王拄着拐杖，慢慢地朝奇尔奇尔的身边靠近。

“这家伙好像是要修理我呢。”奇尔奇尔终于察觉到了，他从口袋里掏出武器，很快摆好了姿势。“来吧，你这个摇摇晃晃的老家伙！”

森林里的战斗

森林里的树木们看见奇尔奇尔手中拿着他们无法抵抗的武器时，全部战栗起来。橡树大王只好无奈地向动物们求助："动物们，愿不愿帮助我啊？"

"好的，交给我吧。我用我的角来攻击他。"公牛上前一步说道。

"这么说来，大家已经决定要向我挑战啰。"奇尔奇尔说。

"是的。小家伙，就是现在，你终于了解了吗？"说这话的是驴子。

"你可以做最后的祈祷，但是那个小女孩终究是会被我们吃掉的。"野猪也不服输地说。

"我到底对你们做了什么？"

"你是没对我们做什么。但是，小家伙，我的许多亲人都被人类吃了。"山羊说。

马也跺着脚说："我可以用牙齿咬你，或者一脚把你踢开，你要选择哪一种呢？"他一边说，一边朝奇尔奇尔的方向走来。

奇尔奇尔看着马精灵，握着武器的手不断地发抖。这时，马精灵却突然转身就跑，并且大叫道：“不行，不行！不能再这么玩下去了。那孩子真要来一场战斗呢。”

公鸡精灵打从心底感动地说道：“这孩子毕竟是勇敢的。”

猪精灵对熊精灵和狼精灵说：“大家一起战斗吧！你们可以从背后攻击，只要打倒这个女孩，我们就可以吃她了。”

“你们从前面攻击，我来蒙住那个男孩的眼睛。”狼精灵说完，便在奇尔奇尔的四周打起转来。

两次、三次……突然，狼精灵从背后跳到奇尔奇尔的背上。奇尔奇尔被他这么一攻击，险些被推倒在地上，但是他立刻又重新站直，挥舞着武器，努力地保护米琪儿。看见这个情形，动物精灵和树精灵都联合起来，打算与奇尔奇尔战斗到底。

奇尔奇尔情急地叫道：“快救我啊！奇洛，奇雷特！快来，快来呀！”

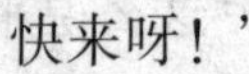

猫在远远的地方，用可怜的声音回答道：“不行呀，不行呀！我的脚扭伤了。”

奇尔奇尔拼命地抵抗着，并且继续

叫道："快救我！奇洛，奇洛……我已经快不行了。敌人好多啊，奇洛，奇洛！"

狗听到这声音，从大橡树的树干后面咬断了藤蔓，跳了起来，然后冲过许多树木和动物，来到了奇尔奇尔的身边。大声叫道："主人，没事的。我一定会咬住这些家伙！"狗刚说完，就开始去咬那些攻击奇尔奇尔的动物和树木精灵了。

霎时，熊精灵和猫精灵的尾巴被咬住了，山毛榉精灵的裤子被撕开了，马精灵和公牛精灵的尾巴缠在了一起。但是，奇尔奇尔被针叶树精灵撞到了头，头昏脑涨的，狗也被柳树精灵打断了前腿。

"又来了！这一次轮到狼精灵了。"奇尔奇尔惊叫着。

"好，我来咬他吧！"狗说。

树木和动物精灵们见狗誓死捍卫主人，一致对他恶言相向："背叛者，叛徒！那个孩子已经临近死亡了。你快到我们这儿来吧，加入我们的行列吧。"

"不要，不要！我一定要帮助人类。"狗又转身对奇尔奇尔说："小心！你看，熊精灵来了。哎呀，你要小心公牛精灵。小心！他们会攻击你的喉咙。汪！踢中了，我踢断了驴精灵的两颗牙齿！"

"奇洛，我被榆树精灵修理了一顿。你看，手都流血了。"

"主人，我来为你舔一舔，很快就会痊愈了，你到我的身后来。这些家伙还会再回来的，下一次可能就糟糕了，你一定要振作起来！"

“不，我已经不行了。”说着，奇尔奇尔倒在了地上。

这时，狗竖耳倾听，呼呼地发出鼻音：“主人，有人来了。我听见脚步声了，而且还有味道哟。啊，是光！主人，我们有救了！你看，大家全部慌忙地逃走了。他们怕光呢。”

“是光，是光！来吧，大家都叛变了，都在和我们作对呢！”

光渐渐走近，黎明的光亮出现在森林中，四周渐渐变亮了。

“啊，怎么回事，发生什么事了？真是可怜……为什么不赶快转动你的钻石呢？这么一来，大家就全都回到黑暗中了。”

听见光这么说，奇尔奇尔慌忙转动钻石，于是树木精灵们全部慌忙地跳回到树干中，而动物精灵们也消失得无影无踪了。只见在遥远的原野上，一头公牛和一只羊温驯地在那儿吃草。森林里像不曾发生过任何事似的，非常安静。奇尔奇尔惊讶地看看四周，问道：“大家都到哪儿去了？这到底是怎么一回事啊？”

“他们一直都待在那儿，只不过人类看不见，所以不知道。就像我说过的，当我不在时，绝对不能够让那些精灵们清醒。这是很危险的事呢。”光温柔地说。

“主人，你的伤势重不重？”狗担心地问道。

“没什么，我绝对不会让他们碰米琪儿一根手指的。奇洛，你怎么样啊？你看，你的嘴巴都流血了，前脚好像也折了呢。”

“没有关系，明天就会痊愈了。这可真是一场非常激烈的战斗啊！”

这时候，猫跛着脚从草丛中走了出来，故意说道：“我

的肚子被公牛精灵的角戳了一下，伤得很严重，后来我就什么都不知道了。而且，我的前脚也被橡树精灵折断了呢。”

米琪儿心疼地抚摸着猫。

猫假惺惺的做派狗实在看不下去，在一旁咬得牙咯咯直响。“你一点都不关心奇雷特，讨厌的狗，到那边去。”什么都不知道的米琪儿骂着狗。

原本停留在橡树大王肩上的青鸟究竟到哪儿去了呢？

第六章

墓　地

青鸟在哪儿?

在光的带领下，奇尔奇尔一行人来到了墓地，那是一个阴森的地方。

“魔术师老婆婆贝莉伦娜告诉我，青鸟很可能就在这里。”光说道。

“在这儿？在哪里呀？”奇尔奇尔问道。

“在这片墓地中。可能是藏在死人的棺木里，可究竟是藏在哪一个里面，我也不知道，需要一个个地去找才行。”

“要怎样找？”

“我也不知道。总之，等半夜的时候再转动钻石就可以了，到时候逝去的人们都会从墓中走出来。”

“那些人不会生气吗？”

“不会的，大家都不会察觉到的。那些人已经很习惯在半夜出来了。”

听光这么说，面包、砂糖和牛奶都吓得脸色苍白。牛奶摇摇晃晃地说道：“我怎么觉得好想吐啊。”

火在一边跳着说道："我才不怕呢！因为我随时都可以把他们烧掉。"

"光小姐，你也跟我一起去吗？"奇尔奇尔问道。

"不。我和大家一起在墓地的入口等你们，光是绝对不能进入墓地的，而且除了你和米琪儿两个人，其他人都不能去。孩子们，拿出勇气来，我们就在不远的地方。"光说完，便带着大家走了。只剩下奇尔奇尔和米琪儿两个人了。

到了晚上，月光照耀着苍白的墓地，那儿有被草覆盖着的土堆、木头做的十字架、坟墓的基石等。

"我好害怕啊。"米琪儿说。

"我一点儿也不害怕。"奇尔奇尔按捺住自己的畏惧说。

"哥哥，你有没有看过死人啊？"

"只看过一次。"

"是什么样子啊？"

"脸是全白的，身体冰冷，而且都不会说话。"

"那我们现在是不是就要去看死人啊？"

"是啊。光是这么说的。"

"那些人在哪儿？"

"在这儿，在草下或是在那个大石头下。"

"他们一直都待在那里吗？"

"是啊。"

"这是死人家的入口吗？"米琪儿用手指着平坦的墓碑问。

"是啊。"

“哦，他们的家漂不漂亮啊？”

“好像很窄。”

“我们看得到吗？”

“可以呀，只要转一转钻石，就什么都看到了。”

“我们能和死人说话吗？”

“不能和他们说话，他们什么也不会说。”

“为什么？”

“你真啰唆！”奇尔奇尔有点烦躁了。

于是，他们两个人暂时保持了一阵沉默。后来，米琪儿打破沉默说：“什么时候才能转动钻石啊？”

“你刚才没听见光说的话吗？为了不打扰死人，要等到半夜才可以。”

“为什么在半夜就不会打扰到他们了呢？”

“到那个时候，大家为了呼吸新鲜的空气，就会到外面来呀。”

“还不到半夜吗？”

在墓地对面，可以看见一座有高塔的寺庙。奇尔奇尔指着寺庙塔顶的钟问道：“你看得到寺庙上的钟吗？”

“嗯，连最小的针都可以看到呢。”

就在这个时候，时针指向了十二点。

“铛——铛——铛——”

“可以转动钻石了。”

“不要，不要！不要转，我好怕啊。”

“你不可以什么都怕啊。”

“我不想看死人，我真的不想看！”

“那你闭上眼睛好了。”

“哥哥，我想回去了，我不要待在这儿！”米琪儿拉着奇尔奇尔的衣服。

“干吗吓得发抖呢？那些只不过是从土里面走出来的死人而已嘛。”

“可是，哥哥你也在发抖呀。”

“哎呀，不可以再这样磨磨蹭蹭了。”

奇尔奇尔转动了帽子上的钻石。瞬间，四周的一切全都变了：十字架不断地摇晃着，土堆开了口，墓地的基石也向上抬起……

米琪儿抓着奇尔奇尔叫道：“啊，出来了！啊，出来了！”

墓地中好像冒出了白色的烟雾，雾气腾腾地上升。接着，又变成了白色的花蕾，逐渐变淡、变高，而且数目也增加了很多。其他的东西也陆续出现了，墓地瞬间变成了令人意想不到的童话花园。

终于，早上的阳光照耀着大地，露珠闪闪发亮，许多花朵都盛开了。风吹动着树叶，蜜蜂也嗡嗡地飞舞着，小鸟也全都醒了，太阳也变得有生命似的在那儿高歌。

奇尔奇尔与米琪儿惊讶地呆住了。等回过神后，他们手牵着手漫步在花园中找寻青鸟。

“哥哥，死人到哪儿去了？”

“死人都不在这儿了。”

接着，奇尔奇尔用失望的声音说道：“青鸟也不在这儿……”

第七章

幸福花园

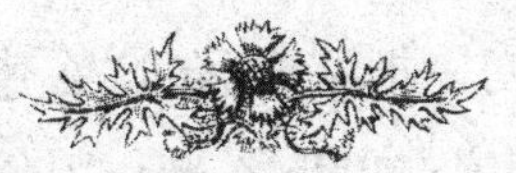

幸福花园的入口

奇尔奇尔和米琪儿等一行人继续踏上寻找青鸟的旅途。

“我想这一次一定可以找到青鸟。”

“我们现在已经来到了魔法花园的入口，这里聚集了人类所有的欢乐和幸福，由命运之神守护着。”光说。

“有很多吗？能够抓到吗？他们都很小吗？”奇尔奇尔问道。

“幸福精灵们有大有小，有胖有瘦，有美有丑。不过，那些最丑陋的都被赶出花园了，他们逃到不幸的住处躲了起来。

“不幸精灵们就住在幸福花园旁边的洞穴中，两地的交界处随时都有风在不停地吹着，并且被既像烟雾又像薄纱般的东西笼罩着。幸福精灵们都很好，但是他们当中却存在着比不幸更危险、更可怕的东西。因此，我们一定要小心。”

“我有一个好办法。我们全都在入口等着，当孩子们逃过来时，我们再帮他们一把。”面包这么建议道。

“不可以。绝对不可以这么做！不管主人到什么地方，我都要跟他去，害怕的家伙就在入口处等着好了。”狗咆哮着。

“安静点！我已经决定了，狗、面包和砂糖陪着孩子们去。水太冷，而火又太急躁，所以留在外面等待。牛奶太敏感，所以也在外面等待，猫去不去就随便你自己了。”光说。

“那家伙一定是害怕了。”狗不屑地说道。

“刚好相反！我正好可以去看看我以前的朋友，他是住在幸福隔壁的不幸，我要去跟他打个招呼。”猫说。

“那么，光，你呢？”奇尔奇尔询问道。

“我不可以就这个样子到幸福的地方去，他们都会因为我而被照耀得睁不开眼睛，无法忍受。所以，要去拜访幸福时，我都会带着这个。”光摊开了又长又厚的罩纱，接着，她用罩纱包住了自己的整个身体，然后说，“我所发出的光芒绝对不能吓到大家。所以，我把自己包裹起来后，就算是最胖的幸福也不会怕我了！”

在花园前有一座美丽的宫殿。宫殿大厅中，耸立着高高的大理石柱子，还有紫色的窗帘。另外，还有许多花、鹿角、雕刻及闪闪发光的饰物，在四周作点缀和装饰。在房间的正中央，有一张镶着宝石的美丽的大桌子，上面放着蜡烛、玻璃杯以及装满美味佳肴的金盘、银盘。在桌子的四周，是这个世上最胖的幸福精灵们，他们吃着、喝着，不时地聊天、唱歌。有一些精灵吃得很饱，已经躺在一旁睡觉了。

他们全都非常胖，脸都是圆圆的，穿着天鹅绒的衣服，头上戴着镶满金银及珍珠宝石的装饰品。美女们不断为他们斟酒、添菜，到处都响着低级而又喧闹的音乐，而且整个大厅被红色的光芒照得通亮。

奇尔奇尔、米琪儿、狗、面包和砂糖战战兢兢地围着光，大家挤成一团。只有猫一个人朝后面走去了。

奇尔奇尔问光："看起来好像很有趣，他们正在吃很多美味的食物。这些胖的人是谁啊？"

"他们就是发胖的幸福精灵们，青鸟很可能就在他们中间呢。"

"可以到他们的旁边去吗？"

"不要紧的。虽然他们看起来有点低级，没有教养，但是却不是坏人。"

这时，吵闹的幸福们，捧着吃得发胀的肚子朝这边走来了。

发胖的幸福们

“不用害怕。他们可能是要邀请你们去吃东西，但是你们绝对不可以去。”光说。

“为什么？难道连一个小点心都不可以吃吗？那里有很多好吃的东西呢。”奇尔奇尔问。

“很危险哟，这有可能会夺去你们的心智。如果想找到青鸟，你必须拒绝诱惑。你看，他们来了。”

“奇尔奇尔先生，你好！”最胖的幸福伸出手来。

奇尔奇尔惊讶地反问他：“咦，你认识我？你是谁啊？”

“我是幸福里面最伟大的金钱幸福，我谨代表大家来邀请你们去吃堆积如山的美食。我为你介绍我的同伴们，这是我的女儿——地主幸福，她长得像梨子一般；这是爱慕虚荣幸福，他有着圆滚滚的脸；这是饮酒过度幸福；这两个双胞胎是不饥而食幸福，你看他们的脚就像是通心粉一样；这是一无所知幸福，他好像鲽鱼一样，耳朵听不清楚；这是毫不理解幸福，他跟鼹鼠一样，眼睛看不清楚；而这两位是无所作为幸福和过度贪睡幸福，他们的手都是用面包做的，眼睛则是用桃子酱做成的；那位就是大笑幸福，他的嘴巴能够一直张开到耳朵那里，一旦碰上他，不管是谁都会捧腹大笑呢。来吧！宴会才刚开始呢。从今天早上算起，这是第十二次了。大家都大声地在呼唤你呢。"

"谢谢你，幸福先生，虽然你热诚地邀请我，但是我不能参加，我们要去寻找青鸟，非常忙碌。您知道青鸟吗？知道的话请告诉我吧。"奇尔奇尔询问他。

"什么，青鸟？哦，等等，对了。我想起来了！好像听人提起过，但是也有人说这种鸟不可以吃。这东西有什么好呢？我们这儿有很多美味的食物呢。"

"你们在这儿做什么？"

"我们什么也不做，但是却非常忙。我们一分一秒都不能休息，要不断地吃喝、睡觉。"

这时，金钱幸福好奇地指着光问道："那个发育不良的年轻女人是谁啊？"

而与此同时，其他的幸福们已经将狗、面包，以及砂糖带

到放满美食的桌子前了。等到奇尔奇尔发觉的时候，大家已经开始吃喝，并且大声地喧闹了。

“把他们叫回来，否则就糟了。”光叫道。

“奇洛，赶快过来。面包、砂糖你们也回来，绝对不可以到那儿去！”奇尔奇尔大声地指责他们。但是大家都贪婪地吃着美食，好像根本听不见奇尔奇尔的话似的。

看见这种情况，发胖的金钱幸福很得意地说：“你看吧，他们就是你最好的模范，来吧。大家都在等你呢。幸福们来帮忙吧。把这些人带到桌子那边去，就算他们不愿意，也要让他们多吃一些美食，让他们全部得到幸福吧。”幸福们全都很高兴地叫着，拉着不愿意过去的奇尔奇尔。

光附在奇尔奇尔的耳边说：“现在赶快转动钻石吧。”

孩子幸福

奇尔奇尔赶紧转动帽子上的钻石。这时，先前充满整个屋子的红色光芒消失了，变成了柔和的玫瑰色光芒。眼前不再是宫殿，而是明亮、平静的花园。

大宴会的桌子已经消失得无影无踪，金碧辉煌的宫殿也消失了。

狗、面包和砂糖垂头丧气地走了回来，好像有些难为情似的躲在奇尔奇尔的身后。

奇尔奇尔看看四周，吓了一跳："啊，好美丽的花园啊！这是什么地方啊？"

"这还是刚才那个地方啊，只不过刚才你一直看不见罢了。真正的东西现在才出现，你看，现在看见的幸福精灵才是真的。"

"呀，天气好转了，就好像是夏天一样。咦？好像有人来了。"

这时，许多天使从树间滑了出来，好像是从长久的沉睡中清醒了似的，看起来非常高兴的样子。他们一个个身上都穿戴着金光闪闪的东西。看起来既像是盛开的花朵，又像是水的微

笑；既像是黎明时天空的颜色，又像是露珠一般。

“你看，好可爱的幸福们。”

“来了，来了。那里也有，这里也有。”

“以前还有更多呢。可是因为受到发胖的幸福们的欺负，他们便逐渐减少了。”

“但是，还是留下了这么多，我真是太高兴了！”

“等钻石的魔力传递到花园的各个角落，我们就能够看到更多的东西了。在这世间，还有比大家所想象的更多的幸福存在着，只不过许多人都没有发现罢了。”

“啊，有个小家伙来了。”

真的有一群很小的幸福跑了过来，在闪耀的光芒中欢呼着，围绕着奇尔奇尔等人，高兴地跳着舞。

“他们全都是孩子的幸福。”

“你好，你好！啊，那些胖胖的，穿着漂亮衣服的，全都是有钱人家的孩子吗？”

“不是。孩子的幸福是不分贫穷与富有的。”

“哦，我想和他们一起跳舞，可以吗？”

“不可以，已经没时间了。我知道这些孩子们没有青鸟，而且他们都很忙呢，你看，他们已经要走了。孩提时代真的是非常短暂啊。”

这时，那些较高大的幸福们，一边唱着歌一边走了过来，围着奇尔奇尔等人开始跳舞。其中一个向奇尔奇尔伸出手来，说：“奇尔奇尔，你好！”

“你好！你知道我的名字，你是谁啊？”

“喂，你们大家听见了吗？这孩子问我们是谁呢。但是，奇尔奇尔，我们一直都在你的身边呀，我们和你一起吃、一起睡、一起醒来，一直和你一起生活呢。我们就是你家的幸福呀。”

“我家也有幸福吗？”

“奇尔奇尔，你真是好笨啊！你们家里，到处都充满了幸福。只是，你根本看不见我们。哦，我们来握手吧。这样，等你回去以后，就会轻易地发现我们了。我来为你介绍其他的幸福们吧。这位就是为你效劳的健康幸福；你先前穿过的就是清新空气幸福；这位穿着灰色衣服，看起来有点悲伤的，就是孝子幸福；穿着蓝色衣服的是蓝天幸福；穿着绿色衣服的是森林幸福；看起来好像拥有钻石般颜色的是白色幸福；闪耀着祖母

绿的光芒的是春天幸福……”

“你们一向都是这么美吗？”

“是啊。如果你仔细观察的话，在任何一个家庭里，每天都可以看到幸福啊。在黄昏的时候，黄昏幸福就会到来。还有，那位无比气派的星光幸福也会跟着来哟。在天气不好的日子，挂满珍珠的雨天幸福就会来到。冬天幸福会给冻僵的手披上美丽的紫色披风，并给予其温暖。还有，在你们家中，最伟大的就是接下来你会遇到的明朗的欢乐兄弟，以及比任何人都快活的天真想法幸福。接着，还有很多幸福会陆续到来呢……好了，我必须为你去叫欢乐们来了。他们一向都待在我们的上面，在天国的入口，所以他们还不知道你们来了。我请走得最快的在雾中光着脚的幸福去催他们来吧。”

这时，一个穿着黑色小背心、一脸坏笑的小家伙，不知道在说些什么，快速地走了过来，他用手捏一捏奇尔奇尔的鼻子，又打了下他的头，并用脚踢了踢他。

奇尔奇尔有点生气，问道：“这个没礼貌的家伙到底是谁啊？”

“哦，这就是从不幸的洞穴中跑过来的太过吵闹幸福。没有人能管得住他，因为他随时都会跳到

别的地方去。”

这个小家伙将奇尔奇尔折磨够了以后，就好像刚来的时候一样，咯咯地笑着，不知道跑到哪儿去了。

“那个家伙是怎么回事，好像头脑有点不清醒呢。”奇尔奇尔生气地说道。

这时，光回答道：“他吗？你不听话的时候不也是这个样子吗？现在我们应该问一下青鸟的行踪，我想，你家的幸福们也许知道吧。”

于是，奇尔奇尔问道：“你们知道青鸟在什么地方吗？”

“这孩子不知道青鸟在什么地方呢。”奇尔奇尔家的幸福们哄堂大笑。

“我是不知道啊，有什么好笑的？”奇尔奇尔很生气地说道。

“啊，你不要生气，大家也不要再笑了，这孩子不知道也是没办法的事情。看啊，他们来了！”

奇尔奇尔回头一看，得到通知后，欢乐们终于来到这儿了。

母爱欢乐

穿戴得金光闪闪，身材高大，如天使般美丽的精灵终于来了。

“好美啊！可是他们为什么都不笑呢？难道他们不幸福吗？”奇尔奇尔一面出神地看着，一面问道。

“人类最大的幸福并不是在笑的时候啊。”光回答着。

“你知道他们的名字吗？”

“当然知道啦！他们是正义欢乐、善良欢乐、完成工作欢乐、思考欢乐。还有理解欢乐，他的弟弟就是毫不理解幸福。另外，还有审美欢乐和爱情欢乐。”

“那她又是谁啊？”奇尔奇尔指着一个精灵问。

“你应该见过她，瞪大你的眼睛仔细看吧。啊，她看到你了，她摊开双手跑了过来。她是你母亲的欢乐，是没有任何事情能比拟的母爱欢乐！”

所有的欢乐们都伸出手来表示欢迎，母爱欢乐更是把他们两个人抱得紧紧的。这让奇尔奇尔觉得很是诧异，他一直注视着她的脸。

“奇尔奇尔，你怎么不笑呢？米琪儿，你不高兴吗？你们难道不明白妈妈的爱吗？”

奇尔奇尔高兴地拥抱着母爱欢乐，一连给了她好几个吻。

“妈妈，这件漂亮的衣服是用什么做的？”

“这是用亲吻、拥抱和温柔的目光做成的。每当你亲吻我的时候，阳光、月光就会洒在这件衣服上。”

“真是有趣啊！我从来不知道妈妈这么富有呢。以前都藏在哪里呢？是不是被爸爸锁在衣橱里呢？”

“不。我一直穿着这件衣服，只是没有任何人注意到，不管是哪一位母亲，当她在爱孩子的时候，都是富有的人。母亲的爱，是最美的欢乐，不管在多么悲伤的时候，只要能够有孩子们的亲吻，母亲的眼泪就会在眼底变成星星。”

奇尔奇尔凝视着妈妈，叫道：“啊，真的，妈妈的眼中有

好多星星啊！这只手也是妈妈的手，还戴着小戒指呢。手上还有在晚上点灯的时候烫伤的痕迹，但是妈妈比在家的时候爱说话呢。”

“在家里的时候太忙了，根本没有时间说话，但是嘴上虽然没有说，心里却说了很多话呢。现在，你可以了解真正的我了吧。就算你明天回家以后，看见穿着破烂衣服的我，应该也能够理解我了吧。”

“我不想回去了，既然妈妈在这儿，那么我也想一直待在这儿。”

“不。我还是在你们所居住的大地上，你们之所以来到这儿，就是为了让你们明白在地上应该要怎样看待妈妈。我就是为了让你们明白这一点才来到这里的。奇尔奇尔，你知道吗？你现在已经来到天国，只要是我们的爱能够交融在一起的地方就是天国。

“妈妈只有一个，不管什么时候，你们的妈妈都是最美丽的妈妈，因此，你们一定要仔细地看妈妈，真心地理解妈妈才行。

“不过，你是怎么到这儿来的呢？”

“是光带我来的呀。”奇尔奇尔指着在稍远处站着的光。

“哦，那就是光，我们还没有见过面呢。大家一直都在等待光的到来。各位，快来呀。光终于来了！”母爱欢乐大声地叫唤着其他欢乐们。

“看啊，是光哟！”

听见他们这般不停地叫着、闹着，欢乐们全都聚拢过来了。

首先拥抱光的是理解欢乐。“你就是光啊？我们已经等你好久好久了，真的好多年了。我们一直在找你，我们虽然非常幸福，但是对其他的世界却一点也不了解。”

接下来拥抱光的是正义欢乐。“我也找你找了好久。我们虽然非常幸福，但却只能看见自己的影子而已。”

接着拥抱光的是审美欢乐。“我好喜欢你呀！我虽然过得很幸福，但是只能了解自己的梦。”

这时，理解欢乐说道：“哎呀！光姐姐，请你不要隐藏最后的幸福，赶快揭开那厚厚的罩纱吧。你看，大家都跪在你的脚边，你就是我们的女王。”

“亲爱的兄弟姐妹们，我是照着神的指示去做的，我们正式见面的时候还没到，但是我相信那个时候终究会到来的。到时候我就会回来了。再见了，各位，站起来吧。再拥抱我一次，等待我再度来拜访你们吧。”

母爱欢乐拥抱着光，亲吻她说：“你对我的孩子们非温柔、亲切，真是谢谢你。”

“我对于友爱的人，一向都是非常亲切的。”光这么回答。

她们两个人拥抱了好长一段时间，再度抬起头时，彼此的眼中都充满了泪水。

“为什么要哭呢？咦，大家怎么都哭了，这是怎么一回事啊？”奇尔奇尔感到很惊讶。

这时，光说道：“你是个好孩子。”

奇尔奇尔和米琪儿很想一直待在这个地方,但是他们不得不出发了。

毕竟，青鸟也不在这个幸福花园之中。到底要到什么地方去，才能够找到青鸟呢？

第八章

未来之国

青色宫殿里的孩子们

他们来到有青色天空的宫殿大厅里。圆形的蓝宝石柱和土耳其石做成的圆形天花板一直延伸到遥远的地方。无论是吊灯还是铺在地上的石子，在这儿的一切，都好像童话故事般。

这儿就是“未来之国”。今后将要出生的孩子们都在这儿等待着。在大厅中，许多穿着天青色长袍的孩子们在游玩，或到处走动、谈话、睡觉。这些孩子们身上都泛着青光。另外，还有一些个子较高、穿着青色衣服、看起来很严肃的人在孩子们中间穿梭着。

奇尔奇尔、米琪儿和光一起走进大厅时，孩子们好像很稀奇似的在那儿哇哇哇地吵闹着，然后全都跑了过来。

“这是什么地方啊？”奇尔奇尔问。

“这是‘未来之国’。我们现在正待在未来将要出生的孩子当中。借着钻石的魔法，我们可以很清楚地看见人类所看不见的这个国度，以及里面的所有情形，我想这一次应当可以找到青鸟了。”

“这儿全都是青色的，鸟当然也是青色的了。真是好漂亮啊！”

那些泛着青光的孩子都一脸惊讶地聚拢过来，朝着奇尔奇尔他们叫道：“是活着的孩子，是活着的孩子哟！”

奇尔奇尔觉得很奇怪，便问光：“为什么他们称我们是‘活着的孩子’呢？”

“因为他们还没有被生下来呀。”

“哦，那么，他们在做什么呢？”

“全都在等待出生啊。”

“那他们什么时候会出生呢？”

“等到爸爸妈妈想要孩子的时候，右边的大门就会打开，孩子就从那儿出去。”

“那些穿青色衣服，个子较高的都是什么人？”

“我也不知道，不过，据说是守护天使。在人类诞生以后，他们就会到地面上去。你们绝对不能和天使说话，不过你可以

随意和那些孩子们做朋友。"

奇尔奇尔走近一个孩子，伸出手和对方打招呼："你好！"

那个孩子上前摸了摸奇尔奇尔的帽子，问他："这是什么？"

"这是我的帽子呀。你没有帽子吗？"

"这是做什么用的？"

"这个在打招呼的时候，或者是下雨天，或者是感到冷的时候都可以用啊。"

"地球上很冷吗？"

"有时候吧。冬天没有火的时候就很冷。"

"为什么没有火？"

"没有钱买呀。要有钱才能买到柴火呢。"

"钱是什么？"

"就是买东西的时候要用的。"

"哦，是这样啊。"

"你多大了？什么时候才能出生呢？"

"我就快要出生了，我已经在这里等了十二年了。对了，地球上的人都很漂亮吗？"

"嗯，很漂亮。"

"听说妈妈们在入口的地方等着我们，妈妈们全都是好人，这是真的吗？"

"是真的，她们是世界上最好的人，还有奶奶们也很好，不过我奶奶很早就死了。"

"死是什么呀？"

“就是在某一天晚上，不知道到哪儿去了，然后就再也没有回来了。”

“为什么？”

“我也不知道，总之，我好伤心啊。”

“咦，你眼中正闪闪发光的是什么东西？是珍珠吗？”

“不，不是珍珠。”

“那是什么？”

“没什么，以后你就会知道了。咦，你在玩什么东西啊？那个青色的大羽毛是什么啊？”

奇尔奇尔看着孩子手上玩的东西，好奇地问道。

小小发明家们

“这个？这是我到地球上以后，要发明的东西。”

奇尔奇尔听了他的回答，感到很惊讶，便问：“什么发明？你要发明什么？”

“我也不知道。不过，我到地球上以后，一定要发明一些对大家有益的东西。我每天都在辛苦地工作，现在已经大致完成了。”

这时，其他孩子们也都拥了过来，抓住奇尔奇尔的手臂，说：“我的发明已经完成了，你来看看吧。”

“嗯，是什么发明呢？”

“是三十三种长生药呢，就在那个青色的瓶子里。”一个孩子抢着说道。

“我要让你看看其他人都没有见过的光，你看，神不神奇呀？”另一个孩子说着，将美丽的光芒照射到自己身上。

“你看我的机器，没有羽毛也能像鸟一样飞翔哟。”又一个孩子过来拉奇尔奇尔。

“我不管，我不管。一定要先看我的，这是隐藏在月光中的宝石，是我找到的呢。”

“不行，不行。要先看我的，我的才是伟大的发明呢！这个是用砂糖做出来的哟。”

孩子们高兴地在那儿叫着、闹着，拉着奇尔奇尔往青色的工厂走去。

在工厂里，小小的发明家们骄傲地陈列出自己的机器。有天蓝色的车子、马达、皮带，另外还有一些不知名的奇妙的东西，在青色的雾中，看起来像是幻影似的移动着。

这时，一个较小的孩子，扛着如马车车轮般大小的花朵，摇摇晃晃地朝这边跑来。

“这是我的花，你看！是雏菊哟，用蓝宝石做的。”

奇尔奇尔凑近闻了闻，发现花的香味很奇特。

“等我到地球以后，我会让雏菊全都变得这么大。”

“你什么时候去呢？”

“还有五十三年四个月零九天。”

这时，有两个孩子用一根粗大的棍子扛着一串串比梨子还大的圆东西走来。

“请吃葡萄。”他们得意地说道。

“这是葡萄吗？怎么这么大？”

“这是我发现的改良的好办法哟。”

接着，又一个孩子将一个笼子扛了过来，那里面装着如哈密瓜般大小的青苹果。

“你看，这是我发明的苹果。”

“这是哈密瓜吧！”

“不是，这是苹果。等我出生以后，苹果全部会变得这么大，因为我发现了改良的好方法呢。”

“你看，这个才是哈密瓜。”

“可是，这不是南瓜吗？”

“哈哈，这也是我的发明。我是在国王的院子里种出来的。”

“国王？那个人在什么地方呢？”

“我在这儿呢。”

突然，看起来威风凛凛的国王出现了。他看起来像四岁的孩子，腿还是弯曲的。

“看起来不大嘛。”

“等到我长大了，会制造出很棒的东西。”

“你要制造什么？”

“太阳系星球的同盟！”

“什么？”

“太阳系的星球全部都会加入这个同盟，但是土星、天王星、海王星不会加入，因为他们在较远的地方。”国王耸耸肩膀说道。

“你看到那个没有？就是那个靠着柱子熟睡的小孩。”一个孩子凑过来说。

“那个孩子怎么了？”

“他会带给地球真正的欢乐哟。”

“还有那个正用手指着鼻子的小孩，他在做什么啊？”

“那个孩子啊，当太阳暗淡下去时，他就会发现使地球温暖的火。”

“还有，那个正在吸着大拇指的小孩。”

“他正在考虑如何使世间的坏事消失。”

“这是很辛苦的工作呢。”

“还有那个长着红头发的小孩呢？”

“他在思索着，怎样使死亡消失。”

奇尔奇尔用手一一指着在大厅的柱子底下、楼梯以及椅子等地方睡觉的孩子们，问道：“那些孩子什么也不做吗？”

“嗯，他们在思考。”

“思考什么？”

“目前还不知道，但是当大家要到地球上去的时候，一定会带些东西去的。”

“这是由谁决定的呢？”

“是时间老爷爷啊，他就站在入口处，而且还非常啰唆呢。”

这时，大厅里的一个孩子跳了过来，他推开了众人，来到奇尔奇尔和米琪儿的跟前，说：“你好！奇尔奇尔哥哥。你好！米琪儿姐姐。”说完后，就热情地拥抱着他们。

“你好！你怎么知道我们的名字呢？”奇尔奇尔惊讶地问他。

“我知道你们的名字并没有什么好惊讶的，因为我是你们的弟弟呀。”

“哦，你会到我们那儿去吗？”

“是啊。等到明年复活节，我就会去了。当我还小的时候，你们不要欺负我哟。而且要告诉爸爸，赶快把摇篮修好哟。我们的家是不是感觉很好呢？”

“很好！而且妈妈非常温柔。”

“那有没有好吃的东西呢？”

“有时候有点心。对吧，米琪儿？”

米琪儿点了点头。

“弟弟，你的怀里放的是什么东西？”

“哦，是三个疾病，猩红热、百日咳和麻疹。”

“带这种东西地球去会怎么样呢？”

“这样我出生后不久就会死。”

“那么出生不就成了一件很没有意义的事吗？”

“这是已经决定好的事情，没有办法啊。”

时间老爷爷

这时，一阵长而有力的声音响了起来，而且声音逐渐变大。终于，圆柱和猫眼石的大门渐渐发亮了。

“那是什么？”奇尔奇尔问道。

“那是时间老爷爷打开门走过来了。”

先前在移动机器的孩子们停止了工作，沉睡的孩子们也清醒了，他们全部走了过来，靠近了猫眼石大门。光来到奇尔奇尔的身边，对他说道：“赶快藏到柱子后面，绝对不可以被时间老爷爷发现哟。现在已经天亮了，今天要出生的孩子去地球的时间到了。”

“时间老爷爷是谁啊？”

“他是来叫孩子们到地球上去的人。”

“他是坏人吗？”

“不是。不过他很固执哟。如果还没有到你去地球的时候，再怎么拜托他，他都不会理你呢。”

这时，偌大的猫眼石大门慢慢地打开了。玫瑰色的晨光照耀在整个大厅里，远处传来地球的声音，好像音乐般美妙。那位高大的老爷爷手上拿着砂糖和大镰刀。在黎明的晨雾中，对面码头边有一条扬着白色及金色风帆的小船。

“今天要出生的孩子们准备好了吗？”时间老爷爷大声问道。

“来了！来了！”那些孩子们一面叫着，一面从四面八方聚集而来。

“不要挤来挤去的，一个个排好队，想要骗我是不可能的。明天才轮到你，回去吧！你也等等，过十年再来吧！咦，怎么会有十三个呢？今天应该只有十二个人去啊。站在那里的那个人，你要带什么去啊？什么都没带的话就不能让你通过啰，要到地球上去，一定要带点东西去才行呀。”

时间老爷爷一面叫着，一面把孩子们分开。当他看见一个该出生的孩子还在那儿停留时，大声地指责他说：“喂，你在做什么呀？时间已经到了。地球正需要能够干掉坏蛋的英雄。你就是那个人，不去不行的。”

“爷爷，我不想去呀。”

“什么？你说不想去？你以为这是什么地方啊？怎么允许你这么做呢？”

“不要，不要！我不想去，我不想诞生。”

“这不是你能决定的，时间到了，快去吧。”

这时，有个小孩走过来说：“那么，我代替他去好了。我的爸爸年纪已经大了，他从很久以前就一直在等着我呢。”

“不行，如果不照规矩做的话就乱套了。”

“好了，黎明的船已经扬帆待发了，若是迟到没有坐上船，就没有办法出生了。快点上船去吧。”

时间老爷爷开始数坐在船上的孩子。“咦？少了一个，不可以躲起来哟！想骗我啊？那个叫作恋人的孩子，赶紧和你喜欢的人说再见吧。”

一对被称作恋人的男孩女孩，沮丧地走到老爷爷的身边。他们向时间老爷爷乞求能待在一起，但遭到了无情的拒绝。

“我想，大家都到齐了吧。”老爷爷看着钟说道，“只剩六十三秒了。”

坐上船的人和留下的人正在道别。

“再见，再见。大家都把东西带好了吗？记得把我的发明告诉地球上的人。不要忘记我呀。绝对不要放弃自己的想法，不要只是执着于宇宙的事情，要告诉我你们的消息哟，我会来找你们的。我出生以后会成为国王……”

“可以了，可以了。快上船！”时间老爷爷挥舞着大镰刀在那儿叫着。

黎明的船离开了码头，渐渐地消失了。终于，只听见船上的孩子们的叫声：“看见了，是地球。好漂亮啊！它散发着蓝色的光芒，好大哟！”

不久以后，充满欢乐与希望的歌声，好像从深沉的谷底升起似的，响彻四周。

“那是什么？好像不是那些孩子们唱的歌，好像是其他人的声音。”奇尔奇尔好奇地询问光。

“那是母亲们迎接大家来到地球上时所唱的歌。”光回答着。

时间老爷爷关上了猫眼石大门，巡视着大厅中的情形。当他看见奇尔奇尔、米琪儿和光时，大叫道：“你们在这里做什么？你们为什么不是青色的？你们是从哪儿进来的？”他挥舞着大镰刀，恐吓似的向他们走了过来。

光对奇尔奇尔说道：“不要回答他。我已经拿到青鸟了，就藏在披风里，快逃吧。你可以转动钻石，这样那个人就不知道我们在什么地方了。”

奇尔奇尔慌忙转动钻石，可怕的时间老爷爷和猫眼石大门以及青色的宫殿顿时全都消失了。但是，等他们走到明亮的阳光中时，青鸟又变成红色的了。

真正的青鸟究竟藏在什么地方呢？

第九章

伤心的离别

圣诞节之后的早晨

天亮了。奇尔奇尔和米琪儿从踏上寻找青鸟的旅途到今天正好一年，今天是圣诞节的早晨。

现在，奇尔奇尔和米琪儿跟随着光来到小屋前，身后还是跟着面包、水、砂糖、火和牛奶。

光问奇尔奇尔："你知道这是什么地方吗？"

"嗯——我不知道。"奇尔奇尔瞪大了眼睛环顾四周。

"你不认得那道墙壁和小小的门吗？"

"那是红色的墙，绿色的门啊。"

"看到这些，你没有想起什么来吗？"

"我只记得时间老爷爷把我们赶出来的那道门。"

"人类在做梦的时候真是奇怪，甚

至连自己的家都不认得了。”

“谁在做梦，是我吗？”

“可能是我也说不定。不过，这道墙是自你出生以后便一直存在的，是你家的墙呀！”

“你是说，我现在看到的是自己的家吗？”

“是啊，傻瓜。一年前的晚上，我们就是从这个地方跑出来的。”

“一年前？啊，你是说……”

“你不要瞪大眼睛，它看起来就像是蓝宝石的洞穴一样。这就是你的家啊。”

奇尔奇尔走到车子旁边，终于明白了一切。

“啊，是真的！这个小车子以及门上的挂钩我都记得很清楚。大家都在里面吗？我好想立刻进去，立刻进去亲吻我的妈妈。”

“等等，大家现在都睡得很熟了，不可以把他们吵醒。而且在时间还没有到以前，门是不会开的。”

“什么时候才会开？要等很久吗？”

“不，虽然我感到很悲伤，但是两三分钟之后就会开了。”

“哦，回家以后，难道你不觉得高兴吗？你到底是怎么回事？看你的脸色那么苍白，是生病了吗？”

“没什么，我只是感到有点悲伤而已，因为必须和你们说再见了。”

“和我们分开？”

“是啊。必须要这么做才行，这儿已经没有我可以做的事情了。已经过了一年了，那个魔术师老婆婆不久之后便会来找你要青鸟了。”

“但是，我并没有抓到青鸟啊。在回忆之国只看见全黑的青鸟；在未来之国里，青鸟变成红色的；在夜的宫殿里，青鸟全都死了；而在森林中也没有抓到青鸟，他们不是变了颜色，就是死了，再不然就是逃走了。我真的那么差劲吗？魔术师老婆婆会不会生气呢？她会怎么说呢？”

“我们已经尽了力了，也许这世界上并没有青鸟，而且就算有的话，也许一放入笼子里就会改变颜色也说不定。”

“笼子现在怎么样了？”奇尔奇尔问。

面包来到他的身边说道：“主人，在这里呢。在这段长时间的危险旅程中，我已尽量小心谨慎，好好保护它了。现在，我的任务也结束了，就把它还给你了。”

说完，面包又换成演说时的语气说：“现在，允许我代表大家向你送别。”

“是谁让他这么说的？”火发牢骚地说着。

“安静点！”水制止他。

面包接着又说：“现在我要尽最后的义务，请你不要打扰我。我谨代表大家……”

“不要代表我，我有话自己会说！”火又再度发牢骚了。

面包不在意他所说的话，又继续说：“我代表诸位，恭谨地表达我的真心和感动，重大的任务已经完成了，现在必须要

向两个优秀的孩子们说离别的话了。我带着尊敬、悲伤以及怜爱，向你们道别。”

“什么,你也要和我们说再见了吗？”奇尔奇尔诧异地问道。

“是啊，必须要分别了。真的需要和你们分开了，当然，这只是表面而已，可是你却没有办法再听见我说的任何话了。”

“怎么那么啰唆啊？”火急躁地说着。

“安静！”水再度斥责他。

“不用担心，正如我先前所说的，你们已经没有办法再听见我所说的话，也没有办法看见我活生生的姿态了。你们的眼睛将再度被蒙蔽,没有办法再看见隐藏在物质后面的精灵了。”

“但是，我随时都会在大碗中，在炉子上，在桌上，在汤旁边,尽我对人类最忠实的义务,我可以说是你最最古老的朋友。”

“这家伙到底在说些什么呀？”火抗议地说。

这时，光说道：“时间到了，不久他们就听不见我们说话

了，赶紧和孩子们告别吧。”

“我先！我先！”

最先跳出来的火胡乱地拥抱着孩子们。

“再见了，我的主人！再见了……当你们在烧着什么的时候，一定会想到我的。”

“哎呀，别烫伤我呀！”米琪儿说着。

“哎呀，别把我的鼻子烤焦了！”奇尔奇尔也叫着。

“哎呀，火呀！你怎么就不能规矩一点呢？现在和你在炉火中的情形，完全不同呢。”光说着。

“真是个笨家伙！”水不屑地说。

“教养太差了！”面包也随声附和地说道。

水走近孩子们，说道：“主人，我不会烫伤你们的，我会温柔地拥抱你们。”

这时，火立刻回嘴说道：“小心点，她会把你们淹死。”

“我会温柔地对待你们人类的。”

“然后再把人类淹死吧。”

“请你好好疼爱泉水，仔细聆听小河潺潺的流水声，我随时都待在那儿。”

“傍晚，当你在森林各处的泉水边坐着时，请仔细地倾听。我什么都不再说了，因为泪水使我不能呼吸，我没有办法再说话了。”

“看起来不像这个样子嘛。”火嘲弄地说着。

水仍然不在意地说道：“当你看到水瓶的时候就会想到我，

无论在瓶中，在水缸中，或是水龙头里，任何地方都有我的存在。”

这时，牛奶战战兢兢地走了过来：“而我，会在牛奶瓶中。”

“什么，害羞的你也会对我这么说吗？”奇尔奇尔说着。

这时，砂糖用撒娇似的语气说道：“希望在你的心灵深处，空出一个小小的地方容纳我，希望你绝对不要忘记我，我再也说不出什么话来了，泪水与我的性格不合，我害怕它掉在脚上，那会使我受伤。”

“光看外表，就知道是一个黑心肝的坏家伙！”面包生气地说着。

“巧克力棒！糖球！牛奶糖！”火尖声大叫起来。

“奇怪，奇洛和奇雷特到哪儿去了呢？他们到底在做什么呢？”

当奇尔奇尔这么说时，听见猫发出尖锐的喊叫声。

米琪儿吓了一跳，说：“奇雷特哭了，她又被欺负了！”

大家再见

这时，猫跑了过来。只见她全身的毛都竖了起来，胡须也散乱着，衣服还破烂不堪的。她用手帕捂着脸颊，看起来好像牙疼一样。狗追赶着她，而且还拼命地咬她、揍她、踢她。光、奇尔奇尔和米琪儿赶紧跑了过来，把他俩分开了。

“哎呀！奇洛，等等，难道你疯了不成！你在做什么啊？停止，快停止！住手！”

狗和猫终于被分开了，光问道：“你到底在做什么啊？怎么回事啊？”

猫啜泣地擦擦眼睛说道：“全都是狗这个家伙！光呀，他太过分了！竟然在我的汤里面放钉子，拉我的尾巴，而且还揍我呢！我什么也没做，我什么也没做！”

狗嘲笑着对猫说：“你是不是骨头又发痒了，还想再被揍一顿吗？”

米琪儿安慰猫说：“可怜的奇雷特，你哪里被揍了啊？我都想哭了。”

光看着狗，严厉地说："我们就要和这两个可爱的孩子们分开了，现在你还做出这么糟糕的事情，真是不知轻重！"

"要和可爱的主人们分开了吗？"狗突然表情严肃地问道。

"是啊，就要和他们分开了。不久以后，我们就不能再说话了。"

狗好像绝望了似的，在那儿呻吟着。他飞扑向兄妹两人，拼命地舔着他们。

"不，我不要！我要永远都可以和你说话，主人，我说的话你懂吗？主人，我会当好孩子，我会和你一起读书、写字，和你一起玩，而且我会把身体弄干净，我绝对不会再到厨房去偷东西吃。主人，我还会做一些让你感到高兴的事呢，你看，

我甚至愿意去亲吻猫那家伙。”

“奇雷特，你还有话要说吗？”米琪儿问道。

猫暧昧地回答：“我很喜欢你们，你们两个都是好孩子。”

“现在轮到我了，做最后的拥抱吧。”

当光这么说时，奇尔奇尔和米琪儿拉着她的衣服说道：“不，不要！光，你哪儿也不要去！你对我们太好了！我会对爸爸和妈妈说的。”

“我虽然也不想这样，但没有办法。我们是不能走进这扇门的，我们必须和你们分开。”

“你一个人要到哪儿去呢？”

“我不会到太遥远的地方去的，我就在那边的‘沉默之国’。”

“不要，不要离开我们！我们要和你一起去，我会对妈妈说的。”

“好孩子不可以哭哟，我没有像水流一样优美的声音，但是我却拥有耀眼的光芒。直到世界末日，我都会一直待在人类的身边守护着你们。”

第十章

奇妙的早晨

母亲的担心

在小小的、简陋的樵夫的小屋子里，所有的一切，都和这个故事开始时所描述的一样，但是墙壁及其他所有的东西，和先前相比，都更加有生气了，而且看起来似乎都非常快乐。早晨的阳光从紧闭着的门缝中射了进来。在右边那个房间的两张小床上，奇尔奇尔和米琪儿正熟睡着。

奇尔奇尔的妈妈很高兴地走了进来，看着仍然熟睡的孩子，假装生气的口吻，叫着他们："快起床了，你们这两个孩子，真是没有规矩！已经八点了，太阳公公已经高高挂在天上了。啊，两个小家伙都睡得好熟啊！"说着，她弯下腰来看着他们两个人，并亲吻他们。

她温柔地摇着孩子。奇尔奇尔睁开了眼睛，说道："咦，是光吗？这是什么地方啊？不要，不要，我不要起来！"

"光？光当然会照进来，很早就照进来了。虽然门关上了，但是屋子里却很明亮呢。等等，我把门打开好了。"妈妈打开了门，这时，耀眼的阳光洒满了整间屋子。

奇尔奇尔一边揉着惺忪的睡眼，一边叫道："妈妈！妈妈！是妈妈哟！"

"是啊，是我呀！我不是和昨天晚上完全一样吗？你怎么这么惊讶地看着我呢，难道我的鼻子倒过来了吗？"

"啊！又能够见到妈妈了。真是太好了！好久没有见到妈妈了，我一定要亲亲妈妈，再一次……再一次！这是我的床，我在家里呢！"

"怎么了？还没有睡醒吗？还是生病了？让我看看你的舌头，快起来换衣服吧。"

"呀，我还穿着睡衣呢！"

"是啊。赶快穿上衣服和裤子，它们就放在椅子上。"

"我在旅行的时候，大概都是这身打扮吧。"

"什么旅行啊？"

"圣诞节的时候我出去了啊。"

"出去？你一直都待在这个屋子里，没有到哪儿去呀，昨晚妈妈照顾你们睡觉，今天早上你们就醒过来了。难道你做梦了？"

“哎呀，妈妈你不知道。我真的出去了，我和米琪儿、魔术师老婆婆，还有光一起出去了，她好亲切哟。还有面包、砂糖、水和火，那个猫和狗还经常打架。”

“你到底在说什么啊？你是有什么地方不对劲，还是还没有睡醒呢？赶快清醒一下。”

“可是妈妈，我说的全都是真的啊。你是不是还没有睡醒啊？”

“我六点钟就起床了，已经把房子打扫好了，火也已经生好了呢。”

“哦，你如果不相信，可以问问米琪儿我说的是谎话还是真话。我们真的经历了很多的冒险呢。”奇尔奇尔见妈妈不信，接着说道，“米琪儿也和我一起去的啊。我们甚至还见到了爷爷奶奶！”

“见到爷爷奶奶？”奇尔奇尔妈妈更糊涂了。

“就是在回忆之国呀。爷爷虽然已经死了，但是仍然很快乐。奶奶还做了梅子馅饼给我们吃呢。我们还看见了七个可爱的弟弟妹妹们……”

“丽盖特还在爬呢。”米琪儿这么说。

“而且啊，波莉娜的鼻子又长疙瘩了。”奇尔奇尔喋喋不休，“昨天晚上我们也见到妈妈了。”

“昨天晚上，是我哄你们睡觉的啊。”

“不，不是！我们是在幸福花园见到你的。妈妈，那里的你真的好漂亮啊，和现在的你一模一样。”

“幸福花园？我怎么不知道这个地方啊？”

奇尔奇尔凝视着妈妈的脸，说道：“当时的妈妈真的好漂亮好漂亮呢，但是我却更喜欢现在的妈妈。”

“我也是，我也是！”米琪儿亲吻着母亲，激动地说着。

奇尔奇尔妈妈听了非常感动，却又非常担心：“哎呀，这两个孩子到底怎么了？生病了吗？”

想到这儿，她突然害怕地大声叫道：“爸爸、爸爸，快来啊！孩子们好奇怪呀！”

幸福的青鸟

奇尔奇尔爸爸手上拿着斧头，慢慢地走了进来，大吃一惊道："怎么回事啊？"

奇尔奇尔和米琪儿高兴得跳了起来。

"爸爸！爸爸！早啊，今年有很多工作要做吧。"

"这是怎么回事啊？两个人看起来一点也不像生病的样子，脸上很有活力啊。"

"什么很有活力？你看，和以前那些孩子们完全一样，那些孩子们在死之前也都很有活力呢。难道死神还是会把他们带走吗？昨天晚上哄他们睡觉的时候，还好好的，可是今天早上醒来以后就变成这个样子了，他们到底在说些什么，我一点也听不懂。"奇尔奇尔妈妈担心地说，"他们说他们出去旅行了，而且还看到了光，也看到了爷爷奶奶。赶紧叫医生来吧！"

但是奇尔奇尔爸爸却平静地说道："没关系，他们会没事的，再观察一阵子吧。"

这时，门口响起了敲门声。

“请进！”奇尔奇尔爸爸对着门口喊道。

门打开了。邻居贝尔兰格老婆婆拄着拐杖走进来了。

“大家早，圣诞快乐！”

看见她时，奇尔奇尔叫道：“她就是魔术师老婆婆贝莉伦娜！”

“我想来借一点熬圣诞节汤用的火种。今天早上真冷啊。奇尔奇尔、米琪儿，你们早啊！你们还好吗？今天早上真冷啊。”

“贝莉伦娜老婆婆，我没有找到青鸟。”奇尔奇尔很抱歉地说道。

“你在说什么啊？”

“贝尔兰格婆婆，请您不要介意，孩子们根本不知道自己在说些什么，从他们早晨醒来以后就变成这个样子了。”奇尔奇尔妈妈为他们解释。

“哎呀！奇尔奇尔，难道你忘记了贝尔兰格老婆婆吗？就是隔壁的老婆婆呀。”

“可是，她不是魔术师老婆婆贝莉伦娜吗？您是不是在生我的气呀？”

“孩子们简直是神经错乱了，真是叫人担心。”奇尔奇尔妈妈说道。

“哼，看来我得好好教训他们一顿！”奇尔爸爸一脸严肃。

“啊，不可以，不要这样！不管他们就好了。这点我很了解，这就是所谓的梦的疾病，他们一定是睡在月光照耀的地方。我的女儿生病时也常常会这样呢。”老婆婆安慰着奇尔奇尔的父母。

“对了，您的女儿现在怎么样了呀？”

“还是那样，没有好啊。医生说这是精神方面的疾病，但是我知道怎样可以使她痊愈。那孩子希望能有一件圣诞节的礼物，她只有一个小小的愿望……”

“哦，我知道，就是奇尔奇尔的那只鸟嘛！奇尔奇尔，你为什么不把鸟送给那个可怜的孩子呢？”

“什么？妈妈，你说什么？”

“你的鸟啊。你要不要把鸟送给她？那个孩子从很久以前就想要这只鸟了。”

“哦，原来是这么回事啊。我的鸟在什么地方？哦，在那里呢。鸟笼在那儿，米琪儿，那就是面包所拿的鸟笼嘛。”

“是的，真的是一模一样呀。”

“哎呀！你看，鸟是青色的。可是以前并不是青色的啊。

难道在我出外旅行的时候，它变成青色的了吗？这不就是我们千辛万苦在寻找的青鸟吗？绕了这么远的路，没想到青鸟竟然就在这儿呢。”

“真是太棒了！米琪儿，找到鸟了。如果光看见的话，会怎么说呢？我把鸟笼拿下来。”奇尔奇尔说完站到椅子上，把鸟笼拿下来交给隔壁的老婆婆。

“贝尔兰格老婆婆，这虽然不是真正的青鸟，但是一定会变成青色的，赶快拿去给您的女儿吧。”

“啊，真的吗？真的要送给我吗？那孩子一定会非常高兴的。”老婆婆很高兴地亲吻着奇尔奇尔，激动地说。

“赶快拿去吧。”

“是啊，是啊。还是赶快拿去好了。竟然还有会变色的鸟！”

“您女儿的情形怎么样，您要再来通知我们哟。”

“爸爸，妈妈，我们家虽然还是和以前一样，但是我却觉得比以前更漂亮了！”

“比以前更漂亮？”奇尔爸爸问道。

“嗯，所有的一切都好像脱胎换骨了一样，有了崭新的光芒，去年不是这个样子的。”

奇尔奇尔走到盛着面包的碗前，打开盖子一看。“面包在什么地方呢？还有奇洛。哦，奇洛，你发挥了很大的作用呢！你还记得在森林里的事情吗？”但是，狗却没有回答。

米琪儿摸着猫的背，然而猫却做出浑然不知的表情，看了一眼米琪儿，接着睡了。“奇雷特虽然知道我们的事情，但是，却已经不能再开口说话了。”

奇尔奇尔好像突然想起什么似的，摸了摸自己的头。“啊，钻石不在了！我那绿色的帽子被谁拿走了？唉，不要紧，反正现在也用不上了。”

“你们在干吗？怎么净说些奇怪的话。”奇尔妈妈担心地说道。

“不用管他们了，不用担心，他们看起来很快乐，正在那儿玩呢。”奇尔爸爸回答道。

“我最喜欢光，有光的灯在什么地方呢？应该还会继续发亮吧？”

奇尔奇尔再次看看四周，叫着：“啊！所有的一切都变得好美，真是太棒了！”

这时，他们又听见敲门的声音。原来是贝尔兰格老婆婆回来了。

她牵着一个非常漂亮的金发女孩，这个孩子的怀中抱着奇尔奇尔送给她的青鸟。

“请看看，这真是神奇的事！”邻居老婆婆兴奋地说道。

“啊，真是令人惊讶，您的女儿能走路了！”奇尔妈妈惊讶地说。

“能走、能跑，也能跳了！那孩子一看见鸟，就问，这真的是奇尔奇尔的鸟吗？她在明亮的地方看见这只鸟时，就朝着窗子的方向飞奔而去，然后就好像天使一样地朝这条路跑了过来。我在后面追了她好一会儿，才终于追上了。”

奇尔奇尔惊讶地来到女孩的身边，说："你和光长得一模一样。"

"可是，小了一点。"米琪儿说道。

"嗯，但是，很快就会长大了。"

"孩子们在说些什么呀？我一点都听不懂。"隔壁的老婆婆一脸疑惑。

"没关系啦，慢慢就会好了，等吃完早饭以后，情况就会好转了。"奇尔奇尔妈妈回答道。

老婆婆将女儿推到奇尔奇尔的面前，对她说："你赶快向奇尔奇尔道谢吧。"

奇尔奇尔难为情地一直向后退。

“哎呀！奇尔奇尔，你怎么了？难道你会怕这个女孩吗？拥抱她吧！好好地拥抱她。你平常应该不会这样害羞的呀，哎呀，你看起来好像要哭了似的。”

奇尔奇尔笨拙地拥抱着女孩，然后就一直站在那儿。两个人默默凝视着对方，终于，奇尔奇尔摸了摸鸟儿的头，问：“这只青鸟你喜欢吗？”

“嗯，我真的很高兴能得到它。”

奇尔奇尔正打算伸手去抚摸女孩手上的鸟，女孩却不经意地把手缩了回去。正当两个人手忙脚乱的时候，鸟突然飞走了。

“啊，鸟飞走了！”女孩失望地叫着，开始啜泣起来。

“好了，别哭，别哭。我再去为你抓一只来，抓只幸福的青鸟。”奇尔奇尔这样说着，凝视着飞走了的鸟。

奇尔奇尔和米琪儿花了一年的时间找寻幸福的青鸟，没想到它就在自己的家中。但是，这只鸟瞬间又飞向遥远的天空去了。

幸福的青鸟到底在什么地方，什么时候会回来呢？

各位，如果有人发现了这只青鸟，请尽快还给奇尔奇尔他们吧。因为，这只青鸟能为奇尔奇尔带来幸福哟！

语文阅读经典丛书·第七辑

王尔德童话

文质　改编

江西教育出版社
JIANGXI EDUCATION PUBLISHING HOUSE
·南昌·

图书在版编目（CIP）数据

语文阅读经典丛书. 第七辑/文质改编. — 南昌：江西教育出版社，2020.9

ISBN 978-7-5705-2002-2

Ⅰ. ①语… Ⅱ. ①文… Ⅲ. ①世界文学—作品综合集 Ⅳ. ①I11

中国版本图书馆 CIP 数据核字（2020）第 159626 号

语文阅读经典丛书 · 第七辑
YUWEN YUEDU JINGDIAN CONGSHU · DI-QI JI

文质 改编

出 版 人： 廖晓勇
策划编辑： 杨　柳　张　龙
责任编辑： 朱　丽
出版发行： 江西教育出版社
地　　址： 江西省南昌市抚河北路 291 号　　**邮编：** 330008
邮　　箱： jxjycbs@163.com
网　　址： http: //www.jxeph.com
电　　话：（0791）86705643
经　　销： 各地新华书店
印　　刷： 湖北嘉仑文化发展有限公司
规　　格： 880mm × 1230mm　1/32　24 印张
版　　次： 2020 年 9 月第 1 版
印　　次： 2020 年 9 月第 1 次印刷
书　　号： ISBN 978-7-5705-2002-2
定　　价： 148.80 元（全 6 册）

赣版权登字 -02-2020-403

MULU
目
录

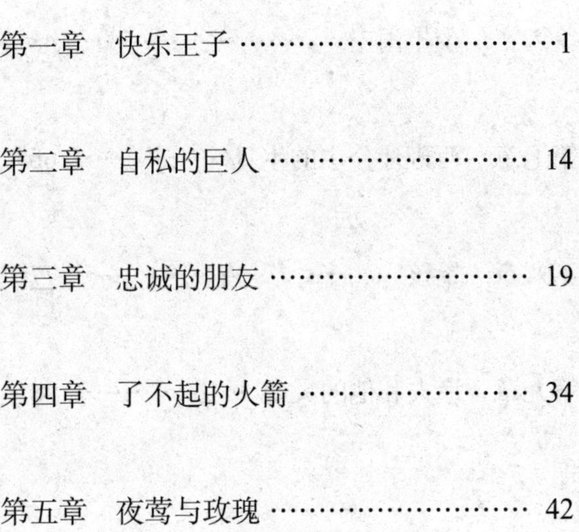

第一章　快乐王子

快乐王子的塑像高高地耸立在一根石柱子上面，俯瞰着全城。他满身披戴着薄薄的纯金叶片，眼睛是两颗明亮的蓝宝石做成的，剑柄上一颗硕大的红宝石熠熠发光。

全城的人都对他赞美不已。一位市议员赞叹道："他跟风标一样漂亮。"他说这话的目的是要别人认为自己具有艺术鉴赏力，可是又怕别人说他不实际（事实上他是很实际的），于是补充道："只是没那么有用罢了。"

"你为什么不能学学快乐王子呢？"一位聪明的母亲对着她那吵着要月亮的小男孩问道，"快乐王子做梦也不会吵着要什么东西。"

"我高兴的是世界上还有快乐的人存在。"一位失意男子凝望着这尊无与伦比的塑像喃喃自语。

“他看上去像个天使！”一群从大教堂里出来、靠慈善单位接济的孩子们说。他们个个头戴大红斗篷，身上还系着洁白的围裙。

“你们怎么知道他像天使？”学校的数学老师问道，“你们又没见过天使。”

“噢！我们见过，在梦里见过的。”孩子们答道。数学老师皱皱眉头，表情严肃，他可不相信孩子们的梦。

有一天晚上，一只小燕子在城市上空飞翔。它的朋友们六个星期前去了埃及，只有它留在了后面，因为它深深地爱着最漂亮的芦苇公主。它跟芦苇公主相遇在今年早春，当时它正沿着河边追捕一只黄色的大蝗虫，芦苇公主细细的腰身吸引了它，于是它停下与芦苇公主攀谈了起来。

“我可以爱你吗？”燕子问，它一向喜欢直接切入主题。芦苇公主对它回以深深的一鞠躬。于是燕子便围绕着它飞来飞去，一会儿用翅膀拍打水面，一会儿发出银铃般的欢笑声。这是它的求爱方式，整个夏天它都是这么做的。

“这种恋情真是太荒唐了！”其他燕子议论纷纷，“它可是一贫如洗，而且亲戚也太多了。”这话不假，放眼望去，河岸上到处都是芦苇。

等到秋季到来以后，其他燕子便都飞走了。留下来的小燕子感到很孤独，而且开始厌烦恋人了。

“它不会说话，”它说道，“而且我担心它是个卖弄风情的轻浮女子，因为它老是随风飘摆。”这是事实，风一吹，芦苇

便总是忸怩作态地点头致意。

“我承认它是安于在家的，”它继续说道，“可是我喜欢旅行，所以我的妻子也应该是喜欢云游四方的。”

“你跟我一块儿走好吗？”最后它向芦苇公主问道。可是芦苇摇了摇头，它太恋家了。

“原来你一直在戏弄我，”它吼道，“我要去金字塔的故乡了。再见！”说完燕子便飞走了。整个白天它都不停地飞，到了晚上它已经到达了这座城市。

“我该在哪儿落脚呢？”它自言自语道，“但愿城里可以找到安身的地方。”

这时，它看见了坐落在那根长柱子上的塑像。

“我要在那儿落脚，”它喊道，“那地方很理想，空气又新鲜。”于是它飞下来，正好停在快乐王子的两脚之间。

“我拥有了一间金色的卧室。”它打量着四周，轻声自语。可是当它把头枕在翅膀上准备就寝时，一大滴水珠掉在了它的身上。

“这真是莫名其妙！”它叫道，“天上万里无云，星星也是亮晶晶的，却下起雨来了。欧洲北部的气候简直太糟糕了。过去，芦苇公主喜欢雨水，但那只不过是它自私的想法罢了。”

它正思索着，又掉下来一滴水珠。

“雨都遮不住，这塑像还有什么用？”它生气地说，“我得去找个好的地方避雨。”于是，它决定飞走。

可是它翅膀还未张开，第三滴水珠又掉了下来，它抬头往上一瞧，啊哈！你们猜它看见什么了？

快乐王子的眼中充满泪水，正顺着金色的面颊向下淌呢！在月光的照耀下，王子的脸庞楚楚动人，小燕子看着顿生怜悯之心。

“你是谁呀？”它问。

“我是快乐王子。”

“那你为什么哭呢？”燕子问道，“你的泪水都把我的翅膀给打湿了。”

“从前我活着，有一颗人类的心脏时，”快乐王子答道，“我不知道泪水是什么东西，因为我生活在无忧宫里，忧伤是不许入内的。白天，我与伙伴们在花园里玩耍；晚上，我是大厅舞会上伙伴们注目的焦点。高高的围墙把花园与外界隔开，里面的一切对于我都是无可挑剔的，而我也从不想问及外面的世界是怎样的。我的朝臣们叫我快乐王子，如果快乐仅仅是愉悦，我确实是很快乐的。我快乐地活着，同样也快乐地死去。我死了之后，他们把我放到这高高的地方，将城里的丑陋和凄凉一览无余。尽管我的心是铅制的，我也不能不哭泣。”

“什么，他不是整个用纯金做的？”燕子心想。它很懂礼貌，心里对别人的看法是不会挂在嘴上的。

“那边远远的小街上有一幢破房子，”快乐王子继续说道，声音轻轻的，如同音乐一般，“透过一扇开着的窗户，我看到一位妇人坐在桌边。她面部干瘪，粗糙的手被针扎得满是伤痕，因为她是缝纫工。此刻她正为女王最宠爱的公主在缎子长

袍上绣西番莲，好让她在下一次宫廷舞会上穿。屋里一角的一张床上躺着她生病的小孩。他在发烧，吵着要橘子吃。母亲除了冰冷的河水，再没别的东西给他吃了，因而他吵闹个不停。燕子呀，燕子，你把我剑柄上的红宝石取下来给她好吗？我的双脚固定在石座上，动弹不了。”

“人家还等我去埃及呢，”燕子说道，“我的伙伴们正在尼罗河上飞翔，与硕大的睡莲聊天。不久，它们还要去大国王的墓穴里歇脚。国王自己则躺在被油彩漆过的棺材里，全身裹着黄色的亚麻布，还涂上了防腐香料。脖子上戴着淡绿色的玉石项链，手就像是凋落的树叶那么干枯。”

“燕子呀，燕子，”快乐王子请求道，“跟我在一起待一个晚上，做我的使者好吗？那孩子渴得要命，真让他母亲伤心透了。”

“我可不喜欢孩子，”燕子答道，“去年夏天，我在河边停留时，两个粗野的男孩经常朝我扔石头，他们都是那磨坊主人的孩子。当然，他们打不着我。我们燕子躲闪的本领本来就不在话下，何况我们家族更是以行动灵敏著称。不过，他们那样做却非常的不礼貌。”

可是，当它看到快乐王子悲伤至极时，又有点于心不忍。

“这儿很冷，”燕子说，“可我还是愿意陪你一个晚上，做你的使者。”

“谢谢你，小燕子。”快乐王子说。

于是，燕子从快乐王子的剑柄上取出那颗硕大的红宝石，衔在嘴里，沿着城市栉比的房顶飞走了。

它飞过大教堂的塔楼，看见上面用白色大理石雕刻的天使；它飞过宫殿，听见动听的乐曲，一位美丽的姑娘与情人依偎着来到阳台上。

“星星多么奇妙啊！”他对她说，“爱的力量又是多么奇妙啊！”

“但愿我的礼服能赶在国王举办的舞会之前做好，”她回答道，“我已吩咐缝纫女工们在礼服上绣西番莲了，可是她们实在太懒了。”

燕子飞过河流，看见信号灯挂在船的桅杆上面；它飞过犹太人区，看见老犹太人相互之间争争吵吵，在铜秤上称出钱的重量。最后，它终于来到了那幢破房子前。它往里面一瞧，那孩子正在床上烧得翻来覆去，而母亲却已睡着了，她实在支撑不住了。燕子飞了进去，把那颗硕大的红宝石放在桌上，紧挨着妇人的顶针。然后，它轻轻地在床边飞呀飞，不断地用翅膀在孩子的额前扇动。

“好凉快哟！”孩子说道，“我感觉好多了。”说着，他便甜甜地入睡了。

燕子飞回到快乐王子的身边，把这一切都告诉了快乐王子。

“真奇怪啊，”它诧异道，“天气虽然这么冷，可是我感到身上暖烘烘的。”

“那是因为你做了一件好事。”快乐王子说。这话引起了小燕子的思考，不知不觉间昏沉沉地睡去了。它总是一思考问题便觉得困乏。

天亮以后，它飞到河边去洗了个澡。

“太阳真是从西边出来了！”正在桥上走过的禽类学教授惊叹道，“冬天竟然还有燕子！”

于是，他就这件事给当地报纸写了长长的一封信。许多人引用了这封信，尽管信里充斥着他们并不懂的词语。

“今晚我要去埃及！”燕子说道。展望前景，它情绪高涨。它参观了所有的公共纪念场所，还在教堂的尖顶上驻足良久。不管它走到哪，都引来麻雀们唧唧喳喳的议论，它们说：“这真是位显贵的生客！”燕子因此有点得意扬扬。

月亮升上天空时，它飞回到快乐王子身边。

“有什么要我去埃及办的事吗？”它喊道，“我就要走了。”

“燕子呀，燕子，”快乐王子说道，“你可不可以再跟我多待一个晚上呢？”

“人家还等着我去埃及呢！”燕子答道，“明天，我的伙伴们要飞往第二大瀑布去了。河马蹲伏在宽叶香蒲中，巨大的花岗岩宝座上坐着门农。整个晚上，门农都注视着星星，一直到黎明星星闪亮时，他才发出一声欢愉的吼声，随即便沉默不语。中午时分，黄毛狮子来到水边饮水，这些狮子的眼睛就像绿宝石一样，吼声比飞流直下的瀑布声还要震天动地。”

“燕子呀，燕子，”快乐王子说道，“在城市那头的一间小阁楼里，我看见一位年轻人伏在桌上，埋头于手稿堆里；一侧的平底酒杯中插着一束已经枯萎的紫罗兰。他头发棕黄卷曲，嘴唇红似石榴，两只大眼睛充满了遐想。他在为剧院老板赶写一个剧本，可是房间的炉子里没有火，手冷得根本不听使唤，加上饥饿，他已经昏过去了。”

“好的，我就留下来多待一个晚上，”燕子说道，它确实有一副慈善心肠，“要我给他也送去一颗红宝石吗？”

“唉！我已经没有红宝石了，”快乐王子说，“就剩下这两只眼睛是珍稀的蓝宝石做的，而且是一千年前在印度发现的。你就挖一颗去送给他吧。他会把它卖给珠宝商，然后买些木柴烧火取暖，以便完成他的剧本。”

“亲爱的王子，”燕子说道，“我不能这样做。”燕子说着哭了起来。

“燕子呀，燕子，”快乐王子说，“照我说的去做吧。”

于是，燕子只好挖出王子的一颗眼珠，朝那年轻人的阁楼飞去。由于屋顶上有个洞，燕子轻而易举便进到屋里。燕子迅速来到房间，年轻人正把头埋在两手之间，所以并未听到燕子翅膀的扑腾声。等到他抬起头时，他发现在凋落的紫罗兰上放着一颗美丽的蓝宝石。

“终于有人赏识我了！”他惊叹道，“这一定是哪个崇拜我的阔老板送的。现在我可以完成剧作了。”说着他面露喜色、

埋头工作起来。

第二天，燕子飞到码头上。它坐在一艘大船的桅杆上，观看水手们用绳子把大箱子从货舱里一个个拉上来。“嗨哟，嗨哟！”每个箱子升上来时，他们都这样喊着口号。

“我要到埃及去了！”燕子叫道，可是没人理它。直到月亮升起来的时候，它便又飞回到快乐王子身旁。

“我是来对你说再见的。”它叫道。

“燕子呀，燕子，”快乐王子请求道，“你再跟我待一个晚上好吗？”

“冬季已来临了，”燕子答道，“冰冷的雪花很快就要覆盖这儿了。而在埃及那边，太阳普照在棕榈树上，鳄鱼躺在泥潭里，懒洋洋地注视着四周。我的伙伴们正在巴勒贝克神殿建一个新家，粉红色和白色的鸽子一边看着，一边还‘咕咕’地叫个不停。亲爱的王子，我必须离开你了，可是我永远不会忘记你。明年春天，我会给你带来两颗美丽的宝石，代替你送掉的那两颗。红宝石会比玫瑰还红，蓝宝石则比大海还蓝。”

“在下面的广场上，”快乐王子说道，“有一个卖火柴的小女孩。她的火柴都掉到水沟里去了，已经不能用了。火柴卖不出去，空着手回家，她的爸爸准会揍她，所以她急得哭了起来。这么冷的天，她不仅没戴帽子，还光着脚丫。请你把我的另一颗眼珠挖出来送给她，免得她挨父亲的打。”

“我可以陪你多待一个晚上，”燕子说，“可是我不能再挖你的眼睛了。那样的话，你就什么也看不到了。”

“燕子呀，燕子，”快乐王子请求道，“你就照我所说的去做吧。”

于是，燕子又挖出了快乐王子的另一只眼睛，直冲下去。当它从卖火柴的小女孩边上一闪而过时，它将宝石塞进了她的手心里。

“多可爱的一个小玻璃球啊！”小女孩惊喜地叫道，拔腿笑着跑回家去了。

这时，燕子已经飞回到快乐王子的身边。

“你已经全瞎了，”它说道，“我要留下来，永远跟你做伴。”

“不，小燕子，”可怜的快乐王子说道，“你得去埃及。”

“我要永远跟你在一起。”燕子一边说着，一边躺在了快乐王子的脚下。

第二天一整天，它都坐在快乐王子的肩膀上，讲述它在异国他乡的各种故事。它给快乐王子讲了尼罗河畔的红鹭，排成长长的一串，个个嘴里衔着金鱼；还讲了跟世界一样古老的斯芬克斯，它虽然住在沙漠里，却知道天下发生的一切事情；还讲了手拿琥珀念珠、牵着骆驼慢慢前行的商人；还讲了漆黑的月亮山神给一块大水晶做礼拜；还讲了睡在棕榈树上的巨大

的绿蛇，要二十名牧师用蜜糖来喂食；还讲了乘坐宽大树叶在大湖泊上漂荡的小精灵，与蝴蝶之间总是争战不断。

“亲爱的小燕子，”快乐王子说，“你给我讲了许许多多不可思议的事情，而更不可思议的还是人们的苦难。苦难是最难以想象的。飞到城市上空去吧，小燕子，然后告诉我你看到了些什么。”

燕子便在这座大城市的上空飞翔，它看到有钱人在漂亮的房子里寻欢作乐，而大门口却坐着一群乞丐。它飞到阴暗的小胡同，看到饥饿的孩子们，脸色苍白，无精打采地望着肮脏的街道。在一座桥的拱道下面，两个小男孩冷得互相抱着睡在一起。

“我们好饿哟。”他们说。

“不许躺在这里！”一位看守向他们喝道，他们只好到雨中漫无目的地游荡了。

看完这些，燕子飞回到快乐王子身边，都对他一一述说了。

“我全身都包着金片，”快乐王子说道，“你把它们一片片地取下来，送给穷苦的百姓。活着的人总是认为黄金能使他们幸福。”

一片又一片纯金叶片被燕子取了下来，直到快乐王子变得黯淡无光。这一片又一片的金子通过燕子送到了穷苦人手中，于是孩子们的脸上泛起了玫瑰红，欢笑着在街上玩游戏。

“我们有面包啦！”大人们也欢叫着。

天上下雪了，冰霜也接着降临了。街道像穿上了银装，到处一片洁白、明亮；透明的冰柱像匕首一样悬挂在屋檐下。来往的行人都穿上了毛皮大衣，小孩子们戴着红帽子在溜冰。

可怜的小燕子感到越来越冷，可是它深深爱着快乐王子，所以不愿离去。饿了，它趁面包师不注意时，从门外捡一些面包屑吃；冷了，它就不断地拍打翅膀。

然而，这样坚持下来，它还是知道自己活不了多久了。它用尽最后一点力气再次飞到快乐王子的肩膀上面。

“再见了，亲爱的王子。”它声音极其微弱地说着，“让我吻一下您的手好吗？”

“我很高兴你终于要到埃及去了，小燕子，”快乐王子说，“你在这待的时间太长了。不过你得吻我的嘴唇，因为我喜欢你。”

“我去的地方不是埃及，”燕子说，“我是到死神那里去报到。死亡是熟睡的兄弟，不是吗？”

说完，它吻了一下快乐王子的嘴唇，便一头栽在王子的脚边，死去了。

与此同时，快乐王子塑像里发出了一声奇异的“咔嚓”声，像是什么东西断裂开了。事实上，他那颗铅做的心已破裂成两半了。这种严寒霜冻的确太可怕了。

第二天一大早，市长在市议员们的陪同下，在塑像下面的广场漫步。经过那根长柱子时，他抬头看了一下塑像。

“天啊！快乐王子变得多寒酸啊！”他惊叫道。

“太寒酸了，真的！”一向对市长唯唯诺诺的市议员们还没往上瞧一下，便一齐附和道。

“剑柄上的红宝石不见了，眼睛被挖掉了，他也不再是金光闪闪的了,”市长说道,“事实上,他比一个乞丐好不了多少!”

“是比乞丐好不了多少。”市议员们都跟着说。

“而且在他脚下还躺着一只死燕子!”市长继续说道,“我们必须发布一条公告,禁止鸟类留在这里。”秘书记下了这条建议。

于是,他们推倒了快乐王子的塑像。

“他不再漂亮,也就不再有用了。”大学里的艺术教授说。

随后,他们把塑像放在熔炉里焚烧,同时,市长召开会议来决定焚烧后留下的金属的用处。

“当然啰,我们要再建造一座塑像,”他说,“一座我自己的塑像。”

“我的塑像!”每位市议员都这样说,于是他们吵成一团。笔者后来听人说起他们时,据说吵闹还没停止呢!

“太奇怪了!”铸造厂的监工说,“这破裂的铅心在熔炉里熔化不了。我们得把它丢掉。”这样,他们便把铅心扔到了垃圾堆里,跟那只死去的燕子在一起。

“把这城里最珍贵的东西带给我。”上帝对一位天使如此吩咐道。于是这位天使便取来了那颗铅制的心和那只死去的燕子。

“你的选择是正确的,”上帝说,“在天堂里,这只小燕子将永远地欢唱着,而在我的金城里,快乐王子也将永远快乐地生活着。”

第二章　自私的巨人

每天下午放学后，孩子们都要到巨人的花园里去玩耍。花园宽大而典雅，到处绿草葱葱。

这一天，出远门的巨人回来了。他回来时，正碰上孩子们在花园里玩耍。

“你们在这里干什么！”他厉声吼道，孩子们全都被吓跑了。

“我的花园，就是我一个人的花园，”巨人说，“除了我自己，绝对不许任何人进来玩。”

于是，他在园子周围筑起了一道高墙，上面还挂了一块“闲人免进”的布告牌。

他是一个非常自私的巨人。

这样，可怜的孩子们便没有地方可以玩耍了。下课以后，他们经常围着花园的高墙徘徊，谈论着里面的美景。

“那时候，我们多快活呀。”他们都这么说。

春天来了，乡下到处都有鲜花盛开，小鸟欢唱，唯独巨人的花园里还是一幅寒冬的景象。

雪给草地披上了一件白色的大衣；霜把树都装扮成银灰色；北风整日在园子里吼叫着，烟囱盖都被它给掀掉了；冰雹每天都要在庄园的屋顶上砸上三个小时，大部分瓦片都被砸破了。

“我真弄不懂春天为什么就是迟迟不来，”自私的巨人坐在窗子旁边，看着外面冰雪覆盖的园子自言自语，“但愿气候会发生一些变化。”

可是最后巨人还是没有等来春天，夏天也没有来。秋天给所有的庄园都带来了金色的果实，唯独巨人的园子里什么都没有。于是，巨人的园子里总是一成不变的冬季。

一天早晨，巨人刚醒来，还没起床他就感到冰雹不再蹦跳于他的房顶之上了，北风也停止了吼叫，一股沁人心脾的花香从敞开的窗户

飘进来。“一定是春天来了！”巨人一边说着，一边从床上跳起来向外张望。

他看见了什么？

展现在他面前的是一幅动人的情景。孩子们从围墙的一个小洞里爬进了花园，这会儿正坐在树枝上玩。

看到孩子们回来了，树木高兴得吐出新芽来；鸟儿欢愉地飞来飞去；花儿绽开笑脸。此情此景真是美不胜收，只是花园的一角依旧是冬天。那里正站着一个小男孩，他想爬树，又爬不上去，都急哭了。那棵可怜的树上仍覆盖着冰雪，北风在树顶上盘旋着。

看着这一切，巨人的心被强烈地震撼了。

“我过去的确是太自私了！”他说，“现在我知道春天为什么不上这儿来了。”

于是，他蹑手蹑脚地下了楼，走到花园里。孩子们一看到他，便吓得跑开了，花园里又恢复成冬天的模样。只有那个小男孩没走，泪水模糊了他的视线，他没能够注意到巨人。巨人悄悄地来到他背后，把他轻轻举起来放到树上。顿时，树上结出了花蕾，小鸟也飞了过来。

小男孩张开双臂搂着巨人的脖子，亲了亲他的脸颊。别的孩子看到巨人不再凶神恶煞，就又都跑了回来，春天也随之回来了。

“这里是你们的花园了，小朋友们。”巨人说完，便操起了大斧子，把所有的围墙都推倒了。

一整天，孩子们都在花园里玩，直到天黑了，他们才一起向巨人说再见。

“你们那位小伙伴呢？”他问道，“就是我抱到树上去的那个小男孩。”巨人最喜欢那个小男孩了，因为他亲过自己。

“我们不知道，”孩子们说，“他已经离开了。”

“你们一定要叫他明天再来。”巨人强调道。

可是孩子们说，他们并不知道那个小男孩住在哪里，以前也没见过他。巨人为此伤心极了。

以后每天下午放学，孩子们都会到园子里来跟巨人玩。可是，巨人最喜欢的那个小男孩却始终没来。

“要是能再见到他，该有多好啊。”他反复地说道。

一年又一年过去了，巨人老了，没有力气了。他不能再跟孩子们一起玩了，于是，他坐在一张宽大的安乐椅上，一边看孩子们做游戏，一边欣赏着自己的花园。

在一个冬天的早晨，他一边穿着衣服，一边向窗外望去。

突然，他疑惑地揉揉眼睛，再定睛一看。眼前的情景真是太美妙了：园子尽头一角的那棵树上开满了洁白的花朵，银色的果实压弯了金色的枝条，树下站着他最喜欢的那个小男孩。

巨人愉快地冲进园子，向那个小男孩奔去。可是当他靠近那孩子时，他的脸愤怒地涨红了。

“谁竟敢伤害你？”他怒吼道，因为他看见那个孩子的手心和小脚上都有受伤的痕迹。

“别这样，”孩子答道，“这是爱的印记。”

“这到底是谁弄的？”巨人疑惑地问。

小男孩冲他微微一笑，说道：“过去你让我在你的园子里玩过一次，今天我要带你去我的园子——天堂。”

这天下午，孩子们跑进花园时，发现巨人浑身覆盖着白色的花朵，静静地躺在那棵树下，再也不会起来了。

第三章　忠诚的朋友

一天早晨，一只上了年纪的水老鼠从洞里伸出脑袋，看见一群小鸭子正在水池里游来游去。小鸭子们的母亲正教孩子们如何在水中倒立。

“不学会倒立，你们就别想进入到上层社会里。”鸭妈妈喋喋不休地告诫小鸭子们。可是小鸭子们个个心不在焉。它们都还太小，实在不知道学会倒立对于进入社会有什么好处。

“这帮孩子实在是太不听话了！”那只水老鼠叫道，“淹死也是活该。”

“你怎么能这么说呢？”鸭妈妈说道，“万事都有个开头嘛，当父母的要有十分的耐心才好。”

“啊哈！我对父母之情倒是一无所知，”水老鼠说，“我不是个家长。事实上，我从未结过婚，也根本不想结婚。在某种程度上，爱情确实是美好的，可是这比不上友情。真的，我不知道世界上还有什么会比忠诚的友情更崇高、更珍贵。”

“那么，你说说看做一位忠诚的朋友该做些什么？”坐在附近树上的一只绿色梅花雀听见了它们的对话，便插进来问道。

“对啰，我也正想知道这个答案。”鸭子说。

“多么愚蠢的问题啊！”水老鼠叫道，“我当然希望忠诚的朋友，能够对我绝对的忠诚啰。”

“那么你怎么回报他呢？”那只梅花雀扇动着小翅膀问道，身子在一根银色的小枝条上一晃一晃的。

“我不明白你的意思。”水老鼠回答道。

“那我给你讲个这方面的故事吧。”梅花雀说。

“是关于我的故事吗？”水老鼠问道，“如果是的话，我就愿意听，因为我特别喜欢听故事。”

“这故事对你是适用的。”梅花雀说着从树上飞下来，轻轻地落在了池塘边，开始讲故事，故事的名字叫《忠诚的朋友》——

从前有个叫汉斯的老实人。他独自一人住在一个小村庄里，每天都在自己的园子里干活。

那一带乡村就数他的园子最漂亮了。什么石竹啦、紫罗兰花啦、芥菜啦，还有松雪草等，应有尽有。玫瑰有红、黄之分，藏红花有淡紫色、金黄色之分，紫罗兰则有紫红和纯白之分。另外，还有耧斗菜、野荠菜、墨角兰、野罗勒、黄花九轮草、鸢尾花、黄水仙和丁香花等等，每个月都有花开花谢，秩序井然，所以整个园子一年四季都美景常在，芳香不散。

小汉斯有许多朋友，可是最忠诚的朋友要算磨坊主人达修

了。就因为这富有的磨坊主人是小汉斯忠诚的朋友，他才会在每次路过花园时，都不会忘了探过身去摘一大束花或一把香草；赶上果实成熟的时节，他便把李子、樱桃什么的装满他的口袋。

“真正的朋友什么东西都应该共有。”这是磨坊主人经常挂在嘴边的话。小汉斯总是面带笑容点头称是，还为有这么一位境界高尚的朋友而感到自豪。

当然，邻居们有时也感到奇怪：富有的磨坊主人存有上百袋面粉，还养了六只乳牛和一大群羊，可是从未看到他给小汉斯什么，汉斯也从不多想这些，只是津津有味地听磨坊主人天花乱坠地讲些真正的朋友该如何如何无私的事情。

汉斯整天埋头在花园里工作。春、夏、秋三季，他都忙得不可开交，可是一到冬季，他便没有花卉可以拿到市场去卖了，因而饱受饥寒交迫之苦。

那时，他只能用些干瘪的梨子和硬邦邦的栗子填肚子，然后便上床睡觉。在冬天，他还感到特别孤独，因为磨坊主人在这个季节里从不来看他。

“雪天里去看小汉斯没啥意思，”磨坊主人常对老婆说，“人家有难的时候，不该去打搅，就让他一个人待着好了。这是我对友情的看法，而且我坚信自己是对的。所以，我要等到开春了才去看他，那时他会高兴地给我一大篮子樱花的。”

“你真是太会替别人着想了，”他老婆坐在暖烘烘的松木火堆旁的安乐椅上说道，“的确是太会替别人着想了。听你谈论友情真是长了见识。我敢说牧师也说不出这等精彩的言论，哪怕他住的是一栋三层的楼房，小指头上还戴着个金戒指。”

“可是我们不能把汉斯接到这里来吗？”磨坊主人的小儿子问道，“要是可怜的汉斯现在有难处，我会把自己的粥留一半给他，还会给他看我的小白兔。”

“这孩子多蠢啊！”磨坊主人叫道，“我真不知道送你去上学有什么用处。你好像什么也没学到。

“你听着，要是小汉斯上我们这儿来，看到我们家的火烧得暖洋洋的，饭菜香喷喷的，还有一大桶酒，他会起忌妒心

的。忌妒是最可怕的东西，它会毁坏人的本性。我可不想让忌妒把汉斯的本性给毁坏了。我是他最要好的朋友，所以我得经常监督他，不让他被任何东西所诱惑。

“此外，如果汉斯上这儿来，他可能会向我借一些面粉，这我可不干！面粉归面粉，友情归友情，两者不能弄混淆了。为什么呢？因为这两个词读法不一样，意义也不相同嘛！这谁都知道。”

“说得太好了！”磨坊主人的老婆一边称赞他，一边给自己倒了一大杯温热的麦酒，“我有点困了，真的，这感觉就跟在教堂里一个样。”

“能做的人有许多，”磨坊主人答道，“可是能说的却很少，由此看来，两者之间，说比做困难得多，也有意义得多。”正说着，磨坊主人板着脸看了看桌子那边的小儿子。这时，他已羞愧得低下了头，脸涨得通红，禁不住冲着茶杯哭了起来。但是不管怎么说，他还太小，不能怪他。

“故事就这么完了？”水老鼠问。

“当然没有，”梅花雀答道，“这才开了个头呢。”

“那你就太老套了，”水老鼠说，“现在会讲故事的人都是先说结局，再讲开头，而在故事的中间打住，这是个时髦的方法。那天有个评论家与一位年轻人在池塘边散步时说到了这种方法，我全听见了。评论家对此长篇大论了一番，我想他是对的，看他那架势就知道——光秃秃的脑袋上戴着一副墨镜，那位年轻人每次发表看法，他都不耐烦地说‘呸’。不过，还是请继续讲你的故事吧。我很喜欢磨坊主人这个人。我自己也有许多美妙的情感，所以我们之间极为相似。”

“好的。”梅花雀说，它不时换只脚蹦跳着。接着，又开始讲起了故事——

冬天一过，报春花刚刚绽放出淡黄色的星状小花，磨坊主人便对老婆说他要去看小汉斯了。

“哎呀，你的心肠真是太好了！”他老婆叫道，“你总是想着别人。麻烦你带个大篮子去装些花回来。”

于是，磨坊主人把风车翼板拴在一根粗粗的铁链上，拎着个大篮子从小山上下来了。

“早安，小汉斯。”磨坊主人说道。

“早安！”汉斯扶着铁锹，笑容满面地回答。

“这个冬天过得怎么样？”磨坊主人问道。

“哎呀，”汉斯叫道，“谢谢你的关心，真的，太谢谢了。这个冬天过得确实太难受了。现在好了，春天来了，花儿也长得挺好。”

“整个冬天，我们经常说到你，汉斯，”磨坊主人说，“心里总惦念着你过得怎么样。”

“谢谢你的一片好心，”汉斯说，“我还真担心你忘了我呢。”

“汉斯，你的话真让我吃惊呀，”磨坊主人说，“友情是绝不会被遗忘的。它的美妙就在这里，可是我担心你弄不懂生活

的诗意。哎呀，这报春花开得多好啊！”

“确实开得很好，”汉斯说道，“我有这么多的报春花，真是很幸运。我准备把它们拿到市场去卖给市长的女儿，再把小推车买回来。”

“把小推车买回来？你是说你把小推车卖了？这真是太不应该了！”

“我也是迫不得已呀，”汉斯说，“你知道冬季对我来说，是最难熬的。我真的没有钱买面包吃。所以，我先卖了星期天上教会穿的衣服上的银扣子，然后又卖了银链子，最后只好把小推车也给卖了。现在我可以把它们通通都买回来了。”

“汉斯，”磨坊主人说，“我把我的小推车给你。虽然它维修得不太好，真的，它一边都没了，轮辐也有点毛病，可是我还是要把它给你。我知道这样做是很慷慨的，很多人会认为我太傻，可是我跟别人是不一样的。我认为慷慨是友情的基础，再说，我也有了辆新的小推车。是的，你放心好了，我会把小推车给你的。”

“哎呀，你真是好慷慨，”小汉斯说道，他的圆脸洋溢着喜悦的光芒，“修起来挺方便的，我家里正好有一块厚板子。”

“一块厚板子！”磨坊主人说道，“我正想找一块板子盖谷仓。谷仓上面有个大洞，要是不补上，谷子全要发霉的。多亏你提到板子。做一件好事总是会有好报的，这真是太有意思了。我答应把小推车给你了，所以你得把板子给我。当然，小推车比板子值钱得多，但真正的友情是不计较这种事的。请你赶快去把板子拿来，我今天就要修谷仓了。”

“当然！当然！”小汉斯喊着跑进货棚里把那块板子拖了出来。

“这块板子不算大，”磨坊主人看着板子说道，“恐怕补完我那谷仓上的洞就不够修小推车了。当然啰，这不是我的错。好了，既然我已经要把小推车给你了，我想你一定会给我一些花作为回报的。这是篮子，请你把它装得满满的。”

“满满的？”小汉斯看着篮子，表情十分忧愁，因为那篮子真是大得出奇，要是装满了，他就没有花可以拿到市场去卖了，可是他实在很想买回那些银扣子。

“说实在的，”磨坊主人答道，“我都要把小推车给你了，我想要你一些花不过分吧。也许我错了，可是我总以为友情，真正的友情是与任何私心杂念无关的。”

“我亲爱的朋友，我最要好的朋友，”小汉斯叫道，“你可以把全园子的花都拿走。我真希望你对我有个好印象，至于银扣子不用急的。”说完他就跑去把美丽的报春花

都摘了，给磨坊主人装了满满一篮子。

“再见了，小汉斯，”磨坊主人说完就肩扛板子，手提篮子，向小山丘那边走去。

“再见！”小汉斯说。他开始乐呵呵地挖地，心里想着那辆小推车。

第二天他正在门廊上固定耐冬花时，听到磨坊主人在路边叫他。他赶紧从梯子上跳下来，跑过园子，向墙外张望。

磨坊主人正背着一大袋面粉站在那。

“亲爱的小汉斯，”磨坊主人说，“你替我把这袋面粉扛到市场去好吗？”

“噢，实在是对不起，”汉斯说，“我今天真的很忙，要整理花卉，要给花浇水，还要修理草坪。”

“说实在的，”磨坊主人说，“这样拒绝很不友好，你看我都准备把小推车给你了。”

“噢，可别这样说，”小汉斯叫道，“我可不能显得有一丁点儿不友好。”说完，他跑回去拿了帽子，把那个大袋子扛上肩，一步一步地走了。

天气热极了，路上的尘土飞扬，所以汉斯还没赶到六英里（1 英里＝ 1.609344 千米）外的市场，便累得气喘吁吁，不得不坐下来休息一会。然后，他还是勇敢地往前走，终于到达了市场。等了一段时间，面粉卖了个好价钱，他又立即往回赶，害怕晚了在路上会碰上强盗。

“今天真够累的，”小汉斯上床睡觉时自言自语道，“可是我高兴的是，没有拒绝磨坊主人。他是我最要好的朋友，而且他正准备把小推车给我呢！”

第二天一早，磨坊主人便来取卖面粉的钱，可是小汉斯累得还没有起床。

“依我看，”磨坊主人说道，“你很懒。真的，考虑到我准备把小推车给你，你应该更勤快点才像话。懒散是罪，我可不喜欢自己的朋友懒洋洋的。我说话直了一点，你别在意。当然，如果你不是我的朋友，我做梦也不会这么说。要是朋友间不能说心里话，那还有什么友情可谈？谁都会拣好听的来说，阿谀奉承，可是真正的朋友总是讲逆耳的话，而不管它是不是让人家难受。真的，真正的朋友喜欢这样，因为他知道这是在做好事。”

“很抱歉，”小汉斯揉着眼睛说，把睡帽也抓了下来，“可是我实在太累了，想多躺一会儿，听听鸟儿唱歌。我听鸟儿唱歌后，干起活来总是更有劲，你知道吗？”

“这么一说，我倒是很高兴的，”磨坊主人拍着小汉斯的背说，“穿好衣服后马上到磨坊来，帮我修谷仓。”

可怜的小汉斯心里急着想去花园干活，因为他两天都没给花浇水了，可是又不愿拒绝磨坊主人，他可是自己的至交啊！

“要是我说我很忙，你会认为我不友好吗？”他怯怯地小声问道。

“说实在的，”磨坊主人回答说，“考虑到我准备把小推车给你了，叫你做这点事不算什么，不过，你要拒绝的话，我会

自己做的。”

“噢！可别这样，”小汉斯叫道，紧接着就起床穿衣，往谷仓去了。

他在那干了整整一天，直到太阳落山，磨坊主人才来看他做得怎么样。

“你把顶上的洞补好了没有啊，小汉斯？”磨坊主人愉快地叫道。

“完全补好了。”小汉斯一边答应着，一边下了梯子。

“噢！”磨坊主人说，“帮朋友干活是世界上最最快乐的事。”

“听你讲话真是莫大的福分啊，”小汉斯坐下来擦着额头上的汗，说道，“是不可比拟的福分。我恐怕怎么也不会拥有你那样美丽的思想。”

“噢！这种思想会进入你的脑海的，”磨坊主人说，“不过你还得吃更多的苦。目前你只是照友情的要求去做，将来你也会形成这方面的理论。”

“你真的认为我会吗？”小汉斯问道。

“我对此丝毫不怀疑，”磨坊主人答道，“好了，你已经把屋顶补好了，回家休息去吧，明天我还要你帮我赶羊群上山呢。”

可怜的小汉斯对此不敢有任何异议。于是，第二天一早，磨坊主人便把羊带到小屋周围来了，小汉斯也就赶着它们上山去了。一去一返花去了他一整天，回到家时，他已累得躺在椅子上就睡着了，而且一睡便睡到了天亮。

“多美好的一天啊，今天我可以在自己的园子里干活，一定很愉快！”说完，他立即就去干活了。

可是，他根本无法照顾好自己的花，因为他那个忠诚的朋友——磨坊主人总是来找他，不是要他跑长路，就是要他去磨坊帮忙。

小汉斯有时非常伤心，担心花儿会认为他把它们忘了，可是他一想到磨坊主人是自己最要好的朋友，便又从中得到安慰。此外，磨坊主人常说准备把小推车给小汉斯，那可是绝对慷慨的表现。

这样，小汉斯便一心一意地为磨坊主人干活。磨坊主人也讲了关于友情的种种美好，汉斯都一一记在笔记本里，经常在夜里反复阅读，因为他是非常好学的。

一天晚上，小汉斯正在火边取暖，突然听见一阵重重的拍门声。这是个令人毛骨悚然的夜晚，狂风在房子周围呼啸，所以开始他还以为是暴风雨的声音。可是没过一会儿，他又听见一阵拍打声，接下来的第三次拍打声比前两次都响。

“一定是哪个可怜的旅人。”小汉斯自言自语地跑去打开了门。

站在那的却是磨坊主人，他一手拿着提灯，一手拄着一根大棍子。

“亲爱的小汉斯，”磨坊主叫道，“我可是遇上麻烦了。小儿子从梯子上跌下来受了伤，我得去请大夫。可是他住得很远，又碰上这个可怕的晚上，我突然想到你要替我去该多好。你知道我准备把小推车给你，所以你得替我做点事才公平。”

“那当然，”小汉斯大声说道，“你来找我是看得起我，我马上就去。可是你得把提灯借给我，路太黑，我怕一不小心掉到沟里去。”

“很抱歉，”磨坊主人答道，“这盏提灯是新的，万一有个什么闪失，我可受不了。”

“没关系的，那就不用它了吧。”小汉斯说道，然后穿上厚厚的皮大衣，戴上帽子，脖子上系了条围巾就出发了。

那夜的暴风真是太可怕了！外面什么也看不清，风刮得叫人有点支撑不住。但是，小汉斯还是勇敢地往前走，大约过了三个小时，他终于到了大夫的家，他敲了敲门。

“谁在那儿啊？”大夫从卧室窗户里探出头问道。

“是小汉斯，大夫。”

“有什么事吗，小汉斯？”

“磨坊主人的儿子从梯子上摔下来伤着了，磨坊主人要你马上去。”

“好的！”大夫说完便吩咐下人备马，接着是穿靴子，拿提灯。等全部准备好以后，这才下楼来，然后骑马朝磨坊主人家走去，丢下小汉斯在后面跌跌撞撞地跟着。

风越刮越猛，而且下起了倾盆大雨。小汉斯辨不清方向，也跟不上那马的步伐，最后迷路走进了沼泽地。沼泽地布满了陷阱，危险极了，最后它吞没了可怜的小汉斯。

第二天，一些放羊的人发现他的尸体漂浮在一个大水坑里，于是他们便把他带回了村子。

小汉斯的人缘一直很好，所以大家都去参加了他的葬礼，丧主就是那磨坊主人。

“我是他最要好的朋友，”磨坊主人说，“所以站在最好的位置才公平。”于是，他披着长长的黑袍走在送葬队伍的最前面，还不时地用一条大手帕擦眼泪。

“小汉斯的死，对大家来说肯定是一个巨大的损失。”铁匠说道。葬礼结束后，人们都舒舒服服地坐在酒馆里，一边喝着香酒，一边吃着甜糕。

“不管怎样，对我来说都是个极大的损失！”磨坊主人应道，“我一片好心要把小推车给他，现在却不知如何是好了。放在家里碍手碍脚的，那破样子又卖不了钱。我得记住下次要把东西送人才是。太慷慨了，受害的还是自己。”

“还有吗？”沉默了许久，水老鼠问。

“没有了，故事讲完了。”梅花雀说。

“后来磨坊主人怎么样了啊？”水老鼠问道。

“噢！我真的不知道。”梅花雀答道。

“显然你没有一点同情心。”水老鼠说。

“恐怕你还不太理解这个故事中的寓意。”梅花雀说。

“你是说这个故事，包含了一个寓意？”

“那当然！”梅花雀说。

“说实在的，”水老鼠表现出一副愤怒的样子，“故事开始前你就应该告诉我这个。那样的话，我压根就不会听了。事实上，我会说声‘呸’。”于是，它憋足嗓门大叫一声“呸”，然后摆了摆尾巴，钻回到洞里去了。

“你觉得水老鼠怎么样？”几分钟后，鸭子涉水过来问道，“它有许多优点，可是我作为一个母亲，看到终身不娶的单身汉，总是禁不住要流眼泪。”

“恐怕我已经得罪了它，”梅花雀答道，“事实上，我只是给它讲了一个很有寓意的故事。”

“唉！做这种事，历来都是很危险的。”鸭子说。

我完全同意鸭妈妈的话。

第四章 了不起的火箭

国王的儿子要结婚了，到处热热闹闹的。新郎等新娘足足等了一年，这一天终于把她给盼来了。

新娘是位俄罗斯公主，乘坐着六只驯鹿拉的雪橇，从芬兰一路赶来。她穿着一直遮到脚跟的貂皮长袍，头上戴着银线小帽，皮肤雪白。

在城堡的大门口，王子正翘首以待。他有一双梦幻般的蓝眼睛和一头金黄色的头发。一看见公主，他便上前单膝着地，吻了一下她的手。

“你的画像很漂亮，”他轻声说道，“但远远比不上你本人。”小公主听了，脸顿时红了起来。随

后，王子牵着公主的手一起走进了城堡。

三天后，他们举行了婚礼。在盛大的典礼上，新娘和新郎手拉手走到镶嵌着小珍珠的紫红色天鹅绒天棚下面。随后进行的国宴，持续时间长达五个小时。

宴会以后是舞会，新娘和新郎跳起了玫瑰舞。所有的人都称赞他们的舞姿优美，都为他们欢呼喝彩。

仪式的最后一项就是盛大的烟火表演，燃放的时间定在当天的午夜。

在国王花园的尽头搭起了一个巨大的看台，等到烟火师把一切都安排妥当后，聚在那里的烟火们就你一言我一语地谈开了。

“世界确实很美，”一个小爆竹大声说道，“你瞧瞧那些郁金香，它们即使是真的烟花也不会比现在更好看的。我庆幸自己旅行过。旅行能增长知识，消除偏见。”

“国王的花园并不是整个世界呀，”一个大罗马烟火筒说道，“世界是个很大的地方，你要花三天时间才能看个遍。”

“不管什么地方，只要你喜欢，它就是你的世界。”一个爱沉思的轮转烟火喊道。它早年倾心过一只陈旧的杉木盒子，常常以它的失恋自夸，“如今爱情再也不时髦了，真正的爱情是痛苦的，而且是沉默的。记得我当初——不过现在没什么关系了，浪漫已是过时的东西了。”

“胡说八道！”罗马烟火筒说，“浪漫是不朽的。它像月亮一样永远存在。新娘和新郎彼此深深地爱慕，就是一个例证。”

可是，轮转烟火摇了摇头，说道：“浪漫已经死了，浪漫已经死了！”

突然，大家听到一声尖尖的干咳，咳嗽的是傲慢的高个子火箭炮。它每次发话前总要先咳嗽一声，目的是引起别人的注意。

等到大家完全静下来后，火箭炮又咳了一声才开始讲话。“国王的儿子真是太幸运了，”它说，“刚好赶在我要燃放的时候来结婚！”

“天哪！”小爆竹说道，“我的看法与你正好相反，我认为我们是为了恭贺王子结婚才燃放的。”

“对你来说也许是这样，”它答道，“可是我的情况就不一样了，我出生在一个不寻常的家庭。我母亲是当时最著名的轮转烟火，以舞姿优美而被人们所熟知。我父亲是跟我一样的火箭炮，生在法国。它飞得好高好高，人们还

以为它再也不会掉下来了。可是因为它心地善良，最后还是下来了，当时的天空就像落了一场金雨，好不壮观啊！报纸上记载了它的表演，称它的出现是烟火艺术的一大成就呢！”

“你说的是烟火吧，”孟加拉烟火说，“我知道是烟火，我的盒子上都写着呢！”

“我是说火箭炮！”火箭炮答道，腔调十分严厉。

“我是说，”火箭炮继续说道，“我在说——我在说什么来着？”

“你在谈论你自己。”罗马烟火筒答道。

“是的，我知道我在讨论某个有趣的话题时，被你粗鲁地打断了。我讨厌一切莽撞冒失的举动，因为我极其敏感。”

“敏感的人是什么样的呀？”小爆竹向罗马烟火筒问道。

“一个人因为自己生了鸡眼，就老是去踩别人的脚指头，这就是敏感的人。”罗马烟火筒低声答道。

小爆竹听了差点没把肚皮笑破。

“请问你们在笑什么？”火箭炮探问道，“这有什么好笑的。”

“我高兴起来就笑嘛。”小爆竹答道。

“这个理由太自私了，”火箭炮愤然说道，“你有什么权利高兴？你得替别人想想。这就是所谓的同情心——一个美好的德行，而我深深地拥有它。假使我今晚有什么不测的话，那对每个人来说都是巨大的不幸。王子和公主就会再也欢乐不起来了；至于国王，我知道他是经受不住这种打击的。真的，我一想到自己所处的地位的重要性，就不禁感动得要流眼泪了。”

“如果你想给别人带来快乐，就最好别让眼泪把身子弄湿了。”罗马烟火筒大声说道。

“说到别把身子弄湿了，”火箭炮嚷道，“很显然，这里的人根本就不能理解我的多愁善感。”

“你太虚伪了！”孟加拉烟火叫道，“你是我见过的最虚伪的人。”

“而你是我见到的最粗鲁的人。”火箭炮悻悻地说道。

“你最好别把自己弄湿了，”火球说道，“这才是最要紧的事。”

“这对你来说确实很重要，我相信。”火箭炮答道，“可是我想哭的话，还是会哭。”说着，它真的哭了起来，泪水像雨水般顺着它的棍子流了下来。

这时，月亮升起来了，星星也开始闪闪发光。十点的钟声敲响了，十一点的钟声也敲响了，现在是十二点了，当午夜的最后一声钟声敲响后，人们纷纷来到阳台上。

“现在开始放烟火！”国王下令道。

燃放烟火的场面蔚为大观。“呼哧！呼哧！”轮转烟火一路旋转着走了。“轰隆！轰隆！”罗马烟火筒也走了。随后，爆竹们四处跳着舞。而在孟加拉烟火里，所有的东西看上去都是鲜红色的。“再见了。”随着一声呼喊，火球冲出去了，撇下不少蓝色的小星点来。烟火们你呼我应，快活极了。

所有烟火的燃放都很成功，只有那了不起的火箭炮是个例外。它哭得浑身都湿透了，怎么也飞不起来。最后，终于只剩

下它一个了。

“好哇！好哇！”整个王宫都沸腾了，小公主也高兴得笑了。

“我想他们一定是留着我在大典的时候才用，”火箭炮想，“肯定是这个意思。”于是它比以往更高傲了。

第二天，清洁工们来打扫场子。其中的一个人看到火箭炮后，就把它扔到外面池塘的烂泥里去了。

“这儿真不舒服，”火箭炮说道，“不过这一定是某个时髦的矿泉浴场，他们把我送到这里来是让我恢复健康的。我的精神承受的打击确实太大，需要休息休息了。”

过了一会儿，一只大白鸭朝火箭炮游了过来。“嘎嘎嘎，”它说，“你是新来的吗？你长得真奇怪呀！”

“很显然你一直住在乡下，”火箭炮答道，“否则，你应该知道我是谁。你如果听说我能飞上天去，掉下来时又像下了一阵金雨，一定会很惊奇吧！”

“我并不看重这个，”鸭子说，“因为我看不出这有什么

用处。”

“好家伙！”火箭炮用非常傲慢的声调叫嚷道，“我现在才知道你是个乡下人。我有才艺就够了。”

鸭子说道：“各人有各人的看法。不管怎么样，我希望你能在这里住下来。”

“噢！我不，”火箭炮叫喊道，“我觉得这地方很讨厌。这里既没有社交，又不安静。”

“我生来就是干大事的，”它继续说道，“不管什么时候出现，我都会引起极大的关注。我还没有真正露过面，到那时场面一定十分壮观。”

“原来是这样啊，那祝你早日成功。”说完，鸭子就向池塘的另一边游去。

正当火箭炮在烂泥中开始享受天才的孤独时，两个穿白色粗布衣服的小男孩提着水壶、抱着柴火跑到岸边来了。

“喂！”其中一个小男孩叫道，“瞧这根旧棍子，我奇怪它怎么会到这来。”他把火箭炮从阴沟中抽了出来。

“旧棍子？”火箭炮说道，“不可能！是金棍子，这才是他说的。金棍子是很好的赞美之辞。”

“让我把它丢到火里去。”另一个小男孩说道，“它烧着之后，水就会开得快些。”

于是，他们把柴火全部堆在一起，把火箭炮放在最上面，然后点了火。

“真不得了，”火箭炮叫喊道，“他们要在大白天燃放我，

让所有的人都看得见。”

“我们去睡觉吧，醒来时壶里的水就开了。”他们躺在草地上，闭上了眼睛。

火箭炮浑身都湿透了，所以过了很长时间才烧着。最后它终于被点燃了。

“现在我要冲出去了！”它一边叫着，一边把身子挺得直直的。

“我知道我会飞得比星星还高，比月亮还高，比太阳还高。真的，我要飞得那么那么高——”说完，它便直奔天空而去。

“太有意思了！”它叫喊道，“我要永远像这样飞呀飞。我是多么成功啊！”

可是根本没有人看见它。这时，它感到周身遍布着一种奇怪的刺痛。

“我要爆炸了，”它叫喊道，“我要把整个世界都变成火海。”接着，它真的爆炸了。“砰！砰！砰！”火药一声声炸响了。

然而，没有人听到这些，就连那两个小男孩也没有，他们睡得太沉了。

最后，它只剩下一根棍子了，它掉下来时，正好打在一只在池塘边散步的鹅身上。“天哪！”鹅叫道，“老天要下棍子雨了。”于是它赶紧跳到水里去了。

“我早就知道我是会大出风头的。”火箭炮气喘吁吁地说完，便熄灭了。

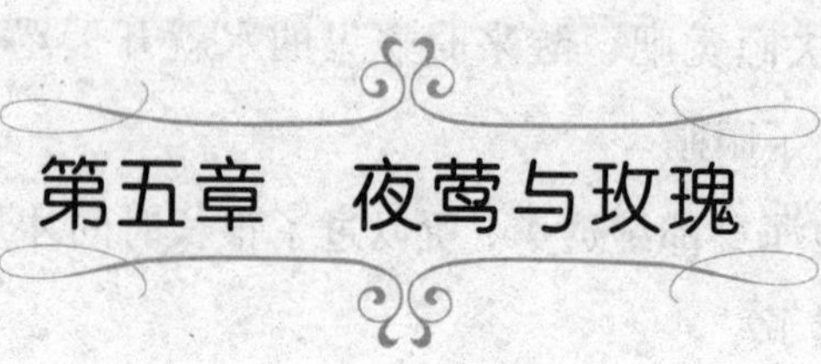

第五章　夜莺与玫瑰

“她说要是我给她红玫瑰，她就跟我跳舞。”年轻的学生叫喊道，“可是我找遍了整个园子，也没有一朵红玫瑰呀。”

这些话正好让待在橡树窝里的夜莺听见了，她透过树叶向外望了望，表情显得迷惑不解。

“园子里哪儿能找得到红玫瑰呀？”他哭着说，泪水充满了他美丽的眼睛，“天哪，决定幸福的竟是这些鸡毛蒜皮的小事！圣人贤士的著作我都读过了，哲学的一切奥妙也都装进了我的脑海，可是就因为少了一朵红玫瑰，生活就被弄得这样狼狈不堪。”

“终于找到一位忠于爱情的人了。”夜莺说，“我虽然不曾认识他，可是我夜夜都唱着歌儿颂扬他，把他的故事讲给星星听，如今我总算见到他了。”

“王子明天晚上要举行一场舞会，”年轻的学生喃喃自语，“我的心上人将会到场。要是我能给她带去一朵红玫瑰，她就会跟我跳舞到天明。”

“这可真是一位忠贞于爱情的人，”夜莺说，“我所歌唱的东西，却让他蒙受磨难。”

“乐师们将坐在乐池里演奏各种乐器，”年轻的学生说，“而我的心上人将跟着竖琴和小提琴的乐曲翩翩起舞。她的舞步是那样的轻盈，然而，她是不会跟我跳舞的，因为我没有红玫瑰可以送她。”

于是，他跪在草地上，哭了起来。

夜莺了解学生的痛楚，她默默地坐在橡树上，思索着爱情这个谜团。突然，她张开棕色的翅膀飞向高空。她像影子似的穿过树林，飞过花园。

草地中央有一棵美丽的玫瑰树。她看到后,便飞了过去,在一根小枝上停落下来。

“给我一朵红玫瑰吧，”她叫道，“我会把最甜美的歌唱给你听的。”

可是，这棵树摇了摇头。

“我的玫瑰花是白色的，”她答道，“不过，你可以去找我那生长在学生窗户下面的姐妹，她有你想要的东西。”

于是，夜莺又飞到学生窗户下的那棵玫瑰树上。

"给我一朵红玫瑰吧，"她叫道，"我会把最甜美的歌唱给你听的。"

可是，这棵树也摇了摇头。

"虽然我的玫瑰花是红的，"她答道，"可是寒冬已经冻僵了我的血管，冰霜已经摧残了我的花蕾，风暴已经折断了我的枝条，所以，我今年一年都不能开出玫瑰花了。"

"我只要一朵红玫瑰呀，"夜莺叫道，"就单单一朵红玫瑰！难道就没有办法得到吗？"

"办法倒是有一个，不过代价有些可怕。"这棵树说道，"你必须在月光下面用音乐来造就它，还要用你心脏里的血来染红它。一整夜，你都得不停地唱歌给我听，我的刺必须穿透你的心脏，你身上的血必须流进我的血管来滋养我。"

"拿生命来换取一朵红玫瑰？"夜莺觉得不可思议。但过了一会儿，她又缓缓地说道："虽然生命是宝贵的，不过爱情与之相比，却更值得拥有。"说完，她张开棕色的翅膀，飞向高空。她像影子似的掠过花园，穿过树林。

年轻的学生正躺在草地上，似

乎从没挪动过，他美丽的眼睛里还挂着泪花。

“快活起来吧，”夜莺叫道，“你会得到一朵红玫瑰的。我会在月亮下用音乐来造就它，用心脏里的鲜血来染红它。而我只希望你用你那忠贞不渝的爱情作为回报。”

学生从草地上抬头向上望去，凝神倾听，然而他却听不懂夜莺在对他说什么。

可是橡树听了十分伤心，因为他很喜欢这只快乐的小夜莺。橡树请求夜莺再唱一首歌，于是夜莺唱了起来。

“她唱得很好，”学生自言自语地走出了树林，“这点是不能否认的，可是她有感情吗？”说完，他便进屋躺在那张简陋的小床上，又开始思念心上人了。

等到月亮高高挂上天空时，夜莺便飞到玫瑰树上，用胸脯抵住一根刺。就这么整整一个晚上，她都一边用胸脯顶着刺，一边不停地唱着歌，唱得那水晶般的月亮也俯下了身子静静地听着。

整整一夜，她都不停地唱啊唱，刺在她胸脯上越扎越深，鲜血一滴一滴地流出来。

她首先唱了青年男女的爱意是如何产生的。于是，玫瑰树顶部的枝条上，绽放出一朵奇异的玫瑰花蕾。随着一阵又一阵的歌声响起，花瓣也一片片地盛开了。

然而，玫瑰树却喊着：“再靠紧一点，小夜莺，要不然到天亮这朵玫瑰也长不成。”

夜莺便更紧地顶住了那根刺，同时把歌唱得愈加响亮，因为这时她唱到了青年男女内心深处的爱情是如何产生的。

玫瑰花瓣上泛出了一层淡淡的红晕，像极了新娘脸上泛起的红晕。可是刺还没有插进夜莺的心脏，所以玫瑰花蕊仍然是白色的。只有夜莺心脏的鲜血，才能把它染成红色。

玫瑰树又喊着要夜莺再贴紧一点。

于是，夜莺更紧地顶住了那根刺，直到那根刺刺中了她的心脏。疼痛在不断加剧，她的歌声也越来越激昂。

这时，那朵奇异的玫瑰花变成通红通红的了，宛如东方的朝霞。所有花瓣都是红彤彤的，花蕊更是红得像一块宝石。

可是，夜莺的歌声渐渐低落了下来，她的小翅膀轻轻颤抖着，视线开始变得模糊起来。歌声越来越弱，她感到像是有什么东西堵住了她的喉咙。

她用力迸发出最后一个音符。红玫瑰听见了，觉得浑身上下都涌动着巨大的喜悦，不由得绽放开来，去迎接清凉的早晨。

“看哪，看哪！”玫瑰树叫喊道，“红玫瑰终于长成了。”

可是，夜莺却没有回答，因为她已经躺在草丛中一动不动了，那根刺还扎在她的心脏里。

第二天，学生打开窗户探

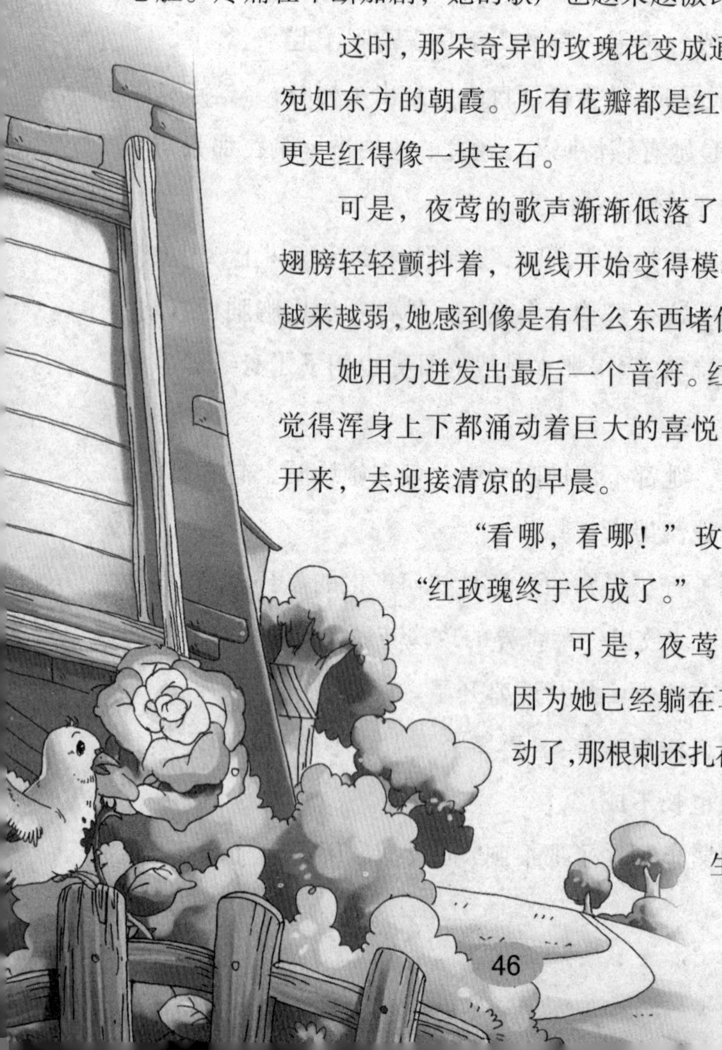

头向屋外张望。

“怎么回事？竟然会有这等好运！”他惊叫道，“竟有一朵红玫瑰！我平生还没有见过这么美的玫瑰呢。”说完，他便俯下身子，将那朵玫瑰摘了下来。

接着，他戴上帽子，手持着这朵玫瑰向教授家跑去。教授的女儿正坐在门口，用纺车纺着蓝色的丝线。

“你说要是我送你一朵红玫瑰，你就跟我跳舞。”学生大声说道，“这是世上最红的一朵玫瑰。你今晚把它戴在胸前和我一起跳舞时，它会告诉你，我有多爱你。”

“恐怕这花跟我的衣服不相配吧，”她皱着眉答道，“况且宫廷侍卫长的侄子已经送了我一些漂亮的珠宝，谁都知道珠宝比花儿更值钱。”

“好吧，我老实对你说，你是个爱慕虚荣的人！”学生怒冲冲地说完，就把玫瑰花扔到了街上。花儿掉在了车道上，很快，一只车轮便从它上面碾了过去。

“爱慕虚荣？你说话太鲁莽了！”姑娘说完后便起身进屋了。

“爱情真是太无趣了！”学生说着便走开了，“它太不实际了，而在我们这个时代，讲究实际才是最重要的，我还是回到我的哲学里去吧。”

于是，学生回到了他的房间，取出一本满是灰尘的大书，读了起来。

第六章　少年国王

加冕典礼的头一天晚上，少年国王独自一人坐在他那漂亮的房间里。大臣们都按照当时的规矩鞠躬行礼后，退了出去，一起到宫殿大堂里，听礼仪先生再讲几堂课，因为他们其中有些人的举止还是老样子，不用说，作为一个大臣这是十分不当的行为。

少年国王才十六岁，还只是位少年。他对大臣们的离开并不感到难过。相反，他畅快地长舒了一口气，把身子往后一仰，靠在绣花长椅上，眼睛睁得大大的，嘴巴张得开开的，活像一位棕色的森林之神，或者说是一只刚被猎人捕获的小野兽。

事实上正是猎人把他找到的，几乎完全出于偶然。当时他正光着脚丫，手拿着笛子跟在一个穷牧羊人的羊群后面。是牧羊人把他拉扯大的，而他也始终以为自己就是他的儿子。其实，这孩子是已故国王的独生女儿和一位地位比她低很多的男人通过秘密恋情生下来的。有人说那男人是外地人，靠他笛声的魔力让年轻的公主爱上了他；也有人说那男人是位来自意大

利里米尼的艺术家，公主对他很器重，或许就是因为太器重了，他连大教堂的工程都没完成便不辞而别了。

孩子出世不到一星期，有人就趁母亲睡着时把他偷走了，送到了一个没儿没女的普通农户家抚养。他们住在偏远的森林里，从城里出来得骑一天的马才能到达那里。生下他的那个皮肤苍白的姑娘醒过来后，不到一个钟头就死了。至于死因，到底是悲痛所致，还是如宫廷医师说的染上了瘟疫，或者是像有人怀疑的，喝了放有意大利烈性毒药的香料酒，就不得而知了。

孩子是被一位靠得住的公差搭在马鞍上带走的，当他从疲惫不堪的马背上把孩子抱下来，去叩响那位牧羊人茅屋的门时，公主的尸首也正让人放进一个已挖好的坟墓里。墓穴选在城外一处荒凉的墓地里，据说墓穴里还放有一具尸首，是一位年轻漂亮的外国男子，他的双手被反捆在背后，胸前满是伤痕。

至少人们私下里相互传述的故事就是以上这些。可以肯定的是，老国王临死前，不知是忏悔自己的深重罪孽，还是不想让王位落在别人手中，他派人把那孩子找了回来，并且当着众多大臣的面指定他为自己的继承人。

好像从他被指定为继承人那一刻起，他就表现出了对美丽事物的奇异热情，而这注定要对他的一生产生巨大的影响。那些把他护送到他的房间去的人经常说，他一看到为他准备的高级服装和贵重珠宝就会张开嘴巴拍手欢叫，而且在脱去他自己所穿的那身粗糙羊皮外套和紧身皮短衣时，那股高兴劲简直有点吓人。

有时他也确实会想念那自由自在的森林生活，因为烦琐的宫廷礼仪常常让他感到烦躁，占去了他每天太多的时间。不过对他而言这座富丽堂皇的、被人们称作“欢乐宫”的宫殿，是一个为了满足他的快乐而刚刚布置的新世界。只要他能够从会议或听政席上逃出来，他总是立刻跑下装饰着镀金铜狮、用光亮的斑岩做成的大台阶，一个房间一个房间、一条走廊一条走廊地转悠，好像要在那里找到止痛的良药、治病的仙方似的。

他把这种转悠称作探险旅行，而事实上对他来说也是真正的游览仙境。有时有一些披着飘逸斗篷、挂着美丽丝带的苗条侍女陪伴，不过多数时候，他都是单独行动的。出于某种几乎可以称作先知的敏锐本能，他感到艺术的秘密最好在秘密中获得，美和智慧一向喜欢孤独的崇拜者。

这段时间发生了许多有关他的奇异故事。

据说一位胖胖的市长代表全市来宣读一大篇辞藻堆积的献辞，却发现他虔诚地跪在一幅刚从威尼斯运来的巨画面前，画中好像暗示了对神的崇拜。

又有一次他失踪了几个小时，人们费了好大工夫才在宫殿北部的一座小塔楼的一间小房间里找到他，他正出神地望着一块雕刻着阿多尼斯像的希腊宝石。传说还有一次，有人看到他用自己温暖的嘴唇去亲吻一尊古老的大理石像的额头，那石像是在建造石桥时在河底挖掘出来的，上面刻有哈德良统治下的比希尼亚奴隶的名字。他曾为了观察月亮照射下的恩底弥昂

像，竟花上了整整一夜的工夫。

可以肯定，凡是稀有的和值钱的东西都对他具有巨大的魔力，而他又很想获得它们，于是便派出许多商人四处搜寻。有的去了北海，向渔民换琥珀；有的去了埃及，寻找那只存在于法老墓穴中的神奇的绿松石，据说这种石子带有魔力；有的去了波斯，搜集丝绒毛毯和彩色陶器；还有的去了印度，购买薄纱和染色象牙、月长石、翡翠手镯、檀香、蓝色珐琅和细毛披肩。

可是最让他费心的还是那件要在大典上穿的金线长袍、那顶嵌满红宝石的王冠和那挂着珍珠串的节杖。这几样东西的设计图案是由当时最著名的艺术家完成的，好几个月以前就呈给他过目了。他已下令工匠们不分昼夜地赶制，而且就算是找遍全世界，也要把设计中所需要的珠宝搜罗来。

他仿佛看见自己身穿华贵的王袍站在大教堂高高的祭坛上的样子，于是他那还是孩子的嘴唇上露出了微笑，那森林人特有的深黑色眼睛也放出光芒来了。

过了一会儿，他从沙发上站了起来，靠着烟囱的雕花屋檐，四下打量着这灯光昏暗的房间：墙上挂着精致的挂毯。一个镶嵌着玛瑙和琉璃的大橱柜占满了对面的角落。对着窗户的是一个异常考究的柜子，它那些漆格子里都镀上了金粉和彩金，上面放着几个雅致的威尼斯玻璃酒杯，还有一只带深色条纹的镶着玛瑙的杯子。缎子床单上绣着浅色的罂粟花，像是从困倦的手艺人手里滑落下来似的。有槽的象牙高高地支撑起天鹅绒的天棚，一大簇一大簇的鸵鸟毛像白泡沫似的伸向装饰有回纹的灰色天花板。一尊青铜塑造的喀索斯像，笑吟吟的，手拿一面明亮的镜子高高地举过头顶。桌上放着一个紫水晶盆。

钟楼上午夜的钟声敲过后，他摇铃唤侍从们进屋来，他们按照烦琐的礼仪给他脱去衣服，在他手上倒了些玫瑰香水，又在他的枕头上撒了些鲜花，便退下去了。不久，他就睡着了。

睡着睡着，他做了个梦，下面就是梦的内容——

他觉得自己正站在一间又长又矮的阁楼里面，周围是许多纺织机的旋转声和拍击声。微弱的阳光透过窗户的格子射进来，照出了俯在织架上面的纺织工们的憔悴身影。面色苍白、一副病态的孩子们蜷缩在巨大的横梁上面。梭子急速穿过纺织机时，他们就把箱座提起来，等到梭子停下了，又把箱座放下来，把线压在一起。他们饿得脸上又瘦又瘪，皮包骨的细手不住地颤抖着。面容枯槁的妇女正坐在一张桌子边做着针线活儿。整个阁楼臭气熏天。空气既混浊又沉闷，墙壁潮湿得都渗出水来了。

少年国王走到一位纺织工身边，站在那望着他。

纺织工怒气冲冲地瞪着他说："你瞧着我干什么？你是不是我那主子派来的探子？"

"你们的主子是谁？"少年国王问道。

"我们的主子？"纺织工痛苦地叫喊道，"他还不是跟我一样的人。真的，要说有什么不同，那就是他只穿好衣服，而

我却穿得破破烂烂；我填不饱肚子，身子都垮了，他却饮食过量，撑得难过。”

“我们这是自由的国家，”少年国王说，“你不是任何人的奴隶啊。”

“打仗的时候，强者强迫弱者做奴隶，”纺织工答道，“和平年代则是有钱人强迫穷人做奴隶。为了生活，我们不得不出卖劳力，可是他们给的工钱太少，我们都活不下去了。我们整天拼死拼活地给他们干活，到头来他们的保险箱里堆满了黄金，而我们所爱的人却变得愁容满面、脾气暴躁；我们酿出了醇美的葡萄酒，却没有一滴是属于我们的；谷子是我们种的，可是我

们的餐桌却是空荡荡的。我们整天戴着枷锁，只是人们的肉眼看不到；我们都是奴隶，而人们却说我们是自由的人。”

“所有的人都是这样的吗？”少年国王问道。

“所有的人都是这样的，”纺织工回答说，“不论男女老少，一概没有例外。商人剥削我们，我们只好听从他们。牧师骑着马儿从我们身边走过，只顾数他的珠子，根本就没人关心我们。贫穷睁着一双饥饿的眼睛在我们那见不到阳光的巷子里爬行，身后紧紧跟着呆头呆脑的罪恶。早上把我们唤醒的是痛苦，晚上与我们相伴的是耻辱。不过这些与你何干？你不是我们这一类人。瞧你那脸，一副快活的样子。”他不高兴地掉过头去，把梭子丢过织布机，这时少年国王看到梭子上织的竟然是金丝线。

他大吃一惊，忙问道：“你织的是什么袍子？”

“是国王加冕时要穿的袍子，”他答道，“这和你有什么关系？”

少年国王大叫一声，醒了过来。噢，原来是在自己的房间里，透过窗户他看见皎洁的月亮圆圆地挂在朦胧的天空。

于是他又睡着了，做了梦，梦的情景是下面这样的——

他发现自己正躺在一艘大帆船的甲板上，一百个奴隶正在摇桨。船长就坐在他边上的一块地毯上。他黑得跟乌木似的，头上系了一条红绸缎头巾，厚厚的耳垂上挂着一对很大的银耳

坠，手里拿着一个象牙做的磅秤。

奴隶们除了一块破烂的遮羞布外，别的什么也没穿，而且他们一个挨一个地被链条锁在一起。炎热的太阳火辣辣地晒在他们身上，管理者在过道上跑来跑去，用皮鞭抽打他们。他们伸出干瘦的手臂在水中划动着沉重的桨，桨片上不断地溅起咸咸的海水。

最后他们终于到了一个小小的海湾，于是开始测量水深。岸上吹来一阵微风，给甲板和大三角帆都罩上了一层细细的红沙。三个阿拉伯人骑着野驴子狂奔而来，并且，将手中的长矛掷向他们。船长手持长弓，一箭射中了一个阿拉伯人的咽喉。那人重重地跌倒在激浪里，剩下的两个伙伴见势不妙，就骑着驴子逃走了。一位蒙着黄色面纱的妇女骑在骆驼上慢吞吞地跟在后面，不时掉过头来看一眼那具尸体。

管理者抛了锚、放了帆以后，紧接着就下到底舱，搬出一架长长的绳梯来，上面绑了铅，很

重很重。船长把梯头拴在两根铁柱子上面，将它丢下海。随后管理者在奴隶当中抓出一位最年轻的，砸开锁链，往他的鼻子和耳朵里塞上蜡，再在他的腰间捆上一块大石头。他疲倦地爬下梯子，消失在海水之中，海面泛起一些水泡来。别的一些奴隶们好奇地趴在栏杆上向下张望。只见一个赶鲨鱼的人坐在船头，机械地击着鼓。

过了一会儿，下到海里的人浮出水面，他气喘吁吁地抓紧梯子，右手里还拿着一颗珍珠。管理者从他手中夺过珍珠，又把他猛推下海去。其他的奴隶们都俯在桨上睡着了。

他一次又一次地钻出海面，而每次都会带回一颗美丽的珍珠。船长把它们称过之后，都装进一只绿色的小皮包里了。

少年国王想说话，可是舌头好像跟上腭粘在一起了，嘴唇也动弹不了。管理者相互闲聊着，接着又为了一串亮珠子吵了起来。两只白鹤绕着船飞来飞去。

这时，潜水人最后一次从水中爬了出来，手里拿着一颗珍珠，比霍尔木兹海峡所有珍珠都美丽，因为它跟月亮一样圆，比晨星还要白。然而，他的脸色更是惨白得出奇，他一头倒在甲板上，血就从耳朵和鼻子里不断地冒了出来。他略微颤动了一下，便一动也不动了。管理者耸了耸肩膀，把他扔到了海里。

船长笑了，他伸手接过那颗珍珠，看了看便把它按在前额上，鞠了个躬："应该把它装在少年国王的节杖上面。"他说完，打了个手势让黑人们起锚。

少年国王听到这句话，大叫一声就惊醒了，透过窗户他看到黎明灰白而修长的手指正拽着消退的星星。

于是他又睡着了，做梦了，梦是这样的——

他觉得自己正走过一片阴暗的树林，树上垂挂着奇特的果子和有毒的美丽花朵。他经过的时候，毒蛇朝他吐着芯子，白鹦鹉尖叫着在树枝间飞来飞去。巨大的乌龟在热泥潭中昏睡。林中到处都是猴子和孔雀。

他继续向前走着，到了森林的边缘，看到一群人在一条干涸了的河床上做苦工。他们像蚂蚁一样挤在岩石上。他们在地上挖了许多深坑，然后下到里面去。有些人抱着大斧子在劈岩石，有些人在沙里掏摸着。这帮人把仙人掌连根拔起来，还任意践踏鲜红的花儿。他们你呼我应地忙来忙去，没有一个人是闲着的。

死亡和贪婪躲在一个大山洞里注视着他们。死亡说："我厌烦了，把他们的三分之一交给我，让我走好了。"

可是贪婪摇了摇头。"他们是我的用人。"他说道。

死亡又对他说："你手里拿的是什么？"

"我有三粒谷子，"他答道，"这跟你有什么关系？"

"给我一粒吧，"死亡叫喊道，"种在我的园子里，就只要一粒，我便会离开的。"

"我什么也不会给你的。"贪婪一边说，一边把手藏在衣服的褶子里。

死亡笑了，他拿出一只杯子，把它浸在一个水池子里。于是从杯中出来了疟疾。疟疾从那一大群人中一走过，就有三分之一的人倒下去死了。一股冷雾尾随着他，水蛇在他的周围窜来窜去。

贪婪看到三分之一的人都死了，捶着胸就哭了起来。他高声呼喊着：“你已经杀死了我三分之一的用人，还不快滚开！鞑靼人的山中战火还在燃烧，双方的国王都在呼唤你去呢。阿富汗人已经宰了黑牛，准备奔赴战场。他们用长矛敲打着自己的盾牌，而且戴上了铁盔。我这山谷跟你有什么关系？你干吗躲在这不走？你给我滚。”

“不，”死亡回答道，“你如果不给我一粒谷子，我就不走。”

可是贪婪把手攥得紧紧的，牙齿也紧咬着。“我什么也不会给你的！”他咕哝道。

死亡笑了，他捡起了一块黑石头，扔进森林里去，于是热病从灌木丛中走了出来，披着一件火焰袍子。他从人群中走过，只要是他碰到的人没有不死的。他脚下踩过的草也都枯萎了。

贪婪颤抖起来，把灰抹到头上。“你太残忍了，”他叫道，“太残忍了。印度许多城市正在闹饥荒，撒马尔罕的蓄水池已经用干了。埃及许多城市也在闹饥荒，沙漠上的蝗虫已经飞来了。尼罗河水还没有涨上岸来，牧师们已经开始向伊希斯和奥西里斯祈祷了。你到那些需要你的地方去吧，不要夺走我的用人。”

“不，”死亡回答道，“你如果不给我一粒谷子，我就不走。”

“我什么也不会给你的！”贪婪说道。

死亡又笑了，他在指间吹起了口哨，于是一个女人从空中飞了过来。她的额头上写着“瘟疫”两个字，一群饥饿的秃鹫在她的周围盘旋。她的翅膀罩住了整个山谷，没有一个人幸存下来。

贪婪尖叫着穿过林子逃走了，死亡骑上红马后便跑了，跑得比旋风还快。

龙和带鳞的怪兽从谷底的软泥中爬了出来，豺狗在沙地上小跑着，鼻孔朝天，呼哧呼哧地吸气。

少年国王哭了，问：“这些人是谁，他们在找什么？”

“找王冠上的红宝石。”站在他背后的一个人答道。

少年国王吓了一跳，转过身来，看见一位朝圣者打扮的人，他手里捧着一面银镜。

他脸色发白，又问：“哪个国王？”

朝圣者答道：“你往镜子里一看就知道是谁了。”

于是他朝镜子里看去，里面竟是自己的面孔。

他大叫一声惊醒了，这时灿烂的阳光照进屋子里来，鸟儿们在花园和御苑的树上唱个不停。

宫廷大臣们进来向他行礼，侍从们为他捧来金线绣成的袍子，又把王冠和节杖放在了他的面前。

少年国王看了看这些东西，它们都非常漂亮，比他以前见过的任何东西都更漂亮。可他想起了做过的梦，于是对大臣们说："把这些东西都拿走，我不会穿它们的。"

大臣们惊愕不已，有的以为他是说着玩的，就笑了。

可是他又严肃地对他们说："把这些东西拿走，放到我看不见的地方。虽然今天是我加冕的日子，我还是不愿穿它们。因为这件袍子是忧愁的人们在纺织机上用苍白的痛苦之手编织而成的，红宝石上沾满了鲜血，而珠宝是用生命换来的。"他把他做的三个梦都讲给他们听了。

大臣们听完那三个梦，面面相觑，窃窃私语："他准是疯了，因为梦不过是梦，幻觉总归是幻觉，没有什么大不了的。它们不是真实的，根本不必在意。况且那些为我们卖苦力的人的生命与我们有什么关系？难道一定要见到了播种的人才能吃面包，一定要与葡萄园丁交谈以后才能喝酒吗？"

宫廷大臣向少年国王进言道："陛下，我请求您抛弃这些阴郁的思想，穿起这件漂亮的袍子，再戴上这顶王冠吧。要是您没有国王的装束，百姓怎么会知道您就是国王呢？"

少年国王注视着他问："真的会那样吗？如果我的穿戴不像国王，他们就认不出我是国王了吗？"

“他们会认不出的，陛下。”宫廷大臣大声说道。

“我过去真的以为会有人长得就是一副帝王相，”他说道，“不过也许你说的对。尽管如此，我还是不穿这件袍子，也不戴这顶王冠，我进宫的时候是什么样的打扮，现在出宫也做一样的装扮。”

他吩咐所有人都退下去，只剩下一个侍从陪伴。这侍从是个比他还小一岁的孩子，他把他留下来伺候自己。他在清水里洗了个澡后，打开一只漆过的大箱子，从中取出他在山边给牧羊人看羊时穿的紧身皮短衣和粗糙羊皮外套。他把它们穿在身上，手里还拿着那根未加修饰的牧羊杖。

那个小侍从惊讶不已，一双蓝蓝的眼睛睁得滚圆，他笑着对他说：“陛下，我看见您的袍子和节杖了，可是您的王冠呢？”

于是少年国王折下一枝爬上露台的荆棘，把它弯成一个圆圈，戴在头上。

“这就是我的王冠。”他答道。

如此穿戴好后，他走出他的屋子来到宫殿里，贵族们都在等他。

大家都取笑他，有的还冲着他大叫道："陛下，百姓翘首期待的是他们的国王，而你却给他们一个乞丐的样子。"

还有的动了怒，说："他丢了我们国家的脸面，不配做我们的王。"

可是少年国王一个字也没回答，便从贵族们面前经过，下了明亮的斑岩台阶，穿过铜门，骑上马，朝大教堂走去，那小侍从跑着跟在旁边。

百姓们笑着，嚷着："国王的小丑走过去了！"

他一路都遭到嘲笑。

他勒住马缰，说道："不，我就是国王。"

他还把他做的三个梦讲给他们听了。

人群中走出一位男子来，他对少年国王痛苦地说道："陛下，您不知道穷人的生活是从富人的奢侈中来的吗？我们就是在您的光辉哺育下活命的，您的恶习给我们带来面包。给主子卖苦力固然痛苦，可是找不到主子来卖苦力就更苦了。您以为乌鸦会养活我们吗？你有什么办法来改变这状况呢？您对买东西的人说'你得花这个价买下'，又对卖东西的人说'你得按这个价卖出'吗？我可不相信。所以，还是回到宫里去穿上高贵的王袍吧。您跟我们有什么关系？跟我们的苦难又有什么关系呢？"

"富人和穷人不是兄弟吗？"少年国王问道。

"当然是，"那人回答道，"而且，富人兄弟的名字就叫

该隐。”

少年国王的眼里充满了泪水，他骑着马从百姓的怨声中穿过，小侍从害怕起来，就离开了他。

他走到大教堂的门口，卫兵们用长矛指着他，说：“你到这来干什么？除了国王谁也不许从这个门进去。”

他气得涨红了脸，对他们说：“我就是国王。”说完将他们的长矛往旁边一拨，进去了。

老主教见他穿着一身牧羊人的衣服走了进来，惊讶得从宝座上起身上前迎接他，说道：“孩子，这是国王的衣服吗？那么我该给你戴上什么样的王冠，又该把什么样的节杖放到你手里呢？说实在的，今天对你来说是个大喜的日子，可不是个屈辱的日子啊。”

“快乐应该穿忧愁做的衣服是吗？”少年国王问道。

他把他做的三个梦都说给主教听了。

主教听完他的梦后，皱着眉头说道：“孩子，我是一个老人，已经日薄西山了，我知道在这广阔的世界上发生着许多坏事情：凶狠的强盗从山上下来，抢走孩子，把他们卖给摩尔人；狮子躺着等商队经过时，捕食骆驼；野公猪拱起山沟里的谷子；狐狸咬断山上的葡萄藤；海盗把海岸一带洗劫一空，还焚烧渔船，抢走渔网；麻风病人住在盐泽地里，房子是芦苇秆子搭成的，没人可以接近他们；乞丐们流落街头，到处漂泊，跟狗在一起吃饭。你能让这些事情不发生吗？你会跟麻风病人同床睡觉，与乞丐一同就餐吗？狮子会听你的吩咐，野公猪能服从你的意愿吗？难道那造出痛苦来的上帝不比你聪明？

"因此，我不会因为你所做的这些而赞美你，我请你骑马回到宫里去，做出快乐的面容，再穿上与国王相称的衣服来，我要给你戴上金子做的王冠，把珍珠杖放在你手里。至于你的那些梦，别再想了。这个世界的负担太重了，不是一个人能承受得了的，这个世界的痛苦也太多了，也不是一颗心能包容得下的。"

"你在这个地方讲这种话，合适吗？"少年国王说完，大步从主教面前走过，登上祭坛的台阶，站在基督的像前。

他站在那里，左右手两边是灿烂的金盆、盛黄酒的圣餐杯和装圣油的小瓶子。他跪倒在基督像前，大蜡烛在珠宝装饰的神座边燃烧着，香烟化作青色细圈在穹顶下面缭绕。他低着头祈祷，那些穿着法衣的教士都悄悄离开了祭坛。

突然从外面街上传来一阵吵闹声，接着贵族们走了过来。他们手里拿着出鞘的宝剑和发光的盾牌。

"那个做梦的人在哪里呀？"他们叫道，"国王哪去了？"

"这小子穿得像乞丐，给我们国家丢了脸。我们一定要杀了他，因为他不配统治我们。"

少年国王又一次低下头来祈祷着，最后他起身忧愁地望着他们。

看啊！太阳穿过彩色玻璃照耀在他身上，光束环绕着他织成一件金袍，比那件为讨他的欢心制作的袍子还要漂亮。那根枯死的牧羊杖开花了，绽放出比珍珠还白的百合

花来。凋零的荆棘也开花了，绽放出比红宝石还红的玫瑰花来。

他穿着国王的衣服站在那儿，珠宝装饰的神龛门打开了，从灿烂夺目的神龛水晶上射出一道奇异神秘的光芒。他穿着国王的衣服站在那，这个地方充满了上帝的荣光，连那些雕刻在壁龛中的圣徒们也好像动了起来。身着漂亮王袍的少年国王站在他们面前，风琴手奏响了乐曲，喇叭手吹响了喇叭，唱诗班的孩子们唱起歌来。

百姓们敬畏地跪了下来，贵族们把宝剑插回剑鞘，向他行了效忠礼，而主教的脸色都变白了，手也颤抖着。

“比我更伟大的人已经给你加冕了！”他叫道，也跪倒在少年国王的面前。

少年国王从高高的祭坛上走下来，穿过人群。可是没人敢看他的脸，因为那实在太像个天使了。

第七章　西班牙公主的生日

西班牙公主的生日到了，她才十二岁。这一天，宫廷花园里的阳光十分灿烂。小公主跟伙伴们在阳台上走来走去，绕着石瓶和长了青苔的古塑像玩捉迷藏。

在这群小孩当中，小公主是最典雅的。她的长袍是缎子做的，裙子和蓬蓬袖上用银线绣满了花纹，胸前别着几排上等珍珠。她的头发就好像一个淡黄色的光环，围绕着一张苍白的小脸，头发上戴了一朵美丽的白玫瑰。

忧愁的国王透过一扇窗户望着这群孩子。他的兄弟唐·彼德洛站在他背后。

当国王望着小公主在阳台上嬉戏的时候，他想起了她已故的母亲。王后爱使小性子的种种动人举止都在小公主的身上显露了出来，还有那固执地仰起头的样子，那美丽、傲慢的翘嘴巴，以及她不时抬头眺望窗户这边的模样，或是伸出小手给西班牙显贵们亲吻时露出的微笑——真正的"法国微笑"，都与她母亲一模一样。可是，孩子们尖细的笑声让他觉得刺耳，他的悲哀受到了明媚的阳光的嘲弄，他把脸埋在手里。等小公主再次抬头往这边望时，窗帘已拉下来了，国王也走开了。

她失望地微微撅了撅嘴，今天是她的生日，他实在应该陪陪她。斗牛戏的号角已经吹响了，他要看不到了，更可惜的是还有很多别的奇妙活动。不过她的叔叔倒是更近人情，他走到阳台上向她道喜。于是，她把美丽的脑袋往后一仰，拉着唐·彼德洛的手，慢慢悠悠地走下台阶，朝着园子尽头一个用紫色绸缎搭成的长帐篷走去，别的孩子则规规矩矩地跟在她身后。

一队装扮成斗牛士模样的贵族男孩们走出来迎接她。年轻的新地伯爵是位非常漂亮的十四岁男孩，他以西班牙贵族世家所具有的优雅举止向她脱帽致敬，并庄重地引导她走到场内高台上一张镶金的小象牙椅子前面。女孩们围成一个圈坐下，一边摇动着大扇子，一边低声交谈着。

唐·彼德洛笑着站在入口处。公爵夫人平时神色严厉，人们都叫她"侍从女长官"，可今天就连她的脾气也显得不那么坏了。

这的确是一场了不起的斗牛戏，而且在小公主看来，这比以前看过的真正的斗牛戏还要精彩得多。

一些男孩骑着披了华贵马衣的木马，一边在场子里跑，一边挥动着长长的标枪，枪上挂着用颜色鲜明的丝带做成的漂亮的长幡；另一些男孩则徒步走着，不断地在一头“牛”面前舞着猩红的大衣。一旦“牛”向他们进攻，他们就轻轻地跃过栅栏。

至于“牛”本身，虽然它不过是用柳条和牛皮做成的，却与真牛没什么两样，只是有时它坚持用后腿绕着高台跑来跑去，这可是真牛做梦也做不到的。孩子们都兴奋得不得了。

接着，是一个非洲变戏法人的表演。他提了一双又大又扁、蒙着红布的篮子走出来后，把篮子放在场子中间。然后，他从头巾里取出一根奇怪的芦管吹起来。

不一会儿，布开始动了，随着芦管声越来越尖细，两条金绿色的蛇从布下探出古怪的楔形头，然后慢慢地抬起头，伴着音乐摆来摆去，像植物在水中摇动一样。

孩子们看到它们头顶上的斑点和急速吐出的舌头，有点害怕。可是当他们看到变戏法人在沙地上种了一棵小橘树，上面开出漂亮的白花，结出一些真正的果实时，又高兴得忘掉了恐惧。

最后，变戏法人借用了拉斯·多列士侯爵小女儿的扇子，并把它变成了一只小鸟，唱着歌儿围绕着帐篷飞来飞去。孩子们高兴极了，也惊愕不已。

在热烈的欢呼声中，一群漂亮的吉卜赛人走进了场内，他们用链子牵出了一只毛茸茸的棕色大熊，他们的肩上还坐了几只小猴子。熊倒立在地上，表情煞是严肃。在两个吉卜赛小男孩的引导下，这群枯瘦的猴子也玩着各种有趣的把戏，比剑、放枪，还学做正规士兵的队列操练，就跟国王的卫队一样。吉卜赛人的表演确实非常成功。

然而，整个早晨的节目中最有趣的还是小矮人的舞蹈。当他摆动着大大的脑袋，摇摇晃晃地跑进场子时，孩子们都高兴地大叫起来，连小公主也禁不住放声大笑。是呀，他们还从来没见过如此奇异的人呢。

而小矮人自己也是初次在公众面前露面，他是昨天刚刚被发现的。昨天，两名贵族在环城的大软木树林里打野猪时，正碰到他迅速地穿过林子，便想着把他带回宫来，给小公主一个惊喜。

小矮人的父亲是个贫穷的烧炭夫，看这样可以打发掉这个既丑陋又没有用的孩子，倒也十分开心。

小矮人最有趣的一点，也许是他并没意识到自己有多么滑稽。的确，他显得非常快活，而且精神饱满。

每次跳完舞，他都向他们滑稽透顶地一一鞠躬，还向他们微笑着点头，仿佛自己就是他们其中的一员，而不是上帝开玩笑造出来的、供人们嘲弄的小东西。

至于小公主，她可是着实把小矮人迷住了。他无法把目光从她身上移开，舞也好像是为她一个人跳的。小矮人的表演快要结束时，小公主把头上的那朵白玫瑰取下来，带着甜蜜的微笑，把花丢进场子给小矮人。小矮人高兴地一手把花贴在自己的嘴唇上，一手捂着胸口单膝跪地，那双小眼睛里闪耀着喜悦的光芒。

小公主更没有办法保持她的庄严了，小矮人都已退场了，她还笑个不停，并且向叔叔表示她还想再看一次这种舞蹈。然而，侍从女长官认为公主殿下应当立即回到宫里去，说宫里已经为她预备了盛宴。

小公主于是很庄重地站起身来，先是吩咐说让小矮人午休时间过后再跳舞给她看，接着又为今天这番殷勤的招待向年轻的新地伯爵道谢，说完才往自己的住处走去。孩子们都和来的时候一样列队跟在她后面。

小矮人听说自己还要给小公主跳舞，而且还是她亲自吩咐的，得意极了。他跑进花园，高兴得忘乎所以。

花儿见他竟敢闯进它们美丽的家园，非常气愤，而看到他还在花径上跳来跳去时，她们就再也不能容忍了。

“他实在太丑了，不能让他到我们身边来玩。”郁金香叫道。

“应该让他喝下罂粟汁，睡上一千年。”大红百合花气鼓鼓地说。

可是鸟儿却喜欢小矮人。它们经常看到他在树林中像个小精灵似的追逐着旋转的落叶跳舞，有时还把坚果分给松鼠们吃。小矮人对鸟儿们也很好，在可怕的寒冬里，他经常把自己的小块黑面包揉成碎屑给它们吃。

于是，鸟儿们在小矮人周围飞来飞去，经过时还用翅膀轻轻挨一下他的脸颊。小矮人非常高兴，便忍不住把那朵漂亮的白玫瑰拿给它们看，并且告诉它们这花是小公主给他的，因为小公主爱他。

然而，鸟儿的举动惹怒了花儿。

“他真应该一辈子都关在房子里，”花儿们说，“瞧他那样，背是驼的，腿是弯的。”说着说着，它们“咯咯”地笑了。

可是小矮人对花儿们的嘲弄一点也不知情。他认为花是全世界最好的东西，当然除了小公主之外，因为小公主已经给了他一朵美丽的白玫瑰，她爱他，这就大有区别了。他多么希望小公主与他一块儿回到林子中去呀！到那时，她会坐在他的右边，对他微笑，而他永远也不会离开她，会把她当作自己的伙伴，教她各种各样有趣的把戏。

尽管以前他从未到过宫里，可是他知道许多美妙的事情。他能用灯芯草做成小笼子，关住蚱蜢，叫蚱蜢在里面唱歌；还能把细长的竹管做成笛子，吹出的调子连潘神都爱听。他熟悉每只鸟的叫声，能够从树梢上唤下欧椋鸟，也能从池塘里喊起苍鹭。

小公主会喜欢鸟儿们的，还有在凤尾草丛中窜来窜去的兔子，有着硬羽毛和黑嘴的松鸦，能够蜷缩成刺球的刺猬。

是的，她一定要到森林里来跟他玩。他会为她腾出自己的小床，自己在窗外守着直到天亮，以防长角的野兽来伤害她。黎明以后，他会轻轻敲打窗板，把她唤醒，然后他们会一块儿出去，跳一整天的舞。林子里真的一点也不寂寞。

要是小公主累了，他会找一个长满青苔的浅滩给她休息，要不就抱着她走，因为他知道自己尽管个头不高，却是非常强壮的。他会用红浆果给她做一串项链，那绝不比装饰在她身上的美丽的白浆果逊色。

可是她在什么地方呢？小矮人在宫里转了一大圈，最后终于发现一道小小的门是开着的。他溜了进去，原来这是个富丽堂皇的大厅。他觉得这里比林子里漂亮多了，到处都是金光闪闪的。

大厅的尽头垂挂着一块黑天鹅绒帷幔，绣得非常华丽，上面点缀着太阳和星星。也许小公主会藏在它后面，不管怎么样他都要过去看一下。

因此他悄悄地走过去，把帷幔拉开了。不，那儿不过是另一间房子，只是他觉得比他刚离开的那间还要漂亮。墙上挂了一条绿色的挂毯，上面绣着多人打猎图。

小矮人惊奇地环顾四周，有点害怕继续往前走了。看着挂毯上那些古怪而沉默的骑马人，小矮人觉得他们像烧炭夫们讲过的那种可怕的鬼怪——康普拉克斯，他们只在夜里出来打猎，如果遇上人，他们就会把人变成雌鹿……

可是当他一想起美丽的公主，便又鼓起勇气。小矮人急切地想要告诉她，他也爱她。也许她就在隔壁。

他跑过柔软的摩尔地毯，打开房门。不！她也不在这里。屋子空得很。

这是一间接待室，是国王用来接见外国使臣的。屋里的所有装饰都显得庄严堂皇，可是小矮人对这些一点也不感兴趣。他所期待的是在小公主到帐篷之前见她一面，要她看完他的舞蹈就跟他离开这里。

是的，只要他能找到她，她一定会跟他走的！她会跟他到美好的林子里，他要跳一整天的舞，让她高兴。想着想着，他又来到另一间房里。

在所有房间里，这间算是最明亮、最美丽的了。房间里也不止他一个人。屋子另一头的门口，有个小小的人正在望着他。他的心颤抖了，嘴里发出一声欢快的叫唤。

他走出阴暗处来到有阳光的地方，那个小人儿也跟着他这样做。这时他看清楚了那个东西。

那哪是公主！它是个怪物，弯腰驼背，手脚畸形，还有一个晃晃悠悠的大脑袋和一头鬃毛似的黑发。小矮人朝着它走过去，它也迎面向他走来，每一步都学着他做，他站住时它也站住了。他感到有趣地叫了一声，跑上前去，伸出手来，摸到了怪物的手，冷得跟冰一样。他害怕起来，手滑动着，怪物的手也随即滑动起来。他想再向前推去，可是有什么光溜溜、硬邦邦的东西挡住了他。现在怪物的脸贴近了自己的脸，那脸上像是充满了恐惧。

它是什么东西呢？他想了一会儿，掉头环顾房子。很奇怪，每样东西在这堵看不见的水墙上都有一个复制品。

难道它能像模仿声音那般模仿眼睛吗？难道它能造出一个跟真实世界一样的世界来吗？难道东西的影子能够有颜色、生命和动作吗？难道这会是……

当他终于明白是怎么回事时，他绝望地狂叫一声，倒在地上呜咽起来。原来那个丑八怪就是他自己，他自己就是那个怪物。孩子们的笑原来是拿他开心，就连他以为爱自己的小公主也仅仅是嘲弄他的丑陋。

他们为何不把他留在林子里？那里没有镜子告诉他自己长得有多丑。为什么他父亲没杀了他，而要把他卖出去丢人现眼呢？两行热泪从他的脸颊淌下来，他把白玫瑰撕了个粉碎。他像一只受伤的动物爬到阴暗处，躺在那儿呻吟着。

就在这时，小公主同她的小伙伴们从开着的落地窗户那儿进来了。他们看见丑陋的小矮人躺在地上，捏紧拳头捶打地面，一副古怪失常的模样，便爆发出欢快的笑声。

“他的舞跳得很有趣，”小公主说，“而他的戏就演得更有趣了。真的，他几乎跟木偶人一样好玩，只不过没那么自然。”她一边摇着大扇子，一边喝彩。

可是小矮人没有抬头看她一眼，他的抽泣声渐渐低弱。突然，他发出一阵奇异的喘息声，手也在身上乱抓。随后，他又倒了下去，躺在那一动也不动了。

“这好极了，”小公主停了一会儿说道，“可是你现在应该给我跳舞了。”

“是的，”别的孩子也都叫喊道，“你得站起来跳舞，因为你跟小猴子一样聪明，而且要可笑得多。”

然而，小矮人没有任何回答。

小公主非常生气，她跺着脚唤来她叔叔。那时，她叔叔正跟宫廷大臣一块儿在阳台上散步。

“我的小矮人生气了，”她大声说道，“你得把他弄醒，叫他给我跳舞。”

他们相视一笑，慢慢走了进来。唐·彼德洛俯下身去，用他的绣花手套拍打小矮人的脸。

“你得起来跳舞，小怪物，”他说，“西班牙和西印度群岛的小公主想高兴高兴啊。”

可是，小矮人动也不动一下。

“应该找个执鞭者来揍他一顿才行。”唐·彼德洛不耐烦地说，之后便又回阳台去了。

宫廷大臣神情严肃地跪在小矮人身旁，把一只手按在小矮人的心上。

过了一会，他耸了耸肩，站起来向小公主深深地鞠了一躬，说道：“我美丽的公主，恐怕您那个有趣的小矮人再也不能跳舞了。”

“他为什么再也不能跳舞了呢？”小公主歪着头问道。

“因为他的心已经碎了。”宫廷大臣回答说。

小公主皱起眉头，那可爱的玫瑰花瓣似的嘴唇轻蔑地撅了撅。“以后凡是跟我玩的人都得让他们没有心才成。”她嚷道，然后就跑到外面的花园里去了。

第八章　星孩

从前，有两个贫穷的樵夫，他俩正穿过一片很大的松林往家里赶。冬天的夜晚冷极了。地上的雪积得很厚，树枝上也挂了不少冰柱。两个樵夫正走着，两边不断有些细小的树枝被这严寒冻折。当他们来到山间瀑布前的时候，发现瀑布已经被冻住了，一动不动地挂在空中，因为冰大王吻过了它。

天真是太冷了，连鸟兽都不知该怎么好了。

“嗷——”老狼嗥叫了一声，夹着尾巴一瘸一拐地走过灌木丛，“这天气可真是怪透了，老天怎么也不管一管。”

“啾啾，啾啾！”朱顶雀嘀咕着，“年迈的大地死了，她穿着一身白色寿衣，都已经准备好出殡啰。”

“那是她的结婚礼服，大地是要出嫁啦！”斑鸠们一个个咬着耳朵说道。它们的粉红色小脚被冻得够呛，可是它们觉得此情此景，应该用浪漫的眼光来看。

“胡说，”老狼咆哮着说道，“我告诉你们，那全是老天的错。你们要是敢不信，我就把你们给吃了。”老狼头脑可务实了，而且总也不缺好的理由。

“嗯，就我而言，”天生的哲学家啄木鸟开腔了，“我不喜欢冠冕堂皇的解释。如果一件事情是这样，那它就只能是这样，而现在呢，那就是天气太冷了。”

天气的确是够冷的，那些住在高高的杉树上的小松鼠，一个劲地互相蹭着鼻子，想暖和暖和。兔子在窝里缩成一团，连往外探探头都不敢。就只有猫头鹰倒好像挺喜欢这天气。尽管它们的羽毛蒙了层霜，硬邦邦的，可是它们倒并不在乎，又大又黄的眼珠骨碌骨碌直转悠，还隔着林子相互怪叫：“嘟——呼！嘟——呼！嘟——呼！多好的天气呀！”

两个樵夫走啊走啊，拼命往手上呼气，穿着包了铁钉的大靴子的两只脚也在结块的雪地里猛跺。

有一回，他俩陷进了一个挺深的大雪坑，出来时浑身白得就像正在磨面粉的工人；又有一回，在水被冻住的沼泽里，两人在又硬又滑的冰上摔了跤，连捆好的柴都给摔散了，他俩只好一根根地捡起来，重新捆到一起；还有一回，他们觉得自己像是迷路了，真把两人给吓坏了，他俩可知道大雪对那些睡在它怀里的人，是多么的冷酷无情。

不过，他俩信赖那个保佑所有出门人的圣人马丁。他们掉头沿原路返回，十分小心谨慎地走着，最后总算到了森林的边上，远远地看见在下面的山谷里，闪着他们村子的灯光。

他俩乐坏了，大笑了起来。总算是脱险喽！这时，在他俩看来，大地好像一朵银花，月亮好像一朵金花。

可是笑过之后，他们又悲伤起来，因为他们想起了他们的贫穷。其中一个说："咱俩乐什么呀？有钱人才有生活，像咱们这种穷光蛋，倒不如在森林里冻死，让野兽扑上来咬死算了。"

"是啊，"他的同伴说，"有些人得到的太多，另一些得到的又太少，世界已经被不公平瓜分了。什么东西分起来都不平均，倒只有忧愁不偏不倚，人各有份。"

正当他们相互诉苦的时候，出了怪事：天上掉下了一颗星星，又明亮又美丽。他俩惊异地望着，望见它好像是掉到紧挨着小羊圈边上的那丛柳树后头去了，那地方不过一箭之遥。

"哇，那一定是金子，谁找着归谁。"他俩嚷着跑了起来，他们太想得到金子了。

其中一个樵夫的手脚利落些，跑到了前头，闯进了那丛柳树林，又从另一头冲了出来。瞧！白雪上面还真有金光闪闪的东西。他赶紧跑了过去，弯下腰，用双手去摸。那是一件金丝斗篷，上面装饰着许多精巧的星星，折叠着包了许多层。他朝他的同伴呼喊着，说他已经找着从天上掉下来的财宝了。他的同伴跑了过来，两人就坐在雪地上，解开了那件折叠着的斗篷，准备把金子平分了。

可是，里面没有金子，也没有银子，实际上什么金银财宝之类的都没有，只有一个熟睡的婴儿。

此时，只听到其中一个人说："真是白高兴了一场，太不走运了。一个小孩对男人有什么用？咱们还是走吧，就由他在这儿得了。咱们是穷人，自己也都有孩子，可不能把自家的面包再分给人家一口了。”

可是另一个人却回答说：“不行，把这个孩子丢在雪地里冻死可是罪过啊！虽然我和你一样穷得叮当响，有好几口人要养活，锅里的东西也并不多，可是我还是要把他带回去，让我妻子来照顾他。”

说着，他疼爱地把孩子抱了起来，拿斗篷把孩子的身体裹住，以免他被这冷天冻着。接着他就往山下的村子走去，他的同伴惊奇于他的傻脑壳和软心肠。

他们到村子时，他的同伴对他说：“你得了那个孩子，把斗篷给我吧。咱们该平分才合适。”

可是他回答说：“不成，这斗篷可不是你的，也不是我的，是这孩子的。”接着，他又祝他同伴好运，然后就走到自己家门口，敲了敲门。

他的妻子开了门，看见她丈夫平平安安地回来了，便搂着他脖子吻了他一下，又从他背上卸下柴火，把他靴子上的雪抖掉，叫他进来。可是他在门口没动，对她说：“我在树林里找到样东西，带回来让你照顾。”

“是什么东西？”

她叫道，“给我瞧瞧！家里空荡荡的，缺的东西太多了。”他把斗篷拉开，妻子看到了一个正在熟睡的孩子。

“哎呀，当家的，”她咕哝着，“咱们自己的孩子还不够多吗？还要你抱回个让仙女给撇下的孩子？没准他还会让咱们交上厄运呢。而且我们拿什么来喂养他呢？”她对他发火了。

“这可是个星孩啊！”他答道，接着又对他妻子讲了发现这孩子的奇怪经历。

可是她的怒火并没有消下去，气呼呼地冷嘲热讽着：“咱们自己的孩子都吃不饱,还有能力养活别人的孩子吗？有谁会关心咱们呢？有谁会给咱们吃的？”

“不能这么说吧，上帝就连麻雀也会照看的，还会喂养它们。”他答道。

“麻雀冬天不也会饿死吗？”她问道，“现在不正是冬天吗？”

男人没答话，只是站在门口不进来。

树林里吹来的一阵冷风溜进了门，她打了个哆嗦，说：“你不把门关上吗？冷风灌进来了，我冷啊！”

“那些往硬心肠的人家里吹的，不正是冷风吗？”他问道。

女人没答话，只是朝炉火挪近了些。

过一会儿，她转过身来望着他，眼里噙满了泪水。她丈夫快步走了进来，把孩子放在她怀里。她吻了吻那个孩子，把他放在一张小床上，他们自己最小的孩子也睡在那儿。

第二天，樵夫把那件奇特的金丝斗篷放进了一个大柜子，他妻子取下孩子脖子上的一串琥珀项链，也收了进去。

于是，男孩就和樵夫的孩子们一起被拉扯长大，他们在一张桌子上吃饭，也在一起游戏玩耍。他一年比一年长得漂亮，村里所有人对此都很惊奇。他们自己都是黑皮肤、黑头发，可是这孩子却白净秀气，像锯开的象牙截面似的。他的头发像是打卷的黄色水仙花；他的嘴唇像红色的花瓣；他的双眼犹如清水河边的紫罗兰；他的身材就像那没有人采割过的田野上的水仙。

可是他的漂亮却让他变坏了，他变得又骄傲又冷酷又自私。樵夫的孩子和村里其他的孩子，他都瞧不起，说他们出身卑贱，不像他，他可是来自一颗星星，尊贵着呢！

他以主人自居，把其他人都称作他的用人。他对穷人一点同情心也没有，也从来不怜悯那些盲人或是有什么别的残疾病痛的人。相反，他向他们扔石头，还把他们赶上大路，命令他们到别的地方去要饭，结果弄得除了歹徒、逃犯等坏人之外，谁也不会再到他们村子去。

说真的，他太沉迷于自己的美貌了。他净拿那些弱小或丑陋的人寻开心，还取笑他们。而他只爱他自己。一到夏天，只要没风，他就趴在神父果园的那口井边，瞧着水中映着的他那漂亮得出奇的面容，为他所拥有的美貌而乐个不停。

樵夫夫妇常常责备他，对他说："你怎么可以那样对待那些孤苦无助的人？我们当年待你可不像你这样啊。你对那些需要同情的人怎么能那样冷酷呢？"

老神父也常常把他找去，想试着教会他爱一切生物，对他说："苍蝇是你的兄弟，别去伤害它。在森林里飞来飞去的野鸟也有它们的自由，不要只为了自己高兴，就把它们给抓住。蜥蜴和鼹鼠是上帝创造的，都有各自存在的价值。你是谁，怎么可以给上帝创造的世界带来痛苦呢？就连在地里干活的牲畜也需要人们赞美啊。"

可是星孩却没把这些话放在心上，还摆出一副不高兴和不在乎的架势，接着就又跑回他伙伴那儿去当头儿了。他的伙伴都跟着他，因为他既漂亮又活泼，会跳舞、会吹奏，而且会唱好听的歌。

星孩到哪儿，他们就跟到哪儿，星孩叫他们干什么，他们就干什么。星孩拿一根尖芦苇扎进鼹鼠那昏花的眼睛里时，他们都笑了起来。他拿石头扔麻风病人，他们也都直乐呵。他们什么都听他的，心地也变得跟他一样狠。

一天，一个穷叫花婆子路过他们村子，她的衣服破破烂烂的，两脚被坑坑洼洼的路面磨得直流血。她很累，就在栗树底下坐了下来，想歇息一会儿。

可是星孩一看见她，就对他的伙伴们说："瞧，那个臭叫花婆子居然坐在一棵那么漂亮的栗树下！来，我们去赶她走，她太难看了。"

于是他就走过去，用石头扔她，还不停取笑她。她看着他，满眼流露着惊恐，可是双眼却眨都不眨一下地盯着他。樵夫正在旁边的草场里劈木头，看见星孩的所作所为，就跑过来斥责他："你心肠真是太狠了，你根本就不懂得什么叫作怜

悯。这可怜的女人哪儿得罪你了，你要这样对待她！”

星孩气得脸都红了，跺着脚说：“你是什么人，凭什么来管我。我又不是你的儿子，为什么要听你的？”

“你说的没错，”樵夫答道，“不过我在森林里找到你的时候，我可是有颗慈悲的心啊！”

那女人一听到这些话，就大叫一声，昏倒了。于是樵夫把她背回家里，由他妻子照顾着。等她苏醒以后，又拿来吃的喝的摆在她面前，让她尽管吃。

可是她不吃也不喝，只

是问樵夫："你刚才不是说那个孩子是你在森林里捡到的吗？那请问是不是正好在十年前的今天呢？"

樵夫回答说："是啊，我是在林子里捡到他的，那时正好是十年前的今天。"

"在他身上你还找到什么信物没有？"她叫了起来，"他脖子上是不是挂着一串琥珀项链,他是不是被包在一件绣着星星的金丝斗篷里？"

"没错，"樵夫答道，"正是那样。"

于是，樵夫把斗篷和琥珀项链从柜子里取了出来，拿给她看。

那女人一看到那两样东西，就高兴得哭了起来，说："他就是我在森林里丢失的小儿子啊！我求求你们，快把他叫来吧，为了找他，我已经走遍了天下啊！"

于是樵夫和他的妻子赶紧跑出去，把星孩找了回来，并对他说："快进屋去，在那儿你会见到你的妈妈，她正在等你。"

星孩又惊又喜地跑进屋，可是一看见那女人在那儿等他，就轻蔑地笑了起来，说："哪有我妈呀？这儿只看到个脏叫花婆子。"

女人回答他说："我就是你的妈妈啊！"

"你疯了，说这种话！"星孩气呼呼地嚷了起来，"你是个要饭的，长得又丑又一身破烂，我才不会是你儿子呢！快给我滚，别再让我见着你那张脏脸。"

"不，你的确是我的小儿子，是我在森林里生的。"她叫着跪了下来，向他伸出双手，“强盗把你从我身边偷走，又把你扔在森林里不管你死活。可是我一见到你，就认出你了，还有那些信物，金丝斗篷和琥珀项链，我也都认出来了。我求你了，跟我走吧，为了找你，我走遍了天涯海角。来吧，孩子，我需要你的爱啊！”

可是星孩却一动不动，对她的哭诉无动于衷，屋子里只听得见他母亲痛苦的哭声。

最后他对她说话了，声音又生硬又尖刻。“如果你当真是我妈妈，”他说，“你就早该离远点，也免得到这儿来让我丢人现眼。我还一直以为自己是星星的小孩呢，万万没想到会是个叫花子的孩子。你还是快走吧，别让我再见到你。”

“啊，我的儿子，”她叫道，“在我走之前，你不能亲我一下吗？为了找你，我可是历尽了千辛万苦啊！”

“不行！”星孩说，“你太难看了，我宁可去亲毒蛇或是癞蛤蟆，也不会亲你的。”

女人站起来，伤心地哭着跑进森林。星孩见她走了，心里挺高兴，就又跑回他伙伴那里去，要和他们一起玩。

可是小伙伴们一见他过来，就挖苦他说：“你跟癞蛤蟆一样讨厌，跟毒蛇一样残忍。快滚开，我们可不愿你跟我们一起玩。”说着他们就把他赶出了花园。

星孩皱起了眉头，心想：“他们对我说的都是些什么话呀！我要到水井那儿去看看，水井会告诉我，我是多么漂亮。”

他走到井边，往里一看。瞧！他的脸跟癞蛤蟆的脸似的，

身上也像蛇那样布满鳞片。

他一下子扑倒在草地上，哭了起来，心想："都是因为我自己的罪过，才会这样啊！我不肯认自己的母亲，还把她赶走了，对她这么傲慢又这么冷酷。所以我要走遍天涯海角去找她，找不到她我绝不罢休。"

这时，樵夫的小女儿走了过来，把手搭在他肩上，说："你现在不漂亮了，那又有什么关系呢？留在我们这儿吧，我不会笑你的。"

星孩对她说："不，我对我妈妈太冷酷无情了，这不幸是我的报应。所以我非走不可，我要到世界各地去找她，直到我找到她，并得到她的宽恕为止。"

于是他就跑进了森林，叫喊着要妈妈回到他身边，可是没有回应。

整整一天，他都在呼喊着她。等到太阳落山后，他就躺下来，睡在叶子铺成的床上。鸟啊、兽啊都连忙跑开，它们可都记得他的残忍。他孤孤单单的，只有癞蛤蟆守望着他，毒蛇从他身边慢慢爬过。

清晨，他起身从树上摘了些苦浆果吃了下去。接着，他又在大森林中穿梭，一路伤心地哭着。不管碰见谁，他都要打听一下是不是看见过他妈妈。

他对鼹鼠说："你在地底下行走，能告诉我，我妈妈在那儿吗？"

鼹鼠答道："你弄瞎了我的眼睛，我怎么会知道呢？"

他又对朱顶雀说："那么高的树你也能飞过它的顶端，你能瞧得见整个世界。告诉我，你能看见我妈妈吗？"

朱顶雀回答说："你光为了自己高兴，把我的羽毛给剪了，我哪儿还能飞得起来呢？"

他向孤零零地住在杉树上的小松鼠问道："我妈妈在哪儿呢？"

小松鼠回答说："你已经把我妈妈害死了，难道你还想害死你妈妈吗？"

星孩哭着低下了头，乞求万物的宽恕。接着又继续穿梭在森林中，找寻着那个讨饭的女人。到了第三天，他走到森林的另一边，来到了平原上。

他走过一个村子的时候，孩子们都取笑他，还往他身上扔石子儿。他实在太脏了，村里人就连牛棚也不让他睡，生怕他让贮存在里头的玉米发霉，村里的雇工也赶他走，没有一个人同情他。当然也得不到一点儿他母亲的音讯。

三年了，他踏遍了世界的每一个角落。冥冥之中，他总觉得母亲就在前面的路上，他喊着、追着，双脚被尖石子割得鲜血淋漓。可是他总是追不上她，遇见的人都说没见过她，也没见过跟她相像的人，还都拿他的悲痛来取乐。

三年来，他浪迹天涯。在这个世界上，他得不到爱，得不到怜惜，也得不到仁慈。可是这正是他自找的，想想他曾经是多么的妄自尊大啊！

一天晚上，星孩来到一个城门口，这座城修在河边上，城墙挺结实。他那时已经很累了，脚又一直发痛，可是他还是打算进城去。不料两个站岗的士兵把长矛往门口一横，不客气地问他："进城干什么？"

"我在找我妈妈，"他答道，"求求你们让我进去吧，也许她就在城里呢。"

可是他俩却像看笑话似的，其中一个摸了摸他那把黑胡子，搁下他的盾牌，说："其实你妈妈就算见着你也一定不会高兴的，你长得太难看了，连泥潭里的癞蛤蟆和在沼泽里爬来爬去的毒蛇都比你强。快走开！你妈妈不可能住在这城里。"

另一个手里拿着一面黄色旗子的士兵问他："谁是你妈妈，你找她干吗？"

他答道："我妈妈跟我一样，也是个要饭的，我以前待她太坏了。我求你们让我进去，如果她真的在城里的话，也好让她饶恕我的罪过啊！"可是两个士兵还是不让他进城，还拿长矛扎他。

星孩哭着转过身正要离去，突然走过来一个人。他穿着一身铠甲，铠甲上嵌着镀金的雕花，他的头盔上绘着一头长翅膀的狮子。他问那两个士兵是谁想要进城。

他们说："是个叫花子，而且还是个叫花子的孩子，我们已经把他赶走了。"

"那又何必，"他笑着叫了起来，"把这个难看的家伙卖去当奴隶，还可以卖到一碗甜酒的价钱呢。"

一个满脸凶相的老头正好走过来，一听到这话便叫了起来："我出那个价买他。"说着话他就把钱付了，然后就拉起星孩的手，把他带进了城。

他俩在城里穿过了许多街道，来到了一个小门口，这扇小门开在一棵石榴树后的墙上。老头用一枚雕花的碧玉戒指往门上碰了一下，门就打开了。他们走下五级黄铜台阶，跨进一个园子，里头长满了罂粟花，还摆着许多绿色的陶土罐子。老头从头巾里取出一条提花丝巾，蒙住星孩的眼睛，赶他走到前头。当丝巾摘下的时候，星孩发现自己已经在一间点着牛角灯的地牢里了。

老头往他眼前搁了一个放着些发霉的面包的木盘，说："吃吧。"

又拿来一杯发臭的水，说："喝吧。"

等星孩吃完喝完，老头就走出去，锁上了门，又拿一根铁链把门拴牢。

这个老头其实是利比亚魔术师中最有本事的一个，师承一个葬在尼罗河畔的大师。

隔天，他走进地牢，恶狠狠地对星孩说："这个城市的城门附近，有一片树林，里面有三块金子，一块是白金，一块是黄金，一块是赤金。你今天去把那块白金给我取回来，要不然我就要抽你一百鞭子。快去吧，太阳下山的时候，我会在花园门口等你。你可千万要把那块白金给我取回来，不然你就准备倒霉吧。你可是我买来的奴隶，我可花了一碗甜酒的价钱呢！"

说着他又用那条提花丝巾把星孩的眼睛蒙上，引着他穿过屋子和那个罂粟园，又上了五级黄铜台阶，用他那枚戒指打开

了小门，把星孩放到街上。

星孩出了城门，来到魔术师跟他说过的那片树林。

从外头看上去,这个树林好美好美,好像里头满是鸟语花香。

于是星孩就高高兴兴地进去了,可是这树林的美丽对他却一点也不友善。不管他走到哪儿，都有无情的荆棘打地底冒出来把他围住，狠毒的荨麻戳着他，蓟也拿刺扎着他，痛得他难以忍受。

尽管他从早晨找到中午，又从中午找到晚上，却哪儿都找不到魔术师说的那块白金。太阳下山了，他一边转身往回走，一边伤心地哭着，他知道他就要遭受什么样的命运了。

当他来到树林边上的时候，听到灌木丛中像是有谁痛苦地叫喊了一声。他一下子就把自己的伤心事给抛到了脑后，连忙跑回到那里。走近一看，原来是一只小兔子，被猎人设下的夹子逮住了。

星孩挺可怜它的,就把它放了,对它说:“我自己也只是个奴隶,不过但愿我能还给你自由。”

兔子答道：“你当然已经把自由还给我了,我该怎么报答你呢？”

星孩对兔子说：“我正在找一

块白金，可是哪儿也找不到。如果我不把它带回去给我主人的话，他会打我的。”

“跟我来，”兔子说，“我带你去找那块白金，我知道它藏在什么地方，还知道它为什么被藏在那儿。”

于是星孩就跟在兔子后面走着。瞧啊！在一棵大橡树的树缝里，他看见了他正在寻找的那块白金。

他乐坏了，忙把它拿到手里，对兔子说：“我不过是为你做了一点小事，你却加倍地报答我。”

“不，”兔子回答说，“这无非是你怎么待我，我就怎么待你罢了。”说完之后兔子就一溜烟地跑了，星孩也就往城那边走去。

城门口坐着一个麻风病人，他的脸被灰色的黄麻头巾遮着，透过头巾上开着的两个小洞，他的眼睛像烧红的煤块那样发着光。他一看见星孩过来，就敲起木碗，摇起铃铛，对他说：“给我一点儿钱吧，不然我就要饿死了。他们把我赶出城外，没有一个人可怜我。”

“哎呀，”星孩叫了起来，“我自己袋子里也只有一样东西，而且如果我不能把它带回去给我的主人，他就会打我，我可是他的奴隶啊！”

可是麻风病人又乞求又哀告，最后星孩还是动了恻隐之心，把那块白金给他了。

星孩回到魔术师的家门口，魔术师开了门，把他带进屋，问他：“那块白金你弄到手没有？”

星孩答道："没有。"

于是，魔术师就扑上去揍了他一顿。然后在他面前搁了一个空木盘，说："吃吧。"

又拿来一个空杯子，说："喝吧。"接着就又把男孩投入地牢。

第二天，魔术师又来了，对星孩说："今天如果你不把那块黄金给我弄回来，你就非得给我继续当奴隶不可，我还要抽你三百鞭子。"

于是，星孩就又来到那片树林，整整一天，他都在找那块黄金，可是他还是哪儿也找不到。太阳落山的时候，他坐在地上哭了起来。正当他哭的时候，他从夹子里救出来的那只小兔子跑了过来。

兔子对他说："你为什么哭呀？你在树林里找什么？"

星孩回答说："我在找藏在这里的一块黄金。如果我找不到它，我的主人就要打我三百鞭子，还要让我继续当他的奴隶。"

"跟我来！"兔子叫了一声，接着它就跑着穿过树林，来到一个水池边，那块黄金就在池底。

"我该怎么谢谢你呢？"星孩说，"你看，这是你第二回帮我了。"

"别那么说，是你先对我起了同情之心的。"兔子说完，又一溜烟地跑了。

星孩拿起那块黄金，把它放进袋子，匆匆回城。可是那个麻风病人一见他进来，就跑着迎上去，跪下来叫道："给我一点儿钱吧，我就快要饿死了。”

星孩对他说：“我袋子里只有一块黄金，而且如果我不把它带回去给我的主人的话，他就会打我，还要让我继续当他的奴隶。”

可是那个麻风病人却只是悲伤地哀求着他，所以星孩又起了怜悯之心，就又把黄金给了他。然后他又回到了魔术师的家门口，魔术师打开门，把他带进屋，对他说：“黄金弄到了没有？”星孩答道：“没有。”

魔术师又扑上去把星孩打了一顿，然后给他戴上链子，把他扔进了地牢。第三天，魔术师又来对他说：“今天，你如果把赤金给我弄回来，我就放了你，不然的话，我就把你杀掉。”

于是星孩又来到树林里，整整一天，他都在找那块赤金，可是他还是没能找到。傍晚的时候，他又坐在地上哭了起来，这时，小兔子又跑来了。

小兔子对他说：“别哭了，高兴点，你要找的那块赤金就在你身后的山洞里。”

“我该怎么报答你呢？”星孩叫了起来，“你看，这是你第三回帮我忙了。”

“不客气，是你先对我起同情之心的。”兔子说完，又一溜烟地跑了。

星孩进了山洞，在最里头的角落里，他找到了那块赤金。他把它放在袋子里，匆匆忙忙地回城去了。

城门附近的那个麻风病人一看见他过来，就站在大路当中喊了起来，对他说：“把那块赤金给我吧，不然我一定会死的。”

星孩又同情起他来，就把赤金也给了他，对他说：“你比我更需要它。”不过这次他的心情却格外沉重，因为他知道他将面临什么样的厄运。

瞧啊！当他走到城门口的时候，卫兵都向他鞠躬行礼，说着：“我们的王子是多么漂亮啊！”

一群市民也跟在他后面，喊着说：“的确是漂亮得举世无双啊！”

星孩却哭了起来，心想：“他们都在笑话我，根本就不在乎我是多么痛苦。”

可是越来越多的人围了过来，弄得星孩都迷了路。最后，他发现他已经来到一个大广场，在那儿有座漂亮的王宫。

宫门打开了，城里的教士和大臣们都跑上前来迎接他，一个个对他躬身行礼，说：“您就是我们正在恭候的主人——我们国王的儿子。”

星孩回答他们说：“我不是国王的儿子，我只不过是一个穷苦的讨饭女人的孩子。你们怎么说我漂亮呢？我知道我长得很难看。”

那个铠甲上嵌着镀金雕花，头盔上绘着一头长翅膀的雄狮的人拿起一面盾牌，喊道：“我们的王子怎么会说他长得不漂亮呢！”

星孩往盾牌上一看，瞧啊！他的面容又跟从前一样了，他又恢复了他的美貌。他还在他眼睛里看到了一种过去不曾看到过的东西。教士和大臣跪了下来，对他说："从前有过这么一个预言，说是在今天，统治我们的人将要降临。所以，请您接受这王冠和权杖，以您的公正和仁慈来统治我们吧。"

可是星孩对他们说："我不配统治你们，因为我不肯认我的亲生母亲。如果我不能找到她，求得她的宽恕，我是不会罢休的。所以你们还是让我走吧，我还要再次走遍这世界去找她。就是给我王冠和权杖，我也是不能留在这儿的。"说着，他就掉头走向通往城外的大路。可是你瞧，在士兵周围挤来挤去的人群中，不正有他的妈妈——那个讨饭女人吗？她身边站着的，不正是坐在路边的那个麻风病人吗？

星孩嘴里迸出一声欢呼，跑了过去，跪下来吻着他妈妈脚上的伤口，他的眼泪滴落在上面，将它们打湿。他把头俯到地上，抽泣着，好像心都要碎了。他对她说："妈妈，在我狂妄自大的时候，我不认您做母亲，我现在变得谦恭了，让我做您的儿子吧。妈妈，我曾犯下了不可饶恕的错，您现在还能爱我吗？妈妈，我过去拒绝您，现在，您愿意认您这个儿子吗？"可是讨饭女人却一句话也不回答。

星孩又伸出双手，紧紧抓住麻风病人那发白的脚，对他说："我对你发过三次善心，你能劝我妈妈跟我说一句话吗？"可是那个麻风病人也是一句话也不回答。

星孩又抽泣起来，说："妈妈，我已经难以忍受这样的痛苦了，宽恕我吧，让我再回到森林里。"

讨饭女人把手放在他头上，对他说："起来吧。"

麻风病人也把手放在他头上，对他说："起来吧。"

他站了起来，向他们看去。瞧啊！他们是国王和王后。

王后对他说："他是你父亲，你曾经救过他。"

国王对他说："这是你的母亲，你曾经用泪水打湿过她的脚。"他们上来搂住了星孩的脖子，亲吻他，把他带到宫殿里，给他穿上华丽的衣裳，又给他戴上王冠，让他手里拿着权杖，统治这个河边的城市，做它的主人。

他对每个人都是那么公正、那么仁慈。他赶走了那个魔术师，又送给樵夫夫妇许多厚礼，对他们的儿女们也很尊敬。他不允许任何人虐待鸟兽，他教人们爱、怜悯和仁慈。他让食不果腹、衣不蔽体的人们吃得饱、穿得暖，他的领地呈现一片安宁和富足的景象。可是他并没能统治多久，因为他受过太多的苦，他经历了太严酷的磨炼。三年后，他去世了。

第九章　渔夫和他的灵魂

每天傍晚，年轻的渔夫都要到海上去，将他的渔网撒向万顷碧波。

这天晚上渔夫又出海了。当他将撒出去的渔网往回收的时候，感觉渔网沉甸甸的，要想把它拉上船还挺困难。他笑着想：我一定是把所有的鱼都给打上来了，要不就是捉到了什么晕头转向的怪物。他边想边用尽全身的力气拉着绳子，最后渔网总算露出了水面。

可是，渔网里根本没有鱼，也没有什么可怕的东西，里面只躺着一条酣睡的美人鱼。

她的头发犹如被弄湿的金羊毛，每一根都像是玻璃杯中的金丝线，闪闪发光。她的身子洁白如象牙，尾巴上泛着白银和珍珠般的光泽，上面还缠着一些绿色的海草。她的耳朵像是海里的贝壳，双唇就如海里的珊瑚一样红。白色的浪花拍打着她的尾巴，盐花在她的眼睑上闪闪发光。

她太美了，那年轻的渔夫一看见她，心中就充满了惊讶与

感叹。他忍不住伸出手，把她搂在怀中。可就在他刚刚触到她时，她就像一只受惊的海鸥那样尖叫一声，醒了过来，那紫水晶般的双眸惊恐地望着他，挣扎着想逃脱，可是渔夫却把她抱得紧紧的，不让她离开。

美人鱼发现自己怎么也不能脱身后，就呜呜地哭了起来，并对渔夫说道："求求你放我走吧，我是一位国王的独生女，我父亲的年纪大了，又是孤零零的一个人，我得回去照顾他。"

可是，年轻的渔夫却回答说："我可以放你走，不过你得答应我一件事。那就是不管什么时候，只要我叫你，你就得来为我唱歌。因为鱼儿们都喜欢听人鱼的歌声，这样我的渔网就会满起来啦。"

美人鱼听后，便答应了他的要求，还发了誓，渔夫这才松开了双手。美人鱼带着一种奇怪的恐惧浑身抖动着潜下水去了。

从此以后，年轻的渔夫每天傍晚出海，只要一召唤美人鱼，她就浮出水面，给他唱歌。

海豚围在她身边游戏，海鸥在她头顶上盘旋。她唱得所有的金枪鱼都从深水里浮上来听，年轻的渔夫撒下网围住它们，把

它们都给抓了。当鱼儿满舱的时候，美人鱼就对他微笑着潜入了海底。

可是，她从来也不肯走近渔夫，让他碰一下。每当他试着抓住她的时候，她就像海豹那样一个翻身扎进水里。

在渔夫听来，美人鱼的歌声是如此甜美，以至他把他的渔网和打鱼的本领都忘掉了，他再也不管他的老本行了。

一天晚上，他呼唤她，对她说："美人鱼啊，美人鱼，我爱你！让我做你的新郎吧，我爱你呀！"可是美人鱼却摇了摇头。

"你有人的灵魂，"她答道，"除非你把它送走，不然我是不能爱你的。"

年轻的渔夫想：我的灵魂对我又有什么用处呢？它看不见，又摸不着。只要我把它送走，那样我就能很快乐了。他这样想着，嘴里迸出一声快乐的叫喊。接着，他站了起来，将

手伸向美人鱼。

“我要送走我的灵魂，”他叫道，“那样，我们就可以一起住在海底深处，你让我做什么，我都会去做，我们一生都不分离。”美人鱼听到后，高兴地笑了起来，用手掩住了脸。

“可是我怎样才能把灵魂送走呢？”年轻的渔夫叫道，“请你告诉我，我该怎么做？”

“唉，这我也不知道啊。”美人鱼说，“因为人鱼是没有灵魂的。”她说着就向海底沉下去，一边还恋恋不舍地望着他。

第二天一大早，渔夫便去找神父了。他向神父诉说了他的经历和苦恼，最后，他哭着问神父怎样才能送走灵魂。

神父刚开始比较平静，越往后听眉毛拧得越紧，他终于忍不住了，冲渔夫大叫道：“你真是疯了，灵魂是人最宝贵的东西，世上没有什么比人的灵魂更宝贵的了。如果你还不肯悔悟，那么就和你的情人一起堕落去吧！”说完，神父就把渔夫给赶出了门。

渔夫又来到了集市上，他问商人们要不要买灵魂。商人们听了哈哈大笑，并说道：“一个人的灵魂对我们来说又有什么用呢？它连半个银币都不值。”

于是，渔夫纳闷地走出集市，来到了海边，开始琢磨他究竟该怎么做。

到了中午，他想起他的一个朋友曾对他提起过，有那么一个年轻的女巫，住在海湾顶头的一个山洞里，本领十分高强。渔夫想着想着就跑了起来，他太急着要甩开他的灵魂了。

那年轻的女巫预感到渔夫来了。她笑着把她那一头红发披散下来，就这样站在山洞口，手中拿着一枝开着花的野毒芹。

渔夫喘着气爬上了峭壁，对她欠身行礼。她大声问道："你要什么呢？你想不想要一场暴风雨，好让它打翻那一艘艘船只，再将船上的珍宝箱冲到岸上来呢？你想要什么都可以跟我说，我会给你的，不过你得付钱，漂亮的小伙子，你可是得付钱的哟！"

"我想把我的灵魂送走。"年轻的渔夫说。

"漂亮的小伙子，"她喃喃自语道，"那可是一件可怕的事情啊！"

"我的灵魂对我来说毫无用处。"他回答说，"它既看不见，又摸不着。"

"如果我告诉你怎么把灵魂送走，你会给我什么呢？"女巫用她那双美丽的眼睛望着他问道。

"五枚金币，"他说，"外加我的渔网，还有我出海用的那条漆过的船。只要你告诉我怎么样才能把我的灵魂送走，我就把我所拥有的一切都给你。"

女巫嘲弄地笑起他来，并回答说："要是我愿意，我可以把秋天的叶

子变成黄金，也可以把皎洁的月光织成白银。”

“如果你想要的既不是金又不是银,那我该给你什么呢？”渔夫问道。

女巫用她那纤纤玉手抚摸着他的头发，喃喃地说：“你得跟我跳舞，漂亮的小伙子。”她一边说着，一边对他微笑。

“没别的吗？”年轻的渔夫惊讶地叫了起来。

“没别的。”她答道，说着又向着他微笑。

“那等日落的时候，我们就找个秘密的地方一起跳舞吧。”他说，“跳完了舞，你可得告诉我我要知道的那件事。”

她摇了摇头，说：“得等到月圆的时候。”接着，她仔细地瞧了瞧四周，又倾听了一会儿。然后，她伸出手，将他拉到身旁，又把自己那干渴的嘴唇凑近他的耳边。

“今天晚上，你得到山顶上来，”她低声地说道，“今天是安息日，他会在那儿的。”

年轻的渔夫吃了一惊，望着女巫，女巫却对他露出洁白的牙齿一笑。

“你说的那个他是谁？”他问道。

“那无关紧要，”她回答说，“你今晚到那棵角树底下站着，等我来。如果有条黑狗向你冲过来，你就用柳条抽打它，它就会跑开的。等到满月的时候，我就会到的，然后我们就在草地上一起跳舞。”

“只要你能帮我送走灵魂，”年轻的渔夫说道，“我一定会和你跳舞的。”说完，他摘下帽子，深深地低下头，行了个礼，然后满心欢喜地跑回了镇上。

那天晚上，月亮一升起来，年轻的渔夫就来到了角树底下。一条黑狗向他冲过来，对他狂吼着。他就拿了一枝柳条抽打它，黑狗落荒而逃。

到了半夜，女巫们像蝙蝠一样从空中飞来了。她们一落地就嚷嚷起来："这儿有生人！"她们竖起鼻子到处嗅着，相互叽叽喳喳地打着暗号。

最后，年轻的女巫也到了，她一把抓住渔夫的手，把他带到了月光里。接着，两人就跳起舞来。他俩转了一圈又一圈，年轻的女巫跳得那么兴奋，他都能瞧见她那红色的鞋跟了。

这时，一阵疾驰的马蹄声传来，可是看不见马，渔夫不由得感到一阵害怕。

"再快点，再快点！"她又叫着。渔夫觉得大地好像在他脚下旋转了起来，他的脑袋越来越迷糊了，同时感到一种极大的恐惧，就像是有什么可怕的东西在注视着他。最后，他终于觉察到，一块岩石的黑影里有一个人，这个人先前并不在那儿。

那是一个男人，他的脸苍白得有些奇怪，可

是双唇却红得像一朵骄傲的玫瑰。他看上去有些累了，往后靠着，无精打采地抚弄着剑柄。

年轻的渔夫呆望着他，像是给什么魔法镇住了似的。最后，他们四目相遇了。于是，不管渔夫跳到哪儿，那人的眼睛总像是在看着他。渔夫听见女巫的笑声，于是搂紧她的腰，一圈又一圈地转啊转。

突然间，一条狗在树林里叫了起来。跳舞的人们都停了下来，两个两个地走过去，跪下来吻那个人的手。这时，一抹微笑掠过他那骄傲的嘴唇，可是这微笑中带有一丝轻蔑的意味。他始终盯着年轻的渔夫。

“来，让我们去拜见他。”女巫一边低声说着，一边把渔夫引上前去。渔夫这时被一种强烈的意愿所控制，不自觉地跟着她走了过去。可是，就在快要接近那个人的时候，也不知道为什么，渔夫在胸口画了个十字，又叫了声上帝。

渔夫刚这么做，女巫们就像老鹰一样尖叫着飞走了。一直望着他的那个人，他苍白的脸因痛苦而扭曲着。随后，他便往小树林那边走去，吹了声口哨，一匹挂着银饰的小马跑来接他。他跳上马，忧伤地望了望年轻的渔夫，转身走了。

红头发的女巫也想飞走，渔夫却握住她的手腕，把她抓得紧紧的。

“放开我，”她喊道，“让我走啊。你说了不该说起的名字，又画了我们不能看的符号。”

“不，”他回答她说，“你不告诉我那个秘密，我可不放你走。”

“那我就告诉你吧，”她嘟囔着，“反正是你的灵魂，又不是我的，你爱怎么样就怎么样吧。”她从她的腰带里取出一把绿蛇皮柄的小刀，递给他。

“这对我有什么用呢？”他惊奇地问道。

女巫沉默了一会儿，脸上露出一种恐怖的表情。接着，她怪怪地笑着对他说：“人的影子并不只是身体的影子，也是灵魂的身体。你只要背对着月亮站在海边，从你的双脚那儿把你的影子，也就是你灵魂的身体割开，然后再命令它离开你，它就会离开你了。”

得知这个秘密后，渔夫激动地把刀插到腰带里，往山下走去。

这时，他体内的灵魂叫起他来，对他说：“喂，我跟你相处这么多年了，一直为你做牛做马。我有什么对不起你的吗？请不要把我赶走！”

年轻的渔夫笑了。

“你是没有什么对不起我的，不过你对我也没有什么用处。”他回答说，“这个世界非常广阔，你爱上哪儿就上哪儿去吧，可别来捣乱了，我的爱人正召唤着我呢。”

他的灵魂可怜巴巴地哀求着他，可是他并不搭理。最后，他来到了海边那黄色的沙滩上。他站在那里，背对着月亮。他身前是他的影子——他灵魂的身体，身后是空中悬挂着的一轮明月。

他的灵魂对他说：“如果你真的要赶我走，可别让我连颗心也没有就走啊！这个世界是冷酷的，把你的心给我，让我把它一起带走吧。”

他摇着头笑了笑，大声说：“把我的心给了你，那我拿什么去爱我的爱人呢？”

“你行行好，”他的灵魂说，“把你的心给我吧，这个世界这么冷酷，我真的好害怕呀！”

“我的心是属于我的爱人的，”他回答说，“所以你还是快走吧，别再磨蹭了。”

“那我就不应该去爱吗？”灵魂问道。

“快走，我用不着你！”年轻的渔夫大声地说着，拿出那把绿蛇皮柄的小刀，把他的影子沿着脚边割了下来。于是，他的影子就立了起来，站在他眼前看着他，它跟他长得真是一模一样啊！

他往后一退，把刀插进腰带里，心里一阵恐惧。“走开，”他喃喃地说，“别再让我见到你的脸。”

“不，我们还得见面。”灵魂说话了。音调低低的，有点像笛声。他说话的时候，嘴唇并没怎么动。

“我们怎么还会见面呢？”年轻的渔夫大声说道，“你不至于会跟着我到海底去吧？”

“我每年会到这个地方来叫你一次，”灵魂说，“说不准哪一天你会用得着我。”

“我哪儿会用得着你呢？”年轻的渔夫大声说道，“不过你爱来就来吧。”说完，他就跳进水里。这时，海神们吹起了号角，美人鱼也浮上来迎接他，还搂住他的脖子亲吻他。

灵魂站在荒凉的海滩上望着他们。等到他们沉下海去，它就哭着穿过沼泽走了。

一年过去了，灵魂又来到海边，它呼唤着年轻的渔夫。渔夫从海底浮了上来，说："你为什么要来叫我呀？"

灵魂回答说："我见到了不少稀奇古怪的事儿，你靠近一点，我好跟你一一道来。"

于是，他就靠近了一些，横躺在浅水里，用手托着脑袋，听着。

灵魂开始讲起了它的经历——

我离开你之后，就前往东方去旅行。我走了六天，来到了一座小山上，那儿已经是鞑靼国的地界了。

晚上，月亮升起来的时候，我看见平原上升起了一堆篝火，就走了过去。一群商人正围着火坐在毯子上。他们的骆驼在身后的桩子上拴着，仆人们正在沙地上搭硝皮帐篷。

我一靠近他们，商人中的那个首领就站了起来，抽出他的刀，问我来干什么。我回答说我是自己国家里的一个王子，鞑靼人想拿我当奴隶，结果让我给逃了出来。那个首领一笑，指给我瞧了瞧竹竿上挂着的五个颅骨。接着，他就问我谁是上帝的使者，我说是穆罕默德。

他一听到那个使者的名字，就鞠躬行礼，还拉着我的手，让我坐在他旁边。一个用人给我拿了些盛在木盘里的马奶和一块烤羊肉。

天一亮，我们就上路了。我骑着一头红毛骆驼，走在首领旁边，一个负责传令的人举着一根长矛走在我们前头。在两旁走的是一些武士，骡子驮着货物跟在后面。商队里总共有四十头骆驼，骡子的数目比这还要多一倍。

我们离开了鞑靼人的国家后，又来到了另一个国家，这里的人们都讨厌月亮，并诅咒它。在这个国家里，我们看到过鹰翼狮身的怪兽，在白色的岩石上守卫着它们的黄金，还看到过长着鳞甲的龙，在洞穴里呼呼大睡。

我们从山上经过的时候，大气都不敢出一口，生怕积雪会落下来压在我们身上，每个人还都拿一块薄纱把眼睛蒙住，免得因为头晕掉下山去，然后让认识路的牲畜驮我们过山。

我们穿过峡谷的时候，俾格米人从空心树里朝我们放箭，而到了晚上，我们就能听到野人敲鼓的声音。当我们到达猿猴的领地时，我们在它们的面前放了一些水果，它们就没有伤害我们。当我们到达蛇的领地时，我们就拿黄铜碗盛些热牛奶给它们，它们就放我们过去了。

就这样，到了第四个月，我们抵达了伊勒尔城。天一亮，我们就起身去敲城门。这城门是红铜做的，上面雕着些海龙和翼龙。

我们进去的时候，人们从屋子里出来，成群结队地来看我们。我们站在市集里，用人们解开一捆捆提花织物，又打开一个个用无花果木做的雕花箱子，商人把他们那些奇珍异物全都拿了出来。

第一天，祭司们和我们交换物品；第二天来的是贵族；到了第三天，来的是工匠和奴隶。这是他们的习惯，只要有商人在那儿停留。

我们在那儿待了一个月，到月亮逐渐亏缺的时候，我有些不耐烦了，就溜到城里闲逛。我穿过几条街，撞进了本城供奉神的花园里。

园子里穿着黄袍的祭司们静悄悄地在绿树从中走来走去，地面是用黑色大理石砌成的，上面盖着一座玫瑰红的房子，神就住在那里。

神庙前有一个清水池，池里铺着条纹玛瑙。我在池边躺了下来，用苍白的手指触摸着那些宽大的树叶。一个祭司走过来站在我的后面。过了一小会儿，他问我要干什么。我说我想见他们的神。

祭司用他那对歪斜的小眼睛奇怪地瞅着我，看上去非常惊讶，然后他就带我走进庙里。

在第一个房间里，我看到一尊神像。这尊神像是用黑檀木雕成的，和真人一般大小，它的前额上有一颗红宝石。

我对那个祭司说：“这就是你们的神吗？”

他回答说：“这就是。”

“带我见你们的神，”我大声嚷了起来，“不然我非杀了你不可。”说着我碰了碰他的手，他的手就萎缩了。

祭司哀求我说：“求求你治好我的手吧，我会带你去见神的。”

于是，我往他手上吹了口气，他的手就复原了。他哆嗦着，带我走进了一个房间。

可是，房间里面并没有什么神，只有一面圆圆的金属镜子，放在石头做成的祭坛上。

于是，我就对那个祭司说：“神呢？”

他回答我说：“哪儿有什么神，不过是你现在见到的这面镜子罢了。这是一面智慧之镜。它能照出这个世界上的万事万物，不过照镜子的那个人的脸，反倒是它唯一照不出来的。如果谁照了这面镜子，谁就可能是最聪明的人。所以它是神，我们都崇拜它。”

我往镜子里照了照，还真是如他说的那样。我拿到这面智慧之镜后，把它藏在一个山谷里，那儿离这儿不过一天的路程。

灵魂说完了它的经历，恳求渔夫道："请允许我再回到你的身体里吧，你将会拥有无穷的智慧，你将会比所有的人都要聪明。"

可是，年轻的渔夫觉得爱情要比智慧好，他大声地说道："我不需要你给我智慧，我需要的是美人鱼的爱。"说完，渔夫就又跳进了海里。

灵魂只好哭着穿过沼泽走了。

第二年过去了，灵魂又来到了这个海边，呼唤年轻的渔夫。渔夫从海里浮了出来，说："你叫我干什么呀？"

灵魂回答说："我见到了不少稀奇古怪的事，你靠近一点，我好跟你一一道来。"

于是，渔夫就靠近了一些，横躺在浅水里，用手托着腮，听着。

灵魂便又讲起了它的经历——

我沿着通往艾希特城的大路走了六天，最后终于到了它的城门口。

城里面简直就是个市场，狭窄的街道上，满是五颜六色的纸灯笼，它们像一只只大蝴蝶似的在风中飘来飘去。商人们在各自摊位前的丝毯上坐着。他们长着又直又硬的黑胡子，头巾上缀满了金饰片，长串的琥珀和雕花桃核在他们冰凉的手指间滑过。

有一天晚上，我碰到几个黑人抬着一顶沉沉的轿子走过市场。轿子的窗子上挂着薄薄的纱帘，上面绣缀着些甲虫的翅膀和小珍珠。轿子从我身边经过的时候，一个脸色苍白的切尔克斯女人从里面往外望了望，朝我微微一笑。于是，我就跟在了轿子的后面。

最后，他们停在了一座四方形的白色房子前面。这座房子没有窗户，只有一扇跟墓室门差不多大的小门。他们放下轿子，拿一把铜锤在这门上敲了三下。一个穿着绿色土耳其制长袍的亚美尼亚人开了门。那个女人从轿子里跨了出来，当她往门里走去的时候，又转过身，对我微微一笑。我从来没见过谁的脸色像她那么苍白。

月亮升起来以后，我又来到了那个地方，去找那所房子，可是那所房子却不见了。我一看到这情况，就知道那个女人是谁了，也知道她为什么要对我笑了。

新月那天，年轻的皇帝要出宫到清真寺祈祷。他的头发和胡子都用玫瑰花瓣染过，脸颊上扑了纯金粉。

日出的时候，他就穿着一件银袍从他的王宫里出来；到日落的时候，又穿着一件金袍回到宫里。人们都趴伏在地上，埋着脸，不过我站在那儿一动也不动，连个礼都没行。

皇帝一看见我，就吃惊地扬起他那染了色的眉毛。

那天晚上，我正在石榴街的一家茶馆里躺着，皇帝的卫兵们闯了进来，把我带进了王宫。我刚走进去，他们便在我身后把门关上了，还在门上拴了链子。

最后，他们打开一扇用象牙精工制成的门，我就发现自己来到了一个七层的水流潺潺的花园里。花园的尽头，有一座小小的楼阁。接着，卫兵队长就示意我走到小楼的门那边去。我连哆嗦都没打一个，只管走了过去，掀开沉沉的帘子，进了那个小楼。

在一张染色的狮皮卧榻上，皇帝正伸着胳膊、张着腿悠闲地躺着。他身后站着一个凶悍的努比亚人，手里还拿了一把钢制的大弯刀。

皇帝一看见我，就皱起眉头，说道："你叫什么？你不知道我是这里的皇帝吗？"我没有回答。

然后他使了个眼色，那个努比亚人就举起刀，冲过来狠狠地砍了我一刀。可是刀却"刷"地一下穿过我的身体，根本就没有伤到我。倒是那个努比亚人摔趴在地上。当他爬起来的时候，吓得牙都直发颤，跑到卧榻后面躲了起来。

皇帝一下子跳了起来，从旁边又拿了一支长矛，向我掷来。结果长矛被我接住，折成两段。他又对着我射了一箭，可是我双手一举，那箭就停在了半空中。接着，他从白皮腰带中抽出一把短剑，将它插入了那个努比亚人的咽喉，省得这个奴隶把他丢脸的事给说出去。

皇帝见他死了，就又转向我，用一块镶了边的紫色小丝巾擦去脑门上亮晶晶的汗珠，说：“你到底是谁？我求求你今晚就离开这里吧。因为只要你在这儿，我就做不了主人。”

我回答他说：“要我走可以，不过我要得到你一半的财宝。”

于是他就拉起我的手，带我来到花园里。卫兵队长见到我，非常惊讶。

宫里有一个房间，皇帝摸了摸其中的一面墙，墙就开了。我们进去后，沿着一条用火把照明的长廊往前走。当我们走到长廊的一半时，皇帝说了一句密语，一扇大理石的门就被一个暗藏的弹簧转开了，皇帝连忙把手遮在脸上，免得让光刺到了眼睛。

你不会相信那是个多么奇妙的地方：巨大的乌龟壳里盛满了珍珠，大个儿的空心月长石和红宝石堆在一起。黄金放在蒙着象皮的箱子里，金粉则盛在皮革做成的瓶子里。此外还有蓝宝石装在翡翠杯子里，圆圆的绿宝石挨个儿排列在薄薄的象牙盘上。

皇帝把手从脸上拿开，对我说：“这儿就是我的宝库，其中的一半是你的了。”

但是我却对他说：“我可不需要这些玩意儿。你的东西我都不要，我只要你手指上戴的那枚小戒指。”

皇帝皱起眉头说：“这不过是一枚铅做的戒指罢了，不值钱。”

“不，”我回答说，“除了那枚铅戒指，我什么都不要，因为我知道那枚铅戒指里面写着些什么，还知道那是用来干什么的。”

皇帝听后，忍不住战栗起来。

于是，我得到了那枚财富戒指，并把它藏在了一个山洞里面。那儿离这儿不过一天的路程。

灵魂请求渔夫跟它一起去取回那枚戒指。他哀求道：“请跟我来吧。只要你得到了这枚戒指，你就能比世界上所有的国王还富有。”

年轻的渔夫笑了。

“爱情比财富好得多，”他大声说道，“而且美人鱼爱着我。”说完，他就又跳进了海里。

灵魂也只好哭着穿过沼泽地走了。

第三个年头过去了，灵魂又来到海滩上，呼唤着年轻的渔夫。渔夫从海里冒了出来，说：“你叫我干什么呀？”

灵魂对他说：“在我知道的一座城市里，有一家小酒馆。有一次，

我在那里喝葡萄酒，进来一个老头，背上背着一条皮毯，手里拿着一把琵琶。他在地上铺开皮毯，拨动了琵琶的金属弦，一个戴着面纱的女孩就跑了进来，在我们跟前跳起了舞。

“那女孩的脸上遮有面纱，可是她的双脚却光着。她那双赤裸的脚啊，在毯子上移来移去，就像是一对小白鸽。我从没见过这么美妙的东西，而且，她跳舞的那个城市，离这儿也不过一天的路。”

年轻的渔夫听灵魂这么一说，就想到美人鱼没有脚，跳不了舞。

这时，他浑身涌起一种热切的渴望，想着：不过是一天的路嘛，我能赶回到我爱人身边的。于是他就笑着从浅水里站了起来，往岸边走了过去。

当他回到岸上时，他又笑了起

来，向他的灵魂伸出了双臂。他的灵魂快乐地大叫一声，迎上去进入了他的身体。于是年轻的渔夫就又看见他身体的影子伸展在他身前的沙地上。随后，他们赶紧上路了。

第二天傍晚的时候，他们来到了一个城市。

年轻的渔夫对他的灵魂说："这就是那个城市吗？你跟我说的那个女孩就是在这儿跳舞的吗？"

他的灵魂回答说："不是这个城市，是另一个，不过我们还是进去看看吧。"

他们进了城，穿过一些街道。当他们走过珠宝商大街时，年轻的渔夫看见小摊上摆着一个漂亮的银杯。他的灵魂对他说："拿着那个银杯，把它藏起来。"

于是，他拿起了杯子，把它藏在了长袍的衣褶里。接着，他俩就急匆匆地赶出城去。

他们出城走了大概有三英里路，年轻的渔夫就皱着眉头把杯子给扔了。然后，他对他的灵魂说："你为什么要我拿着这个杯子，还要把它藏起来呢？这样做是不对的呀。"

可是，他的灵魂只是说："你别发火，别发火。"

第三天傍晚，他们又来到了一座城市，渔夫对他的灵魂说："这就是那个城市吗？你跟我说的那个女孩就在这儿跳舞吗？"

而他的灵魂却回答说："不是这个城市，是另一个，不过我们还是进去看看吧。"

他们穿过一些街道。当他们走过卖草鞋的大街时，看见一个小孩站在一个水罐的边上。他的灵魂对他说："去把那个小孩揍一顿。”于是，他就把那个小孩揍了一顿，把小孩给揍哭了。接着，他俩又匆匆地出了城。

他们出城走了大概三英里的路后，年轻的渔夫气恼了起来，对他的灵魂说：“你干吗叫我打那个小孩？这样做是不对的呀。”

他的灵魂却只是回答他说：“你别发火，先别发火嘛。”

到了第四天傍晚，他们又来到了一座城市，灵魂又让年轻的渔夫进城看看。进城后，路上的人们都怪怪地瞅着渔夫，渔夫害怕起来了，就对他的灵魂说：“咱们还是走吧，用白皙的双脚跳舞的那个女孩不在这儿。”

可是，他的灵魂却回答说：“不，咱们还是待在这儿吧，天都黑了，路上会有强盗的。”

于是，他就在市场里坐下来歇着，过了一会儿，走过来一个商人。

当这个商人知道他没有地方住后，便说：“跟我来吧，我那有间客房。”于是，渔夫跟着那个商人来到了他的住处。

年轻的渔夫倒在床上后，便沉沉地进入了梦乡。天快亮的时候，他的灵魂叫醒了他，并让他到那个商人的房里去。房里的一个盘子上放着九袋金子，渔夫在灵魂的指使下，伸手拿起它们后，就急匆匆地朝晨星的方向跑去。

他们出城后，在离城镇大概有三英里远的地方，年轻的渔夫捶着胸对灵魂说：“你真是坏透了，为什么要我恩将仇报，拿走商人的金子呢？我恨你让我做的一切，也恨你！你是邪恶的，你让我忘了自己的爱人，还用种种诱惑来引诱我，引我走上了罪恶的道路。我现在就要把你送走，就像上回那样。”说着，他就又背对着月亮，拼命想用那把绿蛇皮柄的小刀从他脚边割开他的影子——灵魂。可是他的灵魂并没有离身，对他的命令也毫不理会。因为一个人一辈子只能送走他的灵魂一次。

年轻的渔夫脸色变得苍白，知道他再也不能摆脱这个邪恶的灵魂后，就伤心地哭了起来。

天一亮，渔夫就爬了起来，不管灵魂怎样说，他都不理。他径直朝来时的那个小海湾走去，因为他的爱人总是在那儿唱歌。

他来到海边，开始呼唤美人鱼。尽管他喊了整整一天，还哀求着，她却并没有应着他的呼唤声而来。

年轻的渔夫在岩石的缝隙里给自己编了一间树条屋。他每天都会去呼唤美人鱼，可是美人鱼从来没有浮出水面和他相会。他也去海里找过，却始终没有看到她的身影。

他的灵魂也曾想尽一切办法来引诱他，可是这些都没用，因为在他的心中，爱情的力量就是如此之大。

一年很快就过去了。一天晚上，灵魂对渔夫说：“你的爱要比我更强大，所以我不会引诱你了。不过我求求你，让我进到你的心里去吧。”

渔夫同意了，可是灵魂根本进不去。因为他的心已经被爱紧紧地包裹住了。

就在这时，海上传来巨大的哀号声，这正是人鱼死去的时候，人们所听到的那种叫声。年轻的渔夫跳了起来，朝着海边跑去。黑色的浪涛正汹涌地冲上海岸，浪头上驮着一个和象牙一样洁白的东西。于是，渔夫就在他的脚边看见了美人鱼，她就静静地躺着，已经死了。

渔夫悲痛万分地扑到她的身边，抚弄着她那已被打湿了的琥珀般的头发，用他那棕色的胳膊紧紧地将她搂在怀中。

他对着那死去的人儿忏悔着。对她诉说着他的经历，像是往她那海贝般的耳朵里倾注他那一腔苦水。

黑色的海水越来越近了，海里白色的泡沫像是爪子，海水就靠那白色的爪子爬上了海滩。从海里的宫殿之中又传来了哀号声，在远处的海面上，庞大的海神们吹起了嘶哑的号角。

“快跑吧，”他的灵魂说，“海水越靠越近了，你如果还要待在这儿，就会被淹死的。快跑吧，我害怕呀！因为你的爱情是那样的强烈，以至你的心对我关得紧紧的。你一定不会让我连一颗

心都没有就被送到另一个世界去的，是不是？”

年轻的渔夫并没有听从他的灵魂的话，只是呼唤着美人鱼，对她说：“爱情比智慧更好，比财富更珍贵，比人世间女孩子们的脚更美丽。我每天呼唤着你，你都不来，因为我曾离开过你。我离开了你，也害了自己。但是你的爱却始终和我在一起，它始终是那么坚强。现在，你死了，我也一定会跟你一起去的。”

他的灵魂恳求他离开，可是他不肯，他的爱情的力量就是如此的巨大。海水又靠近了些，想用浪头把他盖住。他知道他就要死了，于是紧紧地搂住美人鱼，他的心碎了。他的心因为充满了爱，破裂开来。于是他的灵魂找到一个入口，钻了进去，他们又像从前那样合为一体了。大海用它的波浪盖住了年轻的渔夫。

到了早上，神父出来为海祝福，因为昨天夜里的海吵闹得十分厉害。和他一起去的有僧侣，有乐师，有举蜡烛的，有挂香炉的，还有一大群人。

神父到了海边后，看见年轻的渔夫躺在海浪里，已经死了，怀里还紧紧地抱着美人鱼的尸体。

于是，他皱起眉头往后退了一大步，画了个十字，大声地叫道：“我不祝福海了，我也不祝福海里的任何东西了。人鱼应该受到诅咒，谁和他们来往，谁就得受到诅咒。这个人为了爱情而背弃了上帝，因此他的情人被杀死了，这是上帝的裁决，而他也和他的情人一起躺在这儿了。

“把他和他情人的尸体搬走吧，在漂洗场那儿找个角落把他俩埋了，上面不要竖任何标志，免得人们知道他们的长眠之处。他们生前应该受到诅咒，死后也同样如此。”

人们就照他说的做了，他们在漂洗场的角落里挖了个坑，把尸体放了进去，并填上土。那个角落里的小土堆同别的坟墓不同，因为它那里是从来都不长草的。

三年后的一个圣日，神父再次来到了礼拜堂，他要给人们看看耶稣的伤口，还要给大家讲讲上帝的惩罚。

他穿上长袍，进入礼拜堂，看见祭坛上放着些他从来没有

见过的奇特的花儿。这些花有着一种异样的美，这种美让他有些心烦意乱，而花的香味也在他的鼻孔里荡漾着。

他打开了神龛，给里面的圣体匣上过香后，将里面美丽的圣体展示给人们，接着又把它藏到了帷幕的后面。他开始对人们讲话了，他想要说说上帝的惩罚，可是那些花儿的美丽又让他心烦意乱，话到嘴边，说的却不是上帝的惩罚，而是关于爱的故事。他为什么会这么说，他自己也不知道。

他说完后，人们都哭了起来。神父回到圣器收藏室，眼里噙满了泪水。执事走进来，他望着他们，问道："祭坛上放的是什么花？哪儿来的？"

他们回答说："我们也不知道这是什么花，不过它们是从漂洗场的角落里采来的。"神父不禁颤抖了起来，他回到家里，祈祷着。

早上，天刚拂晓，他就出来了，跟他一起的有僧侣，有乐师，有举蜡烛的，有挂香炉的。他们来到海边，为大海祝福，还为这世界上的万物祝福。

人们心中都充满了欢乐。可是，那个漂洗场的角落里再也没有长出过什么花了，那片土地变得和以前一样荒芜；人鱼们再也不到这个海湾来了，他们都到大海中别的地方去了。

语文阅读经典丛书·第七辑

水孩子

文质 改编

江西教育出版社
JIANGXI EDUCATION PUBLISHING HOUSE
·南昌·

图书在版编目（CIP）数据

语文阅读经典丛书. 第七辑/文质改编. —南昌：江西教育出版社，2020.9

ISBN 978-7-5705-2002-2

Ⅰ. ①语… Ⅱ. ①文… Ⅲ. ①世界文学—作品综合集 Ⅳ. ①I11

中国版本图书馆 CIP 数据核字（2020）第 159626 号

语文阅读经典丛书·第七辑
YUWEN YUEDU JINGDIAN CONGSHU · DI-QI JI
文质 改编

出 版 人：廖晓勇
策划编辑：杨 柳 张 龙
责任编辑：朱 丽
出版发行：江西教育出版社
地 址：江西省南昌市抚河北路 291 号 邮编：330008
邮 箱：jxjycbs@163.com
网 址：http: //www.jxeph.com
电 话：（0791）86705643
经 销：各地新华书店
印 刷：湖北嘉仑文化发展有限公司
规 格：880mm × 1230mm 1/32 24 印张
版 次：2020 年 9 月第 1 版
印 次：2020 年 9 月第 1 次印刷
书 号：ISBN 978-7-5705-2002-2
定 价：148.80 元（全 6 册）

赣版权登字 -02-2020-403

MULU

目录

第一章　扫烟囱的男孩

很久以前，有个扫烟囱的孩子，名叫汤姆。因为这个名字又短又常见，所以让人过目不忘。

汤姆住在英格兰北部的一个城市里，靠每天打扫烟囱来挣钱给他的师傅花。他不会读书写字，也没想过要读书写字。他从不洗脸，因为他住的地方压根儿就没有水。

一天，一个神气的小马夫骑着马来到汤姆住的院子。小马夫看起来非常整洁漂亮：他打着褐色的绑腿，穿着褐色的马裤和外套，还系着一条雪白的领带。汤姆正准备

用半块砖头去砸马腿时，小马夫看到了他，并向他打听扫烟囱的格林姆。格林姆就是汤姆的师傅。尽管汤姆心里很嫉妒小马夫有一张那么干净的脸蛋，但是他对顾客一向很客气；既然小马夫是来谈生意的，那就不应该捉弄他。汤姆扔掉手中的砖头，把小马夫迎进了院子。

原来，小马夫要格林姆先生第二天去约翰·哈索沃爵士的庄园打扫烟囱。新顾客的光临让汤姆的师傅高兴坏了，他一拳把汤姆打倒在地，教训汤姆说去了那里要听话点。其实即使师傅不打他，汤姆也会乖乖听话。因为哈索沃庄园是世界上最美丽的地方，约翰爵士又是个德高望重的老绅士，所以很多人，包括格林姆先生都非常尊敬他。

汤姆知道，哈索沃庄园确实是个好地方，约翰爵士也的确是个了不起的人，所以他的师傅格林姆先生十分尊敬约翰爵士。不过格林姆先生尊敬约翰爵士是因为如果他犯了法，约翰爵士就会毫不留情地把他送进监狱。这里周围大部分的土地都是属于约翰爵士的，在那许许多多的绅士中，约翰爵士算得上是最慷慨、最正直且最讲道理的一个。

汤姆和他的师傅一大早就出发了。格林姆骑着驴子走在前面，汤姆扛着刷子跟在后面。他们经过关得紧紧的门窗，从那个眼皮打架的警察面前走过，沿着堆满矿渣的黑色道路费劲地走着，远处还不时传来采矿机的呻吟声。

他们一直走啊走，汤姆一路看啊看。他以前从来没有到过这么远的地方，他真想翻越前方的那道篱笆，去把那朵漂亮的

金凤花给摘下来。但是他不敢，他知道格林姆先生绝对不会允许他这么做的。

走了没多久，他们在路上遇到了一个穷苦的爱尔兰女子。她背着一个包袱，头上包着一块灰色的头巾，身穿一条深红色的裙子，没有穿鞋也没有穿长袜，看她的打扮应该是个盖尔威人。她看起来非常疲倦，脚底好像也被磨坏了，走起路来一瘸一拐。可是她长得很美，身材高挑，有一双明亮的灰眼睛，头发又黑又长。

格林姆先生正觉得无聊，突然看见这么一个漂亮姑娘，感到非常高兴。他走近那姑娘，热情地对她说："这么硬的路，会把你那娇嫩美丽的小脚磨坏的。赶快上来吧。跟我一起骑着驴走吧，可爱的姑娘。"

那姑娘看起来似乎很讨厌格林姆先生，所以并不想领他的情。她用很生硬的语气回答道："不，谢谢你的好意。我还是和这个小伙子一起走吧。"

这下可把格林姆先生气坏了，他叫嚷道："那就随你的便吧！"说

完，他在驴背上气呼呼地抽起了他的烟斗。

于是那姑娘跟汤姆并肩前行，他们边走边聊。她问了汤姆许多问题，问他住在哪里、去干什么。她几乎把可以问汤姆的所有问题都问了一遍，汤姆全都如实地告诉了她。因为他觉得这个女人说话的声音非常好听，所以很愿意回答她的问题。

接着轮到汤姆问她的来历。她说她住在很远很远的海边，但是汤姆从没见过海的模样。她就给他讲海是怎样在冬夜里的岩石边翻滚，怎样在夏日安静地躺着，孩子们是怎样在海边嬉戏，等等；她还给汤姆讲了许多发生在海里的故事。汤姆听了她对海的描述和那些美丽的故事，恨不得立刻飞到海边，去看一看大海，跟那些孩子们一起在海边玩耍，去海里游泳。

这时，他们来到了一眼泉水边。泉水很清澈，它泛着泡沫涌动着，汩汩作响。泉水顺流而下，水流的冲力大得可以推动一座磨坊。泉水流过的地方，生长着蓝色的天竺葵、黄色的金梅草和野生的覆盆子，还有一丛丛垂着雪绒的小樱桃树。

格林姆站在泉水边，仔细地打量着泉水。汤姆也跟着停了下来，盯着泉水看。他很好奇，想知道那黑乎乎的泉眼里是不是住着什么东西，会不会在夜晚跑出来，在空中飞来飞去。格林姆可没想这么多，他跪在岸边，把他那肮脏的脑袋伸进水里，一下子就把泉水弄脏了。

汤姆在一旁跟那个爱尔兰女子开心地摘着花，汤姆还在她的教导下把摘来的花扎成了一个花环。这时汤姆看到他师傅竟然在洗脸，觉得非常惊奇。

“噢，师傅，我还从没见过你洗脸呢。”汤姆好奇地说。这时格林姆洗好了脸，正在用力地甩干脸上的水珠。

“是的，你以后应该也不会看见了。我不是在洗脸，只是为了让自己凉快些。我才不会像那些挖煤的小伙子一样，每周都洗一次脸！”

“师傅，我也想学你这样，把头放进泉水里洗洗，那一定很舒服。”汤姆可怜巴巴地望着格林姆说。

“你洗脸干吗？我昨晚喝了酒，你又没喝！”格林姆说。

“我就要洗！”汤姆淘气地跑到泉水边开始洗起脸来。

那个爱尔兰女子刚才只愿意跟汤姆一起走，这已经让格林姆非常不高兴了。现在看见汤姆不听自己的命令，格林姆气得叫骂着冲向汤姆，一把将他拎起来，准备狠揍一顿。对此汤姆早就习以为常了，他很熟练地将脑袋埋在格林姆的两腿之间，让他打不着。

“够了！你难道一点都不为你的行为感到羞耻吗？格林姆。”那个爱尔兰女子突然喊道。

格林姆停了手，他很惊讶她竟然知道自己的名字。他回答道：“羞耻？什么是羞耻，我不知道！”格林姆说完，继续痛打着汤姆。

“没错，你确实不知道，如果你肯反省自己的错误，早就到温德尔去了。”

“你知道温德尔的事情？”格林姆停下了手，冲那女子吼道。

“我不但知道温德尔，我还知道两年前的圣马丁节前夜，发生在阿尔德麦矮树林的事情。”

“这个你也知道？”格林姆丢下汤姆，冲到那女子的面前。汤姆以为格林姆要打她，很为那女子担心，可是她严厉的眼神让格林姆不敢随意逞凶。

“是的，当时我就在那里。”爱尔兰女子平静地说，她一点也不怕格林姆。

格林姆开始破口大骂起来，在骂了许多脏话后，他疑惑道：“听你的口音，你不是爱尔兰人。”

“你别管我是谁，我知道你做的一切事情。如果你再打那个男孩的话，我会把你做的坏事全都说出来，让所有人都知道。”

格林姆看起来有些害怕了，他愣了一会儿，然后回到驴子背上，准备继续赶路。

又走了三英里的路程，他们来到了约翰爵士庄园的大门前。约翰爵士庄园的门房都有大大的铁门，非常气派，大理石的门柱上雕刻着面目狰狞的怪物。约翰爵士的祖先在一场争夺王位的战争中把这些怪物形象画在头盔上，据说这样可以获得无穷的勇气，而且敌人一看见那些怪物就会吓得望风而逃。

格林姆走上前去拉了一下门铃，马上就有一个管家过来打开了门。

“爵士吩咐我等着你们呢，”他说，“你们可听好了，要老老实实地沿着大路往前走，千万不要乱跑。还有，你们手脚干净点，回来时别让我发现你们偷了兔子什么的。我可是会仔细搜查的。”

“我要是放在烟灰袋里，你就找不到啦。”格林姆笑着说。

“听你这么说我还真不放心，我还是陪着你们去大厅吧。”于是管家和他们一起往前走去。

汤姆很惊讶地发现，管家和格林姆很快就互相熟悉起来了。他也许不明白，小偷就是从园子里出去的管家，而管家则是从园子外进来的小偷。

接着汤姆和格林姆被带到了一个大房间里，房间里所有的东西都被一些棕色的纸盖得严严实实的。女管家大声地命令他们开始干活，汤姆埋怨了两声，然后极不情愿地爬进了烟囱里。女管家留下一个女仆看着他们干活，然后就走开了。格林姆等女管家走后，在一旁不停地恭维留下来的那个女仆，给她讲笑话，想逗她高兴。可是她不怎么愿意理会他，这让格林姆很扫兴。

汤姆在这里扫了数不清的烟囱，他从这一个爬到另外一个，不停地扫着。扫到最后，他在烟囱里面迷了路。因为这里的房子改建过很多次，烟囱又大又弯，就像个迷宫一样，汤姆在这迷宫里失去了方向。打扫完所有的烟囱后，他沿着其中一个烟囱爬了出来。他以为那是正确的出口，但实际上他弄错了。他来到了一个从来没有到过的房间，看到了这辈子都没见过的景象。

汤姆以前到过的房间，地毯、窗帘都被收了起来，家具乱七八糟地堆在一起，屋子里的所有东西都用布罩着。汤姆总是在想：等这些房间布置好以后，会是怎样的一番景象呢？

现在，他终于看见了，眼前的景象多么美好啊！

房间里所有的摆设都是白色的：窗帘、窗幔、家具，还有墙都是一片洁白，只是在某些地方有几条粉色的线条。地毯上绣着各种各样的花儿，墙上挂着镶着金框的画。汤姆对其中两张画特别好奇：一张画画的是一对父母和他们的一群孩子，父亲穿着漂亮的礼服，把手放在孩子们的头上；另一张画让汤姆很吃惊，因为那上面画着一个男人，被钉在十字架上。他记得自己曾经在一个橱窗中见过这幅画。他看得出这是个女子的房间，可是为什么这个女子要在房间里挂这幅画呢？

汤姆开始打量周围，他看见了许多让他迷惑不解的东西：一个脸盆架上放满了热水瓶、脸盆、肥皂、刷子和毛巾，旁边还有一个盛满清水的浴盆。这么多的东西都是用来洗浴的！“按照师傅的观点，这里一定住着一个很脏的小姐，不然为什么她要用这么多的洗浴用具呢？”汤姆暗暗地想着，“不过，她一定是个十分狡猾的女人，把洗下来的脏东西全都藏起来了，因为这里看起来一尘不染。”

接着他一转身，看见了一张大床，那位“脏小姐”就躺在床上。他惊讶地张大了嘴，因为他从没见过这么美丽的小姑娘。她的脸蛋就像她的枕头一样雪白，头发就像金色的丝线一样。她看起来跟汤姆的年纪差不多，也许要比汤姆大上一两岁。

汤姆有些糊涂了，不知道她究竟是个活人，还是商店里卖的那种蜡人。直到他看到她起伏的呼吸时，才敢断定那是个真

人。汤姆凝视着她，觉得她就像一个天使。他想："这一定不是什么脏小姐，她肯定从来就没有弄脏过。难道人洗干净以后就是这样的吗？"

接着，他又向四处张望，突然发现一个瘦小丑陋、浑身黑乎乎的小男孩站在他的面前。他愤怒地挥着拳头，想把他赶走。他觉得，这么个脏孩子根本不应该到这么可爱的小姑娘的房间里来！

那个男孩也对他挥舞着拳头，这下汤姆愣住了。他意识到，在自己面前的是一面镜子，那个脏孩子就是自己。汤姆从没见过自己的模样，他第一次发现自己是那么的脏。他伤心地哭了。正当他转过身，打算悄悄地爬回烟囱里时，一不小心碰掉了炉子上的火钳。这下子，房间里立刻响起一片叮叮当当的声音。

床上的小姑娘被惊醒了，她一看到汤姆就开始失声尖叫起来。一个胖胖的保姆立刻冲了进来。她看见汤姆，以为他是一个小偷，立马过来打算一把抓住汤姆的上衣。但是汤姆并没有被逮住，他从那个女人的胳膊下钻了过去，穿过房间，飞快地从窗户跳了出去。

窗外有一棵大树，它长着大大的叶子，开着雪白的花朵。汤姆跳到树上，顺着树干滑了下去，然后穿过草坪，翻过栅栏，向树林跑去。那胖保姆急得直喊："杀人啦！放火啦！"

花园里的花匠正在割草，看见汤姆跑过来，急忙扔掉镰刀去抓他，不料镰刀扎到了自己的腿，害得他后来在床上躺了一个星期。但是当时一片忙乱，他并没有发觉，只顾着去追汤姆了。一个马夫正在马厩里刷马，一把没抓住马，扭伤了脚，可他仍然瘸着脚去追汤姆。

格林姆把烟灰弄翻在院子里，弄脏了地面，但他顾不上打扫，也撒腿就去追汤姆。看门人匆匆打开门，却不小心将他的小马下巴钩在大门的尖铁上，但他也不管，拔腿就去追汤姆。

农夫正在耕地，他的一匹马把另一匹马和犁都拽进了沟里，可他头也不回就去追汤姆。管家正准备从夹子里取出黄鼠狼，结果一不小心让黄鼠狼跑了，而夹子却夹住了自己的手，可他还是跳起来拼命地去追汤姆。

约翰爵士正探出头来，想看看外面发生了什么事，结果被灰尘迷了眼，他也急忙去追汤姆。

那个爱尔兰女子正准备过来乞讨，看见这一幕，也丢掉了手里的包袱，赶紧去追汤姆。

总之，那一天庄园里几乎所有人都在追汤姆，就好像他身上藏着什么无价之宝一样。他们叫嚷着"抓贼啊"，乱哄哄地四处奔跑。

可怜的汤姆连鞋子都没有穿，就那么光着脚，向树林里逃去。要知道，汤姆逃跑的功夫还是很不错的，所以，那些人要抓到他是件很不容易的事。

汤姆虽然没有去过森林，但他知道，自己可以躲在灌木丛中，或者爬到树上。这样一来，就没有人能找到他了。可是等他进了林子以后，这才发现，森林跟他想象中的不太一样。

他冲进一丛茂密的杜鹃花中，立刻被树枝缠住了胳膊和腿，被尖刺刺痛了眼睛和肚子。等他好不容易从杜鹃花丛中挣脱出来时，又被高大的芦苇绊倒了，荆棘上的小刺扎进了他的腿肚子。

汤姆想，我一定要走出去，不能被困在这里。可是他不知道怎样才能出去。要不是他的脑袋撞到了一堵墙上，他可能永远都走不出去。当然，用脑袋撞墙可不是什么好玩的事情。如果那墙上有块尖角石头，正好扎在眉心，那会让你眼前直冒金星，紧接着再让你感到一阵剧烈的疼痛，而且疼痛不会很快消失。

当然，汤姆是个勇敢的孩子，自然不会把撞墙当回事儿。他像松鼠一样敏捷地翻过墙头后，看到了一片狩猎场。因为这片地方属于哈索沃爵士，所以当地人都称它为哈索沃狩猎场。

汤姆是个非常机灵的孩子，他想出了一个办法。他打算转个身，然后向右面走一段，把追踪者甩掉。主意已定，他来了个一百八十度的急转身，往右面跑了接近半英里。这样一来，约翰爵士、管家、门房和其他一大群人的叫喊声就在墙里面朝着完全相反的方向而去。听着渐渐消失的叫喊声，汤姆得意地笑了。

知道自己离那群追兵越来越远后，汤姆放心地离开那堵墙，向着沼泽走去。他没发现，在那一大群人中，那个爱尔兰女子已经看见了他，并且一直紧紧地跟在他后面。她的步伐很优雅，速度也很快，当她跟着汤姆走进树林后，就再也没人看见她了。

汤姆穿过了一片沼泽，沼泽地里到处是石头，石头的缝隙间还长着荆棘。可怜的汤姆打着赤脚，脚指头都给刺破了。但是，他依然坚定地向前走着，虽然他也不知道要到哪里去。

对于汤姆来说，这完全是一个新的世界。他看见一些背上长着十字花纹的大蜘蛛，还有一些长相丑陋的蜥蜴。虽然他们的长相很可怕，但是他们却好像很害怕汤姆似的，一看见他就迅速窜进了树丛里。

接着他看见一只棕色的老狐狸，身边围着五个脏兮兮的小狐狸。汤姆从没见过这么有趣的小家伙。那狐狸妈妈仰天躺在温暖的阳光下，不停地在地上打着滚。几只小狐狸在她身上跳来跳去，咬她的爪子，扯着她的尾巴转圈，看上去玩得非常开心。

这时，他们也看见了汤姆，于是一起跳到狐狸妈妈身上。狐狸妈妈叼起一只小狐狸，其他的小狐狸则晃晃悠悠地跟在妈

妈身后迅速地钻进了一个岩洞。

接下来的事情可把汤姆吓坏了。当时他刚爬上一座沙崖，突然听见一阵呼啦啦的扑腾声——不知道是什么东西从他面前飞了过去，还发出一种可怕的声音。

等他睁开眼睛再看时——因为他一听见那怪声就吓得把眼睛闭得紧紧的——才发现原来不过是只大雉鸡，他正在沙里洗澡呢。你不用感到奇怪，他们确实是在用沙子洗澡。阿拉伯人在没有水的时候，也会用沙子来洗澡。当时汤姆差点踩到他身上，所以他立刻跳了起来，丢下他的老婆和孩子独自逃命去了。

汤姆这时候仍然没有发现，那个爱尔兰女子其实一直跟在他的身后。

他一直往前走，直到被太阳晒得快晕过去了，才停下脚步，坐下来休息一会儿。这时，他似乎听见远方传来了教堂的钟声。“教堂？”他心想，“有教堂的地方一定有人，也许那里的人会可怜我，给我点水喝。”于是，他站起身来，继续往前走。

没走几步，他又停了下来。他看着四周，心想：“外面的世界可真大啊！”

此时他已经站在了山顶上，从那里望去，还有什么东西看不见呢？而且，站在山顶上，能让人看到更加广阔的世界。

他看到在他身后很远的地方，是哈索沃庄园的树林与河流；左边远远的地方，是镇子和采矿场的大烟囱；更远的地方，有一条河，河面越来越宽，最后它流入了闪着金光的大海。

他的面前就像放着一张大大的地图，有广阔的平原、翠绿的农场和掩映在树林里的村庄。它们看上去就像在自己的脚下一样，仿佛几步就可以跨过去。但是，汤姆很清楚地知道，它们离他还有好远的路程呢。

他的右边是一片连绵不绝的沼泽和小山，一直延伸到天边。汤姆站在那些沼泽之间，他发现他的脚下有一块好地方。汤姆一瞧见那块地方，就决定走到那里去，因为那正是他要找的地方。

那里是一处深绿色的峡谷，十分狭窄，谷里长满了树木。就在几百英尺（1 英尺＝0.3048 米）外的树木中间，他看见了一条清澈的河流。啊，假如能够马上去水边那该多好啊！接着，他看见小河边有一座小村舍和一片小花园。花园里面有一个极小的红色东西在四处走动着，看起来只有苍蝇般大小。汤姆低头仔细一看，原来是个穿着红裙的女人。他想，也许这个善良的女人会愿意给他一点吃的、喝的。

教堂的钟声响起来了。汤姆觉得，下面准有一个村庄，自己去那里应该没什么危险，因为谁也不认识他，而且没人知道哈索沃庄园那边发生的事情。就算约翰爵士把全郡的警察都派出来追他，他们也不会这么快就赶到这里。

“现在，我只要用五分钟就可以到达那里。”汤姆想着。汤姆猜得不错，那些人确实不会很快到达这里，因为他在不知不觉中已经跑了十英里（1 英里＝1.609344 千米），哈索沃庄园被他远远地抛在了身后。不过他认为五分钟就可以到达那

里却想错了，因为那座村舍离这里有超过一英里远，还不包括从山顶到山脚一千英尺长的距离。

但是，汤姆是个很勇敢的孩子。尽管他的脚疼得厉害，而且他很长时间没有吃东西，也没有喝水，又饿又渴，但他还是坚持着走了下去。教堂的钟声似乎越来越响了，让他觉得那钟声就像在他的脑袋里响一样。

那条河流在远远的地方汩汩地流着，唱着歌儿：

河水清又凉，河水清又凉
流过欢乐的小溪，流过做梦的池塘
河水清又凉，河水清又凉
流过发光的卵石，流过飞沫的岸墙
纯洁的水，留给纯洁的人
快来河边玩耍吧，快来河里洗澡吧
母亲和孩子

河水脏又臭，河水脏又臭
流过冒烟的城市，流过乌黑的烟囱
河水脏又臭，河水脏又臭
流过湿滑的堤岸，流过发臭的阴沟
纯洁的水，被罪恶玷污了
赶快离开小河吧，赶快回到家里去
母亲和孩子

强大又自由，强大又自由
闸门打开了，小河向前流
流过金色的沙滩，流过干涸的沙洲
一望无际的大海，在远方向它招手
纯洁的水，留给纯洁的人
快来河边玩耍吧，快来河里洗澡吧
母亲和孩子……

汤姆向下面走去，他没有发现，那个爱尔兰女子仍然跟在自己的身后。

第二章 水孩子汤姆

花园里有个穿着红裙正在除草的女人,汤姆觉得自己扔一块石子就能打中她的后背,甚至石子能直接扔过山谷打到对面的岩石上。他以为那个花园就在脚下,其实还远着呢,花园离这里还有一英里的路程。在一千英尺以下的谷底,那里的面积只有一块田那么大,一旁是条小河。小河上面是灰色的岩石,陡峭的石壁直入云霄。那里真是一块宁静而又充满快乐的地方。

汤姆脚下的路是一段三百英尺长的陡坡,坡上粗糙的砂岩像锉刀一样,这可苦了他的小脚。他现在走路已经开始跌跌撞撞,越来越不稳了,不过他仍然认为自己可以把一个石子儿扔到那个花园里。

汤姆继续往下走着,绕过树桩和石块,走过草地,穿过灌木丛,就像一只快乐的小黑猿。

一直到这个时候,他还是没有发现,那个爱尔兰女子仍然跟在他身后。

汤姆已经走不动了。太阳把地面晒得发烫,但是汤姆却感

到浑身发冷。虽然他肚子里什么食物也没有，却仍然想把肚里的东西全都吐出来。

他和那座村舍现在只隔着一个两百英尺长的平坦的牧场了。他听见河水淙淙的声音，就好像在耳边一样。虽然他和那条小河只隔着一小块牧场，但是对于现在的他来说，就好像隔了一百英里一样。

他就那样躺在地上一动不动。也不知过了多久，许多虫子爬到了他的身上，在没有煤灰的皮肤上轻轻地咬着。几只苍蝇停在他的鼻子上，还有几只在他的耳边嗡嗡作响。要是没有这些小虫子帮忙，真不知道他要到什么时候才能爬起来。终于，这些蚊虫把汤姆弄醒了。

汤姆摇摇晃晃地站了起来，翻过一堵矮墙，走过一条小路，来到了村舍门前。

这是一座整洁漂亮的村舍，栅栏是用紫杉木做的。从敞开的门里传来一片嘈杂的声音，房子的门上挂满了铁线莲和玫瑰。汤姆慢慢地来到门前，胆怯地向里面张望着。

一位慈祥的老奶奶坐在壁炉旁边，壁炉里放着一锅香草。老奶奶头上戴着一顶干净的白帽子，身上穿着一件短短的斜纹布睡衣和一条红裙子，脖子上围着一条黑色的丝绸围巾，围巾在她下巴处打了个结。一只老猫躺在她的脚边，还有十几个孩子坐在她面前的凳子上。他们都穿着干净整洁的衣服，小脸蛋红扑扑的，正在闹哄哄地学着朗读。

“你是谁？你想干什么？”那老奶奶叫了起来，“快走开，我们这里可不让扫烟囱的孩子进来。”

“水……”可怜的汤姆声音微弱得几乎让人听不见。

“想要水吗？河里有的是！”她严厉地说。

“我走不动了，又累又渴。”说完，汤姆就瘫倒在门前的台阶上。

老奶奶盯着汤姆看了一分钟，或许是两分钟，没准是三分钟，然后说道：“这孩子生病了，唉，孩子总归是孩子，不管他是不是扫烟囱的。”

“水……”汤姆又用微弱的声音说了一遍。

“上帝啊！”她走进另一个房间，端来了一杯牛奶，拿来了几片面包，然后走到汤姆跟前说道，“水对你没用，你还是先喝点牛奶吧。”

汤姆一口气喝光了牛奶，终于恢复了一点力气。

老奶奶嘱咐汤姆好好休息一会儿，一小时后她会再去看他，然后她就回到了里屋，她认为汤姆很快就会睡着。

然而汤姆并没有很快睡着，他翻来覆去，觉得浑身烫得难受，真想到河里凉快凉快。终于，他迷迷糊糊地睡着了，还做了一个梦。在梦中，他听见那个洁白的小姑娘对他说：“你太脏了，快去洗洗。”

过了一会儿，他听见那个爱尔兰女子对他说：“想要干净的人就一定会干净。”

他一直都没有看见那个爱尔兰女子，这一次她没有跟在汤姆后面，而是在他的前面。原来她早在汤姆来到小河边以前，就走进了凉爽的河水中。衣裙从她的身上漂起来浮走了，绿色的水草轻轻地绕在她的身上，水百合漂在她的头发边。河水中的仙女从水底浮起来，用胳膊抬着她离开了。原来，她是这里所有仙女的女王，说不定还是更多仙女的女王呢。

“你到哪里去了？”那些仙女问她。

“我去安慰那些生病的人，把他们的枕头放平，然后让他们做许多甜美的梦；我去打开村舍的窗户，把闷热浑浊的空气赶出屋子；我对水边的孩子们说，一定要远离那些肮脏的水沟。我尽我所能去帮助那些无助的人们。这些事情虽然都算不了什么，但是十分琐碎，做得我好累。现在，我给你们带来一个新的小弟弟，这一路上我一直照顾着他。”

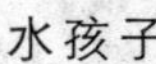

“太好了！又有了一个小弟弟！”仙女们开心地说。

“但是，你们一定要记住，现在你们不能让他看见你们，也不能让他知道你们的存在。他现在还是个野孩子，就像小动物一样，他必须先向其他的动物学习。所以你们现在不要跟他玩，只需在一旁保护他的安全就够了。”

因为不能和新来的小弟弟一起玩，所以仙女们都很不开心，不过她们还是答应了女王的要求。

她们的女王交代完毕，就顺着水流漂了下去，回到她来的地方去了。所有的这一切，汤姆既没有看到，也没有听到。

他只觉得又热又渴，又非常渴望快点变干净，所以，他飞快地跳入了河水中。

汤姆一进入水中就迷迷糊糊地睡着了，而且做了许多快乐的梦。他长这么大，还从来没有睡得这么安恬、舒适过。其实，他之所以睡得这么香甜，是因为仙女们让他睡着，然后把他带走了。

也许有人会说，这个世界上根本就没有什么仙女。但是，我要说，我的孩子，别这么快下结论。这个世界大得很，不要轻易地否定一种事物的存在，比如仙女。因为有很多仙女可以在世上任何地方居住，让人们找不到她们。当然，在有些时候，有些人还是能看到她们。

咱们回过头来说说约翰爵士。他和一大帮人跑得直喘气，结果还是没有抓到汤姆，他们只好回到庄园，从胖保姆那里了解更多的情况。当他们从艾丽小姐，也就是那位洁白的小姑娘那儿知道了事情的整个经过后，他们全都傻了眼。

艾丽小姐说她只不过看到了一个黑乎乎的扫烟囱的小家伙，他哭着想要跑回烟囱里去。不过当时她吓坏了，于是惊叫起来。那个孩子并没有拿房间里的任何东西，这从他沾满煤灰的脚印可以判断。在胖保姆进屋以前，他没有离开过壁炉边的地毯半步。整件事情完全是个误会。

于是约翰爵士打发格林姆先回了家，并对他说如果格林姆不再打那个孩子，并且把他带到自己面前，证明艾丽小姐说的话，他就给格林姆五个先令。所有的人都认为，汤姆一定是逃回家去了。

但是汤姆根本就没有回到格林姆先生那里。格林姆只好去

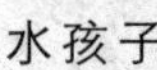

了警察局，请警察帮忙寻找汤姆，可他们找了很长时间都没有找到。

那么汤姆到底去了哪儿呢？

我们现在要讲述汤姆的故事里最奇妙的部分了。当汤姆醒来的时候，他发现自己正在河里游泳，身体缩小到只有四英寸（1 英寸＝ 2.54 厘米）长，而且他的脖子周围还有一圈腮。他扯了扯它们，结果弄疼了自己，这才发现那不是花边装饰，而是自己身体的一部分，所以他再也没去动它们。

事实上，汤姆已经被仙女们变成了一个水孩子。

你可能从来没有听说过水孩子，当然，这也正是我写这个故事的原因。这个世界上有很多东西你从来没有听说过，而且你身边的许多人也从未听说过，但是这并不代表那些东西不存在。

就好像水孩子一样，既然有陆地上的孩子，为什么没有水里的孩子呢？不是有水耗子、水蜥蜴、水龟吗？为什么就不能有水孩子呢？

不过你要知道，亲爱的孩子，这只是一个童话故事。我说的这些都是在讲故事，你不必相信，即使它是真的。

汤姆现在已经脱掉了自己的外壳，变成了一个水孩子。可是约翰爵士、管家和小马夫等人却上了一个大当，他们看见水里面有一个黑色的东西，以为那是汤姆的身体，他们说他已经淹死了，其实那只是汤姆变成水孩子时脱下的外壳。他们每个人都感到很难过。当然，他们并不知道，汤姆其实好好地活着，而且从来没有那样干净、快活过。那些仙女们在激流里把他洗得非常干净，不但把汤姆身上的脏东西全都洗掉，而且把他的整个外壳都洗掉了。

这样一来，真正的汤姆就从里面钻了出来，变成水孩子游走了。他就像一只蚕，把围绕在自己身上的蚕茧弄破，然后钻了出来，变成蛾子飞走了。

此时的汤姆正在河水中嬉戏，脖子上围着一圈漂亮的腮环，就像 条初生的鲑鱼那样干干净净。他再也不是那个脏兮兮的扫烟囱的孩子，而是一个全新的水孩子。

第三章 与水孩子团聚

汤姆正在三英尺深的水中沿着岩石往前走，他看见鳕鱼正在捉对虾，濑鱼啃着石头上的螺蛳、贝壳以及其他甲壳类动物。

这时，他看到一个柳树枝做的圆形笼子，里面坐着龙虾。龙虾不再摆弄他的两个大钳子，而是不停地捋着那长长的触须，他看上去又恼又怒。

“怎么回事？你钻进笼子里干吗？是有人把你关进去的吗？”汤姆问道。

龙虾对汤姆的问题很恼火，可是他根本没心情对汤姆发脾气，也没有和汤姆争吵，只是垂头丧气地说：“我出不去了。”

“那你为什么要进去呢？”

“都是为了那块该死的臭鱼肉。”

当然，在笼子外面的时候，他可不觉得那东西讨厌。相反，他觉得它香极了，看上去那么诱人、那么可爱。可是，现在他恨死那块鱼肉了，他也很生自己的气。

“那么，你从哪儿进去的呢？”汤姆问。

“就是顶上那个圆圆的洞口。”龙虾答道。

“如果有洞口的话，你为什么不从那个洞口出来呢？”汤姆接着问道。

“我出不去！”龙虾一边说着，一边更加烦躁地摆弄自己的触须。过了一会儿，他只好难为情地说了实话，“我已经向上、向下、向前、向后、向左、向右跳了不下四千次，但是我就是出不去。我总是被上面的什么东西挡住，怎么都找不到进来的那个圆洞。”

汤姆仔细地观察着那个笼子，要知道，他比龙虾聪明多了，所以他很快就明白了到底是怎么回事。那笼口有一圈倒桩，顶头都被削得很尖。如果你见过捕龙虾的笼子，也会很快明白是怎么回事的。

“别跳了。”汤姆爬到笼子顶端的洞口，对龙虾说，“转过身去，把你的尾巴翘起来对着我，我把你倒着拉出来，这样你就不会被尖木桩扎到了。”

可是这只龙虾非常笨，他的尾巴不管怎么摆都对不准那个洞口。就像许多猎手一样，在自己的地盘总是非常灵敏，一到外面去打猎就晕头转向，显得异常笨拙。

汤姆小心地爬上笼子，来到洞口外，好不容易抓住了龙虾的尾巴。但是，愚蠢的龙虾使劲一拉，一下把汤姆也拉进了笼子里。

“唉，你可真会制造麻烦。”汤姆说，“现在只好用下你的大钳子了。快把那些木桩上的尖头钳掉，这样我们就可以出去了。”

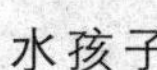

“天哪！我怎么没想到？”龙虾说，“我的生活经验肯定比你丰富，但我怎么就没想到呢？”

现在你知道了，经验有的时候并没有太大用处，除非你有足够的智慧去利用它。有许多人几乎经历了世界上所有的事情，但干起事来比小孩子强不了多少。

他们刚刚把那些尖头弄掉一半，突然看见头顶漂过来一大片“乌云”。啊，原来是只老水獭。她看见汤姆被关在笼子里，不怀好意地笑了起来。

接着，她扑到笼子上，想钻进来抓汤姆，这可把汤姆吓坏了。很快，她发现了笼子上的洞口，于是龇牙咧嘴地从洞口往下探着头，拼命地扭动

身子想要钻进来。汤姆心里更加害怕了。

可是别忘了还有英勇的龙虾先生呢！水獭刚一钻进笼子里，龙虾就一下子弹了过去。他一把抓住水獭的鼻子，抓得死死的，怎么都不肯松手。

现在，笼子里这三位开始了一场混战。他们翻滚着、撕扯着，可怜的汤姆被挤到一旁的小角落里。幸好他瞅了个空子爬到水獭的背上，顺利地从洞口钻了出来，否则他很有可能会被水獭那个蠢笨的家伙给压扁。

逃出笼子后，汤姆开心极了。但是，他是不会忘记刚才救他一命的龙虾先生的。他趁着龙虾的尾巴翘到最高的时候，一把抓住它，用尽全身的力气，想把龙虾给拉出来。

可是这时龙虾却依然死死地抓住水獭，怎么都不愿意松手。那水獭被龙虾钳住了鼻子，没法呼吸，最后竟然活活地被闷死了。

“快松手，她已经死了。”汤姆叫道。

的确，那水獭已经死了，这就是水獭做坏事的下场。可是龙虾还是不愿意松手。

“松手！你这个榆木脑袋！”汤姆着急地嚷嚷，“再不松手，渔夫会来抓你的！”

汤姆已经感觉到水面上有人在向上提起笼子，他使劲地拽着龙虾，但他就是不愿意松手。眼看渔夫就要把笼子提到小船的边上了，汤姆心想，这下龙虾完蛋了，他一定会被渔夫抓住煮了吃掉的。就在笼子要被提出水面时，龙虾猛地一扯，由于

动作过于剧烈，一下子把自己的一只钳子拉掉了，然后他顺着洞口逃出了笼子。

不管怎么说，他们总算是逃了出来，安全地回到了大海，可是龙虾失去了那个长有瘤节的钳子。他那笨笨的脑袋根本想不到应该松手，所以只有丢掉钳子逃生。汤姆后来问他为什么不肯松手，他十分坚决地说："对于龙虾来说，钳子关系到荣誉。"他的样子看起来就像一位固执的绅士。

离开龙虾不到五分钟的时间，汤姆就遇到一件最最美妙的事情：他碰到了一个水孩子，一个真正的、活生生的水孩子。

当时，那个水孩子正坐在白色的沙子上面，忙着摆弄一块石头的小尖角。他看见汤姆，仰着脑袋仔细把他端详了一阵，然后开心地叫起来："咦，我以前没有见过你，你是新来的？真是太好了！"

说着他就向汤姆跑过来，汤姆也向他跑过去。接着他们紧紧地拥抱了很长时间，他们也不知道这是为什么。按照水底的惯例，大家是用不着互相介绍的。

终于，汤姆说："嘿，你们这些日子都在哪儿呢？我找了你们好久，我太孤单了。"

"我们天天都在这儿呢。为什么你看不见我们？这石头附近有好几百个水孩子呢，我们每天晚上回家前都会唱歌、跳舞、打闹，你没听见吗？"

汤姆重新仔细地看了看那个水孩子，然后说道："咦，这真是太奇怪了，我以前经常看见像你这样的动物，但是我以为是海贝或者海里的其他动物，我从来没想过原来你们就是水孩子。”

这真的很奇怪，你也一定想知道这到底是怎么回事。你一定在想，为什么汤姆直到把龙虾救出来后，才找到水孩子呢？如果你想不明白，最好把这个故事读上几遍，然后好好地想想，你就会明白的。至于这是为什么我可不会说，因为把所有的事情都告诉孩子是没有好处的，那样他们就不愿意自己去思考了。

“你来得太及时了，过来帮帮我吧。”那个水孩子说，“不然的话，我就不能在我的兄弟姐妹们回来之前做完这些了，他们就快回来了。”

“我可以帮你做些什么事呢？”汤姆问。

“帮我修理这块可爱的小石头。上次的暴风

雨太厉害了，一块又大又笨重的石头滚过来，把它的脑袋给撞断了，它身上的花纹也被磨掉了。现在，我要在上面重新种上海草、珊瑚还有海葵，把它变成海边最漂亮的小石头花园！”

接下来的时间，他俩继续在那块小石头上工作，把它身上的沙子擦掉，然后种上各种海里的植物，他们做得开心极了。

一直到潮水开始往下落的时候，汤姆听到其他的水孩子过来了。他们唱着歌，笑着、叫着、嬉闹着过来了，他们发出的声音就像海浪的声音。汤姆知道了，自己以前看到过水孩子，也听到过水孩子的嬉戏声，只不过他的眼睛和耳朵被蒙蔽了，所以一直认不出他们。

他们走过来了，有上百个水孩子呢。他们有的比汤姆大，有的比他小一些，全都穿着干净洁白的小睡衣。看见汤姆这个新来的孩子，他们轮流过来和他拥抱、亲吻，然后把他围在中间跳舞。我想，没有谁比此刻的汤姆更加幸福了。

“现在，”他们一起叫道，“我们必须赶紧回家，还得快点赶路，不然潮水退下，会把我们晒干的。我们修剪好了所有被损坏的海草，把所有的石头都码得平平整整，所有的海贝也都重新被埋进沙里了，谁都看不出上个星期可怕的暴风雨留下的痕迹了。”

海滩岩石区的水潭为什么总是这么干净整齐，你现在知道原因了吧。每场暴风雨之后，总会有水孩子来到岸上，打扫海岸，并把一切都重新安排整齐。

水孩子不能接受任何脏的或者臭的东西，所以有的时候他们是不会来的。比如人们将排污的管道通向大海的时候，或是人们将鲱鱼头、死狗或者其他一些乱七八糟的垃圾扔进大海里的时候，还有人们糟蹋海岸、把海岸弄得乌七八糟的时候，水孩子都不会出现的。这时候他们就会让海葵和螃蟹来打扫，一直要等到大海重新变得干净整洁，等到那些肮脏的东西被软泥和干净的白沙掩埋得好好的，他们才会回来。有时候，为了等那些海岸变干净，他们要等上好几百年。也许，这就是为什么有些有水的地方却没有水孩子的原因。

那么水孩子的家在哪里呢？就在圣布伦丹的仙女岛上。你有没有听说过这位善良的受人尊敬的圣布伦丹，有没有听说过他和五位隐士的故事？

圣布伦丹是一位爱尔兰的修士。他看见海水咆哮着从世界的尽头流向大海，他叹息着，多么希望自己能像海鸥一样拥有一双翅膀，在大海上自由翱翔。

后来，他发现很远很远的地方，就在太阳沉入大海的地方，有一片蔚蓝色的仙女海，仙女海上有一座闪着金光的仙女岛。他知道，那是一片神圣的岛屿。于是，他和朋友一起，扬起风帆，向着太阳落山的地方驶去。从此，人们再也没有见过他们。

圣布伦丹和五位隐士最终到达了仙女岛，他们看见岛上长满了美丽的雪松，到处都是以前从没见过的美丽鸟儿。他们开始在雪松下对着天空的鸟儿布道。

那些鸟儿非常喜欢他们的祈祷词，于是告诉了海里的鱼

类。那些鱼儿们也游过来听他们布道，然后又告诉了住在小岛下面洞穴中的水孩子，许多水孩子都赶过去听他们布道。

于是圣布伦丹他们就住在那里，教水孩子们功课，一直教了好几百年呢。后来，他们眼睛也花了，胡子也长得老长老长的，一走路就会被胡子给绊倒。最后，他们躺在雪松的树荫下睡着了，一直到现在都没有醒来。从那以后，仙女就自己带着水孩子，并教导他们。

在某些宁静清爽的夏日傍晚，当太阳渐渐沉入海平面以下时，水手们常常会觉得自己看到了圣布伦丹的仙女岛。不管他们是不是真的看见了，那岛的确曾经矗立在遥远的天边。那是浩瀚的大海中一块美丽的土地，但是后来慢慢沉入了海底，古希腊有位哲学家把那地方称为亚特兰蒂斯。

汤姆跟着那些同伴们，终于到了水孩子的家——那座美丽的岛屿。他发现，整个岛被安放在一些色彩各异的柱子上，岛底遍布着大大小小的洞穴。那些柱子五颜六色的，有的还装饰着一圈圈红色或者白色、黄色的砂岩。那些洞穴也有各种颜色：蓝色、白色、紫色、绿色、棕色……应有尽有，全都被海草覆盖着。洞穴的门口还挂着海藻做的门帘，地上铺着柔软细腻的白沙，这里就是水孩子们晚上睡觉的地方。

收拾打扫这些洞穴的工作是由海蟹来完成的，他们像猴子一样，看见地上有一点脏东西，就迅速地捡起来吃掉；保持海水洁净的工作则交给了海葵和珊瑚。为了奖赏这些勤劳的环卫工，仙女们给他们穿上了最最美丽的衣服，让他们看起来就像

一朵朵艳丽的鲜花。

这里没有警察，维持秩序的是成千上万条水蛇。那是一种多么奇妙的动物啊！他们的身体都是一节一节的，中间用一道道圆环连接起来。有的水蛇足足有三百个脑袋，十分机灵。水蛇的每一节上都有一只眼睛，能够将周围的情况看得清清楚楚。

如果有坏蛋过来，他们就会一下子扑过去，对着他又刺又戳又扎。那滋味我想你是不愿意去尝试的，肯定没有人愿意尝试。如果坏人被他们抓住，只有一个下场，那就是被他们吃掉。

岛上有成千上万个水孩子，汤姆怎么数都数不过来。所有被残忍的父母抛弃的孩子，所有被虐待、被无情伤害的孩子，所有因为贫穷而死于发烧、霍乱、麻疹、猩红热以及谁都不愿意染上的疾病的孩子，还有所有被可恶的

师傅或者士兵杀害的孩子，全都聚集在这里，成为仙女们的水孩子。

我真希望有了新伙伴的汤姆从此以后不再搞恶作剧或是做一些淘气的事，也真希望他不要再去折磨那些不会说话的小动物。可是很遗憾，他仍然很淘气，喜欢捉弄一些小动物，除了海蛇。

他挠珊瑚的痒痒，弄得他们合不拢嘴；他吓唬海蟹，吓得他们躲进沙子里不敢出来；他还把石子丢进海葵的嘴巴里，让他们误以为那是美味佳肴。

其他的水孩子警告他：“你要小心点，不要再做这些坏事了，小心惩恶夫人来惩罚你。”但是汤姆觉得很开心，一句都听不进去。

终于，在星期五的早上，惩恶夫人真的来了。

那是一位看起来就让人害怕的女士，孩子们看见她，全都把浴衣整平，小手背在身后，乖乖地站得笔直，好像是要接受检阅一样。

惩恶夫人头戴一顶黑色的帽子，身上披着黑色的围巾，没有穿衬裙，一副宽大的绿眼镜架在她大大的鹰钩鼻上。她的鼻梁弯得很厉害，腋下夹着一根大戒尺。她长得可真丑，汤姆忍不住想向她做鬼脸，可是他不敢，因为她腋下的戒尺看上去不大好对付。

她挨个审视着孩子们，似乎很满意。虽然她没有问他们任何问题，也没有问他们这段时间的表现。

接着，她开始分发各种各样好吃的海点心给他们，有海饼干、海糖果、海苹果、海橘子、海牛眼睛，还有海太妃糖。对于那些表现最好的孩子，她还给他们好吃的海冰激凌。

汤姆看着这些好吃的东西直流口水，那些东西快发完了，他多么希望最后能够给他也留一点啊。

终于轮到他了，惩恶夫人叫他上前，手里拿着一个什么东西，然后丢进了他的嘴巴里。汤姆咬了一口，发现竟然是一块冷冰冰、硬邦邦的石子儿。

“你是个冷酷的女人。”汤姆哭着说。

“你是个冷酷的小男孩。是谁把石子儿丢进海葵的嘴巴里，让他们以为那是一顿美餐？你怎样对待别人，我就会怎样对待你。”

“是谁告诉你的？”汤姆问。

“是你刚才自己告诉我的。”惩恶夫人答道。

可是汤姆一直都没有开口说话，她又是怎么知道的呢？他感到非常吃惊。

“是的，每个孩子都会在不知不觉中告诉我自己做错了什么，什么都瞒不过我。去吧，以后要做一个好孩子，如果你以后不再往海葵嘴里扔石子儿，我就不往你嘴里扔石子儿。”

“我以前不知道那样做有什么不对。”汤姆委屈地说。

“那么现在你知道了。许多人总是喜欢这么说，为自己找借口。可是我告诉你，你不知道火会烧伤人，并不表示火就不会烧伤你。同样的，不能因为你不知道脏东西会滋生疾病，你

接触了脏东西就不会生病。就像那只龙虾一样，他并不知道钻进捕虾笼会有什么危险，可是他照样陷进捕虾笼里跑不出来。”

汤姆惊讶极了。原来，她什么都知道。当然啦，她是一位仙女，自然是无所不知的。

“所以说，你不知道那些事情不应该做，并不等于你做了错事能免受惩罚。但是，比起对明知故犯者的惩罚，小伙子，这只是一个很小的惩罚。”惩恶夫人的脸色缓和了一些。

“可是，您的惩罚未免也太严厉了一点。”汤姆说。

“是吗？我是你最好的朋友，不过我要告诉你，只要有人做了错事，我就会去责罚他们。我也不愿意如此，那些可怜的家伙，我时常替他们难过。可是没有办法，就算于心不忍，我也照样得做，我就像一架钟那样工作。我体内全是轮子和弹簧，而且被人很小心地上紧了发条，所以自己也无法控制。”

“你的发条是不是上了很久了？”汤姆这个狡猾的小家伙在想，总有一天她的发条会松的，或者有一天她忘记了上发条，那时候他就可以为所欲为了。

“我上一次发条就够了，那还是很久很久以前的事，我都不太记得了。”惩恶夫人说。

“天哪，”汤姆说，“那你岂不是被造出来很多年了？”

“我不是被造出来的，我的孩子，我是永远存在的，像永恒一样古老。”

这时她的脸上浮现出一种很古怪的表情：很庄严，很忧郁，可是又很美。她抬起头望着远方，目光越过大海，穿过天空，望着很远很远的地方。当她这样望着时，她脸上浮现出一种充满安静、温柔、仁慈和希望的笑容。汤姆突然觉得她一点也不丑。

她的确不丑，就跟许许多多没有天生丽质，看上去却很可爱的女人一样，很容易使孩子们喜欢上她。她就像一座普通房子，外表虽然看起来很简陋，但是窗子里面却有一个美丽善良的灵魂。

汤姆对着她微笑，那一刻，她看上去十分美丽。

惩恶夫人也笑了，对他说道："是啊，你刚才还认为我很丑，不是吗？"

汤姆低着头，脸一下子红到了耳根。

"我的确很丑，是世界上最丑的仙女，而且会一直丑下去，直到所有的人都不再作恶。到时候，我就会变得跟我妹妹一样漂亮了。我的妹妹是扬善仙女，她从我结束的地方开始，我从她开始的地方结束。如果你不愿意听她的，就得听我的，总有一天你会明白的。现在，你们都散了吧。汤姆你留下，看看我接下来做些什么，这在你正式开始上学之前是个不错的警告。"

接着，她对汤姆说："从现在开始，我每个星期五都会过来，把所有虐待小孩的人都带来，然后用他们虐待孩子的方法来惩罚他们。"汤姆十分害怕她的惩罚，于是爬到一块石头下面躲了起来。这使得原本住在那里的海蟹非常生气，但是汤姆无论如何都不肯离开。

惩恶夫人首先带来了给孩子吃泻药的医生们，让他们站成

一排。他们大多很老了，神情看起来十分沮丧。

她先把他们的牙齿都拔掉，接着给他们吃泻药、盐、巴豆和糖浆，他们一个个吃得龇牙咧嘴的。然后她又给他们服下大量的催吐剂，让他们把吃的东西都吐出来。这样做完后，再从头来一遍。就这么吃了吐，吐了吃，一个早晨很快就过去了。

接着，她带来了一群愚蠢的女士，这些女人因为粗心，弄疼了孩子的腰和脚趾。

她用束腰带把她们捆得紧紧的，使她们憋得难受极了，然后，她把她们的脚塞进又小又紧的鞋子里，让她们跳舞。在她们跳得难受到极点的时候，惩恶夫人会问她们“这样是不是很舒服”。如果她们回答“很不舒服”，她就放她们走。因为她们以前就是按照那些愚蠢的习俗让孩子们这么做的，而且她们还觉得这样对孩子有好处。

然后，她又带来了所有粗心的保姆，用很紧的带子将她们绑在童车里，把她们的头跟手臂挂在外面，推着她们到处走，直到她们头晕眼花，快要中暑为止。你可能会说，在水里不会中暑，但是我敢保证，那种滋味比中暑还难受。你现在知道了，如果你听见海底有车轮轰隆的声音，那就是惩恶夫人正在用童车推着保姆惩罚她们呢。

忙到这里，她累了，于是只好先去吃午饭，吃完午饭再继续工作。

吃过午饭后，她叫来了所有残忍的校长。她一看见他们就把眉头紧紧地皱着，好像一天中最重要的工作才刚刚开始一样。

她使劲地扇他们的耳光，用戒尺重重地打他们的头，用藤条抽他们的手心，然后再用她那巨大的戒尺拍打他们全身。最后，她罚他们在下个星期五来之前背完一篇三十万字的课文，他们听了都号啕大哭。他们的呜咽在海水里泛起许多像汽水一样的泡泡。这就是海水里面有气泡的原因之一。当然，也还有别的原因。不过对于小孩子们来说，这个原因和他们最有关系。这时，惩恶夫人很累了，也就停了下来。

在汤姆看来，这位夫人并不惹人讨厌，只是他认为，她似乎太残忍了点。这也难怪，这个可怜的老夫人，她必须要等到所有的人都改过自新了，才能变得美丽。她要等好久好久呢，还有无止境的工作等着她去做。她还不如一个洗衣服的工人，她们只需要洗完木盆里的衣物就好了，而她永远有干不完的活。但是亲爱的孩子，你要知道，世界上的很多事情都由不得你，人们并不是总能够选择自己要走的路。

可是汤姆很想问她一个问题。老实说，惩恶夫人看着他时，脸色还算温和，有时候还带着一点古怪的笑容。那笑容给了汤姆勇气，他开口说道："对不起，夫人，我可以问你一个问题吗？"

"当然可以，我的宝贝。"惩恶夫人说。

"你为什么不把那些狠心的师傅们叫来，也把他们惩罚一下呢？那些在煤矿里敲打童工的头，那些把学徒的鼻子锉平、指头锤平的打铁匠，还有所有扫烟囱的老师傅，就像我的师傅格林姆那样的人，为什么不叫来呢？好久以前，我就看见格林

姆掉进水里了，为什么不叫他来呢？他待我很坏很坏，我一点儿都没有冤枉他。”汤姆说。

听了汤姆的话，惩恶夫人的脸色变得非常严厉，连汤姆看了都害怕起来。他想，也许自己不该说这些事情。可是夫人并没有生他的气，她只是回答说：“我整个星期都在看守他们。他们待的地方和这里全然不同，因为他们知道那是错事还要去做，完全是明知故犯。”

她说话的语气很平静，可是声音里有一种力量使汤姆听了不由得浑身发抖，就像赤着脚掉进了一丛海荨麻里一样。

“可是眼前这些人，”她继续说道，“并不知道自己做的是错事，他们不过是愚蠢、性急了一点。所以我只是惩罚他们一下，使他们变得有耐心些，教他们像一个理性的动物那样去学会运用常识。至于那些扫烟囱的孩子、采矿的童工和打铁的学徒，我的妹妹已经派了许多好人去阻止那些事情发生。多亏了她，我才可以至少提早一千年变得美丽呢。现在，你得做个好孩子，你要人家怎样对待你，你就应该怎样对待人家。你肯做个好孩子的话，等到星期天我的妹妹扬善夫人来的时候，她或许会注意到你，并且教给你做人的道理。那些事她比我懂得多。”说完她就走了。

汤姆听到再也不会和格林姆碰上，心里很高兴。不过想到格林姆有时候会把剩下的啤酒给他喝，又有一点替他难过。他决心从此以后一定要做个好孩子。

他果然这么做了。他不再吓唬任何一只螃蟹，不去挠珊瑚的痒，也不把石子放进海葵的嘴里了。到了星期天的早晨，扬善夫人果然来了。所有的孩子看见她来，都高兴得拍着手跳起了舞，汤姆也跟着他们一起跳起舞来。这是一位多么美丽的仙女啊！她的头发和眼睛的那种漂亮色泽我没有办法告诉你，汤姆也说不出来。因为人们看见她的时候，他们能想到的只是：这是他们所见过的，或者想看见的最美丽、最善良、最温柔、最有趣、最快乐的一张脸。

她个子高高的，跟她姐姐一样高，可是和她姐姐不同的是，她不但容貌美丽、光彩照人，而且是所有的母亲中最和蔼、最温柔、最平和、最甜美、最令人想拥抱的那个。她最了解小孩子，因为她自己就有许多小孩，一大群的孩子。她一有空就跟孩子们玩，这是她最快乐的事情。孩子们是世界上最好的伙伴，也是最有趣的伙伴，至少世界上最聪明的人都是这样想的。

所以，当孩子们看到这位美丽的仙女时，全都拉着她，把她拉到一块石头上坐下。接着就有许多水孩子爬到她的怀里，有的搂着她的脖子，有的抓着她的手。孩子们都把拇指放在自己的嘴里吮着，就像无数的小猫在吃奶一样，发出满足的呜呜声。那些爬不到她身上的孩子就坐在沙地上，紧挨着她的脚。你知道，在水里是没有人穿鞋子的。汤姆站在那里瞪着眼睛看着这一切，不明白这到底是怎么一回事。

“你是谁呀，你这个可爱的小宝贝？”仙女问汤姆。

“哦，他是个新来的孩子。”孩子们把拇指从嘴里拿出来，一起叫道，“他没有妈妈呢。”说完，大家又赶快把拇指放进

嘴里。

“那么我来做他的妈妈，给他一个最好的地方坐吧。现在，你们全都下来。”说着，仙女抬起两只挂满水孩子的胳膊，一只胳膊上挂了九百个，另一只胳膊上挂了一千三百个。她把他们向左右两边投到水里，可是孩子们并不介意。他们连嘴里的拇指都不拿出来，又一个个扭动着身体向她游去，就像一大群蝌蚪一样，最后弄得她身上从头到脚爬的全是水孩子。

她把汤姆抱在怀里，把他放在最最舒适的地方，亲吻着他，轻轻地拍着他，用轻柔的声音跟他说话，给他讲故事。她说的那些事情，都是汤姆这辈子从没听过的。汤姆抬头望着她的眼睛，打心眼儿里爱上了她。最后，他在仙女甜蜜的爱抚中睡着了。

等他醒来时，仙女正在给孩子们讲故事。她讲了些什么故事呢？她给他们讲的故事是从某一个节日开始的，可是永远也不会讲完。当她讲故事的时候，孩子们都把大拇指从嘴里拿出来，聚精会神地听着，而且永远听不厌。他们听故事的时候从来不会感到悲伤，因为她从来不会给他们讲悲伤的故事。汤姆竖着耳朵听了很久很久，后来他又睡着了。等他醒来时，那个温柔的仙女仍旧轻柔地抱着他。

“不要走，”汤姆说，“我太幸福了。从来没有人这样抱过我呢。”

“不要走，”孩子们都说，“你还没有给我们唱歌呢。”

“好吧，那我就再唱一首歌吧。咱们唱个什么歌呢？”仙女问他们。

“丢失的布娃娃！丢失的布娃娃！”所有的孩子齐声叫起来。于是这位温柔美丽的仙女就唱了起来：

从前我有一个可爱的布娃娃
世界上最漂亮的布娃娃
她的脸颊白里透红
还有一头迷人的卷发
有一天我在灌木丛里玩
我丢失了那个可爱的布娃娃
为了她我哭了一个多星期
但是我怎么都找不到她

那天我又去灌木丛中玩耍
终于找到了我的布娃娃

她不再是从前的模样
她脸上的油漆全掉光
胳膊也被牛踩折了
她美丽的卷发不见了
可我依然像以前那样爱着她
她永远是我最漂亮的布娃娃

一个仙女唱出这样的歌可真是有点傻,而且居然有这么多傻乎乎的水孩子听得津津有味!可是在海底下,他们本来就是那样天真啊。

“现在,”仙女对汤姆说,“你愿不愿意为了我做一个好孩子呢?以后再也不要欺负海里的动物了,好吗?我会再回来看你的。”

“你还会像这样抱我吗?”汤姆依依不舍地问。

“当然会的,我的宝贝,我很愿意一直这样抱着你。只是我还有很多事情要去做。”说完,她就走了。

从此,汤姆果真变成了一个好孩子。他再也不折磨海里的动物了,而且把他们当作是自己的好朋友。

所以孩子们,你们是不是应当学好呢?不要做一个顽皮的孩子,不要让你们的妈妈那双美丽的眼睛为你们流下伤心的眼泪啊!

第四章　小老师艾丽

现在，该讲讲这个故事最令人伤心的部分了。

我知道，有的人会认为好笑，以为没有什么好伤心的，说我言过其实，但是我知道有一个人肯定不会这么想。这个人是我的朋友，他是一位军官。有一次他跟我说，世界上有两件事最让他伤心，那就是——一个孩子对着坏掉的布娃娃哭泣和小孩子偷糖果吃。他说出这番话时激动得热泪盈眶，还说要是可以避免这两件事情的发生，让他做什么都可以。

你一定以为，汤姆现在什么都有了，所以他肯定变成了一个十分乖巧的孩子。如果你这样想的话，那就大错特错了。一个人过得舒舒服服固然是件好事，可这并不能使他的品性变好。说实话，舒服有时候会使人变得不思进取。就好像马儿一样，吃得越多，活儿就干得越少。

我很难过地告诉你，我们的小汤姆也是这样子。他越来越喜欢吃海牛眼睛和海棒棒糖了，弄得他那单纯的小脑袋里别的事情一概都不想，一心只想多吃些海糖果。他总是盘算着那位

仙女什么时候会再来，给他什么样的糖果，给他多少，会不会给他的比给别人的多一些。他白天想的是糖果，晚上想的是糖果，甚至做梦的时候梦见的也是糖果。

他开始留心寻找惩恶夫人放糖果的地方。他偷偷摸摸地跟在那位仙女的后面，装作在看别的地方，寻找别的东西。经过几次跟踪以后，终于，他发现了那位仙女放糖果的地方。原来，她把糖果放在了一只美丽的、嵌满珍珠的蚌壳橱柜里，然后把柜子藏在一条深深的石缝中。

他真想过去打开那个小橱柜，可是他又非常害怕。他整天想着那些糖果，渐渐地就不那么害怕了。一天夜里，当其他孩子都睡着了，他想糖果想得睡不着，于是偷偷地爬了出去，到了石缝那边，找到那只装糖果的橱柜。啊，它竟然是开着的。

可是他却高兴不起来，反倒有些害怕，他开始后悔不该到这里来。

过了一会儿，他想："我只摸一下这些东西，就一下，应该没什么的。"于是，他就摸了一下。

后来他又想："我只是尝一下这些东西，就一块。"于是，他尝了一块。

接着他又想："我只吃两块，只吃三块……"他就这样两块三块地不停吃着。因为害怕惩恶夫人可能会突然出现抓住他，于是他索性狼吞虎咽起来，连嚼都不嚼一下。最后他觉得肚子饱了，就想再吃最后一块，接着又想再吃一块。就这样，汤姆把所有的糖果全都吃光了。

他做这些事情的时候,惩恶夫人就在他的身后,一直看着他。

也许有人要说,为什么惩恶夫人不把橱柜锁起来呢？这看上去也许是有些不可思议，但她从来就不给橱柜上锁，谁都可以去吃，想吃多少就吃多少。这好像很奇怪，然而事情就是这样。也许她明白这样的道理：许多人不经历切肤之痛，就不会吸取教训。

惩恶夫人摘下自己的眼镜，她不想再看下去了。因为难过，她的眉头皱得几乎可以碰到自己的头发。她的眼睛睁得很大很大，大得好像可以装下世界上所有的悲伤。她的眼眶里满含眼泪，她时常如此。

可是她只说了一句话："唉，你这个可怜的小家伙，你也跟其他人一样。"

她自言自语着，汤姆既听不见她说的话，也看不见她这个人。如果你认为她会因为心肠软，就不对犯错的人进行惩罚，那就大错特错了。当然每天都会有许多人是这样想的，他们总以为自己能侥幸逃脱惩罚。

那么，惩恶夫人看见汤姆偷吃了所有的糖果后，是怎么做的呢？她会不会打汤姆，会不会抓着他的衣领骂他，按着他的

脑袋、押着他、打他、拽他、捏他、敲他、扇他的耳光，再让他站到墙角，罚他坐在冰冷坚硬的石凳上反省自己呢？

不，她当然不会那样。因为她很清楚，如果她这样对待汤姆，汤姆就会挣扎反抗，对着她又打、又踢、又咬，还会骂脏话，重新变成一个顽皮的没教养的小孩。

那么她会不会盘问他、逼他、吓他、威胁他，强迫他招认呢？也不会。因为如果她这样逼汤姆，汤姆就会感到害怕，反而会说起谎来。这样的话，汤姆就会变成一个喜欢撒谎的小孩。

所以，对于这件事情，惩恶夫人一个字都没提。甚至第二天，汤姆和其他孩子一起来领糖果的时候，她也没有说一句话。

汤姆心里害怕极了，他不敢去领糖果，可是又不敢不去。因为他担心如果自己不去领糖果，别人就会猜到是他偷了糖果。

他想，糖果已经被自己吃完了，哪里还有糖果分给大家呢？到时候惩恶夫人一定会问，糖果到哪里去了？是谁吃掉了糖果？一想到这些，汤姆就不寒而栗。可是你瞧，惩恶夫人从那个橱柜里拿出了许多糖果，一点儿都没有少。汤姆惊呆了，心里更加害怕了。

当惩恶夫人盯着汤姆的脸时，他吓得浑身发抖。但是，她仍然分给他一份与别人一样多的糖果。他想，也许她还没有发现糖果被自己偷吃了吧。然而，当他把分到的糖果放进嘴巴里的时候，才发现糖果不是甜的，它的味道让他感到恶心，弄得他直想吐，可是他又不敢吐出来。所以他只好把糖果吞了下去，然后跑得远远的。

以后的整整一个星期，汤姆都闷闷不乐，心里感到十分难受。

又到了发糖果的时候，汤姆仍然领到了跟别人一样多的糖果，可是惩恶夫人看着他的时候，脸上显露出从未有过的悲伤神情。这一次的糖果更加难吃，但是他不得不把它们吞下肚去。

第二天，扬善夫人来的时候，汤姆期待她像以往那样抱着自己，可是她严肃地说：“我很乐意抱着你，可是我不能，你看，你身上有那么多的刺。”

汤姆低头一看，发现自己的身体不知道什么时候长满了刺，让他看起来就像一个怪模怪样的海胆。

亲爱的孩子，你必须明白，人的灵魂能塑造人的身体。所以当汤姆的灵魂长满了淘气的刺的时候，他的身上也就长满了刺。这样一来，就没有人愿意和他玩，也没有人愿意抱他了。

汤姆非常伤心，跑到角落里大哭一场。如今大伙都不愿意理他，当然，他很清楚这是为什么。

一整个星期他都非常难受。惩恶夫人来的时候，仍旧那样望着他，但是她的神情比以前更加严肃、更加忧郁。这时，汤姆再也忍不住了，他把手里的糖果扔掉，说：“不，我不要吃糖果，我再也不想吃什么糖果了。”可怜的汤姆，他忍不住放声大哭起来，把自己偷糖果的事一五一十地告诉了惩恶夫人。

讲完之后，他害怕极了，他多么担心惩恶夫人会严厉地惩罚他啊。但是她没有，她只是把他举起来，亲吻了他。她的下巴上长满了硬硬的毛茬，这让汤姆觉得很不舒服。但是很久没人那么亲过汤姆了，他想：“一个粗糙的亲吻总比什么都没有好。”

“我原谅你了，小家伙，”她说，“只要人们肯主动承认错误，我总是会原谅他们。”

“那么你能帮我除掉这些讨厌的刺吗？”汤姆说。

“那完全是另外一回事。是你自己弄上的，只有你自己能去掉。”

“可是我怎么才能去掉呢？”汤姆又哭了起来。

“嗯，我想你现在该去上学了。我会给你找一位女教师，她会教你怎样去掉身上的这些刺。”说完，惩恶夫人就走了。

一想到女教师的样子，汤姆心里就十分害怕。他想：“那位老师也许会带着一根白桦木做的戒尺，或者一根藤条。”最后他只好安慰自己，没准她是一位像温德尔那位老奶奶一样的女教师呢。

但是这位女教师跟他想的不大一样。惩恶夫人把她带来了，原来是一位非常美丽的小姑娘。她长长的卷发就像金色的丝带，雪白的衣裙像天上的云彩一样在她身体周围飘动。

“这就是汤姆，”惩恶夫人说，“你得教他学好，不管他愿不愿意学。”

“我明白了。”小姑娘说。可是她看起来似乎并不怎么情愿，她把自己的手指放在嘴里，低头偷偷地看着汤姆。汤姆也把手指放在嘴里，低着头瞟她，因为他觉得非常难为情。

小姑娘好像不知道该怎么教汤姆。如果不是可怜的汤姆放声大哭，哀求她教他怎样学好，帮助他治好自己身上的尖刺，她也许永远不会教他呢。可是她看见汤姆一哭，心就软了，于是开始教起了汤姆。

小姑娘教了汤姆些什么东西呢？首先，她教给他自己从小学过的那些东西，不过她教的东西要简单得多。因为那个世界里的功课不像我们这里，有那么多生僻的字词。所以那些水孩子都很喜欢自己的功课，而且都渴望学习更多的东西。

每个星期一到星期六，她都会教汤姆学习。但是每个星期天她都要回家去，由那位扬善夫人代替她上课。不久，汤姆身上的刺就全部不见了，他的皮肤重新变得干净光滑。

“天哪！”那小姑娘叫道，“我认出你是谁了，你就是那

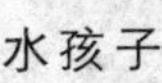

天跑进我房间里的那个扫烟囱的孩子。”

“天哪！”汤姆也叫了起来，“我也知道你是谁了，你就是那天我在房间里看到的洁白的小姐。”

说完他就向她奔过去，想要紧紧地抱住她，亲吻她。但是他没有那样做，因为她是一位出身高贵的小姐，所以他只是围着她不停地拍着小手，唱啊跳啊，直到筋疲力尽才停下来。

接着，两人都开始向对方谈起自己的遭遇。他讲自己是怎么落水的，她讲自己是怎么从石头上跌下来的；他讲自己是怎样游到海里来的，而她就讲自己是怎样从窗子里飞出来的。他们就这么一直讲啊讲啊，讲完了就又从头讲起。他俩到底哪一个讲得更快，哪一个讲得更多一些，我也说不上来。

然后，他们又重新开始上课。他们两个都非常喜欢上课，她喜欢教，他也喜欢学。就这么一天又一天，不知不觉，整整七年过去了。

你可能会觉得，汤姆这七年每一天都过得很快乐、很幸福，可是事实并非完全这样。汤姆心里总在想着一件事情，那就是：每个星期天艾丽都会回家，她到底回到哪里去了呢？

汤姆曾经问过艾丽这个问题，可是她只是说，那是一个非常美丽的地方，却不肯告诉他那个非常美丽的地方到底在哪里。

她对汤姆说，她不能说出那个地方在哪里。这很奇怪，可是的确如此，谁也说不出来。连常常去那里的人，甚至最靠近它的人，也说不出来，连它是什么样子也不能让别人知道。这个地方叫“天外仙境”，后来汤姆也去了。许多人吹嘘说他们知道那个地方，就像他们在那里当过邮递员一样，其实他们压根儿就没去过。

那些真正去过那里的可爱的、和蔼的、聪明的、无私的人，绝对不会告诉你一点儿有关那个地方的事情，他们只是说那里是世界上最美丽的地方。要是你继续追问下去，他们就会谦虚地保持沉默，因为他们怕被人家嘲笑。他们这样做是对的。

所以，善良的小艾丽也只能对汤姆说，世界上所有的地方加起来也比不上那里美丽。她越是这么说，汤姆就越是想去。

“艾丽小姐，”他终于忍不住说道，“我一定要知道每个星期天你回哪里去了，为什么我不能跟你一起去。你不告诉我，我就会心烦意乱，请你还是告诉我吧。”

“这你得问仙女去。”艾丽说。

等到下一次惩恶夫人来时，汤姆就向她问起这事。

“那些只配和海中动物玩耍的小孩子是没法儿去的，”她说，“去那里的人一定先要去他们不喜欢去的地方，做他们不喜欢做的事，帮助他们不喜欢的人。”

“那么，艾丽也这样做过吗？”汤姆问。

“你去问她吧。”

艾丽羞红了脸回答说：“是的，汤姆，我最开始不愿意到这儿来，也不愿意来教你，因为我在家里幸福极了。我开始还很怕你，因为，因为……”

“因为我浑身都是刺，对吗？但是我现在身上没有刺了，艾丽小姐。”汤姆说。

“是的，”艾丽说，“我现在非常喜欢你，也非常喜欢到这儿来。”

惩恶夫人说：“你明白了吗？也许你也必须学着去帮助你不喜欢的人，去你不喜欢的地方，就像艾丽一样。”

汤姆把手指放进嘴里，低着头想了半天，还是不明白其中的道理。

汤姆想：“也许我该去问扬善夫人，她不像她姐姐那么严厉，或许容易沟通一点。”于是当扬善夫人来的时候，他又向她问起那个问题，可是，让他失望的是，她的回答跟她的姐姐一模一样。

这使汤姆非常难过。那个星期天艾丽又回家去了，他烦恼了一整天，也哭了一整天。他完全没有心思去听仙女讲的那些关于好孩子的故事，尽管那些故事比以前讲的要好听得多。

的确，这些故事越是听得多，他就越不想再听了。因为这些故事讲的都是某个孩子怎样做自己不喜欢做的事，替别人辛苦；怎样努力工作来养活弟弟妹妹，而不是一心只顾自己玩耍，等等。最后，汤姆再也受不了了，就跑到一边，躲在一块石头下面。

当艾丽回来的时候，他有点不敢见她，因为担心她看不起他，认为他是个懦夫。他又很嫉妒艾丽，觉得她比自己强，能够做自己做不到的事。所以他常常生艾丽的气，故意不理睬她。看到汤姆这个样子，可怜的艾丽十分伤心。最后汤姆忍不住放声大哭起来，可是他还是不肯说出他真正的心事。

这段时间，汤姆一直在想着艾丽星期天到哪里去了这件事，因此他开始对自己的伙伴或者任何其他东西，都失去了兴趣。他对什么都感到不满，甚至没心思在这里再待下去了，他想离开这儿。

终于有一天，他对艾丽说："唉，我要离开这儿，我心里很难受，你愿意跟我一起走吗？"

"是啊，"艾丽说，"我也很想跟你一起走，可是仙女说过，如果你要离开，就必须一个人走。别摆弄那只螃蟹，汤姆。"

汤姆之所以摆弄那只螃蟹，是因为他又想淘气了。

"不要这样，汤姆，不然惩恶夫人又会惩罚你的。"艾丽说道。

汤姆本来想说，我才不管她会怎么做呢，但是他忍住了没有说。

"我知道她要我去做什么，"汤姆伤心地说，"她要我去找我以前的师傅格林姆。可是我一点儿也不喜欢他，我害怕他。如果我找到他，他一定会把我再次变成一个扫烟囱的孩子的。我知道，我害怕极了。"

"不，不可能的。这个我很清楚，只要是个好孩子，水孩子是不可能被任何人变成扫烟囱的孩子的，也不会被任何人伤害。"艾丽说。

"啊，我知道了，"汤姆生气地说，"我知道你要干什么了。你现在很讨厌我，所以你想说服我去找他，你想摆脱我。"

汤姆这样说可让艾丽伤透了心，她美丽的眼睛立刻充满了

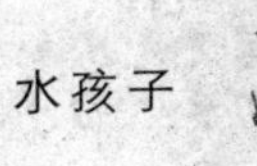

泪水。“天哪，汤姆，你怎么能这么说呢？”她哭了起来，接着叫道，“汤姆，汤姆，你在哪里？”

汤姆也在叫着：“艾丽，你在哪里？”

他们互相看不见了。汤姆听见艾丽的声音离他越来越远、越来越小，最后，什么也听不到了。

一种从未有过的恐惧涌上汤姆的心头，他飞快地在石头中间游来游去，游过所有的房间，游得比任何时候都快。可是，他怎么都找不到艾丽。他高声呼喊她的名字，却没有人答应；他向其他所有的水孩子询问她的下落，却没有人说见到过她。最后，他浮出水面，大声呼喊扬善夫人，但是她也没有出现。最后他只好哭着喊起惩恶夫人的名字，终于，她来了。

“天哪，天哪！”汤姆哭着说，“我惹艾丽生气了，她不见了，我该怎么办？”

“你放心，她没事。”惩恶夫人说，“我只是把她送回家了，她不会再来了。”

听到惩恶夫人这样说，汤姆哭得更伤心了。他的眼泪不停地流着，咸咸的大海也因为他的眼泪变得更咸了，甚至潮水因为他的眼泪涨得比前一天更高了一点。当然，也有可能是因为月亮更圆的原因。

“你太无情了，你把艾丽送走了。”汤姆呜咽着，“我要去找她，无论如何都要去找她。哪怕走到世界的尽头，我也要找到她。”

惩恶夫人听了汤姆的话，似乎并不生气。她没有因为汤姆的无礼而惩罚汤姆，也没有让他闭嘴，而是温和地把他抱在怀里，就像她妹妹经常做的那样。她告诉他，这并不能怪她，她像钟表一样，上紧了发条，有些事情不管她愿不愿意都得做。

接着，她又告诉汤姆，如果他想成为一个男子汉的话，就必须到外面的世界闯一闯。而且他得一个人去，就跟古往今来所有的男子汉一样，完全靠自己。他要用自己的眼睛去看，用自己的鼻子去闻，自己铺自己睡的床，自己犯错就自己接受应得的惩罚。

然后她告诉他，世界上有许多精彩的东西。一个人只要勇敢、正直、善良，那么世界在他眼中就会是一个奇异、有趣、井井有条的地方。

接着她又告诉他，遇见任何事情都不要害怕。只要他记着自己上过的课，做自己认为是正确的事情，那么任何东西都不能伤害他。

汤姆听了她的话，终于放下心来。他决定出去闯荡一番，看看外面的世界。

"不过，"他说，"在动身之前，要是能够再见艾丽一面就好了。"

"为什么？"惩恶夫人问。

"因为……因为如果我知道她能原谅我，我会非常高兴的。"汤姆说道。

一眨眼，艾丽已经站在他的面前，微笑着，看上去非常快乐。汤姆忍不住想去拥抱她，可是又怕这样做对她不尊重，因

为她毕竟是一位小姐啊！

“我走了，艾丽。”汤姆说，“哪怕走到世界的尽头，我也要去。不过我打心眼儿里不愿意离开你，真的。”

“先别这么说，”惩恶夫人说，“你会很愿意的，你这个小坏蛋，你心里很清楚。如果你真的不想去的话，我会让你愿意的。你过来，好好看看那些只顾寻欢作乐的人的下场。”

她从石缝里拿出一个小橱柜，那石缝里藏着各种各样神秘的橱柜。她从橱柜里取出一本非常神奇的防水书，里面全是些人们从没有见过的图片。在这本书上写着：“伟大而著名的道遥国子民从勤奋国出走，这些人整天只想着弹琴……”

第一幅画上，这些逍遥国人住在安逸州的土地上，那片土地就在无忧山的山脚下。山下到处长着闲聊树，如果你想知道那是什么，你就去读读《彼得·桑德普》这本书。

他们生活得很像古代住在西西里岛的那些快乐的希腊人，就像古瓶上画的那样。他们觉得这样的生活很不错，因此他们并不想工作。

他们不是住在房子里，而是住在美丽的岩洞里，每天在温泉里洗三四次澡。至于衣服，因为天气非常温暖，所以男人们外出时都穿得很少，戴一顶尖帽子，穿一条短裤或者类似的轻便夏装，女人们则在秋天采集些蜘蛛网来做冬衣。他们都非常喜欢音乐，可是又都嫌学钢琴或小提琴太麻烦。至于跳舞，他们也觉得那太吃力了。因此他们整天坐在蚂蚁山上，吹着口琴。如果蚂蚁咬到他们，他们就起身搬到别的蚂蚁山上去，如果再咬就接着再搬。

他们坐在闲聊树下，等那些闲聊果落到自己嘴里；他们坐在葡萄树下，把葡萄汁挤到喉咙里。在逍遥国，小猪都是自己烤熟了跑来跑去地喊着“来吃我吧”，所以他们只用等小猪跑到自己身边时，张嘴咬一口就行了。

他们不需要兵器，因为从来没有敌人走进他们的国土；他们不需要工具，因为一切都是现成的，拿来就用。而且那位严厉的生活老仙女也从来不管他们，不逼他们使用自己的大脑，或者取走他们的性命。

“哦，那种生活可真快活。”汤姆说。

“你真的这样认为吗？”惩恶夫人说，“你看到后面那座高大的山峰了吗？顶上有烟不断地冒出来。”

“看到了。”

“看没看到到处都是火山灰？”

“我看到了。”汤姆说。

“把书翻到五百年后，你就会看到发生了什么。”惩恶夫人说道。

汤姆把书翻到五百年后，看见火山像一满桶的炸药那样爆发了，沸腾得像开水壶一样。三分之一的逍遥国人都被炸得飞上了天，另外三分之一被烧成了灰烬，只有三分之一的人活了下来。

“你看见了，”惩恶夫人说，“住在火山上的人就是这样的下场。”

“你为什么不警告他们呢？”汤姆问。

“我警告过他们无数次。我让烟从火山口里冒出来，有烟的地方总是有火的呀。我在四周洒满火山灰，只要有火山灰，火山就可能再次爆发。可是他们不愿意面对现实，很多人都不愿意面对现实。他们编了一段无稽之谈，说这些烟是一个巨人的呼吸，说那个巨人是个被埋在山下的神。他们还说，那些火山灰是什么矮仙人烤小猪时留下的。碰到这样的人，我就没法教育他们了，除非用棍子把他们狠狠地揍一顿。”

接着，她把书翻到接下来的五百年后。图片上是剩余的逍遥国人，他们仍然像以前那样，只做自己想做的事情，而且懒得从火山边搬走。

他们说："火山已经爆发过一次了，所以不会再次爆发。"看着他们已经少得可怜的同类，他们还说："人多了有人跟你玩，人少了吃饭没人抢。"

可是这并不是事实，因为所有的闲聊树都被烧死了，所有的烤猪都被他们吃光了，你当然不能指望这些烤猪能生出小猪来。这样一来，生活就变得艰难了。他们不得不用树枝挖地里的草根和干果吃。有些人想种粮食，可是他们已经忘记了怎样耕种，甚至连怎样做口琴也忘记了。而且，他们已经把多年前从勤奋国带来的粮食种子都吃光了，根本不知道去哪里找种子。因此他们只好靠草根和干果度日，生活得很苦，瘦弱的小孩都死掉了。

"唉！"汤姆说，"他们变得和野人差不多了。"

"你看，他们变得多丑。"艾丽说。

"是啊，当人类没有烧牛肉和布丁蛋糕吃，单靠少量的蔬菜生活时，他们的嘴巴就会变大，嘴唇也会变得更加粗糙。"

说着，惩恶夫人又翻过五百年。这时，那些人已经全

都住在树上了，他们在树上做巢来躲避风雨，树下面有许多狮子在觅食。

“唉，”艾丽说，“这些狮子好像吃掉了许多人，现在活下来的人已经非常少了。”

“是啊，”惩恶夫人说，“你看，只有最强壮、最敏捷的人能够爬到树上，躲避狮子的追捕。”

“他们都是些阔肩厚背的家伙，”汤姆说，“我从来没有看见过这样粗野的人呢。”

“的确，他们现在变得非常强壮，因为女士们只愿意嫁给最强壮、最勇猛的先生。只有他们能帮助她们爬到树上，躲避狮子的追捕。”

她又翻过了五百年。这时，他们的人数更少了，也变得更加强壮凶猛。他们的双脚变成了非常奇怪的形状，他们能够将脚当作手来用，可以用脚抓住树枝。

两个孩子看了都感到非常诧异，就问惩恶夫人是不是她把他们变成了那副模样。

“也是，也不是。”她笑笑说，“只有那些既能够运用自己的手，也能够运用自己的脚的人，才能活下来，娶到妻子。他们就凭借这种优势，活了下来，而别的人都饿死了。这样，剩下来的人就保持着用脚的习惯。”

“他们中间有一个人浑身都是毛。”艾丽说。

“是的，”惩恶夫人说，“他将成为他们那个时候的大人物，而且是部落的首领。”

她把书又往后翻了五百年。果然，那个身上长毛的人是个首领，他的妻子生了许多身上长毛的孩子，这些长毛的孩子又生出更多长毛的孩子。因为气候已经变得寒冷，只有身上长满了毛，才能好好地活下去。

她继续往后翻着书，他们的人数已经少得可怜。

“看，这里有个人正趴在地上找草根吃呢。”艾丽说，“他已经不能直起身子走路了。”

他的确不能再直起身子走路了，他们的脚已经完全变了形，他们的脊背也变了形。

“唉，他们根本就是猴子嘛。”汤姆说。

“是的，他们确实非常像猴子。”惩恶夫人说，“这些蠢东西，好几百年都没用过自己的脑子，现在已经不会思考问题了。笨孩子从自己的笨爹妈那里学不到什么东西，连简单的几句话都记不住。而且，他们变得生性野蛮、性格孤僻，相互躲着对方，独自一个人待在黑暗的森林里，不和别人交谈，几乎已经忘了该怎样说话了。”

又一个五百年后，由于没有足够的食物，又有野兽和猎人的攻击，他们几乎全部死掉了。只有最后一个很老很老的家伙还活着，他的嘴唇就像涂了油的皮鞋，站起来起码有七尺高。

一位有名的狩猎者发现了他，看见他在那里捶着自己的胸脯吼叫，于是走到他面前，冲他开了枪。

他记得自己的祖先曾经是人，他本想对狩猎者说：“我们是同类。”可是，他已经忘了如何说话。他想去找医生，也不

知道“医生”这个词该怎么说。他只能发出“呜呜”的声音，就这样，最后一个逍遥国人也死了。

这就是伟大而著名的逍遥国的结局。汤姆看到这样的结局，感到非常难过。他站在那里，表情严肃。

“难道你不能救他们吗？”艾丽问惩恶夫人。

“我本来可以的，亲爱的。可是他们首先得让自己的行为像一个人，并且下定决心去做自己不喜欢的事情才行。他们等得越久，就变得越笨；越是只做自己喜欢的事情，就会越笨，越来越像只野兽。最后，就无药可救了。就是这种事情的不断发生，才使我变得如此丑陋，真不知道什么时候我才能变得美丽。”

“他们现在在哪里呢？”艾丽问。

“去了他们应该去的地方，亲爱的。”

惩恶夫人合上书以后，好像是对着两个孩子，又有点像在自言自语，满脸严肃地说：“是啊。有人说我能把野兽变成人，他们这样说也许是对的。不管他们的祖先是谁，他们现在都是人了。因此我要劝他们从此要像个人，照人那样做事。可是他们应该明白，什么事情都有两面性，有进化，就有退化。如果我能把野兽变成人，我也就可以把人变成野兽。小汤姆，你就有一两次几乎变成野兽了呢。说句实话，如果你再不下决心出去走一趟，看看外面的世界，我可不敢保证你不会变成池塘里的一条小水蜥。”

“天哪！”汤姆说，“我这就走，越快越好，哪怕走到世界的尽头。”

第五章　寻找天外仙境

“现在，我准备动身了。”汤姆说，“我这就去找格林姆先生，不管他在什么地方。”

“啊，汤姆，”惩恶夫人说，“你真是个勇敢的好孩子。但是，如果你要找到格林姆先生，就要去比世界的尽头更远的地方，因为他在天外仙境。”

惩恶夫人接着告诉他：“你必须先到光辉墙，通过一扇从不打开的白色大门，然后再去和平池，去嘉利妈妈的安息地，那里是善良的鲸鱼死去的地方。嘉利妈妈会告诉你去天外仙境的路，你在那儿可以找到格林姆先生。”

“可是，”汤姆说，“我不知道怎么去光辉墙。”

“孩子，你必须不怕困难，自己去寻找答案，否则，你就永远长不大。你可以向海里和天上的各种动物打听，只要你对他们有礼貌，一定会有人告诉你去光辉墙的路。”惩恶夫人说道。

“好的。”汤姆说，“这将是一次漫长的旅行，所以我还是立刻动身的好。再见了，艾丽小姐。你知道我已经是个大孩子

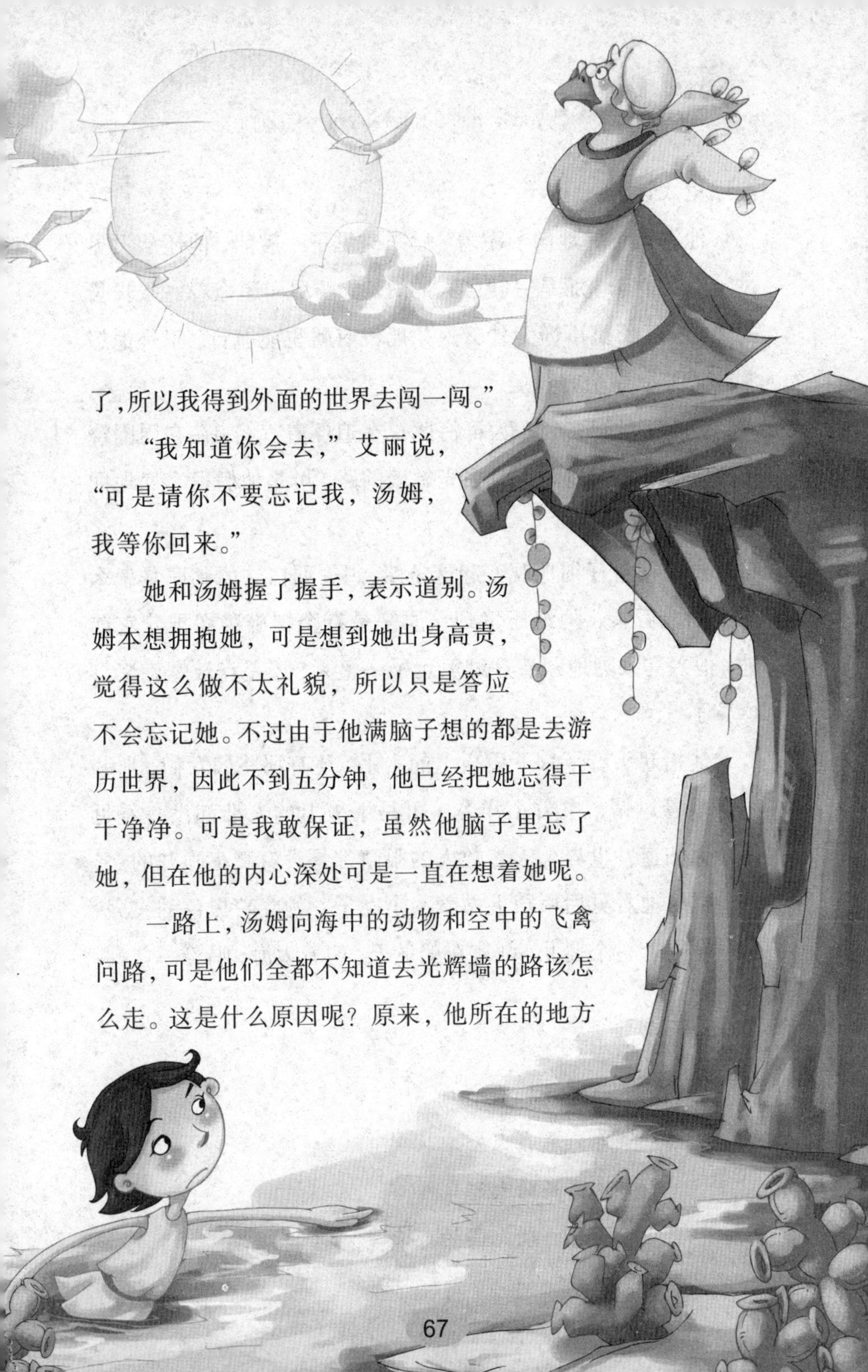

了,所以我得到外面的世界去闯一闯。”

“我知道你会去,”艾丽说,“可是请你不要忘记我,汤姆,我等你回来。”

她和汤姆握了握手,表示道别。汤姆本想拥抱她,可是想到她出身高贵,觉得这么做不太礼貌,所以只是答应不会忘记她。不过由于他满脑子想的都是去游历世界,因此不到五分钟,他已经把她忘得干干净净。可是我敢保证,虽然他脑子里忘了她,但在他的内心深处可是一直在想着她呢。

一路上,汤姆向海中的动物和空中的飞禽问路,可是他们全都不知道去光辉墙的路该怎么走。这是什么原因呢?原来,他所在的地方离那里太远了。

他漫无目的地向前游着，后来碰见了一艘船，他还从没见过这么大的船。那是一艘巨大的海轮，船后面还拖着一条长长的黑烟。汤姆搞不懂为什么这条船没有帆也能航行，于是他想游到近处去探个究竟。

这时，汤姆看到一大群海豚正在追逐着汽船，在它周围绕来绕去。汤姆向他们打听去光辉墙的路，可是他们很客气地回答说不知道。

汤姆接着仔细地观察起这条船，想弄明白这船到底是怎么前进的。后来，他终于发现，原来是有个螺旋桨在推着它前进。他兴高采烈地跟着这艘船玩了一整天，还差点被螺旋桨打掉鼻子。

他抬起头看了一下甲板上的水手，还有那些妇女们。那些妇女戴着风帽，拿着小洋伞。可是甲板上的人谁都没有看见他，你知道，世界上大多数人的眼睛都是没有真正睁开的。

这时他看见后甲板上站着一个女子，她穿着黑色的丧服，手里还抱着一个婴儿。她靠在船舷上，望着大海，唱着一首歌：

风儿啊
从南方轻轻吹来
推着云朵在天空中玩耍
炽热明亮的太阳
照耀着一望无际的大海

风儿啊

请用你灵巧的双手

织一床五彩的锦被

让我的宝贝盖在身上

进入甜美的梦乡

她的嗓音十分甜美，这首曲子也非常动听。汤姆一直看着她，陶醉在美妙的音乐中。

过了一会儿，她停止了歌唱，开始看着那些在海中玩耍的海豚，她还不时地把那些海豚指给她的孩子看。那孩子似乎看见了汤姆，向他伸出手来，并且不停地在他母亲的怀里又踢又跳，似乎想挣脱他的母亲，跳下海来把汤姆救上船去。

“你看见什么了？我的宝贝。”那个女子温和地问她的孩子。然后她顺着孩子的目光望去，发现了正在海里游泳的汤姆。

她吓得尖叫起来，过了一会儿，她又说：“哦，海里的孩子，你好吗？也许，大海才是孩子们最好的游乐场吧。”说着，她朝汤姆招了招手。

这时，一个保姆模样的人走了过来，她全身也穿着黑色的衣服，把那个女子拉进船舱里去了。

于是汤姆转身继续向北游去，他看着汽船越走越远，最后终于看不见了。突然他心里有一种淡淡的忧伤，他也不知道是为什么。

他继续游着，游了一天又一天，后来遇见了一条鲱鱼王。

鲱鱼王的鼻子上长着一柄梳子，嘴里还含着一条小鲱鱼——鲱鱼王把他当成雪茄。汤姆向他打听去光辉墙的路，他把小鲱鱼竖了起来，说："小伙子，我看你最好还是上孤独礁去问那最后一只大海鸦。她出身于一个很古老的家族，年纪很大，跟许多旧房子里的老太太一样，知道很多稀奇古怪的陈年旧事。"

汤姆接着向他打听怎么去大海鸦那儿，鲱鱼王非常好心地告诉了他。鲱鱼王是一个彬彬有礼的守旧派老绅士，尽管长得很丑，打扮得花里胡哨，可是他非常有礼貌。

他谢过鲱鱼王，准备去找大海鸦，鲱鱼王在他后面叫道："嘿！我问你，你会不会飞？"

"我不知道，没有试过。"汤姆回答道。

"如果你会飞，千万不要告诉那个老太太，一定要记住了，再见。"

汤姆游了七天七夜，来到了鳕鱼海岸，在那里看到了他从没见过的景象。只见几万条大鳕鱼潜伏在水里，终日吞食着贝壳；还有上百条蓝鲨在水中游来游去，遇见鳕鱼就把他们吃掉。从古到今，他们就这样生存着，人类至今还没有前来捕捉他们，所以他们依然过着快乐的日子。

就在这里，汤姆见到了那只仅存的大海鸦，她孤零零地站在孤独礁上。她是一个个子很高的老太太，足足有三英尺高。她笔直地站着，看起来很威严，就像某些高原部落的老族长一样。她穿着一件黑丝绒的长袍，戴着白帽子，围着白围裙。她的鼻梁非常高——这是她高贵血统的标志，鼻子上还架着一副

白边眼镜。这使她看上去非常古怪，但这是她古老家族的风俗。

她没有翅膀，只长了两只有羽毛的胳膊。她把它们当作扇子不停地扇动着，一个劲地埋怨天气太热。她一直哼着一支古老的歌谣，那还是很久很久以前，当她还是一只雏鸟时学会的：

两只小鸟儿，坐在石头上
一只游走了，一只留下来
还有一位不幸的老太太

另一只也游走，一只都不剩
只有可怜的石头孤零零
还有一位不幸的老太太

本来歌词中说的是鸟儿“飞走”了，而不是“游走”，可是，由于她自己不能飞，所以她觉得歌词应该改一下。总之，这支歌由她来唱非常合适，因为她自己也是个老太太啊。

汤姆恭恭敬敬地走上前，鞠了一躬。

大海鸥第一句话就问：“你有翅膀吗？你会飞吗？”

汤姆可是个机灵的小家伙，他记得鲱鱼王说过的话，所以回答道：“哦，夫人，我既没有翅膀也不会飞，我对飞一点也不感兴趣。”

“那么我就很愿意和你聊上一会儿了，亲爱的。现在能看见没有翅膀的东西真是令人精神振奋啊。如今那些刚出生的鸟儿都有翅膀，都会飞翔。他们总想飞得高高的，到底是为了什么呢？在我祖先的那些年代里，没有一只鸟儿想过要有翅膀，没有翅膀也过得很好。现在他们都在笑话我，就因为我遵循了古老的好传统。”

她没完没了地说个不停，汤姆一直想插话却插不上。终于，这位老夫人说累了，抬起手臂给自己扇着风，汤姆这才插上话，向她打听怎么去光辉墙。

“光辉墙？我当然知道。没有谁比我了解得更清楚了。几千年前，我们都是从光辉墙那边过来的。那时的天气十分凉爽，正适合像我们这样的上流人士生活。可是现在，天气真是热得要命。再加上这些长了翅膀的下流东西飞上飞下，碰到什么就吃什么，把东西全吃光了，弄得我们这些上流人士没东西吃。

“一千年前，那些下等的东西远在一英里之外看见我们，就会赶紧躲开。后来，我们不敢出去觅食，或者离开这块礁石，因为害怕撞见这些飞来飞去的东西。我说到哪儿了？

“唉，亲爱的，我们的日子真是一天不如一天了。现在除了荣誉之外，什么也没有。我是家族里剩下的最后一位成员了。当我年轻时，我和我的一个朋友一同来到这块礁石上住下，为的就是避开那些下流东西。

“很久以前，我们海鸦是最大的族群，所有北方的岛屿都住着我们的同胞。可是人类开枪打我们，敲我们的头，抢走我们的蛋。唉，说来也许你不相信，他们沿着拉布拉多海岸航

行，那些水手时常在岩石和一种他们叫作船的东西之间，放上一条木板，然后沿着木板把我们赶上船。上了船后，我的同伴们被一堆堆地赶进船舱里。我也不知道他们最后被带到哪儿去了，我想，他们应该是被那些人类给吃了。

“对了，现在讲到哪儿了？哦，我想起来啦，最后，我们的家族几乎全军覆没了，只有古老的大海鸦岛上面还有一些。就算是在那里，我们也不得安宁。

“那时我还是个小姑娘，有一天，突然地动山摇，海水翻腾，浓烟和灰尘布满了天空，古老的大海鸦岛就这样沉入了大海。那些海燕和海雀当然飞走了，可是我们太骄傲了，不屑这样做，结果有些跌得粉身碎骨，有些淹死了。剩下的逃到爱尔兰，后来那些短嘴小海雀告诉我，他们现在也全都死掉了。据说原先紧靠大海鸦岛的地方又升起一座大海鸦峰来，不过那地方很不平坦，住在上面不安全。所以，我就一个人待在这里。”

这就是大海鸦的故事，可能你会觉得奇怪，可是事情就是这样的。

“谢谢您告诉我这些，不过，能不能先告诉我，去光辉墙的路到底该怎么走呢？”汤姆问。

“哦，你要走了吗？我的宝贝。让我想想，天哪，我可怜的脑袋真是糊涂了。我的小宝贝，恐怕你要问问那些下贱的飞鸟了，因为我已经完全不记得了。”

可怜的老海鸦开始哭泣，流下了伤心的眼泪。汤姆也很难过，为她，也为自己，因为他实在不知道到底该去问谁了。

就在这时，一大群海燕飞了过来。汤姆觉得，他们比大海鸦好看多了。这些海燕像一群黑燕子一般飞来飞去，小脚缩在身后，姿势是那么轻盈优雅。他们还温柔地呢喃着，声音好听极了。汤姆立刻就爱上了他们，同他们打招呼，向他们打听怎样去光辉墙。

“光辉墙？你要去光辉墙？那就跟我们走吧。我们是嘉利妈妈的小鸟。嘉利妈妈吩咐我们到大海的各个地方，给所有善良的动物指明回家的路。”那群海燕说道。

汤姆高兴极了，又对着大海鸦鞠了一躬，然后就向着那群海燕游了过去。大海鸦没有还礼，她仍然笔直地站着，望着远方，流着眼泪唱着：

只有可怜的石头孤零零
还有一位不幸的老太太

汤姆下次经过的时候，他将看到另一番景象。那时大海鸦已经去世了，几百条渔船在这里下锚，有来自苏格兰的，有来自爱尔兰的，有来自奥克尼群岛的，也有来自设德兰群岛的，还有来自北方渔港的，船上满载着那些斯堪的纳维亚人的后代们。那些人将要用绳索把成千上万的鳕鱼拖上船来，直到拉得手臂酸痛为止。他们还要制造鱼肝油，腌制咸鱼。一艘军舰将停泊在这里保护他们，礁石上将有一座灯塔给他们照路。

现在，汤姆急着动身到光辉墙去，可是海燕说不行，因为

他们得先去鸟岛。在夏季海鸟迁徙之前，他们要在鸟岛举行一场大聚会，到时候可以找些去光辉墙的鸟儿，带领汤姆过去。

不过汤姆得保证绝不说出鸟岛的位置，他们才肯带他去。因为人类一旦知道鸟岛在哪里，就会到那里去用枪打死那些可怜的鸟儿，把他们做成标本，然后放到愚蠢的博物馆里。他们本应该待在嘉利妈妈的花园里游戏、工作、繁衍，那儿才是他们最想待的地方啊。

所以，鸟岛的位置我们谁也不知道，现在我们知道的是，汤姆在那里待了很多天，看到了海鸟们往岛上聚集的情景。

那是一片黑压压的海鸟，遮天蔽日，各种各样的鸟类都有。天鹅、大雁、秋沙鸭、潜水鸟、短嘴小海雀、海鸥、海燕，以及各种各样叫不出名字的海鸟。

他们有的划着水，溅起一片片水花；有的在沙滩上梳妆打扮，落下一片片白花花的羽毛。他们聚集在一起叽叽喳喳地说个没完，那声音，就算你在十英里之外都能听得清清楚楚。

海燕在海鸟之间穿梭，问问这个，再问问那个，想知道谁打算去光辉墙。虽然大家都有不同的目的地，但是没有一个是去光辉墙的。

最后，善良的海燕只好告诉汤姆，他们可以带着他走一段路，但是只能把他带到扬马延岛，剩下的路就只有靠他自己去找了。

就在汤姆和海燕们向着东北方向前进的时候，海上刮起了大风。原来，有个穿着灰色大衣的老先生在墨西哥湾照看一个大铜水壶。嘉利妈妈让他制造更多的蒸汽，方便海鸟的飞行。

现在，蒸汽“呼呼呼”地刮过来了，弄得人晕头转向，可是汤姆和海燕可不在乎，因为那是顺风。他们掠过海浪的浪尖，就像许多飞鱼在欢快地飞行。

后来，他们看到了一幕令人难过的景象：一艘巨轮翻在水里，随着波浪起伏。甲板上的东西已经被海水冲刷得干干净净，船上再也没有活着的东西了。

海燕绕着船飞舞着，哀鸣着。他们真的非常难过，同时也想找找看有没有剩下的腌肉。汤姆爬到船上，四处张望着，他非常害怕，也非常伤心。

这时，汤姆发现在背风的船舷下面，紧紧地绑着一个

儿童吊床，里面躺着一个熟睡的婴儿，他还活着。汤姆想过去叫醒他，突然，从吊床下面蹿出一条黑色的小狗，它冲汤姆狂吠着，不让他碰吊床。

虽然汤姆知道那狗的牙齿伤不到他，但是那狗却可以把他推开。没有办法，汤姆只得先把这条狗弄开。他想帮助那个可怜的婴儿，却又不想把小狗丢进大海。正在他们僵持不下的时候，一个绿色的海浪打了过来，把他们全部卷进了大海。

“啊，那个孩子，那个孩子不见了！”汤姆着急地叫着。可是很快他就不叫了，因为他看见那吊床在绿色的海水中缓缓地沉了下去，而婴儿仍然在里面安详地睡着。接着，仙女们从海里出来了，她们用温柔的手臂接住那个孩子，把他带下去了。汤姆明白了，那个孩子会没事的，海里又多了一个水孩子。

那条狗呢？他呛得打了好几个喷嚏，把自己的皮都打掉了，变成了一条水狗。他跳起来，围着汤姆打着转，跟着他在海浪上奔跑。在汤姆以后的路途中，那条狗一直跟着他。

他们重新上路了，终于远远地望见了杨马延岛，它像一个白面馒头一样耸入云间，足足有两英里高。

在这里，他们碰到一大群海鸥，那些海鸥正在啄食一条死鲸鱼。“我们可以让这些家伙给你引路，”海燕们说道，“我们不能带你再向北走了。我们不喜欢在浮冰中间穿行，那样会把我们的脚趾冻坏的，但这些海鸥倒是哪儿都能去。”

于是，海燕们就向海鸥打招呼。可是那些海鸥们正忙着呢，他们你争我夺，抢着吃那条死鲸鱼的肉，根本不理睬海燕。

“过来，过来！”海燕说，“你们这群又懒又馋的蠢货。这位年轻的先生要上嘉利妈妈那儿去，如果你们不照顾他的话，嘉利妈妈不会饶过你们的，懂吗？”

“我们是嘴馋，”一只肥胖的老海鸥说，“可是并不懒。至于你们骂我们是蠢货，你们也好不到哪儿去。好吧，让我来瞧瞧这小伙子。”

他拍着翅膀飞到汤姆跟前，毫不害羞地端详了他一阵。这些海鸥全是厚脸皮，捕鲸鱼的人都知道的。接着他就问汤姆从哪里来，一路上都见过哪些东西。

汤姆一一告诉了他，他好像很高兴的样子，夸汤姆是个有勇气的孩子，能够不怕辛苦千里迢迢地来到这里。

“来吧，伙计们，”他对其他的海鸥说，“看在嘉利妈妈的面子上，把这个小家伙送到浮冰那边去吧。今天我们肥肉吃得不少了，现在花一点工夫来帮帮这个小伙子吧。”

于是那些海鸥便背起汤姆和他的狗，带着他们飞走了，他们身上弥漫着一股鲸油的味道。

“你们是谁？”汤姆问。

“我们都是当年格陵兰岛的船长。几百年前，我们都在这里捕鱼。由于我们的粗鲁和贪婪，我们被仙女变成了海鸥，让我们一年到头只能吃死鲸鱼肉。可是我们不蠢，就是现在我们也能驾船跟北方海洋上的任何船长比个高低，不过对于这些玩着新花样的汽船我们可不怎么喜欢。海燕说我们是蠢货真是太不像话了，他们仗着自己是嘉利妈妈的宠儿，自以为有多了不

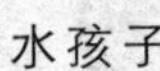

起，可以随便骂人。”

这时他们已经到了浮冰边上。透过雾气和暴风雪，已经隐约可以看到那一头的光辉墙了。那些巨大的冰块在互相撞击着，都想将对方碾成粉末。在那些冰块中间，漂浮着许多巨轮的残骸，船上的水手都被冻成了冰块，牢牢地粘在甲板上。

可怜的人啊，这都是些热血男儿。他们之所以死去，就是为了寻找那至今还没有打开的白色城门。

汤姆感到很害怕，他不敢到那些冰块中间去，害怕会被压得粉身碎骨。

善良的海鸥把汤姆和他的小狗背起来，带着他们平安飞过浮冰，飞过那些怒吼碰撞的冰块，直接来到光辉墙的脚下。

“门在哪儿？”汤姆问。

“没有门。”海鸥回答说。

“没有门？”汤姆很奇怪。

“没有，别说门了，就连一条缝儿都没有。光辉墙的秘密就是这个，那个传说中的白色大门从未打开过，谁也不知道它在哪里。小伙子，那些比你大得多的家伙们吃尽了苦头也没有找到门。如果他们能够找到的话，就不会被冻成冰块了。如果门被他们打开了，墙那边的许多鲸鱼可就要遭殃了。”

“那我该怎么办呢？”汤姆问。

“如果你有勇气的话，可以从浮冰下面潜水游过去。”海鸥回答道。

“我大老远地跑过来，绝对不会回头的。”汤姆说，“现在我就游过去。”

“那么，祝你好运了，小伙子。”海鸥说，“我们知道，你是个勇敢的小伙子，再见！”

“可是，为什么你们不跟我一起去呢？”汤姆问。

“哦，我们不能去，我们现在还不能去！”海鸥号叫着，飞回浮冰那边去了。

汤姆潜入水中，游到那座从未打开的白色城门下面，那条水狗也跟着他潜入了水中。他们在一片漆黑的坏境中摸索着向前游，就这样游了七天七夜。他一点儿也不害怕，他为什么要害怕呢？他可是个勇敢的孩子,他的目的就是出来闯荡世界啊！

终于，他看见了光亮和头上清澈的海水，于是他从万丈深的海底浮了上来，他的小狗仍然跟在他后面。一群密密麻麻的海蛾在他的头上形成一片云，这些蛾子有着粉红色的头和翅膀，身体是乳白色的，他们慢慢地拍着翅膀。有的蛾子翅膀是棕色的，拍得很快。还有许多黄色的小虾，又蹦又跳，跑得飞快。那些五光十色的水母，不跳也不蹦，只在那里闲荡着，打着哈欠，不肯给他让路。小狗对着这些东西一通乱咬，咬得下巴都酸了。但是汤姆懒得理会他们，他一心一意地只想浮上水面，去看看那些善良的鲸鱼的水池。

原来这里是个非常大的水池，方圆不知道有多少英里。这里的空气非常明净，连对岸的冰山都好像近在眼前一样。冰山耸立在池子四周，上面装点着山洞、桥梁、亭台楼阁，中间住着一些冰雪仙女。她们在那儿驱走风暴和乌云，让嘉利妈妈的

水池永远保持安宁。

太阳在这里巡查，他天天在外面走上一圈，或是在冰城上面窥望一下，看看是不是一切正常。闲着的时候，他偶尔也会变变戏法，或者放些烟花礼炮来取悦那些仙女。他会同时变成四五个太阳，或者在天上画许多白色的圈圈、十字和月牙，自己坐在当中，朝着仙女们挤眉弄眼。我敢说她们全被太阳给逗乐了，因为在这个国度里，一切都是那么美好。

在如油画般静谧的海面上，躺着那些善良的鲸鱼。他们都是些好脾气、爱打瞌睡的巨兽。有长须鲸、蓝鲸、露脊鲸和长有长角浑身斑点的独角鲸。但是那些抹香鲸因为脾气坏，喜欢

横冲直撞，乱吼乱叫，所以全都被关在南极的一个大池子里。如果嘉利妈妈放他们过来，这个和平池就不会再和平了。南极的冰天雪地里有一座大火山，叫作埃里伯斯山。那些抹香鲸就在埃里伯斯山东南方两百六十三英里的大池子里，天天用他们丑陋的鼻子相互撞来撞去，一刻都不肯安宁。

而在北极，只有善良的、安静的鲸鱼。他们就像许多单桅船的黑船身一样躺在那里，不时喷出白色的水雾，或者张着大嘴四下游行，等那些海蛾游进他们嘴里去。他们在这里十分安全，过着幸福的生活。他们只需要做一件事情，那就是在和平池里静静地等候着，等嘉利妈妈召唤他们前去，让他们获得新生。

汤姆朝离他最近的一条鲸鱼游过去，向他打听嘉利妈妈住在哪里。

“水池中间坐着的那个就是她啊。”鲸鱼回答他。

可是汤姆在水池中央只看见一座高耸的冰山，没有看见什么老夫人，在他心中嘉利妈妈的形象是一个和蔼可亲的老夫人。

他把自己的想法告诉了鲸鱼，鲸鱼说：“那座山就是嘉利妈妈，你走近了就会看到的。她整天坐在那里，忙着让动物重获新生。”

“她是怎么做到的？”汤姆好奇地问。

“那就是她的事情了，我不知道。”老鲸鱼说，说完他就打了个大哈欠。他的嘴实在太大了，这一下他嘴里游进了九百四十三只海娥、一万三千八百四十六只跟针头一样大小的海蜇

和四十三只小冰蟹。那些小冰蟹相互用钳子夹了一下对方作为道别，决定死得体面些。

“我猜，”汤姆说，“她大概会把你这头大鲸鱼变成很多只海豚吧？”

鲸鱼听了忍不住哈哈大笑起来，把所有吞进去的动物都咳了出来。这样，他们免去了葬身鲸腹的厄运，于是赶紧游走了。

汤姆好奇地向着冰山游了过去。等他游到冰山跟前时，抬头一看，冰山已经变成一位他从来没有见过的容貌庄严的老夫人。

这位老夫人坐在白色的大理石宝座上。宝座的脚下，千千万万种新生的动物游了出来，游到海里去了。他们千姿百态、五光十色，长得全是人类怎么都想不到的模样。他们都是嘉利妈妈的孩子，是她不断地用海水造出来的。

汤姆还以为会看见她忙得不可开交的样子，剪裁啊、配样啊、量尺寸啊、缝制啊、补缀啊、抛光啊、设计啊、浇铸啊、打磨啊、雕琢啊、修剪啊，等等，就像人类制造东西时的那种样子。

可是他错了。她只是用手托着下巴，静静地坐在那里，两只跟海水一样深蓝的大眼睛凝望着大海。她的头发像雪一样白，她已经很老很老了。事实上，她比你碰到的任何东西还要老。

她看见了汤姆，用仁慈的目光看着他。

“你要做什么？我的孩子，我已经很久没有看见过水孩子了。”

汤姆告诉他自己要做的事情，向她询问怎样才能去天外仙境。

“你知道路的，你自己已经到过那儿了。”嘉利妈妈和蔼地说。

“我去过？夫人，可是我全都忘记了。”汤姆说。

“那就看着我的眼睛。”

汤姆看着她那双大大的湛蓝的眼睛，立刻清楚地记起那条路该怎么走了。你说，这是不是很神奇？

“谢谢你，夫人。”汤姆说，“那我就不麻烦你了，我知道你很忙。”

“我从没像现在这么忙过。”她说着，可是她连手指都没动一下。

“夫人，我听说你可以用年老的动物造出新生的动物来？”汤姆问道。

嘉利妈妈笑了。“那只是人们的猜想。我不会那么麻烦地自己动手去制造，我总是让动物们自己制造自己，而我就坐在这儿。”她说。

汤姆想：“这真是一位聪明的仙女。”当然，他的想法非常正确。

这正是善良的嘉利妈妈最厉害、最了不起的一种法术。有那么几次，她在那些浮夸的人面前显露过这种法术。譬如有一次，一个很聪明的仙女发明了一种制造蝴蝶的方法。我说的不是假蝴蝶，而是真正的蝴蝶，会飞、会吃东西、会产卵，可以

做一切蝴蝶能做的事情。接着，她就来找嘉利妈妈，在她面前炫耀自己的本事。

但是嘉利妈妈只是微笑着对她说道："傻孩子，任何人只要肯花工夫，都能够造出东西来。但是并不是每个人都像我一样，能够让他们自己制造自己。"

人们总是不愿意承认嘉利妈妈的智慧，除非让他们亲眼见到。

"那么，可爱的小伙子，"嘉利妈妈说，"你真的知道去天外仙境的路了吗？"

汤姆仔细想了想，发现自己已经彻底忘记了。

"因为你的目光离开了我。"嘉利妈妈说道。

果然，当汤姆再次看着她时，那些记忆又回来了。可是只要他把目光移开，又都全部忘记了。

"我该怎么办呢，夫人？"汤姆有些着急，"如果我走了，就不能一直盯着你看，我就会忘记去那儿的路。"

"所以你必须学会不依靠我也能找到路才可以，许多人也是这样，只有依靠别人的指点才能找到路。这样吧，你跟着那条小狗走，他记得路，而且永远记得。另外，我给你一张通行证，你可能会在途中遇到一些脾气不好的人，你把这张通行证挂在脖子上，只要小心点，他们就会放你过去。因为狗总是走在你的身后，所以你得倒着走。"

"倒着走？"汤姆叫了起来，"那怎么行，那样我就没法看见前方的路了。"

“不，正好相反。如果你朝前看，前面的路你一条都看不清，只会走错方向。所以你要仔细观察你走过的路，你还要看着狗，跟着他走，因为他是凭直觉在走，绝对错不了。这样一来，你就不会走错路了。”

虽然汤姆感到很奇怪，但他还是听从了她的建议，他已经完全相信仙女的话了。

“对，就是这样，”嘉利妈妈说道，“好孩子，我还是给你讲个故事吧。听了我讲的故事，你也许就会明白其中的道理了。”

“从前，有兄弟二人，一个叫普罗米修斯，他总是喜欢向前看，炫耀自己的先知本领。他的兄弟叫埃庇米修斯，他和哥哥的性子恰恰相反，他总是喜欢向后看，为人也非常谦虚，所以他总是后知后觉。

“普罗米修斯是个十分聪明的人，他制造出了各种各样的工具，然后想用它们去完成各种各样的工作。不过，这些工具在使用的时候，却被发现不能用来完成那些工作。所以，他虽然制造出了许多东西，但是那些东西全都没用，最后全被废弃了，没有一件流传下来。

“埃庇米修斯的头脑很笨，大家都笑话他是个大笨蛋。他干起活来很慢，要用许多年才能做好一件工具，不过他做的工具都很结实牢靠。

“后来，这两兄弟遇到了一个非常美丽的女人，她的名字叫作潘多拉，你知道是什么意思吗？这个名字的意思是‘天赐的礼物’。这个女人还带着一个非常漂亮的盒子，她从来都没有打开过这个盒子。

“聪明的普罗米修斯看了一眼这个盒子，立刻明白里面装的是什么，所以他不再理睬那个女子。而埃庇米修斯却把那个女子留了下来，并且和她结了婚。那女子和埃庇米修斯结婚时，叮嘱他无论如何都不能打开她带来的那个盒子。

“有一天，埃庇米修斯忍不住好奇，终于打开了那个盒子，他想看看里面到底装的是些什么东西。结果，从盒子里面飞出来各种各样的疾病，它们缠住人类，使人们病倒；还有许多被四大恶魔附体的孩子也飞了出来，那四大恶魔分别叫无知、任性、恐惧和肮脏，很多淘气的小男孩和小女孩也给放了出来。不过，和这些东西一起放出来的还有一样东西，那就是希望。

“埃庇米修斯虽然犯下了一个巨大的错误，引起了一堆的麻烦，不过他也获得了三样东西：一个好妻子，一个教训，还有希望。

“而聪明的普罗米修斯呢？其实他引起的麻烦并不比埃庇米修斯少。他的眼光看得很远，后来他发明了火柴，这大概是唯一一件他发明的有用的东西。他整天吃饱了没事做就带着一盒火柴到处乱跑。

“有一天，普罗米修斯正拿着火柴走着，结果一不小心踩到了自己的头发，把自己绊倒了。他手里的火柴被划着了，结果把整个城市都烧毁了。人们就把他抓了起来，用一根铁链子拴在山顶上，还派了一只老鹰看守他。只要他敢动一下，那只

老鹰就会啄他。甚至连话都不准他说，免得他的那些言语蛊惑人心。

“而他的那个傻弟弟埃庇米修斯呢，他在美丽的妻子潘多拉的帮助下，继续努力地做着自己的活儿。虽然他干得很慢，但是他从不停歇。他老是回头看以前发生的事情，总结着经验教训，后来竟然也能慢慢地知道一点以后将要发生的事情。

“他知道自己能做什么，应该去做什么，做起决定来总是小心谨慎。而且，他制造出来的东西都是些有用的东西，比如纺织机啦、轮船啦、铁路啦、排水机啦，等等，还有许许多多实用的东西。

“最后，他变成了一个大富翁，当然，他也变得像所有的富翁一样胖。他挣了很多钱，花起钱来也非常大方。人们都挺尊重他，乐意找他帮忙，他也挺喜欢帮助别人，人们都很信任他。

“他和潘多拉生了许多孩子，他的孩子们很多都成了科学家。他们像父亲一样，踏踏实实地努力工作。他的哥哥普罗米修斯也有许多孩子，但那些孩子也像他们的父亲一样，不喜欢干些实在的事情。他们总是提出这样或者那样的观点，并整天为了这些观点吵来吵去。他们总喜欢告诉那些愚昧的人将来会发生什么事情，却不肯告诉他们过去已经发生的事情，让他们从中吸取教训。”

汤姆听了嘉利妈妈的故事，觉得很有趣。虽然他不是很懂，但是他还是向嘉利妈妈表示感谢，然后很有礼貌地向她告辞了。

告别了嘉利妈妈后，汤姆带着自己的小狗出发了。小狗跟在汤姆身后，或者说在他跟前，因为汤姆是倒着走的。他们走过的路汤姆看得清清楚楚，只是倒着走比正着走要慢很多。

但是，我很骄傲地告诉你，尽管汤姆没有上过学，但他是一个顽强、勇敢、不屈不挠的男孩。他一次都没有把头转过去，只是一直盯着小狗，顺着应该走的路走。所以，他一次都没有走错，而且经历了谁都想象不到的奇妙事情。

第六章　再见格林姆

在前往天外仙境的路上，汤姆遇见了许多奇妙的事情，现在，我就把那些事情的一小部分讲给大家听。其实这些内容应该让所有的乖孩子都听一听，他们也很可能去天外仙境，所以最好先了解一下情况。如果某天去了那里，就不至于一会儿开心地大笑，一会儿又吓得转身就逃，也就不会做出什么愚蠢不礼貌的事情了。

汤姆离开和平池之后，到达了一处万丈深的海底，这儿是伟大的海洋母亲的裙兜。她整天在这里制造炽热的岩浆，给蒸汽巨人去搓揉，给烈火巨人去烘焙。岩浆慢慢上升变硬，就造出了许多面包山、饼干岛来。

汤姆差点被巨人们揉进岩浆里面，变成一个水孩子化石。那样的话，在千万年后，人们重新把他挖出来时，准会大吃一惊的。

那时候他正在寂静无声的海中漫步，踏着柔软的白色海底前进。突然，他听见一片“嗞嗞”“呼呼”“哗啦啦”的声音，

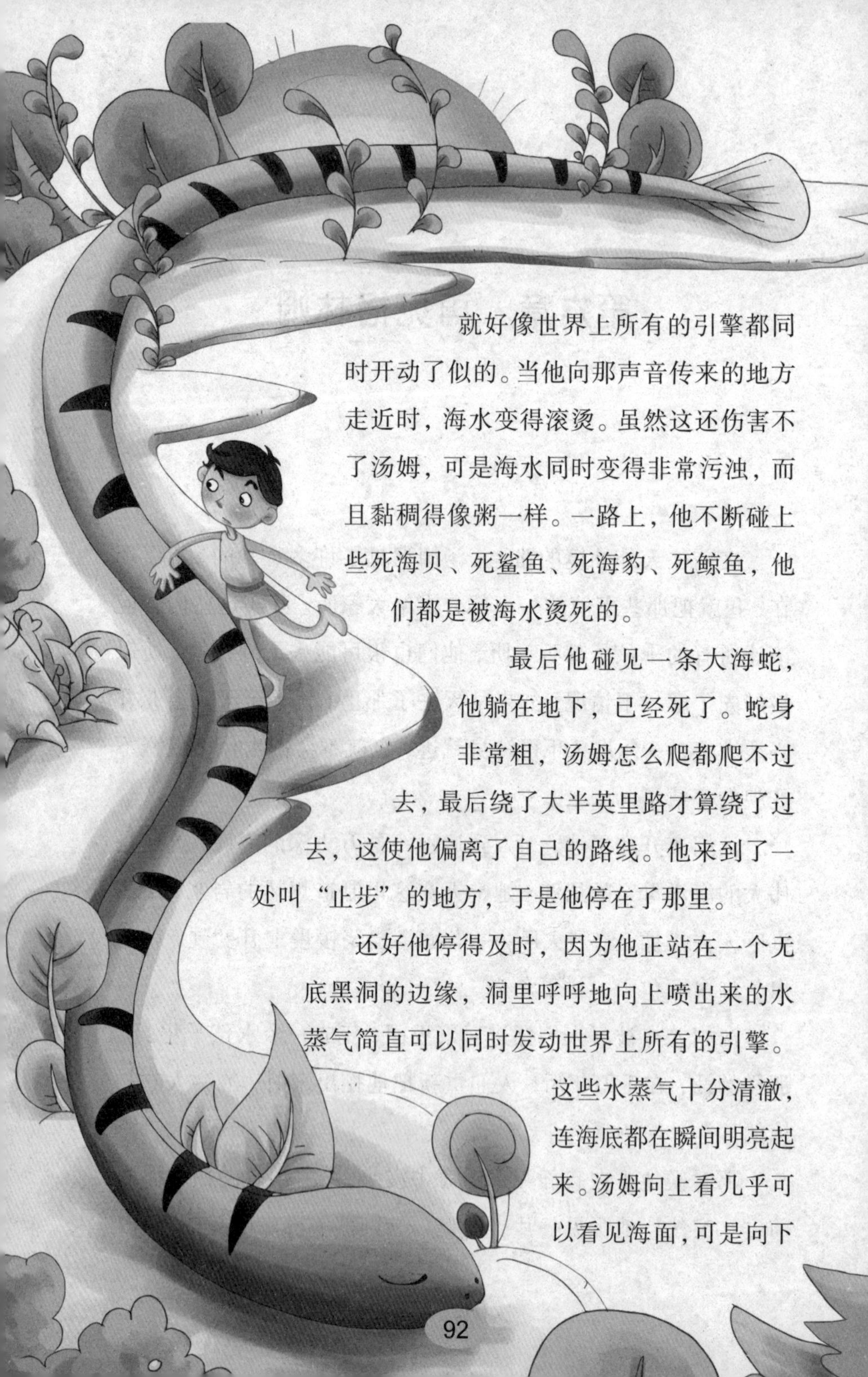

就好像世界上所有的引擎都同时开动了似的。当他向那声音传来的地方走近时，海水变得滚烫。虽然这还伤害不了汤姆，可是海水同时变得非常污浊，而且黏稠得像粥一样。一路上，他不断碰上些死海贝、死鲨鱼、死海豹、死鲸鱼，他们都是被海水烫死的。

最后他碰见一条大海蛇，他躺在地下，已经死了。蛇身非常粗，汤姆怎么爬都爬不过去，最后绕了大半英里路才算绕了过去，这使他偏离了自己的路线。他来到了一处叫“止步”的地方，于是他停在了那里。

还好他停得及时，因为他正站在一个无底黑洞的边缘，洞里呼呼地向上喷出来的水蒸气简直可以同时发动世界上所有的引擎。

这些水蒸气十分清澈，连海底都在瞬间明亮起来。汤姆向上看几乎可以看见海面，可是向下

看却怎么都看不到那个洞的底部。

他刚刚低头向洞穴内张望了一下，鼻子就被里面喷出来的石子重重地击中了，吓得他赶紧把头缩了回去。原来，洞中的蒸汽喷出来时，把洞壁冲坏了，造成了泥浆、沙石、灰尘一起喷射出来的景象。这些泥浆、沙石和灰尘向四面散开，又落了下来，很快就把那些死鱼掩盖起来。汤姆在那里站了不过五分钟，一层泥沙已经到了他的脚踝。汤姆开始害怕起来，他怕自己会被活埋。

也许他真的要被活埋掉了。正当他这么想着，他站的地方整个被撕裂了，有一股强大的冲力把汤姆弹起有一英里高，他真弄不清接下来会发生什么事。

终于他停下来了，他发现自己的腿被一个他从来没有见过的怪物紧紧缠住了。

这可真是一个奇怪的动物，不是吗？他有数不清的翅膀，每个翅膀都像风车叶片一样。靠着这些翅膀，他在蒸汽的上方盘旋，就像喷泉上翻滚的球那样。这个怪物的每一只翅膀下面都长了一条腿和一只梳子似的爪子，每个爪子上面都有一个鼻孔。他没有肚皮，只有一只独眼；他有许多嘴，而且全长在一边。

“你想要干什么？”他不高兴地对汤姆说，“你挡住了我的路。”

他想甩掉汤姆，可是汤姆觉得还是抱着他的爪子安全些，于是紧紧地抓住他的爪子，不愿松手。

汤姆告诉他，自己是个水孩子，并向他说明自己是被天外仙境的奇妙传说吸引来的。可是怪物轻蔑地眨了眨眼，说道："我的年纪也不小了，你这些谎话休想骗过我。我知道，你是冲着金子来的。"

"金子？什么金子？"汤姆实在不明白，可是那怪物很多疑，不肯相信他的话。

不久，汤姆就明白了。原来，当蒸汽从洞里喷上来时，那怪物就伸出他的鼻子去闻，看看是什么品种。接着，就伸长他的那些梳子一样的爪子，对它们进行梳理和分类。分类后的蒸汽冲上去再碰到他的那些翅膀，就变成金属落了下来。而且，落下来的金属都有它的分类，有的被翅膀碰过后落下来的变成了金雨，有的被翅膀碰过后落下来的变成了银雨，有的被翅膀碰过后落下来的变成了铜雨，有的被翅膀碰过后落下来的变成了铅雨……

这些金属雨落下后就沉入软泥，形成矿脉，凝固起来。这就是岩石中有许多金属的原因。

突然，就像是有谁在洞底把蒸汽闸门关掉了一样，洞里变得空空如也。随即海水就灌了进去，形成一道旋涡，把那怪物带得团团转，像个陀螺一样。不过这对他来说是家常便饭了，所以他一点都不担心，就像什么事情都没发生过一样。

怪物不屑地对汤姆说："小伙子，天外仙境就在这个洞穴的底部。如果你是诚心诚意想下去的话，现在正是时候，不过我不相信你敢下去。"

"你很快就会看到的。"汤姆说完，纵身跳了下去，就像

一位军人那样勇敢。他投进那道旋涡，就像瀑布里的一条鲑鱼。

到达洞底后，他又游了半天，最后终于安安全全地被带到了天外仙境的岸上。跟许多人一样，汤姆发现事情并不像他所想的那样。这个天外仙境，倒是很像那个原来的世界，这让他感到费解。

首先，他经过了废纸州。这里到处都堆着无聊的书，就像冬天树林里的落叶一样多。他看见许多人都在这里挖掘搜索，从这些坏书里面编出更坏的书来。令人奇怪的是，他们的生意仍旧非常兴隆，尤其是在孩子中间，那些坏书很受欢迎。

接着，他经过了污水海。他沿着海边走着，来到了剩菜山和糖果地。这儿的地都是黏糊糊的，原来是用劣质牛奶糖做的。地上到处都是很深的裂缝和洞穴，里面装满了落在地上的烂果实，以及半生不熟的野生板栗、山楂、苹果、刺莓，等等。这些东西一到孩子们的手中，马上就会被他们吃掉。

这一带的仙女只要发现这些不好的东西，就尽可能赶快把它们藏起来，不让孩子们看见。她们的工作非常辛苦，可是无济于事。仙女们藏得非常快，可是那些愚蠢邪恶的人做得更快。仙女们把旧垃圾藏起来，那些人又制造出新垃圾来，里面全是石灰和有毒的颜料。而且他们竟然还从科学家老太太的大书里面偷了配方，发明出许多毒害儿童的食物，在集市和糖果店里出售。

也罢，让他们去做吧。现在还没到时候，只要时候一到，那位手持戒尺的惩恶夫人就会捉住他们，叫他们从自己店里的这一头吃到那一头。到那时候，他们一个个都会得胃病，这正是医治他们那种毒害儿童的毛病的好方法。

然后，他看见了世界上最小的人，他们写着世界上所有的小书，书里写的都是关于小人的故事。也许是因为那里没有大人可以让他们写吧。

这个世界的人都读这些书，他们都觉得自己很了不起，谁都没有自己厉害。可是汤姆对此却不以为然，他宁愿读些好的童话。至少，从童话书里，他可以学到很多自己不知道的东西。

汤姆接着到了一处叫普鲁普拉格莫辛岛的地方，岛上的每个人都对别人的事情比对自己的事情还要清楚许多。

在这里，汤姆看见许许多多颠倒的事情，例如车子拉马、钉子敲锤、鸟巢掏孩子、书写作者、猴子给猫修脸、死狗教活狮子操演、瞎了眼的旅长退休做大学校长，等等。总之，人人都在做自己不会做的事，原因是他们在自己会做的事情或自以为会做的事情上全都失败了。

汤姆走到城中心时，那些人立刻都围了过来，要给他指路，或者说是要使他迷路，因为谁也没有想要问汤姆打算上哪里去。

一个拉他到这边去，另一个把他推到那边去，第三个叫道："你不能去西方，我跟你说，去西方是条死路。"

"但是，我并没有向西走啊。"汤姆说。

另一个就叫道："东方在这一边，亲爱的，我向你保证，这边是东方，你尽管放心去吧。"

“可是我并不去东方。”汤姆说。

“那么，不管你走哪一条路，你总是错的。”那些人异口同声地叫起来，这大约是他们唯一能够达成一致的意见。他们同时指着罗盘上面的三十二条线，让汤姆按自己指的方向走，后来竟吵得打起架来。

如果不是那条小狗，我想汤姆要脱身就真的很难了。那小狗以为那些人要把主人撕成碎片，顿时发起狂来，非常凶狠地冲上去咬他们。趁他们揉着被小狗咬伤的腿的空隙，汤姆和小狗安全地离开了。

在这座岛的边缘，汤姆发现了一座愚人城，这里面住的全是很有“智慧”的人。这些充满“智慧”的人，看见月亮掉在池子里面，就去水里捞月亮；他们在布谷鸟四周筑了一圈篱笆，想要永久留住春天。汤姆发现这儿的人正在把城门用砖头砌起来，于是问他们为什么这么做。他们告诉汤姆，因为城门太宽了，矮小的人走不进来。这反正不关汤姆的事，所以他起身走了。不过他有点不明白，他记得以前当他还是个扫烟囱的孩子时，无论大猫还是小猫，都是从一个洞口进出的。

接着汤姆到了一处叫作流言国的大地方。这个地方至少有三十几个国王，但只有六七个公民。在这个国家，汤姆卷入了一场令人费解的、毁灭性的战争。战争的一方是王子和君主，另一方呢，我相信，如果我不告诉你，你怎么也猜不到。因为他们的战争是单方面的，他们所有的军事行动就是先堵住耳朵然后尖叫着“别告诉我们”，接着开始逃跑。

他看见所有居民，不论贵贱、男女、老少，都在日夜不停地逃跑，求人家不要把那些他们不知道的事情告诉他们。

可是，他们的国家是个岛国，就像我们居住的世界一样，岛国的四周全是水。不幸的是，他们全都不喜欢水，大部分的水也很脏，并且散发着臭气。他们只好沿着海岸兜圈子，一圈又一圈，不停地奔跑着。

在这些人后面跟着一个年老的巨人，他的样子可怜兮兮的，身材干瘪，衣服又破又脏。他看起来实在是可怜，应该找个收容所把他给收留起来，让他在里面好好吃上一顿。然后，再给他找一个好妻子，让他跟小孩子玩耍。那样的话，他就会变成一个很体面的老头儿。他是个心地善良的巨人，不过善良得有点过头。

所有人全都在逃避他，只有汤姆没有逃。巨人看见了他，好像非常开心似的叫道："你是谁？你跟其他人不同，居然不想逃。"汤姆看见他把眼镜取出来戴上，似乎想把自己从上到下看个清楚。

汤姆刚想告诉巨人自己是谁，就看见巨人掏出一只瓶子和橡木塞，准备把汤姆装进瓶子里去。可是汤姆很机灵，不会这么容易就被这个巨人抓住。他从巨人的两脚之间跑了过去，站在他的身后，这样巨人就看不见他了。

"别这样！"汤姆说，"我千里迢迢，走遍世界，而且到过嘉利妈妈的安息地。我到这里来可不是为了让你这样的老巨人用网子兜住，装在瓶子里，替我起个海参、乌贼之类的名字。"

当巨人听说汤姆原来是个伟大的旅行家时，立刻就跟他讲和了。他非常高兴有人能够跟他谈些他不知道的事情。他多么希望汤姆可以留下，一直留到明天，给他讲讲他的那些经历啊。

“啊，你真是个幸运的小东西！”最后，他真诚地说。因为他是古往今来那些巨人中最单纯、最讨人喜欢、最诚实、最仁慈的一个。

“啊，你这个幸运的小东西！要是我能够去你去过的那些地方，见识一下你见识的那些东西，那该多好啊！”巨人感叹着说。

“好吧，”汤姆说，“既然你想这样，你最好把头放在水里浸上几个小时，变成一个水孩子，或者其他什么孩子，那样你就有机会了。”

“变成孩子？假如我能变成孩子，

领略一下做孩子的滋味，并且有一个小时的时间知道自己的来历，那就好了。可是我变不了。我想即使能够变回孩子，也没有用处，因为那样的话，我就没法知道我过去的一切。啊，你这个幸运的小东西！”可怜的老巨人说。

“可是，为什么你要追赶这些可怜的人呢？”汤姆问，他已经很喜欢这个巨人了。

“亲爱的，是他们追赶我呀。他们子子孙孙、世世代代追了我好几百年了，他们拿石头扔我，把我的眼镜砸掉了五十次。他们转着圈子想要抓住我，但是他们抓不住我。因为每当我转一圈，我就会变大一点，也跑得更快。

“他们骂我是恶毒的缠头巾的巨人，把我赶来赶去。其实我只想跟他们友好相处，只想告诉他们一些对他们有好处的事情。可是不知道什么原因，他们根本不愿意听。我想大概是因为我是个不通人情世故的人，所以不讨他们喜欢。”

“可是为什么你不停下来，转身告诉他们这些呢？”汤姆问道。

“哦，我不能，亲爱的，因为我是埃庇米修斯的孩子，我只能这样往前跑。”

“唉，”汤姆心里想，“这样的话，恐怕我就无能为力了。”

就这样，巨人不停地兜着圈子追赶着那些人，那些人也兜着圈子追赶巨人。据我所知，他们直到今天还在这样互相追逐着。

然后汤姆到了一座有名的岛。这座岛屿在伟大的航海家格

列佛船长的时代叫作拉普达岛。可是惩恶夫人替它换了一个名字，叫大头岛。因为岛上的人全都只有脑袋，没有身子。

汤姆游近那座岛时，听见一片哼哼唧唧、哭哭啼啼的声音，让他以为有人在穿小猪的鼻孔，或是在剪小狗的耳朵，或是在淹死一只小猫。可是等他游得更近一点时，他开始听出那片声音里面还夹着几句话。原来他们从早到晚，没日没夜地向他们的伟大偶像考试神唱着歌："我的功课没学会呀，考官要来啦！"

这是他们会唱的唯一一首歌。

汤姆上岸之后，看见的第一件东西是一根大柱子，柱子的一面刻着"禁止携带玩具"这几个大字。汤姆感到很吃惊，所以柱子另一面写的什么他也不想看了。他向四周张望着，寻找岛上的人。可是他一个人也没找到，只看到些大萝卜、小萝卜、细萝卜、粗萝卜。萝卜上面一片叶子都没有，而且半数都已裂开腐烂，里面已经生出毒菌。剩下的一半开始向汤姆哭诉。

他们全都口齿不清地叫喊着："我的功课没学会呀，快来帮助我啊！"

有一个叫道："你能告诉我怎么开这个平方根吗？"

另一个叫道："你能告诉我水瓶座和摩羯座之间的距离到底有多远吗？"

又一个喊着："美国俄勒冈州诺门县斯奴克镇的经纬度是多少呀？"

还有一个在嚷嚷："墨西尤斯的远房堂弟祖母的女佣的猫

叫什么名字呀？”

最后一个问道：“在一个还没有被发现的大陆上有一个地方，谁也没听说过那儿，任何事情也没有在那儿发生过，你能告诉我它的名字吗？”

他们问的都是些这样的问题，简直弄得人莫名其妙。

“如果我告诉了你们，对你们又有什么好处呢？”汤姆反问道。

唉，他们不想知道这个，他们只知道考官要来了。

接着，汤姆在一块萝卜田里撞上一个他从没见过的最大、最柔软的萝卜，那个萝卜把田里的一个大洞全都填满了。他向汤姆哭喊着：“你能不能告诉我一点你想说的任何事情？”

“告诉你什么呢？”汤姆问。

“任何你想说的事情。因为我学得虽然快，忘得也一样快。我妈妈说我的脑子不适合学系统科学，还是将就学点常识吧。”

汤姆把“将就”听成了“将军”，于是告诉他，自己并

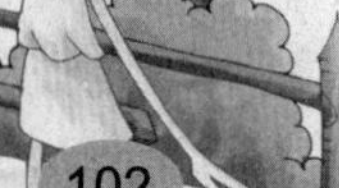

不认识什么将军，连上士也不认识。他过去只有一个在军队里当鼓手的朋友，所以并不知道什么“将军学的常识”。不过他这一路上看见了很多奇奇怪怪的事，倒可以讲给大萝卜听听。

于是汤姆把自己的经历全都讲给他听了，这可怜的萝卜听得很仔细。可是他听得越多，忘记得也越多，身上的水也就出得越多。

汤姆以为他哭了，但其实他只是用脑过度，脑力消耗得太快罢了。所以汤姆一边说，这个不幸的萝卜就一边浑身上下往外流着萝卜汁，身子也裂开了，萎缩了，最后只剩一层皮和一摊水。汤姆看见后，吓得赶快溜掉了，害怕有人抓住他，说他把萝卜给害死了。

可是事情恰恰相反，大萝卜的父母非常高兴。他们把自己的儿子看作圣徒。他们在他的墓碑上刻了一大篇碑文，赞扬他的智慧、天才，说他如何了不起、如何聪慧，简直可以称得上是无与伦比的神童，等等。这对夫妇难道不愚蠢吗？

可是在他们隔壁还有一对更蠢的夫妇，正在责打一个倒霉的小萝卜。这个小萝卜还没有我的拇指大，他父母责备他闷声不响、固执且不求上进。他们根本不知道，他之所以学不好和不爱讲话，是因为有条寄生虫在他身体里面，吃空了他的脑子。不过即便是这一对父母，也不比世上千千万万做父母的愚蠢多少。许多做父母的都是在应当给孩子找新玩具的时候找着戒尺，在应当给孩子请医生的时候把孩子关进黑橱柜里！

汤姆看到这一切后，感到非常迷惑和害怕，他很想找人问个究竟。后来，他遇见了一根半个身子埋在土里的旧手杖。他很结实，而且很有学问，因为他的主人曾经是英国著名的学者和作家罗杰·阿斯堪。

“你知道，”手杖说，“从前他们是一群多么可爱的孩子。当初如果让他们像正常人一样长大，交到我手里调教的话，他们可能到现在仍旧是一群可爱的孩子。可是他们的父母太愚蠢了，不许那些小家伙像普通小孩子一样做些孩子该做的事情，比如摘野花、做泥饼、偷鸟巢、在板栗花丛里跳舞，等等。他们硬逼着孩子们做功课，做啊，做啊，做啊，上学的日子做上学的功课，休息日又有休息日的功课，一天也不歇息。每周有周考，每月有月考，每年有年终考，一门课程要考七遍，好像考一次不够过瘾似的。弄到后来，这些孩子的头脑全变大了，身体却变小了。他们全变成了萝卜，肚子里什么也没有，只有一包水。然而他们愚蠢的父母还要把他们的叶子全都摘掉，生怕他们沾染上一点绿色。”

“唉！”汤姆说，“如果亲爱的扬善夫人知道这事，她就会给那些孩子送来许许多多的陀螺、皮球、玻璃球等好多好玩的玩具，叫他们一个个快活得像天使一样。”

“没有用的，”手杖说，“他们现在就是有玩的也玩不了啦。你难道没有看见他们的两条腿吗？由于从不运动，已经变成菜根了，这都是不锻炼身体的结果。不好了！那个大考官来了，我劝你还是走吧。不然的话，他就会顺便考考你和你的狗，然后派你的狗去考其他所有的狗，派你去考其他所

有的水孩子。他的鼻子有九千英里长，能够钻烟囱、钻钥匙孔、上楼、下楼、钻进太太们的卧室。他考所有的小孩子，也考所有教小孩子的老师。总有一天他会挨鞭子的，惩恶夫人答应过我。到时候，我要亲自来抽他。如果我不狠狠打他一顿，那才可惜呢。”

汤姆走了，可是他憋了一肚子气。他走得很慢，因为他有点想会会这位大考官。这时候，那位大考官正在可怜的萝卜田里大踏步地走着呢。

当他走近时，汤姆被他巨大的身体吓坏了。他身材魁梧而且凶巴巴的，他开始大声地对着汤姆叫喊，要他过来考试，吓得汤姆和小狗飞快地逃走了。他逃得真及时，因为那些可怜的萝卜，心里又急又怕，都正忙着往肚子里塞东西以便应付这位考官。这样一来，在他周围就有几十个萝卜爆裂开来。一时间，汤姆还以为自己和小狗，以及那儿的一切都被炸到天上去了。

接着汤姆来到了无稽国。他碰到一个小男孩坐在路上，哭得非常伤心。

“你为什么哭？”汤姆问。

“因为我不够害怕。”他说。

“不够害怕？你真是个怪家伙。不过，你如果想害怕的话，那么你瞧——啊呜！”汤姆想吓唬他一下。

“嗯，”小男孩说，“我很感谢你的好意，不过我觉得这也没什么可怕的。”

于是汤姆提议说自己可以推倒他，并且揍他、踢他，用棍子敲他的头。汤姆说他愿意做任何事情，只要能够使他感到高兴。

可是那个孩子只是很有礼貌地谢谢汤姆，仍旧不停地哭着。他说话都是用那些非常文雅的词语，这些全是从大人那里听到的，他认为自己也应该像大人那样说话。最后他的爸爸妈妈来了，立刻派人去请医生。这一对心地善良的夫妇非常愉快地听汤姆说着他旅途中的见闻。后来医生来了，他的胳膊下还夹着一个滚雷箱。

医生是个令人讨厌的胖子。汤姆刚看见他时很害怕，他还以为那是格林姆先生呢。可是不久他就发现自己错了，因为格林姆先生看人总是看人家的脸，这个家伙却从不看人的脸。他只要一说话，就有火和烟喷出来；一打喷嚏，就发出一连串的爆竹声；一声叫喊，就喷射出滚烫的沥青，又黏又烫人。

"我们又见面了！"他对那个孩子叫着，就像话剧里的小丑，"你不觉得害怕吗，我的小宝贝？嗯。让我来，我会让你害怕的！呀！哇！哗啦啦！砰！"

他把自己的滚雷箱敲得震天响，还一边摇来摇去，嘴里大喊大叫、胡言乱语，疯狂地蹦跳着。接着他按下滚雷箱的弹簧，立刻从箱子里面跳出许多纸糊的妖怪和脚下装有弹簧的人头。一时间叮当叮当、咕噜咕噜、轰隆轰隆、嘎吱嘎吱、呜哇呜哇的声音响成一团，那个小孩吓得两眼向上一翻，顿时晕了过去。

“现在，”那个医生对汤姆说，“难道你不想来一下吗？我的小宝贝，我一眼就看出你是个淘气邪恶的家伙。”

“你才是呢！”汤姆说着，根本就不怕他。

那人向汤姆冲过来，嘴里喊着“哇呀呀”，汤姆向他迎上去，同样喊着“哇呀呀”，同时叫小狗去咬医生的大腿。

结果，那家伙只好带着滚雷箱转身逃跑。他一面逃命，一面叫喊：“救命啊！抓贼啊！杀人啦！放火啦！他要杀死我啦！我这下可完蛋啦！他要谋害我呀，要砸掉、烧掉、毁掉我的滚雷箱呀！要是这样，你们就再也没有雷雨啦！救命啊！救命啊！”

听他这么一叫唤，无稽国所有的人都跑来追赶汤姆，叫喊着：“这个坏心眼、狠毒的孩子！打他，踢他，拿箭射他，拿绳子绞死他，放在水里淹死他，放在火里烧死他！”幸运的是他们没找到射他、绞他、烧他的工具，因为就在刚才，仙女们已经把所有伤人的利器全都拿走了。因此他们只能用石子来打汤姆，有些石子打中了汤姆，从他的后心进去，又从他的前心出来。可是汤姆是个水孩子啊，所以丝毫不觉得痛，那些洞立刻就合拢了。

当他安然逃出无稽国时，汤姆大大地松了一口气，因为那些人的叫喊声几乎把他的耳朵都吵聋了。

汤姆的历险一次比一次精彩。最后，他看见前面出现了一座巨大的房子。他向那房子走去，想弄清楚那是什么地方。这时，他脑子里突然产生一种奇怪的念头，他觉得，格林姆先生就在那里面。

忽然，有三四个人向他跑过来，一边跑还一边喊着：“站住！站住！”

等他们跑近一些，汤姆才看清，那是几根警棍，没有胳膊也没有腿，正向他跑过来。汤姆一点也不感到吃惊，他见过的怪事已经太多了。这一路上，他不止一次地看到一些没有胳膊的海藻，自己在那里游来游去。他一点也不害怕，因为他并没有做什么坏事。

他站住了，当跑在最前面的警棍问他来做什么时，汤姆拿出了嘉利妈妈给他的通行证。

那警棍仔细地看着通行证，老实说，他的样子十分古怪。因为他只有一只眼睛，长在他身体上端的中央，这样一来，无论他看什么，都得倾斜着身子才行。让汤姆想不明白的是，他这样站着竟然没有摔倒。

“好了，你去吧。”他看完通行证后对汤姆说，“不过我最好跟你一起去，小伙子。”

汤姆感到很高兴，因为有这样一个同伴，让他感到安心了一点。毕竟，汤姆还是很害怕格林姆的。

因为刚才的奔跑，警棍的皮带松了，现在，他把皮带在柄上绕整齐后，和汤姆并肩向前走去。

“为什么没有警察拿着你呢？”汤姆问。

“我们和那些陆地上愚蠢的警棍不一样，他们必须靠人提着才能做事，而我们可以独立办案。当然，我本来应该更谦虚

一点的。”

“那么你为什么要绕一根皮带呢？”汤姆又问。

“那是为了方便把自己挂起来，当然，是在下班的时候。”警棍回答道。

弄明白了这些问题后，汤姆就不再开口了。他们来到了那所大房子跟前。原来，那是一座监狱。警棍用自己的头在门上敲了两下，大大的铁门上马上有一扇小窗户打开了。一杆巨大的老式黄铜手枪伸出头来张望着，枪膛满满地装着子弹，一直装到枪口，这就是狱卒。汤姆看见他，不由得往后一缩。

“这家伙犯了什么罪？”他用深沉的声音问，那声音是从他那大钟一样的嘴巴里发出的。

“对不起，先生，他不是罪犯。他是老夫人派来的一位年轻人，要探望那个扫烟囱的格林姆。”

“格林姆吗？”手枪说。他把枪嘴缩了进去，大约是在查看囚犯的名单。

“格林姆在三百四十五号烟囱上面，”他在门内回答，“这位年轻人最好从屋顶上去。”

汤姆望着那面高得看不到头的墙——它看上去至少有九十英里高，心中暗想，怎么才能上去呢。当他向警棍提出这个问题时，警棍立刻就替汤姆解决了。

他在汤姆身子四周画了个圈，然后在汤姆背后猛推了一把，汤姆不知怎么一跳，就上了屋顶，胳膊下还夹着那只小狗。

汤姆沿着铅皮屋顶走着，又碰见一根警棍，向他说明了自己的来意。

“很好，”他说，“你跟我来吧。不过我看你是白费心思。格林姆是我看守的犯人里面最不知悔改的家伙，心肠狠毒，满脑子只想着喝啤酒和抽烟斗。当然，这些事情在这儿都是不被允许的。”

他们两人一路沿着铅皮屋顶走去，屋顶上全是煤灰。汤姆想，这些烟囱一定好久没打扫过了。可是奇怪的是，那些煤灰一点都没沾到他们脚上，也没把他们弄脏。烧红的煤块散得到处都是，却没有烫伤汤姆，因为汤姆是个水孩子啊。

最后，他们终于来到了三百四十五号烟囱。格林姆先生只有头和肩膀从烟囱里面伸出来，满头满脸的煤灰，那副样子让汤姆简直不忍心看下去。他嘴里还叼着一根烟斗，烟斗没有点火，可他还是狠命地抽着。

“老实点，格林姆先生，”警棍说，“有一位先生来看你了。”

可是格林姆只是骂骂咧咧，一个劲地嘟囔着：“我的烟斗抽不动，我的烟斗抽不动。”

“嘴巴干净点，放规矩些！”警棍说完，身子一纵，就像剧中的小丑一样，啪的一声，用自己的身体在格林姆先生头上敲了一下，敲得格林姆先生的脑子在脑袋里面直摇晃，就像干了的核桃仁在核桃壳里面摇晃一样。他想把手抬起来，揉一揉被敲痛的地方，可是他的手被紧紧地夹在烟囱里面，抽不出来。

现在，他不得不老实一些了。

“哦，原来是汤姆。”他说，“我看，你是来嘲笑我的吧？你这个记仇的家伙。”

汤姆向他保证，自己绝对不是来嘲笑他的，而是想来帮助他。

“帮助？我不需要你的帮助。我什么都不要，我只要啤酒，还有这个可恶的烟斗。我没有火来点燃它！我没法点燃！”

“我来帮你点火。”汤姆说着，就捡了一块地上燃着的煤块，凑到格林姆的烟斗上，但是它很快就熄灭了。

“没有用的，”警棍斜靠着烟囱说，“他的心太冷了，不管是什么东西，只要一靠近他就会冻成冰块的。你马上就会知道。”

“当然了，这是我的错，什么事都是我的错！”格林姆说，“你不要再砸我了！”警棍斜靠着烟囱，神情严肃地盯着格林姆。

“如果我的两只胳膊是自由的，你绝对不敢打我。”格林姆恶狠狠地说道。

警棍仍旧斜靠着烟囱，对于这样的侮辱，他毫不介意。他真是个训练有素的警棍啊，不计较私人恩怨。

可是要是有人胆敢破坏法律和社会秩序，他一定会秉公执法。

“我有没有别的法子可以帮助你呢？我能不能帮你爬出烟囱？”汤姆问。

“不能，”警棍阻止了他，“他自己弄到这种地步，只有他自己能救自己。在他想对付我之前，我希望他先明白这一点。”

“是啊，是啊，”格林姆说，“都怪我。是我请你们把我关到监狱里来的吗？是我要求你们把燃烧的稻草放在我身子下面，然后把我赶上烟囱的吗？是我自己要求清扫这座被煤灰塞满的臭烟囱的吗？是我自己情愿待在这里的吗？我也不知道待了多久，我相信有一百年了。不能抽烟斗，也没啤酒喝，过得连个畜生都不如，这些都是我自己情愿的吗？”

“没错！”汤姆身后一个严厉的声音回答道，“在你这样对待汤姆的时候，你想过汤姆的感受吗？”原来是惩恶夫人来了。

警棍瞧见夫人，立刻站得笔直，行了个立正礼，然后深深地鞠了一躬。要不是他心中充满了正直，准会一头栽在地上，说不定还会碰伤他那只独眼。汤姆也向惩恶夫人行了个礼。

“啊，夫人，”汤姆说，“别谈我的事情了，那都是过去的事了。好日子，坏日子，所有的日子，全都过去了。我能不能帮帮格林姆先生呢？我能不能把这些砖头搬开几块，让他的胳膊活动一下呢？”

“当然，你可以试一试。”惩恶夫人说。

于是汤姆走过去抓住那些砖头，对它们又抠又拽，可是一

块也搬不动。他又想把格林姆先生脸上的煤灰揩掉，可是却怎么也揩不掉。

“天啊！”他说，“我历经千辛万苦跑来，走了那么多的路，经历了无数艰险，只是想要帮助你，结果我什么忙都帮不上。”

“你还是不要管我了，”格林姆说，“你是个宽宏大量的小家伙，这是我的真心话。但你最好还是赶快走吧，冰雹不久就要来了，它们会把你的眼珠子从你的小脑袋里砸出来的。”

“什么冰雹？”汤姆问。

“唉，就是每天晚上在这儿下的冰雹呀。它没有落到我身上时，就像一阵暖雨。可是一落到我头上，就会变成冰雹，就像小炮弹一样打在我身上。”

“冰雹不会再来了，”惩恶夫人说，“我告诉过你那是什么。那是你母亲的眼泪，是她跪在床边为你祈祷的时候流下的，被你冰冷的心冻成了冰雹。可是现在她已经安息了，再不会为她狠心的儿子哭泣了。”

格林姆听了这话，半晌没有开口，然后脸上流露出伤心的神情。

“我母亲去世了，而我在她临终前都没有跟她说上一句话。唉！她是个好女人，如果不是因为我不上进，她在温德尔的小学校里应该会很快乐的。”

“她在温德尔的小学里教书吗？”汤姆问。接着汤姆就把他在温德尔小学遇见格林姆母亲的经历告诉了他：自己怎样到了他母亲的家，她看见一个扫烟囱的小孩，开始时很不高兴，可是后来她又待他特别好。汤姆还把自己怎样变成了水孩子的事也告诉了格林姆。

“啊！”格林姆说，“她看见扫烟囱的孩子当然不高兴了，我从家里逃出来，和扫烟囱的混到了一起。我从来不让她知道我住在哪里，也从不给她寄一分钱。现在后悔也来不及了，来不及了！”格林姆先生说。

说着，他忍不住大哭起来，像个大孩子一样，哭得烟斗都从嘴里掉了下来，摔成了碎片。

“天哪，假如我能够重新变成温德尔的一个小孩子，看看那里的小河、苹果园和紫杉树筑的篱笆，我将会走一条完全不一样的路！可是现在说什么都太晚了。你还是走吧，你这个好心的孩子，不要站在这里看一个大人哭泣。我的年纪足以做你的父亲，我从来没有难为情过，再坏的人我也不怕。可是我现在明白了，我是罪有应得。我自己铺的床，只有我自己去睡。从前那位爱尔兰女子跟我说过，如果我自甘堕落，就会堕落到底。这话当时我听了并没有放在心上，现在我明白了。这全是我的过错，可是来不及了。”他哭得那样伤心，惹得汤姆也哭了起来。

“没有来不及的事情。”惩恶夫人说。她的声音那么柔和，又那么陌生，汤姆忍不住抬起头来看着她。有那么一会儿，她看上去非常美，汤姆几乎把她当作她妹妹了。

的确不算太迟。可怜的格林姆先生哭泣的时候，他自己的眼泪竟然做了他母亲的眼泪没有做到的，汤姆也没有做到的，

世上任何人都不能做到的事。他脸上和衣服上的煤灰全都被他的眼泪洗掉了，接着又冲掉了砖头缝中间的泥灰。那座大烟囱坍塌了，格林姆从烟囱中脱了身。

警棍赶忙跳起来，准备狠狠地给他一棍，像敲瓶塞一样把他敲进去。可是，惩恶夫人阻止了他。

“如果我给你一次机会，你愿意服从我吗？”惩恶夫人问道。

“随您吩咐，夫人。你本领比我大，这个我很清楚；你比我聪明，这我也明白。我从前就是不听人劝告，一意孤行，才落到现在的下场。如今，我吃够了苦头，我知道错了，夫人您有什么话尽管吩咐我好了。”

“那么，你可以出来了。可是记着，如果再敢违抗我，我就把你送到一个更糟糕的地方去。”

“请原谅，夫人，我想不起自己曾经违抗过您。我是来到这个鬼地方之后，才荣幸地见到您的。”

“没有见过我吗？那么是谁告诉你，自甘堕落的人会堕落到底的？”

格林姆吃惊地抬起头来，汤姆也惊讶地抬起头来。因为这声音正是那天他们上哈索沃庄园去时，碰见的那个爱尔兰女子的声音。

“我当时警告过你，但是你起码有一千次不把我的话当话。你讲的每一句脏话，你做的每一件卑鄙肮脏的勾当，你每一次喝醉，你每一天做的坏事，都是在违抗我，不管你知不知道。”

“夫人，如果当时我知道的话……”格林姆急忙辩解说。

“你清楚得很，你知道自己在违抗什么，只不过你不知道是违抗我罢了。现在你出来，我给你一次机会，也许是你最后的一次机会。”

格林姆从烟囱里走了出来。说实话，如果不是脸上的那个疤，他那副模样倒也够得上一个扫烟囱老板的干净体面呢。

“把他带走，”惩恶夫人对警棍说，“给他一张释放证。”

“让他去做什么呢，夫人？”警棍问。

“就派他去打扫埃特纳火山口。在那里他会碰见一些用干活来打发时间的人，他们会教他如何打扫的。可是记着，如果火山口有一天堵塞起来，引起地震的话，就把他们全押回来，我会很严厉地追查的。”

格林姆先生被警棍押走了，听话得就像一只小绵羊。他以后的命运会如何，可就全靠他自己了。

也许，格林姆先生直到今天还在那里打扫着埃特纳火山呢。

“现在，”惩恶夫人对汤姆说，“你在这儿的工作已经做完了，也该回去了。”

“我很高兴能够回去，”汤姆说，“可是现在海底那个大洞已经不再喷气了，我怎么从洞里上去呢？”

“我带你从登天梯上去，不过先要把你的眼睛蒙起来，因为我从不许任何人看见我的这些登天梯。”

“不要把我的眼睛蒙上，我保证不会告诉任何人关于登天梯的事情，夫人。”

“啊，你现在是这样说，可是一旦你回去了，你很快就会忘记你的承诺。一旦人们知道你上过我的登天梯，漂亮的女人就会跪在你面前，所有的财宝会堆满你的房间，政治家们会给你巨大的权利，他们会哭着求你告诉他们登天梯的秘密。到时候，你是不是还觉得，你一点都不愿意告诉他们呢？

“不管是穷人还是富人，他们只要知道你见过登天梯，就会哭着对你说：‘求求你把登天梯的秘密告诉我吧，我愿意为你做牛做马。我们愿意让你当公爵，如果你愿意，我们愿意奉你为王，甚至你想当皇帝都可以，只求你把那个秘密告诉我们。这些年来，我们遇到了许许多多的骗子，对我们说他们知道登天梯的秘密，还答应偷偷地带我们去那里，可是最后，我们才发现那一切不过是个骗局。不过我们愿意相信你，相信你真的知道那个秘密。我们愿意把所有的一切都奉献给你，只要你告诉我们登天梯在哪里，我们就去那儿赞美它——

啊，登天梯啊登天梯
高贵的登天梯
珍贵的登天梯
我们不能离开你
性情温柔的登天梯
心胸宽广的登天梯
谦逊文雅的登天梯
美丽无比的登天梯

你高尚而又仁慈
你那么通情达理
你让人日夜牵挂
我们无时无刻不在想念你
让人梦寐以求的登天梯
你就像一位优雅的绅士
又像那最端庄的淑女
有了你就能自由飞翔
有了你就能梦想成真
我们永远赞美你
无所不能的登天梯

只要上了登天梯就能自由自在，不再受那个惩恶夫人的摆布！’如果那些人这么求你，你还能坚持保守登天梯的秘密吗？我亲爱的小汤姆。”

汤姆不说话了，惩恶夫人的话让他感到有些害怕。

“可是他们为什么这么想知道登天梯的秘密呢？”汤姆好奇地问。

“这个我不能告诉你，我从来都不往小家伙的脑子里塞太多的东西，除非他们自己明白了。好了，现在让我蒙上你的眼睛。”

她用一条丝带蒙住汤姆的眼睛，过了一会儿又把它解了下来。

“现在，”她说，“你已经平安地上来了。”汤姆惊讶地睁开了眼睛，他觉得自己一步也没有动过。可是当他向周围眺望时，却发现他已经安安稳稳地走完了登天梯。

至于这到底是怎么一回事，我也无法告诉你，因为没有一个人知道。

汤姆一睁开眼就看到一排黝黑的雪松，在玫瑰色的晨曦中挺立着，它们的身影高大而又清晰；圣布伦丹岛倒映在宁静宽广的银色海水中，风儿从杉木中穿过，海水在那些洞穴中歌唱；海鸟一面叫着，一面成群地飞向海洋；陆地上的鸟儿一面唱歌，一面在树枝间做窝。空气里到处都充满了歌声，连沉睡中的圣布伦丹和那些隐士都被惊动了。他们在梦中张开古老而善良的嘴唇，也开始唱起歌来。就在这时，隔着海水传来一阵最柔美、最清新的歌声，那是一个女孩子在唱歌。

她唱的是什么歌呢？唉，我的孩子，我的年纪太大了，唱不好这支歌。你的年纪又太小，听不懂这支歌。不过，只要耐心点，只要你永远保持单纯的心，总有一天你自己也会唱出来的，并不需要什么人来教。

汤姆靠近岛上时，看见礁石上坐着一个女孩子。他从来没见过那么可爱、那么优雅的女孩子。她一只手托着腮，双脚打着水。当他走近她身边的时候，她抬起了头，原来是艾丽。

“啊，艾丽小姐，”他说，“你长高了！”

“啊，汤姆，”她说，“你也长高了！”

他们两个人都长大了。他已经是一个高大的男子汉，而她也长成了一个美丽的女子。

“也许我确实长大了，”她说，“我坐在这里等了你好几百年了，我还以为你永远不会回来了。”

“好几百年？”汤姆有点吃惊。可是他在旅途中已经见过那么多怪事，所以也没有太惊异。更何况，他现在脑子里什么也顾不上想，只想着艾丽。

就这样，他们站在那里，你望着我，我望着你，两人站了整整七年。他们就这么相互望着，没有说话，一动也不动。

最后，他们听见一个仙女的声音说道：“听着，孩子们，你们难道不想看看我吗？”

“我们一直都在看着你呀。”他们说。原来他们一直以为自己看到的是仙女呢。

“那么，就再看看我吧。”仙女说。

他们看着仙女，两个人同时喊了出来：“呀！你到底是谁啊？”

“你是亲爱的扬善夫人。”

“不，你是善良的惩恶夫人，现在你变得非常美丽了！”

“在你看来也许是这样，”仙女说，“你们再看看。”

“你是嘉利妈妈。”汤姆说，他的声音很低沉、很严肃。他领悟到一些东西，这使他满心欢喜，又感到害怕，比他过去一切见到过的东西都更加使他害怕。

“可是你又变年轻了。”

“在你看来是这样，”仙女说，“再看看呢。”

“原来你就是那天我到哈索沃庄园去时碰见的那个爱尔兰女子啊！”

他们望着她时，觉得各个都不像，又个个都像。

“我的名字就在我的眼睛里面，只要你们的眼睛能够看见。”仙女说。

他们仔细望着仙女那双深邃温柔的眼睛，那双眼睛就像钻石一样闪着光芒，不停地变换着各种颜色。

“现在说出我的名字。”仙女说。

她眨了眨眼，刹那间发出一道灿烂耀眼的白光。可是两个孩子仍旧看不出她的名字，他们感到眼花了，都用两只手蒙着脸。

“还早呢，孩子们，还早呢。”她微笑着说，接着转身对艾丽说道，“你现在每个星期天也可以带他回家去了。他经历了一番磨难，立下了功劳，现在算得上是个男子汉，也配跟你一起去了。这都归功于他做了自己不喜欢做的事情啊。”

于是，汤姆每逢星期天都随艾丽回家去，有时候不是星期天也去。他现在已经成了一个大科学家，能够设计铁路、蒸汽机、电报、步枪，等等。他知道一切事物的原理，只是有几件小事弄不懂，例如鸡蛋为什么孵不出鳄鱼来，等等，因为这是谁也不懂的。而他懂得的一切全是他在海底做水孩子时学到的。

“汤姆和艾丽后来结婚了，对吗？”

亲爱的孩子，这种想法多么傻啊！你难道不知道，在童话里，王子和公主以外的人从来不结婚吗？

“那么汤姆的小狗呢？”

哦，你在七月里任何一个晴朗的夜晚都可以看见它。原来，由于过去的三个夏天太热了，所以天上的天狗星给烧坏了。可是天上怎么可以没有狗呢？他们只好把原来的天狗星摘下来，然后把汤姆的小狗放上去代替它。它是新官上任，一定想要有一番作为，所以今年夏天我们总算可以有个凉快的天气啦。

好了，我的故事讲到这里就结束了。

尾　声

亲爱的孩子，现在，让我们想想，在这个故事里，我们能学到些什么呢？

我想，我们可以学到三十七件或者说三十九件事情，其中最重要的事情，就是：如果我们在池塘里看见水蜥，千万不要向他们扔石子儿，不要用钩针去捉他们，也不要把他们跟刺鱼关在一起。因为刺鱼的刺会刺穿他们的小肚皮，弄得他们的结局很悲惨。

那些水蜥并不是什么别的小东西，他们可都是水孩子啊，只不过是些又笨又脏的水孩子。他们不愿意去学习，不肯保持自身的洁净，于是他们的脑袋变得又平又小，嘴巴开始向外突出，长出了尾巴，连肋骨都消失了。我敢说，你们谁都不想自己的肋骨消失吧。

他们不肯到凉爽的河水中去洗洗身子，更不用说去浩瀚的大海了。他们只配待在池塘里，吃些烂泥跟小虫子。于是，他们的皮肤变得很脏，而且长出了难看的斑点。

可是这些都不是你欺负他们的理由。

相反的，你应该对他们好一点，同情他们，对他们报以希望，希望他们有一天会醒悟，对自己的生活感到羞愧，然后重新变成某种比较好的东西。

如果有一天他们醒悟了，也许他们的脑子会长大点，嘴巴会缩回到原来的样子，尾巴也会缩回去，肋骨会重新长出来。或许他们会变回水孩子，又或许他们会变成陆地上的孩子，然后长大。

其实你已经猜到，他们不会变回水孩子。可是你看，有些人非常疼爱那些水蜥。水蜥从来不会伤害人，也伤害不了任何人。人们忍不住提出，希望能够再多给水蜥一次机会。

至于你呢，我亲爱的孩子，你应该好好学习你的功课，感谢上帝给了你那么多的东西，包括可贵的清水。你要记得好好地清洗一些事物，当然也包括你自己，像一个真正的人一样。

那样的话，即使我的故事不是真的，也会有更好的东西等着你；即使我说的不是那么正确，但你依然要相信自己，要努力、勇敢，并且记得保持干净。

你要记住，千万别忘了，就像我最开始说的那样，这只是一个童话，你不必当真，即使它确实是真的。